贾文成◯著

太阳部落

作家出版社

目　录

第一部　惊蛰

第二部　芒种

第一部　惊蛰

第一章　侏儒与面具

我不知道我是我，还是亡魂。

这个世界就是这样，有人等待呱呱坠地，有人却奔走在死亡的路上。黑暗、绝望与恐惧，灵与肉在煎熬和挣扎中消耗掉了最后的一丝气息，尘土在嘴巴和鼻翼的剧烈翕合中，沿着气管毫无阻碍地袭击了我的肺泡，寒冷、疼痛、温暖，以及性爱后的惬意与疲惫都与我渐行渐远。

我看到了太阳照常升起，黎明的晨光一如既往地铺满了天空，白色的云和云朵下白色的毡房一并渲染上了火红的颜色，牧民定居点沉睡的土木房子也便有了红的色彩，我的灵魂正被虬曲于潮湿且新鲜的泥土之中，那泥土是从地上挖上去又被填埋到地底的，所以那泥土便又裹挟了地表的冻土和积雪的冰冷。我躺着的这块儿狭小的空间，原本是要置放棺椁的，而在它的主人尚未躺进墓室的时候，我已成了鹊巢鸠占的不速之客。

其实我并不孤独，留在墓穴里的，还有杀死我的凶手和一个身披铠甲的大汉帝国的兵士。但我更想让那本书陪伴着我死去，用远古和中世纪神采飞扬的梦幻，照亮我的路。

一个星期后，警察召开了一个范围不大的新闻发布会，宣告案子破获，被杀的侏儒和杀人的恶魔双双毙命，案子就算结了，剩下的善后事宜就由考古队去处理。于是，夏维溪教授在警察撤离后，又在我身下的泥土里发掘到了一具大汉帝国士兵的遗骸。

夏维溪是河大的考古学教授，一个瘦弱的老者，一脸的褶皱和旧铜器一般的肤色，看上去更像一个苍老的农夫，我给他的身份定位是说书人，夏教授对我这个说法很生气，沉下脸说他讲的那些故事不是加工演绎过的，不是《七侠五义》和《水浒传》，而是考古解密了的真实历史。在我垂死的那一瞬间，恍惚中，我见到了夏教授，他说，我身下的这具尸骸，像我一样也是个冤魂，他死在了两千年前一个朔风猎猎的中午。

他还说，那个大汉帝国兵士也是个倒霉蛋，面对攻上城门的敌人，尽管帝国士兵堪称英勇无畏，他张弓搭箭，弓弦拉满，但结果却出人意料，因为与他对峙的匈奴骑兵竟然是个女人。厚重的铠甲没能挡住女人的婀娜，一缕乌黑的秀发钻出了牛皮头盔，高高的鼻梁勾勒着楚楚的风情，像从箭楼顶上射下的一缕刺目的眩晕。他第一次见到如此美丽的敌人，也是第一次见到与他所见过的完全不同模样的女人，尽管那女人长得与邻家的妹子很不一样，但那轮廓总能让男人产生心猿意马的联想，可这个倒霉蛋连这个奢望也没来得及留下，他只是犹豫了一下，就是这可恨的犹豫让他瞬间丢失了性命，一支勇猛的箭头穿透了他的眉骨，他裹着那面残破的战旗从城墙垛子上飘落下来。

他的生命终结在了公元前 97 年立冬那个寒冷的午后。

那天中午，匈奴骑士的马蹄踢破了城门。

饥荒与战争是一对孪生兄弟，且一旦发起疯来野性十足，就像两匹在烽火弥漫的原野上狂奔的儿马子。

其实，战争的隐患早在年初就埋下了。历史从来没有像公元前 97 年这般变幻莫测，春夏之交，空气中弥漫着干燥的烟尘，风沙天昏地暗地肆虐了半个来月，仲夏之后，草原上仍然没有下过一场像样的大雨，焦渴的地皮张开雏鸟一样的嘴巴，以至于几滴零星的细雨瞬间被蒸腾得无影无踪，刚返青了十多天的绿草又恢复了枯黄，并把这枯萎的颜色一直延续到了秋天，随后到来的漠北草原漫长的冬天和呼啸的风搅雪，终于把饥饿得快要发疯的匈奴军队逼向了阴山南麓的黑石城堡。这年的年末，领头的左谷蠡王把春天在受降城缔结的盟约当成了抹布，揉作一团，丢弃在穹庐的地上。而从老祖母那儿论，他和营帐对面守城的大汉帝国的将军还是亲戚，但饿着肚皮的时候，亲戚是要打些折扣的，抢劫便成了惯于驱使的动力。

匈奴骑兵勒紧肚皮，铿锵的铁蹄踩踏着死去的马匹和同伴的尸体，在厚实的城墙根下，冒着箭雨，撞开了一道豁口，打开城门，潮水般涌入，肆意掳掠，随后又疯狂地点了一把火，冲天的烟雾和火光，瞬间吞没了烽火台上的狼烟。

两个逃难的城里人，一个望着另一个的屁眼，匍匐着，从匈奴人撞开的豁口逃了出去。匈奴骑兵站在城墙垛子上，瞅着两个滑稽的家伙哝儿哝儿地开怀大笑。

我和跌落到城墙下的兵士一样，发出了狼一样地嚎叫。

那一刻，我躺在漆黑阴冷的墓道里，仿佛回到了瓦莱湖客栈楼上的卧室，梅子将我从冰冷的地板拖回到床上，她拖拽我时，只用了一只手，我轻得像羽毛。

“你又做梦了？”梅子揉着发涩的眼睑咕哝道。

我说：“我看到了祖先，在匈奴人冲进去的城堡里，我的祖先像狗一样逃了出来。”

梅子还在半梦半醒之间游离：“你的祖籍不在陕西韩城吗？”

“错，错了，我自己给弄错了，那么，现在，可以让我纠正错误，你想啊，他们能逃出来，就有繁衍生命的能力，他们一定是我的祖先。”

梅子烦了，打了个哈欠，打断了我喋喋不休的呓语，拍了拍我的脑袋说：“睡吧。”

说罢，梅子沾着枕头又睡了。我瞅着她酣睡的样子，浮想联翩。我确实是一个喜欢琢磨的人，有人说我有奇异的预测功能，但我从不认同他们的说法，我只是喜欢漫无边际地想象而已。穿越时空的想象很是神奇，它宛如海市蜃楼，又仿佛多情的魔法师，能让卑微软弱者在空想的迷幻中获得满足。我是一个小丑，在这座上百万人的城市里，在那些衣食无忧的人眼里，我这一号人肯定像恐龙蛋一样稀少。

“摘掉你的面具。小丑！”一个男人沙哑着嗓子高喊。

我急忙撇过脸去，冲着灰暗角落里那个满脸疙瘩的神圣上帝谄媚地笑了笑，可惜，他并不能看到我的笑脸，于是他被后排卡座里的那几个穿着白色短袖衬衣的观众怂恿，情绪伴着体内燃烧的酒精，犹如在炭火中加入了汽油或者煤油，拍着巴掌，吹着口哨，跃跃欲试地站了起来，绕过座位，摇摇晃晃地走上舞台，他想亲手从我脸上摘掉黑色的面罩，让台下的人看到我丑陋的面容，以博得满堂的喝彩。

来看我表演的，要么自己有钱，要么爹妈富足，总的说，这里的消费价格不菲，我的表演只是招徕顾客的一个小插曲，相比于卖出酒水赚取的钱，相比于六十八元一杯的咖啡，酒吧老板支付我的工资，仅是一个夜晚所有收入的零头而已。每晚，我的表演大约二十多分钟，我所谓的表演不过是模仿某个影星的演唱，或者像杂技小丑似的翻几个筋斗，他们在乎的不是我的歌声，而是面具后面像灯谜一样令人绞尽脑汁想象出的丑陋。那些围坐在我四周的，有一些体态显得臃肿的中年男人，也有情感失衡的女人，而大部分是些年轻男女，那些年轻人的注意力通常也不在我这儿，在他们的对面，俊男和靓女，但无论是什么样的顾客，在我面前，他们都是消费财富的上帝，他们懒得分辨低俗与高雅，只是为了消遣，让无聊的夜晚变得富有生气，他们衣着光鲜，用保养极好的手指晃动着高脚酒杯，有时也会优雅地抬起手腕，蜻蜓点水地拢一拢稀疏了的头发，当然，出门时，他们会做一些精心地修饰，喷涂些发蜡或者发胶之类能保持发型的材料，拢发的动作只是习惯而已。这时，我相形见绌地站在台上，就像马戏团里穿着衣服的小猩猩，众目睽睽，迈着略有些罗圈的双腿，翻几个笨拙的筋斗，歇斯底里地模仿摇滚天王，同时配合着舞台上方的灯光像被电击了似的四肢抽搐。

我从不承认我是一个残疾青年，但社区管民政的曹爱民塞给我一个巴掌大的深绿色的塑料皮证书，并委婉地告诉我：“现在没用，也许以后会用得上。”

我很奇怪，那证书上居然粘贴着我的照片。

“你从哪搞来的照片？我自己都没有。”我扬起天真的大脑袋，看着西装革履的曹爱民。

他说："照片是你母亲给我的。"

我吓了一跳，因为母亲早在七年前就去世了。

他说："对天发誓，那照片就是你母亲活着的时候给我的，你他妈别不识好歹，我是看她的面子。"

我信了，母亲人缘不错，街坊邻居说她长得像某位女影星，这个评价也不准确，女星被人记住的是那颗虎牙，我母亲却长着一对秀气的酒窝。母亲的幸福像昙花一样短暂，她躺在产床上，看到一个长着雀儿的婴儿后，忘记了妊娠分娩的疼痛，露出舒心畅快的微笑，但随后无尽的痛苦伴随了她一生。几年之后，突然发现她的宝贝儿子长到一米多一点后，便不争气地结束了向上的生长，腿部变得弯曲畸形，走起路来摇摇晃晃，头颅越来越大，前胸略微佝偻，母亲说我越长越像怪物，说这番话时，她的眼里含着泪水，甚至有点哀伤和绝望，她把儿子的不幸归咎于自己的前世，说前世一定做了不好的事情，对不起神灵，也许是上帝。我慢慢地在长大，不是身体，是那颗大脑袋，走在镇子高低不平的土道上，老寿星福顺爷爷说我的样子活像一个游荡在夜色里的摇头晃脑的无常。

母亲在自责的苦难中苟且偷生，在撒手人寰的前夜，昏迷了十多天的母亲，突然清醒了，伸出枯瘦如鸡爪的手抓着我，淌着眼泪哀叹："椿，我死了，你可怎么活呀。"

我说："妈，我会好好活着。"

那个时候，我还不知道什么叫回光返照，以为母亲从此便会康复，还会为我做饭洗衣，还有现成的饭菜等我。母亲走了，到她日夜忏悔的去处探究儿子残疾的根由，父亲冯铁炉展开一块儿皱巴巴的手绢，搓捏了半晌，数了三百块钱给我，说他老了，打不动铁了，你到城里去撞撞运气吧，兴许还能讨一点生活。

我怀揣三张红色的钞票来到了城市，立刻被城市的包容吸引了，这里没有人认识我，没有人在我身后指指戳戳，没有邻家婶子报以同情的注目，也听不到福顺爷爷再叫我无常。我从十字路口的这头走到另一个十字路口，那里有一条城市里最繁华的街道，它的地标路段有十九块儿千年的古砖，这些古砖见证了古城血雨腥风的日子，但居民们早就把那些战火纷飞历经磨难的日子遗忘掉了，街道上是一派繁华热闹的景致，我混迹于陌生的面孔之间，打量着一张张张扬、低调、妖艳、文静、放浪、矜持的面孔，那是些生动的图画，张贴于城市的白日与夜晚，我喜爱城市的夜晚，因为那是我为生计奔波的开始。夜晚，整条街上会流淌着一股香水的味道，有花果香、淡柑橘、艳阳天和卡地亚之水，有时也搅和着一股油炸臭豆腐的气味。尽管如此，也总比两千年前，城市里充斥着的那股挥之不去的羊膻味儿和焦土的气味好闻得多。我发现了一个画着老爷爷、写着英文字母的快餐店，推开玻璃门，进去求职，那时，我还没有戴上面具，一女店员客气地对我说："你会吓着那些孩子。"

我又走进了一家面坊，有了九次被拒绝的经验，我改变了求职的说辞，尝试用新的策略推销自己，我说可以帮你招揽顾客，老板娘抹着因面孔抽搐而挤出的眼泪，我以为她被感动了，动了恻隐之心，谁想，她举着苍蝇拍子厉声喝道："滚吧，侏儒。"

清风中，我独自徘徊在城市的夜色里，风中嗅不到母亲的体味，我累了，缩在人行道的长椅子上，尽管到处是行色匆匆的陌生人，却没有人注意我，偶尔路过一个像我一般高的孩子想把一枚硬币塞给我，她的母亲却用温热纤细的手指把她的小脑袋撸向了前方。

城市真大，我却没有住处，没有温暖的床和被子。一只小流浪狗围着我转圈，打量着我，我瞥见椅子上有一块儿面包，丢给了它，它嗅了嗅跑掉了，我想，它一定是吃惯了香肠，干巴巴的面包令它毫无食欲。我弯腰捡起来塞到嘴里嚼了嚼，有股发霉的味道。

我踱进了公园，在黑魆魆的树杈间看到了一只鸟窝，鸟睡了，听不到我的声音、我的哀鸣，我萌生了与鸟为邻的念头。但梅子的出现让我的念头破灭了，那晚，梅子把我带进了酒吧。关于那一夜的事儿，我始终懵懵懂懂，很多细节模糊不清，只记着梅子从树杈上抱下我时，给了我一记响亮的耳光，我捂脸看着高大窈窕的梅子，百思不解，她可不像淑女。

我在酒吧又认识了草原来的马头琴手吉雅。演出之余，除了和吉雅说我脑子里的一些稀奇古怪的念头，我又兼做服务生，举着圆托盘，为客人传送酒水。那位独自喝掉一整瓶红酒的女人，从十分精致的皮包里抽出两张百元大钞拍到玻璃茶几上说："我想买你的面具。"

我摇摇大脑袋说："那是我的生活。你要这个毫无用处。"

她瞪着哭红的眼睛说："我想和你一样丑陋。"

我又摇了摇头说："其实我不丑，丑陋的是面具。"

"啊呸。"女人将一口令人作呕的唾液喷射到了我的面具上。

我盯着茶几上的酒杯，那猩红的杯体像偾张的血脉，我的血管一定也如杯口那么粗了，我的心脏怦怦地跳着，手在颤抖，浑身都在颤抖，我想抓起酒杯，让猩红的液体吻向女人的面庞，可我知道，那样做了，就只能离开这个涉及生计问题的厕身之地了。我犹豫着，想到梅子，我深吸了一口气，松开攥紧了的手指，含着眼圈里的泪默默地离开。

之后的某一天晚上，我穿着一套白色的礼服样式的西装，看上去很滑稽，优雅的客人听腻了歌声，老板把我叫到后台，说换个新鲜点的花样吧，我说，除了唱歌，还有像电击的抽搐，别的我也不会，他盯着我的脸，上下扫视之后，说你可以翻筋斗，我说，那不是艺术，是小丑。老板盯着我脸上的面具，吸吸鼻子，极不耐烦地指了指我的脸，你还不就是一小丑。

我说，我不干。

他实在懒得再和我争辩，白了我一眼说："天天电视上露面的那才叫大腕，你想干就去翻筋斗，不想干，就和你老婆梅子一起滚蛋。"

我得活，得有明天的土豆和馒头。我没有收拾背包的勇气，我得养家糊口，像猩猩一样爬上了圆桌。舞台是两张圆桌拼凑起来的一个台子，我从一张圆桌翻起来，在一片惊骇声中，像体操王子一样在空中翻体两周半，而后平稳地落在另一张圆桌上，落点是练过几十次的，落点精准是这个节目的看点，我翻了起来，旋转两周半，可我的落点就像漂浮在海面的冰块儿，它在移动，那是一个醉酒的家伙故意拉开了圆桌，昏迷前，我听到了梅子刺耳的尖叫。后来，我听说吉雅把我抱上了救护车，并一直抱到医院的病床上。我还听说，那个醉酒的人非但不去救我，还想伸手揭掉我脸上的面具，吉雅用粗重的一记拳头阻止了他。即使到了医院，他也没让医生揭下我的面具，我就像一个调皮的小男孩，滑稽地戴着面具，躺在雪白的病床上。

梅子走了，回去给我煲鸡汤。吉雅留下陪我，我说不用陪了，你也走吧。他说，我怕医生来。我用手指了指面具，吉雅点点头。我说揭开让你看吧，让你知道我的样子，他用力抓住了我的小手。一颗礼花弹升入天空，我俩同时望向了窗外，五彩缤纷的礼花熄灭后，我们看到了月光，这晚的月色格外皎洁，哦，准确地说，应该叫圣洁，因为这月光透过玻璃窗洒落在了洁白的床罩上，我说，你许个愿吧。

吉雅松开我的手，走到窗子前，面向圆月，虔诚地合起手掌。于是，一股温暖的东西，从我的心里沿着一个叫泪腺的地方爬了出去。

吉雅说，你把摘下来的面具戴上吧。他背向我，没有回头，我不知道他是怎么知道我摘下面具的，大概是猜测的。我越过他的肩膀，放眼望去，看到了窗外星空中的那一轮满月，似乎确实有神奇的灵性存在。

我说，我愿意让你看，看我到底是什么模样。

吉雅还是没有回过身来，语气严厉地说，你戴上吧，不然，我就再不回头了。我乖乖地重新戴上面具。

我没问吉雅许了什么愿，但我看到有晶莹的东西，像我一样地从泪腺里爬了出来。我颇有眼力地递给他一块儿纸巾，吉雅伸手接过去说，你躺着也可以许愿，我说我不想许愿，因为我脑子里有那些稀奇古怪的念头就够了。

吉雅陪护了我一个星期。很庆幸，我并没有伤到筋骨，一周后，我出院了，又回到了每天栖身的那个城市的角落，我和吉雅把那个谋生的地方叫做角落，但吉雅却离开了，他连一句告别的话都没有。

我问梅子，吉雅的离开是不是和你有关，梅子的脸红了，我立刻一意孤行地认为，那一定是梅子的原因了。吉雅走了，我又孤独地活在那些稀奇古怪的念头里了。实际上，我那些古怪的念头又与现实的生活相差甚远。我和梅子住在像半地下室一样的房子里，马路对面是高高的吊塔和灯火阑珊的住宅，我们打开那盏像囚室一样昏暗的灯泡，把潮湿的霉味和饭食一起吞进肚子里。我们没有电视，没有娱乐，唯一的快乐就是摘掉面具，和梅子一起趴在和地面一样高的半拉窗子上，看对面楼上亮着的灯光，当然我必须踩到凳子上，才能窥视到外面的世界。我们从对面那幢楼的第一层数到第二十一层，数累了，梅子就会把分期存下的存折再盘点一遍，看我们的存款是否足够买到从第一层到第二十一层的某扇窗子，看我们会不会属于这个城市的居民。

这时，梅子会转过脸来问我，你脑子里那些乱七八糟的念头是不是这个？

我摇摇头说，不是。

通常，说到这里，梅子不再继续追问。但她的脸色很快黯然，睫毛下，是一片无意识的空白。

我呢？便从凳子上摇摇晃晃地下来，钻进被窝，想我的那些念头了。

白天是属于我的时光，我从半截窗子上射进的阳光，读吉雅留给我的书，那本书没有封面，也没有扉页和书脊，所以我压根儿不知道书的名字。

书中的许多字都很陌生，手头也没有一本字典，即使有也懒得去查，完全凭借猜测和臆想读得一知半解。即使是白天，那本书也能伴随我入梦。我梦到自己变成了一只飞鸟，我不知道这只飞鸟到底是一只鸽子还是矫健的雄鹰，它有无穷无尽的飞翔力气，飞越高山，俯瞰草原村镇，展开遨游的翅膀去巡游城市，如果有兴趣的话，它可以飞临每一户人家的窗户，向那些躲在高楼里的居民挥一挥手，并致以亲切的问候与祝福，告诉他们，我们是邻居，我住在你们楼宇对面那个只能看到半个窗户的地下室里；我甚至想象着给睡梦中的孩子的枕边放一个小小的惊喜，向交战双方递上缔结盟约的橄榄枝，并帮助神龛下祈福的人实现愿望。

我飞越过的地方，除了干净整洁的市容，还有污秽不堪的角落，除了放声高歌的人群，还有窃窃私语的恋人。我的视线从来没有如此开阔，大地也从来没有如此广袤。但这都不是吉雅那本书里的内容，那本书写的是战争。一场历经百年的旷日持久的争夺，那里记录了帝国的梦想，记录了铁骑的凶悍和排山倒海的溃退，可能是喜欢唱歌的原因，我格外地注意到了一只琴，那只琴是贰师将军李广利的。匆忙溃逃的将军，临走，竟把心爱的七弦琴遗落在了琴台上，而那些满脸胡茬的匈奴兵，在疯狂的抢劫中，把琴碰落到了地上，随后一个更加莽撞的骑士踩踏了一脚，琴就断裂成了两截。

两天后，喧嚣一时的边陲城堡变成了一座废墟，粮囤被搬运一空，几处像样的房子燃起大火，一直燃烧了一个多月才熄灭成灰烬。

那座城堡似曾相识。我出生的县城也像一座城堡，从我父亲冯铁炉的名字就能知道，我的家族是个铁匠，不过，至少从我父亲这一代起，就没有锻造过碧血剑、罗汉锤，甚至一支小小的箭矢，他打造的都是些锄头、斧头、菜刀或者门闩、合页什么的小物件。曾经，我和梅子说，回到县城里吧，我可以像父亲一样打铁，父亲能养活上下七八口人，我也能养活你。梅子意味深长地瞟了我一眼，我猜想她是嘲笑我的身高是否够得着铁匠炉子。但梅子说，你上街瞅瞅，哪里还有铁匠铺子，你那县城里还有吗？我哑了。

梅子一边对着镜子往嘴上涂抹那种色泽浓艳的口红，一边对我说：

“我们回乡下种地也不错，我的那份地，爹还留着。”

梅子说这话，和我说回老家当铁匠一样不现实。

白天，那场战争还在进行。孤军深入的五千人部队，凭借沙尘暴的掩护侥幸逃脱了单于八万大军的围追堵截，但逃出来的不到三千，李陵将军又下令杀了六十七个混迹在队伍中的流放边塞的囚犯的女人。一个光着屁股的囚犯士兵，还没来得及从女人的身体上下来，也一并被砍下了脑袋，一颗绝望的头颅滚出营帐。那时，太阳刚刚落下西山，夕阳的余晖把天空涂抹上了和营帐里的血迹一样的颜色。天上纷纷扰扰地飘落起了雪花，饥寒交迫的大汉骑兵挺起了决一死战的胸膛。

我该走了，落日的余晖透过半拉窗子照进来。我合上了玻璃窗，梅子帮我系好面具的带子，我们手牵手地走出了房子。

在走廊里遇到住在隔壁那间鸽子窝里的工厂打工妹，她今天回来得好早，问我和梅子去哪儿，我扬了扬脑袋说："上工。"

接下来，我们会花上一个小时摇晃在公交车走走停停的节奏里，我们没有和他们一样的居民身份，但会享受到同等的堵车待遇。为了快速登上拥挤的公交车，梅子会把两手伸到我的腋下，把我拎到车厢里来，我便一头扎进挤挤擦擦的"腿林"中间了，当然有时也会遇上善意的居民为我让一个座位，梅子便坐在座位上，我像孩子似的坐在梅子的腿上，这样一来，就吸引到一些好奇的眼神和耻笑，但这时，那些人的目光除了看我，多半是在打量梅子，想从梅子的身上看到某种生理的残疾和缺陷，而那些人往往会大失所望，因为无可挑剔的梅子和坐在她腿上的我怎么看都会觉得不可思议。而且，我把头颅靠在梅子胸脯上陶醉的样子简直会让一些垂涎的男人愤怒：那腿上坐着的怎么会是你？

我不知道梅子怎么想，我看不到她的眼神，因为那眼神被一只宽边深色的墨镜遮挡住了。

尸体堆积如山。一些身体强壮的农民、泥瓦匠和作坊里的木匠、铁匠，尤其像我父亲那样的铁匠，往往会被当做可再利用的生产工具而留下性命，游牧人稀缺有精湛手艺的能工巧匠，洗劫到的兵器、丝绸财物和大量粮草被俘虏们用独轮车推着，牛车载着，行进在翻越阴山的路上。牛车上的干草窠子里，会躲藏着像我一般高的孩子，不知道是这些抢掠者疏忽，还是动了恻隐之心，孩子们偶尔露出顽皮的脑袋透透气，押车的骑士也视而不见，但推车或赶车的大人们却吓得屁滚尿流。对于这次翻越阴山的行动，那些低官阶的下等骑士和推车的工匠们都不理解，因为按照以往的经验，匈奴指挥官会选择占据城堡，而这次却焚毁城堡，主动撤离。

我坐在梅子温热柔软的腿上，眼睛望着窗外，思想却游走在吉雅留给我的那本书里。

梅子侧过脸来问我："想什么呢？还是你那些乱七八糟的念头。"

我没有说战争、说堆积如山的死尸，我说："不好的预感。"

梅子亲昵地拍了下我聪明的脑袋："你整天只知道胡思乱想，要是好的预感就说出来，不好的预感就别说了。"

我能感觉到梅子的心情沉重了起来。为了消磨掉剩下的一点时光，我的上半身舒服地陷入梅子的怀中，竖起耳朵，听车厢里的两个男人谈奥巴马击毙了本·拉登。还是绕不开枪炮和战争，唉！我不经意地轻叹了一声。

梅子又拍了下我的脑袋，警告我："不要胡思乱想了。"

下了车，那个被我们称作角落的地方，玻璃门上的封条告诉我预感应验了。

一连数日，我和梅子游荡在重新寻找赚钱之处的路上。求职的过程，一如既往地焕发起招聘者的想象力，他们要求我摘掉面具，我说我希望得到尊重。而我走出来的原因，是至少一半的招聘者对我的要求嗤之以鼻。其实，戴面具这事儿是梅子的主意，尽管梅子为定做这个面具花费了一周所赚的薪水，可是我并不喜欢戴它，因为时间久了，我已经不记得我是谁了，尤其是在炎热的夏天，密不透气的面具能让人意志崩溃。但梅子说，像我这样的男人戴上面具会增加几分神秘，我们好糊口赚钱。而现在，这幅面具像失效的药片并没有给我们带来好运。

面对困境时，我着魔似的想起了吉雅，如果吉雅在，他会和我们一起想办法的。我不知道他在哪里继续拉他的马头琴，但想起我说吉雅的离开和梅子有关时梅子脸红的样子，我就开始不安起来，甚至害怕吉雅的出现，但很快发现我又错了。

我跨进地下室的走廊，闻到了久违的肉香，梅子卷起衣袖，露出一截藕般的手臂，正在翻腾锅里的猪排。

梅子看见我兴奋地说："不要再出去应聘了，上工的事儿有着落了。"

我问："又是哪个角落？"

梅子说："去找吉雅。"

我愣怔了一下，揉着因为四处奔走求职而疼痛的腿，迷惑不解地问：“吉雅在哪儿拉马头琴？”

梅子摇摇头说：“不拉马头琴了，吉雅在一个叫瓦莱湖的地方穿越沙漠。”

我赶紧趴到床上去，翻开吉雅留下的那本书，从第七十六页读到第八十七页，又认真地臆想了半天，得出一个自信而惊人的结论：吉雅没有我可干不成事儿，他穿越的路线是错误的。

第二章　歌声与部落的图腾

梅子的脸被纱巾捂得严严实实，而那个矮小戴着面具的家伙却有着一副自信十足的派头，鬼知道他的自信源自哪里。

瞧瞧他们的行李吧。每人拖着一个拉杆箱，两个拉杆箱塞满了梅子的衣物，那个矮小的家伙拖着的箱子快到他的下巴颏了。他们走到这儿来，要坐一次火车，转两次汽车，无法想象，他是怎么把那个“庞然大物”的箱子从车上拖上拖下，又怎么跨过高高的台阶的。但是，即便如此，他们略显简单的行装怎么看都不像是来这儿定居的，倒像是一次短暂的旅行。

梅子说：“考虑到路途上的不便，我们几乎扔掉了在城市里购置的全部家当，这次搬迁，损失可不小。”

那个矮小的家伙晃着大脑袋说：“其实，我只要带着头颅来就够了。”

他的矮小消弭了他的狂妄自大，被面具掩盖了的自负让人捧腹大笑。

梅子放下行李便要去察看为他们准备的将来的生存之地，他们将在这里经营一家客栈，并配属有一个餐厅和酒吧。显而易见，那个酒吧确实是为那个矮小如今却又自负十足的家伙考虑的。客栈的前任老板临走时，把整座客栈上上下下搞得杂乱不堪，污迹斑斑的床单，遍地的废纸壳、空啤酒瓶子，积满尘土的桌椅和油腻的黑抹布，总之，那样子多少让人有些心灰意冷。那个矮小的家伙却旁若无人地站在客栈的制高点——二楼西北角的一扇窗子前，踮起脚尖，望着远处一望无际的沙丘，沉醉并若有所思的样子。

“晓椿，走了，该去看你的酒吧了。”梅子喊道。

矮小的家伙终于回过神来，尾随我们下楼。

酒吧的情形似乎比楼上要好得多，除了积满尘土，桌椅物件摆放得还算整齐，由此看出，酒吧在之前其实没什么人光顾。

“晓椿，看看吧，有什么想法？”

“我想摘掉面具。”

“啊，不可以。”梅子惊慌失措，“你不能摘掉面具。不能，否则，你的酒吧就会是现在这个样子。”

也许梅子的想法是对的，晓椿在此时摘掉那副面具确实有些不合时宜。旅游的高峰很快就会到来，那张戴在侏儒脸上的面具会激发游客无尽的想象和好奇，为他们跨进酒吧增添无尽的动力。瓦莱湖与沙漠之间不到一平方公里的绿洲上，已经有三个酒吧和六家客栈，那几家的竞争就够热闹的了，如果他们的客栈和酒吧没什么经营特色，前景还真不明朗。

我们从面具的一双孔洞中，看到了泪花，委屈也好，悲戚也罢，是的，他想借转换环境还原自己，让一个真实的晓椿走进现实的生活。

可是，矮子、侏儒，这就是晓椿的生存现实。

他现在不是为自个儿活着，他有梅子。晓椿在病床上说过这样的话，他说，他怕死，怕死不为别的，只为梅子。后来，我告诉了梅子。梅子说，晓椿的心里是棵树，高大着呢。我说是椿树吧。梅子说，你说得没错，就是椿树。晓椿出生的时候，铁匠爷爷正为自己的衰老而悲伤，他不满铁匠儿子的手艺，那活计，不是家族的荣耀，他仰天哀叹，发出一声凄厉的悲鸣，就在这时，他发现自家院子里那棵枯死了三年的百年椿树又结出了新的叶片，嫩绿的叶芽焕发出新的生机，老铁匠抱着椿树老泪纵横，瘦削而干枯的肩膀一耸一耸地像铁匠父亲那把正在敲打着的铁锤。晓椿这个名字和老铁匠最后的生命联结在了一起。从此，再也没有听到老铁匠像鸟一样的悲鸣。他常常坐在椿树下，长时间目不转睛地盯着自家铁匠炉上的火光，那火光透着温暖，尽管后来，知道了晓椿是个侏儒的残酷现实，但铁匠爷爷直到闭眼，一直都在笑，他抓着晓椿的手，就那么紧紧地握着，直到铁匠父亲用粗重的手指掰开。

我习惯了叫他矮小的家伙。

他们对新家和即将开始的新的生活很满意。尤其是梅子对未来的生活充满了憧憬，她说谢谢你吉雅，我做梦都想有一个自己经营的酒吧。

矮小的家伙却厚颜无耻地说酒吧是他的，梅子只是客栈的老板。

我说梅子充其量算是老板娘。

他说，梅子是经理，他顶多是打工仔。不过，他很乐意给梅子打工。而且这个不知道天高地厚的家伙竟然说，你来我的酒吧拉马头琴吧，工资可以面议。

梅子信以为真：你们组合一起，说不定还真能创造奇迹。

穹庐般的天宇，悬挂着半个月牙，微薄的银光，从稀薄的云层间悄悄地溜出，那云层淡得像不远处蒙古包顶细烟囱里冒出的轻妙的烟雾。

那是父亲在烧煮羊肉和奶茶，他宰杀了一只羊款待梅子和晓椿。

下午，父亲一边宰杀羔羊，一边伤感："吉雅，别再离开草原了，我告诉你，草原上的小羊羔吃奶的时候，一定是跪着的。"

我打断他的话："从我记事开始，你这话我听了最少一百遍了。"

父亲又一次地伤感："你是没娘的孩子。"

这话像突然射向麋鹿的冷箭，我的心颤抖了。额吉离开我们已经十年了。额吉去世后，外公毕利格把我接到了浩特，也就是汉人所说的城市，我在那里上了中学，并考上了艺术学院，在那所著名的艺术殿堂里拉了三年的马头琴，直到两年前，高寿的外公也追随长生天去了，我开始了在城市里的漂泊。父亲在我面前提到额吉时，总是说娘，而不是你额吉怎么的，他永远都是娘。因为他不是蒙古人，是骑马的汉人。他最引以为自豪的事儿，就是他以最后一批整建制的骑兵营营长的辉煌告别了一个国家骑兵的历史，那把悬挂在蒙古包壁板上擦拭得刀锋闪亮的马刀和他骑士的荣耀，一并成为老骑兵记忆中的永恒。当然，在战友眼中，更辉煌更让人费解的事儿是他娶到了师长的女儿。

是的，连我也不理解，额吉怎么会看上他的。

这是半年前一个雪花纷飞的傍晚，我和父亲坐在暖和的毡包里的一次谈话。

父亲笑了笑说："你爸当年英俊着呢。"

"那你为什么留在草原，而不去浩特。"这可能是父亲的那些战友们同样百思不解的困惑，因为，我从一位来看父亲的军人嘴里听到过这样的提问。那时，父亲不置可否地笑着，让人无法读懂他的神情和内心。

"那是因为——等待——等待吧，其实不能说等待，是寻找。这是老师长给我下的最后一个命令。"

我终于也是第一次听到了一个不知道算不算是答案的回答。

"找什么？"

"城堡。"

"城堡？什么样的城堡？它在哪里？"老实说，我有些懵。

父亲的回答是："我不知道，如果知道，就不用找了。"

"那你问我外公呀。"我突然觉得我不该这样问，因为外公已经不在了，可父亲的回答又出乎意料。

父亲别有意味地看着我说："哼，老师长要能知道就自己找了。他也不是没找过，他花了一辈子的工夫都没有找到。"

说到这儿，我想起来了，我还在草原的帐篷学校里读书的时候，外公来瓦莱湖了，他住了一晚，第二天一早就又走了，一起走的还有父亲，我至今还清楚地记得他们临走时的装束，外公穿的是军装，父亲是蒙古袍。十多天后，他们出现在了瓦莱湖畔的环形碎石小道上，他们的身上沾满了泥土，还未走进家门就像水一样瘫倒在蒙古包前。那一晚，额吉用勒勒车到瓦莱湖拉了两次水，让这两个男人洗澡洗衣服。

以后，同样的情形又复制了几次。外公一来，我就能吃到浩特里的奶糖，比家里自制的奶酪和酸奶要香甜得多。所以，那时我很向往浩特里的生活。

这时，牧羊犬叫得凶，我和阿爸急忙出去。那个矮小的家伙像淘气的孩子从围栏后面蹿了进来，脸上的面具把父亲吓了一跳。待父亲看明白这不是一个孩子而是侏儒的时候，饱经风霜的老骑兵理解了那面具，立刻为那个矮小的家伙送上热情的拥抱，并对梅子报以歉意的微笑。阿爸把煮好的羊肉端到了桌子上，又摆了两把蒙古刀，小侏儒从未用过，笨拙得不知道怎么下手，阿爸便手把手地教他，那家伙极聪明，示范了两次就会了。

父亲给他斟了一杯酒说："小佐罗，这杯酒就算欢迎你了。"

矮小的家伙显然不知道佐罗是谁，因为那个电影太老了，所以端着酒杯发呆。梅子悄悄地伏在他的耳边说那是英雄。老骑兵一声英雄的呼唤，迸裂了一个侏儒内心卑怯的壁垒，把他从黑暗的海底打捞上岸了。他看着父亲，端起酒杯，一饮而尽，但不知是酒呛的，还是触动了敏感的神经，他的眼眶里涌出了泪水。

梅子的美艳和晓椿的怪异模样与装扮都成为了吸引顾客的资本。每个清晨，客栈的楼上传出梅子的歌声，歌声伴随床腿和柜子的吱吱扭扭的挪移声飘到很远的地方，虽然无人喝彩，但都竖起了耳朵，路过客栈的行人掉落了包袱行囊仍然浑然不觉，如醉如痴的男人停下手里的营生发呆，整个瓦莱湖的男人都变得魂不守舍，因嫉妒而怒不可遏的女人拧着男人的耳朵以期集中做活的注意力，但除非女人把男人的耳朵眼堵上，否则，休想让他们不为歌声所动，那几乎像一场难以遏制的瘟疫。与此同时，那个矮小的家伙在一脸妒忌的男人那里也变得神秘起来，游客自不必说，那些当地人，也为能够一睹歌者的芳容和看清楚那个戴着面具的侏儒丈夫到底如何的丑陋，而不惜摸出口袋里的钞票，哪怕是只要一碟小菜，只喝一杯啤酒。两个厨师和三个服务生，竟然为了追随这歌声，义无反顾地离开原来的主顾，进入他们的客栈、餐厅和酒吧。

不过，那时候我已经在第二次穿越沙漠的途中了。

出发前，那个矮小的家伙像个喋喋不休的鹦鹉，简直烦死了，他试图说服我改变主意。

我说："你专心致志地和梅子一起打理你们的客栈和酒吧吧，那儿更需要你。"

"哦，不，吉雅，你会需要我的，我和你一起走吧，因为你寻找城堡的路线真的是错的。”他一语道破了我穿越沙漠的真实意图。我惊叹于他的天才般的臆测和想象力，也许，支撑于矮小躯壳上的大脑袋里，真有上天禀赋的特异灵性。但我猜测是父亲那晚喝多了顺嘴秃噜的，而他却说是我留给他的那本破书里读到的。

其实，半年前，在矮小家伙的病床前，他让我对着一轮圆月许个愿，事实上，我没有许愿，是在思考，思考父亲的话：跪着的羔羊和娘。就在面对着圆月的那一刻，恍惚间，那个体态轻盈、拖着长袖、怀抱小白兔的女人越过光年的世界，向我飞来，那是额吉，是娘，我心中思念的额吉，我吮吸过乳汁的娘，我是我父亲眼里的羔羊，在他的眼里，城堡和草原就是我的娘，是我生存的意义。日渐衰老的父亲和他心中的城堡，成了牵绊着我的粗重的缆绳，将我牵离那个喧哗的角落，牵向草原、大漠和城堡。

可是，父亲，我不知道你和外公苦苦寻找的城堡在哪儿。

当然，亲爱的读者和关心我的朋友们或许还会问：那城堡里有什么？是否埋藏着金币、玛瑙、玉器、钻石，甚至价值连城的某件无法命名的文化图腾的器物。

但是，我想外公和父亲他们倾尽毕生绝不是为了寻找金灿灿的金币和能让人疯狂的宝藏。据父亲说，那是一个非常古老的城堡，它的存在，始终伴随着争夺、战火、磨难，以及生命、信仰与图腾，更重要的是那座城堡和毕利格家族有关。六百年前，一支游牧部落，从遥远的呼尼河畔迁徙到色楞格河，后来又一路南下，他们在南下的迁徙中走向了强大，那支部落的首领据说是一对靠狩猎为生的兄弟，哥哥叫尕桑，弟弟叫图格。他们用松枝和白桦木做弓，用鹿筋做弓弦，把兽骨磨成箭头。一天，哥哥尕桑在森林里射猎到一只白天鹅，勇猛的箭头穿透了白天鹅的一只翅膀，尕桑将受伤的白天鹅关在了用树枝和桦树皮编成的笼子里，准备第二天宰杀掉。那天晚上，也是一个月圆之夜，弟弟图格在笼子旁看到一位美丽的姑娘，穿着一袭洁白的裙装，她的一只胳膊受了伤，殷红的血迹染红了左臂的衣裳，图格想为她包扎伤口，而那位姑娘说着图格听不懂的语言，连连后退，但她的确伤得不轻，这么一惊吓昏迷过去了，图格把她抱进旱獭和野兔皮搭成的窝棚里，用薄薄的桦树皮为她包扎伤口，又用暖和的兽皮当被子盖在她的身上。伤愈后，图格和那位姑娘成了亲。但那位姑娘却又增添了新的毛病，就是不能看见哥哥尕桑，只要尕桑一出现，她就浑身发抖，四肢蜷缩作一团。尕桑说，你现在是我弟弟的妻子，我不会伤害你的。可这话不但不见效，反而加剧了病情，除了发抖蜷缩，姑娘嘴里开始吐白沫，到后来反复出现晕厥的症状。一个淫雨霏霏的日子，尕桑离开了森林，他越过河流，翻过丘陵，走到一片水草丰美的地方，看到一位牧羊的老人和他的女儿。尕桑停下了脚步，娶了牧羊女。生了六个儿子，六个儿子先后又娶了六个女人，并接纳了六个女人各自的父母兄弟姐妹，构成了这个家族新的成员，尕桑就成为了这个部落的首领。

三十多年后的一个夏天，草原上出现了蝗灾，大片的草场遭遇蝗虫的毁坏，而尕桑领地里的草场却安然无恙，于是在这片草地上发生了几次部落之间的争夺，尕桑的六个儿子战死了两个。刚消停了一个月，又冒出了新的争夺者，尕桑不想目睹儿子们的战死，亲自上马，背上弓箭，持刀迎战。但这场争夺战并没有打起来，因为尕桑在对面那群衣衫褴褛的部落人的中间看到了他们的首领，那正是他阔别久已的弟弟图格。守护在首领周围的是他的五个儿子。此时，他还看到了弟弟帽子上那一圈白色的羽毛。两位老首领离世一百年之后，他们的后人拉起一支军队，开始了又一次更大规模的南下攻占和迁徙。他们渡过那条存在于任何一个时代版图上的宽大的河流，攻进了城堡，成为了城堡的主宰。进入城堡后，他们中的一部分人脱掉战袍，改叫居民，并招徕附近的一些工匠进入城堡，打造兵器，修缮房屋，并在城北的一处院子里，架起烧锅，酿制一种很烈的白酒。这是和我有着血脉渊源的家族。后来，我的家族没能坚守住城堡，被一支更加强悍的军队打得狼奔豕突，弃城溃逃。这一仗，我的家族元气大伤，直到又过了二百多年，他们才又重新夺回了城堡。

就要远行了。我大概要穿越一百三十七公里的沙漠，那里是无人区。那峰很老的骆驼会陪伴着我，有它驮着，父亲才会放心，它比我更熟悉那片浩瀚的沙漠。回到毡包，金兰大婶正和父亲说话，她是一个嫁给了蒙古人的汉人，面颊松弛，眼袋低垂，嘴巴干扁，但听老人说，金兰大婶嫁到瓦莱湖时，也是一个长相好看的女人。我对她有天生的恐惧，她的身上少有让人一见就感到温暖和亲近的气息。我对她恐惧的原因还在于她神灵附体的传言。有一年，她从娘家回来，突然说身上附着了神灵的力量，可以预知前世和未来，可与死去的人对话，听那些死去的人诉说心中的悲喜、思念与愤恨。当然，活着的人可以不在乎悲喜，可以暂时放下思念，可不能不在乎愤恨，那是曾经缔结下的直到死都没有解开的愁怨，甚至于仇恨，那么有了仇恨，就会有报复的念头和欲望，所以活着的人更在意的是仇恨，那在心中郁结的仇恨会令他们寝食难安。于是，他们会请来金兰大婶替他们传话，诉说思念，更要化解仇怨，但是否真能把心中的忏悔告诉对方，那就要看金兰大婶怎么传话了。我亲眼见过金兰大婶与神灵和先人的对话，她先咕咚咚地吞下半瓶据说在她的味蕾上毫无知觉的白酒，之后，在一张黄表纸上写下至少是我看不懂的字迹。这时的金兰大婶就像被电击了似的进入了半癫狂的状态，嘴里像诵经一样念念有词，经过这一番的痛苦历程，金兰大婶就拥有了魔力，就能帮忏悔者传递信息了。

而眼下，父亲可能更看重的是金兰大婶先知的本事。出于对儿子独自穿越安全的隐忧，父亲迫不得已对金兰大婶讲述了埋压在心底多年的城堡，期望金兰大婶凭借能展望未来的本事，预测出城堡的方位，哪怕划出一个大概的轮廓和范围也成。我想，父亲真的是老糊涂了，金兰大婶是瓦莱湖畔出了名的快嘴婆，看吧，用不了多久，瓦莱湖和整个杭乌盖草原上的人都会知道寻找城堡这件事的，梅子的歌声能让瓦莱湖畔的男人魂不守舍，那么，我将毫无悬念认为城堡的消息会让男人和女人们全部疯掉。

第三章　荒诞的旅行

那座被焚毁得稀巴烂的城堡像一块儿伤疤横亘在帝国的心头。弃城的郡守被毫不犹豫地砍下了脑袋，而溃逃的将军只是损失了一架心爱的七弦琴。

飘落的雪花带来了逼人的寒气，贰师将军端坐在营帐里，一边饮酒，一边等待都城的诏令。昨晚到达的第一封诏令是命令他代表朝廷砍下郡守的头颅，然而后面的诏令就显得漫长了一点，也许，朝堂上正为派谁来接替郡守和如何收复城堡而争论不休。营帐外，呻吟着的伤兵和目光空洞的军士，踩踏着雪水与牛马屎尿混杂的泥泞，在饥饿和寒冷中期待着回家或者重返战场，因为任何一种选择都比此时的困境要好得多。同时，令士兵们费解的是，将军的营帐里竟然悄无声息，好久没有传出悠扬的琴音，由此，他们甚至怀疑将军是不是已经战死，营帐里的只是个冒牌货。贰师将军那琴弹奏得确实不赖，是他们听到的最好的琴声。如高山流水，空谷铮铮，但溃败的节奏就像和琴声赛跑，以至于他们铆足了劲儿才能追得上将军的步伐。

大帐后面的土围子里，十几个守城的土著士兵聚拢在一起，望着郡守被一根杆子高高挑起的头颅和泥泞里被白雪覆盖着的冰冷的躯体，泪眼婆娑，他们在为失去家园而悲恸，更为父母妻儿的生死担忧。为了能追赶上贰师将军溃逃的步伐，他们来不及嘱咐和告别父母妻儿，就像兔子一样飞奔了。

将军确实有些坐卧不安了。他派出了两拨人，一拨奔向都城的方向，接应传令的钦差；另一拨秘密地向北游弋，打探匈奴人追赶的踪迹。但两天过去了，南北都没有消息。到了第三天，派到北边的人先回来了，说匈奴人把城堡焚毁得稀巴烂后，越过阴山，返回漠北了。整座城堡，已经看不到行人的踪迹。乌黑残破的街道上，几只抢掠时正躲在隐蔽的草窠子里下蛋的母鸡幸免于难，悠闲地啄食散落在地上的粮食；几头没有被战火烧死的大黑猪冲出栅栏，摇晃着肥胖的躯体，从城南摇向了城北。

将军气得胡子直翘，怒斥道："一群强盗，他们怎么不占着城堡，不可理喻，简直不可理喻。"

废寝忘食地读到这里，我也觉得不可理喻了。那本书读到第九十二页的时候，不知道被哪个可恶的家伙撕去了两页，也许是吉雅撕掉的。那被撕掉的两页成了一段悬念和空白，让我有理由为城堡未来的命运牵肠挂肚。

我生气地丢掉了书。

不读书的时候，我便趴在客栈二楼西北角的窗子上，眺望远处的沙丘。开始，我满足于窗沿到下巴的高度，这样，不必踮起脚尖就能一览无余地观赏到窗外的景物，但两天后，又有了新的发现，我踩在一把椅子上，甚至双腿可以跪在椅子上，让双臂伏在黑色大理石的窗台面上，更舒服地向外眺望。梅子知道我在眺望什么，默许了我整日无所事事的期待，偶尔还会问上一句："回来了吗？"

我失望地摇摇头。

但是，过了四个半梦半醒和三个完全失眠的夜晚，情势就发生了变化。因为看不到想象中丑陋无比的侏儒，顾客变得心灰意冷。

梅子警告我说："晓椿，你该打理你的酒吧生意了。"

我乖乖地离开那个所谓的制高点，走到楼下的酒吧里去了。

酒吧已经没有了刚开张时的热闹，我进去没多久，新聘来的服务生就消失了。我知道，他是到楼上看梅子唱歌去了，这正是他来做工的目的，我心里很不是滋味，并没有感到这是一件令人振奋和欣喜的事情。服务生的离去也预示着酒吧的生意不是危机，而是糟糕透了。仅仅七天，酒吧萧条的速度令人吃惊，我劝梅子不要着急，相信我聪慧的脑袋。她当然相信我会有办法的，所以她的歌声照常会在每个清晨从客栈的楼上传出，那不是为了魅惑，而是发自内心憧憬梦想的欢歌，如果听不到歌声，我的梅子一定是陷入苦恼和忧伤了，或者是身体不舒服了，比如一次重度的流行感冒。

让我的梅子高兴起来吧。

其实方法十分简单，我只要照先前在那个城市角落的样子，重操旧业就好了。果然，我滑稽的表演和被梅子称作舞蹈的摇摇晃晃，很快吸引了众多的顾客进入酒吧和客栈。至于我像华仔或者杰克逊一样的歌喉，还是像那座被焚毁的城堡一样留点悬念给瓦莱湖吧。

然而，好景不长，新的变化又出乎我们的意料。

第十二天的早晨，瓦莱湖畔二十三户居民投入巨大的热情，他们欢欣鼓舞，兴致勃勃，家家户户都在准备远行的行囊：望远镜、铁锹，之后是果条（一种油炸的面食）、牛肉干、半干的奶豆腐和足够的水。就连孩子们也跑前跑后加入了准备的行列，但从大人们准备的行装看，这些孩子们并不在远行的计划之列，父母可没打算带他们走。我从还没有架到驼峰上的白色塑料水桶看出了端倪，他们要穿越沙漠了。

他们要到沙漠里干什么？

瓦莱湖人的蠢蠢欲动，带来的是不安的征兆，潮湿的芦苇气息中，嗅到一场荒唐旅行的开始，梅子也神情恍惚起来。比如，她拿起手里的水杯打算去接水，结果，转了一圈之后，桌上放着的水杯依然是空的。

到了傍晚，原本热闹的生意景象没有如期而至，却出现了冷清的情状。

梅子索性关门打烊，她走进酒吧，那时，我正靠在一把椅子上打盹，她说：“我让厨师做了一条松鼠鱼，一起给老阿爸带过去。”

我盯着梅子手里的餐盒说：“老阿爸不喜欢吃鱼肉。”

“那怎么办啊？”梅子立刻沮丧了。

我安慰说：“这是我猜测的，因为我觉得老阿爸只吃羊肉。带过去看吧，不喜欢，我们下次就不带了。”

梅子觉得打听吉雅的安危比带什么东西更重要，我们便嘱咐那个服务生照看好客栈。

牧民划分草场，盖起了房子，像农区的种田人一样定居下来，而老阿爸仍然住在蒙古包里。蒙古包的门敞开着，透过壁板上的小窗，可以看到像金字塔一样连绵的沙丘顶端乳晕般的光泽，那光泽映照在一张布满皱纹的脸上。吉雅的父亲李解放目光定定地坐在皮褥子上，一动都不动，我不敢惊动老人飞扬着的思绪，或者牵挂的隐忧。老骑兵的面前摆放着一碗白米粥，早就没有了热气。梅子抓住了我的胳膊，我隐约地感到了手心的冰冷。

“您生病了？”我怯声问道。

“吉雅回来了吗？”在我的问话发出的同时，梅子的声音也从唇齿间淌出。

老人仍然目不斜视，无动于衷，接下来便是长时间的沉默，空气似乎骤然凝滞。老人的态度与我们第一天到来时的样子判若两人，那个叫我小英雄、我为之潸然泪下的亲和的老人呢？老骑兵盯着我的脸，半晌没有吭声，他似乎想从我的面具里读到某种答案，或者解开什么疑团。为了缓和沉闷和静默的尴尬，梅子把盛放松鼠鱼的餐盒打开放到他身旁红色的小条桌上，说：“老阿爸，您尝尝我们做的鱼。”

老骑兵瞟了一眼餐盒后，仍然无动于衷。

我们决定离开了，悄然地离开神情黯然的老骑兵。

“你们站住。”老骑兵开口了，声音如练兵场上一样洪亮。

我和梅子同时怔住了。

而后一起转过身来，凝望着沧桑的老人。老骑兵再次目光定定地盯着我，那目光犀利得像要穿透我的内心。果然，他用责怪的口气说：“吉雅穿越沙漠寻找古城的事儿是不是你说出去的？”

我摇摇头说：“没有，不是我说出去的。”

老骑兵从我毫不掩饰的无辜表情中，相信了我说的话，脸色立刻就缓和了，叹了口气说：“那就是金兰这个快嘴婆说的，你瞧，瓦莱湖的人都在忙活着要寻找古城去了。”

我说：“这是好事啊，人多力量大。”

“他们都疯了。”老骑兵情绪有些激动，“他们不是寻找古城堡，是寻找城堡里的珍宝。那样的心态，会让寻找城堡的事儿变得很糟糕，甚至会搭上几条性命。我得阻止他们，必须阻止他们进沙漠。”

知道了二十三户人家集体旅行的意图后，我立刻想到，解铃还须系铃人，就让金兰大婶来阻止瓦莱湖人的荒唐旅行吧。

“你去找金兰大婶吧。”老骑兵看着我说。在这个问题上，我和老骑兵想到了一起。

“吉雅穿越沙漠怎么还没有回来，他不会有事儿吧？我和晓椿都担心着呢。”梅子这时才敢小心地插话。

老骑兵说：“吉雅不会有事儿的，我相信我的儿子。再说，他有额勒森陪着。”

额勒森的原名叫额勒森汪格策，是吉雅的外公老师长毕利格给取的，它的汉语意思是沙漠之舟，后来为了叫得顺口，老骑兵就叫它“额勒森”，它是整个瓦莱湖唯一有过军籍的骆驼，只是它的军籍短得只有一年零四个月的时光，但这并不影响它的与众不同和所受到的关注与青睐。它的毛色不是沙漠黄，而是栗色的，高大强壮的体魄散发着雄性的魅力，它会走出节奏明快的步子，并且会按照老骑兵的口令，做出规范的动作，引来众人的喝彩，可是在老骑兵的严厉管束下，至今额勒森还没有与异性有过亲近与接触，老骑兵曾拍着额勒森的驼峰说，它有过十七次穿越沙漠的经历。

我说：“那就是说您曾经十七次穿越沙漠。我也想穿越沙漠。”

老骑兵不置可否地看着我，放声地笑了，亲昵地摸了一下我的脑袋说：“你去找金兰大婶吧，你们的鱼做的味道不错。”

“这是梅子亲自为您做的。”我连自己都不知道说这话是什么意思，“您不相信我能穿越沙漠？我可以帮助吉雅找到古城。”

老骑兵没接我的话，而是转过脸冲梅子点点头说：“谢谢你了。”

梅子诚惶诚恐地摆着手说：“您可别说谢，只要您喜欢，我就常给您做。”

老骑兵的回答却出乎我们的意料。他说，我想要的不是鱼肉，而是清净。太阳出来，听到鸡鸣，太阳落山，等到牧归的牛哞与羊咩。你们一来，这些都听不到了。

我和梅子面面相觑。尽管我的生活中，早就习惯了被冷眼、歧视，走到陌生人中间的恐惧和厌恶，甚至夸张的嘲弄和恶意的玩笑，老骑兵的话，却让我的内心为之一震。我知道，老骑兵并不是单指我和梅子的客栈，而是整个瓦莱湖的现状，是大大小小的酒家与客栈，是成群结队骑在马上或者骆驼上的游人，当然我们也算其中一个。

老骑兵的安静日子被喧嚣打破。游人的脚掌踩踏下几株脆弱的芨芨草，而被鞋底子掀起的细碎的沙子，就成了等待下一次刮风时将被携带走的孤独的灵魂，因为，它们不知道下一个落脚的家在哪里。老骑兵安守在蒙古包里，他原本是不孤独的，与牛羊为伍，有苍天相伴。天空中，偶尔还会飞过几只鹰或者大雁，那是他的访客，也是草原这个大家族的成员之一。他怀念有狼的日子，尽管三匹饥饿的狼踏着银白的积雪袭击了他的羊圈，使他损失了十只羔羊，但当魍魉的灯火驱逐了狼群，狼群远离了瓦莱湖畔，远离了杭乌盖草原，远走他乡，它们一走，老骑兵却陷入孤独和寂寞里了。所以，冷不丁从草丛里蹿出一只野兔，倒被老骑兵视为久违了的好友，长久地伫立，望着野兔跑过而摇摆的荒草，一直到不见了踪影，或者像弓一样伏下身子，盯着留在沙窝里的野兔的踪迹看上好半天。

我以为，松鼠鱼和我们的拜访会帮助老人驱散孤独，会给他带来安慰，然而，老骑兵却并不欢迎践踏草原的人，我们在他眼里也就变成了不速之客。我抬头，看到了挂在壁板上的马刀，军绿色的刀鞘似乎遮蔽不住刀刃的寒光。吉雅说，去年夏天，瓦莱湖边落下了一只会跳舞的鸿雁。当时，瓦莱湖人没有注意到它的到来，对于这只远道而来的鸿雁，那是一段难得清静而悠闲快乐的午后时光，它被瓦莱湖粼粼的波光吸引、迷醉，它褐色带着黑色花斑的翅膀舒展开，像《天鹅湖》芭蕾舞女的短裙，纤细的双腿，摆动出优雅的舞步，树上的麻雀惊诧得缩成一团，一只喜鹊踩碎了正孵化下一代的卵蛋，两只小羊围着大树欣喜地转来转去，而额勒森自恃阅历丰富、见多识广，但鸿雁的舞姿照样把它看得目瞪口呆。额勒森从记事开始，从来没有欣赏过如此曼妙的舞蹈，连同跳舞的鸿雁在内，簇拥在鸿雁四周的麻雀、喜鹊、山羊，以及后来栖息到树枝上的鸽子和百灵鸟，额勒森就算是老爷爷了。额勒森惊喜的眼神，使得小鸿雁备受鼓舞，它从岸边舞动到了浅水里，舞步溅起珍珠似的水花，星星点点，飘散飞扬，这是瓦莱湖鸟类和兽类的节日。但是这种喜悦的气氛很快以悲伤告终。

像当年毕利格家族的那位哥哥射伤白天鹅一样，落脚到瓦莱湖的鸿雁遭受到了同样的厄运，不过，这只鸿雁可没有六百年前的白天鹅那么幸运，因为射入它身体的不是兽骨的箭头，而是火药喷射出的子弹，鸿雁扑腾几下后，倒在了湖水中。穿着黑色皮质猎装的男人绕过一棵大树，涉入水中，捞起垂死的鸿雁，丢进了一辆越野吉普车里，坐到座椅上，扑簌了一下手，然后又自信十足地一摆手，示意驾车的司机启动车子，扬长而去。额勒森摆动着脑袋，以此甩掉溢满眼眶的泪水，它疾步如飞地奔回家中，把脑袋伸进蒙古包里，唤醒睡午觉的老骑兵。老骑兵翻身起床，他做的第一个动作就是摘下壁板上的马刀，跨上俯卧在蒙古包门口的额勒森的驼峰上，去追赶盗猎者。那天，额勒森是拼了命了，要知道他们的年龄都不算小了，额勒森的嘴巴里喷出白色的泡沫，老骑兵在驼背上犹豫了，他担心额勒森会死在追踪盗猎者的路上，他可不能让战友死去。老骑兵曾经对吉雅说，当他带着额勒森离开部队后，他才发现，这将是一段伟大友情的开始，此后，额勒森才是陪伴他生死与共的战友。吉雅的母亲斯琴无法理解丈夫的这种情感，她说，既然额勒森是这个家庭里的一员，那外面的牛羊和马匹呢？它们是什么？丈夫哈哈一笑说，它们是财产。

颠簸的驼背上，老骑兵听到了额勒森粗重的喘息声，他拍了拍额勒森的脖子，额勒森的脚步由快到缓，最后停了下来，老骑兵再拍拍它的肩背，这个口令是卧倒，是老骑兵要下驼了。额勒森站着没动，违抗了主人的命令，它突然转身，驮着主人沿左侧的一座沙丘奔去。老骑兵很快明白了额勒森的意图，它是准备翻越沙丘，抄近道包抄盗猎者，这比单纯的拼体力比速度显然奏效，否则，他们无论如何也追不上四个轮子的越野吉普车，而额勒森的优势就是能快速而毫无障碍地翻越那座沙丘。越过沙丘后，老骑兵把马刀抽出了刀鞘，他的机敏警觉不减当年，仿佛战斗即将来临。额勒森翻越了沙丘后，并没有沿着地势平缓的谷底走，而是继续翻越了第二座小沙丘，这样虽然体力消耗较大，但可以争取到更多的阻击时间，这样一来，他们的围堵几乎胜券在握，老骑兵为此惊叹不已，他无法想象额勒森竟然能把沙地战术运用得如此娴熟，以前，他只是为额勒森会几个规范的操练动作而沾沾自喜，现在却看到了一个骆驼身上所具有的军人魂魄。听吉雅讲到这儿，我猛然想到了丢掉古城的贰师将军，当时，如果贰师将军不是故意让李陵部队孤军深入，见死不救，而是采取前后策应、包抄匈奴骑兵的战术，那场战争和李陵将军的命运或许就会改写，古城也不会被焚毁得稀巴烂。然而，冷酷的事实，永远无法替代想象，就如同额勒森和老骑兵，他们望着空荡荡的公路，疑窦顿生，额勒森首先对自己近似于完美的战术产生了怀疑，但离开瓦莱湖的公路仅此一条，那辆该死的吉普车去了哪里？

老骑兵下了驼峰，挺直了脊背，站立在公路中间。

吉雅说，他能想象出擎着亮闪闪马刀的父亲是怎样的威风凛凛，但岁月的磨砺和库布齐沙漠飞扬起的沙尘把父亲打磨得有些滑稽，因为无论怎样用力挺起胸膛，他也只是一把白胡子尚能饭否的廉颇而已。

十多分钟后，那辆吉普车带着闲庭信步的轰鸣悠闲地向老骑兵和额勒森站立的方向驶来。

吉普车缓缓地停下，盗猎者从车窗探出脑袋呵斥：“你不要命了，没事你杵在马路中间干什么？”

老骑兵举着马刀说：“等你，把你送到该去的地方。”

盗猎者跳下车，端着猎枪，对准了老骑兵：“老家伙，你特爱管闲事儿吧，那你就试试看，看到底是马刀厉害，还是子弹厉害。”

老骑兵横起马刀，刀尖对着盗猎者，不屑地说：“这把马刀经历过两代骑兵，杀死过十四个鬼子兵的战绩，不信，你就来吧。”

盗猎者仔细地打量了老骑兵，他从老骑兵挺起的胸膛和咄咄的眼睛里，读到了骑士的威严，手不禁哆嗦了一下，而且在他看来，打死一只鸿雁和打死人，那是两码事，杀人是要偿命的。他原本是想举枪恫吓，可手在哆嗦中竟然扣动了扳机，额勒森弯下头颅顶起了猎枪，一团火光冲向天空，老骑兵的刀尖迅即逼向了盗猎者的咽喉。吉普车里的司机吓傻了。

盗猎者倒在了地上。

他哀求道："我是煤矿上的老板，吉普车里有十万块钱，归你了。"

老骑兵捡起地上的猎枪，掮在肩上，打开吉普车的后盖，双手捧起死去的鸿雁，踢了盗猎者一脚："我把枪带走交给警察，你到公安局自首去吧。"

会跳舞的鸿雁被老骑兵葬在了瓦莱湖畔。

数日后，瓦莱湖人惊奇地发现，成群的麻雀、喜鹊、百灵鸟和鸽子在那座小土包的上方飞翔，并组合成一个圆，那展开的翅膀老远看去像许多瓣百合花的叶片在风中摇曳。

那些日子，额勒森的眼圈里始终噙着湿漉漉的东西。

我是第二天上午去金兰大婶家的。她家的窗子不大，采光不好，房间里显得有些暗淡，金兰大婶坐在床上摆弄一副纸牌，嘴巴里念念有词，像是在诵读什么咒语，但声音又很小，嗡嗡地像蚊子从耳边飞过，我被这种神秘的氛围搞得战战兢兢，立刻失去了方向感，我不知道房门和窗户朝南朝北，置身何处，是普通人的居所，还是飘逸着檀香味道的庙堂。

我轻唤了一声："金兰大婶。"

金兰大婶指着纸牌说："我知道你会来。"

我并没有认为这是纸牌上说的，扬起小手说：

"是老阿爸让我来的，他说城堡里有珍宝的事儿纯属子虚乌有，您得阻止他们。"

金兰大婶冲我招招手，示意我靠近她。我小心地走近，闻到一股腥臭的酒气。

她胡乱地摆弄了一下纸牌，让我看，我看到的是十张排列有序的红桃。我皱了皱眉头表示不解。她扔掉纸牌看着我，突然把手伸向我，我下意识地向后退，还是被她摸着了，她撇着干瘪的嘴说："没错，是个男人。"

我在疼痛和羞耻之间表现出来的慌乱的傻样，逗引得金兰大婶呵呵地怪笑。我仰起屈辱的脸庞，看到了一张又老又丑的面孔，并且让人感到恐惧和狰狞。

金兰大婶止住笑声后说："你希望我劝说他们不要去穿越沙漠？"

我克制住愤怒，平静地说："他们原本就是被你煽动起来的，那么多人都去穿越沙漠，那可是人命关天的大事，你得对这些人负责。"

"你这个可恶的侏儒，快滚吧。"金兰大婶恼羞成怒，嘴巴里喷出更加浓烈呛人的酒气，"你别拿这种话吓我，我是替神灵传话，别的嘛，我可管不了那么多。"

我很认真地说："那座城堡不会在沙漠里。"

金兰大婶审视着我，想了想问："你怎么知道？"

我向下抻了抻面具的边缘："也是神灵说的。"

金兰大婶一脸狐疑地望着我："能摘下你的面具吗？你长着一张像猫一样的脸吧。大神向我托梦，说有一个长着猫脸的小矮人出现在瓦莱湖的时候，那个小矮人才是我真正的丈夫。你来吧，摘下你的面具，让我为你欢唱吧。"

"你就是一个女巫婆。"我丢下这句话，像老鼠一样迈开短小的双腿，磕磕绊绊地落荒而逃了。

随后，从房子里与檀香一起飘出刻薄恶毒的怒骂，但我已经听不清楚了。

我走后不久，金兰大婶也离开了家，游走了几户人家，有西岸卖豆腐的李豆腐、鱼店的老板娘王山杏、牙科诊所的蔡牙医、养车的运输户胡二狗，胡二狗的老婆还开了一个为司机配货的信息部，金兰大婶也光顾了信息部，李豆腐、王山杏、蔡牙医、胡二狗老婆待金兰大婶离开后，纷纷放下手里的活计，封上店铺门板或者拉下卷帘，各自奔亲戚和要好的朋友姐妹家去，每个人的脸上一样的神神秘秘。我不知道金兰大婶都说了些什么，只是到了下午，瓦莱湖人为荒唐的旅行而加快了蠢蠢欲动的步伐，但又彼此缄默，各怀诡异。那些男人们，已经无暇聆听梅子的歌声，寻宝和发财的欲望，让瓦莱湖人变得癫狂。我到那个卖牛皮礼帽、手杖和望远镜的摊贩那里，买到了货摊上的最后一架望远镜，然后站到二楼西北角的制高点，用望远镜可以清晰地看到金兰大婶家的院子，我可不是变态的偷窥癖，要想阻止这场荒唐的旅行，我也想不出更好的办法。

我观察到，整个下午，不时有人踏进金兰大婶家的门槛，进去时，有人会拎着一团包裹严实的东西，走出来，手里便攥着一片台历大小的黄表纸，小心翼翼地掖进口袋，而有的人出来后，又迫不及待地展开，看上一眼，小心地放入口袋中，再用手在口袋的下方用力捏一捏。进去的大部分是男人，也有女人，但每个人进去时都揣着一脸期待或者忐忑，而出来时，又都喜形于色了。

我似乎明白了金兰大婶四处散播寻找古城的意图了。

到了第二天早上，从古城西安来的生意人，奔波了一整夜，运来满满一卡车的户外帐篷、罗盘定位仪、指南针和洛阳铲，考古用的洛阳铲在瓦莱湖既是新鲜玩意，也成了抢手货。开始，那种价格低廉的洛阳铲立即被抢购一空，接着中档的洛阳铲售罄，最后一把洛阳铲，炒到了三千元一把，也被牙科诊所的蔡牙医买走。至于户外帐篷、罗盘定位仪和指南针被销售者以高价搭售在洛阳铲上，倾销干净。

梅子和我站在楼上的制高点，冷静地观察，梅子一脸钦羡地说："那西安人好有商业头脑啊。"

我说："有商业头脑的不是西安人，是金兰大婶。"

梅子又感叹："咱家可是铁匠世家。"

我明白梅子的意思，我说："老阿爸是要我们阻止他们进沙漠。"

梅子叹了口气说："你根本阻止不了他们，欲望的机器一旦开动起来，哪那么容易停下来。"

从傍晚开始，就有人向沙漠开进了，而大批的人马是在吉雅穿越沙漠的第十五天早上出发的。那时，天色微明，我还没有起床，睡梦中，客栈的门板被人擂得山响。我焦急地下楼，又被梅子在楼梯上叫住，因为匆忙中我忘记戴上面具，我只得再折回楼上，梅子帮我戴好。下楼，打开客栈的木门，瓦莱湖的小哑巴一边咿咿呀呀，一边冲我打着手语，老阿爸最疼爱这个可怜的孩子。我猜想，一定是老阿爸出事了，我被小哑巴拽着，朝沙丘的沟谷方向奔去。

老阿爸又一次举起亮闪闪的马刀横在了驼队的前面。他说："谁的脑壳比这把马刀坚硬，就从这里进沙漠去。”

沉寂了片刻后，人群里立刻响起怪异的口哨和哄笑。一向被瓦莱湖人敬畏的老骑兵在癫狂的人群里失去了威严，此刻，他的话像鹅毛一样轻飘。

我穿过一条条像林子一样的骆驼腿，走到老阿爸身边，大声地说：“沙漠里根本没有古城，就算找到古城堡，也没有你们想要的珍宝。别去冒险了。”

李豆腐骑在骆驼上呵斥道：“你这个丑陋的外乡人，哪里有你说话的份。赶快让开路。”

不知是谁喊了一声：“打死这个小怪物。”

话音一落，群情汹涌，那些还没有骑到骆驼上的人一窝蜂地涌上来，数不清的拳头和脚掌像海浪一般把我击倒在岸上。有人用力撕扯面具，我双手捂着抻着，拼力保护，面具被撕扯着将要脱离我的面庞，要从我的手指间溜走。小哑巴用双手和身体，像伞盖一样压住了我的面具和聪慧的脑袋，老阿爸的马刀劈伤了李豆腐的骆驼，打掉了胡二狗的门牙，抵住了蔡牙医的咽喉，才制止了那些人对我海浪般的击打。

为保护我，小哑巴也是遍体鳞伤。

但老阿爸没能阻止瓦莱湖人像山洪一样涌进沙漠。

梅子闻讯赶来时，攻击已经结束。她为我系好被撕扯断了的面具上的绑带，抚摸我沾满脚印的身体，泪水洒落到面具上，然后顺着面具爬到了我的脖子里，我半躺在沙地上，头和肩膀依靠在梅子的怀中，像可怜的孩子。老阿爸佝偻着腰，大口地喘息，因为有马刀杵着沙地做手杖，他才不至于倒下。

梅子突然大声地嚷了起来：“你们快看，晓椿，老阿爸，你们看，额勒森回来了。”

我们一起望向沙丘，额勒森正迎着晨光走在归家的路上。而我们没有看到吉雅。

第四章　额勒森是船

额勒森的鞍子上捆绑着吉雅那只干瘪而积满尘土的背包。

老阿爸神情木然，他在十七次穿越沙漠的经历中，这样的事情还没有发生过；梅子慌乱得不知所措，自顾抹去眼眶里的泪水。我的脑子里始终有很多的念头，乱七八糟，有被吉雅叫作理想的东西，也有不断应验过的预感，但我从来没有预感过这样的结果。

谁都不敢走过去触碰那只背包，因为背包在鞍子上，或许还把吉雅生的希望萦绕，一旦解开，谜底揭晓，那结果会击垮老阿爸、梅子和我的意志。可我不信，我心中那个高大坚强的吉雅，真的会罹难在沙漠里吗？

当然，我们无法猜测得到，这十五天，吉雅在沙漠里遭遇了什么。我想，即使是托尔斯泰、果戈里、莫泊桑，那些天才的想象家，也难以预料到沙漠里的现实。吉雅，我的兄弟，那个可以倾心交谈、把心底那些乱七八糟的念头拿出来分享的兄弟，我们还能分享那些快乐吗？我知道，吉雅穿越沙漠的行动，是一次极有意义的跋涉，和瓦莱湖二十三户人家的荒唐旅行完全不同，吉雅是寻找六百年前发端于大漠草原的部落家族的踪迹，那也是外公和父亲两代骑士的夙愿。那是生生不息的血脉，是一个家族的强大精神动力和支撑。所以，吉雅的跋涉对于一个家族的意义，深远而伟大，他是寻找延续生命信念和存在精神的根基，把家族遗弃的荒漠城堡寻找回来，这远比一笔笔地记录族谱更卓越非凡。

小哑巴摩挲着额勒森的腿，让它卧倒，然后解下捆绑在鞍子上的背包，拉开背包拉链，伸手摸索了半天，拽出一个信封。小哑巴把信封举向老阿爸，老阿爸抬起手指着我说："拿给他吧，我的眼花了。"

小哑巴递给我的时候，我没有接住，信封掉落在了地上，一股风吹起信封，像断了线的风筝。梅子丢开我，追逐飘飞着的信封，那信封在十几米远的地方落下来，梅子抢到了，走回来递到我的手中，我哆嗦着手，不敢打开，又把信封交还梅子，梅子接过去，从信封里抽出一张纸，又把那张折叠着的信纸递到我的手上，我的手还在哆嗦，捻了几下才勉强展开，扫了几行后，不争气的眼泪立刻就淌了出来，声音也不像我自己的了："吉雅没事，他好好的。"

老阿爸的手像喇叭似的捂在耳朵上，身子摇晃了几下，挺住了。

梅子的眼睛里没有了泪水，是难以置信的空洞。

老阿爸说："你给我们读一读，那吉雅到底什么意思？"

我平静了情绪，读起信来：

阿爸、晓椿、梅子：

我一切都好，不要挂念，我写这封信的时候，已经是进入沙漠的第十天了。我发现了有关城堡的重要线索，我知道，瓦莱湖人很快就会到达这里，所以我得守在这儿，我让额勒森回去，给我带回来补给的水和食物，再把皮袍或者棉大衣带来。另外，让额勒森把晓椿也带来，我需要你这个小家伙。

吉雅

我读完信，看着老阿爸。老阿爸似乎意犹未尽，大概还想知道些什么。他问我："就这些了？"

我说："吉雅让我也进沙漠去。"

老阿爸突然气咻咻地说："没用的东西，他是给毕利格家族丢脸。”

说完，老阿爸摇晃着颤巍巍的身子走了。

我们望着老阿爸蹒跚的步态，直到走远。接下来，小哑巴牵走了额勒森，我和梅子开始为吉雅准备补给的物品，两大桶一千公升的水，若干牛肉干、火腿肠、饼干和两件棉大衣。备齐了补给，梅子抓着我的手问:“你想好了？真的要去吗？”

我说:“吉雅需要我。”

梅子沉吟了半晌:“晓椿，我们要个孩子吧。我想给你生。”

“可我怕生出像我一样的侏儒，在这个世界上，再增添一个戴着面具的小丑，那将是你我终其一生的遗憾。”

“我咨询过医生，我们有可能生出健康的孩子。”

“医生说得是有可能，而不是完全确定。”

“不，晓椿，医生说，我们生出健康孩子的概率还是很高的。你有点信心好不好。”

梅子搂住了我。她远比我高大，所以不能像别的女人那样小鸟依人般地依偎在男人的怀抱，可以找到心理上的依靠的坚实感，我和梅子只能互相牵手，而且看上去，像牵引着一个孩子，这是侏儒丈夫为妻子所能撑起的最大的天空。

梅子又一次把要孩子的事儿提上日程，而且是在我即将远征的前夕，所以，看起来显得意义非凡，又充满悲壮。

我关闭了客栈的大门，在门外挂上了一块儿“暂停营业”的门牌，整座客栈空旷寂静了。梅子帮我调试好了水温，我摘下面具，进入卫生间冲洗身体，热气在镜子上蒙了一层水雾，所以，我仍然看不到我的面孔，我已经忘记自己长什么样子了，我甚至怀疑真的像猫脸那样奇丑无比。短头发厚密坚硬，下巴又有了一层坚硬稀疏的胡须，往常都是梅子为我做剃须的事儿，现在梅子在楼上等着我，我们都对今晚满怀期待，像在进行宗教的仪式。上帝造人的时候，用了七天，其实在第六日，神就按照自己的形象造男造女了。到了第七天，神创造了圣日，那一天是安息日，可我和梅子却不知道今晚能不能为这个世界增添一个生命。

梅子说，在心境俱佳，最轻松、最兴奋、最愉悦的状态下，精子和卵子的结合，才能造出最聪明的宝贝。

“你蓄谋已久了？”我脱掉特制的短小的睡袍，爬到了床上。

梅子期期艾艾地说：“不要破坏了今天的心情啊。”

我闻到了一股奇异馥郁的清香，那是我喜爱的茉莉的味道，我把这味道带入甜丝丝的梦境，带到了沙漠。

一大早，老阿爸破天荒地站在了我家客栈的门外。正端详着那块儿“暂停营业”的牌子犹疑不决，他的身后牵着两峰骆驼，当然不会少了额勒森。我和梅子急忙跑了下来。

老阿爸家只有额勒森一峰骆驼。这几天，因为一场荒唐的旅行，骆驼在瓦莱湖成了稀缺的牲口，所以老阿爸要找到一峰好骆驼也费了一番工夫。

“我就不给你送行了，这两峰骆驼，额勒森骑乘，那峰骆驼就驮载补给，什么时候出发你自己定。我看还是越快越好。”老阿爸把骆驼缰绳递给我，我站在高大的骆驼下，越发显得矮小了。

“我明天就走。”

老阿爸点点头转过身走了。

梅子又动手为我赶制了一副新面具。是丝质的，厚度和原来的差不多，但比原来那个面具的透气性要好得多。虽说已经进入八月底了，但我和梅子预想，沙漠里的气候一定还是酷热干燥，再说，原来那个面具已经被瓦莱湖人撕扯得破烂不堪了。我踮起脚尖吻了梅子绯红的脸颊。之后，开始准备行囊，我做的第一件事儿就是把那本书塞进了背囊。

梅子说：“书就别带了，千里不捎书，挺沉的。”

我一脸自信地说：“这本书会帮助我们找到城堡的。”

梅子杵了我的脑袋，边给我调试面具，边奚落我：“你不是说有你这颗聪明的头颅就够了。”

老阿爸把小哑巴派过来帮梅子做些体力杂活。

这天的清晨，梅子的歌声没有如常在客栈的楼上传出。老阿爸说不来送行，结果还是来了。

老阿爸一再嘱咐：“额勒森认识道，你一定听它的，没有特殊情况，不敢自作主张改变路线。”

我记下了老阿爸的叮嘱，和我的梅子、老阿爸、小哑巴挥手告别，开始了沙漠穿越之旅。

尽管，我此行的目的是为吉雅运送给养，然后和吉雅商讨寻找城堡的路径，可我对吉雅从瓦莱湖西岸，沿古丝绸之路穿越沙漠的意见相左。在离开那座城市时，我就推测吉雅的穿越路线是错的，他走的路线是找不到那座古城堡的，可吉雅写信偏偏说找到了重要的线索。

那么，我想说的是，两千年前那座被匈奴人焚毁的城堡和吉雅寻找的古城，有没有某种联系呢？吉雅穿越沙漠的前一夜，我向他谈了我的推测，吉雅说我疯了。两座城堡之间相隔一千多年，经历了数次王朝的更迭变迁，以及数不清的争夺与战火，怎么可能是同一座城堡呢？

“我的猜测是个幻想？”

吉雅肯定地说：“那就是幻想。”

“不，我的推测是有根据的。”

“是我留给你的那本书吗？”

“是啊，我可是认真读了。”

“荒唐，用那本书来推测古城的位置，你这个矮小的家伙，你的脑子里塞满了什么？”

突然发现，我们即使一夜争论，也毫无结果，我根本说服不了吉雅。我们都累了，吉雅已经哈欠连天，而且明天还要赶路，那就休战吧。他哪里知道我的脑子里塞满了什么。

由于那本让我痴迷的书，我可能比吉雅更关注城堡，我当然还关注争夺与战火，堆积如山的死尸，幸存下来的母鸡和黑猪；还有那些被匈奴人掳去的工匠，甚至年轻的女人。

雪花还在飘舞，漫长的等待中，诏令迟迟不能到达。两个士兵抬着倒毙的同伴，走向土围子外面，敲开冰冻的土地，掩埋了同伴。昨夜，他们还和这个同伴在一个草窝子里睡觉，他的肩胛连中了两箭，一路奔逃，伤口化脓溃烂，因为都是关西同乡，两人便轮流照顾，但没能保住他的性命。关西军人是这支部队的主力，冲锋的时候，关西人打头阵，浴血奋战，可是提升军侯，论功行赏，关西人就靠边站了。秦时明月汉时关，沿着大宛一路征战过来的关西子弟，却总受到排挤和怀疑，谁让他们历经大秦帝国的辉煌呢？此一时，彼一时，仗还是要打的，为帝国，也为边塞的郡城和郡城里的生命。

皑皑的白雪覆盖了秦直道悠长的尽头，白茫茫一片，如梦如幻。驿站那几间草棚子被厚厚的积雪压塌了，贰师将军不得不搬出暖和的房子，重回冷飕飕的营帐里栖身，他或许比任何人都希望尽快得到帝都的诏令，或战或撤，总比在这个鬼地方挨着要好受得多。但他深知武帝驱逐匈奴人的意志和决心，打几场败仗不算什么，关键是要树立信心，重振旗鼓，以此击溃掠夺者狂妄的内心。居延那边全军覆没的消息，辗转了十多天，传到了土围子，一个士卒的兄长就在那支部队里，士卒独自走出营帐，踩在泥泞的雪地里，茫然地望着西北的天空。

现在，额勒森驮着我行走的就是两千年前，深入到居延的那支部队出征时行进的线路，他们一去再没有回来。

蒙语里，额勒森是沙漠的意思，汪格策则是船，这个叫额勒森汪格策的骆驼像船一样载着我开进茫茫的沙海。这是一片永远充满悲情和沧桑感的国土。大海有多么磅礴，沙海就有多么浩瀚。海水是冰冷的，寒彻刺骨，而大漠像灼热的烤箱，难以抵御。于是，很多人便有了神奇的勇气和力量，敢于探险和挑战，就如麦哲伦和那位帝国的使者班超，他们都是富于挑战的人，有敢问路在何方的理想和自信，毅力和胆魄。那么，在吉雅寻找古城堡这件事上，对于张骞险象环生的西行，似乎是多余的赘述，但我想，如果没有张骞的西行，就没有那次浩浩荡荡的西征，就不会有古城堡的陷落。那次西征，是帝国军人的一次寻梦的旅程，他们长途跋涉，开疆辟土，就是要打通从咸阳经秦直道，再由西河郡、朔方郡、居延海、玉门关到和田到昆仑山的运输线，帝国需要那里的良玉。国君的玉玺，那是非和田玉不可，分封的郡王，后宫里的六千粉黛，没有玉器，国家就不成样子了，在国君心里，他更关心的是玉石，而温润的玉石又连着社稷江山，至于那场为汗血宝马进行的旷日的拉锯，与其说夺宝，倒不如说是为了帝国的尊严而战，丝绸茶叶，那只是兵卒征战驻守时，顺手搞的一点副业。所以，确切地说，丝绸之路，其实也是一条玉石之路。

一路没见到一个人，能看到的只是稀疏的芨芨草和骆驼刺，以及驴友和探险者丢弃的矿泉水瓶子、花花绿绿的垃圾袋，瓦莱湖那二十三家穿越沙漠的荒唐的旅行者，早就湮没在无边无际的大漠里了。翻过一座沙丘，又一座沙丘，连绵不绝，到不了头，到了中午，我看到荒漠里竟然长着一棵小树，而树下，有一位牵着骆驼的人，我催促额勒森加快步伐，靠近了那棵小树。牵骆驼的老者是瓦莱湖六十四岁的宝德大叔，他满头银发，一脸疲惫地站在稀疏斑驳的树荫下。

我下了骆驼，也打算休息一下："宝德大叔，您掉队了？"

"一进沙漠就散了。"宝德大叔怒气冲冲，"谁都躲着，谁也不管谁，有几家口袋里揣着黄纸，这里挖，那里挖，要我看，他们全都疯了。"

我说："您相信沙漠里有古城和珍宝吗？"

宝德大叔愣了一下，看看我："有，但找不到，我找不到，他们找不到，你和吉雅也找不到，老骑兵李解放和他的岳父毕利格找了一辈子都没找到，他们这些人就更找不到了，那毕利格是什么人，是和小鬼子真刀真枪干过的人，是打过大仗的。"

我又问："您还接着找吗？"

宝德大叔摇摇头："不找了，我这就回家去。你和吉雅也别找了，你们根本找不到古城。"

我不置可否地笑了笑。努力地仰起头，看见了宝德大叔干裂的嘴唇，我从挂在鞍子垫后面的背囊里取出一瓶矿泉水递给他，但他没接，说："就要到家了。"

我说："你喝吧，我还有不少。"

宝德大叔接过矿泉水，呷了一口，用饱蘸了水渍的舌头舔了舔干裂的嘴唇，瞬时，殷红的血渍便从皲裂的地方渗透出来，他显然是感觉到疼了，面孔抽搐了几下，又气忿忿地说："金兰就是一个女巫婆。"

我还要赶路，匆匆地告别了宝德大叔。

行进了三个多钟头，仍然没有见到一个人。心里开始忐忑起来，甚至怀疑额勒森是否走错了道，不然怎么还见不到吉雅。

煦暖无风的八月，在沙漠里算是最好的时节，尽管酷热仍然席卷着整个沙海，但比起肆虐的沙尘暴，比起两千多年前十月底的那次在风暴和寒冷中的远征，这样一个阳光明媚的日子，老天就算是对我和那些进入沙漠里的人的眷顾了。太阳离沙丘越来越近，像一只飘飘摇摇的气球，天空也低矮了，伸手便可摸着天，摸着燃烧的云。那近在咫尺的稀疏的云朵，像从沙丘里喷出的火焰，暗影的地方犹如烧焦了的灰烬，而在没有任何建筑物的旷野里，燃烧着的云朵与焦黄的大漠交相辉映，构成一幅色彩斑驳的图景，或许这才是最本真的世界，自然而天成，质朴而原始。而一向自恃伟大的人类，在浩瀚无边的世界里变得渺小了，甚至脆弱不堪，所以，沙漠是雄性的，他宽广但并不包容，他只接纳更加雄性刚烈的挑战者，而脱水、孤独、绝望、死亡，那是注定要被沙漠嘲笑的，所以人在沙漠里，其生命力，或许不如一只沙漠蜥蜴，一株芨芨草、骆驼刺，那么顽强，那么有存在感。

翻过一座沙丘，地面显得平坦了许多，额勒森明显加快了步伐，是啊，再见不到吉雅，我只能孤独地陪着这两峰骆驼在沙漠里过夜。我骑在骆驼上，一边继续向西行进，一边思索着宿营的地方。我不知道，在这孤寂的大漠里，是否会有野兽出没，比如一匹甚至一群狼，平坦的沙漠里正好是狼群打包围战的绝好之地，但像我这样矮小瘦弱的晚餐，狼群也未必瞧得上。而经验丰富的额勒森又未必会让饥饿的狼群得逞。

我马上想到了那些散落在沙漠里的瓦莱湖人，因为都带着独吞珍宝的心理，本来该互相照应的沙漠之旅，因为心怀各异，而各奔东西，一旦有了危险，只能独自应对。我也注意到了随处可见的被挖掘过的沙坑的痕迹，寻宝的梦想，已经让他们变得自私而癫狂。算起来，他们进入沙漠已经三天了。我想，只要不死人就好，能安全地返回瓦莱湖，那才是最幸运的事儿。

远处，一公里远的地方，我看到了一辆静止的吉普车的轮廓，看样子像是抛锚了，我没有看到汽车的主人，不知道他在哪里？也许正躲在驾驶室里睡觉。这也是一个很好的宿营之处，那么，我呢？我该在哪里宿营呢？

我说：“额勒森，我们在哪里宿营？”

额勒森没有停止前行的脚步，它载着我继续向西，很快我们就靠近了吉普车。

第五章　生活的意义

他果然在呼呼大睡，我摇醒了他。我矮小的身体和脸上的面具着实把他吓了一大跳，他从后排座椅上蹦了起来，并撞疼了脑袋。

他是一个绝望者，因为找不到生活的意义而痛苦。他说，他叫王远京。北京人，财富多得可以买下西北的一个村落。我说，财富怎么能用村落比，村落是无法估价的。他说，他的财富也差不多。我说，那么多的财富，为什么还痛苦呢？

“所以我在寻找答案。”

也许几天没刷牙了，他的口腔里喷出一股难闻的口臭和浓烈的烟草味。上衣皱巴巴的，很久没有换洗，衣领上有一层黑黑的油垢，头发蓬乱，胡子拉碴，眼神迷茫，这样的装束和形象，无法把他和一个富翁联系起来。

在我看来，那越野车的座椅显得很高，我从右侧车门像溜滑梯似的，沿着越野车座椅小心翼翼地滑落到地面，然后仰探着脖子，故作老成地问他：“你找到答案了吗？”

他一脸沮丧地摇摇头，抬起手撸了撸杂乱的头发说：“来沙漠之前，我还去过青海，见了很多磕长头的朝圣者。”

“有什么感想？”

“感觉我的内心无依无靠，所以就奔沙漠来了。”

他打着哈欠，从越野车里钻了出来，夕阳映照在他那张略显憔悴的脸上，俨然一副没有睡醒的样子。他在车上大概躺了很久，舒展了一下手臂，又向上抻了抻脖子，像要努力看清楚这个世界。他的目光越过我的脑袋，打量着我身后的额勒森和我现在叫它“无名氏”或者“嘚”的骆驼，想了想，然后指着“无名氏”说:“怎么样？做笔交易。”

“什么交易？”

“卖一峰骆驼给我，我的车抛锚了。”

“骆驼不是我的，我是送给养的驮夫。”

“给什么人送？”

“寻找古城的。”

“找着了吗？”

“找着就不用送了。”

“你这个死心眼的小矮人，你随便开个价吧。”

“我要走了。”

“我跟着你。”

“那你的越野车怎么办？”

“还能怎么办，扔掉了。”

王远京以不容争辩的固执，甚至有点无赖的狡黠，不容分说地收拾好自己的背包，放在了“无名氏”满载给养的背上，自作主张地牵着“无名氏”的缰绳，迈开步子，随我走了。他走在后面，我骑在驼背上如坐针毡，速度当然更慢了。天色已经黯淡，本来走的目的是想甩掉王远京，事与愿违，结果倒成了结伴而行。

我想从驼背上下来，陪王远京一起徒步，王远京阻止了我，说那样会更慢，找个平坦的地方宿营吧。

在神奇的暗夜里，我们看到了远处燃起的篝火，那绰绰人影给寂寞的沙漠增添了无限的生机。

到有篝火的地方宿营，这是额勒森的主意，因为它突然变线，转向西南方向，奔着篝火的方向去了。

长时间的孤独之后，见到同类，见到篝火，王远京哭了。他说，他是第一次无厘头的哭泣，也不是一点儿理由没有，就是孤独得太久了，他一个人在沙漠里耗了十多天，为了节省油料，多半时间是停下车来思考，想生活的意义。他喜欢读中国古典文学，也喜欢吃法式牛排，结果把自己吃成了胖子。身体胖了，头脑却越来越空虚，所以常常为此深陷痛苦而难以自拔。他进入沙漠，还带了一本叫《繁露》的书：天地人，万物之本也。天生之，地养之，人成之。天生之以孝悌，地养之以衣食，人成之以礼乐。他一边哭泣，一边向我朗诵书中的句子。他不做解释，我听得似懂非懂，但这是在空寂的旷野，在无边无际的大漠里所能听到的最激昂的声音，尽管带着哭泣的颤音。

接下来，王远京沉默了，不知道在想什么。额勒森的蹄子踢打着沙子，发出“噗噗”有节奏的声音，而“无名氏”踢出的节奏和声音，急促响亮。事实上，“无名氏”所驮负的重量远远比额勒森重得多。仅仅半个多钟头，王远京就和“无名氏”达成了某种默契，他们的速度越来越快，这大概源于看到篝火的异常兴奋，像赛跑似的，一个劲儿地往前冲，但额勒森依然走得不紧不慢，就像背着手踱着四方步行走在街巷里的老者，故意摆出一副老成持重的样子，很快，王远京和“无名氏”便与我们拉开了十几米远的距离。篝火越来越清晰，也似乎越来越近，近得几乎能听到从篝火边传来七嘴八舌的声音，能听到马头琴伴唱的音韵随风飘荡，我依稀闻到了烤肉的香味，并且是杭乌盖山羊肉烧烤出来的味道，那气味熟悉而温暖。但就在此时，王远京以一声狼嚎一样的惨叫，和“无名氏”一起从地面上消失了。我大声地呼叫，篝火那边也有人向这边跑来，我们在一处大约二米多深、长宽五六米的大沙坑里看到了满脸血污的王远京，也看到了被压在货担下面的“无名氏”，看样子“无名氏”比王远京更惨。

下到坑底的人说：“骆驼的两条后腿全骨折了，这峰骆驼废了。”

在大沙漠里，我知道废了的意思，就是“无名氏”将要面临被宰杀的命运。

我还认出来，站在坑边手舞足蹈，像个指挥官一样的年轻人是蔡牙医的儿子。几乎不用猜测，这沙坑就是他们的杰作。

小蔡牙医从沙坑对面绕过来，走到我身边奚落道：“你不是说寻不到珍宝，怎么也进来了？”

我压住怒火，尽可能平静地说：“帮个忙，把他们弄上来。”

小蔡牙医便冲沙坑对面看热闹的人喊道："再下去几个，把他们弄上来。"

坑底的人问："骆驼也拽上来吗？"

小蔡牙医说："那当然。"

坑底的人便说："拽骆驼可费点劲。"

我帮不上别的忙，只能打着手电筒照亮，王远京没伤到筋骨，只是擦破了皮，鼻梁骨受了伤，弄得满脸是血。几个人七手八脚，就把王远京拖拽上来。接着，用绳子吊上了那两大包水和食物，要把沉重的"无名氏"弄上来的确不容易，小蔡牙医派人回篝火边又取了四根粗重的绳子，回去取绳子的人，又带来了一个十八九岁的女孩，她是鱼店老板娘王山杏的女儿。把"无名氏"弄出沙坑大约耗费了半个多钟头，每向上拽动一下，"无名氏"就会发出一声凄厉的惨叫，而我的魂魄也伴随着凄厉的声音飞到了星空，我的脑子变得麻木空洞，手颤抖得几乎抓不牢手电筒，以至于坑下的人用呵斥和怒骂向我发出了抗议，最后连打手电筒这样的任务都移交到了那女孩的手里。

我不知道是怎么到了篝火边的。没有人和我商量，"无名氏"就被宰杀掉了，只剩下一张骆驼皮，一颗头颅和四个蹄子。后来，王远京告诉我，小蔡牙医说大伙儿听不得"无名氏"的惨叫，在荒寂的大漠里，那样的惨叫会让人绝望崩溃。

我昏睡了。王远京支起了帐篷，把我塞了进去。

早上，清冷的沙漠里仍然是一片晴好的天空，阳光透过帐篷刺痛了我的眼睛。

我爬出帐篷，看到了小蔡牙医正在展示他挖掘的成果，那是一副沾满沙土、锈迹斑斑的铠甲，走南闯北的货车司机胡二狗说穿缀的皮甲那是上好的头层牛皮，现如今，别说牛皮，连这么好的牛都找不到了。

小蔡牙医丢给我一团血淋淋的肉："这是你的那份，别的大伙分了，这是瓦莱湖的习惯。"

我当然不会索取这份血淋淋的骆驼肉，它是"无名氏"的躯体，是我的伙伴，但"无名氏"，有时我也叫它"嘚"，它的命运，就是这样被肢解瓜分了。瓦莱湖有分割骆驼的习惯，也有揣着神秘的黄表纸各奔东西的习惯吗？

我没有说出来。

迫在眉睫的是怎么把给养送到吉雅那里。“无名氏”被宰杀了，驮运的任务只能靠额勒森来完成。我呢，就只有徒步了。行进速度当然也会慢下来。

王远京牵来了两峰骆驼。

我边给额勒森喂料，边问：“你怎么弄到的？”

他笑了笑：“重赏之下有勇夫。”

我脱口又问：“多少钱？”

他叠起两个食指：“十万一峰，当然是人民币。”

我急忙捂住了嘴巴，免得发出惊叫的傻气。

离开之前，我仔细地研究查看了那个锈迹斑斑的铠甲和杀死“无名氏”的大沙坑。小蔡牙医正搂着王山杏女儿的肩膀，为找到城堡而热泪盈眶。我抓起一捧挖掘出来的新鲜的沙土，又联想了那次载入史册的远征，所以推断这副铠甲不是古城里的遗物，而是被丢落在远征途中的亡魂。

我向小蔡牙医建议说：“把沙坑回填了吧。”

蔡牙医、小蔡牙医和蔡家的亲戚对我的建议和推断，立即报以无可置疑的嘲笑。小蔡牙医立即回敬我道：“滚吧，小侏儒，我们还准备调一台挖掘机来。”

闻讯踏着晨露从很远的地方赶来的李豆腐，神秘莫测地拍着我的肩膀说：“这是一个敢想敢做的时代。”

但我从李豆腐的眼神中看到的是：贪婪和妒忌。

他内心里或许正为选择错了路线而懊悔，因为我看到一片黄纸从他的手掌心飘出。

太阳毫不犹豫地爬升了起来，日光一晒，沙子很快就会滚热发烫，我还要抓紧时间赶路，也许，吉雅此刻正弹尽粮绝，深陷困境。王远京牵着三峰骆驼向我呼喊招手，为吉雅运送给养的两捆包袱已经架到了新买的一峰骆驼上，本想甩掉的人，现在却在帮我。小蔡牙医和他同伴的目光始终在王远京的身上和架在驼背上的行囊逡巡。

王远京说，短短的一个早晨，他就观察到，这些瓦莱湖人寻找古城的目的并非求证历史，或者探寻失落的文明，而是一伙儿疯狂的掘金客。包括那副铠甲，他们都已经在悄悄地估算能卖掉的价格。而我和梅子来瓦莱湖二十多天的日子里，日渐感到，新生代的瓦莱湖人不仅仅是癫狂那么简单，而是错乱，他们总是把有意义的事儿当作讥讽的笑料，比如某个诚实的老实人被取了“奥斯特洛夫斯基”的绰号，在瓦莱湖人眼里，这个名字绝不是褒义的盛赞。

王远京说：“这是一群反常的家伙。”

但反常的还有额勒森，无论怎么牵拽，就是不肯向前迈出脚步，固执得像躺在地下打滚撒娇的犟脾气的顽童。我太矮小了，在高大的额勒森面前，我们彼此好像忽略了各自的存在，我拽了拽它的笼头，额勒森顺从地垂下脑袋，我摸着它的嘴巴说：“你是想要告别吗？”额勒森用嘴唇蹭了蹭我的手背，我的心一颤，随即松开了牵拽额勒森的缰绳，并看着它转过身去，我尾随着额勒森穿过一顶顶蘑菇团似的宿营帐篷，走到了丢弃“无名氏”皮毛、头颅和四个蹄子的地方，我不敢看“无名氏”头颅上的眼睛，我怕看到流出的血，额勒森弯下脖子，嗅了嗅沾满血水的皮毛，高昂起脑袋对着天穹，“呜”的一声长嘶，老泪纵横。

很长一段路，我没有跨上额勒森的驼峰。那一段路途，我们像蜗牛一样缓慢前行，我短小的双腿在沙窝子里走得磕磕绊绊。王远京劝我骑到骆驼上，别注重形式了。我说，这不是形式，是对“无名氏”的哀悼。王远京沉默了，后来索性也下了骆驼，徒步跋涉，但性急的王远京总是走出几步远后，又一脸无奈地站在前面等我。有了王远京，我的旅途不再孤单，他很健谈，总是希望在沙漠里寻找到能触碰到心底的灵光，好解开他心中的苦闷与困惑。他把沙漠当成了朝圣的神龛或者圣地一类的地方，期许获得心灵的救赎，或者找到存在的慰藉，事实上，他把沙漠之行当成了朝圣。

王远京捡起一块儿石头，扔向很远的地方：“很久没打高尔夫球了。”

我开着玩笑说：“那就是生活的意义。”

王远京很认真地想了想："那也算吧。有人总把运动方式和社会地位扯上，其实，生活的意义在于内心，在于信念或者信仰，这好像更重要一些。就像你脸上的面具，虽然遮挡了你的表情，但遮挡不住你的笑声，你的心境。去年，玛雅人预言的日子到来的一个星期前，我买了足够一个月的蜡烛，和足够一个星期的鸡腿、汉堡，那是我儿子爱吃的，我妻子说我抑郁了，疯了，我儿子信，他才九岁，就信我的，我们关闭了电灯，反正黑暗要来，末日要来，来就来吧，我们点燃了蜡烛，就那么静静地坐着，彼此注视着对方，那是12月20日的晚上，到了凌晨，我儿子睡了，我毫无倦意，回想往事，回顾蹉跎的岁月，那时我突然找不到生活的目标和意义了。到了21日早晨，阳光像往常一样照在我眼前的百叶窗上，渐渐地融化了玻璃上的窗花，我没有吹灭蜡烛，而是一根接一根地点燃，就让蜡烛在那儿燃烧着，直到夜幕再次降临，太阳又一次升起，我熄灭了蜡烛，离开了家。"

我吃惊地问："你出来很久了？"

他又向远处扔了一块儿石头，那石头在沙海里打着旋儿，像在水面上漂浮，他沉思了片刻后又说："还有，就像你们寻找古城这件事儿，其实和我一样，不也是寻找生活的意义吗？历史就是根系，就是存在的意义。不过，我觉得你们找不到古城。"

我问："为什么？"

他说："在浩瀚的大沙漠里找古城，那不是异想天开？"

王远京的推断倒和我想的一致，所以我迫切地想尽快见到吉雅，我不知道吉雅发现的所谓古城线索到底是什么？会不会也像小蔡牙医一样，因为挖掘到一件铠甲或者一个头盔而热泪盈眶。

王远京没有找到内心痛苦的答案，却决定和我们一起搜寻城堡，并对吉雅可能找到的线索进行了更富有想象力的推断："或许还有别的，比如一件兵器，一块儿令牌，一片瓦当，如果是瓦当，那倒有可能寻找到城堡。"

那么，吉雅找到的是否是一片瓦当呢？

第六章　沙漠里的古井

我陷入了绝望。

躺在沙丘的缓坡上，这个角度正好可以毫不费力地望到峡谷的东方，我期望看到额勒森和那个矮小家伙的身影。然而，孤寂的沙漠里，没有一个人出现。

我看见了天上盘旋着的苍鹰。我们叫它布日古德，在老辈人眼里，那是神的化身。

但此时，这只苍鹰像一只花斑的风筝悬在半空，它虎视眈眈地窥视着我，眼神中流出贪婪的欲望之光。

漆皮斑驳的军绿色水壶是外公毕利格用过的，我目不转睛地盯着水壶口摇摇欲坠的水珠。

这最后的一颗水珠便是我的绝望。

我已经开始出现脱水的征兆，皲裂的嘴唇针刺般地疼痛。我紧紧地盯着那眼古井，可惜，里面没有一滴水，也不可能有水，它被掩埋在砂砾下，历经尘封岁月，早就枯干了。此刻，双腿沉重，无力支撑起我的躯体，我像一只沙漠蜥蜴缓缓地向前匍匐，因为，在大约五十米远的地方，我突然发现了反射着白光的东西，那会是什么？一只或几只水瓶吗？我揉了揉眼睛，确信不是幻觉，然而这么多天，竟没有看到。据说，一些沙漠探险者，在撤离时，会埋一些水在沙漠里，而且会选择有路标的地方埋放，方圆几公里，惟有古井旁有棵小树。

卖火柴的小女孩每划着一根火柴，就能得到想要的烤鹅，祖母和温暖的房子，我每前行一米，差不多是一米，我能看到水，奶茶，看到外公骑在马上，父亲又在擦拭他的马刀。五十米的距离，我用了足足一个钟头，还有大约三米就能到达目标，我努力地仰起头，那反射着白光的东西是一具野骆驼的尸骸，我瞬间变成了一摊水。

苍鹰越飞越低，在我头顶滑翔，似乎失去了耐心，似乎感觉到了我的死亡就在瞬息之间。在我绝望中，倒让它找到了希望中的美味。

野骆驼的尸骸就在前面。也许，不久，我也会像那具白骨一样被风沙掩埋。

我羡慕那棵小树，在荒漠里，它把根系扎进砂砾里，寻找生命的土质，或许没有土质，是用自己的生命养育出来的土质，再后来，这棵树成了单调生活中最能让人焕发想象力的绿色生命。可是我连回到树下的力气都没有了。

静静地等待，等待那个矮小的家伙，或者死亡。

鹰落了下来，就在离我不远的地方，它已变得焦躁不安，迫不及待。

我想，它首先会啄瞎我的双眼，这通常是苍鹰惯用的绝杀伎俩，我这一米八将近二百斤重的体格够它美餐一阵子的。不过，我现在好像已经不足二百斤重了，进入沙漠后，体重就开始下降，直到四天前，断粮断水，已彻底消耗了我的体力，我挣扎着从口袋里摸出笔记本，记录了找到古井的位置和时间：

7 月 26 日星期五的中午。沙漠里下了一阵太阳雨。

雨后，积水，发现石壁，挖掘后，现一座井口，直径五十厘米，深无法估测。

问题一：古井和城堡的关系。

问题二：古井和树的关系。

每一笔画，我都写得很吃力，并希望来救援的小矮人能找到这个笔记本，所以我把上衣撕破，把笔记本包裹在衣服里，并埋压在我的身下。也许这将是我留给这个世界最后的文字，我的白骨将作为标记，我将和沙漠融为一体，并睡在祖先的古城之内。

我是那个戴着白色羽毛帽子的部落首领的后裔，血液里流淌着二分之一的部落血统，祖先以天鹅的乳汁养育了后代，并一代代延续着血脉的传承。我的外祖父毕利格的祖先，他们诞生于呼尼河畔，沿着美丽的色楞格河一路南下，攻城略地，繁衍后代，游牧放歌。而我父亲的祖先，则诞生于黄河岸边的一个小村落里，那是一幅田园的图画，男耕女织，生儿育女，生生不息。所以，草原和土地就像母亲的子宫，河流就是盘绕在胎儿身上的脐带，他在母亲的子宫里着床，然后离开子宫，走向茁壮。我是牧人和农民的后代，我的血管里流淌着色楞格河与黄河的水源，这两条并不交汇的大河，在我的血液里融合了。额吉的乳汁滴落到了我的嘴巴里，滋润甘甜，她的手摩挲着我的肌肤，那么温热，那么柔软，那么陶醉，我醉了，感觉我像那只鹰一样又飘飞起来，鹰要俯冲了，直抵我的躯体，它撕碎了我，片甲不留。

于是，我的灵魂追随着额吉乳汁的气味、一片浮云和蒸腾着的雾气，升上了我们叫它腾格里、长生天的地方。

路似乎越来越遥远，走不到尽头，苍凉的大漠几乎只有一个色调，唯一变化的是起伏的沙丘和粗重悠长的条纹状褶皱。那些褶皱是大自然赋予它的天然的皱纹，并且经常在不断地变化着轨迹和形状。当然，如果是一个女人，她可不希望自己的脸上有那么深的褶子，而要是个男人就另当别论了，深邃的皱纹可能会让这个男人显得更加成熟。事实上，大多数女人喜欢棱角分明、有点沧桑感的男人，而不是奶油小生，成熟的男人会让她们觉得更有安全感，女人愿意钻在这样的男人怀里，闭着眼睛，尽情地享受烟草、薄荷和荷尔蒙的气味。

王远京骑在骆驼上，摇头晃脑地背诵，像私塾里的先生。

我脑子里想着女人的面容，男人的皱纹，梅子的乳房。

大漠是沧桑的男人，天空是如水的女人，云朵是系在女人脖子上的白丝巾，轻飘飘的，并时常变换围系的花样，有时结成一簇团花，荡在胸前；有时像拉长的丝带，随风飘逸；有时又会缩作流苏一样的结，那样，女人看上去更清新秀丽，样子更像江南的小女人，落落典雅，完全是一副小清新的模样；而粗犷的沙漠，倒像西北的男人，硬朗朗的，透着股野性十足的味道，这味道是从骨子里渗透出来的，犯不上故意在手臂上刺一条青龙虚张声势，他们凭的是与生俱来的雄浑和不屈不挠的秉性。“男人嘛，就该像沙漠那样可着劲儿地折腾。”这是瓦莱湖年岁最大的女人，九十二岁的单四奶奶说的。她还说，没有像沙漠一样的爷爷，就没有瓦莱湖这些个人。说完，她那浑浊的眼球里，竟然露出一丝小女人的娇羞，我们无法知晓，祖辈是怎样的强壮与彪悍，如何让女人倾心迷醉，他们是否会像沙暴一样的疯狂，但那是留在单四奶奶记忆中的最美好的回忆，足够一辈子享用的。

翻过了一座沙丘，前面便是一道沙漠峡谷，不时有流沙从高处滑落，发出“霍霍”的声响，像男人的喘息和鼾声。我们已进入沙漠的腹地，孤独，恐惧，像瘟疫一样袭来，为了驱散心里的恐惧，我咿咿呀呀地唱歌。王远京说：“跑调了。”

又说：“这么干热的沙漠里，省点儿嗓子，水是最值钱的东西。”

二十多天在沙漠里穿行，王远京比我更知道沙漠的严酷。

看到小树的时候，额勒森发出一声嘶鸣。但到达树下的时候，额勒森突然暴躁不安，差点把我从驼背上掀下来，我不敢去想那个最坏的结果。我下了骆驼，额勒森沿着小树奔腾着，转动着，搜寻着。从额勒森的反常举动中，我猜想到了一个结果：吉雅出事了。

我立刻瘫倒在了沙地上。

等到翻过身来，面向蓝天，我看到了天上的苍鹰和吉祥的云朵。王远京高喊着，说他找到了一个笔记本，并举着奔跑过来。我认出了包裹笔记本的衣服就是吉雅的，我爬了起来，与王远京去到发现笔记本的地方。那具瘆人的白骨就在不远处，但形状不似人的骨架，王远京颇有见识地说那是野骆驼的尸骸，他在沙漠里见到过这样的白骨。但他从此开始心神不定起来，精神萎顿，恍恍惚惚。我想，他不是为了吉雅，而是他自己，那具白骨，让他联想到了自己，想到了自己生命的意义，尽管王远京没这样说，但他的心里一定是这么想的。

额勒森自责地咆哮，比“无名氏”的惨叫更瘆人，并开始绝食。它像狗一样嗅遍了方圆几公里之内的沙丘沟壑，芨芨草、骆驼刺的根部和红柳树的树杈，似乎找不到吉雅的气味。它搜寻的唯一收获，就是和王远京一起发现了吉雅掩埋的笔记本。此后，我们仔细地研究了那个笔记本，确认吉雅失踪的时间是在今天的上午，距现在已经过去五个小时，这五个小时里，到底发生了什么？王远京也注意到了那只鹰，我们分析，如果吉雅变成了苍鹰果腹的美味，但也不至于片甲不留，总该有点痕迹的，比如带着碎肉的血淋淋的骨架，面目全非的脑袋。我们也发现了已经被风沙掩盖了的凌乱的足迹，王远京分析说，那是沙丘上部的流沙所致，即使不大的风，也会造成流沙的移动，那些足迹说明，除了那只鹰，分享这份美餐的还有爬行的动物，比如几匹狼、沙漠狐狸或者别的野兽。

吉雅的那个笔记本告诉我们，他找到的不是一片瓦当，而是一眼古井。这可是一个惊人的发现。但眼下，紧迫的是搜救吉雅。王远京说，只能依靠外面来救援了，否则，吉雅危在旦夕。我说他有点危言耸听。他说，救援的事儿真的是分秒必争。他举了两个人的例子，一个叫彭加木，一个叫于从顺。我说，怎么向外面求救？他说，他倒是有一部卫星电话，但没电了。

我沮丧地坐在沙地上，想不出更好的办法，这里是沙漠的腹地，没有一天的时间走不出大漠。

王远京托着下巴冥思苦想，看上去也是一筹莫展。

他瞟了一眼捆扎给养的两个大包，突然说：“可以做发电机。”

我没有感到惊喜，觉得王远京是突发奇想。但他随即开始了发明之旅，并立即付诸实施。他先是剥去了捆扎行包的一截五米多长的细铜丝的塑料外皮，这一收获也得感谢梅子，原本是梅子临时抱佛脚的废物利用，现在倒成了伟大发明的制作原料。然后用小石块垒砌了一个小炉灶，我的任务是捡来干枯的红柳枝，王远京吩咐说：“越多越好。”

他把牛皮缰绳切割成铅笔头一样的小段，从背包里找出一只不锈钢的钵子，加上水，我看明白了，他这是要熬制牛皮胶，在熬制的过程中，又粉碎了两个塑料瓶子作为添加剂，铜丝浸入黏胶中，取出来冷却后便制作成了漆包线，并缠绕成六个小线圈。随后，他破拆了两副鞍子，并举着一只铁镫四处勘测，居然找到一块儿吸附在马镫上的磁石，这意外的发现，令他惊喜万分。解决了关键原料，其他便可就地取材，那两副鞍子上的材料几乎无一例外地用在了发电机的制作上，其中两只铁镫钉在两只木条上改造成脚踏板，一会儿，我将像骑自行车一样踩着马镫做发电试验了。

制作发电机消耗了两个多小时，大部分时间浪费在了熬制绝缘胶上，但我对这种材料提出了质疑，加入塑料添加剂的牛皮胶能解决绝缘问题，但解决不了抗热的难题，在发电的时候，线圈耐不住高热很可能被烧毁。

“试试看吧。没有更好的办法了。”王远京苦笑了笑。

发电试验要开始了。这是我们向外呼救的唯一希望。发电机架在骆驼鞍子上，并用绳子挂在了树杈上，我骑到鞍子上，短小的双腿正适合踩踏的曲度，但双腿却因心生恐惧而微微颤抖。“你一会儿要用力蹬踏。你的速度决定电流的强度。”王远京正在把提前预留出来的两截不到十厘米的电线，连接到卫星电话上。我盯着王远京的嘴巴，等待指令。他说：“开始吧。”我就开始了。我盯着王远京专注地看着卫星电话的表情，紧张得要命，不知道能不能踩踏出我们期待的电流。王远京突然皱起了眉头，我看到这表情，反倒像被电流击中，感觉自己被湍急的河水淹没，迷失在了无边的大漠里了。

“成功了。”王远京发出石破天惊的呐喊，“继续蹬，加快速度。”

我丝毫不敢懈怠，踩踏得汗流浃背，气喘吁吁，汗液浸湿了面具，模糊了眼睛。我不敢去擦，担心损坏了王远京的伟大发明。电流通过我的脚，通过两截导线，进入了卫星电话，显示屏上开始出现电流的跳跃。王远京按下启动键，卫星电话开机，求救成功。但我也闻到一股烧焦的气味，果然不出所料，线圈烧毁了，王远京的发明就此终结。

“他们怎么说？”我急切地想知道求救的结果。

王远京告诉我：“他们要求我们就地等待救援，不许离开这里。他们会组织搜救吉雅的。”

额勒森在我们忙于发明制造发电机的时候，悄然地离开了营地。

吉雅的安危塞满了我的脑子，额勒森似乎并不在担心之内，我知道，它是一峰能干的骆驼，像我身旁的这株树一样，它们有着天然的极强生命力。

在忐忑中扎起了帐篷，似乎也是别无选择。因为天色已经暗淡，盲目地搜寻不是冒险，而是添乱，这也是外面的救援力量在电话中特别嘱咐的。王远京点起了一堆篝火，并开始准备晚饭。这一路，我惊讶于在他影响下发生的变化。我以为，我脑子里那些乱七八糟的念头是理想和不断的思考，而王远京的思想比我走得更远，比如制造那台发电机，还有他教会我如何在艰苦的条件下，自食其力，自力更生。

一夜无眠，失眠像疾病困扰着我们。天亮后，王远京因为看不到救援的空军或者警用直升机而沮丧。我说，外面的人是否知道我们的位置，王远京说，他们可以根据卫星电话测出位置。到了中午，仍然听不到期待中的直升机的轰鸣声，也看不到救援的汽车或者驼队。我百无聊赖地坐在古井的井沿边，脱掉鞋袜，双脚浸泡在晒热了的沙土里，盼望用远古的气息驱散焦虑和失眠的症状。

天上的苍鹰你能告诉我吉雅的踪迹吗？

苍鹰弯曲的尖喙沾着血迹。

王远京也开始注意那只苍鹰。他说，苍鹰是可以重生的，但那绝对是一次以生命和痛苦为代价的冒险。苍鹰为了重生会飞到很高的山石上，先磨掉旧的尖喙，等长出新的尖喙后，再咬掉爪子上的老茧，再脱去旧的羽毛，而后获得重生。

我怀疑鹰的重生是王远京道听途说的杜撰，但在他心里，或许就像鹰一样，寻找一次凤凰涅槃般的浴火重生。

卫星电话消耗掉最后一点微弱的电量黑屏了。

“这么等下去会绝望的。”我沉不住气了。

王远京躲在帐篷里睡觉，失眠症状正在他的体内消失。他不走，我也不敢独自行动。没一会儿，天上开始下雨，这是久旱的沙漠里难得一见的一场中雨，来势不小。我钻进帐篷，王远京狡黠地一笑，没有吱声，我明白他在用眼神奚落我，或者在炫耀他的远见卓识。

就在这时，从昨天黄昏后消失了的额勒森，突然出现在了雾雨濛濛的峡谷间。与此同时，它带来了由五峰骆驼组成的驼队，一位身材高大的警察正举着望远镜在雨中眺望。

王远京平静如常，我却报以热烈的欢呼，站在雨雾中，挥舞着小小的手臂，迎接救援的队伍。

骑在骆驼上的那五个人对我毫无例外地露出吃惊的目光。尤其那位身着制服的中年警官，他盯着我的脸，确切地说是我脸上的面具，这副面具引起了他的揣测和好奇，他可能把我和电视里常看到的劫匪和盗墓贼联系到了一起，我的矮小滑稽的样子可能更像盗墓的家伙，所以他下了骆驼，走到我的面前，并带着不容置疑的职业口吻说：“能不能摘下你的面具，或者看一看你的身份证件？”

我摇了摇头。他的这两个要求，我一件也做不到。我不能摘下面具，我能展示给他们的就是一副丑陋畸形的皮囊，我是侏儒，一个被人歧视的侏儒。那副面具是我遮蔽自卑的最后屏障。我不愿意看到自己的那副尊容，也不愿别人以此嘲弄和取笑，面具只是为了活着，以及生存的道具。有时候，人活着，不得不游离于内心之外，而伪善就和我脸上的面具差不多，让人感到深奥莫测，所以有的时候，邪恶往往被一张看不见的虚幻的面具所掩盖，真伪难辨。至于那个证明身份的证件，通常放在梅子的挎包里，都是梅子在为我料理，走的时候确实忘掉了，原因也和沙漠有关，茫茫沙漠，大自然给予每个人的幸福与残酷都是平等的。

警察要带我和王远京离开沙漠。我说，要搜救的不是我们，而是一个叫吉雅的人。警察笑了，说吉雅已经在医院里躺着。我说弄错了吧，警察说不会有错，是夏教授的考古队救了吉雅。于是我知道了，随着警官一起来的那几个人不是救援的警察，而是考古队。

那位像农民一样满脸沧桑的老者就是考古队的头儿夏教授，他的外表没有一丝专家学者的风度，鼻梁上也没有一副考究的玳瑁眼镜，眼睛看上去深邃而坚毅，脸型有点像苏浙一带的人，脸上的肤色与常年在田间劳动的农民或者工地的建筑工人别无二样。所以单从相貌上，根本不会猜到他就是在考古界颇有权威和影响的夏维溪教授。在夏教授的考古队里意外地出现了一个女孩，如果不是她摘掉了太阳帽，露出秀美的发髻，单从她身上那件并不算贴身的户外冲锋衣和黝黑的肤色，根本看不出她是一个女孩，她是教授的助手林秋雁。另外两个，一个是当地的牧民，也是五峰骆驼的主人，在考古队里兼做向导和一些杂活，除了骆驼的租金之外，还能额外再赚取一些收入。另一个比较古怪，表情木讷，相貌丑陋，像个老实本分的青年农民，衣着也很普通，甚至有些不修边幅。这个样子，几乎无法把他与具有科学精神的考古研究联系在一起。他叫宋朝阳，一个很俗气的名字。

当然了，中年警官明白地告诉我，就是这四个人把处在险境中的吉雅救了出来，并送到了河古镇医院。

夏教授说，他们看到吉雅的时候，那只鹰已经飞临吉雅的头顶。如果再晚一步，吉雅就可能变成双目空洞的瞎子，甚至丢掉性命。而驱赶苍鹰的武器，竟然是宋朝阳手中的一只弹弓。那时，吉雅已经昏迷，他和宋朝阳分别趴在吉雅的胸口，他们都为听到微弱的心脏跳动而悲喜交集，他们确信，死神已经开始从吉雅的身边悄悄溜走。宋朝阳从骆驼上解下一根绳子，像背负婴儿似的把吉雅绑在身后，跨上骆驼，把吉雅背出了沙漠。事实上，古井所在的位置，离最近的公路不到三十公里，走出沙漠后，他们幸运地遇到了一位好心的卡车司机，那位司机毫不犹豫地掉转车头把吉雅送进了医院。由此说来，这个古怪的考古队员倒是吉雅的救命恩人。可不知道为什么，我对宋朝阳总是感激敬佩不起来。

“来者不善，我敢肯定他们是奔古井来的。”王远京伏在我的耳边小声地嘀咕。

我下意识地瞅了瞅被掩盖好了的古井，压低了声音说：“只要你不乱说就好。”

王远京挤挤眼睛：“还有额勒森呢。它那鼻子跟雷达似的。”

我根本不觉得额勒森会成为封锁古井消息的障碍。我想，至少在见到吉雅之前，古井的事儿得对考古队的人保密，我瞟了一眼王远京，努力向上探着身子，以尽可能缩短和王远京的差距，免得我的话也像流言一样地流淌，我警告王远京：“你别想从这件事儿里撇出去，额勒森要是有你那样一张哲学家的嘴巴倒好了。”王远京生气地瞪了我一眼，从牙缝里挤出一句：“你的心胸不至于像你的身高一样吧。”我已无心再想别的。雨后的沙漠，天空像被漂洗过了似的，无遮无拦，更加火热，这时太阳已经偏西，那位警察催促我和王远京赶紧跟着他离开。我试图伏在警察的耳边对他耳语，但警察却向后挺了挺身子说：“有什么话你就说吧。”我只好压低了声音问：“那些人呢？他们不走吗？”警察公事公办的口吻中夹杂着一丝不屑的意味：“他们怎么能和你一样？那是考古队。”我赌气地说：“他们不走，我也不走。”警察哭笑不得地看着我，但又不好对我发怒，尽力克制着说：“他们可没打电话报警。我的上级交代给我的任务是把你们安全地带出沙漠。”我转过脸看王远京，他的表情倒很平静，我用眼神问他怎么办，他读懂了我的眼神，咧开嘴说：“还是去见吉雅吧。”

第七章　异国探险者

十天后，重返沙漠，我不得不去面对夏维溪教授和他的考古队。

一起返回沙漠的还有王远京。警察带着我们走出沙漠后，我猜想他会就此和我告别，继续寻找生活的意义，但他决定留下，与我和吉雅一起寻找古城。

见到吉雅后，我试图严守的古井秘密和那个笔记本立刻变得毫无意义。

吉雅在医院急救室挂上吊瓶后三个小时就苏醒了。据吉雅说，他醒来后，和夏教授谈得不错，并且毫无保留地把寻找古城和发现古井的经历告诉了夏教授，他希望这位救他性命、看上去慈眉善目的老者能给予他帮助。

夏教授说，他进入沙漠的意图和吉雅不谋而合。瓦莱湖人寻找古城的流言早就像长了翅膀四处飞扬。那时，夏教授正带着他的考古队在河古镇发掘一座古墓。这座古墓，夏教授推测是秦始皇他爹时期的，或者更早，古墓的主人是匈奴的贵族，至少是大将军一类的高官。但瓦莱湖人的荒唐旅行，使得夏教授被迫停止了对古墓的发掘，循着瓦莱湖人的脚步走进了沙漠。他希望抢在瓦莱湖人之前，找到传说中的古城。

小蔡牙医带着那群怀揣掘金梦想的家伙，比我们早到了三天。他们在离古井三百多米远的沙丘下安营扎寨，窥视着考古队的一举一动。夏教授警告他们不得轻举妄动，否则，送给他们的将是警察手中冰冷的手铐。

小蔡牙医的回答是："在这儿住下，也是瓦莱湖人的沙漠旅游计划之一。"

夏教授只好拉起警戒线，期望用一根带着警示标志的绳子管住这群狼一样的家伙。

夏教授的助手林秋雁在古井的下方发现了一条干涸了的人工暗流河的遗迹。这一发现，燃起了吉雅心中实现父辈夙愿的希望。

于是，他信心十足地认为，古城找到了。

夏教授就此推断，这条曾经隐藏在石板下的暗流河，是一项重大的水利工程，这条暗流河，在当时的城堡规划设计上，完全出于战争的考虑。一旦城堡被围，缺水的戈壁滩上，暗流河就能把北面湖泊里的水源源不断地输送进城堡，所以六百年前，城堡的北面是一个湖泊，湖的两侧是丰饶的绿洲，而不是现在的沙丘。

"那么那棵小树呢？"吉雅捧着笔记本问。

夏教授摇摇头说："无法理解。也许是风，风沙也是天然的搬运工，可以携带来树种，在合适的时候，生根发芽，当然也有人为的可能，为了纪念什么，特意种下的，比如探险者。这棵生长在古井边的小树，完全是偶然或者是巧合。"

接下来，又进行了九天的挖掘，但没有什么重大的发现和进展，给养也所剩不多了，我和吉雅、王远京商量，暂时离开古城发掘现场，返回瓦莱湖，为考古队补充给养。同时，吉雅也想把发现城堡的消息告诉父亲李解放，然而夏维溪教授无法解释清楚的那棵小树，却被老骑兵一语道破，他说那棵树是吉雅的外公毕利格种下的。其实，早在二十年前，毕利格就发现了那眼古井，也推断出了那里肯定有座古城堡，但并非毕利格家族曾经占据并繁衍生息的地方。当然，也不是一丁点儿关系没有，这里洒落着吉雅的曾外公毕利格巴图的血迹和亡魂。

那是八十七年前初冬的一天，戈壁滩上覆盖了一层薄薄的积雪。杭乌盖草原的郡王巴音老爷家的大院子外面，地上被踩踏出一片杂乱的脚印，十二峰骆驼和几个仆役打扮的人等候在门外。他们不时地在雪地里交替地跺着双脚，搓一搓冻僵了的手指。郡王的贴身卫队长毕利格巴图骑着马从瓦莱湖回来，他打量了一下门外这几张陌生的面孔，满脸疑惑地踏进王府。毕利格巴图扫了一眼巴音老爷用来会客议事的正房，便朝着自己住的房子去了。刚拐过回廊，管家站在正房的门口喊住了他，毕利格巴图尾随管家进到会客厅。巴音老爷的右侧坐着一位老毛子，卷曲的棕红色头发，嘴唇上方的小黑胡子梳理得十分齐整，乌黑的马靴油光锃亮，很显然，他在走进王府的院子前，刻意准备了一番。会客室的一角放着一只望远镜，一件暗灰色的羊毛呢大衣和一把金色的手枪，这个自称肖科洛夫的老毛子，用这三件东西赢得了巴音老爷的好感。巴音老爷秉承了蒙古王爷豪爽好客的风范，答应由毕利格巴图陪伴这位俄罗斯的探险家去一趟那座几乎夷为平地的古城，当地人叫它褐城。毕利格巴图听罢，不觉吃惊，暗自叫苦，因为他回来的目的就是向巴音老爷汇报城堡的事，他在瓦莱湖听说，一个老毛子带着几个人在瓦莱湖一带四处探听褐城的下落，并开出十二块大洋的价钱悬赏带路者，但瓦莱湖人不为所动，拒绝了肖科洛夫的诱惑。当时，住在瓦莱湖的有牧仁兄弟、托娅姐妹、小蔡牙医的曾祖父、胡二狗的祖父、宝德大叔的父亲等几十口子人。小蔡牙医的曾祖父是个巧手的毡匠，做出的毡靴声名远扬，宝德大叔的父亲是个放马的马倌，而胡二狗的祖父则是刚从山西逃荒来的农民，他们不约而同地驱逐了肖科洛夫，并放出口风，老毛子要敢打褐城的主意，就把他扔进瓦莱湖里喂鱼。

所以，毕利格巴图赶回郡王府就是想把老毛子在瓦莱湖的行踪和企图告诉巴音老爷。结果，事与愿违，巴音老爷不仅没有阻止，还要毕利格巴图带着肖科洛夫去查勘褐城。趁肖科洛夫出去的工夫，毕利格巴图请巴音老爷留步，急切地说：“老爷，这伙人是豺狼，他们在打褐城的主意，瓦莱湖人已经把他们赶了出来。”巴音老爷愣了一下，沉吟片刻说：“那座城堡，早晚也是要被黄沙埋掉的。”毕利格巴图脱口道：“他们是奔古城里的文物去的。”巴音老爷不屑地瞟了眼毕利格巴图，慢声细语地说：“要是些破瓦烂罐子，箭头铠甲什么的，就随便他拿去好了，那都是些没用的东西，不过，要是发现上好的珠宝玉器，金如意什么的，该怎么办就不用我教你了吧。”说着，巴音老爷从袖笼里抽出手来，做了一个砍杀的动作。

领悟了巴音老爷的意图，毕利格巴图挑选了五名骁勇的蒙古族骑兵，除了弓箭和马刀，每人配发了一杆快枪。五人中，一个是今年夏天杭乌盖草原那达慕大会的摔跤冠军，一个是去年的射箭冠军，另外三个跟随毕利格巴图奉国民政府的指令，参加过剿灭叛匪的远征。

肖科洛夫在王府里住了一夜，巴音老爷用上好的羊肉和马奶酒款待了异国的客人。饭前，肖科洛夫还陪着巴音老爷站在院子外面的空地上，试射了那支金色的小手枪，清脆的枪声，震落了树杈上的积雪，也惊飞了两只画眉，肖科洛夫望着飞走的画眉遗憾地说：“早要看到，可以试一下枪的准星。”巴音老爷拍着肖科洛夫的肩膀说：“画眉和百灵鸟，那是草原上的女人。”

那几个随从模样的人进到房子，脱去厚重的皮大衣，摘掉了皮帽子，毕利格巴图又吃了一惊，他看到了掖在短袄里的短枪和三个身材魁梧的老毛子。

肖科洛夫喝醉了，说他不是什么探险家，而是海军中校，巴音老爷认为他说的是醉话，毕利格巴图却一夜未眠，他预想了多种结果，并在凌晨叫醒了那五个准备随他去褐城的士兵，又一一叮嘱了一番。

在飘飞的雪花中，毕利格巴图扬起手中的马鞭，指着一个穹庐似的土黄色圆顶残垣说：“那就是浩特。”

肖科洛夫睁大了双眼，随即惊叹声连同白雾般的哈气一起喷出，他没等骆驼卧倒就迫不及待地从鞍子上滑了下来，哇啦哇啦地说了一大堆毕利格巴图听不懂的话，张开双臂像蝙蝠一样飞向了圆塔。毕利格巴图悄悄地打开枪机，做好了瞬时能将肖科洛夫的脑壳击碎的准备。但肖科洛夫到达塔下便止步了，像瞻仰一座斯巴达克的雕像，或者像他从乡下来到彼得堡第一次看到克里姆林宫高高的塔尖那样聚精会神，毕利格巴图用眼角的余光扫了眼肖科洛夫的三个助手，那三个老毛子的脸上和毕利格巴图一样充满疑虑，无法揣测得到圆塔下那个海军中校的心思。他捡起一块儿碎土放在鼻尖嗅了嗅，举着捏碎了的土块儿转过身来，走到毕利格巴图的马前说：

"到别处看看吧。"

这次他没用翻译，是自己用发音生涩的中文说的。

但很快，他的愿望化作了泡影。闻讯赶来的瓦莱湖人的马队将他团团围住。

肖科洛夫呼喊着毕利格巴图的名字，希望毕利格巴图出面制止瓦莱湖人的冲动。可是马队挡住了他的视线，他无法看到毕利格巴图的身影，同时也很快意识到毕利格巴图根本指望不上，他在假公济私，毕利格巴图并不站在他一边，情急之下，他拔出腰间的手枪，举过头顶，小蔡牙医的曾祖父举着马刀说："收起你的家伙吧，你会立刻变成刺猬的。"肖科洛夫听懂了，马队后面的三个助手也听懂了，其实，那三个助手的脑袋后面，早有一支快枪顶上了。

"放他们走。"毕利格巴图对领头的毡匠说。

马队没有散开的意思。

毕利格巴图夺下牧仁兄弟手中的弓箭，厉声喝道："放他们走。"

马队像松动的冰凌一点点地散开。肖科洛夫再次走到毕利格巴图的马前怒气冲冲地嚷道："你要对巴音老爷负责。"

毕利格巴图说："你要想让自己变成筛子，就留在这儿吧。"

肖科洛夫悻悻地上了骆驼，带着自己的驼队走了。

瓦莱湖人用敌视的目光望着毕利格巴图，毡匠骑在马上对毕利格巴图说："以后你休想穿上我做的毡靴。"

牧仁在毕利格巴图的后背抽了一马鞭。

回到郡王府，巴音老爷送给毕利格巴图的也是一记马鞭。但他觉得，巴音老爷这一马鞭远没有牧仁那一鞭子疼在心里。

巴音老爷想挽留住俄国探险家，希望他们在杭乌盖草原度过寒冷的冬天，肖科洛夫说要赶在寒流到来前返回俄罗斯，也有可能到西藏去过冬。总之，寒冷的冬天没能挡住这些探险家前进的脚步，他们跋山涉水，以狂热的干劲、探险的毅力和科学的名义，在异国的土地上拓展梦想。

临走时，肖科洛夫和巴音老爷相约，到了第二年的夏天，杭乌盖草原最美的季节，还会再来，然而到了秋天，也没见到肖科洛夫探险队的踪迹。日子就在太阳的起起落落中一天天地度过。对于毕利格巴图来说，这些天，日子过得喜忧参半，喜的是他有了儿子，做了父亲；忧的是毡匠兑现了诺言，他没有买到新的毡靴。事实上，最痛苦的还不是毡靴，是背后那鄙视的目光和指指点点，让他背若芒刺。

秋雨过后的一个黄昏，七十八岁的老阿爸从马上跌了下来，毕利格巴图请来庙上的德宏喇嘛，德宏喇嘛仔细查看了老阿爸的伤情，诵了一段经文，摇头叹息，随后撬开老阿爸紧咬的牙齿，在他的嘴巴里塞了一粒黑黑的药丸，毡包里很快飘溢着一股麝香的味道。到了后半夜，老阿爸睁开了眼睛，抬起枯如鸡爪的手，在皮褥子下摸索，他的眼神比那盏麻油灯还要明亮。老阿爸无力取出皮褥子下的东西，用一根手指向儿子示意，毕利格巴图立即伸进手去，摸出一支圆柱状的皮筒，他小心地解开皮绳，皮筒展开，里面包裹着的是一张手绘的牛皮地图。老阿爸用孱弱的声音告诉儿子，那个图上绘制的其实是一条路线图，从呼尼河畔，沿色楞格河，穿过无垠的大漠，直到杭乌盖草原，那个吸吮着牧羊女和白天鹅的乳汁一路南下的部落，在一座城堡里将牧歌唱到了极致，二百年后，随着城堡的陷落，那个部落的血脉也像飘散的雪花，分崩离析，星星点点地散落在草原、大漠、农田，甚至一座或几座陌生的城市。但部落的子孙一直在传承着这幅地图，并期望找到那座湮没在时间隧道里的城堡。他问阿爸：“是沙漠里的那个浩特吗？”

老阿爸被挫败感折磨得扭曲了面孔，他倾其一生，但最终也无法证实，也无法推翻对沙漠里那座埋在黄沙下的浩特的论证与假设，求证的痛苦始终缠绕着他，他多么渴望在他手上寻找到那座城堡，让几代人追寻的梦幻变成现实，然而，现实却是如此残酷，他只能依靠儿子来了却这份心愿了。早晨，老阿爸带着深深的遗憾永远地睡去。

毕利格巴图向巴音老爷请辞了卫队长，怀揣着那幅牛皮地图，开始了又一代人孜孜不倦的搜寻与求证。自从老阿爸离世后，他已经第四次来到褐城。这一次，他支起一顶蒙古包，打算在城堡附近住一阵子，他还购买了一套在当时最科学的定位仪器，用来测算褐城的地理位置，并尝试演算牛皮地图上标注的那座城堡和褐城的差距。为了熟练应用，毕利格巴图背着那套仪器，租了一条小渔船，划向黄河北岸，找到北岸的驻军营地。他和军营里的孟师长曾经在那次剿灭叛匪的远征中并肩作战，结下了深厚的友谊。孟师长在德国学过军事工程，深谙测量仪器的运用，他向孟师长求教了三天，并和孟师长一起认真研究了那幅牛皮地图，完成了初步的数据测算，结果却大失所望，褐城和地图上标注的城堡在方向上南辕北辙，孟师长测算的结果是地图上的那座城堡背靠的是一座大山，而不是沙丘或者湖泊。但毕利格巴图并不甘心，决定重返褐城进行第二次测量。

天上开始飘落入冬的第一场雪，雪水渗入破旧的毡靴，脚趾冻得钻心地疼痛。他在瑟瑟的寒风中，思念妻子温热的怀抱，以及儿子红润的小脸膛，儿子出生以来，他们在一起的时间不超过五个昼夜。

看到城堡的穹顶时，他听到了从穹顶方向传来的铁钎撞击冻土的声音，清脆而悠长。他愣了一下，提前下马，猫着腰快速靠近穹顶，他看到了十几峰骆驼和进进出出的人影，那些人一律弓着腰，双臂因拥抱着沉重的物件而跌跌撞撞。一个高个子的男人站在入口处指手画脚地说着什么，毕利格巴图绕到那个人的身后，举枪顶住了他的脑袋，并伸手扯掉了他脸上的围巾，然而毕利格巴图愣住了，暴露出来的那张面孔竟然是消失了一年的肖科洛夫。他们已经在穹顶下干了五天。他押着肖科洛夫进入已被挖掘开的圆塔里，借着洞口射进来的阳光，毕利格巴图看到了一位高僧的骨架坐立在塔座的上方，墙壁上绘制着精美的图画，地上堆放着被肖科洛夫捆扎好的文书卷本，四周的佛龛里摆满青铜和金色的佛像，肖科洛夫的助手手里还抱着金佛，打算运到塔外。

毕利格巴图对肖科洛夫说："瞧瞧吧，这是一千年前坐化了的得道高僧，你会遭报应的。"

肖科洛夫举着双手挑衅地笑了笑说："我信仰的是东正教。"

毕利格巴图说："无论什么教，都不会纵容盗窃和贪婪的。"

肖科洛夫努着嘴说："除了这些文书册子，剩下的那些金佛归你了。"

“这里的每一件文物你都休想带走。”

“那些文书我要做考古研究。”

“那是我们的祖辈留下的，用不着你去研究。”

“你们没人对这些陈旧的破书感兴趣，你们要的是珠宝玉石和那些金佛，你们中国人感兴趣的是现实和未来，而不是历史。”肖科洛夫自负地狂笑，那笑声在圆塔里回荡。

而导致毕利格巴图失败的不完全是肖科洛夫的助手突然投掷过来的佛像，而是开裂了的毡靴，经过雪水浸泡，毡靴已变得脆弱不堪，脚底像冰面一样溜滑，他趔趄了一下，像斜塔一样倒掉了，与此同时，他举起手中的枪，并扣动了扳机，但子弹并未按照他所期望的路线飞奔，子弹击中了肖科洛夫助手的肚皮。七个人蜂拥而上，毕利格巴图像粘在蛛网上的昆虫，手脚和躯体被绑在了一块儿，动弹不得。

肖科洛夫意外地又得到了一幅牛皮地图。

晚上，从褐城卷起的风沙演变成了罕见的大沙暴，沙暴刮了整整七天，褐城被风沙完全掩埋，人们凭借记忆中的位置却找不到褐城的踪迹，又过了十天，瓦莱湖人在一座沙丘顶上发现了一只开裂的毡靴，毡靴上沾满了血迹。他们在毡靴的位置寻找褐城，但以失败告终。

一个月后，一支山西茶商的驼队路过瓦莱湖，说十几天前，看见几个老毛子牵着十二峰骆驼满载着货物，越过了边境。

小蔡牙医的曾祖父连着七天没有出屋，七天后，巧手的毡匠将十双簇新的毡靴摆在了沙丘顶上，接着，牧仁的马鞭掉落在了十双毡靴的旁边。十年后，一个少年骑着马爬上沙丘，捡到一堆积满铁锈的仪器，那仪器已经不能再用。但受到仪器的启发，少年对军事产生了浓厚的兴趣，最后成为骁勇善战的骑兵师长。

连吉雅都是第一次听父亲讲这段听起来有些悲壮的家族历史。当然这段历史只是沧海一粟，甚至和整个部落南下征战的血雨腥风相比，算不上波澜壮阔，荡气回肠，但足以让人为之震颤，并为之抽泣，哽咽，直至泪如泉涌。

王远京捅了捅我的后背，指着我前面的木条桌子小声说：“扯儿块纸巾。”

梅子没有听到这个泪如泉涌的故事，她忙于在客栈里为我们准备丰盛的晚餐。

沐浴后，梅子摘下了那个被汗碱浸白了的面具，丢进了垃圾桶，又为我戴上了一副新面具。我说，求你别让我戴了，否则，我也会像王远京一样去寻找生活的意义。梅子拽着我的耳朵，俯下身子，在我的额头上落下一记红色的唇印：“这就是生活的意义。”我顷刻便融化了。但我却想，这似乎并不是生活的意义，至少不是全部。

餐桌上，王远京说我是一个幸运的家伙，我当然知道他的意思。他转过脸又对梅子说，他想把客栈最贵的房间包租下来，并先预付一年的租金，而且强调，他不在的时候可以让其他客人入住。我家聪明的梅子当然知道王远京的意图，他是想帮我和梅子，并找一个合理而且让我们能愉快接受的借口。梅子摇摇手说：“为了庆祝你和晓椿的远征胜利，这次是免费的。”

“谁是晓椿？”王远京先是一愣，继而又指着我爽声大笑。他说，好久没这么笑过了。

和梅子不一样，老阿爸并不知晓王远京是一个富翁，也不知道他是为寻找生活的意义而孤独旅行的“心灵朝圣者”，老阿爸对他的全部了解只是一个“发明家”，并为那架烧毁了的伟大发明连声叹息。王远京对于“心灵朝圣者”的说法极不满意，他说，他只是孤独地寻找，这点倒和吉雅一样，但绝不是朝圣，他心里早就如死海了。

吉雅在餐桌上宣布，从现在起，他的名字不再叫李吉雅，而叫毕利格吉雅。这时，老阿爸李解放端着酒杯的手颤抖了一下，我敢说，他的思绪，瞬间从草原大漠飞向了田园。与此同时，也将看到另一个事实，那就是又一代部落子孙，再将开启孜孜不倦的寻找与求证。

老阿爸把那杯酒喝下去后，将酒杯往餐座上响亮地一蹾说：“我再卖五十只羊。”

王远京想站起来承诺什么，比如寻找与求证的全部经费，他完全可以做到，我伸出短小的腿，暗暗地踢了他一脚，他便乖乖地坐下了。

梅子倒说：“阿爸，客栈的收入可以作为寻找古城的经费，你就不要卖羊了，那母羊都怀着小羊羔呢。”

老阿爸扬起雪白的眉毛说：“好。”

我也说：“好。”

王远京却瞪了我一眼。

吉雅打算明天重返沙漠。因为夏维溪教授的考古队还在沙漠里，在那座充满悲情色彩的褐城，在那眼古井下继续进行着考古发掘，吉雅想把父亲讲述的故事告诉夏教授，让夏教授知道，褐城早在八十七年前就已经被肖科洛夫洗劫一空，不会找到更有价值的文物。

又要重返沙漠，并将开启新的寻找古城的旅程，那一夜，我兴奋得无法入眠。

梅子伏在我的耳边呢喃地说：“晓椿，我好像怀孕了。”

第八章　风暴袭来

不到七点，那个矮小的家伙就打电话告诉我，梅子怀孕了。

这是瓦莱湖又一个令人欣慰的消息。

王远京从客栈到我住的蒙古包来，进来便说：“那个家伙一早晨就坐在椅子上傻乐。”

我说：“恐怕他不能和我们一起走了。”

王远京愣怔了一下，马上恍然大悟：“你说得对，是有点不合适了哦。”随后又说，“不过，他很有智慧，要是不走，路上还真少了些味道，而且，他身上有种类似于特异功能的感觉，那种感觉非常好，像一个吸附力很强的磁场，我也说不好那是什么感觉。”

我态度坚决地说：“他还真不能走了。”

王远京一脸遗憾，但也没再说什么。

我俩坐在板凳上喝奶茶，王远京捧着碗喝得呼噜呼噜的。我问他：“喝得惯吗？”他抬起头来，瞟了我一眼说：“我一般只喝拿铁。”

我知道，他还是对我拒绝那个矮小的家伙一起同行耿耿于怀。但我也看出，短短几天，他和那个小家伙之间结下了深厚的友情，当然也源于他的品行与涵养，不然，依他的身家和实力，可以有很多种选择。

所以，最势不可挡的力量，恰恰是甘愿去做某一件事情。

那个矮小的家伙背着行包来了。他身后跟着的不是梅子，而是小哑巴。他走进来后，从背包里摸出一本卷了页边的书籍。我记不大清楚了，在我印象中，这是他第二次提到这本书，他说这本书可以帮我寻找到古城，线索就在这部书里。我说，这纯粹是臆想，纯粹是胡扯，纯粹是误导。我一连用了三个“纯粹”，把那个矮小的家伙搞懵了，我从面具的两个圆孔中看到了委屈的眼神。

他喃喃地说：“这书是你给我的。”

我说：“那是一本被我丢掉的书。”

他问：“书里少了两页，那两页在哪儿？”

书里少了两页？他还真把我说懵了。

“那两页重要吗？”

“当然很重要，是寻找古城的线索。”

又是古城，去你的破书吧。我知道小矮人是以我丢掉的破书做条件，让我改变主意。

还有小哑巴，他拽着我的胳膊，哇啦哇啦地想说什么，可我一头雾水地望着他，他的手势让我猜到，他想说有关梳辫子的女人，是他看上哪个女人了吗？小哑巴其实也不小了，该有的正常心理和生理反应也该有了。我问他，你是喜欢上哪个女孩了吗？小哑巴急得直跺脚，但他显然是在说梳着辫子的女人，那是梅子吗？说完，我又觉可笑，但小哑巴点点头。我沉下脸，指着那个矮小的家伙对他说，你是不能喜欢梅子的。小哑巴又急得直跺脚，哦，从小哑巴的口型和手势，他在说梅子的歌声，大概意思是说梅子好久没有唱歌了，客栈出现了萧条的迹象。萧条的原因是瓦莱湖旅游的旺季即将结束，外地来的游客日渐稀少，而瓦莱湖的居民们又沉迷于掘金的梦想难以自拔，他们像野骆驼一样在沙漠里游荡，留守于瓦莱湖的人已经被淘宝的狂热折磨得无心进入酒吧，无心竖起耳朵去聆听那魂不守舍的歌声。一开始，瓦莱湖的女人们非常高兴，因为她们再不用耗神费力地想着用什么办法塞住男人的耳朵眼。然而，没有多久，女人们又感到一阵阵地不安，一觉醒来，突然间觉得少了生活的底气和韵味。于是瓦莱湖又出现了奇怪的迹象，那三个互相称呼对方为“姊妹”的女人，翻开《圣经》后，却不知道先重温“以撒祝福雅各”，还是该继续研修“雅各到了拉班的家”；鱼店老板娘王山杏卖掉了一筐有些发臭的死鱼后，在观音菩萨的佛龛下点了三炷香，为跟随小蔡牙医寻找古城的女儿祈福平安，但那三炷香刚点燃没多久，却被自家的花猫蹿上香炉，碰倒了两根；胡二狗的岳母又忐忑不安地跨进了金兰大婶的院子，出来后神色却更加不安；一群孩子追随着擎起罗盘、穿着道袍的李豆腐的儿子小李豆腐，爬上了离瓦莱湖最近的一座沙丘，他本来想去河古镇超度亡魂，但由于父亲骑走了家中唯一的骆驼，他又懒得再租借一峰，关键是瓦莱湖已经没有像样的骆驼可以租借，所以只好爬上沙丘观看瓦莱湖近日的风云气象，本想夜观星象的，可最近患上了夜盲症，晚上看这个世界模糊不清，只好白天来了，白天，那些调皮的孩子，又尾随着他看热闹，所以心情也不爽，尤其是这几日，他的心里总因某种预感而惴惴不安；剩下的男人和女人们，因为听不到梅子的歌声，便觉得日子过得索然无味，走出家门，聚集在瓦莱湖街心花园的树下，就电视里那个“你幸福吗？”的话题，再次展开热烈的讨论，并因意见不一，论题相左，大打出手，不欢而散。

忧心忡忡的宝德大叔，站在街心公园的树下宣布，该去祭敖包了。

小哑巴的心思令人费解，不知道他是希望那个矮小的家伙继续跟着我们，还是希望他留在客栈拯救萧条的危局。那个矮小的家伙把背包摔在了椅子上，赌气地给我一个瘦小的后背。我说，你转过来吧，反正戴着面具，前后都一样。聪明的小侏儒当然不会上当，他知道我在故意激他，在撵他走，便捡起椅子上的背包出去了，他把背包绑在了额勒森的鞍子上。

我追出去冲他吼道：“梅子需要你照顾。”

那个矮小的家伙抹了把眼泪说：“梅子说，她希望我像个男人。”

“啊，不，晓椿，你是男人，你是椿树。”我有点哽咽了。

说话间，梅子到了，好似哭过，面色有些憔悴。我说：“晓椿留下来照顾你。他不走了。”梅子说：“我来就是告诉你，他的名字叫椿，他是铁匠的儿子。该怎么做，你决定吧。”我看见了梅子身后的王远京。事后，我问王远京，是不是去梅子那儿做了说客，他说，可以对天发誓。

我没有勇气作出决定，第一次变得犹豫不决。

梅子又说："你毫不犹豫地为我们租下客栈的勇气呢？"

我说："那是听你说晓椿四处求职，又四处碰壁，你们说梦想拥有自己经营的酒吧，我才那么做的。"

梅子眼眶湿了："吉雅，我的梦想就是晓椿有一天摘掉那副面具，让阳光照射到他的脸上。"

我仍在犹豫不决，因为毕利格巴图在召唤我，我的责任是将成为又一代求证与搜寻的子孙，我不知道要走多久。

"小哑巴可以帮我。"梅子这句话其实是说给小矮人听的，因为她把脸侧向了她的丈夫。

小哑巴自从那个矮小的家伙进了沙漠，就被父亲派到了客栈，他每晚怀抱着一根木棒睡在客栈的过道，那种憨态可掬的睡相，那种十二分的敬业，不仅没有让梅子获得安全感，反倒日日夜夜恐惧不安，并且增添了无尽的烦忧和负担，首先是总台值班的女服务员拒绝再值夜班，到了晚上九点之后，有登记住宿和结账的客人，只能由梅子来做。梅子先是好言相劝，希望他离开客栈，回到原来的生活中去，而小哑巴却是一根筋，固执地要命，像门神似的立在门口，结果吓走了两位探进头来准备登记住宿的女客。梅子终于忍无可忍了，指着客栈的大门怒喝："你滚蛋吧，滚回老阿爸那里去。"小哑巴被梅子的表情吓坏了，怀抱着那根木棒犹犹豫豫地转过身走了。然而，第二天早晨，梅子打开客栈的大门，又被吓了一跳，小哑巴怀抱着木棒蜷缩在门口，衣服上沾满了晨露。过了一个星期，梅子的惊恐感没了，反倒担心小哑巴在冰冷的地板上睡坏了身体，便让小哑巴睡在客栈总台的沙发上，或者干脆就到靠门口的客房里去睡觉。小哑巴只要了一块儿吧台下面的沙发垫子，又固执地睡到了门口，让梅子哭笑不得。到了白天，小哑巴还兼做勤杂的活儿，擦地、搬煤块儿、倒垃圾，楼上楼下，像陀螺似的在客栈里旋转，而梅子外出时，小哑巴又像一个忠实的保镖，怀抱着那根木棒像狗尾巴似的跟在梅子的身后。梅子便支使小哑巴："去把这个盒饭送给老阿爸。""去瞅瞅吉雅和晓椿哥回来没有。""去把鱼店订好的鱼给取回来。"本以为就此能把小哑巴支走，但用不了多久，小哑巴又出现在了梅子的身后。后来，梅子索性就听之任之，看不见小哑巴反倒觉得少了什么。

看到梅子，那个矮小的家伙现出了徘徊犹豫的神色，我想，他的内心或许正经历着苦痛和挣扎。我说，晓椿，你得留下来陪伴梅子。他说，我听梅子的。

梅子的高大恰是因为有了矮丈夫的反衬，高女人在矮丈夫面前，会给人以貌似强大的错觉，可是，在梅子和晓椿的生活里，梅子其实是皑皑白雪中的一朵小梅花，她结出的每一片花瓣，都要经历严寒的阵痛，然而，晓椿太矮小了，他脸上的那副面具遮蔽了他的苦涩和无奈，他希望不被人歧视，不被人讥讽，希望获得尊重，能挺起腰杆活着，这并不是多么难以企及的奢望，有时候，就是一对温暖的目光，一双平等尊重的眼神，都能让晓椿泪流满面。也许他是对的，他希望用他的智慧，找到那座古城，他和我不同，他寻找的不是历史和血脉，他找的是心灵的慰藉，他说王远京是"心灵的朝圣者"，那么晓椿不也在迈向朝圣的路上？

那是一扇向朝圣者打开的大门，有时，我也把它叫作心门，打开心门，人活得才敞亮。

给养送来得非常及时。考古队的饮水只能维持半天，食物再吃一顿便陷入断炊的困境。我们给考古队带来了鲜肉和蔬菜，宝德大叔支援的两峰骆驼全部用来驮载给养。我还给夏维溪教授的助手林秋雁带了十多颗大红苹果，林秋雁没舍得吃，把十多颗苹果用一根根的绳子吊在了每一顶帐篷的顶上，在帐篷里躺下，眼睛便能看到那颗苹果，那是一种能让人久久留恋回味的幸福感。

夏维溪教授坐在黄昏的树下，陷入了迷茫与沉思。据说，我们走后，那棵树和林秋雁一样，成为了沙漠里最迷人的一道风景，绿叶和女人是调剂沙漠枯燥单调环境的唯一色泽。后来，小蔡牙医那伙人也沉湎于那棵树的颜色，并趁暗夜里偷偷地掐断了三条树枝，为王山杏的女儿编织了一个草帽，那女孩将这顶草帽一直戴到离开了沙漠。

毕利格巴图和肖科洛夫的故事，让夏维溪教授感到有股强烈的烧灼感，继而愤懑难耐，痛心疾首。他连晚饭都没有吃，就在那棵树下呆坐着。

林秋雁悄悄地问我："你对教授讲了什么？"

猝然间，我无法回答。

夕阳下，带着太阳体温的沙粒仿佛变成了冰冷的积雪，发射出银白色的光芒。毕利格巴图脚踏着那双开裂的毡靴，行走在沙漠里。那个被仪器吸引着的少年，有一天也变成了银发老者，他穿着一身褪了色的旧军装和他最器重的骑兵营长一起第二十一次踏进大漠，这次他终于走进了褐城的遗址，寻找到了一丝父辈的气息。他尽管没有找到那个穹顶一样的圆塔，但意外地找到了一眼古井，于是，便在古井旁种下了一棵树，并给这棵和那个刚出生的孩子取了一个共同的名字，叫吉雅。

沙漠里充满悲壮的气息。那具坐化了的高僧的骨架，那只沾满了血迹的毡靴，那场恐怖的沙暴，那堆用来定位的锈迹斑斑的仪器，那十双簇新的毡靴和丢落的马鞭，古井的周围到处都是这些影子，像拖着尾巴划过天际的星云，像成群结队荡漾在湖畔的萤火虫，像吸附在卤化银上的光影，幻化在了黄昏斑驳的树影里了。

夏维溪教授决定调整考古发掘的方案，明天考古队将撤离沙漠。

经过十四天繁重却一无所获的挖掘，蔡牙医带着那台挖掘机，从发现铠甲的那一片沙漠行进了七十多公里，来到褐城遗址与儿子小蔡牙医会合。为了打消他们的欲望之念，夏维溪教授跨过警戒带，站到了挖掘机高高的驾驶平台上，此时，他倒像一个演说家，颇有些马丁·路德·金的范儿，他为他们讲了毕利格巴图和肖科洛夫，他讲这些的时候，当然无法回避地要提到瓦莱湖，提到蔡牙医的父亲，提到胡二狗的岳父，希望能用那一代人的光芒，温暖聚拢在挖掘机下的贪婪冰冷的眼神，以此劝说他们尽快结束这场荒唐的旅行。夏教授讲完，立即引来了小蔡牙医响亮的口哨和胡二狗等人的哄堂大笑。他从驾驶平台上下来时，蔡牙医截住了夏教授："你们还会继续寻找古城吗？"

夏教授盯着蔡牙医头顶几根直立起来的白发说："我们会在明天一早离开沙漠。"

但到了第二天早上，撤离计划随即搁浅，晓椿和王远京曾经期待的直升机出现在了天空中。直升机在搜救快被遗忘在沙漠里的瓦莱湖豆腐坊的李豆腐。昨天下午，小李豆腐擎起罗盘，打算再爬上沙丘，却见自家的骆驼孤独地行走在回家的路上。他扔掉罗盘，拽着缰绳，想从骆驼的眼睛里获知答案，然而，骆驼毫无生气的眼神里读不到他想要的信息，于是小李豆腐确信父亲出事了。接到小李豆腐的求救报告，救援指挥部随即成立，王远京带回瓦莱湖并充足了电量的那部卫星电话，此时派上了用场，救援指挥部通过这部卫星电话传达指令，希望考古队和追随小蔡牙医的瓦莱湖人参与到搜救行动中来。夏维溪教授提议，把现有的人分成两拨组成救援队展开救援，其中考古队和我、晓椿、王远京负责向南线搜索，另一拨由蔡牙医统领着瓦莱湖人向北搜救。夏教授特别强调，无论哪拨人，决不允许搜救人员单独行动，蔡牙医感觉受到了器重和礼遇，同时李豆腐好歹也是他的邻居，便对搜救投入了极大的热情。临出发前，胡二狗内心挣扎了一番后，提供了一条重要信息，说他从金兰大婶获得的那张预测古城位置的黄表纸，以一千元的价格被李豆腐买走。晓椿也说，李豆腐在发现铠甲的沙坑边曾拍着他的肩膀，说这是一个敢想敢做的时代。由此推断，李豆腐是因为看到小蔡牙医捷足先登发现了铠甲，便想另辟蹊径，开辟新的线路，那么，他自然会选择人烟罕至的去处，但也就此增加了迷路的风险。

金兰大婶给胡二狗预测的位置在哪儿呢？

胡二狗向小蔡牙医要了一支烟，吸着香烟，想了片刻后才说："在鹰嘴湾。"

人群中的目光不约而同地望向了东南方向。

夏教授凝望着的却是西北角，那里正有一朵白云缓缓地向南游动。

"怎么办？"蔡牙医以带队人的姿态诚恳地问道。

夏教授想了想说："按原计划搜救吧。我们奔东南，你们向北，如果遇到坏天气，就马上撤出沙漠，你们只要一直向北走，不到三十公里就能到达去河古镇的公路。"

"你是说？"蔡牙医似乎感知到了夏教授的预感。

夏教授答道："对，是沙暴。"

蔡牙医犹疑地望着教授："那云是白色的，再说这是八月，很少起风的。”

夏教授收回凝望那一朵白云的目光，说：“我说的是风向，但愿不会起风，我这不是杞人忧天。”

蔡牙医大概动了恻隐之心：“教授，往南边走是最危险的，你可要当心。”

“你们也要当心。”说完，夏教授回到考古队住的营帐区来了。

有了那棵树，古井不需要再做任何的地理标记，这让夏教授的考古队省了不少事儿，重新找到的褐城再不会因为一场沙暴而消失在大漠。我慨叹于外公二十七年前那个夏天的睿智。

“你外公不愧是一位军事天才。”夏维溪教授这样评价毕利格，但我确实不明白夏教授怎么可能仅凭一棵树就能做出军事天才的推断。他把最后一个废弃的塑料袋都塞进了背包，所以，他的包看起来鼓鼓囊囊的。我们宿营的小树下，除了杂乱的脚印，已经看不到人为的痕迹与杂物，这与小蔡牙医那边的一片狼藉形成了鲜明的对比。

背起行囊，牵着骆驼，蔡牙医还得带上那台租借来的挖掘机。

离开了古井边，离开了那棵小树，所有的人几乎都可以从寻找或者幻想和欲望的煎熬中暂时地解脱出来，放手去干另外一些事。当然，眼下要做的就是搜救，搜救那个被欲望冲昏了头脑的李豆腐，鬼知道他在哪里。但绝不是搂着一堆金币狂笑，他远没有那么幸运，我甚至隐约地有种不祥的预感，有这种预感的，还有那个矮小的家伙，那家伙对自己的预感一向很自信，这点我和王远京的看法倒是如出一辙。

大沙漠真是一个缠人的家伙，深入腹地，就像深入到了海底，辽阔浩瀚，怎么走，永远是一种颜色，甚至一个模样，尽管有几座起伏的沙丘，那也是天工造就的雷同，毫无声色，所以即使是由七个人组成的驼队，叮叮当当的驼铃声在空寂的沙漠里，久而久之便几乎成了噪音，人变得忧郁，变得孤寂，偶尔还会有一丝的恐惧感。走了整整一白天，边走边搜寻李豆腐的踪影，到了下午四点钟的光景，天色忽然暗淡，像是飞快地走进了傍晚，我们不约而同地回过头来，我先听到了林秋雁尖声的惊叫，因为她此时正和我并肩同行，她试图探手抓住我的胳膊，我敢肯定，她的这个动作绝对是下意识的，但她没有成功，两峰骆驼的间隔是大于胳膊的长度的。

我大喊了一声："下驮，下驮。"

我的声音立刻被风稀释了。

这简直像冰火两重天。前方是晴朗的天空，身后是阴森森骇人的昏暗，从西北向扑过来的风沙像张牙舞爪的魔鬼，翻滚着，撕扯着。它们仰起凶悍的头颅，伸出恐怖的魔爪，隐约中，一会儿似有沉闷的雷声滚过，一会儿又像粗重的鼾声，嗡嗡地在气流中回响。那不是龙卷风，是铺天盖地的沙暴。大漠里的砂石被气旋裹挟着，仿佛成了漂泊的孤魂，它飘飞起来，不知道会在哪里落脚，也许是下一处沙漠，也许是草原、农田、城市、森林、山川、江河湖泊，或者也可能漂洋过海，走到另外的异域之地。那里会是它新的家园吗？它还会依恋旧居吗？是否还会想念起过去的亲兄热弟？

刹那间，天和地相连了，黑云压城般的黄沙正像可怖的怪兽吞噬掉了明媚的天宇，飞沙走石的速度简直令人吃惊，我们刚下了骆驼，风暴的前端便逼近了驼队。

"牵住骆驼。"好像是向导的声音。

"大家尽量往一块儿聚拢。"夏教授喊着。

林秋雁抓紧了我的胳膊，这次她抓住了我，我感觉到了她的颤抖。

"小矮人，你在哪儿？我怎么看不到你了？"王远京张大嘴巴喊着。

多年在野外考古的夏教授都没有经历过这样的沙暴天气。后来，他回到大学讲堂，给学生讲课时说道："那是最惊心动魄的一场沙暴。"

但我以为，夏教授用"惊心动魄"这个词似乎并不准确，那是因为他没有读懂那种特殊的情感，我想给这场沙暴选用的形容词是：生离死别。

这个词或许更恰当一些。

第九章　存在和消亡

寒夜彻骨，衰草在月色下随风摇曳。

借着月光，蜷缩在战车一角的伤兵探出脑袋四处察看，顿时露出欣喜之色。“咬咬牙，坚持一下吧，我们得活着。”他鼓励着身边的几个重伤员，那几名伤兵呻吟着，眼睛都懒得睁开。

“再有一百里，就到遮虏障了。”

“真的吗？”

“真的。”

“那太好了，能活着回到帝国了。”

“妈的，天怎么又黑了，一点儿月色都没有了？”

起风了。沙尘暴来了。逶迤的队伍缓缓地停了下来，沙暴扬起的沙粒打在军士的脸上，落在血迹斑斑的战袍上，粘附在殷殷渗血的伤口上。这是第七天了，昨天黄昏前的一战，两千兵士已倒落在戈壁滩上，当然，不包括那六十七个妇女，她们是被自己人砍死的。就在昨天上午，年轻气盛的将军巡视到战车前，感觉被篷布遮盖着的战车里一定是成捆的箭弩，但掀开布幔后，他惊呆了。这时候，一个容貌清秀的女人站了起来，大着胆子，用浓厚的关东方言说：“我可以服侍将军。”

将军瞟了她一眼，拔剑刺向她柔弱的胸膛，一腔热血喷溅到了将军的脸上，也喷溅到了旁边另一个瘦弱女子的身上，那瘦弱女子顿时面无血色，昏死过去。

午后的阳光照射在瘦弱女子惨白的脸上，恬静地睡去了，安睡在了焦黄的戈壁滩上，再也听不到厮杀喊叫和痛苦的呻吟了。她是六十七个女人里年龄最小的一个，跟随姐姐从关东来到边塞，除了姐姐，这个世上她已没有亲人，姐夫因为盗窃了一头耕牛换酒喝，被发配到匈奴人叫居延的边塞充军。她和姐姐来到边塞是想活下去。不远处，三十七个昨晚光顾过她瘦弱身体的军士，流出了眼泪。她记不住每一个军士的相貌，麻木的躯体已对这三十七个人没有深刻的印象，反正，高个子的、低矮一些的，进来的和出去的，都是粗重的喘息和麻木机械的动作，似乎都在向她宣泄某种情绪，比如对战死的恐惧。如果说，留下一点印象的，是一个肩胛骨有箭伤的人，因为有几滴血从伤口渗透出来，滴落在了她的乳房上，她确信，那不是汗液，是血水。军士说了句话，是荆楚方言，她没听懂，也没追问，她感觉到了他身体的痉挛，并随即像婴儿一样忘情地吮吸她的乳头。但那三十七个军士却记住了她的柔软、白皙和被男人的汗液浸透了的身体。随后，她的姐姐死在了营帐里，死在一起的，还有那个她叫姐夫的光着屁股的军士。

比沙尘暴还坏的是校尉韩延年带来的消息，他刚巡视完军营，见到将军后他说的第一句话有点奉承的意味："军士的战斗力比昨天大多了。"

年轻的将军只淡淡地问了句："埋了？"

韩延年点点头。将军没再追问埋在哪儿了，是昨天埋的，还是今天上午，那并不重要，掩埋那些女人，将军考虑的是不给蛮夷的匈奴人留下笑柄。但韩延年说的第二句话让将军心里咯噔一下，甚至在寒彻的沙尘暴中冒出了冷汗。

韩延年说："一个叫管敢的军侯不见了。"

外围是八万匈奴骑兵铁桶似的包围圈，管敢离开军营，只有一种结果，带着韩延年教训他的皮鞭的伤痕亲吻单于的毡靴。管敢的消失，似乎注定了这支部队最后的命运，将军仰天长叹道："我去刺杀单于，谁都别跟着我。"军士们为将军孤胆破敌的勇气潸然泪下，然而，这句话却留下了一段历史之谜。

我在那本书里找不到答案。

李陵离开军营后，孤身去刺杀拥兵八万的首领单于，他有成功的把握吗？我想，李陵不是去刺杀单于，而是完成了一项只有他和韩延年知道的使命，那将是一个惊天的秘密。

起风时，我紧紧抓住驼峰上的铁环，我弱小的身子实在扛不住这场迅猛的风暴，它像恶魔，真的像恶魔，我觉得膀胱在痉挛收缩，挤压着里面的液体，下坠，胀痛，即将喷出。骆驼根本不听我指挥，我想让它卧倒，我好下来。旁边的额勒森已经卧倒了，吉雅站在沙地上，风吹得他左摇右晃，像喝醉了酒。树大招风，吉雅本来就是褐城遗址上的一棵树。

风暴刮到天完全黑暗的时候，风势渐渐地减弱了一些。但帐篷还是无法支撑起来，人不被刮走就算幸运了。八个人围拢在一起，每个人的位置又颇有意思。我不知道吉雅什么时候和林秋雁坐在了一起，或者说是林秋雁坐在了夏维溪和吉雅的中间，那个向导挨着宋朝阳，但彼此并不紧密，至少隔开有半个身子的距离，我挨着王远京，能听到他粗重的呼吸，他举着那部卫星电话，期待着什么，又好像什么都不期待，习惯而已。这样的风暴天气，还能有什么期待呢？

我把这些归咎于李豆腐，贪心的李豆腐害惨了我们。我把这话悄悄地告诉了王远京。王远京说，但愿那个做豆腐的家伙能活着，活着就好。王远京看似平常的一句话，我想，他不像信口开河随便说说。在和风丽日的公园里，在舒适的席梦思床上，最好还有一个很漂亮的美人或者“高大帅”的男人伴在床侧，在推杯换盏的光影里，在醉生梦死的酒吧间，在勾心斗角的职场里，在劳顿了一天的炕头上，活着是那么的平淡无奇，那么被轻易地忽视，因为都在活着，而面对沙尘暴、面对沙漠里的沙尘暴这样的无形的斩杀的恐惧，死亡近在咫尺，活着便沉重了，便有了心有余悸的隐忧，对了，也不是隐忧，是现实。我感觉到了恐惧，感觉到了死亡随时会降临到我的身上，面对死亡的威胁，我想活着。伸手不见五指的暗夜，黑暗中还有啸叫的惊悚，还有风沙不断地打磨着我的躯体，我的头脑是麻木机械的，思绪不敢去碰触“死亡”这两个字。我突然间想到了母亲，自从生下我，活在忏悔中的母亲，心灵深处永远像风中飘飞的落叶，她一遍遍地祈求神灵的宽恕，希冀通过自己的忏悔能让我的身体出现奇迹，那是多么无奈的祈求，她掏空了内心。她后来变得神经质了，像那个絮絮叨叨的祥林嫂，她总是说：“前世一定做了不好的事。”她把“罪责”与“过错”延续到了前世，所以她害怕得要死，那恐惧的心理终将夺去她的存在。邻家二婶数次到我家，希望我的母亲侍奉上帝，那样母亲的灵魂就可以得救。而整日烧香跪拜的堂姑姑要母亲请一尊神回来，退一步说，不请神也可以，买一串珠子，黄花梨的蛮好，檀木的也说得过去，当然最好买个玉镯或者玉石挂坠，但要到寺院里“开光”，不“开光”的那是首饰，开了光的才是佛。母亲看着我的背影对堂姑姑说：“我的前世罪孽深重，救不了我的儿子。”

母亲没有去跪拜神龛，也没有去侍奉上帝，她把自己的心灵关闭起来，她说，多做些好事吧，她不说那是善事，她只说好事。好事便宽泛了，扫街的事儿母亲常做，从街的这头到那头，尽管尘土飞扬；给儿女在城里上班而顾不上管她的赵四奶奶每月拆洗一次被褥，并送去煮熟的饺子，在母亲看来这也是好事。她默默地做，也在默默地絮叨。

沙暴就像更年期的女人，喜怒无常，渐渐小了的风势，又张狂起来，风刮得更猛烈了。我不知道这会儿是几点，没人关心这个问题了，只要能活着，人与人之间的距离感越来越小，挤挤擦擦，尽可能地聚拢，林秋雁那个小丫头，大概也顾不得矜持了，她用衣物包住了头脸，身子依偎着吉雅。除了沙土的味道，我又嗅到女人身上散发出的气味。

我打了一个响亮的喷嚏，那声音和气息顷刻被呼啸的风暴卷走了。

再大的风也挡不住无线电波，设在河古镇的救援指挥部叫通了王远京的卫星电话，问我们所在的具体位置和寻找李豆腐的进展状况。与指挥部通话的是夏维溪教授。他接完电话后，陷入了迷茫。他是这支队伍的主心骨，但他对沙漠并不能做到了如指掌，沙漠太大了，变幻莫测。夏维溪教授变得踟蹰起来，他不知道下一步该怎么办，假如风势不减，对李豆腐的救援将变得十分困难，而时间对于李豆腐又意味着分秒必争。

天色微明时，夏维溪作出了一个惊人的决定，而在我看来，这个决定多少有点冒险。他决定把七个人划成两个小组，分路搜索，最后会聚到现在这个位置，那么，这里将是最后集中的大本营，回归大本营的最后时间是三天后。夏教授说："不能等了，等风彻底停了，也不用我们搜索，直升机就可以起飞了。"我们明白了夏教授的意思，便开始收拾行装，并在风沙中把沙粒当作了咸菜、炼乳、果子酱，啃着冷面包，对付了一顿早餐。分组的情况是这样的：起初，夏教授打算让吉雅和王远京，我们三人组成一个组，也许他考虑到这么组合似乎有失团结和谐的味道，遂又决定，让向导和宋朝阳带着我和王远京走，他带着吉雅和林秋雁。林秋雁立即表示赞成。我立刻便猜到这个小丫头喜欢上吉雅了。至少是有好感。

我似乎该浓墨重彩地说说林秋雁了。她以科学的精神跟着夏维溪投身考古事业。这个结论可不是我下的，是夏教授介绍自己最得意的女弟子时说的，看得出来，夏维溪教授对这个女助手十分满意，他还说，女孩子从事考古工作，会留意到不易察觉的蛛丝马迹，这是女性独特的地方。但风餐露宿的艰苦，对于女人来说，也是不小的考验。她进入沙漠后，总是穿着一身像修女一样的宽大的户外冲锋衣，脸庞被一块黑底红白相间的花色丝巾裹着，眼睛被一副深色太阳镜挡着，所以无法一睹芳容，这种朦朦胧胧的装扮，平添了几分神秘，考古本身就被蒙上了一层神秘的朦胧，就像越来越火热的古董商和二道贩子的拍卖鉴宝，能识辨出真伪的竟是少数，女人朦胧的好处是能让人想入非非，绞尽脑汁地猜测面纱背后的容颜，就如箍在我脸上的面具。我见识林秋雁的容貌是从瓦莱湖返回古井后的那个下午，林秋雁躲在树下的帐篷里读书，或许是在查阅资料。吉雅要我把带来的苹果送她，我说，这该你自己去的，我算怎么回事呢？事实上，有的婚姻，有的恋情，起初，便是始于同伴的玩笑，比如说谁和谁，某人和某人是一对，本是玩笑，结果倒成真的，也许是玩笑者帮人捅破了那层窗户纸，正中下怀。那一日，我似乎也有如此的意味，只是玩笑而已。吉雅的脸红了，我说你喜欢上林秋雁了吧，吉雅不置可否地笑，那笑容里溢满了纯真，那是绝没有一丝杂质的纯真。我说，喜欢就自己去表白，吉雅便问我，你和梅子是怎么回事儿，我说，那是秘密，不告诉你。我为林秋雁送去苹果时，她恬静地坐在帐篷里，脸上罩着一层午后阳光的温暖，于是我见识了她的眼睛、眉毛、嘴巴、鼻子和秀发，她的五官和梅子各有千秋，她的秀发，那柔和乌黑的秀发，美得令人颤抖。所以这也是我搞不懂的地方，为什么世间的女子，会分出美丑，都让她们像梅子，像林秋雁一般的美貌该不会有无限的遗憾与嫉妒了。那天，我和林秋雁几乎没什么交流，我把苹果放下就走了，当然我会说一句，这是吉雅送你的。林秋雁懵懂地望着我，不知所云。

林秋雁把它分了，每个帐篷里挂了一颗类似于望梅止渴的苹果。

但是，从古井边撤离的时候，我把那颗苹果化作果泥连同口水一道滑进了肠胃，王远京把苹果埋到了沙土里，说等到明年春天，如果能长出一株苹果树的嫩芽，他就找到生活的意义了。

我说，沙漠蜥蜴会啃吃了那颗苹果。沙漠里还有蛇，或者其他的野兽。王远京咧开厚实的嘴唇笑了笑，说那就是一颗苹果的命运。

林秋雁的神情里有股冷漠的清高，眼神里看不出温度，像那些沉睡了千年的古玉器，这眼神倒符合她考古的职业身份，可考古的人就一定冷漠吗？夏维溪就不这样，那是一个慈眉善目的老者，蹲在墙角，和从田地里回来歇凉的老农别无二致。林秋雁用一把小铲、一只小毛刷就能叩问远古的世界，就能解读未知的密码，她非常地尊重教授，甚至体贴入微，照顾教授的生活。她无怨无悔地埋头工作，这与她外表的清高又相距甚远。如果说，林秋雁是秋海棠，那梅子就是撒了一层薄薄的雪花在上面的寒梅，那是不一样的生活轨迹。吉雅和林秋雁走了，我突然失落了，像被人抛弃了似的。

吉雅走了，他到底是去追逐爱情，还是了却家族的梦想，我猜不透了。王远京似乎不再痛苦，他正从心理的阴霾中走出来，他种下了一颗苹果。他说，那颗苹果是能孕育新生命的，在内心的应许之地。

我迷茫了，要不要继续走下去。那古城是吉雅的家族的发祥之所，和我有何干系？王远京种下那颗苹果后，情绪也发生了变化，似乎打算离开沙漠，回到城市继续做他的富翁，反正，他的财富多得连他自己都没了数，那是他的身份的象征吗？他说不是，从家走出来，他就不再认为财富能代表地位，何况，他的第一桶金的获得，是靠卖假药换取的。所以，他似乎在用这种方式救赎，求得安慰。

我的心像这荒漠，像被风暴卷起的流沙，我找不到安放心灵的地方了。

风暴趋缓了。扬沙随着冷气流仍在向南飘移，天虽然透亮多了，但能见度很低，最多看到十几米远的距离。夏教授说："别等了，出发吧，路上互相照应着，注意安全。"

向导还是那副木讷的神情，但他回了好几次头，直到夏维溪、林秋雁和吉雅消失在尘雾中。我观察他注意的不是教授和林秋雁，而是他们骑着的两峰骆驼，那是向导家的财产，是他生存的本钱，他当然要惦记着，而那个怎么看都不像助手的宋朝阳，此时正阴沉着脸，大概觉得，他理应跟随向东南搜索的那一组而不是我们，他猥琐的样子没让我们太感到厌恶，而在他眼里，或许我们反倒成了他的累赘。我想，也得叙述一下王远京出发后的状态了，他看上去还是那一副沉稳且不疾不徐的模样，他上骆驼的时候，低声对我说："这将是一次卓绝的旅行。小家伙，你听好了，是卓绝。"

"你把它当成旅行？我们是去救人。"

"没错，是去救人。"王远京指着远方的天宇，"沙尘很快就过去了，天要晴了，那才是搜救的最好时机，抓紧赶路吧。"

我说："你还没有解释卓绝。"

王远京说："这个世界最残酷的事儿就是生离死别，生和死、存在和消亡、疾苦与浪漫，所以有人相信有神灵、佛祖、外力和上帝的存在，也有人笃信地狱之门，还有人说，神灵就是永不疲倦的监视器，记录着每一个人的善与恶，可是那得多大的硬盘才能储存下那些罪恶，那些善举，于是，有人便惶恐，便失眠，便患上厌食症，一边作恶，一边忏悔，那么他到底是在作恶，还是在忏悔呢？作恶是满足私欲的所求，忏悔是求解心理的释然。我不喜欢把这两个东西联在一起。"

我笑了笑说："那你是忏悔，还是继续作恶？"

本来是句玩笑的话，王远京却瞪大了眼睛，看着我，想了想说："我是朝圣，这就是卓绝。"

一时无语。我幡然明白了“朝圣”，那是走向心底的救赎。

路上，除了我们四个人，再看不到任何人，甚至一只小动物。我和王远京跟在向导的身后，我们其实没有厚此薄彼的意思，既然走到一起，就该互相关爱，否则连自己都救赎不了，何谈搜救那个生死未卜的李豆腐。

风到了下午就小多了。但我们没有发现一点踪迹。夜幕再次降临，便又就地宿营了。

次日，天色微明，向导便催促我们三人起床，水已所剩不多，能否坚持三天已是问题。就在这时，我发现了一个令人头疼的问题，这个问题其实很严重，向导也是第一次到这儿，他去过鹰嘴湾，但那是夏维溪教授去的方向，与我们的方向恰好是一条平行线的两端。这可不是闹着玩儿的，向导有点害怕了，他把这三个人带到哪里，决定着我们能不能活着走出大漠。

“谁能给我们水喝？”向导很沮丧，仰起头来仰望着天，天上还有扬沙，只是少了。

我看到了太阳，那润泽万物的太阳朦朦胧胧地悬在天上。

“看，那是什么？”新发现不是那个助手，是王远京，他看到了古河床，那是黄河的古道。

晨曦中，没有蚊蝇的骚扰，几乎听不到昆虫的低吟，远古的河道像一条僵硬的蟒蛇，横卧于贫瘠的沙土之上，斑驳碱化了的土地如蜕落的鳞片闪闪发光，它的身下是否掩埋着青铜铭文、龟甲和瓦罐，木牍上是否还残留着久远的记忆痕迹，或许早就模糊不堪了。像我这样的人站在沙漠里会觉得很轻松，尽管相比于他人，我头顶的天空显得遥远了一点，但在平坦光滑的地平线上，我不用脖子酸痛地仰望那高耸的大厦，这里没有大厦可以仰望，这很好，我相当满意，有种融入自然的宁静。有一簇芨芨草在古河床上随风摇曳，那不是一株，而是十几株芨芨草簇拥成的草窝子，那草窝子像农家的石磨，悬空在沙地上，特别显眼，而就在草窝子的旁边，我们又发现了一块儿像公鸡形状的石头，那石头有明显的人为搬动的痕迹。

“这是路标。”我惊叹道。

他们三个人没有反驳我，看来大家都把这块儿石头看成了路标，那石块儿的一端，也就是公鸡头的部位，正好像一个箭头的标志，冲着空荡荡的西方。从石块儿上的沙土看，路标设立的时间不会太久。

王远京说：“那是一只向我们挥舞的手臂。”

我们决定沿着路标向西方去寻找，那里有一个叫李豆腐的亟待拯救的生命。

那块儿石头，骤然间唤起一股信心的力量，我们很快达成了一致的认识，沿着古河床向西搜索，大概会有奇迹出现。向导原本打算给骆驼喂些水和草料，也立即收起了草料袋子。这样一来，我们也格外地加快了行进的速度，视线也越来越清晰，越来越宽阔。

走了大概两个多钟头，我们先看到了一个帐篷，像旗帜一样迎风展开。

“找到了。”我兴奋地大喊。四个人里，我是唯一与李豆腐相识的人。

“李豆腐，李豆腐。”

我相信我的嗓音的穿透力，但除了那迎风招展的帐篷，毫无声息，我的心一沉，大家便也像我一样猜到了结果。

李豆腐死去了多日，几乎辨认不出来了。如果不是那套还算熟悉的外套，那赤裸着身体躺倒在帐篷里的人，我断然不敢相信，这就是李豆腐，一个五十七岁的老头。此刻，我们无法想象，他家的骆驼又是怎样从这里出发，经历长途跋涉回到了瓦莱湖的，我甚至觉得他可以骑着那峰骆驼返回去的，可是所有的假设都无法面对这具惨不忍睹的尸体，眼前才是最真实的现实。

瓦莱湖人这场荒唐的旅行就这样结束了。

王远京用那部卫星电话呼叫了总部，报告了李豆腐的死亡和我们所在的位置。等到了下午，天完全晴朗后，一架直升机运来了法医和刑事警察，他们勘查了现场，并按照小李豆腐的要求，运走了尸体。

我们在三天后的下午，准时返回了事先约好的那个所谓的大本营。说是大本营，其实就是一根已经被风刮破的红旗，和一座小沙丘，但到了第四天，还没有等到夏教授、林秋雁和吉雅回来。

第十章　额勒森的命运

现在看，夏教授这样的分组是在冒险。

他们那一组，除了额勒森之外，夏维溪、林秋雁和吉雅，根本不认识路。尽管在老骑兵李解放的眼里，额勒森是他亲密的战友，但那毕竟是一峰无言的骆驼，何况，额勒森是否走过那一段路呢?

我首先失掉了耐心。

那是漆黑的夜晚，天很晴朗，漫天的星斗合着寂寞的沙地，空旷的沙漠静得连昆虫和飞鸟的声息都没有，柔软的沙土像一张席梦思床，那床大得可以躺下许多的人，至少我不必再为在这个世界上，为我和妻子寻找一张拥有物权的木床而黯然神伤。现在，我有床了，那床大得无边无际，在这张床上，我像伏在桑树叶上的蚕宝宝，可是有了床，却无可救药地患上了失眠症，我睡不着，数着漫天的星星，一颗一颗，真的是亮晶晶的，我就是其中一颗吧，或者连那一颗小星星都不是，因为那些星星都有名字，都被命名了的，而我仅仅是一个矮小的侏儒，星空中，那飞天的神女披着拖到地上的长长的百褶裙穿梭于方圆四极和浩瀚宇宙，可是奔月的嫦娥怎舍得丢下后羿独自离去。也许那是童话，我愿自己永远活在童话里，不被人当作无常来嘲笑。

我说，我像被蜘蛛捕捉到的昆虫，浑身沾满了黏液。王远京怒气冲冲地瞪着我，蹲在我的身边骂道:“你太抬举自己了，你哪是昆虫，你分明是一条被绑着的狗。”

他们绑起我，是因为我要去寻找吉雅，被他们无情地阻止了。

也许他们是对的。

我诅咒向导、诅咒那个假助手宋朝阳，但我没诅咒王远京，尽管他把我从骆驼上拽下来，像丢沙包似的扔在地上。我的脑袋一头扎进了沙窝子里，差点喘不过气来。那个向导和宋朝阳不容分说，便把我绑了起来，我杀猪般地嚎叫，我感觉到宋朝阳想扯下我的面具，王远京挡开了他。

向导很忌讳我那些诅咒他的话，他气得暴跳如雷，想冲上来揍我。在沙漠里，死亡是一个令人忌讳的字眼。

王远京用身体挡住了冲过来的向导，但他和那两个讨厌的家伙达成了默契，我被捆绑着躺在沙地上，哦，那不是沙地，是床。

向导捡来了红柳枝，点起了一堆篝火。我叹服夏维溪教授把这个小高地选作大本营的高瞻远瞩，这一带有的是野生红柳，不用掏一文钱，只需要费些体力，就能解决生火取暖的问题。那个向导来来回回，奔跑了十几趟，抱回了足够烧两天的干柴，向导一看就是个实心眼的汉子，他燃起的这堆篝火，不仅可以御寒，还可以当作信号，让不知道在哪儿飘摇的夏教授、林秋雁和吉雅，能看到这一团火光，看到归来的光芒。

红柳枝在火里噼啪地响着，并散发着一股奇异的味道。我的面具因为很久没有清洗，被火炙烤着，也散发出一股难闻的气味，与红柳枝燃烧的气味混合起来，塞满我的鼻腔。宋朝阳竟然弄到了一只野兔，他说是套在一只铁夹子上的。那铁夹子又是谁的？我们几乎同时下意识地向四周观察，冷寂的夜空下，几十公里不见人迹的沙漠里，谁会下一个夹子在荒漠里呢？

“会不会有狼？”王远京露出一脸的恐惧。

“狼的嗅觉很灵敏的。它在很远的地方就能闻到气味。”我被捆绑的身体越来越麻木。

宋朝阳用眼神杀死了我。

蒙古族向导瞥了眼我和王远京，尽管他这些日子不断地咳嗽，像是患上了肺炎，但仍然不忘吸几口烟，然后才慢吞吞地说：“有没有狼可真不好说，十年前，我和阿爸进沙漠的时候见到过狼，这十年，再没见过。早先，还有人说沙漠里有怪兽，可谁也没见过，也就是个传说。狼是蒙古人的朋友，你们汉人把狼当野兽，抓狼，撵狼，杀狼。我听说，你们把狼牙当成装饰挂在脖子上，看看吧，那些人比狼狠啊。”

“你们把我绑着会让狼吃掉的。”我扭动着身子抗议，我不是伪装，是确实害怕了，我甚至担心今夜会不会有狼在沙丘附近出没。

宋朝阳嘲笑我：“你身上的肉不够狼打牙祭的，它怎么也得选像我这样的。”

说着，故意向我伸出胳膊，弯曲起来展示他的粗壮。

“你说得有道理。”我嘿嘿地笑了。照宋朝阳的说法，那吉雅比他还强壮，狼也会吃掉吉雅吗？向导刚才说，蒙古人是狼的朋友。我想，吉雅有一半的蒙古族血统，那么狼会和他做朋友吗？

我隐约地听到了狼的嗥叫，风卷起流沙的沙沙声，征战士卒的呐喊，长戟和戈矛剧烈冲撞的声响，战马奔跑的哒哒声和喘息声。

篝火在黎明的晨曦中化作了灰烬。

向导和宋朝阳已经走了。昨晚，他们捆起我来后，围坐在篝火旁，又商量了一个方案。天亮以后，我和王远京继续留守大本营，他俩出去接应教授他们。临走时，俩人七手八脚地解开了捆绑在我身上的绳索，我目送着他们走远。

此时，沙丘刚好被一轮升腾起的红日的瑰丽光芒照亮。地平线上，一只沙漠狐奔跑着，投下一个暗色倩影的轮廓，奔向那瑰丽的光芒。

王远京接连打了几个响亮的喷嚏，他说，他在发烧。我说，你喝点水吧。王远京没有反对，我起身去给他找水，这一找，我生气了。我和王远京绑在骆驼鞍子上的水壶不见了，大概是那两个家伙带走了。大本营这儿本来埋了两桶水，向导记错了地方，昨天找了一下午也没找到。

我走回王远京身边，告诉他没有水了，王远京的脸色立刻就苍白了，甚至软弱得无法再直立起自己的身体。从这时起，他的意志力就被击溃了。他抓着我的手，不让我离开。我说，我们生死在一起。王远京感动得要死，眼泪“啪啪”地滚落，我拍了拍他的手臂说，那也是水。他抹了把眼泪破涕为笑。他说，昨晚接了妻子的电话，公司那边出了点不好的状况，问题很严重，搞不好他会一夜之间一无所有。我说，那我想办法送你出去，你走吧。他摇摇头说，听天由命吧。我不相信这是他的心里话。一个被水击溃的人，怎么会把巨大的财富看得举重若轻？

“不，不是你的真心话。”

“冯晓椿，我们也许无法活着走出沙漠。”

“你可以向总部求救。”

“昨天晚上，那部电话就完全没电了。”

“还有向导，我们还要等到吉雅一起回来。”

“向导和宋朝阳走了。他们拿走水壶就是不打算回来了。”

我倒没想到这一层。

到了中午，向导和宋朝阳不见踪影，吉雅他们仍然没有任何讯息。王远京的嘴唇干裂了，没有一滴水能湿润他的嘴巴，他的嗓子眼一定像搁着一块儿烧红了的木炭。他微弱的呻吟，好似强打精神地支撑。我劝他，难受就喊叫出来吧。他却又冲我笑了笑：“我没那么脆弱。”

接着是一连声的咳嗽。

王远京会像李豆腐一样死在沙漠里吗？我想救他，挽留住这个也许即将会倒伏在“朝圣”路上的灵魂。可是，没有药品，没有水，我无计可施。我听到了“哗哗”的微弱响声，我从帐篷里探出脑袋，是王远京的骆驼在排泄尿液，我冲了出去，它却结束了，给沙土地上留下一片濡湿的痕迹。但它给了我灵感与启示，于是我让那峰骆驼卧倒，取下那个黑色的行囊，翻找到了一只陶瓷缸子。我端着那只缸子，走到离帐篷几米远的地方，面朝太阳升起的方向跪了下去，解开裤子的拉链，掏出那个羞于见人的东西，用力地收缩小腹，想挤出一点水来，可是无济于事，我也干涸了，正像枯萎的衰草，或将随时直面死亡。我跪在沙地上，悲哀地想哭出来，为我，更为王远京，一个衣食无忧，甚至可以极尽奢华的富翁，竟然得不到可以挽留生命的尿液。

我不可救药地陷入了绝望。抄起一把短小的工程钢钎，铲起沙土，想堆砌一座祭坛。

王远京从帐篷里挣扎出半个脑袋，喘息着呵斥我："你疯了，省点体力吧。"

我挥舞着钢钎说："求雨，求雨你知道吗？"

王远京将脸埋进了沙子里。

天空有一排大雁鸣叫着，从沙漠的一端，飞向未知的去所，但那一定是遥远的南部，也许是靠近赤道的地方，那里为它们准备了丰富的食物和水源。

王远京努力地仰起头来，歇斯底里地呼喊："晓椿，大雁，你这个侏儒，看到了吗？那是大雁！"

"你他妈要像大雁那样活着，活着，飞起来，回家，王远京，我们他妈的得回家去。"我像朝圣似的扑倒在我堆起的小沙包上，搂着我的祭坛，但这祭坛不是为了埋葬死，而是为了获得生，祈求上苍的庇护，让我们活着走出沙漠。

午饭已经是奢望，我喂牛肉干给王远京，他已经无法进食，他需要的是水，水才能救他，情况似乎越来越糟糕，王远京的眼神里交织着求生的欲望和意识的模糊，我甚至觉得该让他说些什么，不可，我立即否定了自己，还没那么严重，上天能让他发财，就不会把他推向死亡的谷底。我拍着他胡子拉碴的脸颊说："卖假药能卖到你这份上，你够幸运的了，所以你死不了。"我说完，王远京竟要坐起来，我便扶起他来，让他靠在我的怀里，可是他宽阔的脊背我几乎支撑不住，我太瘦小了。我便让他的头枕着我的身子，他说，这样确实舒服多了，要是能活着出去，他不会白枕着我的身子，会支付我一百万的劳务费。我说，这是天价枕头，网络上会成为热点话题。再说，我也不是女人。他笑了，而后又疲惫地闭上眼睛，说你要是女人，我就走不出沙漠去了。

夕阳照在王远京苍白憔悴的脸上，人在生命垂危的时候，面容是舒展的，因为绝望之后，他放下了一切，比如地位和金钱，王远京像婴儿一样恬静安详，与土地，与荒凉的大漠水乳交融，我不记得在哪本书里有这样一句话："你本是尘土，仍然要归于尘土。"

我对王远京说："我们挪动一下身子，躺到我堆起的祭坛边上吧。那样，我们走得坦然一些。”

王远京苦笑了笑：“我是卖假药的，恐怕躺不到那儿了。”

我不知道这算不算人在生命即将结束之时的忏悔，反正，忏悔这事儿，可大可小，也不一定全是罪大恶极，到了罪大恶极的份上，怕是忏悔也无济于事，上天再怎么仁慈，恐怕也拯救不了烂到骨头里的肮脏的灵魂。我尽可能地引诱他说一些话，这尽管看上去很痛苦，但可以支撑着活下去，免得他睡去，睡去就醒不来了。他还在说他卖假药的辉煌历史，那是一个从心底翻不过去的坎儿，那是他精神的羁绊。在我们第一次相识的吉普车旁，在古井边做手摇发电机，在梅子客栈的楼上端着酒杯要买下我们的客栈的时候，在他为寻找生活的意义而一脸惆怅的时候，面对“朝圣”的旅途，他是那样的自信，但对卖假药的事儿却三缄其口，怎么问也不说，现在倒好，自己竹筒倒豆子了。在日渐黄昏的时候，我知道了他卖一种叫“白猫”牌的假老鼠药。我很诧异，你怎么会想到卖老鼠药，还是假的；他说，假的安全，万一有殉情的、破产的、自绝于人民的，倒可以救人一命。除了这些，他还成功地套取了银行一千多万，那是他攫取的第一桶金，那是一次如走钢丝般的惊险运作，他成了，并数次化险为夷，所以无论后来财富获得如何容易或者艰难，都没有这一次让他刻骨铭心，那个时候，他俨然如一个梦想家，鬼使神差，那些日子他竟然抽出时间来读书，读严复的书，读张謇日记、张东荪传。有一个周日，他从早晨读到晚上，午饭没吃，晚饭也没吃，到了午夜，他合上书，才发现肚子瘪了。他说，为了这一天的阅读，他提前两天做准备，比如安排妥了公司的业务，告诉秘书和相关的主管，这一天不要再打搅他，他将会破例一次，手机关机一天；之后，他安排秘书买了两张飞机票，安排妻子和九岁的儿子到海南度假，以消除儿子喋喋不休的干扰。早晨起来，更衣沐浴，吃罢早餐，便坐到书桌前，虚极静笃，游弋书海，他在桌边放了几页纸，随手记下一些体会和书中关键的词句。那天，是他自干上卖假药的勾当算起，十多年来，他所度过的最清静、最凝神静气的一天。每一寸的时光都像故乡的山泉，在小溪里缓慢地流淌，直到看完最后一行字，直到听到咕咕的肠鸣，他走出家门，想到街边那个馄饨摊喝一碗馄饨，平时他只是在汽车玻璃上与这个摊子擦肩而过，有时偶尔也会扫一眼，至于那对看摊的中年夫妇到底长什么模样，他还真没有太深刻的印象。现在，他决定去光顾这个馄饨摊子，出了小区，靠右走十几米远就到，按照往常的惯例，那对夫妇应该还在。可是，他走出来后，路灯下却空荡荡的。他只好踅回去，翻箱倒柜，他记得还有一袋方便面，最后在垃圾桶找到了一个空的袋子，当然他也可以驾车走几道街，那里有一家二十四小时营业的快餐店，但他不想再动了，索性挨到明天再说吧，明天他要打开手机，重新开始忙碌的生活。从那一天开始，他的脑子里始终萦绕着一个困惑，那就是生活的意义。

他累了，说我们歇会儿吧，你瞅你的嘴巴也出血了。

我用手背沾了沾嘴唇，浸染上一片鲜红的印记。嘴唇钻心地疼痛，我感到了心悸、胸闷，头晕脑胀，四肢乏力。我的上下眼睑热烈地亲吻，拥抱，终于到难舍难分的境地里了。

夕阳的光芒不再刺伤我的眼仁，它朦胧了，柔和了，黑黢黢的了。

随即，天又明亮起来，梅子的烧肉不像从前那么油腻腻的了，母亲的片汤面还冒着腾腾的热气，老阿爸李解放不加糖的酸奶竟然有了甜丝丝的味道，甘爽清凉，那是从未体验过的味道，我捧起大碗，大口地吞咽，并发出咕咚咕咚怪异的响声。如果母亲在饭桌上听到我这种吞咽的声音，她会在我的肩膀头上拍一巴掌，并厉声告诉我，吃饭时，不要发出这样没出息的声响。我说，为什么呢？我就算细嚼慢咽正襟危坐，也成不了绅士，也许这一辈子也成不了。母亲说，这和是不是绅士毫无关系，这是她母亲的母亲、她的外婆告诉她的，那是家里的规矩，一代一代传下来的；而我的铁匠祖父，也会因为他在教我识字时，没有把手背到身后，在我的屁股上踢上一脚，那时祖父翘着胡子，气咻咻的样子，挺吓人的，而从祖父嘴里说出的也是两个字“规矩”。但我认为，这些东西不能简单地解释为规矩，而是基因，族群沉淀的基因记忆。虽然，我是矮小的侏儒，可是我的血管里一样流淌着父辈热腾腾富有营养的血液，它滋养着残缺的肢体。我不必佯装可怜，去博得同情，因为我有健全的大脑和思想，我的品质、我的沉着、坚强和意志力，这些足够让我自信的了，所以我不会像酒鬼姑父那般意志消沉，整日游荡于酒馆到家的小巷子里。姑父喝醉了酒，既不打人，也不骂娘，而是领着巷子里的一帮淘气的孩子兴高采烈地齐声背诵“床前明月光，疑是地上霜。举头望明月，低头思故乡”，一起背诵“大风起兮云飞扬”，而他的邻居，那位利用周末开办英语补习班的女老师，正夹着书本，走回到巷子口，她见到姑父醉眼蒙眬激情四射的背诵，首先下意识地捏捏口袋，那玫瑰红的羊绒大衣口袋里有刚收齐的学生娃们交上来的三万块钱补课费，随后举着一本书掩着鼻子白了姑父一眼，清高、厌恶而不屑地从嘴巴里飘出一个单词：Lunatic。

梦幻，或者胡思乱想中，我惊叹头脑与思想的奇妙，那些陈芝麻烂谷子的往事，竟然在垂死的记忆中刹那间复活了。所以打开思想的灵光和通道可能需要一生，而打开记忆的闸门，或许只要一秒。这一秒，还伴着即将垂死的绝望和挣扎，每个人都想活着，我亦如此。

老阿爸的不加糖的酸奶让我像贪婪饥饿的婴儿，吉雅却像母亲从婴儿嘴里拔出乳头一样从我手里夺走了那只盛着我永远喝不够的酸奶碗，我哇地一声大叫起来，那是夺我的命啊。

吉雅用厚重的巴掌拍打我的脸颊，是拍打，而不是抽耳光。我醒了，看不到耀眼的地球的光芒，是黢黑的天地和漫天的星斗。

蒙眬间，我看清楚了，果然是吉雅在拍我。

“吉雅，我们在哪儿？”我知道，吉雅把那个地方叫长生天。

“我们回来了。”吉雅喷着热气。

我像刚从睡梦中醒来，迷迷瞪瞪地问：“我还活着？”

“你当然活着，不过，要是再晚一步……”吉雅哽咽了。

一颗又一颗，温热的水珠掉落到了我的面具和突兀在面具外面的双唇上。

“王远京呢？”

“他也活着。”循着声音，我嗅到了一股异性的体味。

从死神那儿跌跌撞撞地爬回来，还有心思闻女人的体香，没人会相信这是现实，不是意淫，就是杜撰，可事实上，我确实闻到了林秋雁身体上散发出的足够让男性荷尔蒙兴奋的味道，都别把自己当作柳下惠。一个男人，从子宫里爬向这个世界，他嗅到的第一种味道就是异性的体味，那味道来自母亲。

王远京像我一样平静地躺着，夏维溪教授正伏在他的身边给他喂水，他的体重比我大至少两倍，估摸着，要补不少水和药品才能缓过来。

如果说，现在就开始庆祝我们的复活有点为时尚早，吉雅他们仍然不敢掉以轻心，他一会儿看看我，一会儿又去照看王远京。我听到夏教授和吉雅的小声嘀咕，大概是说，我和王远京这两个倒霉蛋，要是能挺过明天一早，就能活着走出沙漠。我告诉吉雅，李豆腐死了，向导和宋朝阳说是去找你们，既然没和你们一起回来，看样子是溜掉了。

林秋雁一直守着我，就我的身体尺寸看，她觉得照顾我，可能更像一个儿科医生，守着我，她的心里倒觉有安全感，也许她不会那么想。可是我有健全的荷尔蒙的分泌，我虽然是个侏儒，但我的那儿和正常人别无二样。我把她当成了梅子，想着是梅子坐在我身边，当然这只是幻想，如果真是梅子，她会把我的脑袋放在她温热而富有弹性的腿上，让我更舒服一些。我显得有些拘谨，仿佛一条即将沉没的船，我又一次嗅到了那股气味，因为长时间没有沐浴，那种味道中又掺杂了一丝淡淡的咸腥的气味，就像喷香的饭菜中夹着一点焦煳。我这时更深切地理解了为什么那么多女人在做医护的事儿，在用温婉细腻体贴入微消减病痛，那种消减不是针对病灶的，而是直抵心灵。

她若有所思地凝视着我，其实，我知道，她的注意力并不在我身上，我没有值得她那样专注的地方。就算这副黑色的面具，对于她来说，也并不新鲜了。再说，依她考古专家的眼眸，她怎么会对一副箍在面孔的黑色面罩感兴趣呢？她感兴趣的是埋在地底下的东西。

尽管如此，我对她依然十分感激，她想她的，我的脑子也活跃起来，当然我的思绪不会像草原上四处狂奔的野马，我想的是这一路上她和吉雅的情感究竟到了怎样的程度。林秋雁摸黑削了一颗苹果，那苹果还是吉雅从瓦莱湖带来送给她的，确切地说是由我送到她帐篷里的，我至今还记得，我告诉她是吉雅让我送来的时候，林秋雁那诧异费解的眼神。林秋雁将那只苹果一切两半，举着一半用手碰了碰吉雅的手臂，吉雅接过去，立即传到夏维溪的手中，他没看林秋雁的眼神，现在他们已经不用眼神就能表情达意了。我似乎又找到了林秋雁陪护我的新的原由了，也许是的。

我和吉雅亲如兄弟。

这是一个漫长的夜晚，我毫无睡意，我想梅子了，特别的强烈。

而天亮后，我将会面对一个更加残酷的事实。

对于林秋雁，我也由感激变成了厌恶、憎恨。

我大声地质问吉雅："额勒森呢？额勒森在哪儿？"

吉雅无言地望着天空。林秋雁扯了扯我的胳膊，试图制止我的质问，她担心我再次刺痛了吉雅。

我转过身审视着林秋雁，追问她到底发生了什么，她看了我一眼，摇摇头，立刻闭上了眼睛，接着两行泪珠"吧嗒吧嗒"地掉落在干涸的沙土地上，那样子似乎很伤心很痛楚。我便知道，从他们嘴里问不出什么来了，而且一种不好的预感像无形的迷雾升腾到我的脑子里了。

他们不说，我只有去问看上去更像长者的夏教授。此时，夏教授正摆弄那个锃亮的小铲，那把小铲终不离手，那是他的习惯，也是考古的工具。夏教授坐在沙地上，似乎在思考什么，王远京睡着了，没人干扰他，倒能更专心致志地去想，想那些发生在远古的血雨腥风，金戈铁马，王朝更迭。

夏维溪花白的头发在轻风间摇摆，像一团蓬乱的荒草，这让我想起了"冯铁炉"，想起了父亲那张被炉膛烤红的永远褪不去颜色的面庞，夏维溪脸上的皱纹似乎比冯铁炉还要稠密，像有一条条的蚯蚓爬过湿黑的泥土。他的眼睛里有一种永远让人无法理解的深邃，此外，他也是一个不大通情理的倔老头，他醉心于考古的研究，而忽略了人情世故。他不大知晓阿谀奉迎和谄媚讨好，甚至拒绝在那篇发往美国《考古学》的研究论文上附带副校长的名字，所以他并不被校长重视，拨付的研究经费总是捉襟见肘。他的头脑与那些散发着陈腐气味的古物有着良好的心灵感应与默契，他嗅着那些气味，便能找到打开时光隧道的钥匙，讲出闻所未闻的典故和世事变迁，那是多么通灵的感觉啊，那也正是我渴望得到的能预知未来的某种神秘的力量，嗯，我对预感这玩意还是很自信的，也许我在这方面真的是天才。

夏教授并不讨厌我，他看我的眼神有时能让我捕捉到爷爷老冯铁炉的影子。

他们是在我们那一组发现古河道的同时，接近了鹰嘴湾。那是与沙漠相连的一座小山，山的形状果然像正在俯冲着的雄鹰，山石陡峭，山腰突出的地方正如雄鹰展开的翅膀，从北坡几乎没有上去的可能，他们在离那座山一公里远的地方，发现了杂乱的脚印和驼踪，还有一个点过篝火的简易炉灶，几处被挖掘过的深浅不一的沙坑。脚印和驼踪多半已被风沙侵蚀淹没，许多已模糊不清，但其形状和大小几乎一致，由此便可推断，这些天，在这里活动的也就是一峰驼和一个孤独的远行者。显然，极有可能就是李豆腐留下的，这让夏教授他们很是兴奋，总算找到一些踪迹，循着这些踪迹，或许便能找到那个梦想独辟蹊径一夜暴富的李豆腐。

现场的脚印十分凌乱。吉雅泄气了，并忿忿地骂道："一个卖豆腐的哪来这么多心眼，脚印乱得一点儿头绪都没有，躲什么呢？"

夏教授摆摆手说："不是他故意想掩饰什么，而是心乱了，正因为他到了这里一无所获，所以才焦灼慌乱，你们不要着急，向外围找找看。"

这一找，果然有收获，那些足迹，在山脚下拐了一个弯，向西去了。但只有脚印，没有骆驼的蹄印，而骆驼的蹄印是东北方向。

他们恍然大悟。李豆腐向西去了，而骆驼根本就没有跟随他一起移动，东北方向是瓦莱湖。骆驼独自返回瓦莱湖，能解释的理由是李豆腐的给养不足了，于是他做出了一个大胆的决定，放骆驼独自回去，那么小李豆腐一定会带着给养来增援他。当初，瓦莱湖人为这次荒唐的旅行挥师出发时，他希望儿子能像小蔡牙医一样跟随着队伍一起出征，可小李豆腐关心的是星云天象，对寻宝的事儿毫无兴趣，所以在儿子的问题上，他也有些失落。

总之，那时对于李豆腐向西行进的原因，完全属于像侦探小说一样的推理，也许是赌气，也许是梦想中金灿灿的金币的诱惑，那些足迹，足以说明，李豆腐是向着死亡的谷地进发了。

这一路上，沙尘还没有完全退去，他们像是渗入柠檬黄玻璃气罐里的两颗小石子，他们身处的世界是朦胧的，而彼此看到对方也是朦朦胧胧的，也许他们心里正有跳跃着的火苗燃起，而外表又显得异常平静，林秋雁和吉雅很谈得来，多半时间是林秋雁在说，因为吉雅心中有那份寻找古城的执着梦想，于是一个接一个，似乎总有问不完的问题，而林秋雁也是认真地倾听，又不厌其烦地耐心作答，比如考古的工具，洛阳铲的由来，甚至谈到了盗墓与文物保护，而吉雅不时点点头，立即又有新的问题出现和诞生，但他们始终没有触碰诸如好感、喜欢、友情这些似乎敏感的话题，那些话题彼此装在了心里，即使不说，心里倒有一些揣测的韵味。

夏教授默默地走在他们身后，原本是想走在前面的，好给这一对年轻人留一点隐秘的空间，但带路的是吉雅骑着的额勒森。他便选择了在后面默默地跟随，这倒也好，有足够多的时间想吉雅叙述的古城的线索。他想，走出沙漠之后，他会帮帮这个率真的小伙子的。

离黄昏大约还有两个钟头，他们选择在山脚下一处高平台上宿营，那块儿高平台狭小得刚好能容下三峰骆驼和他们三个人，本想点一堆篝火，但那地方显然已无点火的可能。争执是在喝水吃面包的时候开始的，林秋雁希望明天绕到鹰嘴山的南麓去察看，她认为，越是人烟罕至的地方，越有可能发现正沉睡着的古迹。吉雅说还是寻找李豆腐要紧，先赶路救人，再回来察看鹰嘴山也不晚。林秋雁说进沙漠考察，你以为是在城里看杜甫草堂，何况，那城里的草堂也是赝品，你觉得我们的给养还有回来的可能吗？林秋雁很生气，她觉得对科学的探知高于生命的意义，她可以为科学献身，为考古献身。吉雅吃惊地望着林秋雁，呆呆的，似乎无法理解，她的心里到底装的什么，对探究的执着和科学精神吗？

嶙峋的山腰间有个像一扇门一样的空洞，透过空洞能看到很遥远的地方，风像过堂风似的穿过来，冷飕飕的，吉雅下意识地裹紧了棉大衣，还是觉得冷。他忽然想到林秋雁也冷吧，刚才的怪怨归怪怨，他是男人，该去照顾一个女孩，何况，他已经对她有好感了，那好感还是朦朦胧胧的，时而清晰可见，时而又犹豫不决，但随后他还是脱去了大衣，并亲手披在了林秋雁的身上。林秋雁推了一下，接纳了，因为她不仅需要棉大衣的温暖，还需要一个高个子男人的呵护，可能需要呵护的目的性更强烈一些。

林秋雁总会做出一些也可能叫作大胆，也可以称为不可理喻的事情。她看教授和吉雅睡着了，竟然做出了一个大胆的决定，独自到鹰嘴山的南麓去考察，她牵走了额勒森，而不是她自己骑的那峰骆驼。额勒森对于沙漠的熟悉让她惊诧叹服，那时太阳即将落山，她算计着晚上八点多钟能赶回宿营地。

夏教授和吉雅被沉闷的雷声和闪电惊醒，石壁的外面下起了大雨，这雨量在沙漠里十分的罕见。

“下雨了？”我打断了夏教授，狐疑地望着他。夏教授看着我，肯定地说：“下雨了，那雨不小。”

“我们那里怎么没有一点雨呢？”我更加地疑惑。

夏教授说：“我查过地图了，你们发现李豆腐的地方，距鹰嘴湾一百二十多公里。”

“那李豆腐不是为寻找古城走了一百二十多公里，他是迷路了。”

夏教授不置可否地笑了笑，似乎这个问题已无意义。

沙漠不渗水，见雨便起浪。浪头訇訇地击打着石壁，石壁下，洪水四溢，浊浪滚滚。那位准备为科学献身的女助手在哪里？聪明的额勒森能否把她安全地带回来。

又过了半个多小时，吉雅爬向了风洞，他发现，从这儿只要能成功跳到左侧的石板上，就能沿着山腰向西寻找林秋雁和额勒森。但空洞到那块儿石板之间的距离，需要通过助跑像三级跳远那样才有可能跨上去，但想要从洞口助跑几乎不可能。吉雅打算直接起跳，他的立定跳远在学校里也算强项，不过，这一年多，体重增加了不少。夏教授盯着那块儿石板说，必须要有十分的把握你才能去试，我们可以想别的办法。吉雅说，教授放心吧。后来，吉雅回想起那一刻，他其实毫无把握，算是冒险一搏。但他成功了。他摸黑沿着山脊走了大约一公里远，听到了微弱的呻吟，那是林秋雁。她和额勒森遭遇了洪水，额勒森努力地靠近山崖，林秋雁伸出两手，紧紧地抓住石崖边沿，但她已经没有了爬上石崖的力气，大半个身子还在洪水里泡着，额勒森的头颅像一块儿舢板，抵着她的身体，支撑着她，一寸寸地向生命的岸上匍匐，那一刻，她就像那只飞向大船的鸽子，终于落在了从船舱伸出的大手上。她转过脸时，额勒森轰然倒在了洪水中，眼睁睁，近在咫尺。年迈的额勒森拼完了最后的气力。二十多次的沙漠历险，曾经在军队像一名军人一样服役、退伍，这样的骆驼怎么会倒在滚滚的洪水中，我们解释的理由只有一条：它老了，像老阿爸一样垂暮苍老。它以悲壮的方式完结了生命的存在。

洪水退去后，他们沿着河道寻找额勒森，没有找到，连一根缰绳都没有发现。

夏教授只是有些惋惜，觉得损失了一峰很好的骆驼，可是他哪里知晓，额勒森在老阿爸心中的分量，我们将怎么面对老骑兵阿爸？

第十一章　尘封印记

瓦莱湖街心那棵老树的树冠下，披上了一层金黄的深秋的阴影。秋风满街卷起“哗啦啦”的响声，树叶便像失去了家的流浪儿，奔跑着，向远处去了。

从沙漠回来的第二天早晨，吉雅一觉醒来，发现父亲李解放的床铺空着，半点儿侦探知识没有的吉雅竟然懂得把手伸进被筒子里，摸了摸父亲的被褥，里面冰凉得没有一丝体温，壁板上的马刀不见了，那套洗得发白的旧军装不见了，与马刀挂在一起的漆皮斑驳的军绿色水壶也不见了。他顿时慌乱得像打摆子的病人，迈不开步子。他定了定神，立刻出门，先到梅子客栈，向我们报信儿。

昨天下午，我们回来客栈就热闹了，楼上几个房间都住上了人，梅子的欢快活力像流水一样在整座客栈里四溢，从早晨开始，她又恢复了歌唱，瓦莱湖的男人又竖起了耳朵，魂不守舍地聆听久违了的歌声。我却担心梅子动了胎气，她拧着我的耳朵说，这是胎教。我的长着秀美酒窝的母亲是不爱唱歌的，我没有经过胎教却可以唱得字正腔圆，可以与某个时尚男歌星相媲美，这不是我夜郎自大，也不是自吹自擂，是我在城市的角落里谋生时，那些听我唱歌的上帝们说的。梅子说，你说对了，你那是谋生，不是真正意义上的唱歌，我不知道这之间有什么区别。林秋雁穿着一件粉色印花睡衣，从客栈房间的门缝里挤出一张睡眼惺忪的脸，气冲冲地冲着我嚷：“小侏儒，让你老婆住嘴吧，吵死人了。”我瞪了她一眼，仰起脑袋从她身边走过去了，我这样对她，并不是因为她说梅子的坏话，是因为她害死了额勒森，我和她记下仇了。

心急如焚地冲进客栈的吉雅，竟然有足够的耐心等待林秋雁换上衣服，而我和王远京已走在瓦莱湖那条坑洼的水泥路上了。那七个为听梅子的歌声而来客栈打工的厨师、服务生，收回陶醉的神态，纷纷走出客栈，加入到寻找老阿爸的队伍之列，他们是土著的瓦莱湖人，更知道该从哪儿找起。他们走向金兰大婶飘出袅袅香火的房子，蔡牙医的诊所，胡二狗的铺子，总之，他们比我们更轻车熟路。但事实上，那些地方都不是老阿爸常去的地方，最有可能的地方是金兰大婶那儿，因为瓦莱湖人的荒唐行动，起因在金兰大婶这儿，但李豆腐的尸体运回来的前一天，金兰大婶锁上家门，离开瓦莱湖，躲到城里的女儿家了。

其实，老阿爸是打算到鹰嘴湾去陪伴额勒森的，他想和额勒森一道静卧在那片沙土中，但牵住他的是小哑巴。这可是老阿爸没想到的，他很意外，眼前的小哑巴仍然是那一副可怜的模样，似乎永远需要别人的呵护与同情，但小哑巴在他面前执着地张开了双臂，想用瘦弱的身体挡住老阿爸，让他止步于沙漠的边缘，回到绿洲去，回到瓦莱湖去，回到原来的生活状态里去。小哑巴的眼眸里从未有过这样坚决的意愿表达，老阿爸似乎并不在意这个孩子的眼神，他去意已决，唯一有些遗憾的是，那座古城还没有找到，但他已经把这件事完完全全地交托给了吉雅。而且，在他看来，寻找古城这件事儿，和他李解放并没有十足的关系，他姓李，是汉人，那座古城是另一个家族的事儿，是和儿子、和头上扎着白色羽毛的家族有血脉的关系的那些人，他的坚持就是静静地等待这一天，等待有一半毕利格家族血统的人能成为那个家族又一代的古城寻觅者。这么想着，他觉得对得起老师长了，可以毫无牵挂了无遗憾地去找他最信赖的战友，他似乎听到了额勒森空灵的呼唤。

小哑巴咿咿呀呀含混不清地表达，似在挽留，似在乞求，他跪在地上，环抱着老阿爸的双腿。这时，骑兵老阿爸双腿战栗，老泪纵横，他万没想到，他的生命轨迹会因为这个小哑巴而改变。他是做好赴死准备的。老阿爸摩挲着小哑巴的脑袋："小哑巴，你说我该去哪儿呢？”

小哑巴告诉老阿爸，到树下，那棵埋葬小鸿雁的柳树下。

老阿爸苦笑了下说：“六年多了，你还记得那个小鸿雁？”

小哑巴又告诉老阿爸，额勒森为小鸿雁流过眼泪。

老阿爸面色凝重地点点头，伸手拽起小哑巴，小哑巴搀扶着老阿爸，两人沿着镇子外面的一条小道，朝着瓦莱湖边的那棵柳树去了。

空气中，依然残存着额勒森和小鸿雁的气息，还有额勒森嘴巴里吐出的白色泡沫的腥臭味道，这是一份恬静的时光，可以奢侈地消遣，可以无休止地打发，反正，除了他和小哑巴，似乎再没有人到这秋日渐冷的湖边来了。芦苇早就发黄，湖水在清冷的波光里徘徊，几声鲤鱼翻动水花的声响，激起野鸭子凄惶的追赶。小哑巴的名字早被人忘记了，大概是姓王，因为他的父亲姓王，但叫什么，真的没人知晓，他的父亲就是跌落在这一汪湖水里淹死的，那时他七岁，他的母亲带着比他小两岁的弟弟远走他乡，杳无音信，十岁后，奶奶离世，小哑巴便彻底地成了孤儿，那时吉雅刚好被外公毕利格接到了浩特，所以瓦莱湖人都很奇怪，小哑巴怎么整日像尾巴一样跟着额勒森和老阿爸。他们当然不知道，老阿爸在湖边看到了小哑巴钓鱼，问小哑巴：“你是担心鱼吃掉了你阿爸？”小哑巴摇着头，用并不准确的手语告诉老阿爸，他想吃肉了，没钱买肉。老阿爸有些吃惊，原因竟然如此简单，一个可怜的没人管的孩子，想自食其力地钓鱼给自己解馋。老阿爸把他带回了蒙古包，端出一小盆羊肉说：“这些都是你的。”小哑巴吃过那些羊肉后，抹抹沾满油渍的嘴巴，牵着额勒森到绿洲上去了，当然，他没把那一小盆羊肉全部干掉，吃掉了三分之二。老阿爸很开心，他看到了沙丘顶端圆圆的太阳。

吉雅从城里回来，对家里多余出来的小哑巴心存芥蒂，不甚友好，他觉得小哑巴正像不经意间闯进林子里的不速之客，侵占了他的领地。有一天，小哑巴正牵着额勒森在绿洲吃草，他逡巡到绿洲上，抬起粗壮的臂膀将小哑巴举过头顶，打算丢到那个浅到脚脖子的水洼里，算是警告，但额勒森居然用嘴巴叼走了小哑巴，并轻地放在了地上，接着像猫撵着老鼠似的追咬吉雅。吉雅一口气跑回到蒙古包，关上木门，望着窗外，心有余悸，一阵颤抖，额勒森似乎并不打算放弃追逐。老阿爸轻咳一声，故意清清嗓子说："做人要善良。"

我有些啰唆地讲述这些，是想说，其实额勒森的死，小哑巴比我和吉雅更难受。

在我们焦急地找寻中，老阿爸已和小哑巴达成一致的意见，决定为额勒森建一座衣冠冢，这座坟茔里将会埋进两副破烂不堪的布仁特格（蒙古语缰绳），有一副是在骑兵部队服役时用过的，皮绳已经断成两截，老阿爸曾用细铁丝将两截断裂的皮绳串连在一起。他们在湖边坐了一整夜。天色微明时，小哑巴回到蒙古包取了一把铁锹，并为老阿爸带来一件羊皮大衣，披在冻得发抖的老阿爸身上。老阿爸沉默着，他们的旁边应该就是埋葬小鸿雁的地方，只是土包早就夷为平地，隐隐约约有一些痕迹。

老阿爸想着是否为额勒森立一块儿碑，他吃不准的是那碑上面该怎么写。额勒森能不能算烈士，它是为救人而死的，可是它和他一样，早就退役了，要是还在部队，那肯定会算作烈士的，当年剿匪牺牲掉的战马和骆驼，有过烈士的先例，但如今他和它都是普通的百姓。所以关于这个问题，他想问一下夏教授，那个比他年岁小的老者看样子也算见多识广，而且额勒森的死原本就和夏教授的考古有关。还有就是做一块儿墓碑的钱，他知道，在瓦莱湖做一块儿大理石的碑需要五千元左右，可他为了让吉雅寻找古城，已经倾尽了家中的积蓄，他连五千块钱都拿不出来了。

夏教授摇着头说："为一峰骆驼立一块儿碑，从上古算起，还没见过，兵马俑是帝王的殉葬品。"

老阿爸失望地叹气。

那时，日头已接近正午，煦暖的阳光，老阿爸面色潮红。

小蔡牙医正和王远京商谈那副锈迹斑斑的铠甲，打算把铠甲卖给王远京。但王远京对铠甲不感兴趣，他和小蔡牙医达成了另一意向，租用小蔡牙医的小轿车送他到省城的机场。王远京要走了，说处理妥当了公司的事务他再回来，到时候，他将买下这座客栈，送给我和梅子。但前提是，他要我别再出去寻找古城了，安安心心地留在客栈照顾梅子，把孩子平安地降生下来，客栈将是他送给我儿子的见面礼。我说，要是女孩呢？王远京冲我单薄瘦弱的肩膀擂了一拳，骂我："你就是一个爱钻牛角的小混蛋。"我生怕他一激动在梅子面前讲出我俩差点命殒沙漠的事儿来，还好，他没提这事儿，那是走出沙漠后我们的约定。

王远京和小蔡牙医走了。宝德大叔穿着一身皱巴巴的蒙古袍，捋着稀疏的胡须提议，两天后，用蒙古族的方式祭奠额勒森。为此，他和夏教授发生了争执，夏教授说应该叫追思会，因为那个土坑里即将埋下的不是尸体，而是两副破烂的笼头和缰绳。老阿爸按着宝德大叔的肩膀："听教授的吧，他比我们有学问。"宝德大叔便生气了，胡子一翘一翘的，转过身走了。我们猜测宝德大叔不会再来，但到了那天，宝德大叔早早地来了，并带来一条洁白的哈达和一个血淋淋的山羊头，那山羊的两个角，我说像两把弯刀，吉雅说像鹰的翅膀，平常耳背的宝德大叔转过身来训斥我们："你们说它像什么？什么都不像，它就是山羊角。"

额勒森的追思会，来的皆是些年迈的老者和中年男女。瓦莱湖的历史上，也是第一次为动物举办的葬礼，他们感到新奇的同时，好多人流着眼泪，安静地围着土包转圈，像祭敖包一样虔诚。人群散去后，一群鸽子和百灵鸟，像当年围着小鸿雁的坟茔一样，组合成一个云朵一样的圆。

小哑巴孤独地躺在土包旁，眼睛潮湿，他希冀自己能像那些百灵鸟一样在天上盘旋。

王远京临走嘱咐梅子为他用手机拍摄了追思会的视频，并通过互联网传给了他，他给梅子回复了一句话：找到了生活的意义。

而年轻的瓦莱湖人并未光顾湖边，他们对祭奠一峰死去的骆驼颇为费解困惑，认为额勒森即使有过军籍，甚至参加过战斗，那也不过是一峰骆驼，这样的祭奠毫无意义。他们一窝蜂地涌向了蔡牙医的诊所，那里有更刺激和吸引眼球的东西。小蔡牙医用苫布在诊所前围了一个像粮垛一样的圆形场子，展出那件锈迹斑斑的铠甲，花十元钱，就能进到场子里面，目睹那副被小蔡牙医玄幻了的神奇铠甲，但那些人并不完全是冲铠甲去的，而是三个衣着暴露的女子，小蔡牙医把王远京送到机场，又到省城的一个文化公司，花钱雇请了三个女模特，为他的文物展览做表演秀，震耳欲聋的音乐吞没了梅子的歌声。三天后，无人问津的展出关闭了，小蔡牙医带着女模特和那副铠甲去了省城，受瓦莱湖展览的启发，他决定到省城碰碰运气，或许能卖出高价。

向导和宋朝阳在我们回到瓦莱湖前，就已坐到客栈楼下的餐厅里喝酒了，果然像王远京猜到的那样，带着我们的水逃出沙漠了。为了不让梅子担心，对这两个家伙的逃跑，我选择了沉默。夏教授也没有为难他俩，似乎连重一点的话也未曾讲过，倒是吉雅和林秋雁对他们的逃跑嗤之以鼻，回来后，也没给他们好脸色。吉雅还说，要让他俩明白善良和互助的道理，长点记性。我知道吉雅想做什么，就劝他放弃那些念头，人在做，天在看。吉雅说我傻，太唯心了，草原上的狐狸永远那么狡猾，狼见了牛羊，也不会立地成佛，无动于衷。梅子把那两个家伙当成我们志同道合的伙伴，一日三餐，酒肉款待，早餐是奶茶、酱牛肉片、果条、一瓶白酒，中午和晚上必有手把羊肉。夏教授和林秋雁吃不惯羊肉，梅子特意叮嘱厨师炒几个口淡一些的青菜，白酒由早晨的一瓶增加到中午和晚上敞开喝，通常，向导和宋朝阳会喝掉两瓶白酒。但一个星期后，梅子把他们的酒叫停了，原因是宋朝阳喝醉酒后闯进了林秋雁的房间，我听到林秋雁的呼喊，冲进去，宋朝阳正环抱着林秋雁，撕扯她的衣衫，她的胸前已露出百合般炫目的光晕，我尝试推开宋朝阳，但失败了，我的力气无法撼动那尊铁塔似的身躯，情急之下，我像老鼠一样地啮到他的手腕，他疼痛地叫喊，反手抓住我的衣领，将我甩到了门上，木门“哗啦”一声散架了。

宋朝阳摇晃了几下，松开林秋雁，转身朝门外走了，临走，在我赘肉不多的臀部狠踢了一脚，我痛苦地喊叫了一声，立刻忘记了脑袋和肩胛的疼痛，以及鼻孔里喷出的咸腥的味道。

林秋雁扯起床上的浴巾遮挡住前胸，带着哭腔说：“谢谢你。”

我又想起了额勒森的死，于是忍着疼痛爬起来，我没有面对她，而是丢给她一个背影，含沙射影地对她说：“收拾一下，我那个吵死人的老婆会给你换个房间。”

我下到总台，告诉梅子：“散架了。”

她指着我满身的污迹问我：“是你吗？”

我竖起一根指头，指了指楼上说：“门。”

梅子给林秋雁调好房间下来打电话找木工，准备连夜把门修好，为的是不让吉雅知道这事儿，据说这是林秋雁的意思，也是夏教授的叮嘱，又是夏教授，我有些弄不懂了。我向梅子坦白了沙漠的遇险，梅子说，那两人出现在客栈，她就猜到了，但她坚信我会活着回来，因为在她眼里，我是不一般的男人。我听着梅子的话，刚被撞痛了的脑袋立刻不疼了。梅子要察看我的头，看伤没伤着，我摇着头叹气道：“以后还会出事儿的。”

梅子带着母性的温柔拨弄着我的头发说：“从明天起，他们不会有酒喝了。”

我一肚子的愤懑：“应该赶走他俩。”

梅子说：“我们做的就是客栈的买卖，没有赶人走的道理。”

连续几天饭桌上没有白酒了。宋朝阳心知肚明，也不吭声，向导极不高兴，但没人抻头提酒的事儿，他也不主动向梅子要酒喝，埋着头独自生闷气，饭吃得闷闷不乐。吉雅也整天和林秋雁腻在一起，卿卿我我，寻找古城似乎已无人问津。我惦记着褐城遗址那眼古井边的那棵叫吉雅的小树，它的叶子是不是也掉光了？我惦记着鹰嘴山峭壁下那弯曲的河道和不见踪迹的额勒森，它肯定死了，一个浪头就能结束一个生命，顽强的生命在水的面前竟然那么脆弱和不堪一击。我惦记着夏教授应诺为吉雅寻找那座越来越神秘的古城助一臂之力。如果一切都如设想的正常推进，找到古城的下落，或许已为时不远。但失望的情绪又总是像魔鬼一样缠绕着我。我感觉患上了孤独症，像两个月前站在二楼西北角制高点的窗子前眺望吉雅时的自闭焦虑，而如今，吉雅就在楼上，我无须继续焦虑地等待，于是我强迫自己的心绪驻扎进那本书里，读我的书吧，那里也有古城，还有征战、掳掠、胶着与拉锯。

边塞的城堡里，隆冬的战火过后，到第二年夏末或者秋初，城堡里的女人就会生下一批抢掠者的后代，那些女人忍辱负重地把这些后代养大，而后再让他们走向战场，成为抵抗父亲或胞弟再次掳掠的对手。那么除了读到战争，我又有了重大的发现，那本书里还记录了一些稀奇古怪的符号，我看那些符号像甲骨铭文，反正是些读不懂意思的图符，我选择了暂时跳过，等夏教授空闲时我也好讨教，但每次进到夏教授的房间，他总是埋头伏案地翻阅资料，或者在写作，或者抬起头，眼睛平静地望着窗外，他的房间窗子正对着那一片绿洲，尽管草已枯黄，满目深秋的萧条与肃杀。他的眼圈有些发青，精神头儿仍显得很饱满，兴致勃勃地陶醉在时光的隧道里，他在那里游走，寻找对话的路径。他的桌子很凌乱，书的旁边有一只放大镜，一枚倒伏的白色药瓶，瓶口滑落出两粒淡青色的药片，从药瓶贴着的标签，能看到“硝酸”两个字，同时房间里还弥漫着一股苦杏仁的气味，但不知道那气味来自药瓶，还是教授的口腔。

我昂起头来关切地问：“您哪儿不舒服吗？要看医生吗？”

“我听说，瓦莱湖最好的医生就是那个蔡牙医。”教授风趣地笑了笑，指了指旁边那把空闲的椅子，“你坐吧。”

我没有坐，恭恭敬敬地站着，尽管教授和颜悦色，态度和蔼得像老冯铁炉，但我从骨子里对教授有一种天然的敬畏，是的，从心里自然倾泻出来的敬畏，我格外小心地探问道：“您说，我们能找到吉雅家的那座古城堡吗？”

教授捏起桌子上的药片搁在嘴里，缓慢地咀嚼，又似在思索怎样回答我的问题。他沉思片刻说：“从理论上说，是可以找到的，我说的是理论。”

“那现实的状况是找不到那座城堡。”我灰心地望着教授。

教授举起手来试图摆一下，但又放下了，他看起来很谨慎，我没觉着这样做有什么不妥，但总是隐隐约约地有种距离感，似乎难以推心置腹地交谈。

他放下手后，又一次地要求我坐下谈，我便把矮小的身体缩进那把椅子里。我猜想，教授会和我谈古城，谈下一步的计划，但他却说林秋雁，问我为什么对林秋雁满怀敌意。

我说：“因为额勒森的死，她是屠夫、是罪人。”

教授吃惊地看着我，那神情显得很意外：“哦，晓得了，既然如此，那我们就谈谈额勒森的死。你知道吗？额勒森驮着林秋雁在鹰嘴山南麓发现了一个洞穴，那里有三千年的石刻铭文，那是惊人的发现，具有很高的考古价值，你还会恨林秋雁吗？”

什么？惊人的发现。我立即想到了我的书，想到了书上那些生涩难懂的符号，我从二楼西北角的那间房子里取来了那本书，展开到第一百二十六页，指给夏维溪教授，他接过书，举着放大镜，立刻沉浸到里面去了。

我默默地等待了良久。

他以科学家的谨慎对待这些怪异的图符，我相信，他一定不是第一次见到这些符号，但他还是格外地细致而认真，甚至不肯轻易地表达自己的判断，是的，我坚信他一定不会陌生。

等了很久，我感觉是这样，因为我已感到了焦灼难耐。教授终于移开了放大镜，他转过脸来对我嚷道：“快去把林秋雁喊来，快去。”

我滑下椅子匆匆地去了。

我忘记了敲门，她也忘记了锁门，我推开门时，吉雅正和林秋雁忘情地进行着口舌大战。吉雅听到动静，转过头来，脸窘迫得通红。我也有些尴尬，但我毕竟是过来人嘛，我说：“门还是要锁上的。”吉雅骂我是坏蛋，我说教授找林秋雁，林秋雁通红着脸跑出去了。

吉雅跟随着我也到了夏教授的房间，尴尬的余温尚在房间里漫延，林秋雁埋着头看我的那本书，那把椅子被林秋雁占去了，我们似乎遵从了敬重长者和女性的绅士风度。我站在了靠近窗子的位置，透过玻璃看到了小哑巴和老阿爸孤独地行走在枯黄的草甸子上，他们心里一定是空荡荡的。我又想到了额勒森，似乎从心底还没有原谅这个娇柔的女人。

林秋雁看着教授说：“导师，这些符号和鹰嘴山的属于同一类的，我们的推断是正确的。”

什么推断啊？

我这时还不知道，鹰嘴山南麓洞穴里的铭文同样也是一本文书，记录的是一段洪荒亘古的尘封印记，那些铭文和符号，是汗水、泪水与血迹凝结成的足迹，遍布四方，又承前启后，一统古今。恰如这窗外的秋风，从浩渺的宇宙间穿越而来，四季轮回，生生不息。

夏教授对林秋雁的意见没有立即表示赞同，沉思了片刻后，他一边举着放大镜再次把目光转移到了书上，一边兴奋地向我们阐述他的判断："我看不宜早下结论，要想破译出这些铭文密码，至少需要两天的时间，或者更长，这些密码看似相似，其实是分属于不同年代的文字密码，但又属于同一谱系，这是我们进到沙漠后的最大收获，远比那眼古井的发现要有价值。"

他的目光没有离开那本书，像深入海底的潜水员全神贯注地投入进去了。

吉雅看了我一眼，我心领神会，便鱼贯而出，悄悄地离开了教授的房间。

林秋雁也出来了，她回自己的房间取了一台笔记本电脑，据说，那个电脑里有一套可以进行图符比对的软件，可以帮助他们尽快解开密码。

我和吉雅一时又无事可做了。

我劝他："你该关心一下老阿爸。"

吉雅蹙起眉头，轻叹一声："古城没找到，又损失了额勒森，我是真怕他，怕他看我的眼神。"

"到客栈外面透透气吧。"我想和他谈谈老阿爸，谈一谈他的恋爱，我隐约地觉得，他和林秋雁的恋爱就像一首不太协调的曲子，说不上哪儿有几个音符听着别扭，但我又说不好，我只能先说老阿爸了，"不管怎么说，那是你的父亲，他不会责怪你的。"

"可是我没有找到古城。"吉雅很伤感，这是他回到瓦莱湖后始终不敢直视和面对的，除了父亲，还有瓦莱湖的乡亲们。

我安慰他说："三百多年，找了那么多代人，不是那么容易的。教授说了，从理论上说，那座古城是可以找到的。"

吉雅要带我去牙科诊所找小蔡牙医。我说是林秋雁让你去的吧，他看着我嘿嘿地笑。我说恋爱中的男人智商也在下降，他也没有回避，老实地承认，他爱林秋雁，有种沁入骨髓的渗透感。我想象不出那是什么样的感觉，我连坠入爱河的体验都未曾有过，我和梅子更多的是互相依赖，用彼此的体温祛除内心的孤独和无助。

我冒失地问吉雅：“你喜欢过梅子吗？”

吉雅瞪大了眼睛，逼视着我，像是要发怒，又像是直抵内心的迷茫，他犹豫不决地问我：“你什么意思？”

我有点挑衅的意味说：“你喜欢梅子，你不承认罢了。”

吉雅吃惊地看着我，带着一脸的愠怒斥责我：“喜欢又怎么样，她是你的妻子。小混蛋，你好好过你的日子，你快要做父亲了。”

“你承认了？”我心里酸涩得很，眼眶里有点润湿的感觉。

“不要再提了，我爱林秋雁，也许我会娶到她的，小混蛋，你懂吗？”

我们关于爱情的谈论不欢而散。

蔡牙医的诊所左首是“妈妈乐”孕妇用品专营店，右侧是花圈店，诊所被夹在中间，所以蔡牙医一直为与这家花圈店为邻而耿耿于怀，可都要活着，都得有饭吃，那花圈店也是付了房租的，蔡牙医也没辙。诊所离我家客栈一千多米远。蔡牙医对我们的突然造访十分警惕，停下手里的活儿，举着被胶皮手套包裹了的手指，扯下脸上的口罩，满腹犹疑地在我和吉雅的脸上扫描了半天，才张开嘴巴告诉我们，小蔡牙医还在省城，而后又声色俱厉地警告：“你们休想打那副铠甲的主意。”吉雅摆弄着蔡牙医的拔牙器具说：“那是文物。”蔡牙医劈手夺下吉雅手里的拔牙器具，“咣当”一声丢进消毒桶里，气鼓鼓地撵我们出去，说要不是看在老阿爸的面子上，他会免费为我们镶上一口假牙。

我们离开了蔡牙医的诊所。吉雅说，蔡牙医肯定会给小蔡牙医报信的，我们是不是赶到省城去追回那件铠甲。我摇摇头说，去省城毫无意义，根本追不回来，那是文物管理部门或者警察的事儿，我们回去找夏教授，或者去报警。吉雅想了想，还是先找夏教授、林秋雁商量一下再说。两天后，省城那边传来消息，说小蔡牙医在省城的博物院将那件铠甲展览了一天就不见了踪影，省城那边的警察已经关注此事。

还有一件事，就是向导走了，他说需要他时再来，他这些天无事可做，回去照看一下。他的心思在赚钱做生意上，家里又为他联系了一单业务，带着九个大学生进沙漠探险，那九个学生想挑战自己的生理极限，而向导离开我们后，又将再次踏入沙漠。夏教授听了便摇头，叹息一声，埋头看书去了。向导一走，宋朝阳背着一只行包也来向夏教授请假，他看见吉雅时，目光似在有意躲闪。我猜他的走可能和那天醉酒后骚扰林秋雁有关，那件事儿后，林秋雁在表面上似乎原谅了他，不再提那晚的事儿，但心里的芥蒂还是有的。我想，他大概是想离开几天，用时间平复他和我们之间的尴尬。可我难以理解的是，夏教授为什么留他做助手，又为什么对他屡屡宽容。

夜晚，我为疲惫不堪的梅子做按摩。我也终于可以透一口气了，因为我摘掉了面具，但脸上的面具摘掉了，心里的面具还在。这些日子，无论白天，还是夜晚，我都没有摘下过，那副面具在沙漠里，可是省了不少的水，我也不必为护肤发愁，现在突然摘掉了，倒不适应了。

梅子说，我们的孩子在肚子里闹腾了。说这话时，她的脸被幸福的笑意挤扁了，玫瑰色的灯光下，梅子的脸色显得更加红润，那个生命正像鱼一样在她的子宫里游动、活跃，她的躯体被那个鱼一样的生命燃烧着，缠绕着，她像女信徒似的对未来充满了虔诚的膜拜，我是她的仆人，是属于她的忠贞的仆役，我跪倒在她的脚下，抚摸着她颤抖的身躯，她那么惬意，眼神又是那么温婉平和，我的脸紧贴在她小腹的外侧，想听到鱼儿游动的声音，想听到另一颗心脏怦怦的跳动，我想给她以温暖，可我能温暖到她的地方实在太小，因为我的身躯不够长，也不够平阔，我的泪水洒落到了她隐秘柔滑的小腹上，她伸出手抚摸我羞于见人的脸颊，嗯，这是她的专利，只有她能看到我真实的模样，她抚摸到我的发梢时，我一动不动地趴着了，手紧紧地搂着她的腰，我怕一松手，我会失去我的天，站在她的面前，梅子就是一片撑起家的天，因为我是个侏儒，我保护不了这个高大的女人，可是她在我面前无论多么高大，她也是女人，她心底照样有渴求被呵护的愿望，她是女人。

她的乳房鼓胀起来了，因为那个像鱼一样的生命正在孕育生长。

女娲是母亲，玛利亚也是母亲，我的梅子也即将成为母亲。在无声无息的夜晚，我却清晰地听到了劳伦斯悲情的吟诵，大地是生化万类的慈母。空气、水、阳光、泥土，吉雅心中的萨满、长生天，把天国的泪洒在大地妈妈的脸上。

梅子一如往常早早地起床了。与往日不同的是，她没有哼唱克鲁伦河，没有唱黑缎子坎肩和马奶酒，没有让韵味十足的气流飘出窗外，她知道夏教授和林秋雁忙了一整夜，他们需要休息，需要安静的环境破解密码，他们正努力并费尽心思地揭开一桩被隐秘了几千年的历史传说，但那还不能完全称之为传说，而是一个族系最悲壮的传记，他们是一群追赶太阳的人。

第二部　芒种

第十二章　远征的火光

暗黑的洞穴里，密密麻麻的图符排列在玄武岩的石壁上。洞穴干燥通风，铭文风化得并不算十分严重，有些仍然清晰可辨。林秋雁举着手电筒，屏住呼吸，睁大眼睛，此刻，她觉得有一股看不见的魔力在召唤着她，向她投来暧昧的笑意和眼神，令她魂不守舍。多年后，回想起独自牵着额勒森离开平台的那一刻，她就像离家出走的叛逆少女，毅然决然地投向了情人的怀抱。她的情人的躯体是那么的宽阔厚实，但又冰冷得毫无一丝的体温，他沉睡得太久了，久得让她心痛不已，他在等待她吗？她把面颊贴向他的肌肤，纤细柔软的手指触摸着那些刻在石壁上的图符，那是他纹满身体的刺青，也是饱蘸激情的爱情宣言，她伏在他的胸膛上，喃喃地说："差点错过。"

这是一场没有约定的会面，她抚摸着那些刺青，一遍遍地叩问，这是她的爱情吗？她战栗，迷蒙，想痛哭，想为这场迟来的邂逅流泪，她甚至想对他倾诉思念，倾诉不期而至的爱神的降临。她为此投入了全部的身心，在另一个叫吉雅的男人出现之前，她醉心于寻找穿越时空天籁的执着，那是她的爱，她的生命，她的如梦如幻般的期待。她以为此生除了寻找那些费解的生命密码，不会再有别的什么爱情的奇迹出现，所以她陷入了对爱的迷茫之中，没有人能帮助她解开这些困惑，几乎从未体验过情窦初开的喜悦，更不知道爱不是寻找，而是心灵的碰撞，碰撞之后，才会有交织，有温暖的激情。

她的发现找到了寻找基因与记忆的路径，并为此喜极而泣。

三天之后，疲惫到了极点的夏教授和林秋雁瞪着红肿的眼睛走出了客栈，走向那片枯黄的草甸子，而在夏季的时候，那里是一片葱绿而神奇的绿洲。我们立即跟着夏教授，担心他体力不支摔倒，而吉雅更心疼林秋雁，她的脸色发青，沉重的倦怠已把她拖向另一个时空。夏教授说："没关系的，我们只是想透透气，太沉闷了。"

他们是否破解了那些密码符号？我和吉雅望着夏教授和林秋雁的背影，安静地跟在他们的身后，夏教授穿过那片枯黄的草甸子径直走到了湖边，湖面的水位又下降了，堤堰边上渗出一层白色的晶体，湖心的颜色也没有了夏天的青绿，倒和林秋雁此时的容颜差不多，灰暗，缺乏光泽。

在考古专家面前，瓦莱湖和那一片绿洲，年轻得简直不值一提。一百五十多年以前，这里没有水、植被和树木，没有鸽子、百灵鸟和野兽，是一片沉寂的大荒漠。一个夏末秋初的早晨，黑云像一整块儿布幔罩在了沙漠上方，天黑得辨不清方向，看不到天地，到了中午，一道道闪电撕扯着黑云，在天与地之间撕开一道道裂缝，电闪滚滚，开开合合。但这一夜，雨没有下来，黑云似乎更加地厚重，沉甸甸的，像不堪重负的木质悬梯，吱吱扭扭，摇摇欲坠。第二天雨开始下了，那雨一口气下了四天，到了第五天，天色放晴，黑云全部落到了地上，所以那天空干净得像用白毛巾抹过的透明玻璃，蔚蓝得令人心惊肉跳。然而，更神奇的景象在沙漠里出现了，那沙漠的低洼的腹地变成了湖泊，像一座天然的堰塞湖，这个神奇的湖泊，更像一条狭长的玉带，中间宽度约三百米，长五千多米。

从杭乌盖草原来的两个十五六岁的少年男女，骑马路过这片突然冒出的湖泊，他们开始以为看到了沙漠蜃景，然而走到那一汪湖水边，少男指着湖泊说它叫瓦莱湖，那女孩被湖水深深地吸引，举起马鞭，指着湖水说，留下来吧，这就是我们的家，少年犹豫着，脸上却涂抹上了一层老成的油彩。

他从马背上下来，蹲在湖边沉思了一会儿说，不走了，我们打鱼牧羊，就在这儿过一辈子。于是两人留了下来，在瓦莱湖边搭起了一个小窝棚，一年后，建起了房子，结成了夫妻，并在湖边种下了十株槐树、十株柳树，湖的西岸又长出了青草，那些青草的面积先是篮球场那么大，后来又像足球场，五年后变成了一小块儿绿洲，每天早晨，他们站在湖边，观看太阳从湖面上升起，而到了黄昏，太阳便慵懒地流连于沙丘的顶端，像北极光在沙丘上弥漫。少年是吉雅那个家族的孩子，而少女是戍边将军的女儿，她离开家后，将军派出二十多名骑兵寻找，骑兵们沿着杭乌盖草原四处打探，就是没往沙漠里想，因为他们觉得，生活优裕的将军女儿，还没到要殉情的地步。五年后，少男少女变成了青年，他们带着刚出生的儿子回到将军府，将军把他们当成了野人。而将军更不相信沙漠里会有湖泊和绿洲，所以女儿和女婿回到瓦莱湖时，将军带着一百多名士兵前往瓦莱湖实地察看，他们被瓦莱湖的波光和绿洲的草香，刺伤了眼睛和鼻子。将军临走时，只带走了一个贴身的护卫，其余的兵士留在了瓦莱湖。将军说，这是土地，得派人守护着。女儿摇头说，这里不需要兵卒驻扎，这是没有争夺与抢掠的家园。将军父亲双目炯炯地凝望着这片绿洲和从天而降的堰塞湖，清了清嗓子对宝贝女儿说，告诉你的男人，这也是疆土。将军先派人修筑了一座烽火台，那座烽火台建在沙丘的顶端，以确保设在杭乌盖草原上的大本营能看到报警的烽火狼烟。那些兵卒和这对夫妻立即投入更大的热情建设房子，扩大绿洲的面积，养马牧羊，不消多日，瓦莱湖从一间窝棚，变成了一条整洁的街道，街道两边先是兵营，接着又有新的移民接踵而至，他们在离湖边一公里远的地方盖起了房子。起初，那些房子，沿着街道有序地排列，后来迁移来的人多了之后，房子就不那么规整了，有的建在湖边，还有的把房子建到了沙漠和绿洲的边缘。那时，第一个到达瓦莱湖的那个少年已年届中年，他被推举为镇长，他和妻子又生了两个儿子和一个女儿，其中他们的第二个儿子叫毕利格巴图，也就是吉雅外公的父亲。那时候，瓦莱湖没有衙门，也没有诉讼，那些兵士除了牧羊和练习刀枪，也是无事可做。有一年，朝廷派人绘制了瓦莱湖的地图，并决定流放一些内地的囚犯到瓦莱湖种植苜蓿，以扩大绿洲的面积，那时的将军由少女的兄长担任，老将军已经过世，少女也早就变成了满脸皱纹的中年额吉，她第二次离开瓦莱湖到杭乌盖草原找将军，说那些罪犯来了，会败坏了瓦莱湖的风气，将军被妹妹说服，把朝廷流放来的囚犯送到了更远的边塞修筑要塞。一天，一个移民的后裔从家乡回来，带来了一个妓女，瓦莱湖从此有了第一家妓院，后来又有了赌馆，但幸运的是吸食鸦片的烟馆，一直没在瓦莱湖开起来，也许是他们惧怕那些驻扎的兵士，担心因为鸦片而丢掉性命。镇长决定铲除这些妓女和赌馆，这之前，镇长先安排大儿子带着一幅牛皮地图，并骑着瓦莱湖最好的一匹快马离开了镇子。儿子离开三天后，镇长走进了兵营，因为常年没有战事，士兵手中的刀剑戈矛锈迹斑斑，但从傍晚开始，兵营里传出了铁器冲击磨刀石的"嚯嚯"声，那声音响了一整夜。兵营四周的乡民被一整夜的"嚯嚯"声惊扰得心烦意乱，他们觉得，那些士兵是因为寂寞无聊，闲得慌，可是寂寞也不该扰民啊。到了第二天早晨，那条街的尽头，矗立起两根碗口粗的树干，每一根树干上各吊了两个人，乡民们一眼便认出，一个是妓院的老鸨——那个外乡人的儿子，其余三个是赌馆的老板和两个未能走脱的赌徒，据说四个妓女被镇长派兵士送出了瓦莱湖，并警告她们，永远不得再踏进瓦莱湖。铲除妓院和赌馆的风波过去没多久，一天夜里，镇长突然昏迷，浑身滚烫，请来一位郎中察看，摸过脉后，说恐怕染上了猩红热，并说这病可是会传染的，先开五服药试一试，如果不见好转，就准备后事吧，他也无能为力了。

家中立刻乱作一团，额吉把此病归咎于那四个挂在树干上的亡魂，便央求兵营里的管事，去杭乌盖草原请喇嘛来超度那四个亡魂，顺便也向将军求援，委托将军派人找回老大，家里一旦出现变故，那非得长子出面料理后事。早上派人出去，下午喇嘛就到了，但老大仍然杳无音信。额吉原本是想让喇嘛到树干下念经作法，但喇嘛径直到了家中。这是位不到三十岁的年轻喇嘛，人瘦削，脸也瘦削，不像老额吉想象中的慈眉善目一般年纪的胖喇嘛。瘦喇嘛撬开老镇长的牙齿，用一根很粗的铁针在火上烧热了，直刺老镇长的舌根，刺啦一声，刺鼻的烧焦的气味过后，气若游丝的镇长吁出一口气来后，睁开眼睛，缓了片刻，竟像没事人一样坐了起来。镇长的病好了，可瓦莱湖接二连三地有人像镇长一样病倒，症状和镇长几乎一模一样，镇长便挽留喇嘛住下救治病人，那些人都被喇嘛从死神那儿拽了回来，但喇嘛告诉镇长，全镇人都需要服用一种草药，才能确保安然度过这场瘟疫。于是，镇长决定在瓦莱湖做两件事：抬出大锅熬煎草药，连那些兵士在内，全镇不分男女老幼，都要喝草药汤；拔掉那矗立起来的两根树干，在原地建一座庙。喇嘛描述的那种草药长在靠近绿洲的沙漠里，是一种埋在沙土下的草根，惟有这一地带才有这种珍贵的草药。开挖草药的活计，妇女和老者便可完成，年轻力壮者被派到喇嘛庙的施工中，土坯就地取材，青砖和木料是用勒勒车从杭乌盖草原运进来的，十辆黄牛牵引的勒勒车拉运了三天。那些年轻的劳力，对于既摊钱又摊工的建庙决定心生厌倦，工程进展十分缓慢，喇嘛对自己何时能入住寺庙忧心忡忡，甚至根本不抱希望，他直觉地感到，这庙不是何时修成，而是会不会半途而废，再有三个月就要上冻了，上冻之前，主体框架建不起来，等到了来年开春，还不知道是什么情形，或许连镇长都厌倦了。

瘦喇嘛从勒勒车上抱起一摞青砖，架起两个炉灶，随手抓起壮工手中的斧头，将一根树干劈成干柴棒子，做完这些，才对镇长说："找两口锅来。"镇长应道："稍等片刻，我这就回家去找。"喇嘛摆了下手："你家的锅太小，兵营里的大锅才合适。"镇长犯难了，他可以鼓动起士兵磨刀杀人，但借锅却是另一回事。他想了想，回家牵了两只羊走进兵营，出来时，身后有六个兵士抬着两口大锅，架好锅，放入草药，加注瓦莱湖的清澈湖水，喇嘛让那六个兵士留步，烧开的第一锅药汤，先请六个兵士喝下，兵士们端着碗，互相打量，不敢喝第一口，喇嘛笑了笑，从一个兵士手里要回碗来，一口气喝下，抹了抹嘴巴，再重新盛满一碗，复又递给兵士，合起手掌说："请吧，这药能驱散心魔。"那些兵士犹犹豫豫地喝下去，乡民们见士兵们喝了药，便都停下手里的活计，从两口铁锅前缓缓地鱼贯走过，咕噜噜的响声在广场上回荡。

这天夜里，乡民们在自家的茅厕里往返流连，士兵们更是排成了长队，纷纷诅咒喇嘛，他们排泄出的都是绿色的积液，但到了第二天，那几个染病的人家最先康复，其他人也比往常神采奕奕，完全不必再为可怕的瘟疫揪心焦虑。他们笃信了喇嘛的魔力，自此，建造寺庙成了瓦莱湖人坚定的信念，连那些兵士也加入其中，工程进度超乎想象，上冻前，从杭乌盖草原运回来的琉璃瓦已经挂上了房顶，第二年，从省城大寺请来一尊大肚子鎏金佛像安放于大殿正中，下半年，一个骑自行车的大个子高鼻梁的犹太人奥斯尔，沿着瓦莱湖西岸传播耶稣与摩西，但这位犹太人因语言障碍和瓦莱湖人缺乏足够的耐心听他拗口地传播福音，奥斯尔在瓦莱湖畔行走了一年，只有一个因为家中失火被截掉一条腿的木匠，随着他跪倒在了十字架下。

五年后的一天下午，三点多钟，镇长家的大门被人推开，额吉停下为次子毕利格巴图缝补蒙古袍的针线活。此时，毕利格巴图正在兵营里围着那些士兵观看新配发的火枪，对家里发生的事儿浑然不觉，镇长已经卸任，新镇长是移民来的汉人，在瓦莱湖开了一家粮栈，收入颇丰。他停下手中准备吸烟的火镰，观望着这位闯进家里的身材敦实的不速之客。来人一身短衣打扮，满脸胡茬，他解开背囊，抽出一个深茶色的皮囊，交给老镇长说：“受人所托。”老镇长从皮囊里拽出牛皮地图，完好无损，遂笑了笑，算是答谢，但他的右手掌心立刻渗出像血迹一样的红色，老镇长用另一只手搓捏了一下，那红色来自牛皮地图。老镇长颓然发呆，只问：“埋在哪儿了？”来人摇摇头答道：“这东西交给我的时候，他还活着。”额吉立刻陷入了悲恸欲绝的恸哭中，老镇长高声嚷道：“别哭了，兴许他还活着。”额吉止住了眼泪，满含幽怨地望着丈夫，似乎更有不好的预感，她不是担心长子，而是毕利格巴图，但来人走后的很多年，丈夫再没提过寻找古城的家族大事。毕利格巴图长大了，被到访的巴音老爷看中，离开瓦莱湖，做了巴音老爷的卫队长，他就是吉雅的曾外公。

夏维溪教授好像忽略了我和吉雅的存在，他的思想或许在一个奇特的时空世界里游走。他会告诉我们一个神奇的世界，那里有许多未知的答案隐没其间，而我们把这些神秘的未知概括成一个玄幻的解释——密码。因为我们无法探知上古和先辈的大脑里到底储存了怎样的信息元素。为什么我们再也写不出李白那样的豪放的诗意，为什么那么多在我们看来是传说的故事，竟然都能找到原型和出处。吉雅和林秋雁默然地站立在夏教授的身后，而吉雅更像一个勤劳忠实的仆人，那么我倒显得有些多余。在寂静的湖边，教授的举止越发地怪异，他蹲到湖边，掬起一捧冰冷的湖水，默默地看着那湖水顺着指缝回流到湖里，接着又掬起一捧，抹在脸颊上，他激灵了一下，回过头来看着我们，林秋雁和吉雅快步走过去，夏教授却向我招手，问我："那本书是哪儿来的？"

我指了指吉雅。夏教授便把目光投向吉雅，吉雅想了想说："是外公留给我的。"

夏教授满意地点点头，站起身来，咕哝了一句："走了，回客栈去。"

"解开密码了吗？"我终于鼓起勇气迫不及待地问道。

夏教授摇摇头说："那不是密码，和你的书一样，也是一部书。除了符号，还有文字。"

"能找到古城吗？"这是吉雅最关心的。

夏教授很兴奋地扬了扬手："它比古城更有意义。"

但吉雅却很失望，因而在回去的路上，像打蔫的瘟鸡跟在我和夏教授的身后，我想安慰他几句，可他有林秋雁陪着，也不需要我来管他内心世界里的纠结与困惑了。他们手牵手地走着，我摇摇晃晃地跟在夏教授的身后，到了街心那棵树下，吉雅松开林秋雁的手，加快步子，和我走到了一起，嘴里嘟囔道："明天，我继续去寻找古城，我自己去。"

我反问道："林秋雁没告诉你他们破解密码的答案吗？"

吉雅却说："我饿了。"

梅子准备好了丰盛的晚餐，她似乎比我们更有预感，好像这顿晚餐是特意为犒劳夏教授和林秋雁解开那些繁复怪异的密码而准备的。多日不见的酒杯摆上了餐桌，圆桌的中间摆了一红一白两瓶酒，夏教授毫不推辞，亲自打开了那瓶红酒，并提议把老阿爸也请来，他十分佩服那位比他年长十二岁的老骑兵，他说，在老骑兵的身上能找到坚忍不拔的痕迹，这些痕迹和他破译的那些密码竟然天然地巧合。所以夏教授认为，那些密码其实也可以看作一部书，鹰嘴山的洞穴里记录了一个群体坚忍不拔的传奇，他们是一个群体，他们有一个共同的名字叫夸父。

“夸父追日？那是神话传说。”我惊诧不已，甚至觉得教授的解释简直不可思议。

“不，你们只是知道夸父追日，甚至许多人也只知道夸父追日的传说，其实他们是一个群体，是一个氏族的部落，他们从中原出发，背着行囊，追赶着太阳，进行太阳观测和大地测量。夸父们生活的年代在公元前一千六百年左右，那时盘庚带着他的部落走向了中原一块儿水土肥沃的地方，他们在那里建立了都城，就是现在我们考古发现的殷墟。有一天，都城那间简陋但在那个时代又最豪华的朝堂上，一场关于天地、生命的辩论正悄然展开。三天前，天狗吃掉了太阳，大地突然变得一片漆黑，盘庚一连杀掉了十个人祭天，才把天狗赶走，才让大地重见天日，而敢于与盘庚争论得面红耳赤的人，除了他敢于仗义执言的秉性，更重要的是他有着特殊的身份，这似乎是一道免死的护身符，如果不是父亲临时改变了主意，那坐在朝堂上的人或许就是他，而不是弟弟盘庚。总的来说，这场辩论尽管火药味十足，但并没有伤及兄弟间甚至君臣间的感情。盘庚已经显露出不悦的神情，但微子启仍然滔滔不绝地阐述他的太阳理论，他说，那不是神，是自然。盘庚终于忍无可忍，拔出身上佩带的短剑，站起身来。微子启突然出其不意地从身旁一个侍卫的剑鞘里拔出长剑，直抵盘庚的咽喉，这一剑原本是会让盘庚血溅朝堂的，但微子启举着剑，面向那个站在原地面孔已经扭曲了的盘庚，他们之间的距离越来越远，那把剑在微子启的手上越来越沉重，他的手在颤抖，一缕阳光照射在他的身上，他走出光线昏暗的大殿，一缕阳光晃得他睁不开眼睛，就是这一次炫目的光芒，让他对太阳产生了梦幻般的联想，他决定离开都城，带着那些追随他的部落的民众，走向地球的四极，去揭开斗转星移的奥秘。离开都城的时候是一个多云的夜晚，那一晚的夜空，看不到星光，薄薄的云雾似乎预示着这次远行注定是一次苦旅的开始，或许，他们一生再也回不到这片繁华的都城里来了，但微子启信心十足地扯开嗓子对追随着他的部落的子民们高喊：‘我们一定要回来，并且要向那个固执的王证明我们的远行的伟大。’那一夜是下弦月，像船一样的半个月亮透过稀疏的云雾，显露出影影绰绰的魅影。微子启很兴奋，他拽过身边的妻子，告诉她，我们今夜的出行方向就追随着月神走吧，在很远的地方，那里会有一只悬梯，那样你就能住进那月光的宫殿里去，我今天给你改个名字，你就叫婵娟。貌美的妻子深信不疑地点点头，她相信丈夫的预言，一定会有一只悬梯能让他们夫妻躲避战火，奔向月神的殿堂。那个披头散发的老巫师立即取出一块儿龟板，刻上了‘婵娟’两个字。

“他们就要出发了，微子启点亮了一束火把，火光照亮了城墙下的那片空地，借着火把的光亮，他们看到了城墙上闪着寒光的青铜长剑，那是盘庚来了，他没有走下城墙，站在高高的城墙上望着远行的哥哥启。城门吱吱呀呀地打开，城门里走出了白发苍苍的彭祖，人们无法知道他的年岁，他自己说已经有七百岁了，他与四十九个女人生下五十四个儿子，跟在他身后的有十个年轻体壮的儿子，他们遵照父亲的吩咐将跟随着子启一起求证真理，是的，彭祖就是这么说的。他说，你们去寻找真理吧，王就不亲自下来了，启，我把十个儿子也交给你，不管翻山越岭、漂洋过海，你要把他们活着带回来。王还让我告诉你们，还是按照先辈的规矩，要带着所到之地的植物、羽毛和麟角回来，才能证明你们所到之地是真实的。子启跪了下来，他把额头伏在了彭祖的脚面上，因为他知道，彭祖也曾这样送别过他的祖先，那些祖先也如此刻这般场面，他们也带回了太阳观测的数据，只是那些数据还不够准确和完整，所以他才下决心重新进行大地测量，获得真理的所在。

“要出发了，盘庚在城墙上高举起了长剑，那是充满期待的意思，看上去，盘庚似乎忘记了朝堂上的争论和面红耳赤，因为他知道，这注定是一次路途坎坷生死未卜的远行，所以他放弃了杀死兄长和他的追随者的念头，甚至希望他们真能寻找到日月星辰、天体变化的真理，那将是一个伟大的实践，也是一次意义非凡的求证。城墙上，高举的长剑和火把开始移动，渐渐地隐去。盘庚走了，微子启也该出发了，他再次向彭祖鞠了一躬，此刻，彭祖的十个儿子已经站到出发的队伍中去了。彭祖突然想起了什么，喊道：‘启，你等等。’他丝毫没有老态龙钟的模样，精神矍铄，腰板挺直，腿脚有力，他带着众人走到一处小岗上，昂起头仰望天宇，这时候，玄月挣脱掉云雾的阻挡，显现出令人迷茫费解的光亮，为什么那月不是满月，而是像船一样悬在天际，还有白天被天狗吞吃掉的太阳……一连串的问题困扰着这些即将远行的人们，连见多识广的彭祖都说，这也是几百年来困扰他的难题。之前，夏的时候，那时的国王也有一个叫启的，他派人一直向西去追赶日月，根据大地测量家带回来的数据，推演出了夏历，才有了年月，有了对春夏秋冬的把握和认识，但他们仅仅测算到了这一步，需要考证的东西还很多啊，所以你们这一走，不知道要何年何月，但愿我能看到你们。子启感觉自己获得了力量和灵感，他说：‘我们将会用一本经书照耀后人。’彭祖被这些人的情绪感染了，他活了七百多年，早就对感天动地的故事见怪不怪了，可此刻竟然流出了眼泪。他突然弯下身子，张开两手，拨开一片荒草，又拨开一层浮土，露出一块儿像石磨一样的圆盘，他指着圆盘说，这就是大地的原点，就从这里开始你们的求证吧。

“河水上涨。彭祖曾目睹过这条大河的两次改道，大禹带着人修筑河道时，他还没有出生，微子启幡然醒悟，彭祖是在给他们指引一条线路。现在看来，这是一条横贯东西与北纬 35° 线平行的线路。”

夏教授边说边摊开一张地图，在图上用红笔标注出微子启带着他的部落开启大地测量之路的路线，他们进入河西走廊后，按照黄河古河道的流向，本来应该继续向北走，但他们却沿着北纬 35° 线向西走了。其实，越过了一座大山后，微子启停下了测量的脚步，在山脚下的一间茅棚里停留了十多天，他们在那里召开了部落会议。这次会议的细节和内容已经难以考证了，目前发掘到的甲骨文里，没有这次会议内容的片言记载。

吉雅递给夏教授一把蒙古刀，那是蒙古族人吃肉的筷子，刀锋犀利，夏教授显然没有吉雅那么娴熟自如，他举着一块儿牛胛骨，小心翼翼地削下一片肉来，塞进嘴巴，他咀嚼得满口生津，连声称赞，说今天的牛肉，梅子炖得格外有味道，余音绕梁，三日而不绝。梅子愣怔了一下，小心地探问道：“您还想听歌吗？”夏教授也愣了一下，随即呵呵地笑了。他说：“是要听歌的，听你的歌唱，确实别有韵味，还有你那天生的一副甜美的歌喉。”

吉雅说：“我可以拉马头琴，为梅子伴奏。”

我立即反对：“我要听夏教授讲那个部落。”

夏教授看了看我说：“先说牛胛骨，然后听歌，吃过饭，我们再讲鹰嘴山洞穴里的密码。那部落里，有两个猎户，一个叫伯猃，一个叫仲狁。伯猃为兄，仲狁为弟，猃和狁外出狩猎，遇到一匹灰白色的狼，伯猃劝弟弟放过这匹白狼，弟弟仲狁却看中了那毛色油亮的狼皮，这张狼皮能缝制一件暖和漂亮的上衣，他身上的衣服还是几张野兔皮勾连起来的，穿这样的衣服怎么能娶到心仪的女人，想到这些，他浑身像喝了酒一般发热，汗液浸湿了宽阔的前额，他慢慢地拉开弓，锋利的石镞急切地想射向白狼，但白狼似乎发现了仲狁，气味还是拉满弓弦的声响，反正白狼敏感地嗅到了危险，它收起那像扫帚一样的粗尾巴，穿过齐腰深的草丛消失了，仲狁跳下树干，飞跑着追赶，荆棘挂烂了他的兔皮上衣，一只袖子不知丢到了哪里，胳膊上划出很深的血印子，他一口气追出柳林，出了柳林，是一片开阔地，他看到了一只血淋淋的野兔，那是白狼逃跑时丢掉的猎物，白狼在逃命时，还捕捉了一只野兔，到了开阔地后，白狼扔掉了这只浑身滴血的野兔，仲狁在离野兔几米远的地方停住了脚，退回了柳林，他在树干上守候了两天，吃了两天树干下采来的野蘑菇和野木耳，这些东西很难吃，他觉得肚子有点胀痛，等到了第三天，白狼出现了，仲狁拉满弓，搭上箭矢，屏住呼吸，只要白狼从树干下穿过，必死无疑，可是白狼围着野兔转了三圈，很快消失到山岗的那边了。第五天，野兔已被蚊蝇包围，并散发出恶臭的气味，仲狁发现了一株山杏树，他采摘了野山杏的果实，再次回到树上，静静地等候，到了第十天，野兔已经完全地腐烂了，成群的苍蝇起起伏伏，仲狁吃光了采摘到的野山杏和十六颗生鸟蛋，白狼出现了，但白狼改变了穿越柳林的路线，它从柳林北面的边缘穿梭进来，仲犹立即滑下树干，他追踪到密林深处，白狼又不见了踪影，他不敢继续行动，而是匍匐在草窠子里，等待白狼的出现，这时，他突然听到身后窸窣的声响，他没有回头，而是迅即滚向另一边，白狼扑空了，恼羞成怒，掉转身再次向仲犹发起攻击，仲犹的弓箭已毫无用处，他从腰间抽出一把青铜短剑，直刺白狼的咽喉，一股腥热的血水喷涌到他的脸上，他看到的柳林是红色的，模模糊糊，他不知道白狼是否已经死掉，白狼不死就是他死，他拼尽了力气，已再无反击的能力。日食的第二天，伯猃和仲犹两兄弟被绑到了朝堂上，另一个部落里的人指责仲犹杀死的不是白狼，而是白狗，白狗是天狗的弟弟，天狗生气了，所以才要吃掉太阳。盘庚下令杀死伯猃和仲犹祭天，微子启用两个战俘替换了伯猃和仲犹，并藏在了自己的部落里。山脚下的部落会议确实没有任何记录，但部落首领们开会期间，伯猃和仲犹兄弟带着部落里二十七个精壮的汉子猎杀了六头野牛，他们将牛皮和牛肉解剖了，煮熟后，由彭祖的十个儿子，每人一份均分了那些牛肉，每一个人的木钵子里，都有一块儿大小相等的牛肉和一截牛肠子，剩下的分装进牛皮做成的桶包里，仍由彭祖的十个儿子保管，并继续均分这些食物。六头野牛获得了不少的牛肩胛，老巫师亲自处理那些牛肩胛，它们将作为书写的工具，让这些大地测量家们在甲骨上记录下弥足珍贵的数据。

“山坳里起了晨雾，微子启突然觉得这雾气搅和着一股不祥的征兆，他站在一块儿青石上，一遍遍地追问自己，也追问身边的妻子，我们要到哪里去？老巫师将一块儿牛胛骨架在火上，牛油从胛骨里析出又被炭火燃烧后的气味竟然香气馥郁，在山坳里飘散，部落里的人纷纷停下了手里的活，无论坐着的，还是站立的，眼睛一律盯着老巫师架在火上的那块儿牛胛骨，它将预言他们的命运和走向：这是一个期待的早晨，也是绝望的早晨，因为，他们将被迫分开，分路走向大地的四极，可问题是大地四极的极点在哪儿？哪里是他们远行的终点，很遥远吗？”

第十三章　月光圣殿

吉雅对夏教授破译的密码毫无兴趣。或许在他看来，那些上古的夸父和刻在石壁上的密码与他要寻找的古城相距甚远，他觉得外公毕利格家族的那座古城最多不到六百年的历史，夏教授立即否定了他的看法，合上我读的那本书说："每一座古城都不是孤立的，它都是从一个时代到另一个时代的延续，有的因为迁徙，有的因为战火、瘟疫，或衰败，或夷为平地，但几十年、几百年后，新的城市还会在这块儿土地上拔地而起，这才是历史。"

在我见过的人里，夏教授是最有学问的，也是最可信赖的人，我越来越把他当成了知己，吉雅也把夏教授当成了有学问的人来尊敬。不过，在夏教授完全沉迷于那些符号和文字的时候，吉雅也思考是否把寻找古城的希望像下赌注一样地完全寄托在这个精瘦的老头身上。他动摇了，他到现在为止还愿意待在客栈里，与其说是陪着夏教授，倒不如说是为了林秋雁，是那个有着南国般窈窕身姿的女人吸引着他。如果不是林秋雁，他早就另作打算了。事实上，他已经开始做了，他把我喊到楼下一处僻静的角落里，也就是客栈前厅一角的沙发上，他搓动着两手，这个样子不像是吉雅，因为我从未见过吉雅会像现在这样六神无主，他努了努嘴巴，想要说什么，又大约觉得难以启齿，把想说的话吞咽回胸腔里了。于是，我首先懵了，猜不透他的心里到底隐藏了什么秘密，让他如此尴尬，甚至面红耳赤，我说："你我之间，没有什么不好开口的，女人和钱，你想说哪样？”吉雅瞪着惊异的目光看着我，看来我猜中了，我想，男人难以启齿的无非是女人和金钱，当然也包括性功能。我判断他会同我讲他和林秋雁的爱情，讲他正坠入爱河。坠入爱河的男人，就像一粒火种，无论落到哪里都会燃烧起来，因为那火来自心底。我盯着吉雅的眼睛，想穿透那双黑眸，直逼到那即将迸发的爱河里，但吉雅吭哧了半天说：“借点钱给我。”我愣了一下，吉雅马上说：“我自已想办法吧。”我忙说：“你误会了，我以为你想对我说林秋雁，说什么借呀，客栈也有你的股份。你要多少？”吉雅想了下说：“五千块钱，说好了是借。”我站起身来说：“我去喊梅子，钱在梅子那儿。”

梅子说客栈的账上只有三千元钱，客栈开业三个多月来的收入，交了半年的房租，并支付了厨师服务生的工资和水费电费煤气费，交完这些钱，已所剩无几。秋凉了，瓦莱湖到了旅游的淡季，十天见不到一个旅游团到来，整座客栈，除了夏教授的考古队占了三间客房，其余的房间几乎都在空着，客栈的经济形势不容乐观，梅子为难地看着我，我知道了她的忧虑，她想为吉雅做点事儿，虽说我们来瓦莱湖有三个多月了，可事实上，我们还是外乡人，我们不属于瓦莱湖，所以即使想临时筹借一些钱也难以做到。

吉雅不再提借钱，而是为我们担忧：“晓椿，你得为客栈的经营想些办法。”

我说：“没有外地来的旅行团，瓦莱湖人早就看腻了我的身高和面具，想象中的丑陋和滑稽，他们早就审丑疲劳了。”

吉雅笑了，站起身要走，梅子把三千块钱塞进吉雅的衣服口袋，他挣巴着撕扯着，从口袋里摸出来，打算还给梅子，我急了，说：“你不把这些钱揣上就是看不起我们。”吉雅一愣，捏着钱不知所措，犹豫了片刻，把钱揣进口袋里转过身走了。

到了第二天一早，哑巴把那三千块钱送了回来。

吉雅走了，背着他的马头琴走的。

他没去寻找古城，而是去了城市，他要为接下来继续寻找古城筹措经费。

吉雅一走，我的心也空了。

夏教授问我怎么不见了吉雅，我说吉雅在城市里拉马头琴挣钱，为寻找古城筹措经费。夏教授好像不大懂得酒吧里的事儿，以为吉雅像在大剧院里弹钢琴拉小提琴的演奏家，一场演出，收入不菲。其实，夏教授也被考古经费困扰着，据我所知，他还拖欠着向导的工资和骆驼载运费。他挪开堆满桌子的书籍资料，找出一张纸和一支铅笔，看样子是想计算吉雅可以获得多少收入，他像一个天真的孩子侧着脑袋，显现出对吉雅拉马头琴的极大兴趣："嗯，你说说看。"我叹息一声，说吉雅拉一晚上马头琴能收入三百块就算高收入了，通常情况下，连三百块也挣不到。夏教授轻"哦"了一声，撂下铅笔，若有所思地看着我，眼睛里被茫然塞满。他说他所理解的音乐、歌唱、艺术、文学，除了精神层面的意识形态之外，它还是生存、活着的需要，这种需要又伴随着文化认同和价值取向，所以他的内心常常被那些低迷的摇滚所困扰，他很压抑，感觉被一块儿巨石压抑着找不到出口，他喜欢听贝多芬的第九交响曲，听广东民乐，为此他特意买了一个随身听，站在寂静的窗前，他突发奇想，可不可以撕碎一块儿床单，把撕扯成布条的床单搓拧成一股吊绳，一头绑在靠近窗子的暖气管上，这样，他就能抓着粗实的床单吊绳，从窗户上溜下来，做这些是需要体力的。那时，四周一片的寂静，只有秋风拂过树叶的沙沙声从耳边掠过，他成功了，感觉像是越狱，站在沉寂的院子里，他思忖着接下来该做什么，似乎是离开，他便迈开步子，先是大步地走着，接着开始慢慢地奔跑，他在漆黑的暗夜里越跑越快，以至于呼吸变得剧烈，气喘吁吁，心脏激烈地跳动，"咚咚"的心跳声吞没了奔跑的脚步声。于是，脚步声、心跳声、耳边呼啸的风声组合在一起，杂乱得像庙会上的鼓乐，他一口气跑出了一公里远，这时他来到了瓦莱湖边，停下脚步，弯下身子，大口地呼吸，其实是喘息，很剧烈的，后来，呼吸渐渐地平稳了，他听到了鱼儿在水里扑腾的声音，他望着刺骨冰冷的湖水，皱起了眉头，他在恍惚与现实之间游离徘徊，那湖水，一会儿是瓦莱湖，一会儿又像是儿时常在水里游泳的家乡的小湖泊，他脱掉了上衣，犹豫了一下，又褪去了长裤，身上便只剩下一条勉强遮羞的短裤，他把短裤褪到了并不算坚韧厚实的大腿根，复又拉了上来。

凉风习习，肌肤上很快爬满了密密麻麻的米粒，他接连打了几个寒战，下意识地缩起脖子，身体便蜷缩佝偻，颇像奥古斯特·罗丹的那尊著名的雕塑（思想者）。他吸了口气，最后还是褪去了短裤，这时他完全裸露在漆黑的夜色下，那一晚的月色光洁透明，坦坦荡荡。他试着走进湖水中，湖水刺骨冰冷，他有点后悔了，刚才不该鲁莽地走进水中，但既然决定进来，后退又似乎不是他的性格。他撩起凉水，涂洒在身上，想尽快适应冷水的刺骨，可是他不但没有适应，反而更冷，身体哆嗦，牙齿打战，他索性扎进水中，张开双臂，拼力遨游，水花在瓦莱湖的湖面上翻飞，“哗哗”的水声立刻惊跑了在水里自由扑腾的鱼儿，他越游越快，手臂划动的幅度也越来越大，慢慢地，他累了，改变了遨游的姿势，翻转身体，平静地仰在水面上。于是，他看到了苍茫的夜空，广阔无边，很久之后，他又看到了清晨的日出和树冠间朦胧的雾霭。

雾霭中，老巫师架在火上的牛胛骨格外显眼，那几乎是一团聚拢着信仰和精神的火光，老巫师抖动着肩膀，念念有词，他在与天、与被雾气笼罩着的太阳神对话，人们虔诚地望着老巫师，从未怀疑过他的念念有词里存了多少水分。牛胛骨最后被火燎黑了，细密的裂纹居然就是上天告诉部落的答案，微子启没有追问，默默地等待着，他信任老巫师，信任他的忠诚，这就够了，还有什么比信任更让人欣慰的呢？

老巫师举着牛胛骨走向了微子启。他的指头落在了一个⊕形的符号上，那个符号并不像我用电脑画出的这样规则，它有些变形，但意思微子启读懂了，日神在给他指路，那是他求证真理的方向，所以在这个雾蒙蒙的早晨，微子启做出了一个惊人的决定，他亲手砍掉了一棵树，让老巫师和彭祖的十个儿子动手，按照部落的人数，不分男女老幼，每人做了一块儿长方形的小木牍，有点像今天的身份证，大小也差不多；他们领到手的木牍，颜色不尽相同，有红蓝黄绿四种颜色，为了给这些木牍漆上颜色，老巫师带着人找遍了山上的石头和山脚下的树脂，调制了一晚，最终试验成功。彭祖的十个儿子各自拿到的颜色也不尽相同，四种颜色的木牍均有，就连伯猃和仲犹兄弟的也不一样，伯猃拿到的木牍是黄色的，仲犹手里攥着红色的木牍。拿到木牍的人互相观望，一头雾水，脸上写满了听天由命的悲壮。微子启可不关心木牍的四种颜色，他想得远了些，比如这世界的模样，圆的，还是方的，他觉得是圆的，但别人都认为是方的，天圆地方，这样的说法才是被大家普遍认可的真理。那天早晨，他和盘古争论的就是这个，盘古和那些头脑不大清醒又迂腐固执的群臣们咬定了天圆地方，说大地的中心就在殷，日月是大地的一双儿女。

现在，殷都城离他们越来越远，再也听不到大殿上嘈杂的争论。但是，他们中有一部分人将就此分别，重返殷都城，微子启告诉他们，可以不进城，从城外绕过去，然后一直向东走，那条路，曾经是他和盘庚带着群臣和百姓，从亳出发，西征北上到达殷的路线。他们沿着这条路，流血征战，站稳脚跟，修建宫殿，丈量土地，加筑城墙，商王朝的政权得到了稳固，部族子民得以休养生息，相比那些留在都城过安逸日子的大臣、将军和子民，甚至那些战俘和奴隶都不必经历颠沛流离，他们的远行将意味着什么？微子启感到一丝的困惑。老巫师做木牍的时候，他就已开始左右为难，这个决断可真难下啊，自古相聚欢乐离别苦，老巫师说，这是甲骨上的神谕。其实微子启明白老巫师的心思，老巫师希望他能带着测算推演的数据早日返回都城。

众人对这四种颜色的木牍不甚理解，他们被谜团一样的颜色搅得忧心忡忡，惶惶不安，几个鬓角花白的人，互相望着，不时盯着那块木牍，一筹莫展，他们急欲弄清楚，自己所持木牍的颜色和别人为什么不同，但那时，除了微子启和老巫师，谁都不知道答案，更不知道这将是一段凄苦分离的开始，彭祖的十个儿子，也举着不同的颜色到了各自所属的队列当中，伯猃在人群中睃寻着弟弟仲犹，却看不到他的影子，他想离开这些和他一样举着黄色牌子的人群，到那三个队列里找找，但这时，老巫师已经站到了那块高出地面的大青石上，他将要向众人传达神谕，讲解这四种颜色的木牍。伯猃终于明白了，这四种不同颜色，居然表示的是四个不同方向：红色的向西，绿色的北上，黄色的由此向南，据说他们这些拿到黄色木牍的人，将要越过那条蜿蜒的和木牍颜色一样的大河。伯猃的心思变得沉重了，仲犹和他不在一起，在另一种颜色的队列里。伯猃看了眼微子启，他不知道这个高个子的男人心里想的什么，他会跟着哪种颜色的人走。他白净瘦削的面庞透着执着和坚毅。伯猃越来越佩服这个人，他对他们兄弟有救命的恩情，从离开都城的那一刻起，他就想无论多么艰难，无论天涯海角，他们兄弟都将跟着这个男人，生死相依。

不一会儿，仲犹过来了，手上攥着一块儿红色的木牍，那颜色像白狼的血。那天他在林子间找到了仲犹和死去的白狼，仲犹和白狼的躯体浸透了血红的颜色，太阳光透过树叶，在鲜红的底色上又平添了斑驳的光影，铜钱般的光斑像几十颗小太阳洒落下来，树叶上的露珠滴落在仲犹的脸上，与腥味浓烈的血液交融，顺着他的脸颊滑落到了柳林的地上。伯猃喊醒了弟弟，背着那匹死去的白狼走回了都城，他在城门口遇到了微子启。那时，微子启穿着一身素白的长袍，飘飘如仙。他们擦肩而过时，微子启叫住了他，问他肩上扛着什么。弟弟拔出短剑，怒目而视，他怀疑微子启看中了这匹白狼，微子启冲着仲犹淡然一笑，说："你的衣服太破了，用它做一件好看的上衣，那才像英武的男人。"仲犹没吱声，他望了望哥哥伯猃，伯猃对微子启说："这是一匹白狼。"微子启笑了笑说："我看着像狗么。"仲犹没有觉察到大祸将至，感觉微子启在嘲笑他，便伸手拽住微子启的衣袖，试图教训一下这个看上去文弱的男人。仲犹出手很快，微子启毫无防备，"刺啦"一声，撕掉了一只衣袖，立刻有彪悍的武士蜂拥而上，将他们兄弟结结实实地绑了起来，一个武士拔出长剑，跃跃欲试，眼睛里塞满久违了的兴奋，只待微子启一声令下，两兄弟的脖子瞬间就会和白狼的脖子一样了，或许比白狼还要惨烈。微子启摆了下手，命令那些武士松开两个兄弟，接着冲他们摇摇手说："你们走吧。记住那是狼，不是狗。"

一语成谶。那时，伯猃还没有细想狗与狼的区别，倒是仲犹嘟囔了一路，他这一路，只重复地说了一句话："明明是狼么。"

可是没几天，他们就又被绑上了朝堂，他们坚持说在柳林里猎到的是白狼，朝堂上的人却说是白狗。伯猃在一个光线并不明亮的角落里看到了那个缟素衣衫的男人，他如母鹿般楚楚，他如仙鹤，如白驹，如白狼。这一刻，伯猃忘记了正面临着死亡的威胁，他被这个男人吸引着，尽管他后来活了一百二十三岁，但在他死去的一千五百年后，一个楚国的大夫，在朝堂上像他此刻一样被一个坚毅的男人迷醉，他为那个男人选择了死。伯猃不是贵胄大夫，他是弋猎之徒，仲犺的脸早就苍白如丝帛，伯猃由这张脸又想到了那个人，他竟然天真地觉得那个人一定会出手救他们，但那人始终沉默不语，甚至连郑重其事的注视都没有。那个坐在大殿正中的王威严得像冰，像他们这样身份的人的命竟然由冰一样的王来决断，这绝非一般的小事。伯猃能想到的就是那天天狗吃日，因为连贩枣的村夫都这么说，他们兄弟显然是死定了。果然，王发话了，说将这两个猎杀白狗的家伙押入大牢，三日后祭天。有胆魄苦熬十天搏杀白狼的仲犺，在阴暗的死囚牢，一动也不动了，不吃不喝，也不吱声。到了第二天早上，伯猃推了推他，他仍然一动不动，伯猃叹了口气说："没准儿你杀掉的真是白狗。"

沉寂了片刻，仲犺睁开了眼睛："不是狗，是狼，那个白衣男人也是这么说的，哥，我们该上祭台了？"

伯猃说："还得熬一天一宿。"

仲犺看着伯猃说："我想穿着白狼做的皮衣上祭台。"

伯猃无言以对，那是根本无法满足的愿望，白狼的皮将被摆在祭台上，用他们的血和头颅祭拜天狗，祭拜太阳，也祭拜白狼，这么说来，白狼还是胜了。

第三天的夜里，他来了。那个身材修长、脸颊瘦削的男人扬了扬手，便有两个人抬起了仲犺、伯猃跟在那个男人的身后，穿过潮湿暗黑的甬道，走出一扇小门，一股清新的空气让他差点醉倒，他调整了一下呼吸，定定神，仰起头来，看到了晶莹的星光布满天空。从头至尾，伯猃一直没有吭声，他们之间好像早就有了天然的默契。

对木牍颜色的解释引起了一阵像蚊子飞过的躁动，老巫师看了眼微子启，微子启平静地站着，搂着已把名字改为婵娟的妻子的肩膀，凝望着雾气中的一张张面孔。这是一个温情的男人，但温情中仍然释放出威严的力量，或许连他自己都无法解释清楚，那些部族的百姓，为什么心甘情愿地为他趋之如鹜，是什么力量让他们抛弃家园和生死追随着自己。

老巫师默默地等待着，等那些躁动的声音和雾气一起慢慢地散开。

这时，天空明亮了，太阳照在了山石树木和绿色的土地之上，也毫不吝啬地炙烤着每一个人，给他们以阳光和温暖。老巫师捋了捋散乱的头发，他的须发比七百零二岁的彭祖还白，他依次向彭祖的十个儿子招招手，示意他们靠近。彭祖的十个儿子虔诚地围拢过来，老巫师举着甲骨向他们授意密符的书写方法，六头野牛的牛胛骨均分成了四份，他们将带着这些甲骨走向四极。随后，老巫师又向伯狯和仲犹兄弟，和同样穿着兽皮衣服的摩崖叔侄小声耳语，告诉他们，除了为远行提供狩猎的食物，并为骄傲的远行者提供足够的牛胛龟甲记录数据，他们还应肩负起护卫的职责，四个猎人出身的远行者，神色凝重地点点头，暂时放下了兄弟和亲人的离别惆怅。

那些甲骨被小心翼翼地保护起来，放入一个牛皮做成的袋子里，微子启和老巫师预感到，那些用秘写的方法像图画一样刻在甲骨上的测量数据，将成为流传久远的珍宝。

我佩服他们的远见卓识。

我敢说，用“珍宝”这个词来形容它也没错，四千年前先人的预知竟然与我们那么的合拍，并产生共鸣，而且极其巧合的是离我们两千多年的那个叫班固的人，也把它们称之为“珍宝”，但可怜的班固，对那些珍宝的用途知之甚少，只是搁下手中的笔，长叹一声：“尽斩旌旗，及珍宝埋地中。”便草草了结了一段历史叙述，其实，真正了解那些珍宝的人叫司马迁，所以后来的史学家们，竟被班固误导，把一段历史雪藏在时光的隧道里了。

夏维溪教授一再强调，他破解那些密码之后才发现了司马迁的心思，那位史学巨人竟然也像老巫师一样，把一段历史秘写在了《史记》中，隐藏了当时无法解释和不便公开的信息。司马迁端坐在蚕房软榻上，一边构思他的作品，一边为那个远在大漠的人牵挂担忧，那是帝国的绝密，除了那个人的安全，他更牵挂那些“珍宝”

的命运。

我们还是先为微子启和老巫师他们送行吧，因为他们已经收拾好了行囊，即将启程了。

微子启站到了刚才老巫师站着的那块儿大青石上，他只说了一句话："我们是远行家，不是流亡者。"

伯猃没有向身边那些部族兄弟姐妹挥动手臂，为这次远行呐喊助威。他默默地注视着缟素长衫上的红色木牍，小木牍像那个人的心脏一样随着身体的前后摇摆而晃动。伯猃终于有了一丝的安慰，仲犹将和他在一起，他为桀骜不驯的仲犹悬着的心总算放下了一些。但是，他很快便被失落的悲戚情绪渲染着，他要离开微子启了，不知何时再见，他更不知道那路要走多远，一年，还是几年，或者一生，他愿意追随着那个飘飘如仙的男人，跟着他去远行。

猎人伯猃巴望着族长微子启对他嘱咐些什么，就像那天在城门下，告诉他"那是狼，不是狗"。然而，他没有，直到队伍散开，又重新组合，人们沿着四个方向分别开拔，微子启都没有和他说一句话。伯猃望着微子启的背影，他们追随着西去的阳光，消失在盆地西侧的山脊之上。仲犹和老巫师走在队伍的后面，翻越山脊时，仲犹突然停住脚，他转回头来，睁大眼睛，寻找着哥哥伯猃。微子启和老巫师曾经站立过的青石上，落下了一只翠色的小鸟，伯猃所在的那支队伍尾部，最后一个人也很快隐没在山林间了。

伯猃感觉到了孤独，好在，很快有人陪他走在一起。这是彭祖的第三十六个儿子，也是跟随微子启远行的十个儿子中最年长的，据他自己说，现在已经一百零八岁了，但身子骨格外的健朗，腿脚比三十七岁的伯猃还利落。为这次远行，他等了五十年，这五十年没做别的，只潜心研究"圭表"了。为了确定"圭表"的测量长度，他做了上千次的观察试验，用掉了父亲彭祖为迎娶新妻子而存放在玉石库里的那方最好的大块儿玉石料。他为此所付出的代价是被父亲取消了一年的供养，靠向兄弟借债躲过了饿肚子的危机。后来，微子启说服了盘庚，用殷都宫廷里的玉石做了四件大小相同的"圭表"。

他边走边絮絮叨叨地讲自己的远大抱负，伯猃有些嫉妒，因为萧扶桑说他等了微子启五十年，看着微子启长大，并有能力担负起这次远行，或者说是他说服微子启萌生了远行测量的伟大计划。

伯猃带着奚落的意味说："你该和他一起走的。"

萧扶桑笑出了眼泪："我和他走？孩子，你想错了，我和微子启打赌，看谁最先到达大地的边缘，并在那里测量到太阳与地面的角度和移动的数据。这是比固守在殷都城更远大的抱负。"

伯猃神色凝重地问道："哪里才是大地的边缘？"

萧扶桑下意识地仰起脸，望了眼火辣辣的日头说："到无路可走的地方，或许，那就是大地的边缘。"

含含糊糊的回答，令伯猃很沮丧，他关心何时能与微子启和弟弟仲犹会合的大疑惑，在萧扶桑的嘴里竟成了俏皮话。此时，萧扶桑俨然成为了这支重新组合的队伍里的主心骨，也可以理解为新的族长。伯猃似乎别无选择，只能陪伴着这个看上去有些疯癫的人去往陌生的地方。

第一次测量是在一个月后的下午。伯猃踩在脚下的是一片卵石滩，天气燥热，太阳比殷都城和这一路上所遇到的阳光要火热得多。半山坡上的植被，层层叠叠，郁郁葱葱，坡上坡下，树繁叶茂，灌木丛生。露珠悬缀在叶尖，摇摇欲坠，似乎在等待更多的水汽吸附，聚集更多的兄弟，它们等待着，盼望着，一起相随着离开那尖尖嫩绿的叶子，坠入泥土，渗入地下，汇聚于泉，随山涧溪流，吞江入海。

这片鹅卵石的河滩很开阔，萧扶桑一边测量，一边在甲骨上刻下伯猃难以索解的符号。而部落的其他人也没闲着，采摘野菜，生火做饭。萧扶桑的弟弟带着另外几个人，也把"圭表"立在日光下，仔细地观察和记录光影的移动和变化。他们各司其职，悉心观察，试图解开日月移动的无尽奥秘，这天，他们为后世诞生了一个新的成语——立竿见影。河滩上，除了部落里的人，几乎看不到其他的人和动物，但伯猃仍不敢掉以轻心，始终把弓箭紧紧地握在手中，免得他们遭受野兽的袭击。萧扶桑对这个测量点很满意，在甲骨上刻完第一组数据后，他决定在河滩上住十天再走，以保证每天都能观察到不同的日月变化，但后来，因为一连下了三天的小雨，行程又延长了三天。临走的前夜，萧扶桑对伯猃说：“你看到那只白色羽毛的鸟了吗？”

伯猃拍了拍胸脯说：“一支箭就可得到。”

萧扶桑按了按他的肩膀：“我要活的。”

伯猃犯难了，他知晓远行测量的约定，就是必须有此地才有的羽毛、动物的皮毛骨骼和独特的植物作见证，那是约定的律法，庄严无比。这些天，他注意到了那只好看的白鸟，它羽翼洁白，体格比普通的麻雀大两倍之多，飞行的速度非常快，筑巢的位置选在七米多高的树干顶端。“为什么非要抓一只活鸟呢？”伯猃期望萧扶桑改变主意，“我可以做一件看不出箭伤的好看标本。”

“我要驯化它。”萧扶桑的想法总是出人意料，并显示出无可抗拒的强烈愿望。伯猃隐约地觉察到了背后的嘲笑，当然也有人持反对的意见，意思是说那是一只天堂鸟，捉到它会给部落带来厄运，那个人是比伯猃小几岁的邻居，伯猃甚至怀疑过就是他在都城的街道上散布仲犹捕杀白狗的谣言。因为他趁夜晚偷盗那张白狼皮子的时候，被仲犹暴揍了一顿。他叫食繇，从城外搬运粮食的贩子。事实上，他刚到都城时，孑然一人，衣衫褴褛，没有姓氏，没有房住，后来在一个闷热的日子，他从城市里消失了，直到星满月圆的前一天，城里人也到了该添加衣裳的时候，他牵着一匹驮着黍米的马突然出现在了都城的甬道上，于是，都城人发现，在大河的北岸河套上居然有一片肥沃的开阔地，长满了颗粒饱满的谷穗，城里人由此获得了可靠的粮食基地，也接纳了这位没有姓氏的流浪者，对他带来的粮食投入极大的兴致，并送给他一个食繇的姓氏。

午夜之后，伯猃拎着一把短剑和一只用藤条编成的软网钻入了山林。这一夜是满月，也是属于他的夜晚，为了配合捕捉白鸟，萧扶桑停止了夜晚的测量，熄灭了帐篷外面的篝火，并禁止无所事事的人随意走动。好奇的族人掀开兽皮帐篷的一角觑望山林，想知道这一夜那只白鸟和伯猃的博弈结果，更想知道萧扶桑将如何驯化一只鸟。但他们失望了，并为此推迟了启程的日期。

“萧扶桑和那只鸟干上了。”族人站在帐篷前，说着风凉话。

伯猃没出帐篷，他不是因为胳膊上的箭伤，而是担心嘲笑的目光。

萧扶桑走进帐篷问：“箭是谁射出的？”

伯猃抓起地上沾着血迹的箭矢说：“这是我的箭。”

“这是他射箭的本领太差，也许是做贼心虚，射偏了。”萧扶桑神色冷峻地说，“你很幸运，孩子。你知道的，我们只有最后一个晚上的时间了。”

他的胳膊还在渗血，放冷箭的家伙不知道躲在哪里幸灾乐祸，也可能扼腕叹息，叹息自己射偏了，没让伯猃毙命树下。这个白天极其漫长，伯猃没离开过帐篷，他思索着晚上和白鸟的博弈。昨天夜里，他从树上中箭坠落的时候，听到了“扑棱棱”的声音，今晚白鸟会不会另觅他处，还会坐以待毙吗？

萧扶桑专注地刻着难以索解的符号：〒＋≡⊥。但有一个象征宗教色彩的符号，并没有出现在萧扶桑下午的刻写记录中，到了傍晚，他在一块儿甲骨上刻写了这样一个符号，预示着这个观测点测量的结束。

谈到这个符号时，夏教授说，这是萧扶桑和微子启不谋而合的精神信仰，也是这个家族最神秘的符号。从那块儿大青石下出发时，老巫师传授的并没有这个符号，那么，假如是萧扶桑自己琢磨出来的，可是，在后来微子启那支观察点的记录里，也出现了这个符号，还出现在了鹰嘴山南麓的洞穴里。

神秘的符号，驯化白鸟。萧扶桑思索得很累，竟然枕着甲骨睡着了。此刻，伯猃决定提前行动了，因为他预感到，接下来的夜晚几乎再无胜算的可能。他借着穿过树冠的西斜阳光，在浓密的叶片之间寻找那个白色的亮点，就如同在漆黑的暗夜里辨别某一颗耀眼的星斗，在草丛间寻觅一只花斑的瓢虫，在大海间眺望遥远的桅杆。他先逮了一只剑角蝗，用自己的头发把剑角蝗的两只腿绑在藤网上，凭借他这几天的观察，剑角蝗是白鸟最喜爱的食物，然后把藤网悬挂在离鸟巢不远的另一株树干上。太阳即将隐没下山时，白鸟出现了，它漫不经心地在林子间飞越，它似乎从很远的地方飞回来的，细细观察，就能看出它还是有一些疲惫之态，但从未在树枝间栖息停留，偶尔会蜻蜓点水般地掠过树叶，有几次，它甚至飞临了那个绿色藤条网，并滑翔徘徊。往常，这个时候白鸟该回巢栖息了，而现在，看样子白鸟放弃了回巢的打算，它在选择新的栖息地。一个时辰后，白鸟终于坚持不住了，伯猃感觉到了它的疲惫至极，它似乎盯上了这个现成的奇怪“鸟巢”，而他胳膊上的箭伤也开始疼痛发作，他想呻吟几声，以释放难忍的痛感。就在他迷离的时刻，“吧嗒”一声细微的声响，白鸟竟落入网套机关中。他成功了。伯猃爬上树干，捧着藤网冲出林子。

他在林子边的草地上遇到了萧扶桑。萧扶桑的脚下躺着一个人，已经死了，他的手里抓着伯猃的弓箭。但他不是食蘇。

第十四章　射日的梦想

微子启的队伍进入了沙漠。

这些踮着脚尖永不疲倦地奔走的夸父们，仰望着炎炎烈日，焦渴地期冀雨水的到来，他们甚至舔着干裂的嘴唇萌发出强烈的渴望与幻想，他们渴望把黄河把曾经经过的渭河的水像抽水机似的吸进肚子里，那样，他们就不必为水焦灼了。但现实却残酷地折磨着他们的意志，接连有体弱者倒毙在沙漠里。微子启素白的长衫沾满过渭河时留下的斑斑泥迹，那是远行的记忆，他半跪着蹲下来，抚摸着那五具倒毙的尸体，掩面抽泣。仲犹试图扶起微子启，微子启挣脱开仲犹，这次，他身体前倾，匍匐倒地，脸贴着滚烫的沙粒，失声恸哭。仲犹抬起头，望着天上的烈日说："族长，你等着，俺这就到那沙丘顶上把狗日的九阳射下来。"老巫师慌乱地拽着仲犹的衣服说："你把九阳射下来，地上必然会遭受灾难，决不可违背天意。"那时，这些来自殷商的人把太阳叫作九阳。

除了焦渴和哀恸，微子启苍白的脸上更是布满了焦虑，并被这种焦虑折磨得身心疲惫。老巫师理解他的心，他们曾经并肩坐在榻上，坐在石头上、沙地上，仰躺在青草地、大河冲击地的沙滩上，度天地之高厚，推日月之运行，他们深陷其中而无力自拔。老巫师更是百结愁肠，他想得更多的是那些数据，而不是焦渴和倒毙。一会儿，他会亲自抚慰那五个倒毙者，让他们的灵魂回归殷都城，或者让他们仰望大漠的星空，这里尽管有些孤寂，但无人烦扰，能静心地长眠休息，不必远行奔波了。

老巫师依次给倒毙的远行者整理衣衫，并轻轻地合拢上一个中年男子的眼睑。他站起身来时，微子启已吩咐仲犹带着九个年轻力壮的人用青铜剑挖掘了一座大坑，并折断了一些红柳枝，将这五位倒毙者轻轻地安放于坑内。就在众人将沙土覆盖在他们身上的时候，微子启突然令他们住手，他拔出短剑，砍了一根碗口粗的红柳，坐在戈壁滩上，雕出一支仿制的“木圭表”，将“木圭表”横置于五具尸体的胸前，微子启又依次抬起每一个死者的手，让他们都能触摸到这支“木圭表”。做完这些，微子启转过身，目视着东南方向，他看到一排大雁向南飞去。

他流着眼泪喃喃自语：“他们在哪儿？”

老巫师看了眼微子启，轻叹一声说：“他们在行走。我们也该走了。”

微子启皱着眉头问道：“他们到的地方也是沙漠吗？”

老巫师举起一块儿甲骨说：“是湖泊和森林。”

微子启望着老巫师又问：“你的依据呢？”

老巫师指着远去的大雁说：“它们告诉我的，龟甲上也是这么说的。”

可是，微子启仍然牵挂着另外三支远行队伍的命运，他们行进到了哪里？除了心中的牵挂，无法预知，只能听天由命。但约定的时间是在一年后，那时如果顺利，他们将会在殷都城实现完美的会师，那些来自大地四极的测量数据，最后都将汇聚在殷都城，他们把刻在甲骨上的秘写数据，经过推演后，将会得出一个无法预知的结论，但微子启相信，那是他们求证的真理，是的，他们要的就是这样一个结果，让顽固迂腐享受安逸的官僚们在朝堂上不再胡言乱语，信口开河，因为他们的数据会击倒凭空的臆测和想象。

仲犹的靴子破了，索性脱去了靴子，赤脚走在沙地上，脚掌被滚烫的沙粒灼烧着，由疼痛、撕裂、血肉模糊，到麻木、结痂、生茧。仲犹还承担了打猎和找水的任务，沙漠里的猎物实在有限，奔波一天也难以寻觅到一只野兔或者沙漠狐，而且仲犹还不能离开队伍太远。这支疲惫的队伍还在追赶着愚谷，一直向西，他们越来越怀疑何时能走出沙漠，前面会不会有农田和绿洲。又有一个女人倒毙了，饥渴的人们盯着这具女人的尸体，露出贪婪的神色，老巫师和仲犹草草地埋葬了尸体，老巫师面色凝重地告诉仲犹：“天黑前，必须打到猎物。”仲犹没有吭声，他越来越沉闷，对哥哥伯猃的思念胜过对水和食物的渴望，他甚至有过离开队伍寻找哥哥的念头，但伯猃嘱咐过他，绝不能离开微子启，要保护好族长。仲犹背上弓箭独自离开了队伍，他沿着沙山的边缘向低洼的地方去了，那里也许会有不错的运气。天擦黑前，他回来了，满身的血污，还有嘴巴上流淌着的鲜红的血迹，他见到微子启时，指了指身后的沙丘，便一头栽倒在沙地上了。老巫师带着人沿着仲犹指的沙丘寻过去，一匹野骆驼倒在沙丘下，一条长长的血印子留在沙漠里。

野骆驼的血和肉，挽救了部落。

十天后，这支队伍踏进了绿洲，他们活了下来。微子启决定在绿洲上停留一些日子，以便让这支疲惫的队伍得到休整。

暂时脱离了死亡的威胁，老巫师便能静下心来继续推演那些看上去有些枯燥的数据，尽管为这些秘写的符号绞尽了脑汁，但是能推动远行，求证“天球之说”，他和微子启觉得满足了，接着他又给出了预言：

“西方有丰美的牧场，有一支和我们长相不同的部落。”

仲犹在下午驱赶回一群盘羊，他用一根鹿皮剪切成的长腰带像马缰似的勒住头羊的嘴巴和脖子，并骑跨在盘羊背上，那样子俨然如策马征战的骑士，制服了头羊，其他失魂的盘羊乖乖地跟在他们身后。微子启问他打算怎么处置这些盘羊，仲犹说，牵着它们走，边走边牧羊，俺能让众人永不挨饿，这只头羊让您当坐骑。微子启说，你能把这些盘羊驯化得老老实实地不乱跑，能在河滩上草地上随意地牧羊，听你对它们发号施令，就算成功了。仲犹自此便整日牵着那只头羊，把自己从猎人变成了羊倌，他牵着不听话的头羊，和它拼体力，拼耐心，然后再逐渐消除三十只盘羊对人的恐惧，即便不能亲密相处，也不再狼奔豕突地四下逃散。离开绿洲的时候，盘羊产下了十只小崽。微子启问老巫师，下一个地方将是哪里？老巫师说是大山，沿着大河走，就会绕过那些大山。

夏教授说，他们那时经过的地方就是现在的河西走廊。微子启他们为日后的丝绸之路做了开路先锋。

“梅子客栈”楼下的厨房间飘溢出阵阵炖煮羊肉的香味，有青草的气息，有茴香、花椒的味道，有羊肉的膻味和食欲之门被开启的诱惑。小哑巴踏着香味来了，咿咿呀呀地打着我们读不懂的手语，他的手语很不规范，属于自学成才，而我们连自学也未曾经过，猜了很多，比如问他饿了吗？是吉雅回来了吗？他摇着头一一地否定了我们的猜测。还是梅子更了解小哑巴，问小哑巴说：“你说的是老阿爸吗？老阿爸怎么了？”

梅子倒成了小哑巴的翻译，梅子盯着小哑巴的手势、表情和嘴型，突然换了一副急切的神情问道：“是老阿爸病了吗？”小哑巴拽着梅子的衣袖便往外面拖，这么说，梅子猜对了。我们赶紧从夸父的焦虑中逃出来，夏教授喊着林秋雁，我们跟在梅子和小哑巴的身后，急匆匆地奔向老阿爸住的蒙古包。

进入蒙古包，果然是老阿爸病了。洗得发白的旧军装穿戴得整整齐齐，直挺挺地躺在床铺上，那把锃亮的马刀被他搂在怀中，似乎在静静地等待那一刻的到来。我伏在老阿爸的枕边轻声呼唤，老阿爸侧过脸来看了我一眼，又把头转了回去，他似乎显得很疲惫。我摸了摸老阿爸的额头，确实有些发烫，正有一团火在炙烤着他的身体，而这一刻，连我自己都奇怪，竟然会想起母亲的模样，也隐约地嗅到了母亲那时的气息。我残弱的身体在颤抖，梅子搭在我肩膀上的手也在颤抖。夏教授比我们冷静得多，他安排林秋雁给城里打急救电话，顺便给吉雅打电话让吉雅赶到医院，但吉雅的手机停机了。小哑巴不知道什么时候离开的，转眼的工夫便喊来了蔡牙医。蔡牙医伸出手指，大概是要翻看老阿爸的瞳孔，他的手指刚触及老阿爸的脸上，老阿爸就睁开了眼睛，瞪着眼珠气恼地说：“我还没死呢！”但发出的声音和语气显然已力不从心。蔡牙医被吓了一跳，连连摆手说他治疗不了老阿爸的病。他是瓦莱湖唯一的医生，我希望他能守着老阿爸等待救护车的到来，便抱着了他的腿央求，我的鼻子正好嗅到了蔡牙医前列腺发炎的气味。蔡牙医是有行医执照的，他比那些庙里的喇嘛给人看病有法律的保护和支持，据说金兰大婶也略懂望闻问切，那是她做过喇嘛的公爹传授与她的，但金兰大婶没有行医执照，所以不能开药，只能帮人占卜，或者与神对话。可是蔡牙医还是走了，我想，他是对我和吉雅举报小蔡牙医贩卖铠甲文物耿耿于怀。

老阿爸住进了城里的医院，我和林秋雁留下来陪护。梅子的肚子明显地凸了起来，正好在医院里做了个检查，医生说胎心正常，母子健康。夏教授花甲斑斑，我们也不忍心他在医院里耗着，就让他和梅子一起回瓦莱湖的客栈了。再说，老巫师琢磨出来的那些难以索解的符号，还等着夏教授去破解。老阿爸执意穿着那套旧军装到医院去，所以旧军装的老人和侏儒，在医院里引起了男人女人以及小孩子们的好奇和猜疑，他们一个个透过病室完全敞开或者虚开的门缝，抻长了脖子窥视我们。那张铺着白色床单铁管病床和病房里来苏水的味道加速了老阿爸的衰老。几天后，老阿爸尝试着下床走动，但也只能在病室的狭小空间里步履蹒跚地挪动，走累了，便坐回到床上，抚摸着那把马刀独自伤感。有一整天，他连步履蹒跚的挪动也取消了，独自沉闷地盯着前面的那一堵白墙，林秋雁问我："老阿爸是有心事了？"我们同时想到了吉雅，林秋雁问我吉雅可能在哪家酒吧里。我说，还是我去吧，那些地方我更熟悉。

林秋雁留在了医院，我踩着夜幕下的霓虹，到酒吧里寻找吉雅。

我缩着脖子，走在初冬的城市街道上，冷风打透了我单薄的衣衫，路灯是冻的，露在衣袖外的手是冻的，吸进肚子里的空气是冻的，连地上的影子也是冻的。昏黄的路灯在我的一侧或者身后，拉出一段像低矮的篱笆墙一样的阴影，随后，那影子变长了，窈窕而富有曲线。

"我说过的，我把吉雅找回来。"我把手插进了衣服口袋里，像一个特有风度的绅士，尽力地仰起了脑袋。这样的神态，我觉得是从王远京那儿学来的，你们别忘了，我具有超强的模仿天赋。

"我想知道他的状态。"她的眼睛不是俯视着我，而是看着高高的路灯。

林秋雁挥手叫停了一辆出租车，我拉开了副驾驶一侧的车门，司机急切切地指着我说："你到后座去，去后面。"我犹豫了一下，便和林秋雁调换了位置，她坐在了前面，而我坐到了后座，从后面上车时，那司机又侧过脸问我：“要不要帮忙？”

我不知道他是不是故意拿我取乐，还是真心想帮我。

到了一个酒吧里，前台接待说，他们这里没有拉马头琴的，也没有吉雅这个人。又换了一家酒吧，这是一个脸部不太平整长着酒糟鼻子的中年男人，像个老板，我问他有没有一个吉雅的拉马头琴的人，他盯着我打量了半天，又看看林秋雁，问我：“你们是找人，还是应聘。”我说：“是找人。”他点了一支烟问我：“你们刚才说找谁，对了，找吉雅是吗？”我赶紧点点头。他说：“你先帮我个忙，钥匙锁到房间里了。”他是要我从窗子外面的不锈钢栅栏钻进去，把锁在屋里的钥匙取出来。我说可以试试。一个服务生说：“他的身子没问题，脑袋进不去。”我试了试，我的大脑袋果然被卡在了栅栏中间。酒糟鼻子给我打气说：“用点儿力就进去了。”他抓着两根钢条向外拉，我扭动着脖子和头颅向里缩，一用力，果然进去了，但额头上火辣辣地疼痛，面具也差点被栅栏挤掉，我怀疑出血了，摸了摸，手上没有血迹。我从窗台上跳进屋子里，取出了放在桌子上的钥匙。我又追问酒糟鼻子：“吉雅在哪儿？”他翻了翻眼睛说：“不认识这个人。”林秋雁生气了，甩着手里的女包要抽打酒糟鼻子，我把林秋雁挡住了。

我们又重回到冰冷的街上，一个服务生追了出来，塞给我一张纸条，说他知道吉雅住哪儿。说完，便慌慌张张地跑回酒吧里去了。

按照纸条上的地址，半个多钟头后，我们钻进了一幢老式楼房黑黢黢的楼梯间，楼梯间的灯泡从第一层往上没有一盏是亮的，星月从楼道上方的小窗口投射进一丝暗淡的微光，我们摸索着抓住了楼梯的木扶手，也在手上沾满了尘土，我们走得磕磕绊绊，每迈出一步都小心翼翼，这情形，又勾起了我对省城那间半地下室的回忆，地下室的过道至少还有几盏像囚室一样的昏暗的灯泡，我甚至想着梅子要在那间地下室里怀孕，生出的孩子会不会像我一样。

林秋雁的心情一定非常的糟糕，我们稀里糊涂地在黑暗中摸索，竟然忘记爬到了几楼，是四？还是五？我感觉林秋雁汗涔涔的了，散发着兰草蕙香的气味，我气喘吁吁地托着乌黑的墙壁，楼上一个黑糊糊的人影下来，我挡住他问这是几楼，他借着微弱的光亮看着我的模样，结结巴巴地答道："几楼？四，哦，是五层。"

按照纸条上写的地址，吉雅住的是五层东户，我抬手敲了一下门，这门不是高档的防盗门，是单薄的铁皮门，所以用指头敲上去，铁皮像地震似的颤动，并发出震颤的余音。

开门的是个装扮妖艳的女孩，她看到戴着面具的侏儒时，一脸的惊惧，她的眼圈涂了一层像熊猫一样的颜色，嘴唇猩红得有些夸张。我闻到了浓烈的酒味，同时从女孩腰部的空隙看到了斜躺在沙发上的吉雅，沙发的一角，立着那把我也熟悉的马头琴，我甚至看到了两根断裂了的琴弦，而破旧的茶几上，摆着两盘没有了热气的剩菜，躺着一只空酒瓶子，和一个直立着的几乎见底的酒瓶子。

我对林秋雁说："你在外面等着吧。"

林秋雁推开我，想要挤进去。

女孩感觉我不像蒙面劫匪，也不是夜里冒出来的无常小鬼，她稳定了情绪，抬起一只手托着半开的铁门，用整个身体挡着进门的入口："你们找谁？"

林秋雁抢过话说："找吉雅，他在吧。"

女孩打量着我们，没有让我们进去的意思。

我指了指屋子里面说："我看见了，他在那儿躺着。"

女孩接过话说："是，他睡了，所以你们，哦，你们还是明天再来吧。"

林秋雁轻轻地皱了下眉头，逼视着女孩："你是他什么人？"

女孩愣怔了一下说："室友。"

林秋雁似乎没有听懂，我吁了一口气，忽然觉得轻松了一些。于是转过头，尽量仰起脖子对林秋雁说："他们是合租的房客。"说着，我从女孩纤细的大腿一侧挤进了房间。她吓得尖叫了一声。

我迈动短小的双腿跑到沙发边，用力摇醒了吉雅，他吃惊地望着我，试图坐起来，但身体像提线木偶似的被一根看不见的绳子牵拽着，刚站起来，又趔趄着倒在沙发上了，他在倒下的瞬间看到了林秋雁，也从林秋雁的目光中读到惊讶与责怨，他想解释，嘴巴嗫嚅着，语不成句，他忽然觉得头绪很乱，不知道从哪儿开始说，也或者是酒精还在麻木着他的思想和神经，脑袋乱得一团糟。他奇怪地咧开嘴笑了笑，我看得清清楚楚，那表情与其说是笑，倒不如说是哭，也可以看作是无可奈何的苦笑。我不知道，吉雅的心里承受了什么样的苦楚，总之，他此刻完全是一副消沉萎靡的酒鬼模样。林秋雁又转过脸去瞟了一眼那个点了一支烟、旁若无人地置身于事外的女孩，她犹豫着，似乎想猜透女孩和吉雅的关系，甚至想大声地质问："你们怎么住在一起。"其实林秋雁完全知道合租的意思，但那酒瓶子和女孩堵在门口的举动，让她不得不去联想，或许都不必去联想。她忽然觉得自己该走掉才是，该离开这个满是酒气的狭小杂乱甚至肮脏的地方，这个被淫欲塞满的地方，恰在这时，醉眼蒙眬的吉雅终于站稳了脚，又在林秋雁感觉这是一个此地无银的语境下，冒出一句："秋雁，你听我解释。"

"你留着向别人解释吧，向这个讨厌的小矮人，向这个我不知道名字的女孩去解释吧。"林秋雁终于爆发了，她也许打算忍一忍，可是还是把愤懑发泄了出来，但我们的考古专家在发泄情绪上也显得颇有涵养，她最后又怒气冲冲地丢下一句："吉雅，你很让我失望。"说完，转过身走了。我想挡一下林秋雁，希望她能听吉雅解释，但我的腿太短了，匆忙中又撞向了那个女孩，她很结实，我被反弹的重力击倒在地。

吉雅好像摆脱了酒精的折磨，追逐着林秋雁的背影冲到颓废的寒风里去了。

我又跌倒了，像皮球一样滚落了好几级楼梯。

我跌跌撞撞地跑出楼外，吉雅孤独地站立在昏黄的灯影下，寒风中，他哆嗦着，战栗着。

林秋雁没有出现在医院，我想她是走了。吉雅伏在老阿爸的病床边上，埋头抽泣。老阿爸的目光却仍然没有离开天花板，他显然不想看到儿子这个样子，也许在他的意识里，哭和软弱不是骑兵家族的性格。

我静静地等待，期望吉雅自己从白色的床单上抬起头来，就像年少时被父亲丢在瓦莱湖里习练游泳，凭借自己的毅力挣扎着上岸了。那么老阿爸此时和当年让儿子学游泳的办法如出一辙。"水里永远找不到救命的稻草，惟有自己的努力才能爬上岸来。”老阿爸临睡前，丢给吉雅这样一句话，也是说给我听的。

我和吉雅走出病房，到了空旷冷寂的楼宇平台上，此刻已是午夜，我们全无睡意，仰望星空，冷风驱赶了城市里的浮尘，也洗净了星空，但我们觉得有点冷，衣服穿少了，西北风吹拂着我们的衣服，像鼓起的面包，我有点饿了，但我嗅到的不是面包的气味，是另一个人的心脏怦怦地传递给我的悸动。

他淌着泪，我以为是为林秋雁的离开，但他说是为自己。在这个激动人心的城市里，他所遭遇的苦痛和寒冷，甚至是失意的悲悯，因为那些追赶时髦的年轻人，对于像马头琴这样的演奏早就失去了聆听的兴趣，他们喜欢爵士乐和嬉皮士、脱衣舞，而古老的马头琴过于悠扬绵长，不像爵士摇滚那么劲爆，曲子也太古朴，不对时尚的胃口，所以吉雅在口哨和奚落声中拉断了两根琴弦，黯然地离开了酒吧。此外，酒糟鼻子老板又拖欠着吉雅的演出费，每晚三百元的演出费，被酒糟鼻子拖欠了三个半月，而吉雅富于深情的蒙古族长调的演唱，就算打包在琴声中赠送了，当然这是写入合同的，可合同里明确写着每月一结的劳务所得却被酒糟鼻子拖欠了。我说，可以申请劳动仲裁，也可以到法院起诉，我们告他吧。

吉雅叹了口气，说那座古城塞满了我的大脑，它出现在沙漠里、草原上、农田的阡陌间，出现在我睡觉的床榻、白天的餐桌、路途、卫生间和抚弄琴弦的手指间，出现在菜市场的聒噪声里，打折商店的柜台下，路边快餐店的积满油垢的条桌上，我觉得为寻找家族古城能做的只有一件事，攒钱，攒下足够维持半年寻找古城的经费，我不知道那该是多大的一笔数目，我想，保守一点讲，怎么也得过万吧。所以，我越来越没有了信心，我不敢回瓦莱湖，不敢见你们。

他停顿了一下，看着我，想知道我是怎样的表情，我的想法。我平静地望着吉雅，我说，你怎么做我都支持，寻找古城不是一个人能做好的，有夏教授呢，你相信他吧。

我又问他那个女孩是怎么回事儿。他说，确实是合租的房客，算是二房东，他拖欠着她的房租和一周的伙食费，那个女孩看上去有些妖艳，但人很真诚，一个人能有一份真诚的心，也不容易。林秋雁误会了我。

我直言不讳地说，你和林秋雁不是一路人，不合适，她是考古专家，以后会成为蜚声内外的学者，她寻找古城的动机目的和我们不一样。

吉雅说我根本不了解林秋雁，她不是我想象的那样，她会拥抱着冰冷的石壁哭泣，会把那些刻着密符的玄武岩当成爱情的象征和图腾，所以他坚信林秋雁是爱他的，他再次不惜以刺激我而为林秋雁辩护，他说，你一个没有谈情说爱资格的人，怎么会懂得女人心呢？我哑然了，甚至瞪着发怒的眼睛看着他，我盯着他看了很久，是的，很久，在习习的冷风中，两个身高和体型反差极大的男人，竟然为争论一场关于爱情的话题，而像剑客一样刺杀，剑客刺杀的是肉体，我们是心底的隐痛。如果我是一个独身的侏儒，那么吉雅的话也许恰好切中肯綮，可事实上，我就要做父亲了，我的孩子拥有一个貌美健康的母亲，她会用她康乃馨般柔弱的母爱，为即将降临的幸福安放一颗温暖的星光。而星光下，从古至今，奔走着执着的夸父，有求证真理，有为自己寻根，寻找心灵的图腾。

吉雅的古城在哪儿？那个插着白色羽毛的部落，他们最终落脚在了哪里？

星光下，河西走廊的冷风比医院的平台上要强劲得多。

微子启把泥迹斑驳混合着男人汗液久未清洗的长衫脱下来，披在妻子的肩上，她怀孕了。我再次仰起头，望着那月光，以及月亮中那个怀孕的女人。

妻子婵娟在他的耳畔呼出蝴蝶扇动翅膀的震颤气流，那气流中有草的气息，有泥土的芬芳，有百合一样的幽香，她是一个部族族长的女儿，微子启的部队攻下了一座城堡，疯狂的士兵砍下了她父亲的头颅，父亲的血渍溅满了她白色的衣衫，那时的微子启身披一件黑色的斗篷，他在残阳下，看到了盘庚脚下的尸体和一个素白的女子，那女子与他对视时，眼睛里被恐惧和仇恨填满，他解下斗篷就像现在一样披在女子的肩上，他看到了抽搐的肩膀和紧握的拳头，城堡里的人被一根长长的绳子绑着，那队伍很长，而女子的斗篷在那个长长的队伍里特别的显眼，她神情木讷，尾随着长长的队伍机械地走着，父亲的血迹还挂在她白皙秀美的面庞上，仇恨的怒火正在胸膛里燃烧，她不知道这些杀死她父亲的刽子手会把他们带到哪里。她清楚地知道，每一次征战之后，失败者都将沦为奴隶，他们的城堡里就有这样的奴隶，从此卑微地活着，直到死去。她想过死，陪着父亲去往天国，但那些刽子手没给她死的机会，他们需要创造和生产新奴隶的工具，而且出于报复的心理，战胜者会为她搭配一个丑陋的奴隶，故意消磨掉她心里复仇的种子。一天黄昏，在行进的途中，一名士兵解开了她的绳子，把她像一捆喂马的稻草一样夹在腋下，走入茂密的青纱帐，她没有喊叫，没有挣扎，平静地接受，她的眼睛始终闭着，她听到了踩踏秸秆的沙沙声，随后，她被丢弃到倒伏了的秸秆堆里，她的眼睛仍然闭着，听任摆布，一股温热的液体夹着血腥气覆盖了父亲留在她脸上的血痕，她还是没有睁开眼睛，他被她超乎寻常的平静惊呆了。那鲜红的血迹突然间像绽开的美丽花瓣，洒落在她苍白的脸上，他把她捧了起来，迎着残阳走出青纱帐。她睁开了眼睛，在那个送给她斗篷的男人的怀抱里，她感觉到了他心脏急剧的跳动，像征战的鼓声，她嗅到了男人的体味，但那足以让女人迷离的气味很快变成了仇恨，厚实坚挺的胸膛让她感到厌恶，感到耻辱，但她似乎别无选择，只能接受任人宰割的命运。一个月后，队伍到达了现在的殷都城下，那些被绑着的青壮汉子陆续被解开绳索拿起了武器，加入到攻城的队伍里，盘庚给他们的条件是或战死，或者可以获得自由，由奴隶成为平民，而她没有这个机会，只能做创造新奴隶的工具。其中一个被绑着的奴隶在解开绳索时，大胆地向盘庚提出了要求，只要没有战死，他不要自由，只要族长的女儿。她很感动，为他的勇气，也为他的痴情。她难得地微笑了一下，她想，能做一个自己部族的奴隶的妻子，比让疯狂的杀死父亲的刽子手们践踏蹂躏要强。盘庚点头应允，并附加了一个条件，必须第一个冲上城头，他才能娶到族长的女儿。

他拿起武器，跑到冲锋的队伍中去了。

这是一个勇敢的战士，他第一个爬上云梯，砍死了把守垛口的士卒。

攻城的时候，她没有看到那个勇士，因为他们所在的位置，离冲锋的前沿相距很远，她也没看到送给她斗篷的仇人，倒是多了两个兵卒，像卫士一样不离她左右。

那个年轻的勇士站在殷都城旌旗飘扬的广场上，不知死活地要盘庚兑现承诺。盘庚吩咐手下的一个武士，把那个女子找来奖赏给他，那个武士去了，很快又回来了，他压低了声音告诉盘庚，那个女人在微子启的府邸里。盘庚大怒，立即传微子启，微子启来了，举着青铜长剑，他说可以和攻城的勇士决斗，以决定谁将拥有这个女子。盘庚斥责道："你在玷污国家和部族的荣耀。"

微子启丢给勇士一把相同的长剑，说："来吧，你有机会得到她。"

勇士毫不犹豫地抓起地上的长剑，微子启突然被他的勇气折服了，他希望他生，而不是死。勇士向他进攻了，每一剑都是致命的攻击，微子启小心地抵挡，他不再向急于求成的勇士主动出击，只是防守，希望他能感受到他的用心，希望他活着。同时也看到勇士缺少丰富的战斗经验，剑法还不够娴熟，至少有三次，他有足够的把握让勇士一剑毙命。微子启渐渐地感到体力不支，那个勇士乘势而上，一剑击倒了他，长剑直抵微子启的咽喉，勇士停住了手，丢弃了长剑说："你不想杀我，是我败了。"

微子启问他："能告诉我，你是做什么的？"

他说："狩猎。"

"你叫什么名字？"

"伯猃。"

"你可以娶她。"

"不，她是族长的女儿，你是王室的人。"

她被人送到一间隐秘的房子里，沐浴更衣。出来后，她发现微子启穿着白色的长衫，他说，我要娶你。她说，我是奴隶，只能嫁给攻城的奴隶，你是我的仇人，不怕我杀了你？微子启说，我可以等你，等你放弃复仇的念头。从此，微子启一改黑色的衣服，终日穿着素白的长衫。

三年后，她决定嫁给他。他是王室贵族，却有着与那些贵族们格格不入的孤僻性格，他充满理想，热爱土地和星空，他痴迷于神秘的宇宙世界，渴望揭开日月星辰，天地轮回，周而复始的奥秘，他以爱，以仁慈的胸怀叩问苍天，那时的微子启已经开始关注天体，关注太阳与地球的关系。

结婚七年，他们没有子嗣，微子启和老巫师即将踏上求证的旅途，他对妻子说，我要走了，你留在殷都城。她拽着他拖到地上的长衫，痛哭流涕。她说，你走到哪儿，我就跟着你到哪儿，我们生死相依。而且路途遥遥，何日是归期，谁能知晓？

第十五章　氏族的基因

萧扶桑专心于驯化白鸟。他很快陷入难以自拔的境地，甚至把测量的重任交给伯猃去打理，他不厌其烦地与白鸟说话聊天，吹口哨，强化白鸟的记忆，嚼碎从殷都城带出来的炒黄豆喂给白鸟，满世界地捕捉剑角蝗，并把捕来的剑角蝗装入一个芦苇编织成的小笼子里，以此作为白鸟配合驯化的奖赏。伯猃抓到白鸟的前七天，那只鸟以绝食抵抗，但从第六天开始，除了绝食，白鸟“咕咕”地令人心烦意乱地昼夜鸣叫，他们不得不用树叶草茎塞住耳朵才能找回睡意。但萧扶桑不仅没用树叶草茎堵塞耳朵，还把鸟笼子放在了枕边，并发出比鸟鸣更大的鼾声。

半年后，远行队伍进入亚热带丛林的前一天，白鸟第一次被放出笼子，它落在萧扶桑的肩头，又飞跃到伯猃的头顶，前面不远的地方就是茂密的亚热带丛林，对于白鸟，那一片丛林能唤醒它对鸟巢的记忆，但白鸟没有飞向丛林，而是在萧扶桑和伯猃之间飘飞，这让萧扶桑产生了患得患失的迷离感，他不相信，仅仅半年，白鸟会温顺地听任他的摆布与号令，他尝试着吹响回巢的口哨，但白鸟并没有钻回鸟笼子，而是落在了他伸出的手掌上，他再次吹响口哨，想让白鸟遵循他的口令乖乖地回到笼子里，那白鸟突然抖动了一下翅膀，飞离了萧扶桑的手掌，他和它的朝夕相处，他为它付出的辛劳顷刻化作一道白色的光影，消失在绿色的丛林深处。

萧扶桑弯下腰，剧烈地咳嗽，一块儿污血的痰液喷出口腔。

七十岁的时候，萧扶桑还养过一只金丝鸟，七十八岁后又驯化了两只鹦鹉，他驯化它们不仅能发出甜美的叫声，还会旋转跳舞，做一些简单的表演，引来家族成员的阵阵喝彩，那些鸟曾带给他心灵的慰藉与快乐。萧扶桑伤感的不是三个月的心血，而是与远行测量有关的伟大构想，他痛苦地倒伏在草丛里，孤独地望着那一片原始丛林。伯猃把采摘的山野果放下后，一声不响地走了。

部族的伟大远行者们用犹疑的眼神望着萧扶桑，在他们的眼神中看不到对萧扶桑的同情。他们觉得为一只鸟而如此伤神，不是伟大计划领导者该有的风范和神气，尽管对萧扶桑的身体状况有着难以言说的隐忧，但他们觉得萧扶桑更像一个疯疯癫癫的老顽童，因为那只白鸟。

疲惫的远行者和心灵伤痛的萧扶桑在丛林边度过了静谧的一夜。这一夜，他们尽可能地忘掉了所有的劳顿和不快，畅快地入睡了。清晨，白鸟的叫声首先惊醒了伯猃，他睁开眼睛，屏住呼吸，那只白鸟落在他亲手用芦苇条编织的笼子旁。萧扶桑也睁开了眼睛，也一样地屏住呼吸，萧扶桑尝试着转动了一下脑袋，并弄出窸窣的响声，就在这一刹那，他看到了白鸟的眼睛，那令人怦然心动的晶莹的小眼珠，他被白鸟的眼神融化了。他坐了起来，白鸟飞到了他的肩头，他飘逸的长发覆盖了白鸟的双翅。伯猃脱掉了那件兽皮的衣服，挥舞着衣服高喊：“它回来了，回来了。”

沉睡的远行者被喊声惊醒，木然地望着伯猃。他们的脸上布满倦意，出发时携带的食物早在一个月前就消耗掉了，他们的膳食完全靠就地取材，而有一段路程，他们走了十多天看不到部落和村寨，看不到狩猎或者耕种的庄稼汉，好在他们不缺水、野果和山野菜，显然，他们比那支西去的队伍要幸运，至少到目前还没有人倒毙在路上，令人担忧的是萧扶桑吐出的那一口污血。白鸟回来了，伯猃把新的测量数据交给了萧扶桑，萧扶桑便专心地去研究那些看似枯燥的刻在甲骨上的数据，他忽然有了惊人的发现，不同的地方太阳直射的角度竟然完全不同，越往南走，直射的角度越大，太阳和地面之间似乎有一条隐秘的线牵着，这就是后来的黄赤交角。萧扶桑对这些奇妙的数据无法作出理性的思索与判断，他内心充溢着矛盾与痛苦。他想，这些神奇的数字如果是神的旨意，可这又是他们迈开双腿一步步丈量出来的，那么，他到底是该相信神，还是“圭表”？他宁愿相信“圭表”，那是他用毕生的精力研制出的仪器，也是支撑他们走下去的信念和理由，如果相信神，他们现在就可以收拾起行李返回殷都城了。

随他远行的部落子民，衣衫褴褛，面容憔悴，这一路上，他们跋山涉水、风餐露宿，吃尽了苦头。他心里有些不落忍，但为了那个伟大的远行计划，为了帮助微子启揭开神秘的太阳和月亮的运行轨迹，他不得不这么做，也只能拖着年迈的躯体远涉千里。他比微子启大差不多六旬，“旬”是父亲彭祖的发现，也可能是彭祖之前的更加古老久远的先人的发现。他们观察到了星移斗转月缺重圆的变化，所以有了“旬”的概念，但他是亲耳从父亲嘴里得到这个词的，旬，是月神，是生命运行和运转的规律。微子启很尊敬他，也带着对家族的崇拜，越是这样，萧扶桑对微子启反倒油然生出天然的亲近，他对微子启说，去实现你伟大的梦想吧，我支持你。老巫师向他和微子启提出的建议是对的，分路观测，走向大地的四极，这是最具远大目标的构想，他愿意带一支人马走向远极，他选择了向南走。

离开了微子启和老巫师，萧扶桑更多的时候感到的是孤独，尽管微子启特意为他留下了猎人伯猃。伯猃不是一般的猎户，他是勇士，他当然知道伯猃为了微子启的妻子第一个冲上殷都城的城头，可那是老族长的女儿，又是新族长的妻子，他努力地去体会和设想勇士曾经经历的苦痛挣扎，并报以同情的叹息。萧扶桑活了一百零七岁，从未有过情感的体验，也未有过对女人的情动和心仪，他毕生所关注的是画眉、鹦鹉和“圭表”，这是支撑他精神世界的情感依托。现在，他倾心的爱人就是这只白鸟，这是他心中的爱情，像燃起的篝火。那天，他躺在林木之间，看到了白鸟，他盯着那一袭白羽陶醉了。这座山林，他给取了个名字叫眉山，像眉毛一样的山林，连树冠、树丛、树影皆像浓浓的眉宇，还有像眉毛一样的河流，清澈的水淌过他的双足，淹没了他的膝盖，他凝视着刚被命名为眉山的丛林世界，感觉不出它像谁的眉，微子启、婵娟，还是邻居家那个清秀的女子。他掬起一捧水，水中映射出他雪一般的髯，雪一般的眉和长发，他的目光被那只白鸟牵动着，像看一个窈窕淑女。

他曾经释放了盘庚和微子启分配给他的奴隶，给奴隶以自由和平等，并把城外河套上的土地无偿地分送给他们耕种，让他们在那块儿土地上繁衍生息。微子启也把封地交给了奴隶，但他没有释放奴隶，只给他们生存的自由和权利，微子启需要那些奴隶，他为远行计划做了十年的准备。那些奴隶肯放弃土地、房屋，带着妻儿一起跟随着微子启走向远行的征途，他们选择的是平等、尊重和被微子启人格的魅力所吸引，他们知道，即使远行归来，他们也做不了贵族，甚至改变不了奴隶的身份，但他们毫不犹豫地背起了行囊。

“他们能做到，我还说什么呢？”在那块儿大青石下分别时，萧扶桑用这句话与微子启和老巫师告别，互相安慰。他很懊悔，当时忘了和微子启说：“远行观测日月，那是梦想，伟大的梦想。”走出去很久，他才想起这句话来，所以他想驯化白鸟，让白鸟成为信使，把这句话和他构想出的部落象征的符号带给寻找愚谷的微子启。

他在白鸟返回鸟笼子的那个早晨，把这个设想告诉了伯猃，他希望得到伯猃的支持。“驯化一只传信的鸟可不比驯养会说话的鸟那么简单。”伯猃终于知道萧扶桑不是用白鸟消除寂寞，接着又对萧扶桑说，“你把它当成你的女人兴许能成功。”

萧扶桑腼腆地笑了，那笑意又在堆砌起来的皱纹上涂抹了一层细密的红晕。

进入亚热带雨林的第三天，一半的远行者们感染上了疟疾，他们精神恍惚地呼唤着老巫师的名字，希冀老巫师从天而降，驱散病魔。一个女人因为不停地拉稀，已无力提起裙衫，赤裸着下身倒伏在草丛里，丈夫和一个要好的姐妹守护在她身边。她说：“抱我到林子外面，让太阳恩赐与我吧，那是生命的缘起。”丈夫抱起她，走出林子，人们目送着丈夫胸前的那一片雪白，并没有感到不安和羞耻。太阳温暖着她羞于见人的部位，那温暖从局部蔓延到全身，驱散了寒冷和战栗，她渐渐地恢复了羞耻之感，低声耳语，恳求丈夫拽一片宽大的树叶遮住那里，她那件被清洗过的裙衫正湿漉漉地挂在树杈上，和她一起接受阳光普照。丈夫没有动窝，他看到了太阳底下驱散病魔的生机，那阳光是纯洁的，身后的眼睛也是纯洁的。

萧扶桑不懂占卜术，不能像老巫师那样把龟甲在火上炙烤后解读神祇的寓意，但那些祈盼的眼神又是那么的焦灼无助，他们神情倦怠，饱受疟疾的折磨，心向往之，他们希望萧扶桑能从神灵那儿讨得救命的药方或者起死回生的良药，以摆脱死神的纠缠。萧扶桑派伯猃到林子外面去察看，他想重新开辟一条绕开这片雨林的道路，他把疟疾的病因归咎于林子里潮湿的瘴气，如果深陷其中，伟大的远行计划会夭折在这片被瘴气笼罩的林子里。伯猃走了，他又吩咐暂时没有染上疟疾的人去照顾那些倒伏在草丛中的可怜的病人。

他该给白鸟喂食了，剑角蝗还没来得及展开羽翅，就被白鸟啄到口中。有了上次飞走的教训，萧扶桑把白鸟放出笼子前，给白鸟的脚踝上系了一根绳子，那是伯猃从兽皮衣服上拽下毛发搓捻成的。白鸟带着绳子飞到萧扶桑身旁的一棵树上，树枝上结着一串棕色的果实，圆圆的小果散发出丹桂的香味，白鸟啄食果子，欢畅地鸣叫，他试着摘下一枚放入口中，满嘴生津，甘甜润喉，神清气爽。

他像是自语又像是问白鸟："这是药还是果腹之食？"

白鸟没有告诉他答案，说实在的，他没指望白鸟会告诉他什么，但白鸟给了他灵感。不到半个时辰，陶罐里注满了清澈的河水，采摘来的桂圆和桂树枝被煮入四个架在火上的陶罐。萧扶桑模仿老巫师的样子，把龟甲架在火上，由于他对火候把握得并不准确，那块儿龟甲竟然冒起了黑烟，情急之下，他把龟甲丢入了陶罐，"刺啦"一声，浸入水中的龟甲冒出一缕白雾，与桂圆汤汁水乳交融，并散发出怪异的味道。原本打算倒掉的汤汁被在疟疾的苦痛中挣扎的人喝进了肚子，到了晚上，凡是喝了龟甲汤汁的人，奇迹般地恢复了体力，也不发烧腹泻了，那个女人穿上了晾干的裙衫，开始为大家烧煮晚饭。

萧扶桑在甲骨上刻下了一段文字，像是书信的语气："我们无意中发现了治疗疟疾的药，龟甲和桂圆桂树枝煮沸成汤。”

白鸟驯化的速度不尽如人意，萧扶桑想告诉微子启的信件发不出去，而且除了疟疾，接下来，路途上还不知道会遇到什么样的疾病甚至瘟疫，荒无人烟的大山里，衣服和食物得不到补充，供给成了困扰继续前行的难题。为了避免瘴气的侵袭，他们离开丛林，搬到很远的一处高地驻扎，等待伯猃的归来。这一等，又是一旬，高地的下面，始终看不到伯猃的影子，连绵的秋雨，洗刷着山石、青草、林木，却让身处荒野中的夸父们心生愁绪。好在天总算放晴了，秋雨过后，萧扶桑显得比任何人都焦急，他干脆放弃了睡眠，坐在一块略显平整的石头上，整宿地瞭望坡下，也举头眺望漫天的星辰，他数着那些星星，张开想象的翅膀，给它们取一个好听且形象的名字：白虎、赤蛇、朱雀和天狗，北斗七星。他还看到了那天空中滑落的流星飞向了殷都。

伯猃不是一个人回来的，是一伙，伯猃走在中间，身体被绳索绑着，像一个囚徒。那些押着他的人全部披散着头发，倒像老巫师的样子。一个脸型长得像猿猴似的高颧骨男人，穿着咖色衣服的部族头目，手里握着一把月牙形的砍刀，他叫巴沙，他用刀尖抵着伯猃的脖子质问萧扶桑：“他是你们的人？”

萧扶桑吃惊地望着巴沙，除了相貌的差异，他和他们有着同样的口音，说着同样的语言，几乎没有沟通的障碍。他迷茫困惑，难以索解：殷都城离此地万丈之遥，怎么会有相同的口音，天地苍穹，浑天世界，哪里才是极地？

此时，酣睡中的夸父们被外面嘈杂的声音惊醒，纷纷从各自的帐篷里钻了出来，冰冷的青铜长剑刺痛了巴沙的眼睛，他看到了弯刀棍棒与青铜长剑的悬殊，但有人质在手，他还是清了清嗓子，故作镇定地说道：“我们黎塬族长想见一见彭祖的儿子。”

萧扶桑抬起手，指着伯猃质问巴沙：“这就是你们请人的礼节？”

“他是恶魔。”巴沙脖子上挂了一串银色的项圈，那项圈随着脖子的晃动发出哗啦啦的响声，“他杀了我们四个兄弟，黎塬族长要用他的头颅为死去的族人祭天。”

伯猃扭过脸来争辩道：“是你们的人先动手，他们才是恶魔。”

萧扶桑挥手制止了伯猃无意义的争辩。他想，等见到黎塬族长再去争辩才有意义。

面对黎塬族长，他的长相和巴沙很相似，只是在气质上远比一个头目要威严一些。黎塬族长的口音更像萧扶桑，富有质感和磁性，只是他比萧扶桑年轻许多。那样子，看上去也就五十岁左右。他问了萧扶桑两个问题，一个是年龄，另一个是母亲的名字。萧扶桑的母亲姓杨，他三十多岁的时候母亲就死了，他几乎忘记了母亲的相貌，他的身上遗传了母系家族的基因，那个家族部落是最早的太阳观测者，黎塬族长就是杨姓家族的后人，他们这一支早在夏启的时代就已走出中原，一路南下，去观察太阳，后来，黎塬族长的先辈们无力穿越这片亚热带雨林，被迫停下脚步，最终落脚于丛林外面的山谷里。

萧扶桑对黎塬族长的话半信半疑，他不相信在万丈之遥的地方，会有母亲的同族后人，他更不相信，会有比他和微子启部落更早的远行者，他们才是真正的夸父，是追赶日月的先行者。黎塬族长仰头大笑，他说：“如果不是彭祖的儿子，我会嘲笑死你，因为像你这一把年纪居然如此无知。”

如果是在殷都城，萧扶桑会毫不犹豫地举起长剑刺死这个狂妄自负的族长，可这是蛮荒遥远的南国山林，他选择了隐忍，摇摇头问：“你怎么能让我相信？”

黎塬族长摆了摆手，巴沙心领神会，钻到芭蕉叶搭起的草屋内，取来一块儿甲骨，那上面刻着萧扶桑在母亲的梳妆盒里见到的图符，是的，他是母系的族人，萧扶桑相信了，他要黎塬族长放了伯猃，黎塬说这个粗鲁的人沾有族人的鲜血。萧扶桑说，你杀了他更是悲剧，他是远行者，是夸父，他要做你们族人没能做成的大事，去远行，去追赶太阳，就像你们的家族一样，我们都是为追赶和观察太阳而生的人。说着，萧扶桑举起手中的“圭表”让黎塬族长看：“我手里的‘圭表’不就是你图符上的样子吗？”黎塬族长傲慢地仰起脖子，看着萧扶桑说：“我们才是真正的远行者。”萧扶桑从包袱里取出一块儿甲骨让黎塬族长看，他说：“最早远行的先人是他们，一个叫刘累，整天操着刻刀，在龟甲上记录春秋日月的先祖；一个是夏，他们是这群夸父部族的先祖，手持着钺追赶太阳。这是两个为太阳和天文观测而生的家族。”

刘氏图腾

夏　娃

伯猃被绑在了一根柱子上，黎塬族长固执地要用伯猃的头颅祭祀被伯猃杀死的族人。夸父们急不可耐地看着萧扶桑，想不等萧扶桑发号施令便一拥而上，杀死可恶的族长。黎塬族长呼吸到了空气中涌动的狂躁和冲动，甚至是即将偾张了的血腥。他从心里不愿看到这群雄心勃勃的夸父越过险象环生的雨林，而让他的先祖成为怯懦的笑柄，除了萧扶桑，其他人都可以干掉。可是，当那些夸父们走进他的伏击圈后，他打消了武力解决的念头，因为无论从武器还是体质的对比，他都没有胜算的把握，如果刺杀不成，他的部落反倒会被高大的夸父们击溃打散，他的族长也就做到头了。

一百年来，从中原南下过来的先祖，除了有过一次部族的争夺血战，他们世代依傍着山林，刀耕火种，采摘菌菇、野果，日子过得平静而安逸。他们也观察记录着太阳的运行，也保留了一些资料，可那些资料越来越没有用处，因为他们没有人再走出山林，返回中原，那些数据变成了孤本。黎塬族长眨巴了一会儿眼睛，低声对萧扶桑说：“我手里有太阳观测的记录，一百多年的记录。”萧扶桑激动得失态了，他冲动地抓着黎塬族长的胳膊，央求他，赶快拿出来共享。黎塬族长指着绑在柱子上的伯猃说：“先砍下那个人的脑袋。”

萧扶桑愣住了：“这算是交换的条件吗？”

黎塬族长想了想说："这算是条件之一，我们是一家人，可以商量。"

那个被痁疾折磨得差点丢失性命的女人的丈夫伏在萧扶桑的耳畔说："干掉他吧，不会很费力的。他们是驴子，不是雄狮。"

萧扶桑痛苦地摇摇头说："他们是先驱。"

黎塬族长清楚地听到了那人说他们是"驴子"。面对冷酷的现实，他不得不承认，他们是驴子，夸父才是雄狮，他不想在无谓的硬碰硬中廉价地死掉。

萧扶桑也没动过绝杀的念头。

他对黎塬族长说："我们可否心平气和地谈一谈，血战和杀戮，只会加深隔膜和仇恨。"

黎塬族长耸耸鼻子说："你的人，对，就是绑在示众柱上的那个家伙，他闯进了我们的领地，还杀了我们的族人。"

萧扶桑说："是你的人要杀他，但他们没有成为雄狮，是这样吧？族长，他是远行者，是为寻找真理而来的，所以结束杀戮纷争，和平相处，才是一个部族生存的出路。"

他想说服黎塬族长，放弃纷争，他希望在远行的路上传播和平的思想，那是他心中除了观察日月之外更大的梦想。他希望部族之间结束纷争，拒绝争夺、血战，他为这样的理念和微子启彻夜长谈，以至于热血沸腾，毫无倦意。他们有时席地而坐，有时坐在床榻上，有时微子启的妻子也加入进来，并亲手为他们煮一碗麦芽粥，那是奴隶们在河套上开荒的收获。而有女人在场时，他们小心地回避去谈进军殷都城的路上那场争夺城堡的血战。那座城堡已经废弃，城中，破败的瓦砾堆上垒起一座坟茔，埋葬着老族长的尸骸。微子启早想把那座坟茔迁到殷都城外，重新修缮一番，那样祭祀起来方便一些，但妻子却希望父亲睡在瓦砾中，那曾经是她的故乡，是属于父亲的城堡。战火不可遏制地摧毁了它，甚至连重建家园的梦想都成为幻灭的泡影。有一次，她陪着微子启到河套上去看那些奴隶，他们在火热的日头下劳作播种，但播下的似乎不是希望，而是屈辱和泪水，是失去家园的痛苦。她不敢和他们对视，怕被哀怨和惆怅的目光淹没，那是父亲的子民，不少人和她有着血脉的联系，所以从那次开始，她萌发了带着家族的子嗣追随丈夫远征的构想，那样，她将是天下最幸运的女人。

萧扶桑和黎塬族长的博弈还在继续，黎塬族长心底的防线被“驴子”踢翻了。从丛林到高地，他安排巴沙在萧扶桑的队伍进入部族的驻地前下手屠戮，把骄傲的夸父们消灭在山谷的隘口，但他们是“驴子”，从心理上先失去了与青铜长剑搏击的勇气。黎塬族长在心里忿忿地咒骂：“狮子也会变成驴子，变臭虫。”当年的先人就是狮子，但到了瘴气迷蒙的雨林后，他们变成了驴子，变成了盘虬在山谷里的虫子。

黎塬族长瞄上了萧扶桑拎在手里的鸟笼，他说可以用白鸟交换示众柱上那个人，两个黎塬部族的人已经把尖刀架在了伯猃的脖子上，只待黎塬族长一挥手，伯猃的头颅立刻就会滚落在地上。萧扶桑搂紧了鸟笼子，驳斥黎塬族长说，白鸟和人都是夸父族的，用我自己的东西相交换，这公平吗？想要白鸟，除非要我先死。黎塬族长觉得颜面尽失，怒气冲冲地从木凳子上站起来，两个黎塬族人便用沉重的藤条抽打伯猃，伯猃发出一声凄厉的惨叫，后面再没有听到那种凄厉的声音，但伯猃的嘴唇流出鲜红的血迹。萧扶桑做出了一个令黎塬族人和那些夸父们意外的决断，他打开鸟笼子，放飞了白鸟，白鸟在草棚子顶上盘旋了两圈后，向着雨林的方向飞走了。萧扶桑举着空鸟笼子冲黎塬讥讽道：“我可以留这个鸟笼子做个纪念吧。”这时，天空突然下起了大雨，并夹杂着冰雹，冰雹来势汹汹，打得人抬不起头来，夸父和黎塬族人推搡拥挤着躲进了草棚子里。萧扶桑站着没动，任凭冰雹抽打，当然冰雹也抽打着绑在示众柱上的伯猃。萧扶桑冒着冰雹的弹雨向示众柱移动，他要解开捆绑伯猃的绳索，巴沙冲了出来，举着刀刺向萧扶桑的后背。那个在疟疾的折磨下活过来的女人，用丈夫的青铜长剑，刺死了巴沙。开始，黎塬族人也看到了从草棚子跑出去的女人，却忽略了她手中的长剑，或者轻视了夸父族女人的勇猛。巴沙的弟弟举着刀要为哥哥复仇，他的头颅很快飞出了草棚，雨水冲刷着头颅上的血污，翻卷着流到了示众柱下。夸父们举着长剑围住黎塬族长，并摁住他的肩膀，让他以跪姿束手就擒。

萧扶桑解开伯猞身上的绳索，掷到地上，一团绳子随着倾泻的雨水和血污一起缓缓地漂走。

黎塬族长看到的是被雨水冲刷着的头颅上的眼睛，他不知道那眼睛里是泪水还是雨水，他忽然大喊了一声，颇像现代体育比赛中的举重运动员张开两手攥住了架在肩头的青铜长剑，托着剑身毫无惧色地挺起身来，殷红的鲜血从手掌渗出，滑向了手臂。

萧扶桑说："你可以在领地里过安稳的日子。"

黎塬族长对脖子上缠绕一条青蛇的族人说："去告诉大伙儿，拆掉草房子，我们跟他们走。"

黎塬族人没有人动手去拆草房子，他们认为那是族长赌气的话，或者是在为部族挽回尊严而做的努力。女人们俯下身子，趴在泥泞的泥水中，求拜苍天。那时天空还是风雨交加，冰雹倒是过去了，搭在房顶的芭蕉叶片，在风雨中哗啦啦地响着，像呜咽的哀恸，又像随时会坍塌。黎塬族长又一次命令："走吧，为了部族的尊严，跟着他们走吧。"

有人犹犹豫豫地开始挪动身体，他们相信了这是族长真实的想法。那几个女人依然趴在泥水中，雨水沿着翘起的臀部流了下去，男人们神情木讷，散乱的头发湿漉漉地贴着脸颊。夸父们也好不到哪儿，他们褴褛的衣衫更经不住风雨的侵袭，但又丝毫不敢怠慢，紧握着青铜长剑，任凭雨水滑过手臂沿着剑锋流成雨线。

萧扶桑感觉自己的意志正像草棚子一样坍塌，暴雨和瘴气让他读懂了黎塬族人走不出雨林的内心困惑，萧扶桑喊了一声："我们走。"说着，便昂首走进了濛濛的雨雾，黎塬族长冲进雨雾中，扯住了萧扶桑的衣衫，他说脖子上缠着蛇的年轻人曾经跟随祖父找到一条绕开丛林的山路，那条路异常险峻，但可以躲过要命的瘴气。

趴在泥水中的黎塬族女人像雕塑似的一动不动。她们违抗了族长的命令，不愿离开草房，离开这片茂密的雨林。黎塬族长又一次下令，违令不走，遵照族法处死，但没有人去执行这条谕令。萧扶桑和夸父族人停了下来，他们和黎塬族长达成了一致意见，收拾行装，埋葬了巴沙兄弟，再继续赶路。

巴沙兄弟的尸体被掩埋在黎塬族人的陵园里，有四代族人长眠于此，既有终老的祖辈、夭亡的孩子，也有在疾病、瘟疫和争斗中罹难的族人。夸父们和黎塬族人一起抬着装殓巴沙兄弟的棺木，进入陵园，神情和黎塬族人一样肃穆哀伤。夸父们从殷都城带来的陶罐，给巴沙兄弟陪葬了两个。伯獥跪在墓前，请求巴沙兄弟和神灵的宽恕，那个刺死巴沙的女人和砍下巴沙弟弟头颅的男人刺破手臂，让殷红的血滴落在陶罐里。安葬了巴沙兄弟，黎塬族人利用一个下午和晚上的时间，按照每个夸父的身材赶制了一批蓑衣，好让他们在路上抵挡连绵的秋雨。

黎塬族人保留下来的龟甲记录，萧扶桑把黎塬族长交给他的龟甲书交托伯獥保管，他郑重地告诉伯獥，丢了性命，也不能丢失龟甲书。于是，在后来的远行途中，他们的箱子由一只变成了两只，再后来，背着箱子的人越来越多，甲骨的种类也芜杂繁多了，从龟甲到殷都城的黄牛胛骨，大青石下的野牛骨，绕过瘴气弥漫的丛林后射杀的水牛肩胛。

细雨濛濛，山路泥泞湿滑，狭窄的道路，有的地方都不算路，壁立千仞，巇道幽幽，脚下是万丈深渊，女人和孩子紧紧拽着前面那个人的衣服，以缓解对险恶的恐惧，黎塬族人牵了五头驴子，驮着他们一百多年的部族重负和全部的家当。黎塬族长和脖子上缠绕青蛇的年轻族人冒死充作开路先锋，走在前面选择路线。他们边走边平整山路，把横在路上的巨石撬下山崖，凹陷的空当找石块儿铺平，好让驴子踩着石块儿轻松地踏过。伯獥说：“你们不是赶路，是在修路。”黎塬族长搬起一块儿条石铺成路板，他的手磨出深深的血口，直起身来冲着伯獥说：“修好路，别的族人也可以走，再说，我们还要沿着这条路回来的。”萧扶桑立即赞道：“对，要修路，还要把这条路的方位刻在龟甲上，等我们回来的时候就不担心迷路了。”

山路越来越陡峭，石壁下面是深不见底的大湖泊，不时有山石从头顶和踩踏的岩石下滚落到幽深的湖水中，溅起高高的水花。行进了两天，绵延的山路始终望不到尽头，翻过一座山，另一座更加陡峭的大山又横亘在脚下，走上山崖，崎岖的峭壁下，一条大河跳入远行者的视野。这时，一头驴子踩翻了临时搭起的石板，从十几米高的悬崖跌入咆哮的河水，远行者们惊惧地看到，在河水中挣扎的驴子很快就被湍急的流水吞噬了。他们停住了脚步，把身子靠在石壁上，好让忐忑的心绪平静下来。缠绕青蛇的向导传话说，跨过这段山崖就走出大山了。队伍又开始在蜿蜒曲折的山崖上像蛇一样蠕动起来。

多年后，伯猃回想起黎塬族长从木桥上滑落山涧的那一瞬间，他似乎理解了黎塬族长内心的精神悲苦，他选择了回归江河大海，踏上了另外一条探寻太阳初升之处的途径。当时，黎塬族长以探险者的英勇气魄，第一个踏上了那座腐朽了的木桥。据担任向导的族人说，这座木桥是他祖父修建的。几十年了，木头已经显露出腐朽的迹象。黎塬族长穿过木桥即将到达对岸时，木头吱吱呀呀地断裂了，他在下坠的刹那，本能地抓住了悬崖边凸起的岩石，身体悬吊在岩壁上像钟摆锤一样晃动。萧扶桑大声地喊着，要他坚持，坚持就能想出救他的办法，但族长松开了手。伯猃难以理解，那一刻，黎塬族长是否真的耗尽了体力？

砍伐树木，重新搭桥，又耽搁了半天的工夫，夸父和黎塬族人成为了兄弟，并肩而行，但沉闷的气氛缠绕着蛇一样的队伍，没有人再说玩笑话，也没有人絮絮叨叨地埋怨天气、山路和自私的族长，有的是默默踏行。走出群山时，一雌一雄，两只白鸟飞临了萧扶桑的头顶，咕咕地鸣叫着，像在哭泣。

第十六章　我站在了群山之巅

初冬的瓦莱湖笼罩在一片银白的光晕之中，像覆盖了一层白色的苫布。大雁走了，能走的候鸟都走了，鱼儿藏在水底，湖面成了冰面，成群的麻雀和一对黑喜鹊主宰了冰湖的世界，至于那条唯一的街道，除了卖瓜子烤红薯修自行车钉鞋，以及卖杂货的小贩穿着厚重的棉衣，跺着脚，在寒风中等待顾客的出现。有的人为了抵御风寒，把一只小铁桶改造成没有烟囱的小炉子，把手贴在炉壁上，好让手掌不至于冻僵而做不了活。平日里扎堆闲聊的人不见了。蔡牙医的诊所挂上了厚实的门帘子，抵挡寒风的侵扰。王山杏的鱼店前，一辆厢式货车停在门口，王山杏和丈夫把一筐筐冻鱼从车上卸下来，这些鱼是从外地运来的，但销路不畅，瓦莱湖人青睐于从瓦莱湖里打出的活鱼。此时，闲人们猫在家中，炕烧得暖暖和和，几个老人团坐在炕头上，围着一盏一尺高的油灯，每人手里举着一支用羊骨棒做成的烟杆。而这些烟杆，又能看出某人的精细和手艺灵巧，免不了炫耀和比试一番，烟杆的讲究还在烟锅子和烟嘴上，有铜的，也有铁的，五花八门。而最讲究的要数在烟锅子上用一枚废弃的铜弹壳做烟斗，底火的铜引信被撬掉，铜弹壳底部那个凹槽正好装一粒捻成黄豆般大小的烟丝珠，就着油灯，点燃烟丝，狠吸几口，吐掉烟灰，就算吸完了这一口烟，缓一缓，唠几句家常，再装上烟丝珠，再点再吸，如此往复，不消多时，烟灰就落满了用作支撑灯柱的铁盘子里，那既是灯座，也是烟灰碟，一举多得。

太阳从窗户上斜躺进来，挤满了多半个炕头，老人半倚在炕上，或者靠在垒叠在后墙的被窝卷上，尽情地享受太阳温暖的悠闲与恩赐。外婆和祖母辈的女人在地上忙得团团转，烧水沏茶，清理铁盘子里的烟灰，准备午饭，有时也插几句话，发表自己的见解，或者补充和纠正哪个老头道听途说的不足。

偶尔，也会有些中年男人甚至一些年轻人聚在餐馆里，吆喝着老板娘炖一锅山羊肉，在羊肉半熟的时候，削几个土豆放入锅内，土豆便能把羊肉上的肥油吸收一些，吃起来便不显得油腻了。冬天的瓦莱湖也有热气腾腾的火锅，但绝不是重庆火锅那种辣得癫狂的东西，也不涮鸭肠毛肚血旺什么的，要涮就涮杭乌盖草原的羊肉，手工切片，肉片的薄厚任由顾客的喜好选择，锅底也简单，几根葱、几块姜，再加些盐和味精，铜火锅子比当年铁骑大军用头盔涮肉讲究多了，酒更是少不了的，还要喝到畅快，喝到舌根子发硬，说话结巴，语无伦次。火锅子散发出的热气，凝结到了玻璃上，整个餐馆便雾蒙蒙的了。

这就是瓦莱湖悠闲的冬天。

我这么叙述其实是想说老阿爸，他从市里的医院回到了瓦莱湖，但留下了中风后遗症。从此瓦莱湖悠闲的街面上看不到老阿爸的身影了，他躺在没有暖炕的蒙古包里，手脚不听使唤地在地上蹒跚，老阿爸坚持自己往炉子里加煤加干牛粪，其实小哑巴早就把炉子里续好了煤块儿，但老阿爸想证明他的存在，想告诉我们，他还可以像以往那样自由地行动，但事实上，他做这些琐事，也显得很费力，这让他的情绪十分的沮丧。宝德大叔还有几个在瓦莱湖和杭乌盖草原长大的老伙计过来探望，老阿爸却把他们拒之门外，我想，他是不想让那些人看到他衰弱沮丧的模样。宝德大叔他们走了，走了很久，老阿爸从被窝里钻出来，爬在格子窗上，望着宝德大叔的背影，久久地望着。

老阿爸平常说话就不多，病了之后，话越来越少，总是沉闷地望着某一个地方发呆，他一会儿看看毡包墙上的马刀，一会儿又透过窗格子，盯着外面银白的世界。一个哑巴，一个沉默不语的老骑兵，干牛粪在火炉子里噗噗地响着，炉子上的水壶也喷出白色的雾气，也噗噗地响着，这是毡包里唯一的声响。我到毡包门口时，老阿爸正颤巍巍地出来，他穿得很单薄，我说大衣呢？您得穿上大衣。老阿爸看了我一眼，两手撑起手杖，想把身板直起来。但他的手不听使唤，不但没挺直了身板，身体反而摇晃起来。我紧走两步，想搀扶住老阿爸，却被老阿爸的一只手挡开了，他俯视着我，那眼神里渗透出来的不是孱弱的悲哀，倒是对侏儒的同情，他想用努力挺起的腰身告诉我，他是骑兵。我仰起头，看着老阿爸的神情，盯着他拄着手杖，踉踉跄跄地向毡包后面的羊圈挪移。他惦记着即将分娩的母羊，想看一看母羊啥时候生产，母羊在冬天里产羔，要随时观察，产下的小羊羔要立刻转移到毡包里，否则，小羊羔就冻死了。小羊羔还没有产出，所以暂时不必担忧冻死的问题，但老阿爸的鼻涕挂在嘴上了，流成一条灰白色的细线。我想，他对此浑然不觉，这也许就是中风后遗症落下的病症。我说："回去吧，外面太冷。"老阿爸没瞟我一眼，凝神贯注，闷闷地盯着羊圈里的羊，我看他手指在动，莫不是在清点他的羊？我转身回到了毡包里，小哑巴正拌羊饲料，冬日里，没有了青草，为了不让羊掉膘，就拌些玉米麸皮一类的精饲料喂羊。我抓起床铺上的军绿色大衣，这也是老阿爸一生的嗜好，据吉雅说，老阿爸不知穿破了多少军大衣，过去是外公把多余的军大衣送给老阿爸，后来就到市里专门卖仿制军大衣的商店去买，老阿爸知道是仿的，有些抵触，不愿意穿，可装备部队的军大衣又买不着，慢慢地也就接受了。我对吉雅说，老阿爸大概是在军队里待久了，难免会有依恋和军人的情结。吉雅挠挠头，觉得不好意思开口，随后又说，说出来怕你笑话，阿爸可不是简单的军人情结，人家要是还要他，他想去边关守哨所去。我说，这没什么呀，我要不是这个样子，我也想去。吉雅苦笑了笑说，你会被当成傻子嘲笑的。

我给老骑兵披上了仿制的军绿色大衣，他仍然没有说话，像沙漠上的一株被风吹弯了的芨芨草。但很快我知道我错了，他不是数羊，而是被某种神秘的力量扯回了往昔，那是他骑着额勒森闯进沙海的时代，是他履职骑兵营长带着战士在草原上纵横的梦幻生活。那时，成群的军马在丰腴的草原上觅食驰骋，草原狼担心被军马的铁蹄踢飞了脑袋而趴在茂密的草窠子里不敢露头，狐狸和野兔躲在洞里，忍受着军马飞奔过的呛鼻尘土和大地震颤，但那些鸟却比爬行的野兽胆大，叽叽喳喳，追赶着飞跑的马队。而此时，骑兵营长和额勒森不在那支奔跑的马队里，他在高高的土丘上，他的领章和帽徽已经去掉，身上的衣服除了颜色，和普通老百姓别无二样，他在以普通百姓的目光，看一支成建制的军队，战争已经不需要骑兵，就像 GPS 和北斗[1]抛弃了夸父一样。

老骑兵走得很平静，似乎在隐忍，在那些战士们面前显示他的矜持和坚强。部队要改编了，有的人要被改编到别的军种和部队，大多数骑兵会和他一样黯然地离开。师长是他的岳父，也是决定让他提前离开骑兵营的那个人，为了让他走得不至于痛不欲生，老师长破例把部队整编这件视为机密的内部决定提前告诉了他。那么接下来，他就面临着选择退役后的去处，他想去钢厂，原因是他听转业到钢厂的战友说，那个厂子组建了一个民兵营，他想接着去当营长。师长说，哪儿也别去了，你老婆孩子还在杭乌盖草原，你回草原去吧。他说我是汉人，不当营长，当钢厂的工人当普通的民兵也成。师长大手一挥，武断地说，除了草原，你哪儿也别想去。营长第一次跟师长岳父赌气顶嘴，他说，回草原，我什么也不会干，也就不干了，让你女儿你的外孙子去牧羊去剪羊毛去打草。说罢，他掉转身就走了，老师长厉声喝住了他，说，让你回草原不是放牧不是打草，你给老子找一座古城堡。这是老阿爸第一次听师长说古城堡，而且师长接下来的话更让他吃惊，师长说，老子让你娶我的女儿，就是为了让你去找古城堡，我看中的就是你身上的那股执拗的犟脾气，只有你这样的脾性才能完成任务，你这辈子找不到让你儿子去找，你儿子找不到让你孙子去找，但有一句话你要记住，找到城堡后，把老子埋在那座城堡里。他目瞪口呆地看着熟悉而又心生畏惧的老师长，那张面孔突然陌生了，他想问清楚老师长为什么要寻找古城堡，老师长说，那是一个家族的根，也是一个军人长眠的地方。骑兵营长打起背包要走了，他的身后是列队的骑兵和高举起

① 北斗，指中国研制的北斗卫星导航系统。

来的亮闪闪的马刀，但他没有回头去看，怕一回头，他就垮了。

杭乌盖草原，五岁的小吉雅骑着马在小河边等他，他看到儿子的时候，不是欣喜，而是慌乱，无所适从。这一刻的感受，成了老阿爸心里的烙印。吉雅说，仅从他的名字“李吉雅”这三个字上讲，阿爸具有某种选择性的妥协，他知道愚公移山的故事，那个年代的人，没有人不知道愚公，他还带头背诵过，看见儿子，他觉得老师长给他的头上戴了一个紧箍咒，也放了一座山，于是他便成了愚公，要子子孙孙，无穷匮也。那座山压倒了他，他的背驼了，佝偻了，直不起来了，因为那座城堡仍然像躲在云雾里的月光，和他捉着迷藏。他被那座山一样的城堡压得喘不过气来。

从骑兵营退役后，很长时间，他被老师长托付的“重任”困扰着。白天，他教儿子练习骑术，举着看上去很沉重的马刀去练习劈刺，劈马桩，劈草人，很快，他便觉得这样的训练毫无意义，因为等儿子长大了，更没有骑兵可做，于是他在颓丧中放弃了。后来，老师长来了，他陪着老师长数次穿越沙漠，也遍访草原、村落，去寻找那座城堡。老师长在路上对他讲了沿着色楞格河一路南下的白羽毛部落，一座被战火笼罩着的城堡，占领和溃退，直至消亡，那场暴雨和瓦莱湖的诞生，那两个骑马的少男少女和他们的后人，毕利格巴图和沙漠中神秘的褐城，那张牛皮地图和海军中校，那个被视为抢掠者的沙俄探险家。

当然，他们回到瓦莱湖后，信步走上那座沙丘。老师长站在沙丘上给他讲了在沙丘上找到一堆锈迹斑斑观测仪器的少年，那堆锈蚀的仪器除了能开发一个少年无尽的想象和浓厚的军事兴趣，已毫无实用价值。但少年触摸着那些仪器欣喜痴迷到了疯狂，他甚至看到了有血迹正从铁锈里洇出。

那是一个太阳暴晒的中午，他举着捡拾到的仪器跑回家，向额吉炫耀他手里的仪器。额吉看着少年手里似曾相识的东西，复活了沉睡的记忆，她仿佛找回了丈夫的影子，看到了丈夫脚上那双开裂破旧的毡靴。额吉问他在哪儿找到的，他牵着母亲的手走出毡包，手指向沙丘，那时太阳照在沙丘上反射出一道光芒四射的红晕，额吉说，那是血色。额吉松开他的手，朝着有红晕的地方跑，她跑动的步态早已变形，她忍受着双腿风湿疼痛的折磨，跌跌撞撞，用力地朝沙丘那儿跑。少年追赶着母亲，他比额吉跑得快，抢先一步到了发现仪器的位置。母亲气喘吁吁地爬上沙丘，老师长说，他很后悔，为那时的不懂事，他该背着或者搀扶着额吉一起爬上沙丘。额吉在他站立的地方扑倒了，虔诚地扑倒了，用她温暖的乳房和结实的双臂拥抱了那块儿沙地，拥抱了丈夫，也拥抱了整座沙丘。额吉的乳房是温暖的，尽管它已不再坚挺圆润，但它流出过养育生命的乳汁，焐热过爱人的躯体，它能让男人伏上去脆弱地哭泣；沙丘也是温暖的，它有阳光的照射，吸收热量，有阿爸血液的浸润，每一寸土地上都有父亲的血渍，一代代长眠于地下的父亲的血渍，血是热的。温暖的乳房和温热的沙丘交融了，就像父亲和母亲的交融，就像太阳和月亮，日月和大地，生命与泥土。额吉告诉他，你阿爸死在了寻找古城堡的路上，所以那个少年带着那堆锈迹斑斑的仪器走进了军营，也萌生了倾尽毕生去寻找古城的梦想。那一天，额吉还告诉他，他的祖父和祖母，也就是发现瓦莱湖的那两个少男少女，他们就是奔着寻找古城来的。

老阿爸笑着对老师长说，你来之前，我就已经把自己当成愚公了。

老师长扬了扬浓黑的眉毛，欣慰地笑了。他举起手中的马鞭指着脚下说，这就是我当年发现那堆仪器的地方，这么多年，这是你对自个儿最妥帖的一句评价，你就把自己当成愚公好了，也是我们毕利格家族的愚公，你就从这儿开始挖山，你挖不出来，就让吉雅去挖，直到挖到城堡为止，什么时候挖到城堡，什么时候把我埋进去。

假如由那堆锈迹斑斑的仪器作参照，沙漠里还蕴藏着什么？矿藏、钻石、黄金、珠宝，会有古城吗？退役的骑兵营长被穿着军装的老师长接连的“愚公”称呼，喊得头晕脑涨，他试探着问老师长，我和我的儿子就从这儿开始挖山？“还有我。”老师长又是豪气冲天地大手一挥。前骑兵营长嘎气地纠正说，这是沙丘。老师长抬了下腿，又放下了，他大概是想冲骑兵营长屁股上踢一脚的，可看到一身便装的女婿，便又收回了脚，他举着马鞭像画圈似的挥舞说，这是沙漠。

老阿爸第一次诚实而认真地打量起这片浩瀚的沙漠，沙漠的那边还是沙漠，据说很久的时候是一片森林，但那也许在纪元和史前，或者更早；沙漠的这边是绿洲，与绿洲毗邻的是瓦莱湖，湖水倒是年轻的，算起来，也就百年的历史，至于绿草，一岁一枯荣，无所谓长久与短暂，只是人心别像那荒漠，贫瘠单调，尽是砂砾。

我再一次催促老阿爸，该回毡包里了。我一直在不停地跺脚，呼出的白烟在羽绒服帽子的边缘凝结了一圈白霜。

老阿爸拄着手杖，转过身来，流出的鼻涕在胡须上结成了白色的冰凌，他踉跄着进到蒙古包前，突然对我说，你去趟城里，把吉雅叫回来，明年开春把这些羊卖了。

我在他身后吭哧了半天才憋出一句答非所问的话："您戒了酒吧。"

老阿爸从久远的思绪中回过神来，点了点头，走进毡包里去了。

王远京给客栈打电话，问询我和吉雅的情况，这家伙还没忘了我们。梅子把老阿爸病倒的消息告诉了他。他说，公司的事已经处理稳妥，他会尽快回到瓦莱湖看老阿爸，并要梅子提供银行卡号，他往账上汇一笔钱，让梅子转交给老阿爸，他说老阿爸住院肯定花了不少钱。但梅子拒绝了。

我倒是盼着王远京早点来，那样吉雅就不必待在城里了，而且寻找古城的计划又可以重新启动。

我搭乘了一辆走走停停四面透风的小中巴进城去找吉雅，中巴车的主人是市里人，既是司机，也是车主，别的车主都是胖子，他瘦得像麻秆，大嗓门卖票的女人却是个胖子，是他雇来的，看外表比他大几岁。通常，他们不在瓦莱湖过夜，但遇上坏天气，比如赶上下雪封路，就只能住在瓦莱湖，但登记的是一个房间。不过，他们不住我家的客栈，住对面的小旅店。他俩似乎瞧不起瓦莱湖人，看我们的眼神有种京城人看外地人的感觉。我是在省城里生活过的，我就从来没用他们那样的眼神去看瓦莱湖人，王远京也没有他们那样的眼神，王远京不仅是京城人，还是账户上存款过亿的富翁。我怎么又说到王远京了，我真的想他了，我和他活着从沙漠里爬出来，算是有过生死之交的。你们说呢？

我兴致勃勃地认为，见了吉雅，我就能把他劝说回瓦莱湖，他从医院离开时，是被老阿爸骂走的，老阿爸追问我吉雅和林秋雁闹别扭的原因，我省去了那个妖艳的二房东的环节，直接说因为醉酒，老阿爸便训斥吉雅说：“老子喝了一辈子酒，也没醉成那样。”

我找到吉雅住的地方，开门的仍旧是那个二房东，她说吉雅去了省城，我请她给吉雅打个电话问他在省城哪里。她说不用打了，吉雅的手机就在沙发角上撂着呢。

二房东张开猩红的嘴巴，说，你摘掉面具让我看看，如果不是丑陋得像鬼，你可以上我。我想知道身高与生殖器的比例，很好奇。还有……

我像狗一样夹着那儿逃掉了。

我逃得很远，去了省城。省城是我曾经的寄居之地，打开瓦莱湖阳台上的窗户，从绿洲延伸到城市的，是钢筋水泥上长出的森林。离开省城多半年了，街道依然还是那么熟悉，我甚至想去那个半拉窗子的地下室看看，我和梅子栖身的房子应该又住进了新人，那些租客，也许是推销员、酒店服务员、工厂里的打工妹，总之都是些涌进城里的寄居者，他们不属于这座城市，又选择在城市里栖身。我沿着商业街穿过古董街的小巷子，到了服装批发市场的门口，批发市场有一个我和吉雅共同的熟人，我想让他帮我打听吉雅的下落，他原先是酒吧的服务员，结婚后，租了一个摊位，和妻子一起贩卖裤子。从前在城市里生活，并没有觉得城市的嘈杂，到了瓦莱湖过着清静的日子，却觉得城市像噪声中的工厂，像很多开动着的机床嗡嗡地轰鸣。

我大约是排斥现代与信息的，我算是这个城市甚至瓦莱湖少数没有手机的人。我想，一个整天戴着面具的小矮人本身就是滑稽的小丑。梅子说我是软弱的表现，是在逃离现实，是自卑作祟。可谁又能猜透我的心思呢？因为我想做夸父，尽管我连走路都摇摇晃晃，除了外形的怪异，还有笼罩在我头顶的熟悉或者陌生的嘲笑和鄙夷，同情和怜悯。

可我想做夸父。

他们都奇怪地看着我。批发市场里的摊主和顾客，他们看我，绝非像看到克拉克·肯特般的惊喜，也不像目睹了米尔豪斯那么幸运。我有很好的记忆力，所以没费什么劲就找到了服务生的摊位，他不在。“我很忙。没工夫陪你。”他妻子被聚焦过来的目光刺痛得窘迫不安，便匆忙地想把我早点打发走，脸上也像挂着一层薄薄的冰霜。

我知趣地离开了。

下到楼梯上，遇到了那个服务生上楼，男女主人的待客的反差让我有点喘不过气来，他说知道吉雅在哪儿，我便又跟着他到了卖裤子的摊位，等着他联系吉雅，他还是像在酒吧做服务生时一样机敏灵巧，女主人依然冷漠的样子，对男人拽我回来显出不满。男主人拽了个小圆凳子把我让进摊位里面等他，我看着女人的脸色如坐针毡。他一边给一个带孩子的女人介绍裤子款式一边跟我搭话，说，入冬后，是卖裤子的旺季，有人提早准备过春节的衣服，尤其是乡下来的，但他的位置不好，货销得不如靠近楼梯口的那家好。我听他聊着，焦急地等他腾出手来联系吉雅，没多久，他家摊位前的人渐渐多了起来，逡巡的目光像空中的雷达，一波又一波地扫来，过来的人原本是被戴面具的侏儒吸引了眼球，但男主人一招呼，那些人又假模假式，或者也确实想选买，就凑过来拿起裤子看，生意居然好了起来，他也就顾不上跟我搭话了，一心一意卖他的裤子。我说，等你空闲我再来。他踢了一下女主人的脚尖，女主人领会得很快，立刻把我按回到圆凳子上，并给我拧开一瓶矿泉水，我渴了，心里尽管还记得女人的眼神，但也把那瓶子水喝了。

我被热情地挽留到了批发市场关门打烊。市场大楼上的卷帘门吱吱呀呀滑动的声音，把一个刚刚还喧闹的市场和喧闹的街面隔断了。

男主人出门便找餐馆，我说找吉雅要紧，他说上厕所的时候蹲在厕所的便池子上打了若干电话，联系好了约吉雅到餐馆来碰面。女主人挽着丈夫的胳臂，好像还在下午忙碌的生意中畅游着，没浮上岸来。她心情大好，喋喋不休地絮叨着下午与不同顾客的讨价趣事。我们坐稳不大一会儿，吉雅就来了，满脸胡子拉碴，好久没修理，左手缠着厚实得像面包似的绷带，上衣和裤子是同一质地的浅灰色的牛仔服，从上到下长满了不少的口袋，衣服不怎么整洁，这和吉雅一贯的穿着差不离，但他的神色却让我吃惊，那个优雅的拉马头琴的艺术青年呢？他的脸上多了份忧郁，多了些戾气，让人琢磨不透。我先问他手怎么了，他说没多大关系，反过来急切地问我，阿爸怎么了，是不是死了？我说老阿爸好着呢，怎么张口就说死了呢？他便不悦了，责怨我不在瓦莱湖陪着阿爸和梅子，跑出来干吗？我觉得他还对老阿爸在医院训他耿耿于怀，我说老阿爸让我找你回去。他打断我的话说喝酒吧。我问他在哪儿拉马头琴。他却把目光转向那一对夫妻，好像答案在那对夫妻的脸上，他们冲吉雅很不自然地摇摇头，吉雅便又转过脸来不置可否地说，先吃饭，明天你回瓦莱湖去。那对夫妻却抢过话来挽留我，要我明天接着去他们的摊位上坐着，他们付给我劳务费，让我开个合理的价钱。吉雅瞪了他们一眼，说你们拿晓椿当猴耍呢？他们便不吭声了。

接下来，我便听到餐馆厨房里传出汽锅“嗤嗤”的声响。

潦草地结束，就像玻璃橱窗上潦草的霜花。这时，餐馆外面进来一个男青年，穿着打扮和吉雅差不多，比吉雅还高还壮实，吉雅敷衍地介绍说他叫道尔基。道尔基没有落座，一连地责怪吉雅带着伤怎么还喝酒，而后又嘟嘟囔囔地埋怨，大概意思是说缺了手指会感染的，等等，他的汉话很不流利，让人听得很吃力。我心里一震，指着吉雅问道尔基：“他手指断了？缺了几根？”道尔基白了我一眼，说：“一根还少，要缺几根？”

“你怎么了？”我急迫地问，“你到底在干什么？你不拉马头琴了对吗？”

我边说，边从椅子上滑下来，去拽吉雅缠着绷带的手臂。吉雅躲开了。

我流着眼泪说，你住哪儿？我跟着你走。

他犹豫了一下，从口袋里摸出几张钞票塞给我（我后来查了是五百元），他说，你自己找地方住吧，明天，我就不送你了。

他站起身和道尔基出了餐馆，我追了出去，吉雅上了一辆出租车，我抢抓着车门试图钻进车内，道尔基拎起我的脖领，将我抛了出去。

我从这对夫妻那儿问清了原委，吉雅果然不拉马头琴了，在帮人“看场子”，我在酒吧里做过事，大约知道“看场子”是做什么的。卖裤子的男人说，那些人全是从草原来的，不愿待在草原上做牧民，进城又没有合适的事儿做。

我大约猜到吉雅手指断掉的原因了，可是手指缺了，还能拉马头琴吗？

我孤独地仰望城市的星空，瑰丽的光影让夜空变得模模糊糊，朦朦胧胧，一颗流星划过，落进了泥潭和沼泽。

那对夫妻邀我住在他家，我谢绝了，不过，我向他们承诺，明天还会去摊位上帮他促销，但我得先去找吉雅。

我把吉雅目前的状况预想得很严重，至少，是把他划入颓废和堕落这些词意里去了。我苦闷、百思不解，马头琴传递的韵律不能让人心生奋进，却在颓废中消沉迷茫。我四处打听，又回想起到瓦莱湖前，迈开双腿四处求职又四处碰壁的日子，那些个苦闷的日子，但现在，我不是苦闷，是孤独和沮丧。我和梅子在苦闷的时候，吉雅帮了我们，吉雅滑入泥潭的时候，我却在无助地沮丧，徒有唉声叹气。

为了找到吉雅，我失约了，承诺去卖裤子的夫妻摊位上坐着，却让他们白等了一场。我打听了好几个有人看场子的地方，酒吧、台球厅、歌舞厅和一个地下赌场，那些人听到“我打听一个人”这几个字，便都现出紧张之色，但看我是个侏儒，似乎放松了不少，但绝口不提见过吉雅。我固执地以为，他们知道吉雅在哪儿，可寻索了三天，徒劳地作罢。

晚上，道尔基到旅店来了，他说吉雅知道我在找他，要我别找了，我这么找，除了添乱，什么作用都不起，要是真心为吉雅好，就赶紧回瓦莱湖去。说完，道尔基抽转身，快速地离开了。我胡乱地套好衣服，穿过旅店冷风习习的过道，跑到门外，道尔基早不见了踪影。

为信守承诺，第二天上午，我去了那对夫妻的摊位，魂不守舍地坐了一整天，脑子里塞满了吉雅。下午，小蔡牙医和夏教授的赝品助手宋朝阳出现在了批发市场，低着脑袋，窃窃私语。我从摊位里挤出来，追到楼梯口，又在商场附近逗留了一会儿，直到卖裤子的男主人出来找我，如织的人流里看不到他们的影子，以至于我怀疑自己认错了人。这天的生意又是出奇地好，夫妻俩喜上眉梢，晚上，又要请我吃饭。我说，你想办法再帮我联系吉雅，他站在批发市场的门口，打了好多个电话，然后失望地摇头叹气。我告辞要走，他拖住我，极力挽留。我说明天不来了，他忙说，你什么时候有空就来，我说我要回瓦莱湖了。他便推了推妻子，女主人又一次心领神会，拉开小坤包捻出两张钞票，一张是五十元的，一张是二十元的，两张钞票在手指间徘徊，看了看男人，把五十元放回包里，塞给我一张二十元的钞票，我把钱还给了女主人。她犹豫了一下接了。

大雪阻断了道路，由小镇进山的路口临时设立了警示牌和路障，不少车辆在路障前停滞下来，等待道班的工人清开路面才可继续前行，但那也得明天了。所有的旅客都要住在小镇低矮脏乱的小旅店过夜，我走出来，想顺着小道爬到山上去。车主担心我出事，大声地吆喝。我执拗地走上小道，登上山的顶峰，群山环绕，望不到尽头，风很大，也冷，我似乎看到了像摆锤一样摇晃的黎塬族长，拎着鸟笼和“圭表”的萧扶桑，背着龟甲书箱子的伯猃。我站在了群山之上。

回到瓦莱湖，我给王远京打电话，电话接通，我就哭了，我哽咽着说：“你快来吧，帮帮我们，救救吉雅。”

瓦莱湖的冬天让我和梅子陷入了经济危机，客栈萧条得让人忧虑，客房空闲得像寂寞的空巢。夏教授和林秋雁也走了，到北京做一个文物鉴定，到国家图书馆查阅一些史料，并参加一个学术研讨会。他和林秋雁合写了一篇论文，内容是关于鹰嘴湾南麓山洞里那些符号文字的。这篇论文将作为重点发言稿，在会上交流研讨，他希望利用这次会议，能引起一些专家学者的重视，以此筹集考古经费，推动鹰嘴湾南麓的考古发掘和古城的寻找。夏教授说，他对图符的考证和解读，会在考古界引起轩然大波，因为，没人愿意去触碰这种并不轻松，甚至费力不讨好的课题。

我想听完夏教授关于那些密码的解读，想知道那些夸父们后来又经历了什么样的磨难和挣扎。夏教授走的前一夜，我们坐在楼下的餐厅里，梅子端上了雾气弥漫的火锅，听着窗外啸叫的北风吹打着外面的广告牌，发出颤动的响声。夜因为寒风而不寂静，我的心却被那些神奇的故事温暖着，以至于夏教授讲完后，我失眠了，整宿地失眠，我起身拉开了卧室的窗帘，打开一扇窗户，我想看到牛郎星、织女星，想看到伯猃变成的闪着荧光的猎户星，他的弟弟仲犹呢？

第十七章　河西走廊的冬天

祁连山的冰雪被抛在了身后，老巫师不经意间立起的那块黛青色的方石路标，在他离世一千年之后，数十万的帝国兵士和被从关内强征来的青壮劳役，在方石路标上筑起了一座威严高耸的关隘。这座关隘有幸成为帝国抵御外邦入侵的最后一道屏障，它的东边是连绵千里的军事设施，也就是所谓的城墙和壁垒。帝国的君王和他的大臣们力图借这道屏障挡住凶悍的匈奴铁蹄，击碎他们南下的梦想。匈奴人经年累月的抢夺袭扰，早就让武帝伤透了脑筋，在他看来，那是帝国的耻辱。

汉武帝的烦恼被写在了我读的那本没有封皮的书里，我隐约地看到了那位意气风发的帝王嘴上的燎泡和满眼的血丝。他在送上的为那座关隘命名的奏折上，郑重地写下了三个字：玉门关。

玉门关呼啸的风雪刮了两千多年。老巫师坐过的那块儿黛青色的方石被劳役们顺手垒砌到了箭楼顶上。从凌晨开始，天上就飘起了雪花，箭楼的砖石上覆盖了一层薄薄的白雪，但惟有老巫师坐过的那块儿方石，或许还存有老巫师臀部的体温，开始融化了，一滴，两滴，融化的雪水，顺着石壁从高大的箭楼上滴落下来。守关的军人，抱着长戟警惕地观察着来自西面和北方的动静，因为寒冷，一个个缩着脖子，在寂寞的甬道上走来走去。而夜深人静之后，他们会听到从戈壁滩上传来的窸窸窣窣的脚步声，有一个大胆的兵士探出脑袋听了听，大地却又静悄悄的，除了沙沙的风声，什么声音都没有，那些士兵们把这些幻觉归咎于紧张，但只要没有匈奴人的马蹄声，守关的将士便可放心地去睡了，然而，他们确实听到了脚步声。

那支队伍离开殷都城经过七个月的奔走，终于在午夜的寒风中到达了这里。

先搭起破烂不堪、四面透风的帐篷，疲惫的远行者们急切地躲了进去，伸展开疲乏的身子，很快，鼾声便从拥挤的帐篷里流泻出来，随着寒风，像雾气一样在大漠飘荡。黎明时分，天上开始飘雪，那飘下来的雪，不是成片的雪花，是细碎的颗粒，它们和西北风狼狈为奸，透过破败的兽皮之间的空洞，钻进了帐篷，想给衣衫褴褛的夸父们一个下马威。靠近帐篷边缘的人最先感觉到了脸上的濡湿和冰冷，另一个人想挪动一下身体，发现衣服袖子竟然和地面粘连在了一起。

我们该说说仲犹了。

他没在帐篷里睡觉，是的，你大概猜到了，他和那群盘羊在一起，在离帐篷不远的一处坡地上，那些盘羊偎依着他，把他聚拢在了羊群中间，盘羊的体温温暖着他，相比起睡在帐篷里的人，尽管头枕戈壁，可也没怎么挨冻。他还有一项警戒任务，所以每到一个休息的地方，他都和那群盘羊一起睡在外面，衣服被搅和成了泥土的颜色，身上散发着难闻的羊粪气味，即使在河里冲洗了身体，那股气味仍然去不掉。天上飘雪时，他睁开了眼睛，顿时睡意全无。一个多月在戈壁滩上的行进，盘羊能吃到的枯草都越来越少，雪覆盖了荒草后，那些盘羊就更难以寻觅到食物。他坐了起来，借着微明的晨光，他看到微子启从帐篷里出来，正一筹莫展地望着天空。

这是夸父们到达玉门关的第一个早晨。那时当然不叫玉门关，是一块儿无名的戈壁滩。微子启意识到这里将是一个重要的日月观察点，他判断的依据，除了行走的路程、地形，还有预感。他召集众人聚拢在一起，把自己的预感讲给他们，但立即招来众人的反对。满目的荒草和一眼望不到尽头的戈壁滩，令他们依然对两个多月前贸然闯入沙漠的记忆心有余悸。婵娟在进入河西走廊后的第二天就病倒了，咳嗽，气喘，呼吸不畅，老巫师举着龟甲做完法事后，对照着《黄帝内经》上记载的药方，在戈壁滩上偷偷寻找草药，结果，他很失望，草地里，比他预想的贫瘠荒凉。于是，迫不得已，他跨过卧倒在地上的盘羊，小心地推开抵在他身上的盘羊的犄角，坐在了仲犹的身边。老巫师闪烁其词地告诉仲犹，婵娟病得不轻，仲犹立即听出老巫师在打盘羊的主意，他清楚婵娟的病因是为风寒所致，宰杀一只盘羊，不仅可以让婵娟吃到羊肉和羊汤，尤其是盘羊汤，那该是上好的补品，而且，那一只盘羊也能让疲惫的夸父们都能补充到营养。事实上，对于婵娟，更重要的是盘羊的皮子，她穿得太单薄了，两件质地厚实的裙衫全都套在了身上，也难以抵御西北刀子般的刺骨寒风，那张皮子正好做成一件大衣，来抵御风寒。可是，其他人一样穿着单薄的衣衫，仲犹确信，只要宰杀一只，就有第二只盘羊被宰杀，然后是第三只，第四只，直到全部被宰杀殆尽。仲犹一阵地颤抖，他不知道接下来老巫师会不会自作主张，举着龟甲，在人群中散布月神的旨意，宰杀盘羊以解决眼前的困境。他走了过来，想祈求老巫师和微子启，给他留下这些种羊，他会在开春之后，等产下羊羔，等那些羊羔长大，等到了愚谷，他会用更多的盘羊犒劳疲惫饥饿的夸父兄弟。他想开口时，却一转脸看到了婵娟，那个女人面色憔悴，伏在地上，痛苦地咳嗽，轻轻地呻吟，好像吸进肺里的不是空气，而是折磨她的魔鬼。她会不会因此死掉啊，仲犹内心是纠结的，在这个女人身上，他有着不可名状之感。她曾是可敬的部落族长的女儿，那时的婵娟在他们心底是天仙，是高贵的女子，他甚至连看她都带着畏惧的窥视，而且哥哥伯猃为了得到她，冒死第一个攀爬上殷都的城头，她的丈夫又是他们兄弟的救命恩人。一只盘羊算什么，一群盘羊又算什么，他们兄弟在离开殷都城时，曾跪在微子启的脚下说，我们兄弟可以为你去死。

仲犹左右为难，驯化这些盘羊，他磨破了脚掌，跑烂了靴子，最初，他把均分到的食物大部分给了头羊，以此与头羊沟通和建立感情，获得青睐和信任，在收效日渐显著的同时，他却也因体力不支，差点儿倒毙在大漠上。这群盘羊是他的部落，就像微子启看待他们一样，盘羊就是他的子民。就像微子启不能杀掉他们一样，他理所当然地要去保护这群盘羊，他是它们的首领，是族长。他陷入了无尽的忧郁与沉默，他迷茫地不知道如何是好。但微子启的一句话让他下了决心，微子启说：“谁都别想打盘羊的主意，你是它们的首领，那是你的部落。”

他从腰间拔出了青铜短剑，他逐个从每一个犄角、每一只盘羊的身上扫过，像阅兵的将军。

戈壁上弥漫着一股血腥，那股气息让盘羊惊惧地四散溃逃，一只正在发情的雄性盘羊倒在地上痛苦地抽搐，垂死挣扎，它们的部落首领亲手屠杀了自己的臣民，他是屠夫，满身的血腥，它们奔逃了。那只也在发情的头羊先是一愣，接着怒目而视，接着便用犄角做武器，打算向首领宣战，它向着仲犹冲了过来。仲犹闭上眼睛，没有躲闪，他等待着它们的复仇，让它们的头上的匕首全部向他刺来，去凌迟他，那也许将是远古一次血腥的同态复仇。但头羊冲到他面前停住了，泪水沿着两颗圆圆的晶石一样的球体流淌出来。仲犹仍然闭着眼睛，他睁开眼睛后，除了那只残喘的盘羊，其他的子民早已无影无踪。盘羊的皮子是另一个猎人剥下来的，肉已经被切成了碎块儿，喷香的羊肉味钻进了夸父们的鼻腔。羊肉汤是上好的营养品，婵娟分到了第一碗羊汤，她端着那碗滚烫的羊肉汤，挣扎着坐了起来，她睃寻环顾，寻找仲犹，想赋予他母性的安慰，但此刻营地已看不到仲犹的影子，此刻，他正在追寻他的子民的路上。老巫师端着羊肉汤，抚摸着那张沾着血污的羊皮，面色凝重地说道：“仲犹去矣，仲犹去矣。”

部落里的两个女人，把那张羊皮裁剪开来，她们准备给婵娟缝制一件皮袄，婵娟却连连摆手拒绝道：“别给我做什么皮袄了，多做几副手套，那些测量的夸父们，他们的手都冻肿了，裂开了血口。”

一个女人拥抱住娇弱的婵娟说：“手上的血口要不了命。”

而另一个女人停下手里的活儿，忧心忡忡地问婵娟：“我们什么时候能走到愚谷？他们说，王子带着我们是去愚谷找你的祖母，他们还说，你的祖母叫西王母，她吃了一个鸟卵，生出了你的父亲，是真的吗？”

婵娟愣了一下，显得有些意外，她第一次听到这样的说法，她没听父亲讲过部落的祖先，也没有见过祖母。父亲说祖母还抱过你，还夸赞你会成为族群里最美的女子。祖母长得美吗？父亲说，祖母是温和的，慈祥的，她有一颗善良的心。父亲从未提到祖母最后的去向，到底是活着，还是死了，是埋在了城堡外的陵园，还是迁徙他处，比如像那个女人说的，去往愚谷。

其实，她并不在意远行的方向和目标，而在于追随着微子启，他在哪儿，她一定会在那儿。

雪停了，但天空并没有晴朗，寒风卷起戈壁的沙粒夹着悲凉的声响。微子启和老巫师对视了一眼，会心地笑了笑，微子启从皮囊里取出“圭表”，擦拭掉尘土，测量的方位已经选择清楚，只耐心地等待拨云见日的时刻。他平静地看着老巫师在牛胛骨上记录下了广袤的戈壁、稀疏的草原和平缓的小丘，以及走掉的仲犹和溃散了的三十四只盘羊。微子启扫了一眼后说：“你说仲犹去矣，他真的不回来了。”老巫师笑了笑说：“是你让他离开部落的。”

微子启嗔责地看了眼老巫师：“我怎么会让他离开部落呢，我现在担心他真的走了，我怎么向他哥哥伯狁交代。”

老巫师刻完了最后一个字，说：“你说过的，那些盘羊是仲犹的部落，他带着他的部落走了，因为他要留下来，他的部落就会遭到屠戮，所以他要保护它们，就会选择离开我们。你嗅一嗅，这空气中仍然弥漫着盘羊的血腥。”

微子启抿住嘴唇，闭着眼睛，深吸了一口气，说：“我嗅到是泥土的味道，是大商王朝的气息。”

老巫师说：“我刻下了，在龟甲上留下了我们的足迹，这里是商王的疆土，虽然现在还没有人烟，但日月在为我大商守护着泥土和草木。您回去向盘庚建议，征派一些将军和奴隶到这里开疆扩土，这是我们商王的疆域。”

微子启和老巫师把“圭表”摆在面前，以便太阳从云雾里转出来，即刻便能展开测量。但是，直到傍晚，阴霾仍然没有散开，黑云恋恋不舍地在他们的头顶盘旋。老巫师披散开头发，左手握着龟甲，右手举起青铜剑直指天宇，他不是作法，是在观测云雾，看风向的变化和云的行走轨迹。按理说，他做这些，其实完全是依靠多年的直觉和经验，但他对这些直觉和经验又缺乏信心，始终认为，是上天赋予他的先知的魔力，所以他更重视这让人神秘莫测的形式，他相信，那是神灵在向他召唤。老巫师的迷茫，让夸父们感到无力的恐惧，也获得了顶礼膜拜的尊重与信赖。

老巫师收回青铜剑后，长长地吁了一口气，似乎很累，像走了很远的路。

“明天早晨能见到太阳吗？”有人迫不及待地问他。

老巫师答道：“用不着等到天亮，辰时便可云开雾散。不过，子时之前，还有雪花飘飞。”

讨厌的雪啊，总算听到了云开雾散的消息。老巫师的预言在四面透风的帐篷里传递，他们终于从失落的困境中挣脱出来，唇齿间盘羊肉的味道尚未完全散尽，余香在肠胃间游荡回味，经过繁难艰险风餐露宿的跋涉，雨雪和云雾的阻隔，他们渴望每一天都是明媚的阳光，都是晴朗的夜晚。他们开始有了思乡的念头，想宏大的城墙和威严的宫殿，想河套里的麦穗，想洹河里清澈的流水，想女人蹲在河边洗衣和儿子在河水里嬉戏的记忆。

女人们在太阳落山前，凭着她们天性的想象力，缝缀好了一件盘羊皮袄，婵娟试了试，顷刻，女人们的笑声在帐篷里荡漾，臃肿的皮袄掩盖了母仪的风姿，窈窕的曲线隐藏在毛茸茸的膻味之下。男人们却和老巫师一样，为这个女人默默地祈祷，巴望着她从冰冷的地上站立起来，宛如一幅飞天的女神画，一座雕塑，以此，勾起他们无尽的遐想。微子启始终微皱着眉头，他疼爱自己的妻子，可那件皮袄又刺痛着他的眼睛，他向老巫师倾诉他的忧虑：“何以服众？”老巫师叹了口气说：“部落的荣耀是让每一个夸父，无论男女，他们都能活着，没有征战和血腥。”

“哪里不会有征战，绝无可能。”微子启说。

老巫师一脸的惆怅，喃喃地叹道：“征不征战，不是我们的意愿，但我们的夸父，他们得活着，你的妻子一样也得活着。”

微子启忧虑地说：“能杀死我们的，不全是人，还有天。”

空气中似乎依然弥漫着盘羊的血腥，就是这股血腥的气味，让一场冷酷的绝杀悄然而至。

帐篷里的夸父和大戈壁一起沉睡之后，起来撒尿的夸父证实了老巫师的预言，天上果然又在飘雪。外面实在太冷了，他哆哆嗦嗦地撒完尿，想快点钻进帐篷，那里有呼噜声，有羊膻味、多日未清洗的体臭和女人的气息，还有一丝比荒原上的瑟瑟冷风弱小得多的温暖。但他扭身的时候，看到了另外一种东西，那不是闪动着的绿莹莹的星光，是凶相毕露的眼睛。它们已经完成了绝杀前的排兵布阵，构成了一个环形包围圈，二十三匹西北狼正窥视着入冬以来最美味的佳肴。早在中午，它们循着血腥和炖煮羊肉的气味，提前进入了伏击圈。它们没有看到期待中的盘羊，却发现了一群不速之客，权衡了力量对比之后，它们决定隐蔽在缓坡后面的洼地里，那里有被风围困住的雪粒形成的雪窝子，正好当作了隐蔽的掩体，两只公狼趴在缓坡上的石头后面，担负警戒和监视任务，其余皆匍匐在洼地里耐心地等待夜幕的降临，它们试图乘暗夜的掩护，对这群野人一样的不速之客发起攻击。

云雾遮蔽的天空看不到西去的落日，但光线却越来越黯淡，刺骨的寒风卷起雪粒扑打在西北狼的身上，它们一动不动地趴着，靠近雪窝子的那几匹狼的后尾部被吹起来的雪粒掩埋了，它们仍然一动不动地等待，饥饿没有让它们发疯，却锤炼了足够的毅力和耐心。

荒原是多么的安静，除了西北狼和帐篷里的人，没有其他的野兽，连一只野兔都看不到。后来，一只小旱獭呆头呆脑地爬出洞子，摇摇晃晃地穿过雪窝子边缘，一匹母狼挺起了胸膛，支起了脑袋，它犹豫了一会儿，放弃了对这只小旱獭的猎杀，小旱獭幸运地逃掉了。不久，帐篷里传来像牧歌一样的鼾声时，西北狼开始行动了，它们沿着缓坡迂回下来，迅疾散开，在极短的时间构筑起了一道包围圈。

他幸好腾空了膀胱里多余的水分，所以当他看到那些绿莹莹的亮光时，没有吓出尿来，他惊惧得喊不出话，甚至无法挪动沉重的双腿，雪停了，风停了，空气凝滞了，残酷的绝杀还没有开始，就像一个最残酷的战场，开战前总有那么一阵短暂而恐惧的沉寂。西北狼发出了一声凄厉的开战的嗥叫，他终于从措手不及的惊惧中回过神来，大声地喊了出来："狼，狼来了，抄家伙吧。"

帐篷里的人透过空洞，看到了暗夜里的群狼和杀气。

他被人拽回了帐篷，顷刻间，三顶帐篷晃动起来，好像瞬间便会坍塌，帐篷里，青铜剑叮当作响。

“小心，你的剑杵着我了。”

“好家伙，我们被包围了，到处都是绿莹莹的眼睛，冲出去吧。”

“你先闭嘴吧，听王的号令。”

“王子在后面的帐篷里呢。”

“王，你说怎么办？”有人喊着。

帐篷抖动摇晃得更加剧烈，女人和老巫师被围在了中间，微子启拎着剑冲出了帐篷，婵娟在聚拢起的人墙中喊道：“子启，我怀孕了。”

“年轻力壮者把帐篷围起来，用你们锋利的剑去刺杀恶狼。”微子启大声地命令，随后又说，“老巫师，‘圭表’就交给你了。”

面对凶残的群狼的围攻，最后这句话听起来似乎并不能鼓起夸父们搏击的勇气，倒生出些悲壮的伤感，情势也的确不那么乐观，饥肠辘辘的群狼会做出惊人的举动。老巫师挤出人墙，对微子启说，留一顶帐篷给女人们，剩下用来点火，天太黑了，硬拼会有伤亡。说话间，两匹狼已试探着冲了过来，敏捷的夸父朱桡手起剑落，一匹狼身首分离，狼首砸落到了帐篷顶上，他是微子启的远房侄子，是一个贵族；另一匹狼扑向了年轻的夸父浩，咬住了他的肩膀，数只长剑刺穿了狼身，浩曾是婵娟父亲部落里的人，在微子启的王府里，他是一个奴隶。继续冲锋的西北狼停止了攻击，因为它们看到了火光，来自四个方向的燃烧起来的火光，那不是熊熊的烈火，是像火把一样的一片兽皮，这一片即将燃尽，另一片随即被点燃，但他们还得省着用，这时，离天亮还有些时辰。干燥透了的兽皮噗噗地燃烧，两顶帐篷的兽皮没能熬到天亮，女人们已经把第三顶帐篷撕扯成碎片，递到男人们的手上，微子启和他们一样举着长剑傲立在寒风中，他转过脸来对妻子说：“你该阻止她们，以后用什么遮风挡雨？”

“我们得活着。”妻子的话竟然和老巫师如出一辙，其实，微子启何尝不是这样的想法，活着，行走，探寻天地的构造，那是他的伟大的梦想。

对峙到了天亮，他们被恐惧折磨得心力交瘁，万念俱灰，因为他们在晨光里见识了什么是西北狼的凶悍和健壮。

肩膀被狼咬伤的浩，面色苍白，他躺在冰冷的地上，血浸湿了土地，白色的积雪变成了殷红的冰凌，与那把青铜长剑冻结在了一起，他在黎明的波光里化作了天空的晨星。

两匹死狼被猎户出身的夸父麻利地剥了皮。他们用一根长戟挑起两张狼皮，想以儆效尤，但适得其反，西北狼被激怒了，它们伴随着正在冉冉升起的红日，嗥叫着冲向人墙。聪明的西北狼，两个一组，前后夹击，各个击破，人墙被冲击得支离破碎，很快失去了防御能力，人狼混战，胜负难料。从此时的情势看，狼群已占据了优势，它们娴熟的战法，亢奋残忍的冲击，一点点地击溃了夸父们的意志力，开战前，挑起狼皮示威宣战的激情，早已无影无踪，腹背受敌的围困使他们疲于应付，不寒而栗。一匹狼已经冲击到了老巫师的身边，微子启用剑挡开了狼的攻击，盛放“圭表”的包袱从老巫师的怀抱中滑了出去，在冰冻的地面撞击出清脆的响声，老巫师不顾一切地扑到地上，惊慌失措地打开包袱，“表”四分五裂，“圭”断作两截。微子启心如刀绞，老巫师像甘愿受罚的孩子，伏在地上不肯起来，微子启一边举剑护卫，一边呼喊着婵娟，让她拖起老巫师，躲开群狼的攻击。队伍越打越散，众人的衣衫皆血迹斑斑，有狼血，也有从自己伤口渗出的血渍，他们感到了体力不支，如果继续和群狼纠缠下去，一路跋山涉水的夸父们，将被凶悍的西北狼围歼，集体葬身在离殷都遥远的戈壁滩上，历史不可能铭记每一位夸父的名字，但会记住夸父们无意间开辟出来的道路——河西走廊。

即使在久远的年代，河西走廊仍然改变不了它的寂寞与荒凉，尽管祁连山丰沛的雪水滋养着一片丰美的草原，生长着茂密的一片森林，但玉门关外，茫茫的戈壁滩，飞沙走石，亘古不变。破碎的“圭表”击碎了微子启的意志，他握着青铜剑的手开始颤抖，亦如心在哆嗦。三匹狼包围了他，长衫被狼爪撕扯成飘扬的战旗，在风中起舞，但很快变成了捆绑自己的绳索，微子启被飘起来的碎布条缠绕住了手臂，失去了抵抗和自我保护的能力，看上去，微子启是一个运气极坏的人，他试图脱身，然而越挣扎缠绕得越紧，他只好眼睁睁地目睹西北狼扑过来，把他撕碎，变成一堆血肉模糊的骨架。这时的微子启不是恐慌，而是绝望。

一支箭射中了狼的脑袋。这样的箭术，只有伯猃和仲狁兄弟才有。仲狁带回了他的部落，盘羊的犄角变成了冲锋的利刃，一匹狼被刺破了肚皮，肠子掉了出来，另一匹狼先被刺瞎了眼睛，但随后脖子上划出一道深深的血口，它的气管被划破了，脖子下面涌出呼呼的血泡。盘羊也不断有战死者，倒下时，犄角还插在西北狼的肚子里。活着的西北狼剩下了九匹，它们调整了战术，改为斩首行动，因为它们辨认出了头羊，一起集中火力向头羊进攻。仲狁拎着剑冲进了狼群，去解救他的头羊，仲狁的右腿被一匹狼死死地咬住了，他劈开了那匹狼，又一匹冲上来再次咬住他的右腿，撕开血肉，露出了白骨。夸父们一拥而上，剩下的七匹狼选择了溃退，撤出对决，消失在了缓坡的后面。

清点战场，除了仲狁重伤了右腿，其他人倒无大碍，只是受了些轻伤。盘羊在这次冲锋中，有一半被咬断了脖子，倒地死了。那十一匹死狼被剥了皮，狼皮解决了帐篷问题。死去的盘羊怎么处理，那得征询它们的首领，但仲狁躺倒在血泊里昏迷了。老巫师在众人的期待中俯下身子，仔细地察看那条还在流血的腿，沉默了好半天。所有人都觉得，老巫师思索得太久了，一个决定居然要等那么久么？

又过了一会儿，老巫师对微子启说，脱掉你的长衫，取一块儿龟甲。微子启照着做了，老巫师又指着砍杀第一匹西北狼的朱桡，用手向他示意。

朱桡摇着头说：“没有了腿，他还是夸父吗？”

微子启也明白了，忙说：“想想别的办法。”

老巫师叹了口气，先看了眼微子启，接着对朱桡说：“这是他的命，快动手吧，利索点，一刀解决。”

朱桡举起青铜剑，又垂下了，他不忍动手。而在平常，他选择尽量远离这个令他生厌的家伙，他讨厌仲狁身上的羊粪味道，讨厌这个和奴隶身份差不多的猎人，因为他是王室的贵族，他甚至认为，微子启就是为了从国王盘庚刀下救出这两个兄弟，才离开殷都城的，所以他有时看着仲犹逗留在微子启的身边，看见微子启像兄弟一样对待粗俗的猎人，他想拔出青铜剑来，干掉仲犹，现在不就是杀死他讨厌的家伙的时候么。

他没有勇气砍下去。那条腿还在冒血，老巫师给仲犹的嘴巴里塞了一块儿甲骨，站起身来，拍着他的肩膀说："干吧，晚了，就没用了，你是在救他。"

他举起了青铜剑，高扬过头顶。

一声凄厉的嚎叫后，戈壁滩安静了，似乎整个世界都被冰封掉了。

三天后，仲犹沮丧地打翻了婵娟亲手端来的羊汤，眼睛盯着她身上的盘羊皮袄。这三天，部落的女人都穿上了盘羊皮袄。对婵娟来说，这可是一个不小的错误，她只想着让仲犹尽快地好起来，却忽略了他是盘羊的首领。

仲犹苏醒后，问微子启："我的腿呢？"

微子启平静地说："埋掉了。"

仲犹仰起脸来，恳求道："我想看看。"

微子启仍然平静地说："埋掉了。"

仲犹暴躁地带着哭腔喊道："给我一剑吧，杀了我。"

微子启说："我得把你带回殷都城，见到你的哥哥伯猃。"

那是十一月初阳光明媚的早晨，安慰了仲犹，看着他安静地躺在崭新的狼皮帐篷里，依靠时间的长度来康复残缺的躯体。

一个月以前，他们在横穿河西走廊的路上，在黑河边遇到过一个狩猎的部落，后来又在祁连山脚下冒昧地闯入了一处种黍子的土著领地，并和老族长以及他的土著居民在冰冻的河边度过了新年。他们之所以没有发生冲突，是因为老巫师让土著部落的族长和巫觋见识了"圭表"，那透着玉润光泽的"圭表"引起了他们极大的好奇，狩猎的族长试图伸手摸一下，老巫师挡住他的手，指着天穹上的太阳，礼貌地提醒他，狩猎部落的族长立刻吓得脸色苍白，急忙将手缩了回去。他们第一次听说，太阳睡觉的地方叫"愚谷"，这些看上去衣衫褴褛、胡子拉碴、面色憔悴的人，声称无心与他们争夺领地，而是一群追赶太阳和月亮的夸父，但那些土著族人和他们的族长怎么也无法把他们和富有伟大梦想的夸父联系起来。微子启为了让他们相信，又给他们讲天狗吃日，有时也吃掉月亮，讲在他们的东方有一座叫殷的国度，那里具有最先进的青铜冶炼技术，可以打造像他们手中这些锋利的武器，以及象征国家权力的祭祀的鼎，那里有富丽堂皇的宫殿和众多的黎民百姓，奴隶与战俘，典章与法律。他在狩猎的部落讲地球像森林外边那块平坦的空地，在种黍子的部落说地球像一块儿巨大的打谷场。那些土著部落里的人被微子启的演说吸引着，以至于忘记了吃饭和干活，他们热情地挽留，希望从这个族长的嘴里听到更多稀奇的并提供一些食物，但衣服却无法补充，那些部落人在衣服上也是捉襟见肘。

微子启把“圭表”的破裂视为雪上加霜的哀痛，就好像一副弓箭，箭头折了的同时，连弓弦都断了，那是萧扶桑历时十年打磨试验出的测量仪器，微子启无心吃饭，无心睡觉，苦苦思索，想不出修复的办法，尤其是“表”破碎得四分五裂，不是一个修复就能解决的，必须重新磨制一套新的“圭表”，尽快投入大地测量和日月观察。但两天后，微子启和老巫师又失望地摇头叹气，戈壁上，除了鹅卵石，别无可以磨制“圭表”的材料。一天后，微子启发现一块巨石上刻着和老巫师很相近的符号。老巫师说：“这是一块儿路标。”微子启问：“时间是多久？”老巫师伏在巨石上，看了一阵子说：“我想是大夏人干的，一千年总有。”

微子启一下子陷入痛苦的迷惘之中，在他一千年之前，已经有人开始观察日月，并记录在这样一座看上去更像丰碑的巨石之上，那是多么伟大的杰作，似乎无人可以与之比肩，那么他们所做的大地测量和观察还有意义吗？天狗吃日的解释，地球的形状到底是个什么样子？它和太阳的关系，为什么月有圆缺？等等吧，他的思想因为无法解释而迷离彷徨。老巫师平静地看着他。婵娟来了，依偎在丈夫的胸前。老巫师举着龟甲走了，他在那块儿龟甲上临摹了巨石上的一些符号，打算回到狼皮帐篷里细心体会，好知道大夏人这一路上到底发现了什么。婵娟穿着皮袄显得有些臃肿，她的脸颊已经现出一丝绯红，并渗出像血管线一样的细密的纹路。婵娟伸出手来捂着丈夫冻红了的耳朵，心疼地望着，他们好久没有这样亲亲热热地偎依拥抱了，他们和那些夸父们挤在一座帐篷里，那样的环境有时不得不淡化或者模糊自己的性别，而那些人们，因为她是王的女儿和王的丈夫，对她格外尊重，更多的是在她身上找到每一个人的心灵慰藉。可是她的丈夫——那个被人尊敬的王，她需要的是他的亲吻、他的抚摸，他吹拂在她耳边的急促却并不粗重的喘息，以及帷幔里淡雅清香的味道，那是她特意安排侍女们在微子启回来前，点燃了一支沉香，她喜欢那悠悠的清淡味儿，然而，那样的日子快成回忆了。她怀孕了。他说，我在堵截狼群的时候，你为什么说这话？她说，我是想告诉你微氏家族将会有和你一样的夸父，让你了无遗憾。

微子启拥抱着妻子说："等到冰雪融化的时候，该让你们去沐浴了。"

婵娟仰起脸，羞赧地看着丈夫："我身上的味儿熏到你了？"

微子启笑了，他说，我知道愚谷里有什么了。

"有什么，你快说。"婵娟天真地看着丈夫，她的皮袄里确实有股味道，是未熟制的盘羊皮的膻味。

"愚谷有像你身体一样的玉石，冰洁的玉石。"微子启深情地看着自己的女人，"可惜，好久没看到冰洁的玉石了，上次是在哪儿？在黑河边，那天太冷了，黑河结满了冰凌。依我看，到了春暖花开的时节，我们就能到愚谷了。等到那个时候，我们的孩子也快降生了吧。"

婵娟的脸上飞起一片粉红的光晕，像西北高原这块儿巨石壁上折射出的迷人的光芒。

老巫师又来了，他说，朱桡他们从沙土里找到一截死掉的胡杨树干，可以用胡杨木做一件"圭表"，测量的结果应该是一样的。微子启想了想说，三天能不能做成，萧扶桑做了十年。老巫师点点头说，我担忧的是仲犺，他还能跟着大家一起走吗？

微子启说："就是轮流背着，也得把仲犺背到愚谷。"

老巫师忧心忡忡地问："愚谷在哪儿？"

微子启转过脸，面色凝重地望着西边说："不远了，只要追赶着头顶的太阳，就一定能找得到。"

第十八章　漂洋过海

萧扶桑终于把这支扩大到一倍之众的队伍带到了另一绝境，这源于他的狂妄和自负。翻越岭南的路上，萧扶桑的脾气越来越古怪，有时整夜不睡，一支队伍跟着他在陡峭的山路上摸黑冒险，而到了白天，他又停下来，躺在一块树荫遮蔽的石板上，翻弄伯猃背着的一箱子龟甲书，读得如痴如醉。他的自负也让这支队伍无可挽回地偏离了方向，不是一直向南前进，而是偏向了东南方向。

但关于偏离方向的原因，还有另外的一种推测是黎塬部落那个脖子上缠着青蛇的家伙故意带偏了方向，因为在岭南的这一段山路上，始终是他走在前面做向导。那么，如果怀疑是向导在从中作梗，总得有个合理的解释吧。萧扶桑给那些夸父们做出的解释是这样的：向导是在寻找河道，他想找到黎塬族长的尸体。这个解释，尽管有推脱责任的嫌疑，但众人还是信了，而且还不能责怪那个向导，那是仁义重义的表现，是对老族长无尽的怀念。

一天，也就是走出岭南的前一夜，萧扶桑怪病发作，安排伯猃连夜制作黄色木牍，数量是每人一件，包括新加入的黎塬部落的人。伯猃立即反对，说当初做木牍也是老巫师玩的分兵把戏，糊弄人的。莫不是你还想再分一次？萧扶桑沮丧地坐在地上，为在部落里找不到知音，内心充满孤独而痛苦，谁能理解他呢？原以为伯猃算一个，岂料，也不是能合拍的人，也不理解他的心。他看了看伯猃，颇似语重心长地说："破而不语，含蓄为上。"伯猃回味了良久说："我听你的，去做木牍。"

尽管伯猃去了，他却觉得萧扶桑是一个诡计多端的家伙，在他身上似乎少了些什么，比如真诚。这就是萧扶桑和微子启不一样的地方，反正伯猃能想明白的也就这些而已。当初分兵时，仲犹从微子启那儿过来和他告别，除了兄弟的难舍难分，仲犹还告诉了哥哥他们此行的目的地，是去往愚谷，据说，那是一个神秘的如同仙境一般的地方。仲犹接着又问哥哥，你们去哪儿？他一时语塞。

"向南走。"他最后敷衍道。

走到现在，快一年了，他们的目标似乎简单到了观察日月和大地测量，这也是萧扶桑挂在嘴边的话。

木牍做成了，但漆色又耽误了一天。他在附近的山脊山坳里寻遍了，没有找到漆树和松脂，虽然路的两边长了不少茂密的芭蕉、白桦和红杉树，每一株树的树冠都像一把伞，罩在山路之间。他去向萧扶桑诉说困难。萧扶桑说，你休想让我帮你去找，那上面不仅要有颜色，而且是纯正的黄色，走出岭南前，每个人都要戴到脖子上。

他有些胆怯，林子过于繁茂稠密，如果离开队伍太远，那么他的迷路，简直毫无悬念。"这是死路一条。"伯猃理解这是萧扶桑要甩掉他了，可甩掉他对萧扶桑有什么好处呢？伯猃立刻一厢情愿地想到，萧扶桑想在这里开辟一个新的王国，脱离盘庚和微子启，先除掉像他这样对微子启忠贞不移的勇士，接下来自立王国的事情就好办多了。

树林间弥漫着氤氲的雾霭，潮湿的空气似乎能用手攥住便能拧出一滴水来。他首先发现了一株低矮的油松，针叶油绿，树干间渗出泪珠般的松脂，伯猃又搜寻到一株漆树，接下来要做的便是调和与熬制，刷漆，晾干，这些看似繁琐的工作，伯猃做得不紧不慢，耐心细致，似乎他有大把的时光供此消磨。之后是将那些簇新的漆了黄颜色的木牍发给众人，萧扶桑后来给木牍赋予了新的名词，叫胸牌。

"之"字形的队伍，连绵的大山，早就让他们烦透了，一座接着一座的大山，差点压垮了那五头蠢笨并负重的驴子，那五头驴子在下到平原前的最后一段山路上集体抗议，拒绝往前走了。赶驴子的五个黎塬族驭手边抽打边吆喝，驴子们才吭吭哧哧地行进起来。但走出大山后，黎塬族人却开始整理行装，直到那些黄色的木牍挂到脖子上，他们从茫然、犹疑，忽然变得平静了，并很快融入了夸父们中间，尽管还有那么一点生疏的感觉，但彼此不再冷漠和心存芥蒂。黎塬族长便成了大家共同崇拜和怀念的英雄，每每提及，总是满怀敬意，唏嘘叹息。

伯猃悄声对萧扶桑说，你比老巫师狡诈。萧扶桑把一只剑角蝗丢进鸟笼后，轻描淡写地说，好好学着吧。

大伙还没有好好吃一顿像样的饭，算是对翻越岭南的庆贺，萧扶桑倡议自己的夸父发扬无私奉献的风格，各显身手，准备十多天最正式的午饭，而后就地休整三天。他们扎下营寨，这又是黎塬族人大显身手的时候，他们可以就地取材，用树干做支架，用芭蕉树叶做屋顶，一座简易的草房没费什么力气便搭建完成。伯猃以为萧扶桑还会接着读那些龟甲书，递给他，他却放在了一边。萧扶桑此刻的兴趣转移到了白鸟，对着白鸟说话，事实上是自言自语，然后是吹口哨，低声哼唱殷都的颂歌。夸父们早已熟视无睹，而黎塬族人新奇地问："这老家伙在干什么？"

伯猃头也没抬地答道："他疯了。"

问话的黎塬族人一惊，脱口问道："我们跟着一个疯子会走到哪里？"

伯猃沉默了一会儿说："我弟弟和微王他们去的是愚谷。"

黎塬族人又问："微王是谁？"

伯猃答道："微王是我们夸父的王。"

黎塬族人糊涂了："疯老头不是王吗？"

伯猃说："他是王，是我们的王。"

那人想了半天，也没想明白伯猃的话，反倒觉得，这个猎人比那个白发的老者更加的疯癫。

开饭了。他们抓到了五只山鸡、七只野兔，又采了很多的山野菜和蘑菇，这顿饭看上去并没有想象的丰富，分到的肉羞涩地沉在钵子底下，那一两块儿肉也就勉强打个牙祭，但自从离开黎塬族人的部落，走上山路之后，这已是很像样的午餐了。他们是夸父，也是苦行者，那时整个世界还没有苦行僧的说法，所以那本书里用了“苦行者”一词。他们采摘了些野果作为饭后的消遣之食，边吃果子，边聊一些有趣的话题，那话题自然聊到不可理解的神旨和传说，那些传说，又总是带着恐惧和惊悚的色彩，听者的心里便产生了敬畏，有时也不失时机地提醒讲述者，注意演绎的分寸，切莫被看不见的神灵听到，他也许就在头顶，或者藏在身后，那是一股不可抗拒的力量。演说者便冲地上吐一口口水，以示对自己的惩戒，请求神灵或者某人的谅解。

休整过后，他们连续行进了一个多月，绕过一片大泽区，到达了更大的一片水域。萧扶桑说，那是大海。伯猃以及那些夸父和黎塬族人望着碧蓝无边的水域惊呆了，然后是彻底的绝望，他们纷纷诅咒脖子上缠着青蛇的家伙，有人甚至把青铜长剑架在了他的脖子上，让他和肮脏的青蛇同归于尽，青蛇吐着芯子针锋相对地抗议，向导委屈地望着怒目而视的众人，怯声辩解道：“你们该把刀架在会说鸟话的那个老疯子的脖子上。”

众人一齐看萧扶桑，这时，萧扶桑却神情专注地盯着那只发黄变色的鸟笼子，海风吹散了他银白的长发，仿佛拖着尾巴的彗星，原本合体的衣服在海风中肥大得像鼓起的灯笼，脸上的皱纹显示出苍老之态。此时，差点被人遗忘了的那个叫食繇的人站了出来，他举着长剑出人意料地刺向萧扶桑，而且他奏效了，他倒没有立即杀死萧扶桑，是把捧着鸟笼子的萧扶桑变成了人质，他的剑锋直抵萧扶桑的胸前。萧扶桑的脸上看不出太多的慌乱，长长的银白胡须扫过透着寒光的锋刃，两只白鸟在狭小的笼子里扑腾，他冲食繇说：“你最好一剑毙命，免得让我痛苦。”

食繇却向众人大声地嚷嚷：“让他把河套里的土地还给我们，让我们回去，他和微子启都是骗子。”

“你是在蛊惑人心。他们不会听你的。”萧扶桑警告说。

“不，我们听他的。前面是大海，我们已经走投无路。”人群里有人大声地抗议。

一向自负的萧扶桑在冲刺进耳膜的杂音中望了眼自己的族人，

司空见惯的装束竟然让他吃惊不已，那是些衣衫褴褛面容枯槁的族人，与其说他们是大地测量家，倒不如说他们是逃难的乞丐，他收回目光时，又看到了食繇脚上溃烂的血泡，黎塬族人送给他的草鞋勒到了血肉里，萧扶桑轻声问道:“痛得厉害吗？”食繇的长剑颤抖了一下:“你死定了。”

“你在眉山就已经死了。”萧扶桑冲伯猃扬了扬手，又把目光转向了食繇，“食繇，你可以杀了我，但最好别惊着这两只鸟。”

食繇的长剑又颤抖了一下，没有吱声，算是默认。

伯猃却把萧扶桑的话当成向食繇发起攻击的信号，他本来就想用箭射穿食繇的喉咙，但萧扶桑没有给他暗示，他便放弃了轻举妄动，因为食繇毕竟是同族的同胞。他走向萧扶桑，在即将接过鸟笼子的瞬间，伯猃突然转身，用剑挡开了食繇逼向萧扶桑的剑锋，并顺势将萧扶桑推开。食繇被突然一击，身体重心平移，向后退了两步，但他的剑就势向下劈来，伯猃的一只手臂随着长剑的起落，掉到了地上。人群里顿时发出一连声下意识的惊叹，与此同时，众人举剑包围了食繇。

“杀了他。”众人看着萧扶桑，也看到了地下血淋淋的胳膊。

萧扶桑没有下达杀死食繇的命令，而是让人把食繇结结实实地绑了起来。

伯猃被黎塬族人向导搀扶到了树下，向导解下腰间的长布带快速缠绕包扎了断臂，伯猃嘴唇灰白，额头上冒出细密的汗珠，流出的血染红了包裹伤口的布带。向导的手死死地按在伤口上，仰起脸来对走过来的萧扶桑说:“他的血会流尽的。”

萧扶桑擎起长剑，转身走向食繇，他决定杀掉这个族群里罪恶的灵魂，甚至为自己在眉山的放纵而懊悔不迭。他想探究食繇的心理，想知道他的所作所为到底出于什么样的动机和目的。食繇告诉他，那是失掉贩卖粮食的收益和安定生活的痛苦，还有不可思议的妒忌，妒忌能让他变成杀人的恶魔，他说，他希望得到重视，而不是平庸地跟着队伍随波逐流。萧扶桑听了喃喃自语:“谁都不平庸。”他这话并不仅仅是想说给食繇，而是所有站在他周边的人。

潮起潮落，海浪拍打着礁石，溅起高高的水花，沙滩上散落着灰白色的牡蛎。萧扶桑没有杀死食繇，尽管他犯下了不可饶恕的罪行，但萧扶桑又一次给了他重生的机会，原因是萧扶桑看到了波涛汹涌的大海，看到了食繇满是血泡的脚掌和一路的风尘。

一切都让他不安。他在海边寻找大地的影子，却是那么的朦胧而又迷惘，太阳和月亮，月亮和星辰，天空和大地，海水和礁石，海水和沙滩，海的这边和大海的那边，以及刚才还嘈杂的抗议的杂音，还有掉落在地上的血淋淋的半个手臂。他没有微子启那王的气质，也没有老巫师巫蛊的神秘，他是白发苍苍的老者，但又让族人见识了不老的神奇，他的精神永远是那么的矍铄，但看到大海的那一刻，他苍老了，感觉到了呼吸的不畅快，感觉到了牙齿的松动。他捋了捋被海风吹散了的白发，站到了那块礁石上，喷涌而来的海水打湿了他的衣衫，他说："黎塬向导说得没错，是我把你们带到了大海边。孩子们，殷人第一个找到这片大海的不是我们，是黎塬族人，对，就是你们黎塬的祖先第一个来到了大海边，他们在付出了十个人的生命代价后，停止了去往大海深处的探险和测量，他们遗憾地把这段经历刻在了龟甲书上。孩子们，你们知道黎塬族人为什么没有返回中原，而是留在了那片亚热带丛林边上？那是因为他们在等待，等待从中原来的夸父和他们的后人一起去大海里探险，因为那里才是太阳升起的地方。这就是黎塬族人的心思，他们因为揣着这个心思才留下来，安静地等待，等待我们的到来。这就是龟甲书上的内容。"

"他看起来更像老巫师。"伯猃忍着剧痛对黎塬向导说。

向导眨巴着眼睛，他能联想到的人却是黎塬族长，也许他的尸体早漂到海水里去了。他听爷爷讲过，那河水最后都流进了大海。他想找到黎塬族长的尸体，让他安睡在海边，听大海的涛声，听先辈的呼唤和内心的隐痛。那隐痛就是被大海阻断了的幻灭了的梦想。

三天后，食繇回来了。他带回来了一个脸膛黢黑身材壮实的渔夫，年龄看上去有三十岁，他的身子被渔网缠绕着，像一只粘在蛛网上的飞虫。渔夫挣扎着，并不配合。他当然不会配合，食繇烧掉了他的窝棚和渔船，那船是用一棵粗大的樟树开凿出来的独木舟。

他没有妻儿，父母也早亡了，一个人在海边打鱼为生，他的古怪性格，与曾经的邻居格格不入，所以他像一只单飞的孤雁，独自在海边栖息。其实食繇开始是想说服渔夫，为他做向导，带他离开海岸线，离开夸父部落。但渔夫告诉他，除非不想活了，我们两个永远也走不出海岸线。食繇一下子明白了，他永远斗不过萧扶桑，他自以为会离开部落，会走出大山，回到中原，可是他那样做的结果，就像那条被蚊蝇包围的死鱼一样，安静地躺在湿漉漉的海滩上，最后剩下一堆白骨。他趁渔夫熟睡的时候，点燃了窝棚，渔夫从窝棚里迷迷糊糊地钻出来，便一头扎进了自己的渔网中，并眼睁睁看着自己的独木舟燃起熊熊的大火。他在结实的渔网里，百般挣扎，叫苦连天，不是为绑着，而是为这三天的放松警惕。三天前，他看见绑他的那个人，像那条散发着恶臭的死鱼一样躺在海滩上，他叫醒了那人，并让他吃了自己出海捕捞的鱼和牡蛎。那个衣衫破烂的陌生人吃过生鱼片后，便张开嘴巴，絮絮叨叨地请他带路，离开海岸线，到一个被他描绘得天花乱坠的诱人之地，那里丝绸罗织，米黍金黄，牛羊遍野。他想了半天，穷尽头脑，但也想象不出食繇为他所描绘的美景到底怎样的美轮美奂。他切了一块儿生鱼片，搁在舌尖上，大口地咀嚼，很是满足，尽管味蕾早就麻木，但除了鱼肉、海贝和牡蛎，海边也找不出更好的可以果腹的食物，他边吃边给食繇切了一块儿，让食繇尝尝。食繇放在嘴里，咀嚼了两下，吐了出来。他很奇怪，这么鲜美的鱼肉，在这个外乡客的嘴巴里，竟然难以下咽。后来，食繇适应了生冷腥咸的鱼肉，吃掉了一整条鲅鱼，啧啧嘴，开始跟着渔夫学吹海螺，海螺发出的声音，呜呜的像夜晚婴儿的啼哭。食繇就说，这声音太难听了，得想办法改进一下。改的办法也简单，就是在海螺的后面加一根树管，类似于现在的笛子，考古专家在沿海的一个商朝的墓穴里就挖出那么一个东西。食繇帮渔夫改进了海螺乐器，试着吹了一下，果然声音变了，韵味也变了，而那个渔夫，自己吹了很久的海螺现在倒不会吹了，咿咿呀呀的怎么也吹不出食繇那样的韵律，便请教食繇。这时，食繇倒拿捏上了，非得让渔夫拜他为师，才肯教授。渔夫也是实在人，趴下便叩头，他学打鱼的时候，也叩过头，是他爹带他向一个更老的渔夫拜师的，所以渔夫知晓叩头拜师的套路。拜了师，食繇便教渔夫吹海螺，其实食繇也是现学现卖，在摸索着前进。到了第二天，渔夫早上出海打鱼，食繇琢磨海螺还能吹出什么韵律，一试，现在的吹奏方法，比昨天的又进了一步，更好听了。中午，渔夫出海回来，和师傅一起吃了新打来的鱼肉。下午，又学新的韵律，晚上食繇要走，渔夫便苦苦挽留，不放师傅走，但食繇还是走了。分手时，两人还相互落泪，难舍难分。到了第三天，渔夫无心出海，想念师傅，捧着海螺吹了一整天，晚上嘴巴肿了起来，连吃生鱼片也张不开嘴了，躺下睡了。睡到半夜，窝棚着起火来，他慌乱地冲出窝棚，便钻入食繇布置好的渔网里了。

渔夫气得大骂："小子，白吃了我两天的鱼肉。"

食繇隔着渔网捅了捅渔夫的肋骨："你是我徒弟，别这么没礼貌。"

随后，又踢了踢渔网："有师徒这一层，我才不会杀你，但你得乖乖地跟我走。"

渔夫挣扎了一番，徒劳地费些力气，便顺从地跟着食繇。

萧扶桑打算亲自为渔夫解开捆绑的渔网。渔夫却叫嚷着，要食繇来为他解开渔网，食繇觉得很有面子，起初收徒弟只是为联络感情，现在倒真想收渔夫做徒儿，便上前解开了渔网。渔夫从渔网里出来，却扑向食繇，厮打起来，食繇还了两手，力气上远不如渔夫，脸上和身上皆挨了几拳。这几拳化解了众人对食繇的怨愤，纷纷出手相救，七手八脚地又将渔夫捆绑了起来。渔夫像患上了狂犬病，拖着那张破败了的渔网，在地上滚来滚去，于是又有七八只脚掌踏在渔夫的身上。食繇推开众人说："我已收他做了徒弟，这是我和他之间的事儿。"众人便收回了手，有一个还想踹一脚，却被食繇挡住，脚掌印落在了食繇身上。

食繇指着萧扶桑，换了一副和善的面孔对渔夫说："你听他的吧，他不会杀你。"

渔夫半信半疑地望着师傅，他开始琢磨自己是怎么到这儿来的，似乎并不是用渔网绑着那么简单，师傅绑他来想做什么？对于一个懒得思考的渔夫来说，这几乎是一个难题，他的生活简单到了出海打鱼，打鱼出海，日复一日，周而复始，这是他的全部的生活，而现在，他的面前黑压压的出现这么多张陌生的面孔，除了师傅，其余人又似乎对他并不怎么友好，倒是那个银发须白的老者看上去和善一点，眼神中又充满了几许的期待，他期待什么？

银发老者跨前一步，和颜悦色地问他疼吗。这不是废话么，这一路，自己打鱼的渔网倒成了捆绑他的绳索，那时还没有作茧自缚这个词，当然即使有，一个渔夫也不大会想起这么一个词语的。渔夫没吭声，但眼睛却盯着萧扶桑，四目相对，似乎又在做一番较量，萧扶桑没有抵挡住那怒视的目光，首先妥协了，他说："我们想出海，想请你帮忙。"

渔夫愣住了，这是他没想到的，也在瞬间释怀了。他心里想了一千遍的疑问，总算揭晓了答案，他一路上就想着师傅绑他为啥。除了出海打鱼，他也做不了别的，他是个一顿吃一条大鲅鱼的主，谁要他也是累赘，如今知道答案了，知道了师傅绑他的目的，又开始埋怨，这师傅确实不是个东西，有话不能好好说嘛？

食繇说，我要是好好跟你说，你会乖乖地跟着我来？

渔夫咧开嘴巴笑了，保住了命，又心疼起了渔网，师傅为了绑他，把一张好端端的渔网撕扯得破烂不堪。

萧扶桑要渔夫帮忙做的第一件事就是造船，渔夫说，他只会做独木舟，萧扶桑说，要造大船，能承载一个部落的大船。渔夫愣住了，他从小在海上漂泊，从未想过造一艘大船，况且，造大船做什么？出海又漂泊到哪里？一连串的问题在他脑际萦绕，他便把心中的疑惑说给萧扶桑，萧扶桑捋着胡须说："我们这些人是寻找太阳的家。"

渔夫立刻被这话吓住了，他眼睛直直地盯着萧扶桑，心里塞满了恐惧，他暗自庆幸，像这样一群疯子，他没死在捆扎的渔网里就算万幸了。渔夫从未见过这么多人，他只和鱼打交道，享受着海水中丰饶的物产，以填饱干瘪的肚皮。他答应了萧扶桑，帮助这群疯子造船，造一艘很大的船，至于那船到底该有多大，渔夫也想象不出来。

夸父们立即投入到了造船的巨大热情中。萧扶桑派了二十人上山找铜矿石，那二十个人在山谷里走了十天，一个在殷都城负责冶炼青铜的夸父，在一处背风的山坳里发现了铜矿石。他们又找到了锡矿，为了找矿，二十几个人风餐露宿地行进了近百里的山路。高炉是在背回矿石的第二天搭起的，紧挨着临时搭起的茅草棚的边上，为的是轮流值守冶炼炉子。那个冶炼工匠为找到发挥本领的地方投入了巨大的热情，他两天没有合眼了，眼睛通红，脸膛也被炉子上的高温炙烤得像那个出海回来的渔夫的肤色。匠人留下七个人值守炉子，剩下的人也没闲着，他们挖了黏土制作陶范。三天后，七把青铜斧子和三只锯子炼制出来了，接下来的几天，工匠继续冶炼青铜，其余的人上山伐木。于是满山遍野响起了砍伐树木的号子和咚咚的声响，一棵又一棵大树轰然倒下，他们专拣至少两个人环抱的大树砍伐，除了砍伐树木的，其余的人，八个人编成一组，负责往海边运输砍伐下的大树干，抬木头的人排成了很长的队伍。这时，向导没有参加伐木和搬运木头，他留下来照看伯猃。伯猃的伤口已经化脓，人时而清醒，时而昏迷，清醒时，喊微子启，喊弟弟仲犹，也喊婵娟。喊微子启时，萧扶桑皱了皱眉头；喊弟弟仲犹时，萧扶桑叹了口气；喊婵娟时，萧扶桑转身走了，但是嘴里却说了句：“那不是你该惦记的。”

萧扶桑走了，向导开始哭泣，他说，伯猃你要是死了，我就回山里找黎塬族长去。伯猃听到了这句话，哆嗦着嘴唇说，想喝水，向导便背着大葫芦去找水，找回水来，伯猃从树下爬到海边去了，涨潮的海水冲刷着伯猃的躯体，向导丢下大葫芦，奔向伯猃，拖着伯猃湿漉漉的身子，又重拽回到树下。他说，你死不要紧，你弟弟咋办？伯猃回过头，望了眼西斜的落日，说他弟弟和微子启在一起，他可能见不到他们了。

向导没再说话，只是喂水给伯猃，伯猃被水呛了一口，不停地咳嗽，很剧烈地，一口血吐出，又昏迷了。向导去找萧扶桑，说伯猃恐怕挺不过今晚了。萧扶桑就又过来，伯猃还在昏迷着，他扒开伯猃的眼睑看了看，慨叹说伯猃的灵魂要丢在海滩上了。说完，又去看切割木头的族人。黎塬族人做木工活儿倒比夸父族人利落，但怎么造船也没个谱，切几块木板，都转过头来看渔夫。渔夫若芒刺在背地避开那些目光，蹲下来一筹莫展地盯着潮湿的沙地。萧扶桑要他在沙地上画出独木舟的样子，渔夫折了一根树杈在地上画，画得歪歪扭扭，但基本上像个独木舟的样子了。萧扶桑又让食繇来看，食繇凄凄惶惶地过来，又说伯猃活不过今晚了。萧扶桑没接他的话，指着地上渔夫画出的独木舟问食繇有什么想法。食繇说，区别就是大和小。萧扶桑站起身，拍了拍手上的沙土说，你一语道破天机了。

到了早晨，伯猃还没有死，但也没有好转的迹象。向导的眼睛始终在流泪，四处为伯猃选择墓地，他说，伯猃睡得不能离海边太近，也不能太远了，太远就看不到我们了。萧扶桑听了，眼圈红了，其他族人也跟着红了眼圈。渔夫很诧异地望着众人，没看明白，眼睛又盯向师傅食繇，食繇的表情有些尴尬，看不出是忏悔，还是自责，其实包括萧扶桑在内，所有人都并不认为食繇会有忏悔的觉悟。这都是萧扶桑对食繇太纵容了，即使花三天的工夫，找来一个渔夫，也抵消不了砍掉伯猃手臂的罪过。

伯猃的弓箭放在了他的身边，是向导放的，人们似乎明白了向导的心思，就又落泪，就开始想伯猃这一路为大家猎杀的獾、野兔、野鸡和麋鹿，那些曾经的美味，而静躺在伯猃身边的那张弓箭把海风吹来的生机盎然的气息永久地隔离在海滩上了。渔夫告诉萧扶桑，马上到来的冬天正适合远行，他们可以顺着洋流漂向太阳的家。加快造船的速度成了迫在眉睫的大事，萧扶桑扬扬手，催促他们开工造船，围拢在伯猃身边的人便散开了，纷乱的脚步声和斧子砍凿木头的声音，又在海滩上响了起来。

青铜匠赶制出十几只凿子和斧子，剩下的一些铜锡矿石，萧扶桑吩咐锻造十六把长剑，下脚料又做了一百多枚箭头，有人在旁边小声嘀咕说，弓箭大概要和伯猃一起埋到地下了，打造箭头还有什么用？这话恰被萧扶桑听到了，他仍然保持着和善的微笑，扬了扬下巴说，伯猃，你我，他们，最后都是要回到殷都城的。

论年龄，萧扶桑可以做那人的爷爷了。

满脸胡茬的青铜匠建议萧扶桑对胡说八道的族人施以刑罚，比如割掉那人的舌头。“他还是个孩子。”萧扶桑对青铜匠说。

说完，他蹲到了渔夫身边，渔夫在地上画着船的样子，并说，这条海岸线上的渔民，他们出海的船，除了独木舟，还有一种筏子，是用细树檩子捆扎而成的。但是，无论独木舟，还是木筏子，它们的承载力和抗拒海浪的能力都很低，根本无法远距离航行。萧扶桑问渔夫，如果把两种船合在一起呢？渔夫托着下巴，沉思了良久，试探着问萧扶桑，假如能用木板围起来，不就是一个大的独木舟了？

萧扶桑笑了笑说，那不是独木舟，是船。萧扶桑便在地上写下了一个字。

数千年后，考古学家在夸父们到达的地方找到了相同的符号，佐证了这段艰难的跨洋之旅。在洪荒时代的海滩上，一场梦幻般的构想正在破茧而出。无论是萧扶桑，还是世代漂泊海上的渔夫，那个时刻，他们对于冥思苦想的设计兴奋而狂热，这种狂热的情绪，很快感染了夸父兄弟和黎塬族人，他们都想成为这艘大船上的乘员之一。青铜匠对着陶范发呆，他想着怎样锻造出更加轻巧的造船工具。黎塬族人做木工的技艺远胜于夸父族人，他们成为开凿木船的主力。食繇变换着曲子吹响了海螺，他的眼睛不是望着大海，而是群山。渔夫说，他还想和师傅学吹海螺，尽管海螺是他的，是他先想到了把海螺当乐器吹响，但他只会吹一种声音，像是召唤日神的声响，而食繇吹出来的是旋律，有悠扬顿挫感，所以，他希望食繇还能教他。可那些夸父们却说，食繇的神志有些不大清楚了，大概是脑子受了刺激，你想啊，他把伯猃的一只手臂砍了下来，一个生龙活虎的猎人却只能躺在树下等死，食繇能不疯吗？

但渔夫觉得，师傅没有疯，是想家了。他的家在群山的西北边，他在他的窝棚里说，那是一个遥远的地方，那里有肥沃的河套，有金灿灿的麦穗，有富丽堂皇的宫殿和城阙。他难以评判师傅这样的想法到底对与错。现在，他和萧扶桑倒聊得来，他惊讶于白发老人浑身散发出的激情魔力，像拍打礁石的海浪，有时又觉得萧扶桑更像海水中机警的鲅鱼。

半个月后，大船已有了雏形。有人说像殷都城祭坛上的方鼎，有人说像陶罐钵子，有人说像昨夜的月亮。说到月亮的时候，萧扶桑问“圭表”在谁手里？然而没有人回答他，他们知道他想问的绝不是“圭表”的下落，这些日子，因为造船的狂热，连萧扶桑自己也忽略了日月运行的测量，这似乎不该忘记的，但确实又忘记了。正在开凿孔口的夸父，放下手里的凿子，转而捧起晾晒干透了的龟甲，开始今晚的月亮观测，他们在龟甲上刻下了一连串像船一样的符号，那是海岸线上的下弦月。他们一直观测到月亮消失在潮水退去的时候，而后捏着龟甲睡去了。

“伯猃要死了。”向导从晨光初现的窝棚里发出颤抖而绝望的呼喊，他脖子上的小青蛇爬出了窝棚，似要逃离弥漫着伤口腐烂气味的狭小空间，是要出去透透气。

向导从造船的工地上拽来了萧扶桑，说伯猃真的要死了。萧扶桑摇着脑袋说，你这向导净胡扯哩，你哪里知道，伯猃是第一个冲上殷都城城头的勇士，哪能轻易地死掉。但当向导掀开窝棚的草帘子，指着躺在草窝子里的伯猃让萧扶桑看时，萧扶桑大感意外，皱着眉头自语说：“怎么会变成这样哦。”眼泪立刻淌了下来，萧扶桑一哭，向导就崩溃了，举着长剑要去找食繇拼命，说要为伯猃复仇。萧扶桑抬手抓住了向导的胳膊，说你竖起耳朵听听，向导便听到了从海滩上传来的“呜呜”的海螺声，萧扶桑问他：“你听那声音是什么？”向导又侧起耳朵仔细地听，说：“那是哭声。”萧扶桑说：“那是安魂曲。除了老巫师，没人哼唱过。”向导立即又更正道：“族长的祖母也唱过，祖母哼唱完就咽气了。”想到了族长祖母临终的模样，向导又怒火中烧，又要去杀食繇，萧扶桑没有阻拦，但向导却停下了脚步，因为他看到两只满身泥斑的白鸟落在了窝棚顶上，它们的嘴巴上衔着一团青色的草。

第十九章　孤独的奏鸣曲

淫雨霏霏，白鸟回来后，天空就开始飘雨。渔夫说，这大概是今年最后的一场雨，所以下个没完没了。

一个夸父问：“这雨得下到什么时候？”

“到该停的时候。”渔夫仰起脸，任由雨水冲刷他的脸。

那个夸父怒了，骂渔夫太骄横无礼，挥起拳头，一拳打倒了渔夫。渔夫也不示弱，两人便在泥泞里厮打起来，竟无人去把他们分开。向导掀开窝棚的草帘子对萧扶桑说：“他们打起来了，你的人和渔夫。”

“白鸟是回来拯救伯猃的。”萧扶桑答非所问地挡住了向导后面想说的话。

这时，“呜呜”的海螺声从海滩上传来，正厮打着的两人便停住了手，一起望向细雨迷蒙的海滩。食繇浑身透湿，举着海螺，面朝褐色的海水，吹得忘情而投入。他大概是疯了。渔夫相信了众人的话，他的心颤动了一下，便四处寻找萧扶桑的身影，他想知道，师傅为什么没有被杀掉，而是等着疯了，与其让他疯了，倒不如杀掉好了。

渔夫盼着大船试航，他甚至开始修补渔网，想在试航的时候，拉一网大鱼，让夸父们领略海鲜的滋味。渔夫的想法，立即获得了萧扶桑的赞赏和响应，但当渔夫兴致盎然地修补好渔网，想得到赞赏的时候，却找不到了赞赏他的人。萧扶桑正带着向导专注于救命药膏的配置，药方来源于黎塬族人留下的龟甲书，而查阅药方的时候，萧扶桑意外地读到了一行字：天命玄鸟，降而生商。他听父亲彭祖讲过玄鸟的传说，但父亲从来没有告诉过他黎塬族人刻在龟甲书上的这些话，是父亲的疏忽，还是连父亲也不知道这八个字，它们为什么会出现在黎塬族人的龟甲书里？萧扶桑百思不解。他一边为伯猃煎制药膏，一边在思索关于玄鸟的答案。

食蟨的海螺声钻进了他的耳鼓，他下意识地也向蒙蒙的雨雾望了一眼，除了看到被痛苦折磨得快要崩溃了的食蟨，他还看到了那只等待试航的大船，那只大船在淅淅沥沥的细雨中，幻化成了一只大鸟，它不是玄鸟，而是海鸥，是要走向深海的鸟。它们似乎在向他心中的答案靠近，萦绕脑际，无以释怀，是的，他想，难道殷商的历史，就是一部和鸟有关的历史？微子启在哪里？他多么想和微子启一起分享这个重大的发现，那个一身素衣的王，那个比他小很多的年轻的王，当他知道天命玄鸟的龟甲记载后会怎么想？会和他一样欣喜若狂吗？

白鸟是通灵性的，它们飞出去采药，是为拯救夸父族的勇士，所以萧扶桑坚信，伯猃不会死在求证的路上，伯猃会和他一起回到殷都城，去与微子启分享求证的喜悦。白鸟衔回来的是馨兰草，有一枝结上了蕾，但仅有馨兰草难以救活伯猃的命，龟甲书的药方上，还有一味药是烘焙扇贝，研磨成粉，与馨兰草汁一并入药，此外，还有一味药是黑蛇的胆汁和蛇皮。

午后，吃罢饭，萧扶桑冒雨站到了大船的船头，雨水顺着银白的胡须流成一条水线，有人试图给他披上蓑衣，萧扶桑却很生气，怪怨那人破坏了讲话的意境和主题，众人便竖起耳朵，仔细地倾听掺和着雨水的命令。那命令是，上山捕捉两条黑蛇。萧扶桑的命令像海风中的气流一样潮湿，他们的心揪了起来，有些瑟瑟的寒冷。初冬的海滩上，缺少温度的不是海风、海水和冷雨，而是人心。萧扶桑的命令发出后，留下很长一段时间的空白和沉默，没有人愿意去山中捕蛇，几个人冲着向导站立的方向窃窃私语，向导脖子上的青蛇正蠕动到了他的脑后，像一根竖立起来的旗杆。萧扶桑又掺和着冷雨把命令重复了一遍，仍然无动于衷。萧扶桑很生气，说你们不必服从我的命令，但我愿每个人都有一颗仁爱的心灵。向导站了出来，他说：“没有这个命令我也会去的，但我不知道你们夸父族人为何没人站出来，伯猃是你们的兄弟，他快要死了。”

空气被冻住了，食繇举着海螺，没再吹响，他目光呆滞地望着一张张熟悉的脸。向导转过身走向泥泞的山路，他爬到坡上时，滑倒了，渔夫搀扶起了向导，很快，他们隐没在黑魆魆的丛林间了。

萧扶桑仍然站在船头。他隐约地听到了山林的哀号，听到了海水的哀声，那是夸父族人的痛苦，是眼泪，雨还没有停息，淅淅沥沥，迷迷蒙蒙。伯猃的草棚子里，悄无声息，再没有传出呻吟的哀声，他正像熄灭的蜡烛，走向天国的世界，他能等到向导和渔夫的药引子吗？萧扶桑瞥了眼那个令人揪心的窝棚，痛苦地流泪，那泪水搅和着冰冷的雨线。夜深了，向导和渔夫还没有回来，一个族人走过来劝萧扶桑从船头上下来，到窝棚里避避雨，吃口热饭。萧扶桑摇摇头说，孩子，你去吧，我们是玄鸟的子孙，这点儿雨挡不住玄鸟的双翅。那人悻悻地走了，钻进了窝棚。

到了后半夜，萧扶桑倒在了雨水中，但并无大碍，只是体力不支，众人将他背回窝棚，连日的绵绵细雨，窝棚里也是湿漉漉的，青铜匠脱掉了萧扶桑的湿衣服，又在窝棚的外边点起一堆篝火。躺下的人索性都坐了起来，聚在了篝火旁，他们尽管害怕进山捕蛇，但此刻目光又都下意识地不时望向黑黢黢的山林，期待那两个熟悉的身影出现在泥泞的路上。青铜匠给萧扶桑喂了一碗热水，没一会儿萧扶桑就苏醒了，看见篝火，咧开嘴孩子般地笑了，他说，这叫作路标，看见光，就不怕向导和渔夫迷路了。

到了中午，捕蛇者还没有返回，众人的心又悬了起来。

萧扶桑拽着青铜匠烘焙扇贝，并命一个黎塬族人用一个树桩开凿了一个钵子，用来研磨扇贝粉末，舂捣馨兰汁，之后便单等着向导和渔夫带回黑蛇，即能入药。

等待向导和渔夫的时候，萧扶桑睡着了，他的睡姿很像一条蜷缩在窝棚里的蛇，脸上肌肉松弛，两腮塌陷，苍老的样子像百年的松树皮。一个夸父贸然地掀开了草帘子，想看萧扶桑怎样制药，却被萧扶桑的样子吓坏了，于是夸父们对萧扶桑的药膏也产生了怀疑，不大相信，两只白鸟衔回来的青草便能成为救命的稻草，至于黑蛇更是无稽之谈。六个族人躲在窝棚里讥讽萧扶桑，是一把白胡子的老顽童，是一个彻头彻尾的疯子。说到疯子，就想到了外面那艘正待下水的船。有人突发奇想，说砸了那船就能返回殷都城了。关于砸船，黎塬族人似乎没有夸父们热情洋溢，反倒显得不知所措，他们的族长已死，处在群龙无首的尴尬境地，他们面面相觑，攥紧夸父族人冶炼出来并发给他们的青铜长剑，不知道接下来发生的是祸是福。青铜匠手握利斧，跑得最快，冲得最前，大有争当急先锋的态势和勇气，夸父们从目光呆滞的食繇身边冲过去，没有人肯停住脚邀请他加入，他的头发被海风吹散，像乱蓬蓬的蒿草。青铜匠砍下第一斧子时，食繇的海螺掉落在了沙地上，竟摔成了碎片。夸父们忙于砸船，对于海螺的碎裂全然不知，而一旁围观的黎塬族人却惊呆了，他们竭力抑制恐惧，开始注意那睡在窝棚里的萧扶桑，希望他能制止这场荒唐的砸船行动，那船是他们一片片从树干上锯下来，铆接上去的，是他们的心血。青铜匠砍第二斧子时，渔夫跳上了船头，他没能制止住斧钺的飞舞，船头破裂，像咧开嘴巴的大鲨鱼，那青铜斧钺在阳光的照射下，反射着像海水一样冰冷刺目的光芒，开裂的船头，让他顿然想起那个劫后余生的午后，那是五年前的一次难忘的历险，他的独木舟被鲨鱼打翻，如不是同伴相助，他早就葬身鱼腹了，所以对于那一次的经历，他始终心有余悸。他惶恐地去夺斧子，却被再次抡起的斧子撞击到，他趔趄了一下，没有站稳，向后仰倒在船头的甲板上，背篓里的两条黑蛇趁机蹿出，吐着芯子，寻找攻击的目标，它们可以选择的目标有两个，渔夫和青铜匠，他们突然间变成了两个身处绝境的遇难者，那吐着芯子的两条黑蛇，犹如五年前伏在海面的鲨鱼的脑袋和嘴巴，但此刻，两个惊呆了的人，正不知所措地望着即将向他们发起攻击的黑蛇。

木船下面的人们屏住了呼吸，一时想不出如何去帮助这两个倒霉蛋的办法。总有一个会死的，也许两个都会毙命，那是两条黑蛇，有可能同时向他们发起攻击，这样的阵势，对于渔夫和青铜匠简直必死无疑了。

当然，人们转而开始痛恨渔夫，痛恨他背回来两条致命的神灵，这时，在他们的心目中，黑蛇就是神灵下界，不然，好端端地怎么会钻出背篓？无尽的想象力在夸父和黎塬族人的内心里活泛起来，他们的思维从未如此活跃过，他们的神经从未如此绷紧起来，就这样，一场关乎生命的博弈的猜测，在这片浸润着腥咸味道的海滩上，像大幕一样徐徐地展开，鹿死谁手，结局难料。

萧扶桑从窝棚里出来，先是悠闲地抻一抻睡得有些疲惫的腰身，顺道又掀开伯猃的窝棚，探手摸了摸伯猃的身子，尚有体温，但鼻息间的气息很微弱。萧扶桑又皱起了眉头，他望了眼远处的群山，思忖着向导和渔夫也该回来了，结果却不见人影。做完这些，他又望向远处停放木船的地方，这一望，萧扶桑心悬了起来，紧走几步，到了木船那儿。那时，渔夫已经倒在甲板上了，萧扶桑气得脸色煞白，那斧子就像砍砸到他身上一样疼痛，他痛心地想大喊一声，以制止青铜匠的疯狂，可他没喊出来，因为黑蛇蹿出了竹篓。

他和那些在木船下面屏住呼吸的人们一样，对于接下来将会发生的变局无能为力，只能等待渔夫和青铜匠的自救和奇迹的出现。奇迹果然出现了，救他们的还是那两只白鸟，它们是鸟，而不是雄鹰，两只鸟原本就是黑蛇果腹的食物，而它们冒死去挑战黑蛇，似乎是天命玄鸟的佐证。白鸟成功地吸引了两条黑蛇的注意力，黑蛇吐着芯子的嘴巴仰了起来，朝向了光芒四射的天空。萧扶桑惊讶于白鸟的勇气，甚至开始自叹不如。他发出了一声疾呼，青铜匠听明白了，手起斧落，两条黑蛇瞬间被腰斩毙命。

萧扶桑立刻把断成四截的黑蛇投入药钵子，专心于药膏的熬制，直到黑蛇和扇贝、馨兰草汁一起变成一团黑乎乎的糨糊一样的黏液。他这时候想起了向导，追问渔夫向导的下落，渔夫神秘地笑了笑，说向导要等到天黑才能回来。萧扶桑对渔夫的故作神秘大为恼火，原本对青铜匠砍砸木船的怨恨，却发泄在了渔夫的身上，他怒气冲冲地举起长剑，向渔夫刺去，渔夫快速躲闪，而后转过身飞快地逃掉了。萧扶桑没有继续追赶，而是丢掉长剑，全神投入药膏的煎制。

这天晚上，没有人敢靠近萧扶桑，青铜匠也躲了，食餍的海螺碎了，海滩上也没有了“呜咽”的旋律，萧扶桑的晚饭也没有人敢送来，他自己也似乎忘记了饥饿，那夹着腥臭的药味在夜风中流淌。

但午夜过后，观测月亮的夸父族人慌慌张张地摇醒了萧扶桑，脚掌踩着了萧扶桑的小腿而浑然不觉，结结巴巴，语无伦次地告诉萧扶桑，他看到了会跳舞的魔鬼。

他刚给伯猃敷了药，睡下没多久，撑着草铺坐起来，揉着被踩踏疼痛了的小腿，以稳住那个族人惊恐的心绪。那人愈发地慌张，战战兢兢，几乎要跌倒。萧扶桑抓起长剑说，你带我去看，我亲手斩杀了会跳舞的魔鬼。

那个族人不肯去了，伏在草铺上瑟瑟发抖。萧扶桑丢下他，走了出来。这一晚的月色极好，皎洁的明月照亮了海滩，长剑在月色中闪动着冰冷的光，海潮的水声平添了几分肃杀的寒气，见多识广的白发老人，走出窝棚之后，却也惊骇不已，他也看到了族人所说的会跳舞的魔鬼，一个高高的僵尸一样的影子向窝棚这边飘来，萧扶桑大声地质问：“是人是鬼，露出真容。”

那魔鬼停住了。

“我回来了。”

萧扶桑听出是向导的声音，大声呵斥道：“何必装神弄鬼。”

跳舞的魔鬼在月色下像船帆一样滑落了下去，接着传来向导的哭声。萧扶桑走到近前，他不仅看到了向导，向导的身旁还有渔夫，那倒下去的魔鬼又是什么呢？

“在哪儿找到的？”萧扶桑俯下身，看了眼倒下去的魔鬼问道。

“山里有条河。”向导抹了把眼泪，说得也有点语无伦次。他不是在措辞，而是到现在为止，连他也没弄懂他是怎么出现在河滩上，他又是怎么把他背回来的。严格地说，这是一具没有腐败的尸体，他就是从木桥上掉下山涧的黎塬族长。

“他在追赶我们。”向导怯声说道。

萧扶桑像是在开玩笑：“这么说，我们得带着他一起走了。”

“你是说上船吗？”渔夫没认为那是玩笑话。

萧扶桑认真地说：“你说他千里迢迢地追赶着我们，怎么忍心丢下他呢？”

渔夫说：“我怕别人不愿意，我们渔民死后都葬在大海里。”

萧扶桑借着月色，盯着渔夫的脸：“为什么？”

渔夫说：“因为我们捕了那么多的鱼，死后把自己的身体交还给大海。”

萧扶桑笑了笑说：“像族长这样的人，从来没在海里打过一网鱼，把他丢进大海，就不大公平了吧。”

尽管渔夫觉得萧扶桑的话也不是一点道理没有，但他却想不通装载着一具死尸的大船将会怎样的滑稽。

天亮后，在离部落群不远的一处平地上，多了一个低矮的窝棚。人们本应该看到这个突兀出来的草窝子，但那时族人们正为伯狳的苏醒欣喜若狂。他们似在迎接一个新生命的诞生，那不是原来的伯狳，是重获生命的伯狳，但那条断臂，又让新生的伯狳与那个猎人的伯狳难以完全割裂，这是一个选择性的生命的诞生。

数日后，伯狳走出窝棚，立即被温暖的阳光刺痛了眼睛，他开始认命，又更加惦念远在未知之地的仲犹。他还不知道，仲犹也如他一样失去了身体的一部分，他失去的是手臂，仲犹是腿。

海滩上是忙碌的族人，青铜匠被绑在树上，头两天，还有气力谩骂，反抗，三天后，他被蚊虫折磨得精疲力竭，垂下了沮丧的头颅，像一颗吊在树上的椰子。

船头已被修复，试航的日子定在两天后。两只白鸟栖息在桅杆上，仿佛一对孤傲的少男少女，它们或许还能嗅到黑蛇残留在船甲板上的血腥，能嗅到黎塬族长从那个低矮的草窝子里发出的追魂的气息。它们洁白的羽翼像一身素衣的微子启和婵娟。

萧扶桑希望伯狳在海滩上四处走一走，有利于体力的恢复。临走时，伯狳把一块儿木牍塞到了萧扶桑手中，萧扶桑迷茫地望着伯狳，追问他此举的寓意。伯狳说，船该像木牍那样漆上颜色，浇铸桐油，熔化箭头，冶炼铆钉，封死船头的接口，才能抵抗住风浪。

“唔，很好。”萧扶桑又指着那个低矮的草窝子问，“那是什么？”

“那是黎塬族长，他想出海。”伯狳说，“放了青铜匠吧，他要干起活儿来才好。”

萧扶桑惊出一脑门子汗，突然间发现，伯猃变了，不像从前的伯猃了，像另外一个人。人们忙了一整月，造这艘木船，却忽略了关键的细节。一个躺了一个月的垂死的病人，醒来之后，倒看出了弊病与端倪。萧扶桑想不起他到底像谁。他想到了老巫师，但伯猃怎么能和老巫师比呢？一个是猎人，一个是能与神灵对话的先知。事实上，他们这支队伍里的族人，也把他萧扶桑当作老巫师来看待的，有时也把他当作微子启那样的王，他不愿人们把他当王，他是彭祖的儿子，只愿带着族人做完大地测量之后，回到殷都城，继续研究他的圭表和日月，那是他企及的愿望。

“有道理的事儿就去做吧。”萧扶桑给族人们分派完任务，不想忽略掉这句话，恰恰相反，他认为很有必要告诉这些族人们。青铜匠引领着夸父们砍砸船头的举动，在萧扶桑的心头聚集下了阴影，很久挥之不去。

夸父们兴致盎然地上山采伐漆树、采集松香和松油脂，寻找桐树，榨出桐油。这次，萧扶桑问渔夫，这后面的大山叫什么山？渔夫说，过去渔民们管这座山叫虎山，看着像老虎，后来又觉得不像老虎，倒像馒头，改叫馒头山，其实也不像馒头。萧扶桑说，既然如此，那就叫夷山吧。夷山上有樟子松、桐树、白桦树，还有许多枝叶繁茂暂时还没有命名的老树。

漆树很少，不像翻越绵山时那么多，找起来便费些力气。向导和渔夫自捕蛇之旅后，关系更紧密了，在许多时候，也能达到心照不宣的默契。漆树的样子，向导也是在翻越灵山之后，和伯猃一起找到的，那时伯猃认识漆树，向导不识，这次向导对漆树的记忆有些模糊了，而渔夫根本不识，找起来就更困难了。寻找漆树的人里，倒有几个夸父族人，但这几个人也不认识漆树。向导和渔夫作难了，萧扶桑给他们的时间也是两天，两天找不到漆树，萧扶桑倒不至于砍下他们的头颅，但会延误试航的时间。渔夫对在木船上刷漆颇感困惑，尽管他知道，这条木船与他的独木舟几乎没有可比性，不是一个档次的船，可刷漆能解决什么问题呢？向导没有回答刷漆的问题，因为伯猃提出的意见，不只是刷漆，还有浸泡桐油和青铜铆接，实际上，这些环节比刷漆尤为关键。但向导问的是，你会和我们一起渡海吗？渔夫一脸迷茫，这是困惑他多日的难题，他曾想去求教师傅食繇，可食繇已经和疯子差不多了。他叹了口气说，你们是部落的族人，我是孤独的渔夫，渡海去做什么？向导说，其实，连我也不知道渡海去做什么，但我会跟着伯猃，他死了，我就在海边陪着他，现在他活了。

渔夫抠了抠眼角的眼屎说："我不想离开海滩。"

在他们采集到漆树返回海滩上的时候，其他人已经准备好了松脂、松香和桐油。青铜匠的炉火冒出浓浓的黑烟，那时青铜匠撅着屁股趴在炉子下，他的前面燃了两根木头，噼啪地冒着火。人们静等着青铜匠拜祭完天地，等他爬起来，才聚在炉子前，七个人每人捧着一根空心的竹竿，对着炉子吹气，浓烟过后，火旺了起来，一百多枚箭头和卷了刃口的长剑、锯子丢进了钵子里，没多久，便化作了一摊褐色的稀泥，并释放出难闻的气味。

陶范是伯猃烧制的。他想象的铆钉就像两个带爪的钩子，把两块厚实的木板密密匝匝地连缀起来，船就结实多了。由伯猃烧制陶范是青铜匠的主意，那些人上山了，留下了孤独的伯猃。萧扶桑好像有了空闲的工夫，又开始哼哼唧唧地对鸟说话。而青铜匠和伯猃倒成了海滩上的闲人，其实青铜匠并不闲着，他忙着砌高炉，冶炼铆钉。烧制陶范原本是青铜匠的活儿，他觉得伯猃有些失落，便请伯猃来帮忙，再则说了，没有伯猃的提议，他还在给成群的蚊子做餐料。

又三天以后，大船完全变了模样，原木色的大船变成了黑色，油光闪亮，有了光泽。但大船到海里才是船，趴在海滩上，就是一个四不像的木钵子，那钵子很大，足够像下饺子似的，盛下五十多号人。

亲爱的读者，我是侏儒晓椿。读到这里后，我觉得特别对不起你们，因为我和夏维熙教授翻遍了那本书，也没有找到关于这次试航的片言记录。

夏教授分析说，萧扶桑他们可能就没有试航，直接出海了。因为假如他们完成了试航，不可能在龟甲书上没有丝毫的记录。那么，他们被迫选择直接出海的原因是什么呢？是因为在准备试航的前夜，海滩上出事了。

从夷山下来，有一条河，河水并不宽，流量也不大，汩汩地流淌，至于是否和向导发现黎塬族长的那条河相连，又说不清楚，总之，这条清澈见底的河水，像温婉的女人羞涩地汇入了大海。这条河，其实又是他们的水源地。就在这天夜里，小河中像有怪兽翻腾，起初，人们以为是海潮上涨的声音，到了早晨，夸父族里的五个女人，出来汲水，为男人们准备早饭，却发现河水腥臭，原本清凌凌的河水，像血一样红。女人们丢掉了汲水的陶钵，惊慌失措地跑回营地，各自呼喊自己男人的名字，男人们从睡梦中惊醒，胡乱地套上衣衫，跑到河边。

“快去喊白胡子爷爷。”一个男人在海风中颤抖地呼喊。

有人便跑向萧扶桑住的窝棚，他刚起床，光着满是皱褶的身子在看白鸟在笼中打盹。

夏教授推测，这天早上，还有一件更奇怪的事，是藏在低矮的草窝子里的黎塬族长的尸体不见了。他变成了一条白鳍豚，在猩红的河水里翻腾。那水有毒，渔夫看到了一条漂浮在水面上的死鱼。

这就是萧扶桑带着夸父和黎塬族人直接走向大海的原因。

出海的记录，被萧扶桑规规矩矩地写在了那本龟甲书里，他想给这本龟甲书取个名字，可一直没有想好。

凌乱的海滩，草棚子的柱子倒了，荒草被风吹散，打着旋儿飞到很远的地方去了，黑色的木船用不了多久将被推移到海水中。

下海前的祭祀仪式似乎必不可少，龟甲书的记录也就是从祭祀开始的。萧扶桑从海边用黎塬族人开凿的木盆掬了盆海水，他天真地问渔夫：“用海水洗澡会不会得疥疮。”渔夫说：“我想回家。”萧扶桑手中的木盆晃了一下，洒出一些水来，萧扶桑盯着渔夫的眼睛对视了片刻，缓缓地说：“你走吧。”渔夫退出了草棚子，没走多远，就听到草棚子里“哗”的一声，水从草棚子里像溪流似的流了出来，流到了他的脚下，洇湿了他的草鞋，他抖了抖脚上的水，迈开腿走了。

在殷都城，祭祀台上通常摆着一尊精美的青铜鼎。而萧扶桑总能想出与众不同的主意。船前，用沙土临时夯起来的祭坛上，玉质的“圭表”像一尊鼎，立在祭坛上。萧扶桑走得很慢，白鸟在他的头顶划出一道弧线，飞来飞去。他一只手握着刻刀，一只手抓着龟甲，鹤发湿漉漉的，发梢上还滴着水珠，他穿了件肥大的长衫，那是从殷都城出发时穿过的，后来装入背囊，再没有穿过。他侧着脸，一条玫瑰色的光线穿过“玉表”顶端的孔槽，落入“圭线”，那是一条斜长的光线，预示着东南海岸线冬季的到来，也是部落族人与陆地的告别，所以与其说是祭祀，倒不如说是告别仪式，他们将开始漫长的漂泊，不知道终点在哪儿。

伯猃最后一个登船，他把一截木雕的手臂埋入沙土里。船已离开海岸，向导伸出手来拽他上船，他却把手缩了回去，在水中趔趄地走着，直到海水没到他的胸口，一个浪花打来，伯猃隐没在了海水中，人们惊惧地尖叫，喊着伯猃的名字，眼睛因为惊愕而瞪得圆圆的。萧扶桑没有慌张，平静地望着水面，脸上没有丝毫的表情。

木船离开海岸线有一段距离后，还看不到伯猃浮出水面，向导和几个青壮的夸父脱去衣服，准备跳入海中搜救伯猃，萧扶桑吸吸鼻子说：“搭把手拽上来吧，他们在船边上。”

从海水中拽上船的除了伯猃，还有渔夫，渔夫的手里，抓着一只海螺，比食龉摔碎的那只还大。

龟甲书对于食龉的记录非常简单，简略到了只有七个字：三日夜，食龉坠海。

萧扶桑刻意用了一个“坠”字，他似乎在掩饰什么，难言之隐吗？这又是一段令人揣测的历史空白。

船上的人轮流摇动沉重的船桨。近海，那片渔夫熟悉的海域，船走得比较顺畅。四个宽大的船桨，拨弄起一片炫目的水花。没有多久，五个女人首先陷入了晕船的考验，呕吐之后，她们扶着船舱的壁板，在陶钵里用海水腌制岸上带来的生肉，在船尾晾晒咸鱼；没有多久，男人们终于厌倦了沉重的摇橹。萧扶桑忧心忡忡地环视着摇橹的男人，伯猃一只手臂摇动船桨，脸色苍白，向导闭着眼睛好似睡着了一般。而其他人也好不到哪儿去，力气都在渐渐地减弱，船桨摆动的频率越来越低，因为摇橹的力度不均，船身在偏离航向，忽左忽右，像从酒肆里走出来的醉汉。萧扶桑喊叫着让他们停下来，但船却在偏离方向的航道上继续前行。萧扶桑急忙喊来正熟睡的渔夫。上了船，惟有渔夫过得安逸而快乐，犹如一条快要渴死的鱼重又放回了大海。渔夫揉着惺忪的眼睛过来，萧扶桑让他看船，他说船有什么好看的，不是好好的吗，既没有漏水，也没有破损。萧扶桑用青铜长剑敲打了下他的肩膀说，你先醒一醒再说话。渔夫又被冰冷的剑光刺痛了眼睛，定了定神，明白了自己的头儿要问什么，他趴在船尾看了看，又趴在船头盯了半天，顿时笑了，笑得前仰后合，说："头儿，这就是我在岸上说的海流，能让船漂动的海流。"人们蜂拥趴至船帮子上，以至于渔夫和萧扶桑不得不提醒，分开到两边去看，小心大船失去平衡翻到水里。

萧扶桑仰起脸看着天说："老天，是老天在助我夸父族人远渡大海。"

向导困惑不已，经过这么久的磨合，在萧扶桑的意识里，黎塬族人还没有融入夸父的心里，他小声嘟囔道："我们黎塬族人也在船上。"

萧扶桑用眼角的余光瞟了他一眼说："黎塬族人和夸父是一回事。我不糊涂。"

向导点了点头，但过后咀嚼萧扶桑的话，又陷入深沉的迷茫和困惑，他渴望获得心灵的释解，除了与伯猃生死相依的友谊，他上船的动机还有什么，他们在漫无边界的海域中漂泊，日日夜夜，栉风沐雨，但他们要到哪里去呢？这一天，路过一个小岛，小得像殷都城的祭台（据考古测定，殷墟祭台的遗址如篮球场大小）。萧扶桑采纳了渔夫的意见，担心木船触礁，便将大船停泊在离小岛十几米远的地方，渔夫带了四个水性好的族人泅渡登岛。岛上寸草不生，泅渡到岛上的人用"圭表"观测记录了数据，游回到船上后，诉说岛上的见闻和欣喜，并勾起了人们对岛屿的遐想和渴望，他们隐约地觉得，会有更大的岛屿，甚至是陆地，在等着他们。

经过半年多的海上漂泊，他们从寒冷渐渐地感觉到了太平洋回暖的气息，成群的海鸟结伴飞过，两头发情的鲨鱼尾随着木船嬉戏，海水的颜色也在不经意间，由褐色变得青蓝。伯猃举起仅剩的一条手臂，指着头顶的海鸟说："沿着鸟飞来的方向走，那儿一定有陆地。”萧扶桑坐在船尾的角落里，有很多时光，他就在那个角落里度过，船上的人当然不会让一个百岁的老者去摇橹，何况，他俨然是这儿的王，是大家的主心骨。他在龟甲上艰难地有些歪歪扭扭地刻着字，他边刻写，边在思索，尽管船在颤动，他的手也在颤动，但他一直没有停下刻刀，他刻写的内容，已经不是在机械地记录，而是在著述，他专注于那本还没有想好名字的书。

到了初夏的时候，木船还没有找到能靠岸的陆地，大船找不到修理的船坞，被海水淋湿的青铜长剑锈迹斑斑。他们开始烦躁不安，双腿承受着静脉曲张的痛苦，身体渐渐地虚弱不堪。船上惟一的食物仅剩下五个女人不断晾晒的咸鱼，单调的食物，反胃难咽。开饭的时候，船舱里是一张张的苦脸，那种神情比上断头台好不到哪儿去。何况，台风、暴雨、涌浪、暗礁，一次又一次险境中的挣扎。

到了六月初，船上大部分人害上了热病，摇橹已成为艰难的工作。如果继续漂泊下去，这条船上的人都将在热病的折磨下死掉。

第二十章　远征的异族人

夏日的阳光洒落在坡下油绿的草场，马莲花谢了，结上了绿色的豆荚，一大片不起眼的绿草却是在殷都城外的河套和森林里不曾见过的，那种草叫苜蓿。盘羊吃了后，开始上膘，它们在小河边惬意地追逐，十一只刚刚出生的小盘羊羔紧紧地追逐着各自的母亲。羊群的主人正揉着仅剩的一条腿，欣慰地看着他的臣民。他瘦了，面色黢黑，不知是营养不良，还是日头的暴晒，或者皆有关系，尽管脸上仍旧是胡子拉碴，但胡须不像以前那么坚硬得像野猪鬃，现在倒像盘羊细密的茸毛，那条仅存的左腿，也出现了萎缩的迹象，总有那么一阵子针刺般地隐隐作疼，这些伤痛大大加深了他的挫折感。这些日子，他越来越思念伯猃，他们是孤儿，没有哥哥伯猃，他早就死在丛林里了。

他在这个明媚的早晨，看着那些撒欢儿的盘羊，萌生了离开族群寻找伯猃的念头。绿草馥郁的芳香气息总能勾起年少的回忆，距离那座毁坏于战乱的土城堡大约万丈之远的地方，是一片丛林，丛林的外边有一间泥巴房子，房子前面的空地上经年累月地卧着一条黑色的猎犬，那是他的玩伴，而父亲出去打猎的时候，黑狗跟着，他却只能和哥哥一起趴在篱笆墙的里面眺望父亲的归来。这个泥巴房子里只有三个男人，女主人据说死于一场风寒，父亲喝醉酒后说母亲死于白狼的撕咬，所以那个时候，他便记下了白狼，白狼咬死了母亲。后来伯猃跟着父亲出去打猎，剩下他自己留在篱笆墙里面。父亲和伯猃打回来的猎物，有时将兽皮留下，将肉送进城堡，有时将皮肉都留下，更多的时候是皮和肉一起送进城堡。有一次，十四岁的少年伯猃射杀了一只火红的狐狸，他把火狐狸送进了城堡，他想亲手交给族长的女儿，那个女儿就是此时正在河湾深处，和那几个部族女人一起洗澡的婵娟。伯猃喜欢她，但她是族长的女儿，她只会嫁给部落里的贵族，而不是猎户的儿子。伯猃常常偷偷地跑到城堡里，而把他留在篱笆墙内。那天，伯猃又去了城堡，到了晚上，伯猃遍体鳞伤地回来，满身的泥土，肚子和膝盖部位的皮子掉光了毛。

“你是爬着回来的？”仲犹拍打着哥哥衣服上的泥土，伯猃却像老鼠一样吱吱地叫着。

那夜，父亲没有回来。三天后，他和伯猃在林子里找到了父亲的弓箭、刀和一件沾满血迹的兽皮上衣。

从那以后，他开始和伯猃一起到林子里打猎，但他们再也没有给城堡里送过猎物，城堡曾派人来问过父亲的行踪，之后，城堡也把他们遗忘了。若干年后，他也长高长大了，虎背熊腰，他和伯猃到城堡里用兽皮交换盐巴，结果遇上了攻城的盘庚的军队，他们被一根绳子绑着，离开了土城堡。

他决定独自离开，靠一条腿走回殷都城。他轰赶着盘羊，向山坡下走来。

婵娟和那几个女人还在洗澡。他只能绕开那个目前被视为禁地的河岸。

领头的盘羊仍然走在最前面，但这次与往常不同的是，往常是他，他的身后是头羊，头羊的后面才是那群盘羊，这次反了，他拖着残缺的一条腿，走在了羊群的后面。其实他想去撵着头羊另选一条路下山，但头羊疾走如飞，距离越拉越远，头羊带着盘羊群直奔河边去了。他着急了，那些女人也许会误认为他故意放盘羊到河边，甚至怀疑他偷窥女人洗澡。

他索性停住了脚步，思索着怎样让那些撒欢儿的盘羊，那只傲气十足的头羊遵照他的意愿改变奔跑的路线，他打口哨，呼叫，那些盘羊却不管不顾，认准了河边清凉的河水和丰腴的青草。羊是贪娄的动物。仲犹对这群盘羊又有了新的认识。当他确信，他的努力将无济于事的时候，便决定放弃，选择独自默默地离开。他借助一根拐杖的支撑，转过身去，他看到了又一番的景象，那是连绵的群山，那是开满山野花的沟壑，乌黑的石头，和一个喷涌而出的狭小的瀑布，这样的景致，他可以自由地放开双目，不用小心地回避裸体的女人，躲开炫目的雪白。老实说，那炫目的雪白并不是毫无诱惑力，他的体内也聚集起一股难以遏制的热量，像有蠕虫覆满全身，他感觉小腹坠胀，仅剩的那条腿微微地颤抖，他想转回身去，想望向那河水，以及河岸上若隐若现的素白的衣服。他的眼前竟莫名其妙地出现了婵娟的脸，那睫毛下楚楚黝黑的眸，那弯弯曲曲的唇纹，他急忙晃了晃脑袋，把这股看起来更像邪念的欲望驱散。他向河岸相反的方向走，尽管路极不平坦，或者说根本就没有路，他跌了一跤，手掌划出深深的血口子，他把受伤的手放在嘴唇上，吮吸手掌上的血，抬起头时，嘴唇上留下一个椭圆形的血色印记。他走了，面朝太阳升起的方向。这时，草原和山谷、瀑布下的溪流，皆向他涌来，南北山脊，云雾缭绕，如入仙境，那云朵仿佛一张熟悉的面孔，又像是伯猃坐在云端，俯视着他，并伸出两手做出想要拥抱的姿势，这让他百感交集，眼泪便簌簌地落。他想，依照时间推算，伯猃他们或许也在返回的路上，而他们还不知道愚谷在哪里，归期似乎遥遥无期，一路上，如不是那些轮流让他骑乘的健壮的盘羊，恐怕他坚持不到这片丰腴的绿洲。其实，这片绿洲和清澈的河水不仅动摇了仲犹的意志，也让整个部落的意志濒临瓦解。草和水的诱惑，是有穿透力的，就像老巫师自编自唱的歌谣，老巫师用自编的歌谣记录西去路上的纪事，他隐隐约约地听到了老巫师又在沙哑地吟唱：大风去兮当自强，仲犹来兮赶盘羊，骁勇绝杀兮西北狼……

战死的盘羊和西北狼，让他们拥有了消耗一个冬天的食物、衣服和帐篷。

然而，又一支狼一样的队伍正向河岸迫近。

女人们浑然不觉。河水中嬉戏的惬意，让她们沉醉其中，河水齐腰深，所以她们的上半身只能暴露在阳光下，而秀美的双肩和坚挺的乳房便在温暖的阳光下接受日神的抚慰。她们站在河水中，掬起一捧水，泼到同伴的身上，同伴以牙还牙，水面上立刻扑腾起一片炫目的水花。

男人们聚集在小河背面的山坡下，有站立着的，有躺着或半躺着的，一律竖起耳朵，听老巫师吟唱歌谣。尽管都是些以前吟唱过的，但他们依然听得津津有味，并和着一起吟唱，其中的许多歌词，他们已经烂熟于心，人人都可以传唱。老巫师的歌谣能让枯燥的日子变得富有生气，这或许源于牛胛骨的匮乏，那些甲骨被老巫师当作宝贝珍藏，而那支南下的队伍却拥有足够多的龟甲，任由萧扶桑在龟甲上记载数据，著书立说。

还是继续说仲犹吧。他已经蹚过了溪流，并把那只羊皮袋灌满了溪水。事实上，他对能不能活着走回殷都城一点信心都没有。他扬起郁积悲壮的脸庞对天呐喊："给我一匹马，我要一匹马。"

那声音在山谷间回荡。

就在这时，他听到了马的嘶鸣，以及杂乱的蹄声，对，还有盘羊惊恐的叫声。他侧起耳朵仔细地听了听，心脏骤然停止了跳动，因为他确信这不是幻觉。

接着，远处传来女人们的尖叫，他欠起身子，向已经隐没在高丘后面的河道望去，高丘挡住了一多半的视线，看得并不清楚。他吃力地向上走了四步，还是望不到河道的全貌，那就再向前跨出几步吧。这时，他现出一丝的犹豫，这继续跨出的几步，似乎意味着他要不要改变主意，甚至包括刚下定了的决心会不会就此逆转，而让自己变得心灰意冷。

尽管，比起那些正如痴如醉地吟唱歌谣的男人们，他离那些呼救的女人们算是最近的了，但他赶到河道边的时候，那些男人们已经把女人们护卫了起来，并背靠着身子，让女人们湿漉漉的胴体套上衣物。一群戴着尖帽子的骑士出现在了河道边，他们鼻梁高耸，眼窝深陷，皮肤和头发的颜色与这些夸父们更是差异巨大，他们头发呈现的是褐色，而不是黑色，并微微卷曲，手中握着大同小异的长剑，并抓着一个盾牌。他们是一群古提人，但来自殷的夸父们和这些贸然进犯的古提人竟然没有太大的语言障碍。没有语言上的障碍，沟通起来便不成问题，微子启惊奇而略有些恐惧地扫视着这群怪异的不速之客，先问了他们一个听上去并不聪明的问题："你们来自愚谷吗？"

"我们不知道你说的愚谷是什么意思？"那个瘦高个子的古提人看上去像他们的王，事实上，他确实是王子，一个叫伯克的王位失败者。

微子启不想纠缠愚谷的问题，但其实这又是他最关心的问题，转而又问："你们从哪儿来？"

瘦高个子的伯克扬起傲慢的下巴说："你们才是入侵者。"

微子启听了颇感困惑。十天前，他们在河道里见过一位土著的巫师，他是夏禹的后人。土著巫师说，这里是他们的领地，祖辈是寻找愚谷的先驱，他们越过戈壁之后，在这片水草丰美的绿洲上落脚，并开始了一场生殖与繁衍的造人运动，他们的后人对于这片绿洲的热爱，对于森林里蕴藏着的无尽的资源，对于这条河所倾注的美好情愫，毫不逊色于他们的先人。如果把第一代踏上这片土地的祖先视为领地的开拓者，那么他们的后人则是从这片土地里滋生出来的果实，并且与先辈刀耕火种的生产方式告别，开启骑马牧羊的游牧生活。因为，那绿茵的草场看上去更适合放牧。而眼前出现的这群古提人，到底是另一支土著的部落，还是真正的野蛮入侵者？

"他们才是入侵者。"老巫师自信地与微子启低声耳语。

伯克王子见微子启无动于衷，扫视了一遍衣衫不整的夸父们，便又愈加狂傲地大声问道："你们谁要一匹马？"

夸父们回敬于沉默敌意的对视。

他在马上挥舞着剑又问："刚才，你们谁喊着要一匹马？怎么，这会儿没人敢站出来了，你们这群胆小的家伙，看到了吗？这是马！"

裸露的女人们穿好了衣衫，但都勾着头，以掩饰羞愧的尴尬。

"是我要的，我要一匹马。"夸父们一阵躁动，自动让开一条路来，仲狁拄着拐，蹒跚地走向队伍的前面。

伯克王子用审视的目光看着眼前的怪人，憔悴，疲倦，甚至不修边幅的外表，似乎与古提人的威严整齐的装扮格格不入。

“这是一个独腿的落难者。”伯克王子在心里嘀咕了数十遍，也在最后一遍时吐露了心声。

听到这话，一个头戴盔甲的武士附和道：“他不配要一匹马。”

“你不配要一匹马。”伯克王子竟然抬起手指，鹦鹉学舌般地把这句话又一次大声地讲了出来。

仲犹愤怒地捏紧了拳头，尽管这样的举动不会给对方制造任何有效的威慑力。

伯克王子用剑示意身旁的武士下马，武士便跳下马。他又用剑指了指仲犹说：“你可以得到这匹马。”

仲犹竖起手指说：“我要的是长生天的马。”

伯克王子盯着那根竖起的指头，显然他没有听明白仲犹所说的长生天是什么，但他猜到了那一定与天意有关。他顿时生出一丝伤感，他们跋山涉水历时一年零四个月的远征，翻越山脉后，看到了这片神奇的东方绿洲，便扎下营寨。他认为，这才是他们的归属地，是上天的安排。曾经有一个人亲口对他说过，他们是上天的敌人，是山中的蝮蛇。他割下了那个人的舌头，那个人是苏美尔人的王子。

他举起了剑，试图向他的武士们发出冲锋的命令。

老巫师瞥见了伯克王子剑鞘上的符号，那是和他腋下布袋子里那块甲骨上一样的符号，他从袋子里摸出来，并举着走向伯克王子。骑在马上的伯克王子用剑挡住了老巫师，他并不想看那块儿乌黑的肩胛骨，至于什么符号，那更是滑稽的东西。老巫师尴尬地怔在了那里，进退两难，他告诉伯克王子：“我们不是攻城略地的侵略者，我们是探寻真理的夸父。”

伯克王子又一次重申：“这是我们的领地。”

微子启没再反驳他，他已看出这是一伙儿远道而来的强盗，和西北狼一样是一群嗜血的猛兽。他想选择退守，暂时离开河道，但退守的结果只能动摇夸父们攻击的信心，而让古提人将他们斩尽杀绝。

僵持了十多分钟后，伯克王子终于下达了攻击的命令，凶悍的古提人策马冲锋。这一波的冲击，仲犹失掉了最后的一条腿，夸父们死了七个人，而古提人也被杀死三个武士。就在伯克王子准备下令发起第二次冲击时，土著巫师带着的族人以箭雨挡住了古提人的攻击，一支带着白色羽毛的响箭，骄傲地插在伯克王子的左臂。受伤的王子在武士的保护下，撤离了河道。

“没有你们，夸父族人就完了。”微子启沮丧地对土著巫师说。

“夏商是同族，我们是一家人。”土著巫师摇着头，闭上了眼睛，泪水顺着他的脸颊流下来，他说，他们等得很孤独，几代人才等来中原的族人，这是我们的领地，那些古提人才是入侵的盗贼，他们不是狮子，是豺狼。但微子启也说出了自己的隐忧，他说，想把这些古提人赶走并不容易，看那阵势，是要定居的。

土著巫师说:“看来要等到冬天飘雪的时候了。”

“这是六月。”微子启觉得他们根本等不了那么久，古提人很快就会卷土重来。

土著巫师笑了笑，没有再做解释，他心里或许在酝酿一个绝杀的计划。

仲犹躺在草丛里，无助地望着天空，疼痛已使他的面容变得苍白无色。他摘下木牍，交给老巫师，让老巫师转交伯猃，他乞求微子启刺他一剑，让他免受痛苦。微子启动心了，觉得仲犹与其痛苦地活着，倒不如做一个了结，像躺在不远处的那七个人一样，告别了残疾和伤病的痛苦，微子启握紧了剑柄，但随后他的手颤抖得竟然无法把剑从剑鞘中拔出。婵娟蹲在仲犹的身边，伤心地落泪。她告诉仲犹，要活下来，活着见到哥哥伯猃。

土著人绑了一副担架，四个土著人抬着仲犹在翻越山岭的道路上疾步如飞，而盘羊早在第一次冲击时，就溃散得无影无踪了。

老王爷在土堡的门口等待着微子启和他的夸父兄弟。

易守难攻的土堡，让他们过了几天平静的日子。古提人没有来进犯，或许他们没有发现，在山后的丛林里还有一个真正的土著部落。

微子启的到来让老王爷对殷都充满了无尽的想象。国家信念在记忆里复活，他招来了族人，聚集在祭台下，由那个并不算年长的巫师主持了认祖归宗的祭祀仪式，并让微子启讲述了殷都城的富丽堂皇，土著人对他们走向大地四极求证测量的勇气更感兴趣，因为他们的祖辈也是日月观察的先驱。微子启向老王爷问了一个萦绕在脑际的问题——愚谷在哪里？

老王爷说山上有个洞穴，愚谷就在那座山后面，但现在去往愚谷的路被古提人把持着，消灭了他们才能到达愚谷。然而，新的困惑随即产生，那些高鼻梁蓝眼睛的家伙来自哪里？愚谷的后面又是什么？他被一连串的问题困扰得寝食难安，并连续数日，站在高高的祭台上观测落日的余晖，寻找求证的线索。

“那是谜团。”老巫师劝他停止疯狂的观测，先琢磨怎么穿过古提人的营寨。

“仲狁说得对，我们要有马，不是一匹，而是一群。”微子启说。

三天后的下午，土著巫师带人在山坳里找到了盘羊，并花了不少工夫把那些并不太听话的盘羊赶回了土堡。这天，土堡里宰杀了两只盘羊，那四溢飘散的羊膻味，很快钻入了仲狁的鼻翼，他的子民回来了。他嗅到了炖煮盘羊的气味，他们在宰杀自己的子民，如果这件事搁在以前，他会举着剑和宰杀盘羊的人拼命，哪怕他是尊敬的王微子启。仲狁每天做的惟一事情，就是练习双臂的力量，以支撑起臀部以上的躯干，后来，他可以用双臂、靠移动手掌来完成行走，但这是半年之后的事儿了。现在，他仰望着密不透气的穹庐似的顶子，任由眼泪流到芦苇编织的席子上了。席子破了，一根坚硬的草尖刺进了他刚结痂的部位，他感觉到了湿热，探手摸了摸，手触碰到伤口，疼得他吸了一口气，手掌沾满了血污。他透过土窑的孔洞看光影起起落落，每天，那光影从窗孔的左侧移到右侧，最后黯淡成黑夜，这时，他会把目光投向窗孔外面，在暗夜里遥望孤独的星空，夜晚的星空似乎比白昼更有意思，夜是宁静的，不似白天，人声鼎沸，喊声阵阵，箭矢穿透草人的噗噗声，杂乱地从窗孔、从门上传进来，鼓噪着他的耳膜，他的心。他的弓箭丢弃在草丛里了，那时人们都在救他，而丢掉了他的箭袋。

微子启每天都来看他一次，多半时间是在黄昏的时候。他们记录完一天观测的数据，从高高的祭台上下来，进到仲狁住的窑洞里来。有时微子启会陪着仲犹一起吃一顿晚饭，这个时候，仲犹会暂时忘记身体的残疾与伤痛，手臂支撑起瘦弱的躯干，半倚着墙壁，与微子启随心所欲地聊天。他们的话题从一路的征战，从战胜西北狼，从土堡的祭台和古提人嗜血的狂傲，到后来，他们便谈到了殷都，谈萧扶桑和伯猃。在他们的想象中，从未想到过那个漂泊在大海上的木船。此刻，躲在船舱角落里的银发的萧扶桑正专注地著书，断臂的伯猃费力地摇动船桨。他们所能想象到的是由萧扶桑带着的队伍可能已经在返回殷都城的路上。他们想象到这里时，禁不住互相对视，微子启为他的知己萧扶桑而怀念过去，仲犹为他的哥哥而热泪盈眶，他们还会想念起奔向北极和东极的夸父们。他们坚定地相信，那些勇敢的夸父们也会有不小的收获。仲犹想象着去往北极的人们，会给殷都带回晶莹的冰块儿，但那必须是冬天，夏天回来，就化成一摊冰水了。微子启说，那向东去的人会看到大海，他们会不会到海上探险呢？仲犹说不会，他们不是鱼。起初那些天，老巫师也加入他们的畅谈，最近老巫师在忙着寻找马匹，就不来了。土堡里有五匹马，但组建一支像古提人那样可以征战的马队远远不够。老王爷说，他们确实不知道马可以骑乘征战，要不然土堡里可以备下足够多的骏马。

土堡里的人，把寻找骏马的希望寄托在两个巫师的身上，他们觉得，骏马是神，是有灵气的，不是随便哪个人就能获得，惟有能与神灵对话的巫师才具备这样的能力。两个巫师欣然受命，因为他们从族人的眼光里读到了期盼，那是击败古提人的信心，这信心就是骏马。骏马出没于绿洲，但此时，那片绿洲正被伯克王子的部落占领着，两个巫师昼伏夜出地寻找，老巫师有些吃不消，毕竟上了年岁，白天好人一般，夜里不住地咳嗽。临走时，喝了两碗热汤，身上冒了许多汗，感觉好些了，等进了山里，冷风一吹，又咳嗽了，老巫师捂住嘴巴，尽量憋着，以免惊扰了古提人。土著巫师关切地说，你回去吧，我自己也可以。老巫师坐在圆圆的鹅卵石上叹气，他问土著巫师："我们怎么那么惧怕古提人？"

土著巫师答道："那是因为马。"

老巫师摇摇头说："是因为他们失去了家园，而去占领一处领地。”

土著巫师生气地说：“这不公平，这是我们的领地。”

或许老巫师也没有想透这个问题，他不吱声了，默默地盯着那片林子，因为他预感会有一群马从林子里冲出来。他的预感被证实，不过，冲出马群的时间是在第二天的傍晚，他们带了五个土著青年和五个夸父，马冲出来的时候，土著青年抓着长长的马鬃先跨上了野马，五个夸父从马上摔下了两个，但总算把跑掉的两匹追了回来，十二匹野马全部牵回了土堡。

驯化野马和训练骑士在土堡里悄然进行。

马尽管被后人视为忠诚的朋友，但驯化一匹野马并非易事，它喜欢吃青草，而不是狼或者狗一类的食肉动物，它的攻击性也远不如狼或者狗那么凶猛，可是它高大威猛，四个蹄子可以作为有力的防身武器，所以让马驯服，并乖乖地服从于人，也需要经过长时间的对抗、磨砺。有些时候，马是天生的思想家，它甚至比思想家更不违心，更富于感情，它重视实践，而不是喋喋不休的胡说八道。这样的友谊又实在难得。

六月末，婵娟生出一个男婴。取名微谷子。意为丰盈的谷仓。粮食是王朝的天，是国家的基石。他们苦苦地追逐着日月，其实也是为让农耕符合节气时令，编制历法。至于天圆地方的争论，暂时可以放一放了。不久，另一个夸父也生出了一个男婴，他生出的不是王子，而是奴隶，奴隶的儿子也是属于王朝的。老王爷最近总是絮絮叨叨地谈起夏禹治水之事，微子启猜他要治理河道，询问之后，才知道老王爷是怀念夏朝的辉煌，那是一百多年前的族人开疆辟土的遥远往事。两个男婴的降生，给忧郁的土堡带来了欢乐，心潮起伏的男人们聚集在祭台下，又宰杀了一只盘羊祭祀祖先。

仲犹决定加快手臂的习练，尽早走出窑洞，阻止族人对盘羊的杀戮。他拒绝再与微子启交谈，微子启却说：“宰杀盘羊也不单是为了祭祀，是为了两个男婴的奶水。”仲犹将信将疑地点了点头，但牧羊的决心却因此大增，他开始盼着返回草场，也许他将留下来，守着那片草场就此老去，埋在西北的这片沙土里。

伯猃会来看他吗？想到这里，他又潸然泪下，不知是伤感，还是绝望中的孤独，最近他总是爱落泪，无腿的身躯完全像怪物，甚至有人刻意地躲避他，除了微子启和老巫师，很少有人进他的窑洞里来，说是怕看到他的样子止不住落泪，伤痛是可以传染的，像瘟疫。幸好没有瘟疫，人们在土堡里平平静静地活着。抓到野马后，老巫师也病了，说不清是风寒，还是别的什么病。那时人们只知道风寒这一种病，并且知道可以用一种叫姜的植物熬成汤汁，祛除风寒，但老巫师连喝了两天的姜汁汤，不见一点好转，他把狼皮褥子抱进仲犹的窑洞，和仲犹住在一起，他们用哼唱歌谣打发无聊的时光。黄昏，老王爷第一次踏进了仲犹的窑洞，他找的是老巫师，想让老巫师把他们氏族的故事编唱到歌谣里，让夸父们把氏族的故事流传到中原去，那是他们的祖先诞生的地方。

老巫师答应了，应诺把老王爷氏族的故事编入歌谣。

翌日早晨，他又来了，在前面引路，带着老巫师走出土堡，到了那条河道边缘的山上。老王爷身材精瘦，西北的风寒落下的风湿病，使他的腿呈O形，难以做到挺拔直立，更别谈英武，但他的眉宇间透出一股少有的执着和坚毅，没有这股子气势，恐怕早被西北高原强劲的冷风吞噬了。他们一路走得小心谨慎，大概是担心惊动了那些褐色头发的古提人。山坡上，草木苍翠，郁郁葱葱，他们蹚着菁菁野草和杂乱的荆棘费力地行进，站在半山坡上慨叹岁月的无情。老王爷拨开树丛，露出一个洞口，猫着腰进去，借着洞口射入的阳光，老巫师打量着，石洞的石壁上有一幅画，画着长着翅膀的少年，头上插着羽毛的女人，老巫师吃惊地问道："这是谁画的？"

老王爷笑了笑说："我爷爷和我，这飞天的少年是我爷爷画的，那长着羽毛的女人是我画的。"

老巫师又问："这是上天的意思吗？"

老王爷说："那是我曾祖父，他想长出翅膀回家。那个女人是我母亲，她是飞鸟的女儿。"

老巫师摇晃了一下身子，有些站立不稳，颤动着嗓音惊叹："那是玄鸟。"

老王爷说，他们的绘画仍将继续，每年他都会带人到山洞里来，在石壁上绘画，画下氏族人的心思和期待，但这些只能封存于山洞的石壁内，那些苍凉的经历和美丽的传说，却又得不到流传与扩散，他们希望中原的人接纳他们，认祖归宗。外面的树叶子，春天发芽，夏天吐绿，秋天凋落，洞口的地上落了一层又一层，那叶子变成了腐殖质的黑土，但洞口却越来越小。当初，仅开凿这个洞孔，就用了一年的时间，那时一个高个子的成年男人都能直着身子走进洞口，现在猫着腰才能进来，以后呢？老王爷叹了口气，满脸的惆怅，心思很重，他看着老巫师说，把它们编成歌谣吧，传唱到很远的地方去。老巫师说，我只能把它们带回中原去。他们要出来时，听到洞子外面有急促的马蹄声，老王爷探头望了望说，又是那些入侵者，他们必将死在这片土地上。

老巫师说，他们要是继续东去呢？向东去，那不是就离开你的领地了？

老王爷说，他们不会东去的。向东去，他们死得更快，因为这片土地是我们的。

老巫师的目光望向那个骑马的古提人的头盔，转过脸来说："他们比我们聪明。"

老王爷不服气地抖动着胡须说："他们要么死，要么滚回老家去。"

老巫师却问了一个深奥的问题，他们来自哪里？他们的长相为什么与我们不一样。老王爷猝然间答不上来了。"这是个问题。"老王爷用这句话结束了两人在石洞里的讨论与交流。

西北低矮的小草总是露出一副可怜巴巴的模样。而那群像旋风一样远去的古提人，在稀疏的荒坡上荡起一团土黄色的烟尘，他们为追逐一只狍子而跑得大汗淋漓。令人费解的是，他们并没有向土堡发起攻击。他们在等待时机吗？他们又在等待什么样的时机？老巫师向老王爷抛出一连串的问题，这些问题似乎关系到部族和夸父们的生存危机。

土著巫师已经在脑子里构想消灭古提人的计划了。老王爷说，那是个聪明人，和你一样懂得上天的密语。老巫师点点头，伸手扶了一下老王爷。下山的时候，老王爷专拣荆棘丛生的地方走，他是想少留一些痕迹，免得这个隐秘的洞穴被古提人发现。

老巫师回到土堡后，按照壁画的故事潜心编写歌谣，他把壁画上的少年、女人和玄鸟一一告诉了微子启。一身素白衣服的男人决定去观看石洞壁画，并萌生了传唱歌谣之外，还能记录些什么的奇思妙想，他决定在甲骨上著书，除了壁画，能留下来的符号便是文字，微子启为自己的突发奇想而沾沾自喜，他先刻下了他要写的书名，他想把这本书叫作《古幽人的梦想》，但后来这本书最后确定的名字是《中国人的梦想》，因为萧扶桑带回了消息，说他也在著书，萧扶桑想出的龟甲书的名字叫《中国人的梦想》。

第二十一章　伊夫高地

他们不知道最终登上的这座岛屿将被历史性地载入史册，但又鲜为人知。那座岛屿声名远播，而且面积不算小。

萧扶桑的草鞋在伊夫高地的海岸上留下一串湿漉漉的脚印。他上岸的脚步疲惫而又迫不及待。连续丢入大海十二具尸体后，死亡的恐惧几乎洞穿船底，再不上岸，全船的人很快就会在绝望中疯掉。向导的小青蛇早在三个月前就死掉了，它起初被泡在腌制咸鱼的陶罐子里，海水没能延缓小青蛇腐烂的速度，热带的湿热空气将一股发臭的气味扫荡在船舱，那只陶罐连同小青蛇一起被丢入了波涛汹涌的大海。向导为此绝食了一天。

最后一具因害热病而被丢到海水里的是渔夫的尸体。他是已经望到海岛的影子后死掉的，为此，萧扶桑在船头默默地伫立了好久。

夸父们望着这片比海水硬实而又一望无际的陆地，高兴得合不拢嘴了。

伊夫高地的上空，天高云淡，令他们马上想起了丛林边上的那一片天空，出发时的热情变成了无神麻木的空洞，上岛的夸父和黎塬族人急切地寻找可以代替咸鱼的食物，一个夸父女人竟然在船上怀孕，挺着沉重的腰身，在另外两个女人的搀扶下，跨上了海岸线。伯猃拖着一只手臂，吆喝着还有些体力的男人们，把船体拖向海滩。船体显得有些破败，该修一修了，他们甚至担心不等拖到岸上，那船就散架了。坛坛罐罐，存放龟甲的箱子，被海水锈蚀了的青铜剑一股脑地被搬卸到了岸上。

至少在离海岸线数千米之远的地方见不到人烟，萧扶桑带着这支疲惫之师又向腹地探摸。他浑身散发着臭味，用海水洗澡浆洗衣服是他活了一百多岁后最难以忍受的，那点可怜的雨水，除了饮用和煮饭，不敢再做别的奢侈的浪费，他的脸膛和那些人一样像被火烧燎过一样黑红，只是皱纹更深密而已。

一个胡子拉碴的人站在萧扶桑的面前，他是伯猃的一个徒弟，上船后开始学练射箭捕猎。伯猃用一只手臂撑起弓，用牙齿咬着弓弦和箭尾，照样能把弓箭拉开，不过射出的箭矢的力度不如从前了，这也是令伯猃沮丧的地方。那个胡子拉碴的人的性格颇像仲狁，所以这也是伯猃教他箭术的原因。伯猃就这样手口并用地教他，只是在纠正一些细微技巧的时候，一只手显得力不从心，那个胡子拉碴的徒弟倒也聪明，领悟得很快，他们用这样的方法打发了不少无聊的漂流时光。但由于船的距离有限，箭头射出去就回不来了，实战练习超不过五次，收获了两只海鸟，平日里全靠在心里揣摩。

这个满脸胡茬的人叫月桂，一个偏女性的名字，但他像钢丝一样坚硬的胡须与月桂的意境简直天壤之别，大概是父母生下他时，没想到那柔软的脸腮会变得像刺猬。月桂踩踏着岛上的荒草，不远处是一片银白色的盐碱滩，徐徐的海风像飞出去的箭头在耳边嗡嗡地回响，大地以它深重的怀抱亲吻这群探访日月与天地的旅人，他们是行者，只为求证大地，而不是殉难，那些把海水当坟墓的族人就当是回家的路标，他们或许早就葬身于鱼腹。

路过一处洼地，水上漂着一只死耗子，一棵小树上栖息着一只提心吊胆的翠鸟。走了很久，看不到房子和炊烟，月桂和向导结伴而行，月桂叫向导师叔，其实月桂比向导还大一岁，辈分就这么论下了，论下了辈分，感情就深了一步。向导就处处关照着月桂，探路时，向导师叔总是走在月桂的前面，充当挡箭的盾牌。月桂感动得要命，起初人少的时候叫师叔，人多了还有些羞涩，现在师叔叫习惯了也自然了。

越过那片洼地，翻上一道坡，坡下是一片金黄的稻田，不像是野生的，向导把月桂拽到草窠子里躲了起来，成群的大脚蚊子又在他们的头顶嗡嗡地叫着，草窠子里也藏不住人了。太阳照样悬在天上，火辣辣的，汗出了很多，又补充不到水，走不远倒是看见了一个昏黄的水沟，他们又想起了那只漂在水里的死耗子，便忍住了干渴，继续赶路。

坡底的树丛里隐匿着一间茅草屋，透过窗子的栅栏，有一老妇人坐在屋子里，她穿着一件粗纺的亚麻上衣，敞着怀，干瘪的乳房像布袋子一样垂着，肤色像生锈的青铜剑，细密的皱纹间聚集起母亲般的慈祥，她两腮塌陷，眼睛紧闭，嘴巴翕翕合合，念念有词。月桂咽了口唾沫，喉结里发出很响的咕噜声，他吓了一跳，忙捂住嘴巴，然而那老妇人安详地坐着，像神龛里的泥塑。他转过脸又去看向导师叔，向导舔了下嘴唇，伏在他的耳边说："那两只乳房像水袋子。"

他的脸红了。这时，一群光着脊梁的男人们举着石镰刀，正从林子间走出，他们行走的姿势，就像脚板踩到了炭火被烤痛了一样，屋子里的老妇人睁开了眼睛，摸索着下了床，月桂和向导急忙钻入屋子后面的草丛里，那里仍然是成群的蚊子在嗡嗡。

那些人用手臂搭起轿子，架起老妇人，向那片金黄的稻田走去。

向导和月桂皆忍受着蚊子的叮咬，但又不敢离开，他们想看清楚那些人要干什么，而且也不敢站起来，走出来显然是去送死。

离稻田不远有一小片空地，那里事先堆起一捆树枝，一个男子跪在柴堆旁，用打火石点火，打了数十下，火依然没有点燃，他不知疲倦地敲打石块，旁边是一团雪绒草，等待着引燃的火星，老妇人被放在石凳子上，正襟危坐，神态肃穆，两只干瘪的乳房暴露在西斜的太阳光下，乳房早失去了饱满与弹性，既不坚挺，也不迷人，但那些赤膊的男子里，有多少吮吸过那乳房？丈夫、儿子和情人，溽热着的热淋淋的汗液与喘息，或许，她还有极强的生育力，像池塘里鼓噪的蛙和蝌蚪，像离此地万里之遥的那个石洞里描绘的飞天的玄鸟。

火终于点燃，柴堆上蓦然升起一团浓浓的黑烟。

老妇人的周身和脸膛便被火光照亮，那些男人们光着脊梁，踩着一致的步调，吆吆嘿嘿地喊着咒语，依次从老妇人的面前走过，走完一圈，老妇人起身，双手举起，头向后仰，冲着深邃的天空，乳房便像袋子划向两侧，接着，又是男人们像公牛似的高亢的喊声。

月亮升上来了。这晚是满月，柴火堆上飞出的火星子，飘飘摇摇地升上了天空，宛若萤火虫成群结伙地在空地上盘旋。向导和月桂的头顶，蚊子越聚越多，像一团沉甸甸的云，他们终于逃之夭夭了。

萧扶桑带人赶到这片空地的时间是转天的上午，那时，天空正罩着一团厚厚的黑云，闪动的雷电似乎要撕裂整个世界，那些赤膊赤脚的男人们正用石镰收割稻子，石镰粗钝，刈割多次才能将一株水稻的稻穗割下。那些人不时抬起头望天，惶惶焦虑，昨晚那些咒语和火星子似乎并没有带来好运，即将到来的暴风雨可能毁掉一年的收成。

“我们可以帮你。”萧扶桑拍着稻田里一个光光的脊背说。

那个年老的男人先是惊诧，又觉得比他年长的鹤发老人并不令人生畏，和善的面容浮动着水一样柔软的笑意，他也笑了笑，尽管有点勉强，但并不影响友好的继续，他直起腰来，擦了把汗涔涔的额头，脸颊如沟壑纵横，他的目光越过萧扶桑，瞥见那些擎着长剑的破衣烂衫的汉子，惊惧的神色像泛滥的河水在金黄的稻田里漫延。

“你们为什么要帮我们？”他觉得这是一个很费解的问题。

萧扶桑说：“你看那天上的黑云和闪电，暴风雨一来，你这些稻子将一无所有。”

他环视了下弯腰劳作的族人，叹了口气说：“好吧。”

伊夫高人见识了青铜剑的锋利，刈割下的稻穗很快装满他们的背篓，并确信这些外来人并没有伤害他们的企图，于是萧扶桑立即被当作友好的同盟请入老妇人的草屋，并以礼遇的方式接待这些外来客。恰在这时，暴风雨也一并闯入了这片领地。领地的主人就是双乳垂吊的老妇人，她打量着他们，审视着这群不速之客。猛烈的暴风雨让她相信，这群人的到来或许是天意，昨晚的祭祀，天神并没有告诉她，会有闯入的陌生人帮他们收回稻穗。雨哗哗地落下，其实热带雨淋里，雨水并不新奇，但偏偏在收割稻子的当口，电闪雷鸣的时候，天神派来了援兵。老妇人反复琢磨这些看似偶然，又似乎是天意的巧合。她不知道，那些升到天上的火星子，天神是否感知到了他们的虔诚。一颗椰子被暴风雨吹落下来，砸在了草棚子上，伊夫高人惊骇地望着天，两个男子跑到了风雨中，向天跪下，任凭风雨冲刷他们光光的脊梁。

老妇人的目光扫视到了伯猃身上，她冲他笑了笑，说："你是猎人？"

伯猃说："哪有一只胳膊的猎人。"

老妇人说："等雨停了，打只猎物，用新稻米款待你们。"

萧扶桑强调说："我们是大地测量家，是过客。"

老妇人从地上拾起一根木棍儿，把屋子里的细碎的泥土当作沙盘，她给夸父们画出了领地的高耸的山丘、丛林、稻田和一条河流，河流的名字叫伊洛河，是为纪念她的丈夫取的，她的丈夫也是大地测量家，为了寻找那条河的源头而死在了山洪中。

"去打猎去吧。为丛林取个名字，或许它将以你们的名字命名。"

萧扶桑问老妇人的名字。

她丢掉手里的木棍儿："他们叫我马达，我想那个断臂的男人不会让我们失望。"

草房内一片沉寂。

那些夸父们把目光聚向伯猃，他们需要白米缓解饱受咸鱼折磨的胃口，他们需要尽快恢复身体的力量实现大地测量的梦想。

雨后，丛林雾气氤氲，阳光被屏蔽在了树冠之上，林子便显得阴森可怖，几声像虎啸狼嚎一样的声音从雾气中传出。

这场捕猎看上去更像是在围猎。

或许，那些土著人并不想逊色于一个断臂的猎人，抢先进入了丛林，他们手中的武器为石块儿和木棒，有几人举着石镰，还算锋利一些。伯猃试图阻止他们，他想在迂回中悄然地射杀猎物，土著人蹚过杂草荆棘，扑棱棱的声音在迷雾的丛林里响起，惊飞的鹧鸪四处逃窜。

老妇人被四个光脊梁的男人守护着坐在林子边，她俨然是这次捕猎的见证者，并附有裁决的权威和至高无上的威严。因为，她是这片领地的主。

老妇人沐浴着林子间午后的阳光，树冠稀释了烈烈炎日，雾气渐渐散开，此时，她宛如一幅神灵庇护下的图画，像普罗米修斯的母亲，他们有画师吗？留住这一刻的安静，在如画的丛林。

那些在林子间横冲直撞的男人们并没有被老妇人阻止，他们兴致盎然地追逐那些弱小的动物，比如野兔，但机警的小生命们却千方百计地逃掉了。老妇人不甚满意，沉下脸来，她或许也希望自己的族人能有所获。

伯翁带着月桂离开了那些喧闹的人群，打算另辟蹊径，碰碰运气，师徒两人脱去了身上的衣服，打成一个包袱背在身上，因为他们仅剩这惟一可以遮身蔽体的衣物了，伯翁这件衣服还是萧扶桑送给他的，他的兽皮衣服早就丢在翻越夷山的路上了。月桂用长剑砍掉了两片宽厚的芭蕉叶，帮师傅围住了裸露的下体，他们像两条匍匐在丛林里的蛇，躲在密匝的藤条叶蔓里，却不见可捕捉的猎物。一只野兔从他们身边跑过，月桂张弓搭箭，想射穿野兔，伯翁按住了弓弦，第一次真正参与捕猎，月桂有些心急。

等待了一个时辰，林子深处传来了一阵阵的欢呼声，土著人抓到了一只野鸡，漂亮的羽毛是送给尊贵的老妇人的最好礼物，捕猎在转化为一场竞技比赛，这片幽深的丛林就是赛场。月桂着急了，几次想站起来，寻找捕猎的目标，但都被伯翁制止了。月桂开始抱怨师傅，说这样下去，岂不是让那些黑脸膛的土著人耻笑。伯翁说，打一只野兔回去，更让人耻笑，那不是猎手干的。月桂说，我倒想抓只老虎，有吗？伯翁说，有只小豹崽，就在前面的草窝子里。月桂睁大眼睛，并娴熟地搭上弓箭，伯翁告诉他，用不着弓箭，抱来就行了。月桂走了没多远，果然抱回来一只花斑纹的小豹崽。伯翁拽了一缕青草，放在鼻翼嗅了嗅，便命月桂放了小豹崽，赶快撤离。月桂有些不舍，看伯翁严肃的神情，便把小豹崽放到了草窝子里。就在他们转身要走时，三个土著人过来了，抱起了豹崽。伯狳提醒他们放下，他们却一溜烟地跑出了丛林。那豹崽便到了老妇人怀里，老妇人很喜欢，摩挲着绒绒的豹崽皮毛，说驯化一只猎豹，可以让种稻人吃到肉食，老妇人想得很远，也算是颇有远见之人，但一只成年雌性豹子悄然地摸到了林子边，鹦鹉的鸣叫声停息了，那只野鸡成了惟一的猎物。这时，小豹崽躁动起来，在老妇人的乳房上抓出两道血印子。老妇人慈祥地看着豹崽说它饿了。

伯狳说："快丢掉它。"

老妇人白了他一眼，质问道："你的猎物呢？"

大家便看伯狳。这一次，连萧扶桑也觉得失了颜面，他望着伯狳干着急，但伯狳却视而不见，根本就没看他的表情，这让他很恼火。萧扶桑转脸又和他的白鸟说话，其实心里想的还是打猎的事儿，他觉得这关系到他们能不能暂时立足休整，能不能将"圭表"打开，放置在高高的山岗上，去观测如影的日光和斗转星移。他想，伊夫高地的日月和殷都城看到的是同一个吗？这是登上岛后，始终困扰他的问题，他觉得冥冥之中，有两条纵横四极的线盘旋在他的心里，牵动着他的神经，他苦苦思索，又孤独无助。他在龟甲上演算历法，构想经纬天地，为大商帝国的富足寻找出路。他思念微子启，想把记录在龟甲书上的那些想法，或者也可能叫思想的东西与微子启分享，可环视身边，谁又能理解他呢？他驯化白鸟，其实是他在大陆那片亚热带丛林看到白鸟后萌生的远大构想，而那些族人却把他当成了自说自话的疯子。除了驯化白鸟，他还在思索实现构想的人选。他的目光又一次望向了伯狳，那只断臂就像戳在他心里的芒刺，竟如针刺般地疼痛，他记忆力越来越差，昨天观测的数据，睡一觉后，就想不起来了，甚至连后来加入到队伍中来的几个黎塬族人的名字，自从漂洋过海后，他竟然想不起那几个人叫什么，是姜虎，还是马洪啊。那人说我既不是姜虎，也不是马洪，我是夏柳楚，他便冲人家歉意地笑笑，像天真的孩子，但几天后，他仍叫他马洪，那人也就不解释了，就当是马洪应了。这个时候，大家就猜想，一向精神矍铄的萧扶桑漂洋过海后，可能真的进入了垂暮的时光里了。

那只雌性花斑豹子不顾一切地冲了出来。

老妇人吓呆了，突然间不知所措，她身边的那些人也呆若木鸡。眼看着母豹即将扑来，伯猃抬起仅剩的一条手臂，沿着母豹扑咬的路线，穿插过去，用身体的力量冲撞格挡母豹，伯猃倒向了左侧的草地，母豹被反作用力撞向了右侧的树干，月桂张弓搭箭，但射出的箭头偏了，插进了树干，伯猃仅剩的那只手臂被豹爪抓伤，鲜血淋淋，他忍住剧痛，大声地叫喊，让老妇人抛出小豹崽，老妇人慌忙将豹崽丢到了草窝子里。那母豹打了一个滚，调整了姿态，准备再次反扑老妇人。伯猃用嘴巴拉开弓弦，箭头射中了母豹的腰身，母豹趔趄了一下，倒在了地上。众人这才回过神来，七手八脚地护住老妇人，并拽着老妇人跑开了。母豹挣扎了一会儿，反身扑向豹崽伏卧的地方，用嘴巴叼起小豹崽，蹿入了丛林。

对于后果的预测和反思，老妇人认定，这不是一场虚惊。她怒斥了抱回豹崽的人，并坚定地相信，她没看走眼，断臂的伯猃不只是好猎手，更是勇士。她抚摸着伯猃的胳膊问道：“你并不想射死那只母豹？”伯猃说：“它是为了豹崽才拼命的。”那老妇人便又流泪，泪水滴落在淌血的胳膊上。向导过来，抓着伯猃的胳膊说：“得保住你的胳膊，你忘了在海边的那些受苦的日子。”说着，向导也开始落泪，他回想起了一年前陪护伯猃的那些日子所遭受的痛苦，不仅有伯猃，还有他，伯猃昏睡的时候，他比伯猃更受煎熬。

其实，伤情并没有向导预想的那么糟糕，但向导一哭，倒提醒了老妇人：“嗯，是需要个人照料你了。”老妇人派来的人是个身材矮小、肤色偏黑、但五官倒很秀气的女子，老妇人说她叫伊洛达，是她的孙女，年岁才十九。伊洛达很温顺，对老妇人言听计从，老妇人要她好好照料伯猃，她便蹲在地上，用石臼捣碎椰子树叶，涂在伤口处，又变戏法似的找出一截长长的粗布条子，为伯猃包扎伤口。就连她，人们都觉得像变戏法似的，不知从哪儿冒出来的，这是夸父和黎塬族人登岛后，除了老妇人所见到的第二个女人。后来知道，其余的女人们皆在山后的一个聚居点，那里搭了很多草房子。惟有老妇人孤独地住在稻田下的草屋子内。可能是老妇人特意交代的，伯猃被单独安排在一间草房子里，连萧扶桑也没有这样的待遇，他和众人一起住在一间很大的草堂里。

伯狳很快显出了难为情，他平生第一次与陌生的女子独处，他喜爱过婵娟，可也只是在族长的院墙外远远地望着心仪的女人。他顺从地躺在草铺上，任由伊洛达为他擦洗伤口，换洗亚麻布带子，为他送来煮熟的稻米，还有沾着盐巴的青菜，她如清风般地进来，又如幻影般地离去。她很少与他交流，只是悄无声息地做。到了第五天的中午，暴风雨又来了，雨水沿着窗子的栅栏飘飞进草房，打湿了草铺和草铺上躺着的伯狳。伊洛达抱起一捆稻草秸秆，试图挡住窗子，但很快就被风雨吹散，像天女散花散落了一地。她并不甘心，又抱起一捆堵上去，又被强劲的风雨吹散，她和伯狳也像湿漉漉的稻草人了。伊洛达垂下眼睑，细长的睫毛上挂着愁肠百结的稻草秸，轻轻地叹气："祖母的咒语会挡住风雨。"伯狳并不相信老妇人的咒语，但也没有反驳，只是说："我们是夸父。"

伊洛达的脸上结了霜，冷冰冰的，伯狳就侧脸看她生气的样子，娇小的嘴唇和鼻子，以及睫毛和头发上粘连的黄澄澄的稻草秸，黑色的肌肤落上一层细密的雨珠，就像晨雾中伏在嫩绿叶片上的露珠闪着晶莹的光泽。他想她生气的缘由，他原本的意思是想说，他们这一路经历了太多的磨难，这点风雨何足挂齿，可她会怎么想呢？是怪怨他对祖母的不敬，还是对族人的轻视？于是他便给她讲漂流，讲翻越夷山，她听得那么出神，津津有味，好像从未知道这个世界居然那么大，有那么多新鲜的事情发生。她不追问，也不插话，偶尔会扯动一根稻草秸，或者绞扯，或者含在嘴巴里，像咀嚼一根甘蔗。

那个下午短暂得要命，暴风雨早就停歇了。窗子栅栏不再有雨水进入，却送来阵阵凉风，而闷热的草房子里，这股凉风来得似乎恰到好处，惬意而清爽的气息与那些神奇的故事搅和在一起，足够伊洛达享受的了。太阳已经落山，草房子里光线黯淡了下来。此时伯狳觉得口干舌燥，一个下午，那么多有关殷都城、狩猎、攻上城头的故事，还有他的弟弟仲犹，他们相依为命的日子。他滔滔不绝地讲述，有些方言，伊洛达难以听懂，但并不影响理解，那个世界是大同的，口音还没有变乱。

“你看，我都忘了给你弄饭了，祖母知道，又该骂我了。”伊洛达匆忙起身，还没等伯猃说不饿，也或者想说不急来着，但伊洛达已急慌慌地离去了。

伯猃便望着那扇敞开着的木门。时间忽又漫长了，他隐约地听到外面女人的叽叽噜噜说话的声音，但并不清晰，像蚊子从耳边飞过，听不清她们说什么，有个声音是伊洛达的，小得比蚊子的声音还低，但他听到了一个词，夸父，别的又什么也听不到了。

伊洛达回来，端来一陶罐白米粥，还有一只烤熟的野鸡，伊洛达说是月桂专门为他捕猎的。伯猃问月桂怎么没来，伊洛达便说是她没让月桂来，男人粗手粗脚的，怎么能照顾好伤病的人。伯猃说，月桂是我的徒弟，他照顾我也是天经地义。伊洛达没再说话，从胸前的围兜里摸出一只木头雕镂的汤匙，舀了一汤匙米粥，送到伯猃的嘴边，伯猃尴尬地扭过脸，用缠着布带的手挡住伊洛达的手说：“这样会羞死人的。”伊洛达咯咯地笑，伯猃就更发毛，直愣愣地看着伊洛达，伊洛达不笑了，说：“原先是老祖母逼迫我来照顾救命的猎手，现在是我自己愿意。”伯猃听出了伊洛达的弦外之音，就说：“我们是夸父，是要离开岛上的。”伊洛达的脸上又凝了霜，目光也呆滞了，并赌气地背转身子，那些故事，让她不可救药地喜欢上了断臂的猎人。她沉闷地坐着，情窦初开的热火正席卷她的全身，从脚掌燃烧到手指，从手指到指尖，从指尖到脸颊，甚至连柔软的秀发都在燃烧，那火很快由爱情的烈焰转化为了聚集丹田的怒火。她是氏族部落骄傲的鹦鹉，但有时又像被宠坏了的任性的女孩，她从不轻易发火，除非……除非像此时，她感觉到了从未有过的冷遇，于是，沉闷了好一会儿，她突然转过身来，恼怒地端起那只盛满白粥的陶罐，白粥像糨糊似的糊满了墙壁，碎裂的陶片毫无规则地躺在草房子的地上。

伯猃记着萧扶桑的叮嘱：这不是我们的岛屿，我们是行走的夸父，善待别人，就是善待自己。

他看着伊洛达，忽然觉得，她就像丛林里的那只母豹，下午的好感正一点点地消失，随之而来的是几分畏惧，这令他惶恐不安起来，他想到了逃离，尽快地离开这间草房子，到自己的兄弟中间去，到萧扶桑的身边好讨个主意。

他让伊洛达孤独地待在那间草房子了。

萧扶桑坐在墙角打盹，他急切地摇醒了萧扶桑，想得到一个确切的答案。萧扶桑却问了一个让他脸红耳热的问题，这几天伊洛达住哪儿？伯猃回答说，在太阳落山前，她会离开的。萧扶桑说，她很温顺。伯猃说，那是只母豹。萧扶桑说，你回去吧，别忘了，你是猎手。

他回到了草房子，伊洛达已经走了，他突然又失落了，心里空荡荡的。

他一夜未眠，等待着黎明。

天亮了，鹦鹉惊叫着从窗户边飞走了。他瞅了眼门外，这个时候，伊洛达该来了，但伊洛达没来，来的是老妇人和萧扶桑。

老祖母的出现似乎并不意外，兴师问罪也在情理之中，说不定那个任性的小母豹添油加醋地说了什么，摔碎的陶罐是萧扶桑送给老祖母的见面礼，老祖母视为珍宝，交给伊洛达谨慎珍藏，现在它呈现在老祖母面前的是四分五裂的惨样。那个小母豹哟，伯猃从心底发出一声哀叹。老祖母慈祥而温和，也许是她的宽容赢得了族人的虔心，以及宗教般的顶礼膜拜。她捡起一块儿陶片，极平静地说："你是猎人，伊洛达是火，猎物有了火，才有了熟肉，才会有神灵接受你。没有火的猎人怎么能存活下来呢？"说完便看萧扶桑，那意思是该你说话了。萧扶桑接过老祖母的话说："人终究是要告别茹毛饮血的，有了火之后，便有了土，有了根基，知道了羞耻，他们的胃部机能因为火而开始进化。伊洛达就是我们的火神黎。"

其实，萧扶桑的这番说辞，倒有向老祖母炫耀他学识的嫌疑，他希望他的部族能在伊夫高地的土地上获得土著人的尊重，他似乎不放过任何一次宣扬殷商帝国博大与威严的机会。他后来对伯猃说，说到伊洛达时，他却想到了另一个人，那就是微子启。而那个时候，远在万里之遥的微子启刚刚登上了一座山丘，山丘的中部有画着壁画的石洞，他站在山丘的半坡上，远远地凝望着那个驻扎着古提人的部落营地。那天，伯克王子也正在营帐里给自己的部下讲他心中的阿耆尼神，动情之时，潸然泪下。他讲阿耆尼，是因为大西北的秋天就要到了，秋天一过，就是寒冬，对伯克王子的部落来说，这里是东方，而不是西北，西北是微子启的地理纬度。

连老祖母也觉得萧扶桑跑题了，但事实上最先跑题的还是她自己，她本来想说你娶了我孙女伊洛达，一句话就说明白了，她没说，而是顾左右而言他，说穿了，也是为了一个颜面。到萧扶桑开口，话题就更远了，老祖母索性给扯回来："你娶伊洛达为妻吧。"

萧扶桑呵呵地笑着，像赚了钱的商贩。直到他们离开，伯狳都处在飘飘忽忽的梦境中，鹦鹉又飞回来了，落在了窗沿上，啾啾地嘲笑。伊洛达再没进来过，是一个中年女人送来了午饭，女人走后，草房子静得像停尸房。

两天以后，他娶了伊洛达。

那天是一个晴好的天气。老祖母垂吊的乳房被亚麻布的衣服遮挡着，豹崽的抓痕还没有痊愈，伯狳想不起来，那天老祖母进草房子的时候，乳房是否也遮掩着，老祖母已被热闹的人们忽视了，今天的主角是伊洛达和伯狳。伊洛达身着色泽艳丽的亚麻布连衣筒裙，从肩膀长及脚踝，乳房和臀部的曲线都被包裹在了套裙里面，她的头上戴着野鸡羽毛编织的帽子，帽顶插着紫罗兰花，香气馥郁；伯狳光着脊梁，那条断臂的伤疤就暴露在了众人面前，完好的右臂上还缠着亚麻布带子，本来已经结痂了，一扯又冒出了血，伊洛达又给敷上了绿色的草药，并重又包扎上了布带。向导要给伯狳披上衣服，却被萧扶桑阻止了，说尊重他们的风俗。向导第一次听说"风俗"这个词，就和神灵连上了，吓得不敢再靠近伯狳，那个怀孕的夸父的女人也坐在了老祖母的旁边，说肚子里的胎儿能听到天外的福音，天上是落日的余晖，月亮还没有出来。

仪式和开镰割稻那天差不多，也点了一堆篝火，火星子扑啦啦地升起，融入了漫天的火烧云。老祖母的面前摆了一张弓，是伯狳的，光脊梁的男人们跳着妒忌的舞步，两个男人还戴上了怪兽的面具，张牙舞爪，古怪异常。伊洛达被那些男人们簇拥着，总是和伯狳分开，伊洛达越是想牵到伯狳的手，越牵不到。萧扶桑和他的族人们也被拉扯了进来，月桂和向导便护着伯狳，挨到了结束。

草房子的木门被关上了。

地上铺了新的稻草秸，伯猃又在草铺上铺了一条从殷都城带来的毛色稀疏的狗皮褥子，伊洛达在黑暗中触摸到后，吓了一跳，“呀”地惊叫了一声，紧紧地搂住了伯猃。

草房子里除了稻草，仅存着跳动的心房和温暖的躯体，那张兽皮褥子是惟一的奢侈品。女人温存地贴着他，他很慌乱，紧张得要命，心怦怦地跳，在凶悍的猎物面前，他是平心静气的猎手，而伊洛达轻盈的躯体伏在他怀中时，他却像刚孵化出的小鸡仔一样颤抖不止，怯懦、恐惧，又充满了神奇的渴望，他嗅到了紫罗兰的馥郁，这是从女人的身体里沁出的。她也有些紧张，毕竟在她心里还有一些陌生和羞怯。这是他们的新婚之夜，月光如同梦幻的灯影，从木栅栏的窗口照射进来，篝火的光已经从窗口隐没了，她躺在他的怀抱中，仰起脸来，借着月光望着他脸颊的轮廓，抚摸他结实的躯体，他们甚至隐约地听到了老祖母的咳嗽声，他问：“老祖母没走？”她说：“老祖母怕你欺负我。”他说：“我不会，你倒是一只母豹。”她笑了，接着又问：“你会离开吗？”他说：“不会了，我留下不走，陪着你。”

她又笑了。他动情地吻了她的嘴唇，并触碰到了她的脸颊，那脸颊湿漉漉的，咸湿得像海水的味道。他又想起了颠簸的船和汹涌的海浪，雨水和海水倾泻到船舱里来了，他将用残缺的手臂，为女人撑起一把伞，伞下是一对稻草人。

怀孕的夸父女人产下女婴时，伊洛达也隆起了肚子。伯猃在林子里发现了一只死去的母豹，那只母豹的腰身上有溃烂的箭伤。他哀伤地离开了丛林，沿着林间的小径回到熟悉的草房子，萧扶桑正等着他。他把萧扶桑让进草房子，伊洛达不在家，萧扶桑把手搭在伯猃的肩头说：“我想委派你和月桂带着白鸟回殷都城去，微子启他们或许已经在那儿等着你们了。”

伯猃愣怔了一下，立刻摇着头说：“我不走了。”

萧扶桑说：“不是你想的那样，你还是要回来的，我们在岛上等着你。还有伊洛达。”

但一想到那难以下咽的咸鱼和吞噬生命的大海，他只会心有余悸，不寒而栗，他们经历的那些旅途磨难，就如同缠绕着的噩梦。

第二十二章　那一片熟悉的乡土

草房子又变成了寂静得像停尸房一样的地方。

伯猃走后，伊洛达也走了，找祖母去了。她的哭声在海边回荡，撕裂了涨潮的海水。他们是在黎明时离开的，走得行色匆匆，不是来不及告别，是不敢告别。萧扶桑担心扰乱了军心，也担心伯猃退缩和反悔，有些时候，泪水也是崩溃意志的一剂药膏，众人一哭，人心大乱，前功尽弃，这是萧扶桑最怕见到的场面，他精心谋划的计划不能因为儿女情长，藕断丝连，而意外流产。

向导醒来，发现少了月桂，又少了同族兄弟夏柳楚。开始他没在意，出得门来，又发现昨天睡在墙角的三个人也不见了，突然觉得好不正常，便想去找伯猃问个明白，走到伯猃草房子边缘又退了回来，他的断臂仁兄，已是有妻室之人，不比从前，这会儿去了，就有些莽撞了。可是到了中午吃饭的时候，仍未见着那几个人，也没有伊洛达和伯猃，他就更加疑惑，去问萧扶桑，大概是萧扶桑觉得没有隐瞒下去的必要了，便如实相告。向导情绪激动，掉转身跑了，他想到海边撵上伯猃，他要和伯猃一起走，那样才是生死弟兄。他跑到海边，见伊洛达伏在海滩上恸哭，便彻底地失望了。他搀扶起伊洛达，尽管还没搞清楚事情的原委，还是挺起脊背，自信十足地劝慰伊洛达，他会回来的。但说完之后，他自己也觉得有点自欺欺人，伊洛达也不信，不过，已经止住了哭声，因为向导又说，我知道伯猃大哥，他不会不管肚子里的孩子。

女人要管的，肚子里的孩子也是要管的，这就是伊洛达的逻辑，有了这个逻辑，她才能坚定地等待，也能安下心平静地过日子，她甚至向萧扶桑和向导打听他们曾经从殷都城到伊夫高地的路程和所消耗的时间。萧扶桑告诉她，从殷都城出发到伊夫高地翻山越岭，漂洋过海，他们走了两年，向导擦着头上的汗说："他们绑了我们的族长，烧了我们的寨子。"伊洛达吃了一惊，忙把向导的话复述给老祖母，并提醒老祖母，从即日起，要提防着那个白胡子的老头，那个神志不清醒的老头，说不定一把火也能把寨子烧了。老祖母摇摇手："他哪里是疯子，他是这些人里最聪明的家伙。你放心去睡。"但她哪里睡得着啊，对伯猃的思念日甚一日，伯猃的影子从有栅栏的窗子进来，从门框进来，又从草房子里出去，越过山包，到了老祖母住的房子里，那里也像落下一片凝霜似的，到处留有伯猃的影子，他们的孩子降生了，是个男婴。伊洛达和老祖母热泪盈眶，萧扶桑把男婴举过头顶，一泡热淋淋的尿液洒在他的脸上，他伸出舌苔接着那些混合着乳香的液体，咂巴了下嘴，说有酒香的味道。众人便笑，说腥臊才对吧。萧扶桑便瞪起眼睛，说你们知道个屁，不是酒香，也是药味。那个抱着女童的夸父女人立即证实，婴儿的尿是药引子，那是药，但仅限于男婴，像她怀里的女婴的尿就腥臊了。有人便要去萧扶桑的手中抱那婴儿，也想弄点药喝，萧扶桑举着婴儿在草房子前跑起来，众人又不敢再追，担心一老一小，摔了跟头。等萧扶桑玩够了，老祖母望着萧扶桑说："给孩子取个名字吧。"伊洛达做了母亲后，成熟起来了，她语气强硬地反对道："我儿子不是你们的奴隶，他是伊夫高人的。"她显然是冲着萧扶桑的，这口气里还包含着对夫妻分离的怨恨。萧扶桑认为，他完全有资格做这个婴儿的爷爷一辈的人，也就完全有责任给这个孩子赋予一个吉祥的名字，他是夸父人的血肉。萧扶桑下意识地把手摸向肩膀，他又想和白鸟说话了，想听听白鸟的意见，这孩子取个什么名儿好呢？但肩膀上方空了，白鸟也走了。

他琢磨了两天两夜，想出了一个名字叫伯夷。那个夷字是他造出来的，刻在了甲骨上，那是翻越虎山时，他给虎山改了名字叫夷山，夷就是猎人。翻越夷山的开路先锋是伯猃和向导，他们俩人，一个是猎人，一个是山上捕蛇的壮士，他们行走在山脊上的背影，一个背着弓箭，一个脖子上缠着青蛇，并肩而行。萧扶桑望着他们的背影，突然间萌生出了一个“夷”字，后来，他把那个字刻在甲骨上，并在山路边的一块儿巨石上刻下了两个字——夷山。

他说，他给男婴取的名字叫伯夷，是想让他知道，他是猎人的后代，也是夸父族人的后代。老祖母觉得不妥，他希望他像母亲一样是火，火才是最有力量的神灵，但伊洛达说就叫伯夷吧，一旦遭遇什么变故，伯猃听到这个孩子的名字，就能猜到那是他的儿子。老祖母觉得也有道理，婴儿的名字就算定下来了。两个族人呵护这个孩子，这得益于老祖母和萧扶桑，他们对伯夷的呵护很快起到了示范的效果，伯夷从襁褓到学会爬行，学会走路，到开始喊曾祖，却始终看不到父亲，伊洛达经常带着他到海边去，眺望一望无边的大海，为此，他们发现了一艘遇险的渔船，但船上的人并不是伯猃，他的父亲在路上。

三年后一个初春的早晨，伯猃总算望到殷都城熟悉的城门，他的身边只剩下了月桂和夏柳楚，其余的人，一个死在了海上，一个死于亚热带丛林里猎户的暗箭，另两个病死在了路上，伯猃和月桂、夏柳楚肩背上的箱子越来越沉重，掩埋了死去的同伴，背起同伴的箱子，他们走起来便沉重无比。伯猃比他们多出的是一只鸟笼子，两只白鸟一刻都未曾离开过樊笼，它们忍受着囚禁的痛苦，却表现出了难以置信的生命顽强，白鸟甚至用它们顽强的表现，激励着三个人坚持走完了最后的路途。

把守城门的武士毫不犹豫地拒绝了他们的入城。他们每人手里拄着一根油光锃亮的棍子，后背背着高过头顶的木箱子，他们衣衫褴褛，头发蓬乱，面色憔悴，身上的臭味令守门的武士不得不掩住口鼻和他们对话。他们先报了萧扶桑的名号，又解释了他们所肩负的大地测量的重任，恳求守门的武士放他们进去，他们要见微子启。两个时辰后，守门武士总算答应利用换岗交班的时间向里面通报。他们又等了两个多时辰，通报的结果迟迟不能到达城门口，卯时后，城门关闭，他们被挡在了城外，饥饿的肠鸣声与夜幕一起到达了黑黢黢的城下，他们冻得瑟瑟发抖，蜷缩在木箱子围成的挡风墙里面。

月桂哀怨道："冒死回来，却不得而入，到底为何？"

伯猃的解释是："王们都在忙治国理政的大事，我们就再等等，天亮了，城门一开，总会有结果的。"

月桂说："只怕王们在歌舞升平、寻欢作乐，师傅，我肚子咕咕地叫，快挺不住了。"

伯猃叹了口气，让月桂和夏柳楚靠近他，三个人偎依在一起互相取暖，等待他们一直追逐着的太阳再次升起。

这一夜是他们五年来度过的所有夜晚中最漫长的一夜。窸窸窣窣的寒风像饥饿的耗子从暗夜的草丛里爬过，厚重的城墙让他们想起伊夫高地上那间温暖的草房子，夷山上潮湿的洞穴，亚热带丛林中一坨坨的青皮香蕉和橙色的柑橘，令人反胃的咸鱼味道也模糊不堪，怎么也从记忆中复制不回来，清冷的星光越来越像机灵鬼，一点倦意都看不出来。好容易挨到了天亮，城墙里传出了微弱的鸡鸣，月桂睁开眼睛，摇了摇师傅，又推了推夏柳楚，知道他们还都活着。

日出之后，温暖了很多，他们各自舒展一下僵硬的身体，血液又开始流转，生命还在继续，剩下的还是等待，等待城门洞开。

太阳升到城墙箭楼之上后，城门例行公事地发出吱吱扭扭的响声，守门的武士手持青铜长戟，表情呆板，站在箭楼上向下瞭望，城门口盘查的武士换成了陌生的新面孔。但这些陌生的武士并不妨碍入城事务的处理，城门打开不久，伯猃终于等到了答复，微子启离开殷都城还没有回来，五年了杳无音信，商王盘庚已在两年前死了，坐在朝堂之上的是新王。伯猃想到了彭祖，那个活到七百多岁、身子骨硬朗得像神仙一样的人，他请武士传话给彭祖，说他们是跟随萧扶桑测量大地的夸父。武士应诺，说想办法试试，至于那老头是否还神志清醒，还能否记住五年前送夸父们远征的那个火把高照的月圆之夜，就看他们的造化了。

彭祖出来是在日头高过城门箭楼顶上的时候，五年了，那老头几乎毫无变化，而且是独自走过来的，身边竟无人陪伴。他走到伯猃面前，打量了一会儿三个人，便笑了，说难怪武士不让你们进城，临走时齐齐整整的一支队伍，走了五年就回来仨，仨就仨吧，还跟打了败仗的战俘似的。萧扶桑呢？他怎么没回来？伯猃便说萧扶桑已经漂洋过海，到了一个叫伊夫高地的地方，他们在那里建立了一个观测点，考证日月。彭祖听了半个多时辰，他很陶醉，说萧扶桑倒像他的性格，但从没问过萧扶桑的身体状况等细节，他大概认为，萧扶桑也应像他一样硬朗得像神仙，那才是他的儿子。彭祖把他们带入了城中的府邸，沐浴更衣，茶饭伺候，那顿饭是久违了的麦香，是河套里收割的味道。他们躺在彭祖临时腾出的一间耳房内安心地睡觉，等他们睁开眼睛，便觉得浑身疼痛。彭祖过来看了两次，见他们睡着，便没再惊扰，等到醒来，彭祖告诉他们，这一觉睡了两天。起床之后，又是茶饭伺候。吃饭前，伯猃叩拜彭祖，请彭祖把这些龟甲书交给王室保管，彭祖说："还是你们亲自交给新王好，我去交，恐怕新王难以相信我的话。"伯猃畏惧见新王。因为仲犺猎杀白狼，他们兄弟被绑在朝堂外的广场上，差点丢了脑袋，如不是微子启搭救，他们早就化为泥土了。

翌日一早，彭祖便带着他们去朝堂之上觐见新王。

他们尾随在彭祖的身后，彭祖的牛车装载着五只木箱子，碾轧着殷都城那条一眼望不到尽头的碎石甬道。街道的两边零零星星地散落着三家酒肆，酒肆的旁边便是那座规模宏大的青铜作坊，留在伊夫高地上的青铜工匠原先就在这里打造青铜剑，青铜作坊高大院墙的上方冒着缕缕的青蓝色的烟雾，那里正在为新王铸造四羊方尊。车轮碾过一段坑洼之路，牛车便颠簸起来，河套里的农夫卸下担子等着牛车吱吱呀呀地驶过才又挑起担子慢吞吞地向那家粮栈走去，粮栈过去的主人是食繇，粮栈的新主人，一个中年的男人正手忙脚乱地晾晒新收购来的谷米。到了巍峨的大殿外面时，伯猃感到全身的肌肉仍在不住地颤动，脚下绵软得像踩到了稻草秸。这是他第二次踏进这座宫殿的大院，第一次是被拖进来的，魂魄都没了，这次，他终于敢抬起头来看那传说中威严的朝堂。新王并没有比已故的盘庚和蔼多少，他对五年前微子启和盘庚在朝堂之上的那场面红耳赤的争论毫无兴趣，倒是对伯猃带回来的那些所经之地的野鸡的标本，海上带回来的七彩珍珠眼前一亮，而后以王的至高无上的口吻命令说："你们去找微子启吧，告诉他找不到愚谷就别想着回来。"

随后新王扬了扬手说："你们可以退去了。"

伯猃并不甘心就此结束，冒死回来，也不是为了回归殷都城，他觉得还没有到该回归的时候，真正的回归应该是一支浩浩荡荡的队伍，就像彭祖说的那样。那背回来的龟甲书尽管只是他们测量的一部分资料，剩下的还在萧扶桑手里，他在潜心研究那两条像影子一样纵横交织的线，那是从"圭表"的测量中发现的，他想把这些讲述给新王，可新王根本没有听下去的耐心，因为他只是一个死里逃生的奴隶，能在朝堂之上受到新王的接见，已经是破天荒的了。他鼓了鼓勇气，跨前一步，向新王再次叩拜，恳求新王说："夸父所到之处，那些土著人皆叹服我大商王朝的富足博大，夸父们翻山越岭，漂洋过海，只为求证大地之日月，天地之灵杰。而朝堂之上，对我们冒死背回的这些龟甲书竟然视为粪土，不值一提，大王，夸父们何以心安？"

大殿之上，顿时安静得像沉睡的陵寝。阳光透过那扇陈旧的窗子，照射在新王华丽的衣服上，新王沉下脸来，似要发怒，他此时琢磨的不是伯猃的那些话，而是想一个奴隶竟然以这样的口气和他讲话，哪来的胆量？他要发怒了，脸涨红了，陵寝般的朝堂，毫无生气的朝堂，都是些阿谀奉承的家伙，连彭祖也开始厌恶这些家伙了，他们一个个低垂着头，没人敢吭声，你们该说话呀，说句公道话，为那些冒险远征的夸父们。

他们害怕王权，害怕因言获罪，笃信沉默是对自己最好的保护，然而伯猃却即将大祸临头，大祸临头的还有月桂和夏柳楚。他们被打入了土圉，王，那位至高无上的王用不着和这些奴隶们多费口舌。彭祖试图阻止这场荒唐的囚禁，但新王并没有给他面子。那天，七百六十五岁的彭祖突然衰老了，躺在床榻上不吃不喝，眼睛看着堆在地上的箱子，那些龟甲他又用牛车拉回了府邸。他的第四十七任妻子进来，她原先是一个小部落族长的妻子，彭祖征服了那个部落土地和粮食的同时，也征服了这个年轻女人。女人对弥漫着腐臭气味的箱子表现了极大的厌恶，她决定趁丈夫睡着的时候，弄走这几个箱子，箱子很沉重，她试着搬了搬，竟无力抬起其中最小的一只。于是她叫来几个奴仆，将它们搬出去堆放到了院子的一角，彭祖醒来，发现箱子不见了，大发雷霆，女人指着外面说："我闻不了那腥臭的味道。"彭祖便只得妥协投降，偃旗息鼓，但那两只白鸟留在了他的卧房。与此同时，他的脑子里全是那三个人的影子，他绞尽脑汁地思索，想着怎么把那三个倒霉蛋从囚禁的监牢中弄出来。假如盘庚活着，这三个人不仅不会被囚禁，还会得到赏赐，会把他们派到祭台那边的房子里，专修历法，或者等待微子启和萧扶桑的归来。此外，还应该有两支队伍，但微子启和萧扶桑并不知道，那支北去的队伍已经全军覆没，除了一个回来求援报信的夸父幸运地活了下来，其余的全部冻死在了冰冻的雪地里，他们遭遇了暴风雪，盘庚去世的那年，曾经派人去接应他们，结果发现了冰雪中像蜡像一样的夸父兄弟，那些人里，有两个是萧扶桑的弟弟。东去的那支却借着那场猛烈的暴风雪，越过了冰冻的白令海峡，到了另外一片大陆，那片大陆后来的名字叫北美洲。他们和那里的土著兄弟姐妹融合相处，繁衍出一支新的种族，叫印第安人。

彭祖打算坐着牛车去一趟土圜，他想安慰他们，让他们坚持活下来，活着就会有营救的办法。去的时候是早晨，他一改平日独来独往的习惯，带了两个奴仆，奴仆手里拎着一只圆圆的篾筐，盛着粟米蒸饭，陶罐里装了些菜肴。到了监牢，守卫盘问了一番后，就放他进去了。阴暗的监房，其实也不是房子，是像地窖一样的地下室，需要举着火把才能看清甬道和两边的囚室，那些囚禁的犯人目光呆滞，看到火光后，全都惊恐地用肮脏的双手捂住了眼睛。彭祖找不到关押伯猃的囚室，查看了几个蓬头垢面的犯人，显然不是他们。快走到甬道的尽头时，彭祖看到了他要找的人，他们蜷缩在一个角落里，囚室低矮狭小得像狗窝，他们也只能像狗一样趴着。伯猃说："夜里从这间囚室里拖走了两个死鬼，他们临死的时候说，想射杀了天上的太阳。"彭祖把粟米饭和陶罐递进去，弯下腰来，用火把照了照三张像瘪茄子似的面孔，三个人瞬间热泪横流，彭祖的泪也不禁淌了下来，他摇了摇火把，声音嘶哑地说："我不管别人射不射杀太阳，你们仨要好好地活着，一个都不能落下。"

从土圉出来，他想去找新王，说服新王释放伯猃、月桂和夏柳楚。他走到半道，又踅了回来，因为他想到，此时去找新王，无异于自取其辱。他倒不怕被羞辱，他活得太久了，荣辱早如浮萍，但人命关天，他还是要慎重从事，等考虑周全了再做行动。回到府邸，长长的条桌在院子里摆起，奴仆们在妻子的指挥下，忙里忙外，进进出出，早晨他走后，奴仆们便宰杀了两口猪、十二只鸡，择出七大筐蔬菜。这时他才想起，他又要过生日了，他立刻觉得快要烦死了，不厌其烦的祝寿，更像是这个家族的一场盛宴，任何事情都没有衰老更让人痛苦，他成了几个时代和帝王兴衰的见证者，他实在记不住每一个儿子的相貌，活着的，死去的，还有行走在路上做夸父的。他擦了擦眼睛，想起了离他最远的须发全白的萧扶桑和那两个冰冻成蜡像的儿子。他曾因此而伤痛，那两个冰冻的蜡像成了挥之不去的阴影，落在他的心头，他深知，那两个被冰冻成蜡像的儿子并不是他所有子孙里最有出息的，事实上，他们更像两个平庸的农夫，他们的智商远不及萧扶桑，更没有做边塞将军的儿子那么地位显赫，但他们像画一样定格了一个生命的终结，彭祖觉得，这似乎就够了。

祝寿的筵宴并不是一场饕餮盛宴，彭祖的官阶在大商帝国只是一个贵族，还没有到王族的显赫，但他家的院子还是被前来祝寿的人挤占得水泄不通，宾客里不仅有自己的子嗣，还有同僚贵族，热闹的场景不亚于某次王族的祭祀。往常，他也会周旋于这如同社交的场合，并以饱经风霜和古木年轮般的沧桑阅历受到宾客的尊敬与爱戴，他会讲无数次讲到过的帝王的兴衰，也会讲到这个家族院落的数次迁徙，从夏王朝到商汤，从邑到殷，最短的一次，一棵槐树种下去，还没等到第二年发芽，就开始了举家迁徙，一直迁徙到殷后，才算过上了相对稳定的日子。他回到家里时，宾客们正饶有兴味地围着西北角的那棵槐树，观赏一夜间盛开的白色槐花，也让院子里平添了几分喜庆的气氛。最老的朝堂同僚都比萧扶桑小，所以那些人见彭祖进来，便停止了相互寒暄和评头论足的喧闹，以注目礼的方式望着彭祖走到厅房，而后好长时间没见他出来。

他摊开了那一片片的龟甲书，有不少龟甲文字是萧扶桑一刀刀刻出来的，是伯猃他们背着翻越千山万水，搬运回来的。那些龟甲书保留下了一段又一段激动人心跌宕起伏的行进历程和观测记录，龟甲上的刻痕与纹路，俨然如隐伏在肌肤下的青色的血管。他一字一字地阅读，并揣度着萧扶桑刻下这些字时，是否也赋予了它们读写的音律。他想，到午饭开始前，他是走不出这间房子了。那些龟甲书，有一部分是黎塬族人留下的，与萧扶桑的记录方式有明显的不同。他手捧着黎塬族人的龟甲书，尽力地回忆，试图复活一百六十四年前的记忆，回想黎塬部落最初的那个族长和他分手时的模样。那时，还不叫黎塬部落，年轻族长才二十多岁，是个英勇的武士，带着十几个部族兄弟和他们的妻儿受命南下远征，原因是那年出现了日食，惊恐的汤命令族长带人寻找天狗的藏身之地，并射杀天狗。族长的妻子是萧扶桑母亲的侄女，她小时候常陪着姑母在彭祖的卧房里玩那几只云雀，以至于卧房的被子和衣服上到处都是鸟屎，那时萧扶桑的哥哥也才刚出生不久。而她嫁给族长南下远征的时候，萧扶桑还没有出生，她留在彭祖记忆里的永远是那个长不大的小女娃。之后，南下的那支族人便一百多年杳无音信，如不是伯猃背回来这些龟甲书，彭祖以为他们那个部族全部死在远征的路上了。

他一边阅读，一边试图寻找解救伯猃他们的方法。每隔十天半个月，殷都城阴森可怖的监牢里就会有几个暴毙的人犯从大门里抬出，埋在城外山坡下的乱坟岗上，他担心伯猃他们熬不过去，也成了乱坟岗上的孤魂。

院子里，吵闹的族人和祝寿的同僚陆续坐稳当了，三十八个敞口的陶钵、七个温鼎摆上了桌子，腾腾地冒着热气，推杯换盏，箪食壶饮，筵宴将要开始了。这时，先后有三个儿子进来催促了五次，彭祖只好暂时放下那些龟甲书走出了厅房。

宾客里，有一个人正是土圉的司圉，叫窦樱，彭祖牵着窦樱的手，拉到自己的一侧落座。窦樱颇感受宠若惊，坐在凳子上如坐针毡，适应了好一会儿才觉得熨帖了。席间，其他宾客，甚至连他的儿子们对老人家的此举都颇感费解，他们根本想不到已经活到如神仙境地的老人家会为三个出身卑微的夸父奴隶愁肠百结。一位醉酒的守城将军摇摇晃晃地过来敬酒，其眼睛却斜睨着窦樱，似要发起挑战，彭祖拍着桌子骂道："放肆，这里不是殷都城的城门楼子。"

将军摇晃着身体，歪歪斜斜地靠近了彭祖，压低了声音说："我可以带着那三个家伙出征。"

彭祖并不认为这是陷阱，或许只有这个醉酒的将军看破了他的心思。那天，在城门下听伯狳讲述那些传奇经历时，他就在城门上观望；新王下令把伯狳三人关进大牢的时候，他也在朝堂上，甚至就站在彭祖的身后，可是，将军做这些动机在哪？这可是杀头掉脑袋的事。

可他又无法给自己一个合理的解释，他同将军共饮了一壶酒，捏了捏将军积满厚茧的大手，似在发出心领神会的暗示，又似在传递某种不可名状的讯息，将军又晃了晃身子，像是站立不稳，却又贴在彭祖的耳边道："宴席罢了，我再登门拜访。"

彭祖微微点头，丢开将军，转脸去同窦樱说话，又和祝寿的同僚谈论大禹开凿运河时挖出的一只海龟，海龟的虬髯像他现在一样苍白，尽管这个故事并不新鲜，也不是他头一次讲述，但听故事的人仍然睁大了出神的眼睛，丝毫都不怀疑那完全是老人家的杜撰，或是当初大禹为了征调民夫而编出的谎言。

曲终人散，宽大的庭院又变得寂静如常，槐花的香味透过门窗飘入厅房，馥郁的气息驱逐了残留在厅房内的腥臭的酒气。彭祖又驱赶了两个喝醉了酒争吵不休的儿子和一个帮着父亲与叔父吵闹的孙子，他坐在椅子上，气咻咻地望着儿孙离去的背影，他们走了，他才觉得这院子里总算清静了，他坐下来等守城的将军。直到天黑，将军没再出现在他的视野里，他想将军是醉了，离去的时候，就是被护卫的兵士搀扶回去的。他仔细想了想，仍然觉得将军的话并不是陷阱，而且他也没对他说过分的话，不会留下什么把柄。他乐观地想，营救伯狳的办法最好还是去找一找新王，把龟甲书上的一些内容读一读，说不定，新王会改变主意，会对大地测量产生浓厚兴趣的，那样倒是最稳妥的解救办法。

他反复推演，能想到的最坏结果是：家族破灭，满门抄斩，那些龟甲书也有可能被焚毁。但天地在，日月在，神灵在，它们从东到西，日日夜夜，升升落落，永不磨灭。想到这些，他笑了，满足地笑了，更欣慰的是萧扶桑和微子启还在外边，他们会继续未尽的探索，那是明天升起的又一轮日出。他不想等那个将军的出现了，将军的话也许是陷阱，或许他太相信一个醉酒的守城将军的话了。这时，他困顿了，妻子已经鼾声阵阵，月亮羞涩地躲在了云层的背后。

天刚蒙蒙亮时，奴仆不顾帷幕里的难堪急匆匆地闯进了卧室，摇醒了酣睡的主子，迫不及待地说："将军站在门口了。"

将军见到彭祖后的第一句话是："我醉了，你的酒实在是太浓烈了，回到军营，我倒头就睡了，一觉睡到月亮钻进了云层。醒来，便想过来，可又怕惊扰了，我就坐在城门楼上，一直等到太阳出来。"

彭祖欠了欠身子问："将军别来无恙乎？"

将军开门见山地说："我是婵娟的哥哥，这您信了吧，伯猃是我们氏族的猎户，五年前，微子启救他出来的时候，是我打开了监牢后院的侧门，伯猃说得对，夸父们真了不起。"

彭祖问："你说的征战是什么意思？"

将军说："南越夷人进犯边塞，王命我带兵迎战，收复失地，我可征调监牢里的囚犯去做先锋。"

彭祖满脸疑惑地问："王会听你的？"

将军说："可以一试，没有别的法子了。"

彭祖摇摇头："伯猃只剩下一只胳膊，让他去征战，王会信吗？到时候，再牵连了将军，给将军引来杀身之祸，不值得啊。"

将军俯身叩拜，言辞切切："我贵为将军，且尚有征夺一城一地之勇力，不过是一时的荣耀。那些城池土地，原归夏桀，现为殷商，物换星移，数易其主，不过是昙花一现。伯猃跟随微子启、萧扶桑观测天地日月，晓知天文，编修历法，造福千秋。相比之下，我们或许不如一个打猎的奴隶，如今他们身陷囹圄，我怎可坐视他们死在土圜。"

彭祖借着微弱的晨光观察将军的神情，他的坦诚和耳目一新的见解，让彭祖对将军的话深信不疑。而接下来，厅房里却变得悄无声息，将军迷茫地望着彭祖，想得到更加详细的行动意见，哪怕是一点提醒或者暗示。但彭祖没吱声，同时把目光投向了别处，似在看那两只在笼子里抖动翅膀的白鸟。当外面响起换岗的守城武士列队走过的脚步声时，彭祖总算开口了，他举着一块儿萧扶桑刻写的龟甲书指给将军说：“五天后，殷都城里会出现半个时辰的天狗食日，你带人趁那个工夫，把伯猃他们带出城去。”

将军一向以勇敢著称，每次征战总是冲在队伍的最前面，所以才赢得了盘庚以及新王的信任，他从不畏刀戟的锋利，从不害怕最残酷的冲杀，但当他听到彭祖连天狗食日的时间都计算得如此精准的时候，魂魄立刻不在了，望着彭祖便说：“我该走了，找我的魂去。”

彭祖笑了笑说：“你等我的号令，做好接应便好。”

将军离开时，走错了方向，一头扎进了卧房，两只白鸟发出惊恐的鸣叫，并夹杂着一声女人的尖叫。

将军一走，彭祖梳洗完毕，也奔大殿而去。

新王准备上朝，彭祖堵在从宫殿进入朝堂的门口，长长的虬髯随风飘动，他手里捧着七块儿乌黑的龟甲。新王一副厌烦的神情，但他知道，彭祖是不好惹的，历代商王，最惧怕的一是彭祖，二是巫师，新王对此心知肚明，他还没糊涂到舍弃天地乾坤。或许是为了尽快打发彭祖，新王退回到了宫室一间偏房的坐榻上，半眯着眼睛，不住地打哈欠。彭祖给他读龟甲书，读那些记载了从殷出发，收纳黎塬族人，翻越夷山，漂洋过海，到达伊夫高地的历险过程。他们追逐天地日月，除了日食，他们还观测到了月食和经纬天地，黎塬族人的龟甲书记录了一个音律，叫黄钟大吕。新王不打哈欠了，侧起耳朵，皱起眉头，一字一句，仔细地倾听。彭祖读完后，又道：“他们历经生死回来，怎么能杀了他们？关押的那三个人里，还有一个就是黎塬的后人，杀了那个黎塬族人，边地之氏族部落，畏惧新王而不敢归顺，对大商社稷无利。王该下令放了他们。”

新王在坐榻上扭动了半天身体，沉吟了一阵子才说：“他们得离开殷。”

五天后，将军亲往监狱接应，窦樱打开土圉的门，导引着将军手下的武士，进到囚室。伯猃、月桂和夏柳楚被武士从监牢里背了出来。伯猃他们从监狱出来时，天色暗黑，以为是在夜里，将军也没对他们解释这是天狗食日，只是催促背着囚犯的武士快速离开。彭祖像五年前那次悲壮的送行一样，又一次等在了城门口。彭祖将鸟笼子交还伯猃，并嘱咐他们一路小心谨慎，将军派了三名武士分乘两辆牛车护送他们离开殷都城。然而，没走多远，天就亮了。

第二十三章　兄弟重逢

荒原，到处是人烟稀少的荒原。除了荒原，还有沙漠，那是比大海更凶险的一片禁区。

起初，伯猃带着月桂和夏柳楚沿着黄河水道一路西行，月桂还充分展示了捕猎的技艺，让行进的路途拥有丰盛的食物。那段日子，他们因囚禁所造成的身体的损害在春暖花开的路途中得以恢复。当黄河水道向北移动的时候，伯猃停下了脚步，花去半天的时间咨询白鸟。伯猃深信，救过他性命的白鸟，一定赋予了神仙般的魔力，它会给他们以前行的启示。

白鸟似乎并没有让他们失望，两只白鸟的脑袋都是冲着西去的山峦，而不是北上的河道。

“听白鸟的。”伯猃晃了晃那支独臂，“别忘了，它将和我们同行。”

夏柳楚并不相信白鸟会有那么大的神奇魔力：“不过是两只鸟，它们跟着我们也没少遭罪。你们看看它们的羽毛，那颜色还能看出是白鸟，那脱毛的羽翼还能飞翔起来？”

伯猃没有反驳，嘴里嘣着一根光脱脱的野鸡腿骨，眼睛却望着西面的层层叠叠的山峦。他嘣鸡腿的样子让夏柳楚感到了胃部的不适，既不是恶心的反胃，也不是饥饿感，他一改往日持重的脾气，也把脸转向了别处，他没看那些高耸的山脉，而是心神不宁地望向河道。而月桂义无反顾地遵从师傅伯猃的决断，他对师傅的信任到了无可争辩的地步。

他们在河道边点了一堆篝火，过了一个无眠之夜。事实上，当年微子启带着西行的队伍也是走到这里被迫停下了脚步。老巫师在火上烤了一块儿牛肩胛，解决了困惑和争端。微子启带着队伍毫不犹豫地翻越了太行山，而他决定翻越太行山的另外一个原因是隐藏在他心中的一道神秘的光影，那光影映射在初春黎明的橘红色的晨曦中，在盛夏正午炙热的骄阳里，在秋日黄昏朦胧的晚霞间，在冬日变幻莫测的倒影下，那倒影在“圭表”上留下一段斜长的倾角，他给那个角度命名为“勾三股四弦五”，那是一种神奇的计算方法，他把这些数字刻在一块儿甲骨上，交给了后来赶到土堡的伯猃，让他带给远在伊夫高地的萧扶桑，以东方之岛的数据来印证他们的重大发现。

伯猃并没有翻越太行山，而是选择了沿着河道的路线行走，这时已是春夏之交。之后，他们整整一个夏天都在河道边穿行，除了领略黄河沿岸的聚居点、绿油油吐着穗子的谷子，并见证了河水上涨的恢弘气势。这个夏天里，到处都是可以果腹的食物，水也可以放心饮用。月桂仍然能捕猎到野鸡、野兔和摇晃着脑袋的旱獭，因为箭头已不多，捕猎行动总是在有节制的进行，那箭头是用来防身的武器，但这一路又似乎很顺利，尽管遇到两次虎狼的跟踪，最后还是有惊无险地化险为夷。四个月后，这时已是秋天，他们走到了阴山脚下，大片的草原，尽管草已开始泛黄，而茂密的森林总能让伯猃想起亚热带丛林捕捉白鸟的那个焦灼的夜晚。萧扶桑直到食繇坠入大海后才告诉伯猃，那天在亚热带丛林中试图射杀他的人就是食繇。食繇惦记着殷都城那间粮栈，在众多的夸父里，惟有食繇看穿了萧扶桑捕捉白鸟的意图，所以千方百计想中断夸父们的冒险之旅。就在伯猃第二次进到森林里的时候，萧扶桑跟在了后面，但射杀伯猃的并不是食繇，而是食繇用粮栈的一半份额收买了的夸父兄弟。

阴山南麓的草原和森林倒是打猎的绝好地方。

一群麋鹿在草原上奔跑着，那匹落在后面的小鹿像伊洛达在丛林里追逐着自己的男人，那时，她还没有怀孕，这头小鹿也会怀孕的，也会像伊洛达似的挺起沉重的肚子，就不敢再这么矫健地奔跑了。

麋鹿鸣叫了，一只叫起来，别的麋鹿也跟着呦呦地叫唤，像是求偶。青草已经泛黄，秋日的阳光洒在这片空旷的草场上，月桂抽出一支箭。他想得到这只小鹿，但伯猃抓住了弓箭，月桂便扭过脸来问："想师娘了？"伯猃吃了一惊："我的心思你咋全能猜中？"月桂的脸红了："那只小母鹿太像伊洛达师娘了，你听它的鸣叫声。"伯猃叹了口气说："你扰乱了师傅的心境，让我不知道家在哪儿了，是在那座岛上，还是殷都城外的河套里。"夏柳楚说："我才没有家了，我的家被你们给毁了，族长死了，我们的人都去了那座岛上。"伯猃摩挲了一下夏柳楚的头说："我们是夸父，是追赶太阳行走的夸父，哪还有家？"夏柳楚又止不住地流眼泪，被囚禁的日子，至今让他心有余悸，他没吃过那样的苦头，而且在进入殷都城前，他想象着回到殷都城后，会受到英雄般的礼遇，结果却让他寒心。所以，他和月桂一样也热爱上了这片草场，还有那群像女人一样的麋鹿。但月桂没敢说出来，夏柳楚忍不住了，就说："我们留下来吧。"伯猃追问道："你说什么？"夏柳楚提高了语气："我们留下来别走了。"伯猃转过脸问月桂："你呢？"月桂小声嗫嚅道："留下来吧，这儿多好啊。"

伯猃沉默了，呆望着那群渐渐远去了的麋鹿，他不知道如何回答他们提出的问题，绝望的情绪笼罩在呦呦鹿鸣的草原。黄河水浩浩荡荡地向东奔流，他们走到这片草场后，惊奇地发现，河水的流向又有了变化，河道的方向又开始对着落山的太阳，那是愚谷的方向。但这令人惊奇的发现，并没有冲淡伤感的气氛。这天，月桂和夏柳楚没有吃东西，两眼无神地呆坐着，伯猃强迫自己吃了几口菜团子，那是昨天挖来的野菜，拌了些盐巴。盐巴还是从海滩上背回来的，包在一个像香包一样的皮囊子里，每个夸父的身上都有那么一只皮囊，盛着盐巴，而煮饭时，从皮囊里数出几粒，放入菜汤，他们把盐巴看得像金豆子一样珍贵。其实，从食物的丰盛程度上讲，这里可供选择的食物数量越来越少，黍子已不见踪影，野生青果之类的东西变得小而酸涩，食物的获取越来越艰难，不过，伯猃还是安慰同伴，在草原上行进，总比在大海上漂泊要自由一些，可以按照自己的意愿改变行走的方向和路径，并总能找到不同的果腹食物，而不是单调反胃的咸鱼片。两个同伴认同了伯猃的说法，其实不认同也改变不了眼下的境遇，抱怨归抱怨，路还得走。他们知道伯猃的心思，找不到微子启和那支西行的队伍，旅途将永无止境，而且草原上的猎物还是丰足的，他们为此保留了火种，以便随时能吃到烤熟的肉食。这样行进了半个多月，走得还算顺利，速度也不慢，但随后到达的沙漠，却又一次把行进的夸父逼向了绝境，由于准备不足，他们失去了水源的支持，他们幻想着像在大海上那样用陶钵接些雨水，可是干燥的天空竟无一丝的云彩，下雨似乎是难以企及的奢望，再不想办法，他们就只能渴死在大漠里了。伯猃哑着嗓子说："活路是被死路逼出来的，不想死在沙漠里，就得想办法找到水。"但伯猃很快发现，在水的问题上他们几乎束手无策。夏柳楚感染了风寒，浑身哆嗦。伯猃和月桂把夏柳楚背着的龟甲书接过来背到了自己的身上，又把从殷都城带出的棉袄披在他的身上。棉袄是彭祖给他们的，让他们在路上抵御风寒。这一夏天，棉袄像沉甸甸的累赘，这时倒用上了，三件棉袄都搭在了夏柳楚的身上，他还觉得冷。伯猃摸了摸他的身体，就觉得夏柳楚大概要留在沙漠里了，他说，夏柳楚坚持到了愚谷就好了。他发现了一株芨芨草，扒开根系，那里竟然有一些潮湿的气息，他让夏柳楚的脸贴在那块潮湿的地方，夏柳楚贪婪地张开嘴巴，吸纳潮气，大口地喘息，不停地喊着："冷，伯猃，我冷。"骄阳似火的沙漠，夏柳楚却感到寒冷难耐。伯猃去看笼子里的白鸟，他希望那两只白鸟能帮他想出办法，但那两只白鸟缩着脖子，也是病恹恹的样子。伯猃感到从未有过的恐惧。到了下午，夏柳楚停止了喘息，静静地伏在了那片带着湿气的芨芨草下面。

伯猃摘掉了他的皮囊，把金粒子一样的盐巴袋子绑在了他的腰际。月桂躲在很远的地方，伏在沙地上哭泣，伯猃喊他过来帮忙埋葬了夏柳楚，但月桂却像失聪了一般无动于衷。伯猃只好自己动手，他在夏柳楚的身上敷上沙土，突然又像想起了什么，又把夏柳楚身上的沙土扒开，那遗体又暴晒在了阳光下，他坐在夏柳楚的遗体旁，想了好半天，才复苏了记忆，对了，他是想着把夏柳楚埋在芨芨草下面，而不是现在这个离芨芨草稍远的地方。他拖住夏柳楚沉重的遗体，在芨芨草的草根下挖出一个坑来，小心地把夏柳楚放进去，覆上沙土。但紧接着，他又一次挖开了，他还是觉得少了什么环节，于是又坐下来沉思，后来他想起来了，他要取下那块木牍，那是他在翻越夷山后，亲手做的木牍，现在他后悔该把葬到海水里的那几个夸父的木牍也取下来，这些木牍应该送到殷都城的祭台上，让夸父们的灵魂回到自己的栖息地。但夏柳楚的栖息地或许不该在殷都城，而是黎塬族人那块儿存在了一百多年的领地上，那块儿领地上还坚守着七个黎塬族的女人，可是没有了男人，那些女人还能守多久？

夏柳楚总算被埋在芨芨草下了。伯猃收好了那块木牍，装入盛放盐巴的皮囊，那是夏柳楚的，他发誓不到危及生命的时刻不再打开它，而是把它交还给黎塬族的向导兄弟。想到向导，他又思念伊洛达了，他不知道伊洛达生下的是男丁还是女娃，她们住的那个草房子会不会漏雨，祖母还住在山后的草堂里吗？这种思念所带来的结果便是恐惧与绝望，他望着月桂，心痛不已，那张年轻的面孔因为夏柳楚的死而布满忧郁，他已经活在心神不宁的惶恐之中。这不是夸父该有的日子，绝不是，伯猃告诫自己，提醒自己尽快想出脱离困境的办法，但苦日子似乎永远看不到尽头。他在绝望中反思与遐想，他一遍遍地自问，难道夸父族人的命运就是永无休止地行走？这五年来，他们一次次从已知的领地走向未知的世界，而且每一次行走都不知道前面是天堂还是地狱。此时，他的信念开始动摇，就此折返或许是最好的选择，他可以远离殷，可以沿着商帝国的边界重新返回那片亚热带丛林，可以继续翻越夷山，重新漂洋过海，回到散发着乳香和郁金香气味的草房子里，听热带雨林沙沙的风声和暴雨倾注的酣畅淋漓，以及暗夜里伊洛达像蟒蛇一样缠绕的温柔。

“我们返回去吧。”伯猃说道。

月桂问：“回哪儿？草原，还是殷都城？”

伯猃摇了摇头：“回伊夫高地去。”

月桂说："听你的，你去哪儿，我就去哪儿，什么时候走？"

伯猃想了想："明天吧，天马上黑了。"

月桂挨着伯猃躺下了，但伯猃突然心生了新的恐惧，他担心月桂像夏柳楚一样一睡不醒，不过，很快他也睡着了，后来他被窸窸窣窣的声音惊醒，借着月光，他看到月桂在咀嚼食物。

伯猃揉了揉眼睛："你在吃什么？"

月桂把嘴巴里的食物吞咽下去后说："蜥蜴。我给你留了两条，要是我还能活到明天早上，你就把那两条吃了，我们能活着离开沙漠。"

月桂呼出的血腥气味喷射到了伯猃的鼻腔，诱惑着他的胃液在肚子里一阵阵地翻滚，像关在笼子里发怒的猛虎。他强迫自己关紧虎笼子，他要是吐了，月桂也好受不了。他挤出一丝笑意，故作轻松地说："是呀，我们肯定能活着出去，你吃的那蜥蜴味道肯定不错。"

"嗯，比咸鱼好吃多了。"月桂手里抓着两条拼命挣扎的蜥蜴。

伯猃的胃里又开始翻腾，除了翻腾还有疼痛，他下意识地按住了腹部，打算蹲下去，那样可能好受一些。月桂坐了下来，有意与伯猃拉开了距离，他看着伯猃蹲在地上痛苦的样子，却不能上去照顾和安慰，因为他嘴巴里的血腥气味一时半会儿消散不掉，他没办法再问伯猃饿不饿、渴不渴之类的话了，只能等到明天早上，假如他还能安然无恙地活着，他就让师傅把这两条蜥蜴吞食下去，这是目前解决饥渴的惟一办法了。

月桂悲伤地沉默。

伯猃忍受着反胃的痛苦，倒伏在地上，倒伏在沙漠干燥的暗夜里，实际上击倒他的还有绝望与哀伤。

月桂和伯猃都不会刻写龟甲书，看不懂那些像蜗牛爬过沙地一样的文字，但夏柳楚死后，他们相约，只要他们之中任何一个能活着离开沙漠，就要把这些经历告诉微子启或者萧扶桑，让他们在龟甲书上记下夸父的干渴，记住水比盐巴还重要。月桂不敢睡觉了，他要照看伯猃，并牢牢抓住手中的蜥蜴，那是救命的宝贝。

很难预知，这到底是一个吉祥的早上，还是灰暗的一天。庆幸的是月桂没有死，手里抓着快要死掉的蜥蜴。伯猃终于挺了过来，他的胃不疼了，但饥渴得要命。他的眼睛盯着月桂手里的蜥蜴，试图让自己下决心吞食掉其中的一只，另外那只他不打算享用了，要留给月桂，让月桂保存体力，因为最有希望活着出去的是比他年轻的徒儿。他闭上眼睛，咬碎了蜥蜴的脑袋。

就在他们掉转方向，准备踏上返回的旅途时，笼子里的白鸟发出凄厉的哀鸣，并一改病恹恹的神态，舒展翅膀在笼子里扑棱棱地翻飞。伯猃盯着鸟笼子发呆，月桂没能把最后的蜥蜴尾巴吞进肚子，而是停留在了嘴唇边，他窥望着白鸟，又打量着伯猃，但他们都难以猜透白鸟的心思，只能理解为神灵的预兆。

伯猃说，老巫师在就好了，或者萧扶桑也能听懂鸟语，听不懂鸟语，就如同失聪的聋子。伯猃的猜测，离开伊夫高地的时候，萧扶桑一定对白鸟嘱咐了什么，他会说鸟语，他懂得白鸟的心思。伯猃一脸惆怅地仰望炽热的天空，他突然跪了下来，因为他看到了一团黑云正从西北的天空中涌来，尽管现在看，还只是一团烧饼大小的黑点，但他已经满怀信心了，用不了多久，黑云将铺天盖地。

“月桂，我们改变路线，继续向西走，大雨要来了。”伯猃声音并不很高，有点试探的意思，他为出尔反尔的决断愧疚。

果然，月桂发出了抗议。他说，继续前行的计划就是送死，毫无意义，谁能知道一望无际的大沙漠到底有多深啊，一场大雨就能永久地解决饮水的问题吗？伯猃无言以对，月桂第一次以强硬的态度和口气反驳他，夏柳楚的死刺痛了月桂，让月桂对大漠产生了深深的恐惧。他从心底呼唤微子启、萧扶桑、老巫师、夏柳楚来分担他的困惑。但没有人给他答案，甚至灵异一类的暗示。他试图说服月桂，而这次月桂在向哪走的抉择上态度坚决，伯猃以白鸟的鸣叫来解释更改路线的原由，至少是理由之一。可是月桂犯起了倔劲儿，伯猃纵有千般理由也说服不了了，他固执地反驳说，鸟语怎能当真？不过是两只鸟而已，强大的夸父照样渴死在路上。伯猃当然不死心，他想完全说服月桂，那样路途上才不别扭。

但他们的争论很快就结束了，因为黑云密布，大雨将至，他们只能暂时放下争论，集中精力去做一件事，为继续行走承接雨水。

他们在这个方面已攒足了经验，在漂洋过海的大船上，这样的方法早就屡试不爽。

雨来了，尽管并没有预想的那么大，但也算是一场难得的中雨，这雨对伯猃和月桂是救命雨。雨下得不急不缓，稳稳当当，做饭的陶钵接满水了，吃饭的陶罐也接满了水，就连他们的肚子也盛满了水，打一个嗝，水就到嗓子眼了。有了水，却仍然未能解决分歧，月桂执意东返，伯猃还是打算西行，结果便是分道扬镳。月桂走时，流了两行泪，说："师傅，你多保重。"伯猃叮嘱说："你也别回殷都城了，留着弓箭在草原上打猎为生也是不坏的选择。"月桂点头说："找到鹿群就能找到我。"伯猃一惊，方才明白，月桂早就想拥有那群麋鹿了，也许谋划已久。师徒两人就此分手，把一个孤独的背影丢给了对方。但仅仅半天，月桂又回来了，说分开走，都是死，一起走，或许生，也或许是死，倒不如生死在一起。伯猃说："微子启在愚谷等着我们。"

其实，他们哪里知道，微子启也正为找不到愚谷而忧虑。三年前那个秋末的下午，老巫师把他带进石洞，并考察了壁画，微子启给出的结论是，昆仑山的后面并非是愚谷，所以夏的后人才把那段伤心的往事用图画刻上了石壁。他们看得很专注，忽略了从洞口传进来的扒开杂草的窸窣声。事后，老巫师说，他听到了那声音，但并未理会，觉得不过是山上的某个小动物从洞口爬过。结果，他们成了古提人的俘虏，并被绑在了古提人营帐外面的一根木桩子上，老巫师趁伯克王子吩咐手下搭建祭坛而对他们疏于看管的工夫，向微子启检讨自己的责任，并把这一切归咎于自己的失职。微子启说："不是你的错，神灵或许在睡午觉。"这时，伯克王子并不知道他们拥有的显赫身份，只想用这两个异族人的头颅祭祀阿耆尼神，以保佑他们安然度过接踵而至的寒冬，去年，他们就在阿富汗的山沟里差点冻掉了手指和耳朵。

消息很快传到了土堡，土著巫师顿足而叹，微子启和老巫师的意外被俘，彻底打乱了他消灭古提人的计划。他要等待的是冬天漫天的风雪，他训练了骑兵，加高了土堡的城墙，并在城墙壁上涂了一层粟米汤，又在土堡的中心挖了一个地下粮仓，以防备射入的火箭引燃粮囤，这几天，氏族部落不分老幼，皆走出土堡抢收城外的粟米。他还动员了夸父兄弟并肩劳作，以加快抢收的进度。土著巫师声言厌恶战争，却派出训练有素的骑兵在古提人出没的丛林和河道边担任秋收的警戒。除了人工种植的粟米和谷物，土著巫师还寻遍山野，将野生的果实一并收回到土堡，而往年，野生的果实并不在秋收之列。就在土著巫师沾沾自喜静等漫天风雪到来的时候，却传来了令人窒息的坏消息。

后夏部落的王翘着胡子在房间里转圈，他并不是怪怨微子启和老巫师打乱了灭杀古提人的计划，而是怪怨他们擅自窥探石洞，怪怨老巫师的背信弃义，说好了严守秘密的，他却带着微子启去了，于是他冲着聚集在门口的夸父们大发雷霆："让那些古提人杀掉他们好了。"

为了彰显王的威严，他决定说到做到，对那两个人的生死置之不理。到了下午，有人向他禀报，仲犹不见了。王不以为然地扬扬手，他显然不信无腿的仲犹会离开土堡，随后土著巫师派出的骑兵回来报告，仲犹端坐在一只木轮子的车子上，一只盘羊牵着木车，那车子的造型更像一只摇篮，他挡住了古提人的营门，王便和土著巫师带着骑兵到离古提人营寨不远的山坡上见证神迹。这时，伯克王子也被吸引到了营寨口，隔着围栏打量起外面这个怪诞的人物，他觉得很眼熟，尽管蓬乱的胡须遮住了大半个面孔，他还是回想起了那个在河道边向他要马的壮士。伯克王子清了清嗓子奚落道："得不到马，只能坐在羊车？"

仲犹说："这不是羊，是神。"

伯克王子笑得仰起了脖子，他扬起手指指着盘羊说："它怎么可能是神，你疯了，疯了，真正的神在我们的祭坛上，是阿耆尼。"

仲犹口气强硬地说："放了我们的王和老巫师。"

就这样，古提人知道了他们无意中捕获的其实是两个重量级的人物。伯克王子转身回到了木桩那儿，他认为这是阿耆尼神降福于此，并暗自庆幸没有提早动手祭祀杀人，无意间，这两个囚徒倒成了交易的筹码。他迈出的步子有力而铿锵，因为他觉得这是一个极好的兆头，是回击诅咒他为魔鬼的那些人的最好佐证。

微子启和老巫师仍然被绑在那根木桩上，头顶临时搭起了一顶帐篷，看押的岗哨由两人增加到了四人，而仲犹和盘羊被关进了马厩，秋末垂死的蚊虫随即围攻了仲犹。此后的几天，除了喂马的马夫进来，再无人光顾，那马夫也是古提人，添加了草料便走，从未和仲犹说过一句话，盘羊可以享用草料，仲犹饥肠辘辘，无处觅食。三天后他在草料中发现了黑枸杞，挑拣出来，倒可充饥。但有黑枸杞充饥的日子并没有维持多久，马夫送来的草料里仅剩下干枯的青草，他把盘羊掉落的羊毛含在嘴巴里，吞咽下去，他像一堆祭祀后被丢弃在角落里的牲畜的躯干，孱弱地蜷缩在秋风掠过的角落。一天，离他不远的地方有一个用宽大草叶包裹的粟米团，他狼吞虎咽地吃掉了，后来的几天，同样的东西总是伴随着黎明的曙光如期而至，他从天空的云朵里寻找粟米团降落的路线，从马厩的草料槽子下方寻找空洞，从围栏外察看灵异的神迹，都令他大失所望。而粟米团就像一只神秘的蝙蝠，总是在暗夜中悄然降落。他被这灵异的神秘搅得烦躁不安，眼睛神经质地到处搜寻孔洞和有可能藏着秘密的犄角旮旯，甚至一度寻遍了马厩里的三个鼠洞和十九个蚂蚁穴，盯着蚂蚁把他掉落的一粒粟米拖进蚁穴。这夜，他无心睡觉，搂着盘羊的脖子，数着天上的星星，倾听营帐那边老巫师粗重的叹气和徒劳的咒语，试图亲眼目睹到天鸟的光临，但直到黎明，他不仅没有等到神灵的出现，连粟米团也不见了，这更加深了他的挫折感。而到了下午，疲惫至极后，他打了个盹，醒来后，又是一惊，他熟稔了的青草叶子包裹的粟米团又出现了。他一边享用一边思索它迷幻般的来历，但百思不解。接下来的这一夜，他一改焦躁不安的等待，而是躲在盘羊的腹部假寐，一直到黎明将至，他听到了轻风拂动草尖的沙沙声，循着那沙沙声，他擒住了一只柔软温热的手，与此同时，围栏的外面发出一声微弱克制的惊呼，并混合着一股薰衣草的气息，他慌乱地松开了那只手，但那只手并没有立即缩回去，似乎等待他再次握紧，他木然地望着她，并追问："你谁呀你？"

她说："我叫维拉多比拉，你叫我维拉就行。"

维拉的大方超出了仲犹的想象，随即他便知道了维拉的身世。

她是一个寡妇，丈夫曾经是伯克骑兵军的一名武士，死在了东征的路上。她被伯克王子像战利品一样赠送给了丑陋的马夫，马夫同时还是个哑巴，伯克王子喜欢马夫的原因，是因为马夫照看好了他的战马。

“你带我走吧。”维拉哀求说，“我可以做你的女人。”

仲犺苦笑了笑说：“你瞅我的样子，还不如马夫。”

维拉羞怯地瞥了眼仲犺，似有难言之隐，犹豫了一下后，声音极低地说：“你不会折磨我。”

说完，她注视着他，那是一双典型的巴比伦古典美的深褐色的眼睛，卷曲的亚麻色秀发遮住了清秀的脸庞，而在仲犺看来，那只像高墙一样的鼻子更加迷人，从殷都城一路走过来，他还没有遇到过如此娇艳的女人，他无法把她和那个邪恶的异族联系起来，但他知道，这个女人就是古提人，是那个邪恶异族的一员，即使是夸父女人向他求爱，他照样会毫不犹豫地拒绝，他的心已经归属于他的盘羊帝国，收拢回来及后来繁衍的盘羊已经过百，他骑乘到古提人营寨来的不是那只头羊，而是头羊的儿子。

他看了眼维拉说：“我和这只盘羊要死在马厩里了。”

维拉说：“伯克王子早晚会和你们谈判的。”

仲犺靠在盘羊身上，琢磨着维拉的话，他不相信这个貌美且目光阴冷的女人会站在他们这边，他又一次细细地打量维拉，这时他发现，维拉的眼角已经有一些细密的皱纹，就像一幅美丽的油画布上多了些皲裂的褶皱，他把那些皱纹竟然和粟米团联系起来，维拉感觉到了仲犺的疑虑，便说：“请你相信我。伯克王子只能选择和谈。”这句话直到十天后，他才明白其中的诚恳，但那时他困在马厩里，而且又是那样一副尊容，他更不知道，在他捡拾黑枸杞和吃羊毛的时候，马夫的帐篷里那双窥视的眼睛，当他想追问以确认真伪时，维拉慌乱地离开了。不一会儿，马夫走进了马厩，牵走了伯克王子的黑骏马。

十天后的谈判更像是一场交易。谈判从上午开始，伯克王子开出的放人条件是粮食和他的队伍开进土堡，微子启却像虔诚的信徒，追问伯克王子从哪儿来、是否看到过愚谷。伯克王子对这种驴唇不对马嘴的谈判，终于从厌恶到烦躁，从烦躁到发怒了，抬起发抖的手指指着营帐外面大声嚷着：“中午开饭前就杀掉这两头蠢驴。”

中午开饭前，提早到来的漫天雪花覆盖了西北的原野。伯克王子派出的巡逻队带回了令他绝望的消息：那些土堡里的土著人连野黍、野谷、山上的野果都抢收一空，巡逻队把这一结果归咎于他们对这片土地气候和环境的陌生。伯克王子却立刻想到了冰雪覆盖下的生存问题。这是一个很棘手的难题，他决定调整思路，不再和微子启谈了，南辕北辙的交流，根本谈不出什么结果。他想到了马厩里那个怪物，于是他决定放他回去，让仲犹去给土堡里的人带话，用粮食来交换微子启和老巫师。仲犹被赶出了营寨，他回过头来想看囚禁微子启和老巫师的那根木桩，但他看到的却是那双迷人而又阴冷的眼睛，她也在看他，渐渐地那目光中除了阴冷，又蒙上了一层哀怨和绝望，她咬紧了嘴唇，雪花飘落在她的头发上，并随着肩头和手臂的颤抖滑落到了地上。

他走了，回去说服后夏王答应伯克王子的条件。

后夏王拒绝拿出粮食去换人，土著巫师握着拳头说：“让那些可恶的古提人饿死在冰天雪地里，为这，我等待了半年。”

接着，年轻的土著巫师举起一块儿肩胛骨，对着飘雪的天空，风吹散了他的头发，他的眼眶里溢满了泪水，但他的目光很快变得坚毅而深邃，他凝望着飘落的雪花，凝望着厚厚的黑云，凝望着灰蒙蒙的世界，或许，他此时希望那雪花再大一些，希望刺骨的寒冷冰封了那座邪恶的营寨。雪落到地上，并没有完全成为皑皑的积雪，有一部分雪开始消融，踩踏过的地方，比如聚集在后夏王身边的这片土地，夸父们踩在雪水和泥土混合的泥泞里，一起恳求后夏王打开那座地下粮仓，以解救他们的王和寄托精神慰藉的老巫师，因为他们预感到了情势的岌岌可危。仲犹将那些盘羊的脑袋一只只的摸过，他打算用这群羊来与伯克王子进行交换，但土著巫师下令关闭了土堡的城门，他堵在高耸的城门下劝告仲犹：“你的盘羊满足不了狼的贪婪。”

仲犹执意离开，他坐在盘羊牵引的木轮车上，挥动青铜剑，试图打开城门，土著巫师用身躯挡住城门说：“想救出微子启和老巫师你就得听我的，再坚持五天，五天就能消灭了古提人。”然而三天后的黄昏，老巫师被古提骑士丢在了城门外，遍体鳞伤，奄奄一息。众人将老巫师抬回土堡，并知道微子启仍然被绑在木桩子上，但并未受到伤害，那些古提人对老巫师下手，除了向土堡里的夸父挑战示威，他们更担心能预知未来的老巫师从中作梗，让他们失去了阿耆尼神的庇护。

第四天的早晨，土堡里的人听到了窑洞里传出的歌谣：后夏族人，西北为王，浩浩汤汤，何为我乡。

后夏王正被两个侍女侍奉着捧起了那只纹饰着青蛙图案的陶碗，里面是热气腾腾的粟米汤，听到歌谣竟将碗跌落在了地上，摔成了碎片。两个侍女吓得面如土色，后夏王换了件衣服，走出了小宫殿，大步向老巫师和仲犹住的窑洞去了。唱歌谣的是仲犹，他守着老巫师冰冷的躯体，站在窑洞的门口，窑洞外面，夸父们不是在听歌谣，而是突然觉得失去了叩问上天的台阶，天梯垮了，没有了老巫师的部落，天和地虚空了。

土著巫师拨开挡在门口的人墙，走进窑洞，俯下身子，替老巫师整理了蓬乱的头发，又把一块儿黢黑的龟甲压在老巫师的胸口，仲犹问：“埋葬在哪儿？”

土著巫师说：“等消灭了古提人再安葬他。”

仲犹说：“微子启还扣押在古提人那儿，晚了，会有危险。”

土著巫师仿佛成竹在胸，他看了眼后夏王，从后夏王默许的目光里得到了肯定的答复后，他决定把原本定在明天的行动计划提前到现在进行。他们的攻击武器就是二十车经过伪装的干草车，干草的上面是一层粟米，下面夹着一层助燃的动物油脂。二十辆小推车排成的队伍也算浩浩荡荡，那歌谣里就是这么唱的。骑兵们埋伏在离营寨不远的树林子里，相约以火为号，向古提人发起冲击。最先起火的地方是马厩，马匹四散逃逸，横冲直撞，被马撞倒的有夸父，也有古提骑士，营寨里乱作一团，但并没有找到微子启。古提人投降了，清理战场，投降和战死的古提人里也没有伯克王子。马夫看着维拉跟着仲犹走了，他拖着受伤的腿，匍匐在泥泞的雪地里，仰起脸来大声地祈求：“神啊，变乱这个世界的口音吧。”

手无寸铁的微子启被伯克王子挟持到了山上，他们对视着，微子启看着浑身是血的伯克王子竟然心生怜悯。

微子启说："开始谈判吧。"

伯克王子愣怔了一下，而后狂妄地大笑，接着又热泪横流，他把剑杵在地上问："你在嘲笑我？"

微子启正色地说："我是真诚的，我用过冬的粮食和你交换。"

伯克王子捂着伤口叹息道："我一无所有。"

微子启说："我只要你回答我的问题，就可以交换。"

伯克王子将信将疑地点点头："好，你问吧。"

微子启问："愚谷在哪儿？"

伯克王子一脸烦躁："又是这个鬼问题！"

微子启以锲而不舍的固执继续追问道："请告诉我你见过愚谷吗？"

伯克王子摇摇头："我觉得你头脑不大正常，再说，我不知道你说的愚谷是什么意思。"

微子启说："太阳的家就是愚谷。"

伯克王子又摇摇头："我没见过太阳的家，我的家是和这里一样的一片大陆，离这儿万里之遥，从那片大陆到你们这里，我们走了十年，那片大陆的西边是一片汪洋，我们看到太阳落在大海里，那儿也许就是你说的愚谷。"

微子启笑了："好，谈判结束，成交了。"

谈判的结果：土堡里的人和古提人结束了对峙，友好相处，他们在河道两边过着宁静的日子。次年，维拉为仲犹生下了一个儿子。

微子启却在焦灼中苦熬着，因为新的困惑又让他愁肠百结。

纷争结束后，他再一次向伯克王子求证，那太阳真的落在大海里了？得到的答复一如既往，可是他看到的太阳升起的地方是在陆地，而不是大海，太阳从哪儿升起？又怎么落在了大海？

微子启和他的夸父们到达土堡六年后的一个初冬的早晨，土堡的外面站着两个衣衫褴褛的讨饭乞丐。在城头上轮值的一个夸父认出了这两个人。他们一个叫伯猃，一个叫月桂。微子启听说后，从窑洞里冲出来，一口气跑到城门口，他看着伯猃呆住了，除了那张尽管已显苍老憔悴但仍然熟悉的面孔后，他还看到了一只空荡荡的袖筒在风中摇摆。

“是你吗伯猃？”

“是我，王，我总算找到你了。”

“仲犹活着吗？”

“活着。”

“婵娟还好吗？”

“好。她为我生了个儿子。”

伯猃的见闻让西征的夸父们大开眼界，他们坐在粮仓前的小广场上，听伯猃讲了三天三夜的故事。而微子启听了伯猃的故事，却让他了解了一个意外的事实：太阳升起的地方也是大海，而不是陆地。

第二十四章　到美洲去

同样顽强地存活并走出大漠到达土堡的两只白鸟，在微子启住的窑洞，以肩负使命重获自由的渴望发出“咕噜噜”的鸣叫。

按照萧扶桑的吩咐和约定，一个月后，经过休整的白鸟将被放飞。

放飞的仪式庄严得像新王登基。主祭的土著巫师让人不得不再次想起白发披肩的老巫师，老巫师的一颦一笑，一举一动，在火上烧烤牛肩胛骨的专注神情，以及他举着烟雾熏黑了的甲骨高唱圣歌的情景依然历历在目。年轻的土著巫师怎么看都不像老巫师有更令人神往的风骨和气魄。假如是在殷都城，这样的送行会摆上一只青铜鼎，但这里没有，只好因陋就简，以陶钵取代，为了这次祭祀，仲犹又献出了一只盘羊，不过，这次他不算太心疼，因为是为伯猃带来的白鸟送行，他知道哥哥在那座海岛上和他一样娶了异族的妻子，献出一只盘羊祭祀，能保佑两只白鸟顺利地到达海岛，见到他的嫂子伊洛达，他想，那只盘羊不会恨他。

祭台上烟雾缭绕，土著巫师念念有词，他在寻找与神灵对话的路径，那条路总是很陌生，因为每次祭祀，他们需要很长的时间才能捕捉到上天的神谕，而并不像白鸟这么简捷，只要飞起来，一往无前，但白鸟的远行是要经历未知的险恶与风雨的。现在，白鸟就要走了，要到那座遥远的海岛上的草房子里寻找它们疯癫的主人。

土堡里的人聚集在小广场前面的祭台下，既是送行，也是想见证两只白鸟能否被驯化成神奇的信使。土著巫师终于完成了繁琐的仪式，后夏王和微子启牵手登上祭台，伯猃将鸟笼子递到微子启的手上。两只白鸟的腿上都缠绕了一圈薄薄的盘羊皮子，皮子上刻了一个符号卍，这个符号萧扶桑让伯猃看了几十遍，并叮嘱他记在脑子里。萧扶桑对这个符号的解释是，它象征太阳，他说，太阳就是一个旋转的飞火轮，里面储存了燃烧不尽的能量，那些能量就是地上的柴草和树木、秋天的落叶、人和动物腐烂后的尸体。伯猃不信，说这些东西怎么会跑到太阳里呢？萧扶桑反问伯猃，你说那些掉落的树叶和腐烂的尸体都到哪儿去了？伯猃张口结舌，答不上来了；另一只雄鸟的腿上绑着的皮子上刻了一行字：古幽人的梦想。这是微子启所刻写的龟甲书的书名，他想把著书的想法尽快告诉萧扶桑，以让远在伊夫高地的知己能分享他的焦虑与快乐。

他蛰伏在土堡里的日子像流水一样过去，这五年，他始终活在寄人篱下的痛苦之中，原本和后夏王说好了要继续西行，却被伯克王子讲给他的那个跋涉了十年才到达土堡的故事震惊了。那西边不是愚谷，而是一个叫巴比伦的王国，国土面积甚至超过了大商帝国。后夏王听了这个故事，突然萌生出构建帝国、重振大夏国昔日辉煌的构想，他极力劝说和挽留微子启与他并肩战斗，他所设想的第一步是扩大土堡的面积，这个曾经养育了后夏族人的土堡忽然成了禁锢思想的囹圄，要挣脱这囹圄，就必须扩建居所。微子启想的却是寻找文明的火种，在行走中了解神秘的世界，他几次收拾行囊打算离开土堡，后夏王和土著巫师都以真诚的眼泪羁绊住了他的脚步。当然，这个时期，微子启也有了私念，他想等一等儿子长大，到了能送回殷都城时，他再离开土堡。他到达土堡一年后，派人回去给盘庚送信，三年后，送信人带回的消息是，新王希望他留在西域继续寻找愚谷。他明白了新王的决定，就像听见了盘庚的心跳和圣殿之上的无比愤怒。

一直以来，他隐藏着内心的焦虑，还有无休止的孤独，尽管他不像萧扶桑独自躲在一个角落里，思索和刻写龟甲书，寻找梦想的起点和终极，他看上去并没有那么孤傲与疯癫，也不会像萧扶桑整日对着白鸟自言自语。每天清晨，婵娟会亲自服侍他吃过早餐，穿戴整齐，走上祭台，摆开“圭表”，刻写数据，周而复始。这样的生活延续了四年，直到伯猃和月桂到来，他才停止了对太阳的观察，因为他终于知道，世界并不像他们想象的那样，这个世界并不止一个大商帝国，殷也不是天地的中心，而只是天地的一小部分，这是夸父部落走出殷，寻找天地的意义所在。盘庚死了，除了萧扶桑，没有人再和他争辩大地的中心和太阳的愚谷，一年会有多少个月？什么时间播种与收割谷物？哪天是一年的初始？

伯猃到来后，他们之间更多的是交谈，彻夜不眠，谈到兴处，甚至会牵着手走出窑洞，去观望漫天的星辰。这时，伯猃告诉他，在伊夫高地上看到的星星，竟然和土堡里看到的一模一样，北斗七星悬挂在北方的天空，仙女和玉兔坐在月宫之中。说到这里，微子启不禁为萧扶桑渡海的勇气赞美彭祖家族，因为此时，他已得知，彭祖的两个儿子已在北征的途中冻成了蜡像，他很后悔，当初应该把他们带在身边，跟着他西进的彭祖的另外两个儿子，一个死在了干渴的大漠，一个死在了与西北狼搏斗的早晨。萧扶桑其余的五个弟弟已经越过了白令海峡，踏上了另一片大陆，但是死是活，仍无音讯。

半年后的一天凌晨，“咕咕”的叫声响在窑洞前的那棵树上，伯猃跌跌撞撞地冲了出来，他在树杈间搜寻熟悉的羽翼，聆听亲切的呼叫。月桂抱着伯猃的衣服追出了窑洞，打算披在师傅的身上，却发现师傅在浑身颤抖。初夏的树叶稀稀落落，并不繁茂，那两只落在枝头的白鸟以期许而疲惫的目光望着伯猃和月桂，它们除了“咕咕”鸣叫，很是冷静，等到月桂喊来了微子启，它们依然栖息在树上，还是那样的冷静，连“咕咕”的鸣叫都停止了。伯猃张开双臂做出迎接它们的表示，但白鸟无动于衷，微子启又站到了伯猃的前面，以同样的手势并下意识地模仿白鸟的鸣叫发出“咕咕”的召唤，白鸟不为所动，冷静得令人惊叹。这时月桂倒像猜中了白鸟的心思，转身跑回窑洞，拎着生出霉斑的鸟笼子举过头顶，白鸟从树杈上飞了起来，盘旋了一阵后，径直回到了它们熟悉的栖息之地。它们身上粘附着萧扶桑自说自话的嘱咐和海水的气息，一只白鸟脚环上刻着：伯夷；另一只白鸟的脚环上刻着：中国人的梦想。

微子启捧着脚环泣不成声，哽咽着说：“他看到的世界比我大。”

“我该走了，王。”伯猃冷静得出奇。

微子启皱起眉头：“你要去哪儿？”

“回海岛去，他是让我回去。”伯猃流出了眼泪。

微子启问：“是萧扶桑？”

伯猃说：“是伯夷，我的儿子。”

微子启怒斥道：“你是背叛你的国。”

伯猃说：“那是我的家，我是夸父部落的奴隶。”

微子启加重了语气纠正道：“你不是奴隶，你是夸父，从殷都城走出来，你就不是奴隶了。”

伯猃说：“我不想靠一个人而改变奴隶的命运，我现在不是奴隶了，我的儿子伯夷还是奴隶，因为你和我都会死去。”

微子启又说：“那么，到了伊夫高地你就能改变奴隶的命运？”

但伯猃执意要走，似乎谁都无法阻挡他返回伊夫高地的决心，他想说服月桂留下来，等微子启返回殷都城时，一起返回中原，在洹河的河套里觅一块儿土地，犁田建屋，娶妻生子，颐养天年。月桂发出一声哀怨的呼喊，那是从心底迸发出的，像呼啸的风卷过小宫殿上方的瓦砾。微子启见伯猃去意已决，就动手为他收拾行囊，婵娟递给伯猃一个包袱，柔声道：“这几件衣服本打算年终大祭的时候给你和月桂的，带在路上穿吧。”

伯猃猝然间答不上话来了，他像坠入刺骨的冰河，他在婵娟眼角悄悄生出的鱼尾纹和鬓发间寻找少女的影子，寻找那月色下奔跑的少年，那双伏在墙头上窥视少女的眼睛，那是他曾经有过的朦胧的苦恋，此时他就像有异物堵在了喉咙里，他要窒息了，他极力控制住颤抖的牙齿和婆娑的眼泪，并把目光转向旁侧，他隐约地听到了萧扶桑的召唤，听到了伯夷喊他父亲，听到了伊洛达双肩颤动的啜泣，听到了老祖母敲击陶钵的怨愤，他该走了，闻讯而来的众人簇拥着他们走到了城门下，仲犹坐在木轮子车上，举着那把亮闪闪的青铜剑，横在了城门洞下，这次不是盘羊牵着，是维拉推着，维拉一手推着木轮子车，一手怀抱着四岁的儿子。伯猃过来时，维拉丢下儿子，并暗示儿子去阻止伯猃的离去，孩子自然不懂得什么叫生离死别，但也倒是听话，母亲让去，便张开稚嫩的手环抱住了伯猃的双腿，顿时，伯猃感觉自己的心和身体都被放置在了秋千上悠荡了起来，他感觉到了仲犹的目光，他不愿去直视和触碰，便想躲闪、回避，他仰起脸望向城门上的箭垛，一道炫目的阳光从箭垛的岬角直射下来，晃得他睁不开眼睛，那孩子仰起小脸，竟然从嘴里冒出了一个词：大大。他急忙从箭垛上收回目光，去看那孩子，那孩子眼窝深陷，卷曲的头发，像他母亲，他弯下腰去亲吻粉嘟嘟的脸，泪水流在了孩子的脸颊上，他伸出独臂抱起那孩子，尽管不敢去面对仲犹和维拉，但这道坎总得要越过去的，他一直走到仲犹的木轮车前，然后停下脚步，仲犹盯着他，想听他说告别的话，对决绝地离开做出点解释，当然最好改变主意留下来，伯猃没吱声，犹豫了一下，又继续向前走了，到了横着的青铜剑前，他还是没有停留，只是侧了下身子，好让怀抱中的孩子躲开那剑锋，他过去后，身后“咣当”一声，仲犹的剑掉落在了出城的甬道上，伯猃放下孩子，他听到了仲犹伤心欲绝的哭声，维拉用夹着古提人方言的柔软声调大声地说道：“你真的不能留下来吗？你一走，仲犹的心就死了，他天天盼着你，盼着你回来，我们一家人好团聚。”

伯猃又一次停住了脚步，初夏的暖阳中，他竟然打了个寒战，浑身哆嗦了一下，肩膀颤抖转过身来说：“伯夷和伊洛达在伊夫高地上等着我，他们也在等着我，我得走。”

维拉追了上来，把一袋子刚晾晒好的盘羊肉干递到了伯猃的手上，抓着那只空荡的袖管说：“让白鸟带个信儿回来。”

白鸟需要休整，他和月桂先要走了。也许，白鸟重新回到萧扶桑那里时，他们还在漂洋渡海的路上。

走出去没多远，土著巫师牵着两匹马等在路上，他说：“这两匹马会把你们送到海边，这是夏王的心意。”

告别了土著巫师，走出去很远，伯猃停住马下来，俯下身子，向远处的土堡叩拜了他日夜思念如今却又离别而去的微子启，对了，还有婵娟、仲犹、维拉和那张粉嘟嘟的小脸。

一年后，土堡西门的城门口，在那条通向河道的羊肠小路上，车辙轧出了潮湿的泥土，一家三口坐在一辆新制的木轮车上，这是一辆经过改制的木轮车，车身比原先的那辆宽大坚实，轮毂加装了青铜铆钉，闪闪发光，驾辕的是那只已经显出衰老之态的头羊，他决定带着这个老朋友一起走，新的头羊是它的儿子，带着三十七只盘羊紧随木轮车的后面，除驾辕的头羊，在两侧牵拉木轮车的是六只盘羊。这是一个浩浩荡荡的帝国，它们的国王仲犹安坐于车厢中间，后面是妻子维拉和儿子小乙，紧随三十七只盘羊的是神情肃穆的族人，除了夸父和后夏部落的族人，还有古提人，伯克王子蓄起了胡须，后夏王苍老了很多，微子启转过脸来呵斥道："你们别哭丧着脸，这不是生离死别，他们还会回来的。"

他的话效果甚微，有人勉强地笑了笑，但很快又低下了头，慢吞吞地向前挪动脚步。队伍到达河道边时，马夫蓬头垢面地匍匐在狭窄的河道边，他故意用残缺的身体挡住了仲犹的路，并以仇恨与敌视的眼神望着木轮车上的那一家子人，仲犹用力拽住了盘羊，避免了骄横的盘羊毫无顾忌地从马夫的身上踩踏过去，维拉支起身子说："马夫，你让开路吧，我要赶路去。"

马夫指了指自己的脑袋说："我就当你们的铺路石子了，从我身上轧过去——维拉，你这个贱女人，来吧，轧过来吧，我不会眨巴一下眼睛的。"

伯克王子沉下脸，冲着身后的部下扬了扬手，命令道："去几个人把他拖走。"

命令发出去后，那几个忠诚的贴身卫士向前倾了倾身体，却并未走出队列，他们靠拖延时间来消极应付王子的命令，王子觉得在夸父和土著部落面前失了颜面，便怒气冲冲地喝令道："阿克萨、皮特，还有你，去把可恶的马夫拖开。"伯克王子的手指最后落在了维拉的弟弟萨拉普斯的身上，三个人便跳下马，朝马夫俯卧的地方跑过去，在他们即将靠近马夫的时候，马夫突然从身下抽出一支短剑，短剑刺入了他自己的胸口，浓烈的血腥气息在小道上弥漫，伯克王子皱着眉头，他知道那些古提骑士对维拉嫁给一个异族的怪物极度不满，甚至包括萨拉普斯也并不看好姐姐的选择，他说姐姐是个愚蠢的女人，所以姐姐维拉嫁到土堡后，萨拉普斯一次都没有看过她。

车轮碾过那摊血污，马夫面孔朝下，被拖拽到了茂密的草丛中，血还在流淌，人已气绝。送行的队伍又缓缓地蠕动起来，到了河边的木桥，仲犹说：“就到这里吧。”

微子启说：“我在土堡等着你们回来。”

仲犹迷茫地望着微子启说：“别等我们了，这里离巴比伦路途遥远，不知道哪年哪月。”

微子启苦笑了下，流出一行泪来：“我等着你，你得回来埋葬我。”

维拉见萨拉普斯躲在伯克王子的身后，便冲他招招手说：“萨拉普斯，你跟我们走吧，我们去寻找父亲。”

萨拉普斯摇头拒绝了姐姐的召唤，他心如止水，早就忘记了家的模样，他们的母亲死在了纷乱的战争中，父亲也不知去向。维拉想父亲了，她被失眠症困扰着，夜夜对着窑洞的墙壁哭泣，仲犹叹了口气，抚摸着妻子柔软的肩膀说：“我们走，到那片被战火焚毁了的村庄去寻找你的父亲。”

维拉将湿漉漉的脸贴在仲犹的脸上，儿子正熟睡着，仲犹想把儿子托付给婵娟，维拉说：“阿尔卑斯山的雪峰会把他锻炼成像伯克王子一样的骑士。”

“就送到桥边吧。”仲犹伤感地望着微子启。

微子启帮仲犹把胸前的红色木牍塞进衣服内，又摘下了自己胸前的那块儿木牍挂在了维拉怀中的孩子的脖子上，接着，他从婵娟的手中接过一个包袱，包袱里包裹着“圭表”、龟甲和一把锋利的刻刀，然后他隔着木轮车的车厢板拥抱了仲犹，并附在仲犹的耳边低声说道：“找到愚谷。”

木轮车吱吱呀呀的响声悠荡在清冷的河水之间，渐渐地远去，青草叶子被风吹拂着，一滴血像露珠一样从草尖掉落了。

殷红的泥土吸干了马夫身体里的血液，土地失去了热血的温度，沾着血渍的青草渐渐地枯萎，血水沿着木轮车碾轧过的土路流淌进了河道，河水被染成了血色，水鸟逃亡似的飞向天空，古提人惊骇地望着河水，胯下的乘马嘶叫着互相撞击，撒开蹄子，驮着那些骑士们逃离了河岸。

伯猃走了，仲犹也走了，夸父们目光空洞地望着山坡上那座孤零零的坟茔，他们想象不出躺在坟茔里的老巫师是否能感知到太阳的起起落落，那条看不见的经纬线正像一条绳索束缚了夸父们的腿脚，他们艰难地探索求证，却总是难以改变不断行走迁徙的命运。婵娟采了一捧马兰花，她插到了门前的陶罐子里，陶罐子是用来接雨水的，插了花，雨水就被挡在外面了。她想宁可挡住雨水，也要让马兰花开在家门口，以此驱散一座又一座窑洞里的忧伤和思念，她在夸父们的心中就如月神，曾经光洁的容貌，尽管被日月和风沙这把无形的刻刀，雕琢得失去了光泽，但她却愈发地成熟雍容。

这一年，水成了稀缺的东西。

仲犹走了不久，一场持久的干旱席卷了整个西北，一时间河道干涸，河床皲裂得像龟背，各家陶罐里的水七天前就已经见底。人们围着土著巫师，恳求他登上祭台，求拜上苍。两天后，土堡周围的一大片区域果然等来了一场暴雨，之后又陷入了持续的干旱。

土著巫师站在微子启的门口，隔着一块儿芦苇编织的草帘致谢道：“夫人，我们的王让我来谢你，你拯救了土堡。可是，你是怎么想出打水窖的法子来的？”

她说：“不是我想的，是马兰花告诉我的。”

土著巫师最后也没琢磨明白，救命的水窖和马兰花有什么联系，因为他只想到了其实已经枯萎了的马兰花而忽略了那只陶罐。

就在土堡里的族人为干旱而心力交瘁的时候，伯猃和月桂却浑身湿漉漉地从舢板爬上了海岸。

离开海岸线，他们先到达的是老祖母住的那间草房子，房子里面阴森森的，那样子很久没有人居住了。洼地里的水稻刚结出稻穗。他的心里有了不祥的预感，甚至觉得整个部落大概都消亡了，或者迁徙到了别处，五年之久，任何结果都有可能出现，于是他和月桂加快了脚步，以心急如火的渴望爬上了那座低矮的丘陵，而翻过丘陵后，他们开心地笑了。

谷底，丛林外的草房子，好像又多了几间，男人和女人行走的身影，孩子们嬉闹的笑声，一并让伯猃和月桂热血沸腾。伯猃先回到了那间草房子，伊洛达正在灶间煮饭，他说，我回来了。伊洛达直起身子，转过脸来，一脸的迷茫，她在海岸边数不清次数地眺望，她在夜深人静的时候，最后一个失望地关上柴门。

伊洛达喃喃地说:“我以为你死了。”

伯猃丢掉手里的包袱，张开那条惟一的手臂紧紧地搂住了伊洛达的肩膀，一个半大孩子从柴门外蹿进来，站在伊洛达的背后愣住了，仰起脸问:“你是谁？为什么欺负我妈妈？”

他看着那孩子，那轮廓有点像他小时候的影子，但他小时候是什么模样恐怕早就忘了。他是猎户的儿子，家中没有贵族家才有的镜子，他看到自己的脸是父亲带他到河边时，在水中看到的一张陌生的面孔。他吓了一跳，惶惶地逃跑了，父亲问他怎么了，他说水中有一张脸，父亲笑着说，那是你，他便问父亲，那是我的魂吧，父亲摇摇头说不是魂，就是你。从那天起，他才知道自己长什么模样，一个小鼻子，两只黑豆般的小眼睛，五官看起来还算齐整，棱角也很分明。现在这个孩子又让他想起了水中的那张脸，那张脸就像水中的脸一样，手伸进去，脸就碎了。他急了，喊着救他，快救他，救那张脸，脸模糊了，他感到双膝软弱无力，再也支撑不住残缺的上肢，那瘦弱的身躯沿着伊洛达高耸的乳峰扑腾一声滑落了。

伯夷始终盯着那张陌生的脸，看着他倒下去，伯夷来了勇气，想这个胡子拉碴的男人就是欺负母亲的坏蛋，便抬起脚踢他，一脚踢到了伯猃的脸上，伯猃的鼻子里立刻蹿出了血，伊洛达惶急地打了伯夷一个耳光，使劲推开了伯夷，他趔趄着倒在了伯猃的身上。

伊洛达哆嗦着嘴唇说:“伯夷，他是你爸爸。”

经过短暂的昏迷，伯猃听到了由远而近的呼唤，那声音，从西北高原传出，一直到万里之遥的伊夫高地，那声音始终萦绕在他的耳畔，像维拉，也像伊洛达，当然唤醒他的是伊洛达，他睁开眼睛之后的第一句话是:“走的时候，我不知道你怀孕。”伊洛达伏在他的脸上亲吻他的脸颊，为他拭去鼻孔里的血迹，伯夷趴在他的身上，懵懂地望着他，他冲儿子笑了笑，得到的答复却是:“我要保护好妈妈，我没有爸爸。”伯猃立刻绝望得要死，因为这句话里蕴含了伊洛达的绝望，她可能觉得这一生再也见不到自己的丈夫了。伊洛达不止一次地告诉伯夷，等长到像父亲一样高大的时候，就去跨洋过海，到那片神奇的土地上去寻找父亲，那里有殷都城，还有叔父仲犹，那是一个比他父亲还要勇猛的猎人。

伊洛达让他看悬挂在门楣上的草绳子，那草绳子颜色不一，正好是七条，每一条绳子编织得像伊洛达头上的发辫，绳子上绑着早已干枯的不同季节的花瓣，正好也是十二个。伯猃指着干枯的花瓣问："这是萧扶桑的主意？" 伊洛达看了眼丈夫，尽管她对那个让他们夫妻分离的老头心怀怨恨，但她还是听从了萧扶桑的建议，在编织稻草发辫和绑接花瓣中消磨思念的时光，并以此记下丈夫离开的日子和唤起回归的热望，然而直到编织到第七条稻草的时候，她放弃了，觉得自己像那些干枯的花瓣一样，早就没有花香了。有一天，萧扶桑站在草房子外说："继续编织稻草吧，快了，你的丈夫快回来了。"

"真的吗？" 她摇摇头。

"相信我吧。"

伊洛达无法知晓萧扶桑的话到底是真是假，也许只是宽慰她的话而已，但她还是在这天的午后，采撷了一大捧紫丁香摆在门口，让信风和布谷鸟的声音裹着花香吹进草堂。

伯猃说："我去看那老头。"

伊洛达说："他还住在那个大草房子里，祖母在世的时候，为他盖了一间草房子，他说要等到你们回来他才会住进去。"

伯猃起身去看萧扶桑。离开伊夫高地之前，两排草房子之间是一块儿空地，现在长满了齐腰的杂草。

向导扶着门框，以忧伤的神情等待归来的伯猃。门前的那棵树落下的阴影罩在一张苍白而斑驳的脸上。伯猃还不知道，早在一年前，向导娶了伊洛达的姑母，按辈分说，他现在该叫向导姑父，而不是兄弟。伊洛达的姑父在一次部族的争战中战死，姑母笼罩在英雄妻子的光环下不能自拔，老祖母遂作出一个令族人惊诧的决定，让姑母放下思念与心灵的重负，嫁给了向导。出嫁那天，姑母紧攥着祖母鸡爪一样的手，嘤嘤地哀怨道："我们姑侄是要把自己的命绑在这群夸父的身上了。" 老祖母张开牙齿全无的嘴巴，呵呵地发出瘆人的笑声。不到半年，姑母又一次隆起了腹部，等待着又一次撕心裂肺的疼痛和呱呱坠地的哭声，但这一次却是一个异族男人的血脉，这个男人的汗臭气味都与战死的男人不同，那是一股令人迷醉的气息。他们沉湎于床笫的欢乐，并热汗淋漓地陶醉其中，姑母说，我的大腿的肌肉不再那么结实并富有弹性了，他说，我不在乎；她说，我的乳峰也不像从前那么坚挺了，他又说，我不在乎。她哭了，说你到底在意什么？他喘息着说，我喜爱你乳汁的气味。她说，我们该去给萧扶桑做饭了。他叹息一声说，这个时候不该说这话。

伯猃踏进草房子时，萧扶桑正端坐在夏柳楚的草铺上，以惊人的先知的敏锐迎接远征的伯猃师徒。

萧扶桑挥舞着手臂寻找伯猃，伯猃呆住了，他看到了萧扶桑溢满了眼眶的泪水，却并未看到眼球中的光泽。

"你怎么了？"伯猃抓住那一只被刻刀划出道道伤痕的苍老的手，"你能看到我吗？疯老头，你怎么了？"

萧扶桑抽回手，擦拭着眼角的泪痕说："我很好，我的耳朵鼻子还可以看到你，你的胡子该刮一刮了，伊洛达可不喜欢络腮胡子的男人。"

伯猃说："夏柳楚死了，死在沙漠里了。"

萧扶桑摇了摇手："你回来得正是时候，到海边造大船去，我们该走了。"

伯猃惊疑地问："是要回殷都城吗？微子启还在西北的一座土堡里养精蓄锐。"

萧扶桑却说："不是回殷都城，是向东走，越过大洋，寻找太阳升起的陆地，向导研究出了可以导向的罗盘。"

伯猃说："我不想走了，想陪儿子和伊洛达。"

萧扶桑苦笑了一下："向导也是这么对我说的。"

伯猃琢磨着萧扶桑的话，便觉得萧扶桑越发地疯癫了，他对这个世界的认识已经到了混沌的境地，阳光、色彩、一切有形的物体皆存活于记忆，以及无尽的遐想之中了。他的身边堆满了龟甲，龟甲上的文字越来越繁复，萧扶桑抓起刻刀，又刻了一个字，他说这个字应该读作"明"，惟有这个字最能代表夸父的灵魂与宿命，伯猞追问夸父的宿命到底是个啥？萧扶桑说，是炙热的阳光与皓洁的明月。

一个月后，山后老祖母留下的房子当作了造船工匠休息宿营的工棚，伯猞和月桂又在老祖母房子的旁边为伊洛达和伯夷搭了间房子。彻夜不停的伐木声和冶炼青铜的敲击声，搅得伯夷和伊洛达整夜无眠。伊洛达终于发出了抗议的怒吼，发誓要收回老祖母的房子，要烧毁大船的龙骨，并警告伯猞你哪儿也别去了，我不和你们一起走，我要陪着老祖母，死也要死在这片稻田里。可是一年后，她牵着儿子的手，尾随着丈夫登上了那艘大船，船舱的中央摆了很多盛放龟甲书的木箱子，箱子上面坐着萧扶桑和怀抱着婴儿的姑母。伊洛达搂着儿子的肩膀靠在姑母的身上，她转过脸回望那座开始远去的山峰，山下是老祖母的石头房子。

天上飘起了细雨，像女人哭泣的泪滴。

伯猞和向导推着船桨，他停下手，用无臂的肩膀抵住船桨的扶手，抹了把脸上的雨水问："这船会漂泊到哪里？"

萧扶桑抚摸着那些沉重的木箱子说："说不好，但我相信，那是比伊夫高地大很多的一片陆地，而且离殷都城会越来越远。"

伯猞又问："除了陆地，那儿还有什么？"

萧扶桑沉默了一会儿说："有夸父。"

伯猞便又转过脸来问伯夷："儿子，你说我们从哪儿来？"

伯夷说："我们从伊夫高地来。"

伯猞说："不对，是殷都城，我都说过一百遍了。"

伯夷说："就是伊夫高地嘛。"

"是殷都城。"伯猞有些生气，提高了嗓门，"儿子，你记住了，我们从殷都城来。"

"嗯，记住了，我们从殷都城来。"伯夷望着伯猞眨动着眼睛，"那我们到哪儿去？"

伯猞说："这个问题你还真把我给问住了。"

萧扶桑搂着伯夷的肩膀说："你爸爸说得不对，我们不是从殷都城来。"

伯猞问："那我们从哪儿来？"

萧扶桑说："我们从母腹之中来。"

伯猃又问："那我们到哪儿去？"

萧扶桑说："我们回到母腹之中去。"

伯猃觉得这话特有意思，笑了笑说："我的母亲早死了，还怎么能爬回到妈妈肚子里去。"

萧扶桑说："她们没死，在太阳升起的地方等着我们。"

第三部　白露

第二十五章　部族的远航

海上航行的日子里，冬去春来的季节感并不明显。时光大约流逝了两个春天，他们在孤寂的大海上漂泊，向导的女儿学会在船舱里爬行了，像一只柔弱的小猫。因为长途漂泊和缺少营养，脸色看上去有些憔悴，头发毫无光泽，腿也站立不稳，多数时间，就是像猫一样地匍匐。伯夷也好不到哪儿去，身体越来越瘦弱，脑袋与身体的比例很不相称。大人们似乎还好，只是脸都被晒成了古铜色；伊洛达和姑妈的肤色原本就不白皙，和出发时没什么太大的变化，只是眼神中多了些疲惫和焦虑，她们的一侧原先经常坐着的是萧扶桑，如今空荡荡的了。只剩下一块破旧的稻草垫子，海风不时将风化了的稻草秸吹落到海水中，所以那个稻草垫子越来越小。

那是去年的冬天，萧扶桑突然说，前面有个小岛，船里的人举目眺望，除了茫茫的大海哪里有岛屿？他说这话的时候是在早晨，到了下午，果然看到一座小岛，萧扶桑说，我要登岛。大船便停靠在了海岛边。他躺在冰冷的礁石上说："你们走吧，把我埋在这儿，给后人们当个路标。"

"你又在说疯话了！"伯猃的口气更像在训斥一个孩子，现在船上的人更愿意听从他的，而不是瞎眼的萧扶桑。

萧扶桑试图抓起岛上的泥土，但抓起的却是恶臭扑鼻的鸟屎，他举起双手高兴地大喊："我的白鸟，白鸟到过这个岛上。"

聚集在他周围的人皆面面相觑。那两只白鸟早在伊夫高地上的时候就不见了，差不多有一年之余。人们的记忆中早就把那两只白鸟淡忘了。萧扶桑并没有唤起人们对白鸟的思念，却觉得萧扶桑糊涂得要命，更像一个神志糊涂的垂暮老人。向导抓着萧扶桑的手，以阻止他继续抓起那些散发着臭味的鸟屎，那一双手上刻刀的刀伤已经化脓，海水加剧了伤口溃烂的速度，而并没有起到渔夫所说的消炎止痛的作用。伯猃责备向导怎么又提起了那个早就死去的渔夫，向导却一脸委屈抱怨说，这几天，萧扶桑嘴里常常念叨渔夫的名字，还有那个会吹海螺的食繇。伊洛达问，食繇就是砍掉我丈夫臂膀的那个人吗？萧扶桑怒气冲冲地制止了他们，并说，那都是些死人了，想想他们的好吧，我也要死了。伯猃觉得萧扶桑自从到了船上，一改从东海岸到伊夫高地的那次航行，那次他精力充沛，热情高涨的劲头甚至超过渔夫和向导，可这次航行，一路上多半是在沉默地遐想，而一旦说起话来，又絮絮叨叨地说着含糊不清的话。伯猃烦透了，怒斥了萧扶桑，希望他闭紧嘴巴，不然就把他一个人留在岛上，当然伯猃说的是气话，萧扶桑却说："这正是我想要的。"

伯猃用一只胳膊架起了他，赌气要把他弄回船上，没走多远，却闻到了一股更加恶臭的气味，那不是鸟粪的气味，而是腐败的尸臭味，察看尸臭的来源，却是从萧扶桑身体里弥散出来的，伯猃大骇，惊惧不已，这时他发现，萧扶桑不仅死了，而且尸体顷刻间就腐烂了。青铜匠敲击了一些礁石，给萧扶桑做了一座石头坟，以了却他愿意做路标的心愿。

那夜，伯猃在船舱的角落里做了一个梦，披头散发的萧扶桑对他说，他很满足，他看见了与他隔海相望的那个人也做了路标，那个人躺在翻过夷山的东海岸上，他就是黎塬族长。

伯猃没有做成路标，也没有踏上那片大陆的土地。在快到大陆架的三个月前，他死在了船舱的角落里，葬入了大海。

月桂和向导带着剩下的人走向了大陆，那片大陆的海岸边有座城堡，那座城堡后来发展成了一个众所周知的国度——墨西哥。向导踏上陆地后，遵从萧扶桑和伯猃的遗愿，委托青铜匠在一块儿巨石上刻下了一个符号：卍。两千年之后，一个国际考古团队坐下来商讨这个符号的含义，却众说纷纭，各执一词，有人说是路标一类的记号，有人又分析说是族群的图腾，最终也没达成统一的意见，倒成了一桩悬案。

伯夷后来娶了姑母的女儿，活到了一百零一岁。伯夷和姑母的女儿生了五个儿子，能查到的名字，长子叫南伯，最小的儿子叫仲桑。伯夷的母亲成了老祖母，八十三岁那年，得了一场肺炎，死在了月桂的怀中，临终前，伊洛达告诉儿孙子嗣，要把一句话一代代传下去，那句话是：把龟甲书送回一个叫殷的地方。

五百年后，从陆地北面来了一个部落。因为语言的障碍，他们彼此已难以交流，但他们都有一只形状相同的“圭表”，并戴着一块儿样式相同的木牍，惟一的区别是北方来的那支部落首领脖子上木牍的颜色是红色。等到彼此可以交流的时候，南方土著人听明白了，北方部落的人反复说的那句话是：“我们在寻找萧扶桑的后人。”

接着，他们探讨了一个共同的话题，殷都城在哪儿？

“是的，我想很遥远，得渡过这片浩瀚的大洋。”伯猃的第十七代后人，一个头发略有些卷曲的男人说。

“那就走吧。”

说这话的是沿着冰冻的白令海峡走向美洲的两个彭祖儿子的后人。高个子的哈夏完全像印第安人的模样了。

伯猃的后人忧伤地摇摇头，说现在还不能走，要等到制出一枚能取火的铜镜，才有可能踏上回归的征途。他已经做了上千次的试验，效果并不理想。难题在于，他没有打磨出一个利用太阳反射阳光的聚焦点，那是一个令人头痛的角度。他放下手里正在打磨的铜镜，捧起那只海螺做成的乐器，冲着大海的方向吹了起来，伊哈多揪了一片树叶，卷成一个喇叭状的小筒，但他们吹出的曲调竟然惊人地一致。这个曲子，食蕬曾经站在夷山东边的海滩上和漂洋过海的大船上吹过。

曲子吹完，南北两个族群，以一首旋律相同的曲子勾起了对先祖的追忆，他们决定合二为一，团结一致向前看，与当年急匆匆疲于赶路的祖先不同，夸父的后人，对于追逐日月的理解是：放慢脚步，等等灵魂。

那片先祖的故土上，十七岁的刘彻登上了皇帝的宝座，就在那一年，融合为一族的南北两个部落，决定按照先祖的遗愿，把记载着太阳历法的龟甲书送回到神圣的殷都城。这时，他们并不知道，殷都城早就湮灭在战火中了，昔日的辉煌变成了杂草遍野的废墟和一处处被开垦出来的肥沃的农田，殷与大商帝国的气息流淌在安阳西山的清风中了。

彭祖和伯狳的后人决定带着祖先的灵魂回归那片神秘的国土。

据说，在他们离开后，夸父部落从此神秘地消失了。那些装载到草篓里的龟甲书，除了很少的一部分，最后被一个很有名的历史人物搬运回了都城长安，其余的龟甲书，或被火山喷发的岩浆吞噬，或被埋在至今不为人知的地下，它就像神秘的充满灵性的魂魄，等待在未来的某一天重现于世。

我深信不疑的是，那不是一次迁徙，而是一次追梦之旅。

追梦的结果是这个世界诞生了一个神话——夸父追日。那个部落被后人所知的，除了这个神话，其余的故事实在是寥寥无几，甚至在史书的记载中都难以寻觅到踪迹。但这些并不能泯灭他们的回归，他们迎着喜马拉雅山扑面的雪峰和南中国洪荒的冷寂踏上了祖辈的故土。

关于这段历史，鲜有文献记载，就连司马迁在《史记》中也只是隐晦地写了一笔，但司马迁并不是为记述夸父的历史才隐晦地记录那段历史，而是想给自己的同事澄清一点事实。在威严而自负的帝王面前，这是司马迁唯一能做的一点事情。

在喜马拉雅山下南麓的一片原始森林里，伊哈扎清点了人数，比先辈们幸运，他们一个不少地登上了这片神奇的陆地。对于这些人的称谓，我们既不能称他们为美洲人，也不能称呼他们为汉帝国的臣民，他们是夸父的后裔，但经过与土著人的通婚，他们的血统里除了中原夸父的血统之外，又掺杂了伊夫高人和印第安人的血统，所以称呼他们为伊哈扎部落还算稳妥，因为自从上了船，伊哈扎像当年断臂的伯狳一样，成为这些兄弟中的领袖。

背篓里的龟甲由于风吹雨淋，没有得到及时的晾晒，草篓里飘逸出一股怪味，他们把这怪异的气味理解为祖先的魂跟随他们回来了。伊哈扎决定从背篓里取出龟甲，在阳光明媚的草地上晾晒，并想办法做防腐处理。派出去探查路线的兄弟们回来，说在草地的深处发现了一户人家，缕缕的炊烟里弥漫着牛粪的味道，而不是烤肉的香气。他们由此推断，这是一户穷苦人家，不会为他们提供丰盛的晚宴。伊哈扎和他的兄弟们多少有些失望，伊哈扎的弟弟却决定在草地上实验那枚铜镜取火的功效，他在南美洲的海滩上已多次验证了它的神奇。事实证明，依照先辈们在龟甲书上记载的日期，此时，太阳的黄赤交角与实验之地的角度恰好相反，所以他第一时间把这一惊奇地发现告诉了伊哈扎。

“萧扶桑不是疯子，他很清醒，我们的冬季，在这儿却是夏天，太神奇了。”伊哈多举着铜镜向哥哥伊哈扎展示他的重大发现。

伊哈多用铜镜引燃了一堆干树叶，点起了篝火，伊哈扎站在篝火边说：“我的先祖是这片陆地上的猎人。”

顷刻间，吞咽口水和肠鸣的声响掩盖了伊哈扎的兴奋。

他们叩开了那户人家低矮的柴门，果然没有得到想要的食物，但却有了一个意外的收获。主人是个年老的女人，曾经是一个氏族的首领，因为部落被从昆仑山流窜过来的一帮匪徒打败，部落五十七口人仅剩下她自己。她说，那帮强盗没杀死她，就是希望她死得更惨，看一个老婆子怎么饿死在草原上。老太婆的遭遇令人同情，但她的容貌并不慈祥，像面目可怖的老巫婆，她对这群男人毫不在意，甚至从未仔细打量过哪个人，但对晾晒在她家门前的龟甲书兴趣盎然。她说着他们听不懂的语言，沟通成了他们之间的障碍，伊哈扎开始试着向老太婆学习语言，这些语言后来并无用处，因为他们翻越了昆仑山之后，那些语言和山北的语言大相径庭。她不知道他们晾晒这些龟甲到底有何用途，她先想到了药材，很久之前，一个汉帝国寻找不死之药的巫师曾经教给她中医治病的方法，那时她还没有出嫁，她甚至以少女情窦初开的渴望迷恋过那个巫师。巫师说，他在皇宫里炼过丹药，但因为实在太困，炼丹药的炉子竟然爆炸了，飞扬起来的火苗烧死了他的师傅，师傅的死，让他获得了帝王的宽恕，恩准他到山野之间寻找不死的灵果。这一找，就到了喜马拉雅山的南麓。后来，巫师吃了有毒的野果死在一棵千年的古树下。

老太婆把这些龟甲书当作了长生不老的灵丹妙药。她趁着伊哈扎他们熟睡之后，开始了行动，她在锅里放入了酸牛奶，烧开后，将几片龟甲书丢进锅里炖煮，捞出来后，她在昏暗的油灯下看到了刻在龟甲上的像符咒一样的文字符号，这让她大惊失色，急忙丢掉龟甲伏在地上磕头。

伊哈扎决定用森林里的木材做十个箱子，以替换掉那些破损的草篓，木箱子显然比草篓增加了分量，走起来并不轻松。伊哈扎向老太婆咨询了翻越喜马拉雅山的路线，但她描述的路线并不清晰，仅可作为参考，他们决定绕开喜马拉雅雪山，寻觅一条可以翻越的线路。伊哈扎甚至开始构想翻越昆仑山之后，部落将如何生存的问题，他怀揣着一只金刚鹦鹉的标本，那是他们从美洲回来的身份证明，这是龟甲书上最开始的一段文字。昨晚，伊哈扎做了一个梦，梦到在富丽堂皇的朝堂上，他们远行的经历被一旁的史官载入史册，帝王将相，侧目相视，皆盛赞其为勇者，并加封晋爵，一路的辛劳化作飞奔的热泪，感动着国都里的民众。他把这个梦当作激励兄弟们继续前行的动力，除了伊哈多之外，几乎所有人都在热血沸腾中加快了脚步。伊哈多醉心于对新发明的探索和研究，比如他发现两块石头之间居然有吸引力与排斥力，其中的一端始终指向一个方向，这可是一个鼓舞人心的发现，它比老太婆对昆仑山含混不清的描述更加客观而真实。他把那个青铜匠留在巨石上的“卍”字符号反复推演，以感知先祖对这一符号所寄予的情感与梦幻。他得出的结论是，这个符号是太阳的日冕，是旋转的光芒。那光芒赋予这个世界春夏秋冬四个季节，以及金木水火土五种生命的特质，世界上的生命，除了神灵之外，皆来源于这五种特质，由它们组合成生命的世界。伊哈扎给伊哈多的那个铜镜取名为魔镜，它能释放魔法，把火聚集在某一点，操控着物质的存在、燃烧与幻灭。伊哈多说，那不是魔镜，是聚光的东西，伊哈多越这样解释，伊哈扎越觉得他像部族中代代传说的那个疯子一般的萧扶桑。

那些木箱子背到身上后才发现了它与草篓的巨大差异，木箱的棱角和硬度磨破了他们的脊背，血肉模糊。他们实在背不动了，便把箱子放在地上，编织一根草绳子，一端绑在木箱子上，另一端套在额头上，像河岸上拖着木船的纤夫。

一个月后，缓慢的速度和沉重的重负令远道而来的队伍苦不堪言。就在这天的下午，一支骑着马匹的队伍出现在半山坡上，后面还有几匹驮载着粮食麻袋的骆驼，这些人蓄着胡子，穿着浅灰色的长衫和宽松的裤子，头上缠着污迹斑斑的包头，他们操着和老太婆相似的口音，自称为尼泊尔人，可以帮助伊哈扎他们驮运这些箱子。

伊哈扎说："我们没有钱支付运费。"

那个包头顶上落着一只蜜蜂的头人双手捧在胸前说："给一些药材也可以替代运费。"

伊哈扎摇摇头说："那不是药，是书，对你们没有一点用的书。"

头人挥了下手，十几个尼泊尔人跳下马，把箱子放在了骆驼上，箱子太沉重了，三峰骆驼被压得站不起来。骑马的人便改作徒步，头人也把自己的马贡献了出来，所有的马匹和骆驼全部变成了驮运的工具。伊哈扎始终不敢掉以轻心，处处格外小心，因为他突然顿悟出人的欲望有时比自然的雷电风暴凶险得多；而伊哈多减轻了重负后倒有足够多的时间思考路途上的见闻，并在树下整理那些龟甲书，试图解开先辈追日的动力之源。

尼泊尔人还拿出了食物供大家分享，咀嚼食物的声音像有节奏的音乐在山谷间回荡。几天的相处，伊哈扎发现，这些尼泊尔人并不像贪婪的劫匪，于是他们从心怀戒备到坦诚相处，并结下了兄弟般的友谊。尼泊尔人对这些千里迢迢、历尽苦难运送龟甲书的夸父后人心怀敬意，他们原本也是尼泊尔王公的贵族后裔，也是由于部族的征战，被迫离开故土，干起了马帮的生意。尼泊尔人一年中要在昆仑山南北两翼往返数次，他们的足迹遍布广阔的西域。尼泊尔人还告诉伊哈扎，他们要去的地方不叫大商帝国，而是大汉帝国，更不知道他们说的殷都城在哪里。大汉帝国的都城叫长安。

伊哈扎沉默了很久，对于那个叫大汉的陌生帝国，它和商帝国是什么关系？汉帝国还是他们期盼的祖辈的灵魂居所吗？

尼泊尔头人安慰说："苍鹰总是要飞过高山的，既然吉凶难料，那就勇敢地去求证吧，只有求证才能获得真知，就像你的先辈那样。"

“这么说，你是希望我们去大汉帝国验证他们是否肯接纳我们。”伊哈扎说得有点吃力和饶舌。

秋风起，燕子在云雾间只能看到白色的胸脯，它们悄无声息地南飞，尼泊尔人和伊哈扎部落都同时仰起头望向天空，但对于那些南飞的小燕子，尼泊尔人和伊哈扎部落的心境也不相同。尼泊尔人感知到了冬天的来临，在大雪封山之前，他们得赶回这里，好越过昆仑山回到家乡，而伊哈扎部落走的是一条不再回归的东征之路，那里有他们期待的祖辈的故土和对未来的心驰神往。

伊哈扎部落学会了尼泊尔语，尼泊尔头人说，这种语言接近于梵语，有一本诗集，叫《摩诃婆罗多》，它的意思是我们是兄弟，是你们的先祖返回殷都城的路上，对我们的祖先讲的故事，所以，从祖辈论，我们就是兄弟。也许那个时候，他们也如我们现在这样并肩走在山谷里。伊哈扎很奇怪，他从未听过他们族人曾经离开过那片海滩，但伊哈多说，在祭祀祖先的石头上，没有向导的名字，他曾经带着后人离开了海岸线，不知去向，也没有留下任何记录。

“向导是黎塬族人，他不可能回到殷都城。”伊哈多对伊哈扎和尼泊尔头人说。

尼泊尔头人说：“我没弄懂《摩诃婆罗多》，那不完全是雅利安人能写出来的，它记录有你们龟甲书上的内容，我再说一遍，我们的祖先做不到那事儿。”

“你想证明，是向导曾经在一千年前带着家族的子嗣，从美洲回到过这里。”伊哈扎质问尼泊尔头人。

尼泊尔头人显出不悦的神情，他并不知道向导是谁，更不会关心向导是否回到过殷都城，他们对龟甲书上记载的内容毫无兴致。尼泊尔人准备继续赶路了，河谷将是他们分道扬镳的地方，他们的目的地是西域，而伊哈扎部落的路线是沿着河谷向东穿插，走出河谷之后，再向北走，才是到达汉帝国都城的最佳路线。尼泊尔人还慷慨地给他们留下了一峰骆驼和一匹马，尽管一峰骆驼和一匹马驮不了很多的箱子，但确实减少了分量。十天中，伊哈扎部落行走在寂寞的山谷里，时断时流的溪水洗刷着昆仑山的尘土与疲惫，天公也算作美，阴云密布了三天，一场大风，云开雾散，这倒少了些路途上的泥泞和风吹雨淋的痛苦。行进的队伍情绪高涨，骆驼的响鼻声和马蹄踩踏青石的清脆的节奏也让旅途变得富有生机，他们祈求最后一点粮食吃完之后，能看见一处村庄，能吃到一口热乎的餐饭。但事实上，离开尼泊尔马帮后，他们再未见到过任何人。静悄悄的山谷狭长得走不到尽头，两面的峭壁阻挡了登高远望的视线，他们不知道何时能走出山谷。最后一点粮食吃完了，他们尝试着向先祖学习，射猎一些动物以填饱肚子，或者采摘一些野菜果腹。伊哈多在采摘野菜时，发现溪水边有黄澄澄的金子，对于这个奇异的发现，连平常最平静的伊哈多都欣喜若狂。伊哈扎在河滩上主持召开了部落的紧急会议，决定采挖一些金子，以便能在走出山谷后，采买到达汉帝国都城所需的粮食。这个提议得到了部落兄弟的热烈响应。他们的遗传基因里具有搭建帐篷的天然本领和技能，一座座茅草帐篷在河滩上搭起，他们以野菜为食，以清泉为饮，清苦的生活催生了淘金的欲望，河滩上是一群赤身裸体的淘金汉子。伊哈多研制的木槽子提高了淘金的效率。到了第五天，金子的数量明显增多。起初为了节省衣服，淘金时，部落兄弟们都赤着身子，后来发现，这倒是一个避免某人私藏金子的好办法。伊哈扎为这个意外的发现而赞美天父，但压在伊哈扎枕头底下的金袋子发出嘎嘎的声音，吵得人无法入眠。有人提议，把金袋子挂在草棚子的木柱子上，或者某个大家都能看到的帐篷的顶子上，金子那么贵重的东西怎么可以被一颗脑袋压着。这样的提议，招来七嘴八舌的议论，后来争吵的结果，觉得还是放在伊哈扎的枕头下放心一些。伊哈扎从此睡不着了，失眠的痛苦比总做噩梦更让人心焦，而且失眠症像瘟疫一样在河谷里盘旋，淘金的汉子们体力明显下降，休息的次数越来越多。伊哈多就想出了修建一座水坝，依靠水流的落差来转动轮盘，以获取更多的金子。赤身的部落兄弟终于可以整日地穿上衣服，而不是吃饭、休息和夜晚。夜晚是静谧的，静谧之后，人的思想便可活跃。黄澄澄的金子即使捂在袋子里，也能发出金色的光芒，那光芒显然来自部族兄弟们的心里，伊哈多把它称之为心魔。心魔是会要命的，因为就在这一天晚上，两个试图从伊哈扎枕头下窃走金子的兄弟被砍下了脑袋，那两颗头颅被悬挂在了伊哈扎所居住的窝棚的顶上，像两面永远展不开的海盗旗。那两颗头颅果然具有威慑力，伊哈扎即使将金袋子随意地丢弃在草铺上，也无人再去打金子的主意，但三十多人的部落却日渐沉闷，每个人默不作声地干活，操作轮盘，或者采摘野菜，生火煮饭，饭食越来越简单，清汤寡水的饭食亦如寂寞的时光，危机却在这无聊的时光中悄然而至。

那伙强盗闯进山谷里来的时候，伊哈扎都没来得及收好撂在草铺上的金袋子。但这伙强盗像是奔着什么目标而来，他们当然也不会对金子熟视无睹，不过，草铺上的金袋子并不是他们搜索的目标，能让他们两眼放光的东西是堆在草棚子里的那些木箱子，一个罗马人出五千克黄金和一枚价值连城的钻石买那些龟甲书。这伙强盗有汉帝国人、西域人、尼泊尔人和印度人，他们的首领是西域大月氏的一个逃亡的武士，名字叫乌桀帖罕，因为爱上了王族的女儿，并让王族的女儿怀上了小武士而遭到了追杀。他一口气逃到了昆仑山下，先是给尼泊尔人的马帮做护卫，后来离开马帮拉起了一支由多国盗匪、逃亡的兵卒和懒得耕种田地的破落户组成的强盗队伍。乌桀帖罕身材魁梧，却并不像凶悍的强盗，倒像温文尔雅的儒士，他的武器是一支像笛子一样的黑管，是用华南虎骨做成的，黑管里可以吹出一枚被毒草浸煮过的短箭，被击中的人会顷刻毙命。但除了最早结伙的尼泊尔人亲眼见过，后来的那些强盗们都没见过首领用过他那件神秘的武器。

乌桀帖罕又一次举起了黑管。匪徒们睁大了眼睛，等着观看首领精彩的杀人表演，但黑管只是握在手里，还没有举起来，他环视了一圈这群衣衫褴褛的淘金人，被水流带动旋转的淘金木盘仍在不停地转动，乌桀帖罕吞咽了一下口水，他立刻觉得有失儒雅，下意识地清了清嗓子，问谁是首领。伊哈扎说，我们这里只有兄弟，没有首领，也不需要首领。乌桀帖罕最终放下了黑管，他突然对这支队伍产生了兴趣。他想，一支没有首领的队伍就像一群失去了方向的工蜂，除了四处乱窜，等待被暴风雨杀死，还能做什么？连起码的生存都谈不上。那些匪徒们早就面面相觑了，他们或许也在思忖，也在咂摸这句话的分量。乌桀帖罕不想被伊哈扎动摇了他在这伙各怀心思的匪徒们心中的威严和地位，他指了指一个瘦高个子的印度人，说动手吧，那些箱子值五千克黄金，够买一群像样的马匹了。瘦高个子招了招手，几个印度人便走到草棚子下，动手搬移木箱子。伊哈扎并未阻止，他认为这伙强盗不会要那些龟甲书的，他们应该去抢夺草铺上的金袋子，于是伊哈扎打开了一只箱子，从箱子里拿出一盘龟甲，对乌桀帖罕说："你瞧瞧，这是书，不是粮食，也不是盐巴和美酒，这些东西对你们毫无用处。"

乌桀帖罕摇着头说："啊不，不，我们可以用这些东西换成美酒和女人，还有一群像样的马。"

伊哈扎问道："买它的人是谁？"

乌桀帖罕答道："是一个高鼻子的罗马人。"

伊哈扎说："我们背回这些龟甲书用了三年时间，翻越昆仑山的时候还死了两个兄弟。你们这是抢劫吗？"

乌桀帖罕又说："我们干的就是抢钱的买卖，凭的是杀人的本事。"

伊哈扎颇感意外，他万没有想到，这伙人竟是冲着龟甲书来的，丢失了龟甲书，就等于失去了祖先的灵魂，他后退了几步，一时竟想不出来该如何去应对这伙凶悍的强盗。他们骑在马上耀武扬威的样子，早就从心理上战胜了这群已经在缺乏营养和劳累疲惫的淘金劳作中消耗掉了体力的伊哈扎部落。说是没有首领，伊哈扎俨然是这个部落的头了，他回过头望了望那一双双几乎无奈的目光，思忖着要不要拼命，以及拼命后的结果。他原想用金袋子打发走这伙强盗，此时他明白了，这伙人是冲着龟甲书来的。很显然，他们千辛万苦背回来的龟甲书就是拼了命也要保住，于是他喊了一声："操家伙。"部族兄弟们便操起了祖传的青铜剑，但这些青铜剑却不如那些铁质的弯刀锋利，一个部族兄弟的头颅和另一个人的肩膀被锋利的弯刀劈了下来，顷刻间，空气中飘荡着血腥的气息。

乌桀帖罕举起了那根黑管，并把它放在了唇齿间，黑管的另一头对准了伊哈扎，所有的强盗屏住了呼吸，等着那根传说中致命的毒箭射出黑管。

"我们答应把龟甲书给你们。"伊哈多从树干上滑落下来，"不过，既然要抢，怎么也得讲点规矩，给我们两天的时间，两天后，这些龟甲书全部归你们。”

乌桀帖罕想了想，摇头道：“我这些兄弟们怕没有那个耐心等你两天。”

伊哈多举起铜镜说：“你们是从喜马拉雅山那个老太婆那儿知道我们的行踪的，你们杀死了那个老太婆，因为你们没有想到那个老太婆没有饿死，她还活着。不过，我告诉你们，老太婆见识过这只铜镜的魔力，它能让树叶变成火。”

乌桀帖罕从唇边移开了黑管，亲眼见识了伊哈多手中那枚铜镜的魔力。魔镜照在干枯的树叶上，没用多久，那堆枯树叶便着起火来，引燃了伊哈多身边的一间草棚。乌桀帖罕打量着这个清瘦的男人和他手中的铜镜，那铜镜上还刻着像龟甲书上一样的符咒，其实不是符咒，而是刻着经纬的罗盘。他犹豫片刻后，放弃了杀戮的念头，因为他忽然意识到，这枚铜镜或许能将他的黑管和黑管里的毒箭化作灰烬。这样的买卖可划不来。他决定尽快带着龟甲书离开河谷，好去罗马人那里兑换成黄金和钻石。

“既然连两天的时间都不肯答应，那就让这些龟甲书像草棚子一样化作灰烬吧。”伊哈多边说边举起了亮闪闪的魔镜。

乌桀帖罕把黑管重又放到嘴唇上，并且毫不犹豫地吹出了毒箭。这时，大地摇晃了起来，并发出訇訇的巨响，一股炽热的岩浆像火雨一样倾泻下来。

第二十六章　昆仑山下

山崩地裂，血红色的岩浆拥抱了溪水，并在水面笼罩起一团蘑菇云状的雾气和烟尘。

伊哈扎死了，永远看不到帝国都城的辉煌，看不到城墙、角楼、宫殿和夜晚的宫灯了，他和一个部落兄弟紧紧拥抱，双目突起，手指插入了对方的躯体。

白衣印度人被落石击中，脑袋倒入熔浆前就扁了。两个西域人爬上了山坡，却被刺鼻的硫黄的气味和浓浓的火山灰熏死。不过，他们还算幸运，至少保留了两具完整的尸体。

伊哈多、乌桀帖罕和一峰半疯了的骆驼成为了最后的幸存者。

为了抢救出龟甲书，乌桀帖罕烫伤了一只脚，又化脓感染，久治不愈，多年后，变成了一个只会吹笛子的老跛子，最后威震昆仑山两翼的强盗首领乌桀帖罕渐渐地被人遗忘了。而且他的死因也几乎无可考证。有人说，他死在了去往汉帝国的路途上，也有人说，他死在了一个石洞里，因为在他生命消逝的最后几年是和伊哈多在一起，他们用錾子在石壁上凿刻龟甲书上的内容。当然，那不是创作，而是复制，伊哈多凭借对龟甲书的阅读记忆，在木牍、皮革和丝绸上誊写龟甲书的内容。那些内容除了萧扶桑撰写的那本《中国人的梦想》，还有伊哈多在西域发现的微子启所著的一部分太阳历法的观察记录，他想把两本书的内容合二为一，演变成一部可以传世的旷世奇书。

大地又开始震颤哆嗦。对面山上的松树和白杨像燃烧着的火人，林中的飞鸟从树丛中飞起来，又被火舌吞噬，掉落回火焰里去了。

“再不走，你我都得死。”乌桀帖罕拽起伊哈多，他的右脚疼痛难耐。这时，便想起岩浆喷射时，就是这只脚踹到了伊哈多，这么一想，越发觉得伊哈多就是神灵附体的妖魔，那山火，那炙热的岩浆，那燃起的山林大火，全部来自魔幻般的铜镜，是它招来了灾难。

伊哈多否认了乌桀帖罕的猜想，他说：“即使有灵气，也当数那些龟甲书，那是我们祖辈用血刻写出来的，他们死在了一座遥远的石头城堡里，至于这些龟甲书的真正镌刻者，他死在了海岛上，没有看见那座石头城堡。”

乌桀帖罕决定重返西域，寻找公主所生的儿子。

伊哈多却希望继续到汉帝国去，代哥哥伊哈扎和死去的部族兄弟去见识都城的辉煌与巍峨。

一个月后，骆驼死掉了。骆驼肉够他们饱餐一阵，乌桀帖罕没做过屠夫，但大月氏王国的武士，长久地生活在水草丰美的牧羊之地，耳濡目染，宰杀牲畜早不陌生。他讲了汉帝国庖丁解牛的成语，伊哈多却不感兴趣，他想的是龟甲书和那些密密麻麻的符号。没过多久，驼肉吃完了，越往北走，天气渐冷，瑟瑟的北风卷起尘土和风雪，白皑皑的大雪覆盖了四野。这时，他们发现了一个驿站，驿站是一个用泥土夯实的院落，院墙留下了许多被雨水冲刷的斑痕，像麻风病的女人。驻守驿站的是一个六十多岁的老更头，中等身材，背有些微驼，衣服很久没有浆洗，像被鞣制过的皮革，脸膛暗红，既有阳光光顾的痕迹又夹杂着酒精烧灼的红晕，他走路摇摇晃晃，见到的人都为他捏把汗，担心他随时可能摔倒，但这种担心又似乎显得多余。老更头脾气不大好，嘴里骂骂咧咧的，但并无具体咒骂的对象，看到的大可不必较真。他拎着粗笨的钥匙打开了一间房门，里面是一个土炕，炕上卷着和老更头衣服颜色差不多的被褥，但比起睡草棚子来，这些对伊哈多和乌桀帖罕来说，已经很奢侈了。

老更头说：“明天一早你们就得滚蛋，朝廷要来人了。”

乌桀帖罕问:“有吃的吗?给弄点。”

“吃的有啊，驿站咋能没吃的。”老更头说完，转过身走了。

乌桀帖罕看着伊哈多把几箱子龟甲书搬进了房内，原本不大的床铺空地上显得有些拥挤。乌桀帖罕知道龟甲书在伊哈多心里的分量，便闭着眼睛靠在积满污渍的被子卷儿上歇息。躺了片刻，乌桀帖罕下了地，把双脚藏进马靴里，拽着伊哈多便朝老更头住的房子去了，那是驿站最大的一间房子，中间摆了两张木头条桌和四个条凳。老更头钻进里面的厨房好半天，端出一盘牛肉和一盘子驼掌，驼掌风干得像干牛皮，其实也没法吃了，炖驼掌的原料还是乌桀帖罕拿出来的。老更头说，你那点驼掌费了半捆柴火，算起来那柴火钱都比驼掌贵了。乌桀帖罕舀了一碗驼掌汤放在伊哈多面前，伊哈多捧起碗来喝了一口，说真难喝。乌桀帖罕笑了，露出一排发黄了的牙齿，快饿死的时候吃起来才香。老更头也笑了，说没听说驿站能饿死人，怎么都能活下去。乌桀帖罕喝起了酒，并邀请老更头和他同饮，乌桀帖罕喝起了兴致，便问伊哈多那片叫美洲的地方可也有酒喝?老更头放下酒碗，突然抓住伊哈多的手，眼睛定定地望着伊哈多，说你真是美洲来的?伊哈多点点头，老更头说，我父亲的父亲就是从美洲回来的，朝廷给封了驿站的小官，然后就把这一支部落里的人打发到戈壁滩上来了。伊哈多想不起来这支人是哪个家族的，或许是北方哪支部落的族人沿着白令海峡回来的。伊哈多知道，至少在几百年里，美洲南部的夸父部落未曾有人回到殷都城去，他们是唯一的一支。老更头呷了一口酒，拉着伊哈多的手，大概是想起了漂洋过海的祖先，或许是那片在他看来异常神秘的异域大陆，老更头夹杂着酒气的话语里多了几分亲近。伊哈多问还有多少人是从美洲回来的，可否知道龟甲书。老更头说，死得没几个人了，他算是一个，还有一个是他的兄弟，十多年前死在乌桀帖罕的劫匪手里了。乌桀帖罕被酒呛着了，大口地喘息咳嗽，窘迫地把呛酒的原因归咎于白酒的浓烈。老更头给伊哈多斟了一碗酒，推到伊哈多的面前，说这碗酒喝下去就算祭奠那些死去的美洲夸父，他们拼死回来却得不到帝国皇帝的承认，这是因为，他们离家太远，走得太久了。老更头是出生在驿站的，他说不清楚汉帝国到底有多大，也没去过那个据说很辉煌的长安皇城。他还说，他的祖父和父亲就埋在离驿站不远的山岗上，有一年呼呼啸叫的北风把坟墓吹开了一个窟窿，很大，露出了棺材板子，那里成了黄鼠狼的家。他说不清楚是先有了那个被风吹开的窟窿，还是先有了黄鼠狼的家，当然这其实也无所谓了，那一窝黄鼠狼被两个送文牒的军士当下酒菜了。老更头来了兴致，乌桀帖罕却困了，伊哈多却认为他是故意装醉，因为孤家寡人的乌桀帖罕手上有老更头的血债，他担心万一说漏了嘴，就会变成黄鼠狼或者猫头鹰的一日三餐。伊哈多和老更头交谈了半夜，既是闲话，又不算闲话，也不算酒话，但又夹杂着浓烈的酒味，伊哈多向来是不饮酒的，今晚也喝了一大碗，喝下去之后，便晕晕沉沉，乌桀帖罕已经回到那间耳房里睡了，他们便放开手脚，聊美洲，聊夸父和大汉帝国。伊哈多想把话题往大商帝国和殷都城上扯一扯，但老更头对大商帝国的了解几乎为零，这个话题便聊不下去了。继续聊汉帝国，伊哈多说想把这些龟甲书献给汉帝国，尽管一千多年过去了，但毕竟还是一个祖先的血统和根基，这些龟甲书理应送给国君。老更头说那样倒是好，只怕路途遥遥，走不到都城长安。午夜已过，老更头却毫无睡意，兴致正浓，伊哈多经历了失去哥哥和部落兄弟的痛苦，长久无人倾诉，便把老更头当作了知己。老更头的舌根发硬了，但那热切的感觉就像见到了久违的亲人，事实上，他是把伊哈多当亲人了，于是老更头又开始掏心窝子，说的又是些牢骚话，似有满腹的苦水。他说，自从弟弟被乌桀帖罕的人打死后，他的日子便像沙漠一样的孤寂绵长，随即失声痛哭。哭声犹如点燃了火药桶，老更头暴躁地摔碎了桌子上的酒碗，咣当的声响吓跑了地下躺着的一只猫。伊哈多总算把老更头弄到了床铺上，并掖好了被子，回耳房去了。乌桀帖罕睡得正酣。

伊哈多从床上醒来时，已将近中午，老更头也睡过了。醒来的时间几乎和伊哈多差不了多少，或许比伊哈多早一会儿，他是被回郡县迎接朝廷命官的法曹给吵醒的，醒来之后，便吓得要死，因为他收留乌桀帖罕和伊哈多住下，也是想弄点酒钱，现在法曹回来了，法曹倒是不会杀了他，可是朝廷里的官六亲不认，即使遇上好说话的茬子，可人家认识他老更头老几。他慌忙跑出去，法曹正盯着驿站的兵卒从马车上卸粮食，这一车黍米够驿站吃俩月的。法曹并没有看到老更头，也许是不把这个可有可无的人物当回事儿，直到老更头站到法曹的身后，他也没回过头来。倒是老更头揉着眼低声下气地问朝廷的命官在哪儿，法曹没好气地说朝廷的命官纯属子虚乌有，压根儿就没来。

老更头站立了片刻，急忙抽身跑到乌桀帖罕和伊哈多住的耳房，却见伊哈多伏在土炕上哭泣。老更头并没有发现屋里的变化，少了一个人和几箱子龟甲书，他也没有意识到眼前的境况对于伊哈多将是残酷的打击，甚至是致命的。

乌桀帖罕带着龟甲书跑了。

这时，老更头才知道昨晚又吃又喝，其实白吃白喝白住的那个人竟然是他的仇人，他给了伊哈多一个响亮的耳光，清脆而且突然。伊哈多懵了，也意识到自己的多嘴多舌，不，也不是，他完全彻底地绝望了，那是从岩浆火海中抢救出的祖先的灵魂，那是萧扶桑在双目失明之后，用累累的血迹书写的对家乡遥远的思念。乌桀帖罕带走的那几箱子龟甲书上几乎都有血迹，开始他以为是朱砂，直到登上离开海岸线的大船，他一直都那么认为，那是朱砂，后来在昆仑山南麓遇到尼泊尔商队的那天晚上，在灵光一现的冲动中他解开了那红色印记之谜。他欣喜如狂，以至于那晚他第一次向尼泊尔商队的头领要了酒，那碗酒让他知道了东方人的酒比美洲人酿制的要辛辣，那晚，烈酒打通了他和先祖的通道，他抵达了那个神秘的腹地，那个腹地不是所有人都有能力进去的，现在他做到了。那是萧扶桑的血渍，是指尖上的汗液黏合着血液的痕迹。为此，伊哈多感受到了血管的偾张，不是酒，而是血渍。一个流向龟甲，一个流向内心。

伊哈多捂着脸，呆呆地望着被风吹散了花发的老者，这个老者在他的心里是异样的，可能连他也说不清楚，那是怎样的一种情愫，故人，故乡，还是同族的亲近。老更头的手有些颤抖，似乎他的耳光不是打在一张年轻的古铜色的脸上，而是打在了神祇的灵魂柱上，但老更头更现实地预感到，接下来的麻烦还等着他。法曹不会对他容留乌桀帖罕和伊哈多视而不见，或许还会要他的性命，所以这时老更头想得更加现实。

伊哈多不哭了，因为他已经知道他的哭泣或许会要了老更头的命。他决定悄无声息地离开驿站，去寻找乌桀帖罕和那几箱子龟甲书。

老更头送到了驿站门口，并给他一个装满黍米面的饼子，那饼子其实很坚硬，吃起来并不爽口，但可以充饥，而且可以耐饥饿，这是造物主给这片土地的厚爱。

伊哈多走出驿站后，那扇门咣当一声关上了。这让伊哈多失去了方向感，他不知道该往哪里去，又能往哪里去。尽管是茫茫无边的戈壁，但这样的地方寻找一个人又是那样的艰难。老更头在很久之后，又一次拉开了门栓，但戈壁滩上仅留下一串几乎要被风沙掩埋了的深浅不一的足迹。他木然地望着很远的戈壁和戈壁上的风沙，然而，那个部族的兄弟却早已不知所终。

他去寻找乌桀帖罕，乌桀帖罕带走的不是龟甲书，而是祖先的灵魂，有伯猃的汗液，也有萧扶桑的血渍，还有很多祖先的泪水。所以，这是伊哈多寻找乌桀帖罕的唯一动力。实际上，乌桀帖罕并没有走远，他离开驿站后，遇到了一个盐粮商人，乌桀帖罕就把那几箱子龟甲书卖给了他们。盐粮商人骑着一峰骆驼，而其他人则骑着马，似乎在故意彰显权贵的与众不同的身份，那个盐粮商人说着流利的汉语和匈奴语，所以乌桀帖罕并不清楚这些盐粮贩子的来龙去脉，似乎也不值得去深究。乌桀帖罕打开了其中的一个藏着龟甲书的箱子，并窥视盐粮商人的神情，那盐粮商人尽管现出漫不经心的样子，但乌桀帖罕从他的眼神中清楚地看到了像饥饿的狼遇到一只肥壮的绵羊才有的目光。

后来，当伊哈多找到乌桀帖罕时，他向伊哈多所描述的盐粮商人的印象是，那个人不是商人，而是一个官员。伊哈多问他判断的依据，他说，眼神，那双眼神很毒，有洞穿时空的能力，因为他看那些龟甲书时，眼神释放出的信息不是一般商人的贪婪，而是关乎乾坤伟业和江山社稷的深邃，他在大月氏做过将军，见过那些深谋远虑的目光。当然，一开始，他并没有想到这一层，那时，他只想尽快把这些变成累赘的东西卖出去，好换些盘缠，或者重新拉起队伍的经费。他向盐粮商人开价道："给五百两黄金你就拿去。"

盐粮商人摇摇手："我贩卖的是粮食，这些东西一钱不值。"

一向狡黠的乌桀帖罕却犯了一个致命的错误，或许是太想要钱了，他说："有一个罗马人出五千两黄金，我开出的这个价，已经折了很多。"

盐粮商人笑了笑："那你找罗马人去，那个穿黑衣服、戴护耳尖帽的大个子男人，棕色的卷曲头发，高高的鼻子，他就是你说的罗马人？不过，我告诉你，他已经死了。"

乌桀帖罕吃了一惊，盐粮商人描述的罗马人的样子完全吻合，所以他一点儿也不怀疑这些话是盐粮商人杜撰的，事实上，那个罗马人确实死了。

他背靠着骆驼想了想，觉得在这大戈壁上能卖出一个理想的价钱恐怕并非易事。于是，盐粮商人出了一百两黄金，将五箱子龟甲书买下了。

卖掉了龟甲书，乌桀帖罕终于能骑乘到骆驼上了。怀揣着黄澄澄的金子，让他想起了大月氏的家乡，他想回家，但国王仍然健在，仇恨还在家乡的那片土地上像火一样燃烧着。公主早就把他忘掉了，不然，十几年过去了，竟然毫无音讯，或许早就结婚生子，过着安逸的日子，而他却为此付出了一生的颠沛流离。

此时，乌桀帖罕的心情并没有像寂静无风的天空一样晴朗，或许还有点灰暗，他突然想起了与伊哈多朝夕相处的日日夜夜，那是劫后余生结下的友谊。他不仅盗走了龟甲书，还有驿站的一峰骆驼，所以恨他的不只是伊哈多，还有那个整日醉意蒙胧的老更头，但相比伊哈多的龟甲书，骆驼就显得无足轻重了，那五箱子龟甲书是伊哈多的命。他茫然地望着天空，不知道该往哪儿去了。后来，再见到伊哈多的时候，他说，那个时候望着天空，就觉得自己是一条丧家犬，惶惶不安，心里油然而生出无尽的愧疚，伊哈多你别冷笑啊，我说的是事实。乌桀帖罕试图用这种方式道歉，求得伊哈多的谅解，而伊哈多却举起了短剑，抵着他的胸膛，所有的愤怒与寻找乌桀帖罕的悲苦都汇集于那闪着寒光的刀尖。乌桀帖罕没有躲避，他知道，伊哈多不会刺穿他的心肺，不是不敢，而是毫无意义，杀了他，更找不到龟甲书的下落。

接下来，他们要找的就是那个盐粮商人。班西草原地广人稀，要打听那几个商人的行踪并非易事。半个多月后，他们又遇到了从西域返回来的尼泊尔商队，商队头人告诉伊哈多，那个盐粮商人根本不是生意人，而是大汉帝国的使官，所以才会出高价收购那些龟甲书，民间商人谁会要那些没用的东西？

伊哈多立刻又想到了驿站要接待的朝廷官员，那个官员大概就是盐粮商人。伊哈多打算重回驿站，乌桀帖罕却不敢再回去了，老更头已经知道了他的身份，回去就是送死。老更头才不会像伊哈多那样犹豫不决，也不会颤抖手臂。

十天后，他们又一次敲开了驿站的那扇破旧的木门，木门的里面挂了一个棉被子抵御风寒，屋子里弥漫着酒的馥郁，但并未看见老更头，乌桀帖罕顿时松了一口气，值更的是一个年轻的士兵，穿着军士的衣服，也是满嘴的酒气。伊哈多向他询问老更头的下落，年轻人轻描淡写地说老更头死了，喝醉了酒，没走回驿站，在路边的雪窝子里冻死了。伊哈多又问年轻人老更头葬在哪儿了，那人随意地向身后一指，说土丘上呢，那儿有他爹和他爷，一家人团聚了。伊哈多又想起了哥哥伊哈扎，由伊哈扎想到了父亲，父亲死在海上了，葬在鲨鱼的肚子里了，这好像是他们这个家族的宿命，从祖先伯猃开始的宿命。伯猃死后，他的后人再没有出过猎手，世世代代靠捕鱼为生，但无论富贵贫穷生老病死，龟甲书倒在这些渔民手中一代代地传承下来，并视为生命的全部。

伊哈多又接着打听盐粮商人和朝廷使官的行踪和下落，年轻的值更一脸茫然，只说那死去的老更头或许知道。伊哈多想说，这才不到半年的事情，又不是多么遥远，怎么就记不起来了。年轻值更忙别的事情去了，丢下了伊哈多和乌桀帖罕，并交给他们一块儿生牛肉和一碗的谷米，让他们自己下灶做饭，但饭钱和老更头在的时候一样，一文不能少，想住便住，不住滚蛋，这最后一句话倒让伊哈多听得有些耳熟。

住了一夜，他们从驿站传递文牒的马倌嘴里得知，自从老更头死后，驿站的收益便全部归了法曹，并说那个年轻的值更脑子有些问题，正常的时候看不出来，发作的时候头疼欲裂，用自己的脑袋撞墙，撞人，但从不冲撞马和骆驼。伊哈多思忖了好半天，不知道年轻值更到底是什么人。但想要从他嘴里问出朝廷使官的下落，也几乎不大可能，找回龟甲书的希望变得越来越渺茫。

伊哈多认为他的龟甲书比世界上任何的事都大，乌桀帖罕说拉起一支队伍，生存下去才是顶重要的，否则，就会像老更头一样死在雪窝子里。他们以前住过的那间耳房里没有生火，冷飕飕的西北风从房门和墙壁的缝隙间钻进来，北面的墙壁上结着白霜。

乌桀帖罕说："住在这里会被冻死的。"

"这比土围子和羊圈里暖和多了。"伊哈多说，"你害怕的是见到大汉朝的使官后损失了一百两黄金，现在金子也没有一百两了。"

乌桀帖罕说："你知足吧，那个罗马人不死，我还能卖到更好的价钱，可不是一百两金子，而是五千两，那个使官会把龟甲书替你毫不费力地送回都城，你该感谢我才是。"

伊哈多吃惊地望着乌桀帖罕，眼前的乌桀帖罕不仅仅是一个武士，还是一个聪明的辩手。乌桀帖罕说，剩下的时间，他还会做一个黑管，可以射出毒箭头的黑管，并把那个绝杀的本领传授给伊哈多。伊哈多说，我不想杀人。乌桀帖罕说我也没杀过人，但有了那个可以射出毒箭头的利器，可以保证我们自己不被人杀，还能拉起一支队伍。

伊哈多摇头拒绝道："我可不想做劫匪，打家劫舍，那不是夸父后代干的事儿。"

乌桀帖罕气恼地说："那是没把你逼上绝路。"

驿站有些孤独，就像这里所有的人的表情一样，年轻的值更官吏，半梦半醒之间游离的法曹，神情恹恹的兵卒，懒洋洋的马匹和骆驼，这里的时钟，这里的生活都是慢节奏的，惟有头顶的日头保持着匀速的节奏，从驿站的马厩滑落到草料场。伊哈多想出去寻找法曹，年轻值更告诉他们，出去寻找还不如坐等，因为那法曹一向行踪不定，倒不是法曹有什么特殊的嗜好，而是要走很远的路才能见到一户可以征粮纳税的大汉王朝的子民。他们除了纳税，还要定期到驿站来服劳役，做些杂活。谷法曹和乌桀帖罕一样是个武士，性格粗放豪爽的人也有个弱点，不大喜欢寻根问底，所以当三天后伊哈多见到谷法曹时，谷法曹只知道确实有一股子化装成盐粮商人的朝廷使官活动在班西草原和昆仑山北麓的峡谷里。那次地震，死的人里面也有使官带着的兵卒，原本使官是要到驿站来住几天，歇歇脚，但不知道什么原因，那个使官并没有来。半年前，伊哈多和乌桀帖罕住在驿站的那一夜，谷法曹就是到郡府里去迎接使官去了，结果却没见到人影。那些日子，使官的行踪就像虚幻的谣言到处传播，却从未见到使官光顾过那里。谷法曹由此赞叹了幸运的乌桀帖罕，不仅见到了使官，还做成了一笔买卖。乌桀帖罕望着伊哈多，自负地笑了笑，抓起一只煮得烂熟的羊腿大口地吃起来，谷法曹瞥了他一眼，禁不住大笑起来。伊哈多并不认为这是好客的表现，是他们用一块儿羊腿驱除了内心的孤独。谷法曹答应次日再去郡府一趟，当面向郡守了解使官和盐粮商人到底是不是一个人，他们到这荒芜的边塞来做什么？

伊哈多说："能否给些酒，我去祭奠一下老更头。"

谷法曹眯起眼睛端详了半晌问："你和老更头是同族兄弟？"

伊哈多说："也许是吧，我的祖先是伯獓，打猎的。"

谷法曹突然流眼泪了，他抓着伊哈多的手说："我的祖先也是夸父，是去西北的那一支。"

伊哈多想起了龟甲书上有一段记录，说走向愚谷的那一支族人里曾经也有他的祖先，是祖先伯獓的弟弟，他们到了哪里呢？龟甲书上对仲犺的记录只有寥寥数语：娶古提人为妻，驾车西去。此后便无任何记录了。伊哈多突然萌生了西去寻找族人的想法，但眼下最要紧的还是找回那些丢失了的龟甲书。

谷法曹并没有拿出酒来给伊哈多，他说，老更头活着的时候已经把酒喝够了，到了那边就让他清醒地过几天日子。伊哈多说，那边真有灵魂吗？没等谷法曹回答他的问题，乌桀帖罕却拽着他们的胳膊，要他们到院子里去观摩他新做出来的神器，他把羊骨头做成的黑管含在嘴巴上，鼓起两腮，用力吹出一支箭头，他对准的目标是一只在院子里觅食的芦花鸡，箭头射中了芦花鸡的翅膀，那鸡扑腾了几下倒地死了。谷法曹大惊失色，连说乌桀帖罕果然名不虚传。但伊哈多却转过身进了那间冰冷的房子，他的牵挂和心思在龟甲书和太阳运行的轨迹里，那是一道神秘的曲线，自东而西，划过天宇。

这天晚上，谷法曹派人送来一盆炭火，房子里热乎了，乌桀帖罕取出一锭金子，交给谷法曹，委托他买些酒肉，请驿站的兄弟们畅饮一番，余下的算作谷法曹去郡府探听盐粮商人根底和下落的盘缠。乌桀帖罕也许是良心发现，他将以此开启一段与伊哈多兄弟般深厚的友谊。许多年后，在大漠南麓的那个山洞里，也就是后来叫鹰嘴湾的那个石洞子里，两人面对面观望着彼此苍老的模样，以及满身的石粉，乌桀帖罕说他们终于可以躺下聆听祖辈的声音了。伊哈多的牙齿全部脱落，口齿更不清楚，乌桀帖罕的耳朵被经年累月的敲击声震聋了，更听不清楚伊哈多说些什么，他盯着伊哈多的嘴巴，从口型和微弱的声调中辨析，听出了伊哈多的意思是说，乌桀帖罕和他不是一个祖先，所以不会听到祖先的声音。

乌桀帖罕生气地说："没有我，你二十年前就能听到祖先的声音了。"

为了澄清盐粮商人是否就是朝廷使官的事实，乌桀帖罕破例拿出了一锭金子。其实，乌桀帖罕说是要法曹帮着采买酒肉，那只是一个说辞。驿站的地窖里藏着好酒，一个兵卒搬出了一个坛子，坛子的圆口上糊着一层很厚的泥巴，启开泥巴，又是一层皮革，掀掉皮革，露出了木质的塞子，打开塞子，一股沁香的气味弥漫在房子里。乌桀帖罕连说好酒。谷法曹说，老更头喝了一辈子也没喝到过这么好的酒，更不知道地窖里藏着一坛子好酒。这天晚上，谷法曹先醉了，后来是伊哈多，伊哈多是被乌桀帖罕背回到耳房的土炕上的，乌桀帖罕给伊哈多掖好了被子，也倒头睡了。到了凌晨时分，天依然黑黢黢的，冬日的班西草原连鸟儿也蜷缩在巢里不敢出来，除非等到下雪，无处觅食的画眉才会被白雪压下山来。临睡前放入的木炭熄灭了，乌桀帖罕被冻醒，他摸了摸伊哈多，伊哈多睡得正香，发出均匀的鼾声。乌桀帖罕打算重新点燃炭火，膀胱里也被尿液挤压着憋得难受，于是他披着衣服摸黑走出了房子，从马厩旁的仓房抱了几块儿木炭。这时，他隐约地听到了画眉鸟掠过窗棂的声音，然而借着月色，他看到的却是一把高高举起的斧头。他已经来不及判断屠杀的目的和用意，更无须分析到底是什么样的仇恨让一个无冤无仇的人举起了屠刀，此刻他要做的是快速出击，救下伊哈多，尽管有时候他倒希望伊哈多死了，比如雷劈、比如像老更头一样冻死在雪窝子里，但此刻，他脑子里已被救人的信念塞满，并让他从自我救赎的深海中爬上了海岸。

点燃油灯，倒在地上的人头颅的后面深嵌入一支粘着羽毛的箭头，他的前额也有伤痕，不过，那伤痕是他自己撞墙落下的。谷法曹来勘验了现场，他也搞不懂看上去有些傻的年轻值更为什么会举起杀人的利斧，当初他看中的是年轻值更的一根筋的忠厚，却没想到他会挥舞起杀人的利斧，那斧子原本是老更头砸猪棒骨用的，磨得很锋利，或许斧柄上还残留着老更头手心里沁出的酒气。

离老更头不远的地方，又多了一座新坟。雪花覆盖了班西草原的沼泽和山峁，也覆盖了这座新土堆起的坟茔。

伊哈多大难不死，或许真是先祖的神灵在庇护着远行的夸父族人。起初，连谷法曹也无法理解伊哈多为什么会将那些龟甲书视为生命，现在他也试图走进这个族人的心中，去探究他的内心，但他看到的却是苦涩的压抑。所以谷法曹下决心帮助伊哈多，冒雪到郡府去探听朝廷使官的下落。其实仅凭法曹的职位，即使去了郡府，也未必能见到郡守，他的官阶太低了，不过，为了伊哈多的龟甲书和族人的精神灵魂，他硬着头皮去了。

骑马去郡府的路程大概要一天。伊哈多和乌桀帖罕除了耐心地等待，什么也做不了，但等人比找人还累，到了次日的中午，吃罢午饭，两人又为值更的斧头伤脑费神，最后归咎于乌桀帖罕的金子，那是能杀人的心魔。下午，天还没有放晴，只是雪早就停了，白皑皑的雪片子果然把成群的画眉赶下了山，聚集在驿站外的草料场。乌桀帖罕去老更头住的房子里发现了角落里的酒壶，那酒壶却是用年轻值更的衣服包裹着，在酒壶里又有一枚拇指大小的大月氏国铜方印。乌桀帖罕心情沉重了起来，他突然觉得，那个被他杀死的年轻值更或许是大月氏国的奸细，由此推测，他不是冲着金子，而是冲着伊哈多来的，他要杀死伊哈多，以阻止龟甲书的内容在这块儿土地上的传播。这让他又想起了那个昏庸可恨的国王，他的怨恨与愤懑像上涨的潮水，他在梦中大声地喊着："那水到我脖颈了。"

伊哈多坐了起来，但对乌桀帖罕说的不是梦和国王，而是更久远的历史："你的祖先是伯克二王子带来的古提人，你我的祖先早就有渊源了，说不清楚是恩怨，还是情仇。因为我的祖辈娶了你们古提人的女人。"

"那你该到西域去。"乌桀帖罕说，"你的那些同族的兄弟，他们也许在某个地方等你去寻找。"

两人苦涩地消磨着时光，雪开始融化了，屋檐下吊挂着一排冰柱。第六天的黄昏，谷法曹回来了，他带回来了匈奴人正联合大宛国准备与大汉帝国开战的消息，也带回来了伊哈多期待的有关朝廷使官的行踪。谷法曹说，没错，那个盐粮商人就是朝廷的使官，他的名字叫张骞。

谷法曹告诉伊哈多，张骞回国时，把那五箱子龟甲书留在了玉门关，只带走了一些样本，他大概是担心路途上出现意外，于是把龟甲书留在了边塞，因为那里有汉帝国的重兵在把守。

第二十七章　太初历

白雪覆盖了巍峨的宫廷大殿。他脸色红润，身姿挺拔，一双眼睛孤独地望着远方。宽阔的秦直道上，烟尘早已散去，车轮碾过的痕迹像遒劲的画笔拂过雪后的泥泞。司马迁沉默良久后，终于回过神来。前天下午，他还在朝堂的甬道上遇到了李陵，年轻的李将军却口风严实。张骞临终前，把带回的龟甲书样本交给了司马迁，司马迁破译了龟甲书，并禀报汉武帝说，那些龟甲书是老祖宗记录的大地观测记录，是无价之宝。于是龟甲书的情报将作为帝国的最高机密控制在极少的知密范围，直到李陵出发后，汉武帝才告诉司马迁，李陵除了为贰师将军押运武器粮草，他此行一个重要任务就是押运那些龟甲书回京城。听到这个消息，司马迁竟然在肃穆的朝堂上失态了，他望着武帝说，我去送送他们。武帝说："他们这会儿或许已经出城了，怕是赶不上了。"

"或许赶得上。"他望着皇上，心飞翔了起来。

武帝扬了扬手，恩准了他的心愿。他快速地跑向宫门外，乘坐一辆马车赶到城门口，守城的卫士告诉他，李将军的队伍已经沿着秦直道奔北去了。他并不甘心，吩咐驭手，继续沿着秦直道追赶，追到城外很远的一处山坡上，他望到了绝尘而去的骑兵。那是一支由五千荆楚勇士组成的特种作战部队，担负收集情报和侦察任务。汉武帝对这支部队厚爱有加，所以对统率的将军也是精挑细选，最后选定了年轻气盛的李陵将军。

从泰山封禅大典回来，心怀梦想的帝王召见了他，交给了他一个希望惠及普天百姓的重任，修改历法。那个午后，他向汉武帝陈述了颛顼历法的种种弊端，比如颛顼历的岁首定在十月，就极不科学，与农时生产不大适应。他的建议倒契合了武帝的心思，有了武帝的支持，一道命令，蜀地的民间历算家落下闳应诏赶到了京城。那些日子，司马迁与星官、历官就历法的事儿讨论了数次，历官邓平与司马迁争吵不休，拍了桌子，所以龟甲书资料或许是驳倒那些固执的历官的最好证据。他为李陵送行，就是想叮嘱将军，无论多么艰难，也要把龟甲书安全地运送回来，这是关系帝国修改历法的大事。不过，他相信，汉武大帝肯定交代过了，无须他再赘述。

雪花落在了司马迁的身上，很快打湿了他的衣衫，他的苦闷因为纷飞的雪花而更加深重，谁能理解他的苦心，谁能读懂他？他遵从父亲的遗愿，开始编撰《太史公记》，但相对于历法的修改，编写史记只是他的理想，就像当年的微子启和萧扶桑心中怀揣着的梦想一样，但编制历法，那是他每天坐在并不敞亮的办公室里要开始的一天的工作。他抖搂掉身上的雪花，踏上了车踏板。路过李陵家门口时，司马迁吩咐驭手停稳车，他站在李将军府邸的门口，听到里面传出孩子的喧闹声和妇人的说话声，那是李将军的母亲在训斥孙儿。李广将军活着的时候，他曾随父亲进到这座府邸，亲眼目睹了将军的英姿，并油然而生出崇敬之情。他徘徊在将军府的门前，踌躇再三，他甚至希望有人来打开那两扇木门，以免自己冒失地闯进去，但那木门终究没有打开。伫立良久，司马迁叹了口气，转身上了车，而后白雪覆盖的宽阔的卵石官道上留下两行车辙印记。

武帝的叮嘱始终萦绕在他的耳畔，李陵的出行将是帝国的最高机密，以至于班固在后来的《后汉书》中留下了一桩像谜一样的悬案：班固始终没搞清楚，李陵西去的任务到底是什么。李陵不是去与匈奴人作战，是去护送龟甲书回国，这才是李陵统率五千特种兵的真正使命。

但是，司马迁和李陵的个人命运，却因为一部龟甲书的残本而紧密地联系了起来。

司马迁拿起案头的一只罗盘。父亲曾经在他很小的时候便告诉过他，司马家族的祖先就是颛顼，这只罗盘的研制者不是周文王，而是他们的祖先。而此时此景，新的编制历法的工作即将开始了，他望着窗外，手指下意识地捻动着下巴上的胡须，竭力集中精神去思索天干、地支，去感知祖先的思维方式，去探寻遥远的星空，去想穿越河西走廊的那支部队。十多天过去了，那边音信全无，一点儿动静都没有，其实贰师将军带兵打仗的能力他也早有耳闻，但无奈他也不可能亲自上阵去与匈奴铁骑搏杀。

房间的角落里，征调来的民间历算家们正伏案计算颛顼历的误差，他们的计算数据和编制历法的思路与司马迁有了很大的分歧，他们倾向于邓平和落下闳的观点，并推翻了司马迁提出的演算方式，新编制出的《太初历》，有些算法和司马迁的设想并不一致。

“怎么说服这些固执的家伙？”司马迁寄希望于那些龟甲书的数据，他的心早就与李陵一起飞翔在荒凉的大漠了。昨夜，太尉那边传来了一些口信，说李陵已经越过了居延海，即将进入河西走廊。出了河西走廊，到了玉门关，他就能见到贰师将军，就能把那些龟甲书顺利地运送回来，想到这里，他的心终于按捺不住地狂跳，急迫地像急于奔回家看女儿降生的父亲，那时，他的心情和此刻一样。他走出房子，快到太尉府门口时，他停住了脚步，这太冒失了，太尉府的人神秘得很，没准倒把他当成间谍抓了。贰师将军出师不利，连连败退，被匈奴人逼到了墙角，他希望通过这次西征挽回些颜面，关键是挽回帝王的颜面，他是皇上的大舅子，丢的也是皇室的面子。纵然司马迁再怎么刚直不阿，这点他还是明白的。

雪总算开始融化了，皇宫外的石板路湿漉漉的，司马迁拖着疲惫的身体小心翼翼地踩踏着积着冰凌雪水的路面，从丹田处涌起一股像荷尔蒙鼓胀了的冲动。女儿已经牙牙学语地喊他父亲了。妻子一直希望给司马家族生出一个男丁，以延续司马家的香火，那是作为这个家族的女人最大的荣耀，也是这个女人一生的不幸，那个不幸像是飞来横祸，又像是命中注定。

那一夜，娇柔贤惠的妻子在木桶里盛满了热水，她想给丈夫洗个热水澡，她一边往炉膛里添柴，一边掰着指头算计着上个月来那事的时间，到今天差不多又该到了。她早早地安顿女儿睡了，并给自己丈夫烫了一壶酒，但司马迁心事重重无心饮用，也就撤下去了。吃罢饭，收拾了碗筷，便准备就寝，她把今晚当成了一种仪式，也是害羞，毕竟是女人，能做的便是催促丈夫到浴桶里洗浴。司马迁褪去衣衫，露出一身并不算结实的肌肤，她撩起热水，轻洒在丈夫光滑的脊背上，温热的雾气在卧房间升腾迷漫。她虽生得并非闭月羞花，但也算端庄，嫁到司马家来，完全是父母的媒妁之约，她在羞涩与慌乱中知晓了男女之事，那一夜的油灯光映射在血一般的帷幔和墙上，那一夜的灯光像燃烧着的炉膛，像悬挂在墙上的太阳，那是温暖的光，也是破茧成蝶的蜕变，从此，她的命运也和这个男人一起经历风雨和彩虹。

这一夜，男人仍然显得有些疲惫，力不从心，她把手放在他的肚子上，希望唤醒他的激情，并依偎着他，请他继续讲游历时的趣闻，讲那些穷尽想象也难以理解的神秘之地。他们一夜未眠，直到晨曦来临才睡着。

而此时，李陵兵败的消息正由驿站急速地传到京都。汉武帝急传老将军公孙敖，商讨解救李陵之事，都城长安的朝堂笼罩着压抑的气息。这时一个叫陈步乐的回来了，不仅带回了几片龟甲书和特种部队绘制的居延海一带匈奴人布防的军事情报，也带回了李陵投降的消息。至于司马迁牵肠挂肚的龟甲书，李陵在投降匈奴前，埋在了戈壁滩上，而不知情的士兵却以讹传讹，说李陵“斩尽旌旗，将珍宝埋于地中”，班固由此得出来了一个模糊不堪的结论。司马迁是在公孙敖率兵出城之后，才被武帝召进宫中的，武帝面无表情地说，李陵兵败，龟甲书遗落在大漠里了。司马迁一听，顿时愣住了，他呆望着那张模糊而威严冰冷的面孔和大殿上随风摇曳的帷幔，切切地祈求上天，保佑李陵安全地脱险。武帝连叫了三声，他才回过神来，他给武帝列出的建议是，再等等，他会想办法逃出来的，他是李陵。武帝大概也是这个想法，欣慰地笑了，并说我已派公孙敖将军到边境线上接应李陵，以我大汉帝国的威严和李将军的机智勇敢，回来是不成问题的。宫廷上下，仍然洋溢着乐观的情绪。司马迁从未央宫退了出来，他的心像被什么重物牵拽着，磕磕绊绊地走在石板路上，走了很久，差不多一条街了，前面不远就是将军府，他愣怔了一下，心想自己怎么走到这儿来了，他又一次站在了将军府的门前。太阳已经升得很高，晨曦的薄雾早就散去，将军府院子里又传出了孩子们嬉笑的叫喊。他们全然不知边塞所出现的变故，他们的亲人、年轻的将军正经历痛苦的煎熬，还有接踵而至的危险。司马迁痛心疾首地叹气，心里像压着一块儿石头，在威严冰冷的皇帝还没有公开李陵消息的时候，他或许什么都不能说，只能缄默其口，他瞟了眼黑漆的大门，转过身走了。

陈步乐带回的那几片龟甲，司马迁看过之后，如获至宝，但他很纳闷，李陵为什么不让陈步乐把那些龟甲书全部带回来。陈步乐立刻给出了答案，整整五箱子，不是一个人能弄回来的。司马迁一听，眼睛就放光了，急匆匆地奔武帝住的未央宫去了，但却吃了闭门羹，武帝烦着呢。谁都不见，无奈他又踅了回来，刚进院子，就看到了躺在地上的陈步乐，殷红的血凝固在了嘴角，他吞下了一碗砒霜水。司马迁轻叹一声，无言以对，默默地站在人群后面踌躇了片刻，他抬起头看见了丹房里冒出的淡淡的轻烟，随即，那里便传出一声沉闷的巨响和惨烈的叫声，不大一会儿，从丹房里抬出两具血肉模糊的尸体，那是炼丹师的两个徒弟，据说是困极了，连着熬了七天，终于睡着了。这一声巨响，使火药登上了人类文明的舞台。不过这是后话，眼下的情势是，整座院子乱了方寸，叱咤风云的文武官员不少都吓尿了裤子，两具尸体草草地抬走，不知藏在哪个角落里了，因为他们触犯了神灵，见不得阳光了，能见得阳光的是陈步乐的尸体，还横陈在冰冷的院子里。没多久，武帝那边就传召了，急召司马迁觐见皇上，皇上也坐不住了，开口便问司马迁今儿是什么日子，哪个和哪个相冲了。司马迁说这是一个平常的日子，除了不宜祭祀和动土，其他没什么不好的呀。皇上的脸就沉下了，如不是为了保持帝王的威严，他差不多亲自去搬看黄历了。

武帝轻声地埋怨道：“这哪是你说得这么简单啊，那声音跟炸雷似的，我坐在未央宫都听见了。还有那个自杀的陈步乐，怎么着就活不下去了？”

武帝的声音小得像蚊蝇飞过，司马迁却一阵阵地不寒而栗，在威严并环绕着紫丁香气息的未央宫的大殿下，张骞带回来的那些好玩的玩意都被摆放在锦缎铺设的木架上，并在每一件物品的下方插上了刻着文字的木牍，以备武帝能随时叫出那一个个生僻的名字。其实，武帝关心的是炼丹炉的爆炸，说好了今儿就能炼制出长生不老的仙药，炸就炸吧，可那说好了的丹药呢？所以这一炸，就把武帝的命给炸掉了。

一个月里，宫廷和朝外，人人噤若寒蝉，几乎都闷头做事儿。炼丹师在丹炉爆炸后就逃得无影无踪，派人抓捕了一个月，一点消息也没有。这天，司马迁的命运发生了天翻地覆的改变，因为公孙敖回来了，他带回了令皇帝愤怒、司马迁沮丧的消息。公孙敖说，李陵不仅投降是真，而且还替匈奴人练兵备战，正虎视眈眈地瞄着大汉边塞。公孙敖一口气陈述了从边塞所收集来的所有情报，并把自己冒险深入匈奴控制区域侦察并拯救李陵的细节大肆渲染了一番。司马迁却认为这个胡子花白的老将军其实在信口雌黄，太尉府里的倾轧和矛盾像暗流一样涌动了几十年的积怨。原先京城里疯传霍去病射杀了李陵的大伯，司马迁一直心怀疑虑，而朝堂就像戏园子，公孙敖的表演，让司马迁彻底地信了，他似乎看到了霍去病那拉开的满弓，那箭头对着的目标，那树下站着的不是猎物，是自己的同僚，甚至可以称之为战友的另一位将军，那带着报复和恩怨的利箭，以胸有成竹的勇气射杀了出去，这一幕与当年在夷山下砍下伯狳手臂的食蘇惊人地相似。司马迁痛苦地闭上了眼睛，但很快就睁开了，因为这里既是朝堂，也是角斗的狩猎场，马虎不得。公孙敖说完，朝堂就有了嘈杂的声音，像荷塘里伏在水面上的一群蚊子，一块儿石头丢进去，成群的蚊子便嗡嗡地飞了起来。武帝并没有制止嘈杂声音的飞翔，似乎需要这样的嘈杂。司马迁的耳畔，皆是声讨李陵的义愤填膺的责难。

这天下午，为李陵辩解因言祸罪的司马迁像死人一样躺进了蚕房。这夜，他的妻子做了一个梦，梦到她隆起了腹部，在痛苦的挣扎中产下一个男婴。

半年后，蚕房里又多了一个同伴，他是一个王子，家在遥远的西域，被当作人质留在了长安。王子送进来三天了，司马迁端坐在一个靠窗子的角落里，铺开的木简堆满了几案，那王子看上去很年轻，他进来，司马迁心里隐隐地疼痛了一阵，这个可怜的孩子和自己属于同病相怜的苦命人了，再细细打量，却又失落了，因为他终于在光线暗淡的蚕房里看清了那人的面孔，他和这个年轻人不一样，这是一个异族人。

王子一动不动地躺了五天，司马迁遵照看守的吩咐，给王子喂了点水，但人似乎还在清醒与昏迷之间游离。他每隔一个时辰把手指放在王子的鼻翼间察看一下，然后再坐回到几案后，尽管反反复复地浪费了不少时间，但自从王子进来，司马迁才觉得这个蚕房里有了一些生气，至少有了人的呼吸。王子和司马迁在蚕室里相处了很久，差不多一年，这一年他们尝试着交流，并相互掌握一些简单交流的语言。令司马迁没想到，王子居然知道伊哈多，知道除了张骞找到的五箱子龟甲书，还有很多，但都毁于那场火山喷发的地震。这几乎是一个意外的收获，但此时的司马迁除了更加惦记李陵的命运，更加期盼武帝能派人再去西域寻找伊哈多，但这个念头只是闪念之间的一束灵光，但绝望地靠在了冰冷的墙壁上，此时，他每动一下身子都觉得特别的虚弱，除了发奋著书，他已别无所求，他现在甚至都不知道落下闳他们是否还在宣室里编制历法，一切都像绝望的覆灭，又像是玄鸟降临般的重生。

那些日子，王子的叙述令司马迁大开眼界，王子不仅见过伊哈多，还和兄长一起陪着伊哈多追杀过张骞，他的兄长和乌桀帖罕是好朋友。乌桀帖罕的金子让他的兄长冒险带走了一支小股军队，希望在边境上拦截到张骞，因为迷路耽误了时间，堵截张骞的计划失败了，伊哈多绝望得差点自杀。

司马迁的心揪了起来，他终于知道，想得到那些龟甲书的不止他一个人，也不只是大汉帝国，可现在那五箱子龟甲书还在李陵手里，他是藏了起来，还是当作礼物交给了匈奴单于？

王子又说，伊哈多在哥哥和乌桀帖罕的帮助下，在大月氏找到了仲犺的后人，那是生着一对蓝眼睛的黑头发的男人。仲犺死在了莱茵河畔的一个小镇上，那时战火刚刚平息，尸体到处都是，残疾的双腿和东方人的模样让他躲过了战火的焚烧，但他的身体却每况愈下，一天不如一天了。某天早晨，他攥着维拉鸡爪一样的手指，说我回不去家了，但要让我们的后人回去，找到伯猃和微子启的后人，把那些龟甲书和圭表传下来。维拉抹着眼泪说，记下了，全记下了。维拉把仲犹葬在了父母的坟墓旁边，似乎了却了她的心愿，此后，她便收拾了行囊，带着两个儿子向那座曾经生活的土堡方向走。她还想，假如微子启和伯猃回到了殷都城，她就带着儿子追到殷都城去，让孩子们见到他们的亲人。她觉得还能见到漂亮的女人婵娟，她心里其实一直挺想念婵娟的，在西域朝夕相处的日子，她们亲如姐妹。但维拉和那个最小的儿子死于拜占庭城外的一场霍乱。十九岁的伯拿依稀记得大伯亲吻他脸颊时的温热和胡须刺痛的印记。但是他也止步于此，直到他的孙子才回到了西域，并亲手埋葬了彭祖。并遵照彭祖的遗愿，把彭祖和微子启葬在了一起，以方便他们继续争论地球到底是圆是方。这看起来像一个很深奥的问题，这个问题被夸父们带到了地球的很多地方，至少在他们所到达的地方都有这样的争论。王子和司马迁也谈到了这个仍然很深奥的难题。王子说，伊哈多和他的兄长以及乌桀帖罕谈论这个话题时，他躲在门外的窗户底下。那时一缕阳光正刺穿头顶的乌云，那乌云很低，压着头上的发髻，这时，阳光像一把剪刀剪开了厚实的云层，把五颜六色的光芒像水一样播洒下来，那光很强，刺痛了他的眼睛。他先是蹲在地上，手里抓着一根小木棍，随意地在地上画着什么，先是太阳，后来又觉得像月亮，月亮也是可以发光的，便把一个圆当成了两个物件，后来他想站起来走进屋子里去，加入他们的讨论，但兄长却从房子里出来了，他们准备去大月氏寻找伊哈多的族人。

乌桀帖罕冒死潜伏回了大月氏。他找了一个过去的熟人，很快就打听到了仲犹的后人。那天的见面有点像间谍之间的会面，充满了神秘的气氛，那个叫维克的仲犹后人看上去并不怎么热情，只是说到龟甲书被汉帝国使者用一百两金子换走时，他无神的眼睛里突然有了生气。他在大月氏都城经营着一家皮毛店铺，算不上特别富足，也属于殷实之家。伊哈多便感叹，这个家族一千年之后，从奔走的夸父，变得懒惰了，也不是懒惰，是心中的梦没有了，除了财富的攫取和奢望，已无别的追求。他想从维克这里弄清楚微子启手中的甲骨文书到了哪里，是否流传下来，可维克却说：“我第一次知道这世界上还有那玩意，很值钱吗？”伊哈多看着他至今也搞不清楚该怎么称呼的同族，他们之间的辈分关系也如一团乱麻，伊哈多看着维克说：“那是写在龟甲或者牛肩胛骨上的文字，是一本书。”维克的眼神又黯淡了，恢复了神情恹恹的样子，打了个哈欠说：“你说的这书抵不上我的一车好皮子。”

乌桀帖罕却又说：“我用五箱子龟甲书换了一百两黄金，你说抵你几车皮子？”

维克从椅子上站了起来，急忙倒了一碗热滚滚的鲜羊奶亲手端给乌桀帖罕，并追问道：“你说的可是真的。”

乌桀帖罕从皮大氅里摸出一锭金子：“这就是五箱子龟甲书换来的，你看假不假。”

维克说：“我跟着你干。”

乌桀帖罕指了指伊哈多：“我们都是跟着他干。”

维克便叫伊哈多叔。伊哈多说先把辈分搞清了再叫吧。维克便又望着伊哈多笑，又连忙吩咐妻子乌达罕和白敏娜给客人准备晚饭。盘羊和绵羊、牛和骆驼，在西域已经不算是稀缺东西，于是晚饭看起来还很丰盛，炖煮羊肉，烤了一块儿牛排，又蒸了一只驼掌。蒸驼掌的吃法，据维克讲是从汉帝国那儿学来的，东西两边貌似隔着一条看不见的边界线，而且那界线也很模糊，也就是一个大概约定的轮廓，很不清晰。比如一个地方，半年被大月氏占着，过了半年又被楼兰王占了，汉军一来，又成了汉军的地盘，可这边界两边的差异也是蛮大的，从饮食到语言，到习惯，已经有很多不同的地方。于是维克又问伊哈多一个令他头疼费解的问题，祖先为什么会不停地奔走，比如怎么交流沟通，比如奔走路途上的战争和掠夺，比如祖先的图腾。伊哈多说，夸父的图腾就是太阳，没有这个信念走不到四极，也到不了美洲。维克又不感兴趣了，只说吃饭吧，吃了饭你们在我这里住下。伊哈多说，我们找你是为了寻找族人，也为了寻找那部甲骨书。既然你不知道甲骨书的事儿，我们也就告辞了。维克执意挽留，吃罢饭又喝了酸奶酪。乌桀帖罕在大月氏声名远扬，维克知悉他是国王通缉的要犯，也就早早地关闭了店铺，他想把甲骨背后的利弊想透了再做决断。

夜幕降临后，争论的焦点还在甲骨文书到底遗落在哪儿的问题上。伊哈多说，甲骨文书的存放之地应该在土城堡附近，而乌桀帖罕认为，微子启可能把甲骨文书带进了自己的坟墓。

伊哈多摇摇头说："那样做背离了夸父祖先的意愿，微子启不会那么做的。"

无休止地争论，却难以形成统一的意见，每个人各执一词，又各怀心思。王子想的是找到龟甲书可以使自己在大宛国树立王储的威信，乌桀帖罕希望扩大势力，恢复往日的威名，找到一处落脚之地，维克只想着那些甲骨文书能卖出一个什么样的好价钱，而伊哈多却没多少目的，只是想研究，看祖先宣扬的精神，看发现了哪些奥秘。

转天早晨，经过多半宿的激烈讨论，总算达成了一致的意见：先找土堡的位置，再找倾注了后夏王和年轻巫师心血的那个神秘的洞穴。

维克奉献出两峰骆驼，本来他想跟着，早晨进到卧室，乌达罕见维克进来，没挪动身子，这个大他五岁的女人和衣睡了一夜，这时正用一只手臂撑起下巴，眼神忧郁地盯着维克。维克说，收拾一下行囊，随他们去寻找土堡和古墓。乌达罕叹了口气说："你真傻。"

维克就傻呆呆地望着，一头雾水。

乌达罕又说："派两个伙计去就行了。"

维克恍然大悟，为乌达罕的聪明赞叹了一个上午。

启程的日子定在两天后，维克杀了一头牛，并说杀牛在汉帝国是犯法的，而大月氏是可以吃牛肉的。

伊哈多并没有理会他的絮叨，倒是乌桀帖罕和大宛王子一直在小声议论维克的奸诈，而且有时也是故意让伊哈多听到，伊哈多也不搭话，闷头打理行装。出发后才意识到，他们所掌握的土堡遗址的信息几乎为零，问了些人，有说在大月氏，有说在楼兰王管辖的河滩上，毕竟年代久远，想弄清楚并非易事。他们最终把目标选在了楼兰王管辖的河滩上，因为伊哈多想起了萧扶桑曾在龟甲书上记录过伯猃到达西域时的情形，一处河滩、一座山丘和一座夯土的城堡，能勾连起来的线索就这么多。商量了一下午，说是先找河滩，这也不靠谱，河流改道的事儿常有发生，一千年过去了，不定改了多少次，听起来靠谱的，还是找城堡的旧址，那么大一座城堡，即使毁灭了，也总该留下点痕迹。于是，又掉过头来找城堡，大宛王子打算会一会楼兰王子，希望提供便利，这样寻找城堡的事儿，就从民间的秘密查找，变成了国家大事，有了外事活动的意思。

楼兰王子听说他家的领地里有一座千年的城堡，也不敢怠慢，报告了父王。楼兰王一听很是吃惊，自己治下的领土上还有一个神秘的城堡，立即向全国下达了总动员令，并以国家的名义悬赏线索提供者。寻找城堡的热情像熔岩在楼兰的国土上蔓延，每天都有发现城堡遗址的报告。伊哈多陪着大宛王子、楼兰王子和乌桀帖罕一处处地甄别和排除，但没有一处能去伪存真，真正的遗址依然石沉大海。

从月初搜寻到满月之夜，楼兰王失去了耐心，他怀疑伊哈多和乌桀帖罕是一对骗子，其余的人皆是受骗者。于是下令，七天之内找不到城堡遗址，就把伊哈多和乌桀帖罕杀掉。但就在这时，伊哈多病倒了，昏睡发烧，面色苍白，乌桀帖罕想趁暗夜逃走，结果被绑在了树上。楼兰王子也决定不再保护他们了，任由他们等着被父王处死。

伊哈多一向谨慎，但今晚却不同，一天没吃饭了，到了午夜过后，开始呓语。楼兰王子和大宛王子伏在他的嘴边，仔细听了一阵儿，什么都没听到，便解开了捆绑乌桀帖罕的绳索，让他来听。乌桀帖罕说，饿得心慌，填饱了肚子差不多。于是楼兰王子派人给他端来一碗羊肉和粟米饭，乌桀帖罕一鼓作气吃得精光，这才伏在地上，臀部像小山丘一样撅着，楼兰王子看着那样子便笑，乌桀帖罕又爬了起来，说你们在场，伊哈多不会说心里话的。楼兰王子看了眼大宛王子，说乌桀帖罕这是故弄玄虚，才不信他。大宛王子却说，乌桀帖罕说得在理，还是先退出去吧。过了一个多时辰，乌桀帖罕走了出来，楼兰王子急切地问：“讲了些啥？”

乌桀帖罕说：“古提人的墓地。”

楼兰王子想了下说："那是在大月氏国的地方。"

楼兰王子禀报了父王，楼兰王说，你错了，那墓地偏就在我们国土上，古提人从来到东方就没个正儿八经的住处，一直在颠沛流离。但很多年没人提了，楼兰王连说伊哈多身上肯定有一种无可抗拒的魔力，要想知道那地方，还得依靠伊哈多。楼兰王不再提砍头，派了两个女人围着伊哈多悉心照料。

伊哈多昏睡了三天，醒来，一个年轻姑娘像猫一样伏在他的怀中睡得正酣，他便感到一股温暖的东西从腹部涌上来，直至全身，他下意识地缩回了手，手碰到了姑娘的脊背，又是温热的暖意，姑娘仍然睡得正酣，嘴巴里咕哝了句什么，伊哈多没听清，觉得自己在燃烧，姑娘的气息又直往鼻腔里钻，他眩晕，像醉酒的滋味；他惊惧，更如梦中，沉睡多好，他紧张了起来，意识开始清醒，开始想昏睡之后发生了什么，一个姑娘怎么会睡在他的床侧，并偎依在他的怀中。他试图起来，那姑娘便醒了，转过脸看他，那是一张柔嫩娇媚的脸庞，模样倒像维克的妻子乌达罕，她带着几分羞涩说："你一直在发抖，打冷战，是王子吩咐给你取暖。"但那姑娘用手抚摸了他的脸颊，声音绵润地说："好了，不发烧了。"他哆嗦了一下，情不自禁地攥住了柔软的手掌，那手掌细腻温热，姑娘摆了下头，不知是想挣脱，还是害羞，但结果是她的脸颊贴在了伊哈多的胸膛上，秀发像芨芨草散落在枕边，他感觉到了迷离，感觉到了窒息。她仰起脸来，搜寻他的嘴唇，而他呼出的口气中还有难闻的异味，他想躲开，也是下意识的，但却像粘着似的，他突然感觉到了膨胀，并有了强烈地寻找归宿的欲望。

楼兰王子带着军队浩浩荡荡地行进在戈壁滩上，他们对外宣称此行是去南方围猎。路上，他们遇到了两个宣扬神主宰世界的欧洲人，为了求证神创造了世界而像夸父一样走遍了大地，他们一脸疲惫，倦怠的神情中依然保留着敬畏神的虔诚。楼兰王子慷慨地送给他们两匹健壮的骆驼，以替换下他们瘦弱得随时倒毙的枣红马。欧洲人笑纳了骆驼却拒绝与他们同行，手捧着羊皮卷向北去了，把两个孤傲的背影丢给了人群和风沙。

寻找古提人墓地的队伍一路南下，到了一片浩淼的水域，白天鹅正在湖边交配产卵，野鸭子慵懒地漂浮在水面，一只独木舟从芦苇荡中摇出。楼兰王子把渔夫喊到岸上。渔夫戴着芦苇编织的斗笠，年龄不算太大，四十岁左右，只是脸膛晒得黑些，显得有些苍老。

楼兰王子问："在湖边住了多久？"

渔夫说："我爷爷就在这儿住。"

楼兰王子又问："除了打鱼，还做什么？"

渔夫说："看家。"

楼兰王子环视了一圈，众人也皆跟着环视：除了一处风雨飘摇的茅草房和遍地的碱土，哪有巍峨的亭榭楼台，就算没有亭榭楼台，有几间土房也值得一看。众人便笑，笑意中注满了奚落。

渔夫扛着独木舟走到岸上，众人几乎忘了他的长相，只把一个孤独的背影留给雨后的彩虹。他走了很远，乌桀帖罕说，跟着他。众人又似如梦初醒，又跟上了渔夫，那渔夫紧走几步，身后的一伙人也紧走几步，渔夫突然停住脚，众人也停下来观望，渔夫迈开步子跑起来，众人又去追赶，于是越发觉得渔夫的身上有一些不可知的秘密。这时，伊哈多却挡住了众人说："我想单独会会，或许比一群人追着好。"

众人将信将疑，乌桀帖罕不屑地说："我们才是一群疯子，被一个渔夫耍着。"

但两个王子觉得可以试一试，这么追下去确实显得滑稽。伊哈多对和渔夫谈话的期望值并不高，甚至古提人的墓地和他也无多大关系，他倾尽全力要找的还是龟甲书，那是关于祖先精神信仰和对天文认知的宝贵史料，那是能揣度到祖先灵魂深处的重要证据，那是足以让他一次次失眠一次次淌下热泪的精神支撑、活着的理由、存在的意义，所以一个看上去有些邋遢愚笨的渔夫，怎么会知晓深奥的精神与天体。但交谈的结果使得伊哈多不得不对渔夫肃然起敬，这是一个守墓人，历经数代，守护古提人的墓地，古提人的墓地是一幅图谱，是一部完整的太阳历法。伊哈多很兴奋，他说够了，够了，这个图谱已经告诉他微子启的甲骨文书在哪儿。乌桀帖罕说："要是你不想疯掉或者丢掉了小命就告诉我答案，甲骨文书在哪儿？"

伊哈多指了指心脏部位，又指了指脑袋说：“在这里。得用心去体验。”

乌桀帖罕眨巴了几下眼睛：“我决定在我自己没有疯掉之前离开你。”

说罢，他走到两个王子的面前嘀咕了一阵，两个王子带着审视的神情看了很久，又压低声音商谈了一会儿，随后掉转头走了。乌桀帖罕也走了。留下了孤零零的伊哈多，像湖岸边随风飘摇的芦苇草。

司马迁意犹未尽地望着小王子，追问伊哈多最后的下落。小王子摇摇头，并身不由己地流露出某种凄楚，他憎恨父王，父王为了自己的国家和王位，把他送到遥远的东方帝国做交易。起初，他庆幸自己似乎比那些嫁到西域的汉帝国的公主的命运好一些，然而，从蚕房醒来，他的命在深渊。这时，他还没有意识到，对面这个一脸憔悴的中年男人日后会成为不朽，而他终将在痛苦和孤独中老去。

第四部　立冬

第二十八章　我的祖先

我本来就是个不堪重负的侏儒，夏维溪教授解析的密码故事，微子启、萧扶桑、伯猃、仲狁，还有很多无名的夸父先辈彻彻底底地压垮我了。我仿佛看到了旷野上行走的沉重的步履，看到了焦渴的嘴唇和焦虑的眼神，看到了被沙尘暴覆盖和被海水吞没了的躯体，看到了一束阳光穿过圭表亲吻天体，看到了刻在龟甲上的密密麻麻的印记。

秋末的阳光斜斜地辉映在夏维溪教授疲惫的面孔上，我给他前面的杯子里续满了水，但水早就凉了，似乎也穿越了数千年。

我缺乏耐心和想象，第一次耐着性子解读了那本没有封皮的厚书，也终于知道了那本书的名字叫《山海经》，但要完全读懂并不那么容易，我仍然是一知半解，仍然懵懵懂懂，仍然难以形成共鸣与同感。夏教授说，这很正常，因为不懂，所以才去探究。

夏教授皲裂的嘴唇渗出血丝，他取了一张餐巾纸沾了沾，白色的纸巾上有了血印。我说休息一会儿吧，他说夸父是累死的，而不是追日的路上渴死的。我说，还有大海。夏教授却又说，林秋雁该回来了，等她回来，我们再回鹰嘴湾，重启考古。我却说，古城，还是帮吉雅找古城吧，老阿爸病得厉害了。夏教授看了我一眼笑了，说你和我总不在一个频率上。我说，我是个侏儒。夏教授又摇摇头，苦笑了一下说，有的人是身体上的侏儒，有的人是心灵上的侏儒，说不定，夸父里也侏儒，但他们是精神的巨人。我发现了一个变化，过去那些日子，夏教授大约怕伤了我的自尊，绝口不提矮人侏儒这类的词，但今天却屡屡提及，他看着我，那么镇定自若，又那么深沉，宛如一位善解人意的长者。我想起了冯铁炉，而恰在这时，夏教授问我会不会打铁，我说会打铁的是冯铁炉，我爷爷是老冯铁炉，那份手艺在冯铁炉的手上传丢了。我问夏教授怎么问起打铁的问题来了，夏教授说他的洛阳铲坏了，进城买也不一定有。我说，我也是来了瓦莱湖才第一次见洛阳铲，而且也不会打铁。夏教授沉默了片刻，又说，我听梅子说，你的祖籍在陕西韩城？我说，这也是冯铁炉说的，现在是陕西的榆林。夏教授笑了笑说，也许你的祖上是司马迁这个宗族的。我瞪大了眼睛，噘起了嘴巴说你莫取笑我。夏教授一本正经地说，我没开玩笑，或许是真的。司马家族在司马迁进入蚕室后，隐姓埋名地保护了《太史公记》的副本，把成捆的竹简秘密地搬运进了山洞，守护山洞的那支后来改为了冯姓。我就想起了在山洞里凿刻石壁的伊哈多，他复制的龟甲书却没有《太史公记》那么广为人知，流传千古。夏教授说房子里太沉闷了，出去透透气，便站起身走了。我透过窗子，望着夏教授向瓦莱湖走了。

我还是不能把一个铁匠的后代和背负着屈辱伏案著书的史学大师攀附成亲戚。

几天后，姑姑来了，她说家里的老房子拆了，希望我回去看看，老冯铁炉和冯铁炉的两间房子怎么处置，拿个意见。我说，我不想回去了，你是姑姑，是长辈，你做决断吧。姑姑支支吾吾地吭哧了一阵，才说出是向我要钱，我关心的是老冯铁炉抱着我在树荫下看冯铁炉打铁的那棵上百年的椿树，姑姑没好气地说，房子都没了，树还能留住？我就不吱声了，后来就又不争气地掉眼泪。姑姑抻着衣角，手足无措，也不知道该怎么把我的眼泪堵住。我撇开了那棵古树，改说司马家族的问题，姑姑不知道司马迁是谁，问我是不是市里的哪个头头，我说是写书的，是我们爷爷的爷爷的爷爷。姑姑破涕为笑，杵着我的头说，我只知道你爷爷是打铁的，爷爷的爷爷干什么就不知道，说不定还是个铁匠，不是铁匠，就是车倌，肯定不是写书的或是做官的，要不然，拆了房子，却买不起新房。

姑姑住了一夜要走了，她没拿到钱，有些失望。客栈的萧条已成定局，楼上楼下，冷冷清清，到第二年春夏之交才会有新的游客聚集过来。姑姑走的时候，再没说什么，倒又惦记起我的日子，又惦记着拆掉了的房子，房子已是废墟，古树仅剩下粗壮的椿树根残留着岁月的年轮。我送姑姑上了长途客车，她挂着泪花向我摆手，汽车临启动时，姑姑拉开车窗玻璃，探出头说，梅子快生了，照顾好梅子。我身旁的梅子哭了，说姑姑真好，我说古树没了。梅子说，到市里做个B超，看看是男是女。我说，家里的古树被砍掉了，树可粗了，两个大男人都抱不住。梅子说，金兰大婶说了，我怀的是男娃。

长途班车开走了，我看见了车窗上姑姑扭过来的脸，并用手背抹着眼睛。我呆呆地张望着远去的汽车的背影，还是没弄明白我和司马迁到底是什么关系。姑姑给不了我答案。

说好了，林秋雁今天回来，梅子挺着肚子不时在玻璃窗上张望。

黄昏时分，一辆黑色锃亮的轿车停在了客栈的门前，梅子兴冲冲地进到夏教授的房间，说林秋雁回来了。我们同时望向窗外，从轿车里钻出来的却是王远京和吉雅。我喊着:“望远镜，望远镜。”王远京真就攥起两个拳头，举在了眼眶上，望向我们。

他们一来，客栈热闹了，又有了生气。

王远京半仰着脸，操着京韵京味，像决堤的溃坝滔滔不绝。我问他找到生活的意义了吗，他却骂我揭他的伤疤。

我想起了沙漠里生死之间的日子，那座我用沙土垒砌的像灶台一样的祭台，蓝天、白云、苍鹰、小树、水、沙暴、洪峰、石洞，存在、绝望、生与死的挣扎、爱与情的交困。看起来，一个人要想转变一种生活方式，有时候也是很快的，沙漠里的王远京颓废、迷蒙，而渡过难关之后，又找回了重新站立的激情与自信。

而坐在王远京身后的吉雅，自进到客栈，就沉默地坐在靠近窗子的角落里，神情恹恹，像刚经历了疲惫不堪的远征。他的消沉让我焦虑，他的焦虑又让我无所适从，像生活在一个空气稀薄的房子里，缺氧是这个房子里的人的普遍症候，但王远京又确属例外，他不属于我们这些人的，我们可否把他当成闯入者，带着高傲的自信。夏教授也是局外人，但不属于闯入者，他倾心于渊博浩瀚的历史钩沉，并试图导引我们寻找到那座深埋于地下的古城，伊哈多也在寻找古城，那是流失于地下的殷都城和西域土堡的废墟，而那些深埋于地下的废墟，与我们又有什么意义呢？这或许是夏教授、吉雅和伊哈多想要寻找的答案。

梅子的饭好了，却发现少了吉雅。

吉雅走了，回家看老阿爸去了。他走的时候，谁都没有在意，我和夏教授专注于王远京讲的奇闻异事和八卦故事，他讲了一个据说是他亲身的经历。王远京说，他顶着拥堵的车流出来的，像是逃离，远离了喧嚣，去寻找清净之处。他遇到了一个搭车的女人，女人上了车后，他问你不怕我是坏人？女人说，你的车和那一张和善的大脸怎么会是坏人？王远京心里坏笑了一下，他瞟了眼风姿绰约的女人，她是个婉约的少妇，有着撩人的香气，她说不担心他是坏人，但说实话，女人在上车后的一刹那，他是动了邪念的，他瞟了眼女人挺起的胸部，想着那里包裹着怎样的风情。他急忙把脸转向了车窗外，但心里就像有无数条爬虫从地下爬出来，他浑身不自在，但不知道她怎么想。那不像是一场无缘无故的邂逅，像蓄谋已久，可他不认识她，她站在路边招了下手，他就把车停了，她说她是海归，他才不管她是不是海龟，他只想着她的气味和挺起的胸。她抱怨说，出租车太难等了，他怀疑他的冲动，这他妈叫什么事儿，一个女人一招手，他竟然鬼使神差，竟然管不住自己的邪念，不，老实说，停车的那一瞬间，他还没那么想，只想着这女人长相不错，既然招手，那就停吧，他潜意识里的判断是这个女人不会给他带来危险。

梅子急问，后来呢？她说，想知道那个女人是不是被你糟蹋了。

王远京仰着胖脸，大手一挥说，那不可能。他没急赤白脸，而且平静地望着梅子，但眼神又和吉雅看梅子的神情不一样，我也看不懂那眼神。

梅子吩咐我去请老阿爸和吉雅，我走时，梅子又突然追出来，说别忘了喊上小哑巴，我说你当心肚子里的孩子，动作要轻，走路要稳。

我走出客栈的大门，路上，掉落的发黄的树叶像被抛弃了的弃婴，随着瑟瑟的秋风哗啦啦地溜走了。

老阿爸果然病了，躺在羊皮褥子上，身上盖着一套发白的绿军被。墙上的马刀仍然闪着寒光。小哑巴趴在地上生火，吉雅坐在老阿爸的身边抓着一只像鸡爪似的枯瘦的手，我进来时，老阿爸睁开了眼，看见我问，这些日子去哪儿了，咋没看见你。我说，夏教授给我讲了十天的故事，是夸父远征和他们的后人寻找城堡的经历。老阿爸挣扎了一下，似要坐起来，吉雅便伸手搀扶起老阿爸，他目光定定地看着我，说我也去见夏教授，我说梅子让我来请您过去。

老阿爸便颤巍巍地挪动身体，揭开那个在蒙古包常能见到的红漆小柜子里寻找那套洗得发白的旧军装。我当然知道，那套军装，除了特别的日子才穿一次，平时就压在箱子底下，像是珍藏某种仪式。我竟然又想到了那些存放在箱子里，后来又被李陵丢失了的龟甲书。或许，这套军装和龟甲书有着异曲同工的含义。一个将文字刻在了甲骨上，一个渗透进了由绿到淡绿，到发白的颜色里，那颜色里也是有文字符号的，也有温润的情感，就像佩戴在脖颈下面的玉佩，戴得越久越有沁色，越有温度。

我不属于瓦莱湖这片土地上的人，瓦莱湖属于小蔡牙医们的。

我们在回客栈的路上，又知道了一个令人悲痛的消息，小蔡牙医已经不再属于瓦莱湖了，他死了。

蔡牙医的老婆哭得死去活来，也像死了一样，被几个亲戚抬进了诊所，而蔡牙医对晕厥了的老婆又毫无办法，我就想，蔡牙医除了拔牙，给瓦莱湖人看头疼脑热、感冒发烧甚至还有那些治疗癫痫、风湿、股骨头坏死等其他疑难杂症的方子全是蒙事儿的，是骗人的伎俩，他连自己老婆晕厥了都没有办法。蔡牙医毕竟是个男人，也是个见惯了生死的医生，脸上尽管也是堆满了悲痛，但精神还没像他老婆那样崩溃掉。小镇的习俗是死在外面的人不可以进到村子，所以小蔡牙医的灵棚搭在了瓦莱湖的树下，那儿有骆驼额勒森的衣冠冢。小蔡牙医也打算被族人祭奠完后，埋在衣冠冢附近。镇子上的人便说闲话，鼓动吉雅去阻止蔡牙医，那小蔡牙医怎么能跟英雄葬在一起。

“什么狗屁英雄，那是一匹骆驼。要不是死在了外头，我们怎么会把儿子跟一匹骆驼缰绳和嚼子葬在一处。”蔡牙医的老婆可不是一个善茬子，她站在老阿爸的门外骂了半个多钟头。

小蔡牙医是被人杀死的。据瓦莱湖人说，尸体被法医解剖得面目全非了，样子惨烈，王远京说，即使法医解剖了，也会修复后才会交还给家属的。到底谁说得对，其实已无意义，总之小蔡牙医是死了，是被人杀死的，一共捅了两刀，一刀在心脏，一刀刺穿了肺叶，从刺破的部位分析，杀手就没想让小蔡牙医活。警察侦查了两个月，一点线索没有，当然和小蔡牙医的生命一同消失的还有那件汉代的铠甲，铠甲是瓦莱湖人那次荒唐之旅的唯一收获。警察把目标锁定在了倒腾文物的那帮贩子身上，可一查，小蔡牙医临死前，接触的人实在太多太杂，不仅有国内的文物贩子，还接触过两个法国人和一个荷兰人，又在好多地方举办过文物展览，线索是断了查，查了又断，始终也没个头绪，警察焦头烂额，蔡牙医也关了诊所，他老婆也疯了，一个多月天天到瓦莱湖边的树下哭半天，哭得瓦莱湖的鸡不敢上架，犬整夜地吠叫，人也像久泡在潮湿的冷雨里的松软的泥土墙，彻夜不安。

王远京向夏教授建议，重启寻找古城的计划，或许能驱散瓦莱湖人心头的阴霾。这个消息确实令人振奋，就连老阿爸的精神状态也突然好了起来，但梅子说这不一定是好兆头，建议把老阿爸送到市里的医院去住院。吉雅说，老阿爸住院，他就得去市里陪着，寻找古城不能没有他，否则就没意义了，那是老阿爸最大的心愿，也是几代人的心愿。王远京说，可以雇个陪护，老阿爸的身体确实大不如前了，还是送到医院里稳妥。

争来争去，老阿爸让小哑巴陪着回家去了。

众人都哑了。

夏教授说等林秋雁回来再进沙漠，这次集中精力考证古城的位置。

吉雅说，没准儿古城就不在沙漠里，那眼埋在沙子里的古井说明不了问题。

夏教授没再吭声，埋头看他的书。

这天，晨间的第一缕阳光升起时，就在早餐的餐桌上，王远京又开始了演讲。他捧着鲜牛奶的杯子，讲拿铁所蕴含的生活意义，所提供的营养价值。夏教授擦拭着眼镜说，没有不同，只是习惯，或者不同的生活方式，就像馒头和面包。我跳下了凳子，摇晃着瘦小的身体和硕大的脑袋去厨房端凉菜，吉雅正好进来，拍着我的肩膀说，你把面具摘了吧，客栈这么萧条，戴着也别扭。我张了张嘴，寻找梅子，梅子挺着浑圆的肚子站在厨房与餐厅的门口，她看了眼吉雅，又打量着我，似乎在思考这艰难的决定。王远京立刻说，面具不能摘，那是晓椿存在的意义。我说这不是瞎扯么，我的存在是父母给予的肉体、心脏的跳动、肺泡的呼吸、血液的循环、大脑的思维。王远京笑了笑，指了指餐厅，大约是想说客栈的萧条，可能担心伤了我和梅子的自尊，话锋一转，先说京城里有很多的就业机会，也有很多的赚钱机会，但要有管理和经营的头脑。我的心里蒙上了一丝惆怅，箍在脸上的这副面具就像一堵墙，就像断裂的纽带，隔断了我与正常生活的联系，除了梅子，没有人知道我的模样，甚至我自己都忘了我的长相，我害怕照镜子，我迷失了，找不到存在。

我走出了客栈，街道上铺满了阳光。

我想消化王远京和吉雅两个完全相左的意见，我知道他们是为我好，是兄弟般的真诚，而我内心真实的想法是：摘掉面具，轻松地活着，可是我没有那个勇气。

老蔡牙医坐着轿车打我身边开过，荡起一团伤痛的烟尘。轿车开过去后，停了下来，老蔡牙医从车上下来，他的眼神很吓人，不是仇恨的敌视，也没有温和的友情（我和他也没有什么交情），说实话，我想后退，想逃跑，尽管我与他无仇无怨，他不可能伤害我。蔡牙医揪住了我的领口，我佩服他的手力，他看上去很轻松地拎起了我，愤愤地说：“告诉吉雅，别再找什么古城了，找下去，还要死人的。”

我想到了一个词：危言耸听。他大概也从黑面罩里看到了惊惧，也可能是空洞，就如太阳黑子，他丢开我，转身又钻进了轿车，我知道，他又去城里找警察了，质问警察，那案子什么时候能破，冤情何日能得到昭雪。

蔡牙医绝尘而去，一群狗追逐着尘土。天上，一排大雁乌泱泱地飞越了瓦莱湖，雁鸣、风声、鲤鱼打挺的哗啦声，一股脑地吸进蔡牙医屁股下的四个橡胶轮子里了，他带走了瓦莱湖潮湿的不安。

我回到客栈里，脑袋依旧大，塞满了到底摘不摘面罩的困惑。说实话，我是打心眼里想摘掉这箍在脸上的多余的东西，起初，在城市的那个鬼魅的角落里糊口的时候，面罩就是我谋生的道具，到了瓦莱湖，为了落脚，我没敢摘下，它让我在瓦莱湖多了几分存在的神秘。

泪水从我的眼里流了出来，濡湿了黑色的面罩。秋凉了，梅子特意为我做了一个纯棉的黑面罩，它吸汗透气，质地也不错，箍在脸上，就像梅子柔软的手掌抚摸我的脸颊，抚慰着我的脆弱、我的迷茫、我的真实、我的存在。我常常面对这玻璃窗，看空旷的世界，而后自问：我是谁？我到底是冯晓椿，还是侏儒？是吉雅嘴里的那个矮小的家伙，还是戴着面具登台献艺的小矮人？我带给他们的是欢笑，还是排解无聊的滑稽，是艺术，还是庸俗？是欣赏，还是刺激？我是谁，为什么活？

“这是问题吗？”王远京不屑地瞟了我一眼，继续讲他京城的故事。

他转过脸来问吉雅：“刚才讲到哪儿了？”

吉雅想了一下说：“已经听了两遍了，从哪儿讲也无所谓。”

王远京便有些气恼，那眼神分明是竖子不可教也的失望和无奈。

他是好意，是想让我和梅子走出困境。他说，面罩算什么，在国外还特兴面具舞会，你甚至不知道那个戴着面具的女人，到底是贵妇，还是侍女，甚至你搂着腰跳了一曲的舞伴是个王妃。这就是面具的好处，可以掩盖真相，让这个世界变得神秘起来，神秘是个好东西。王远京在兜售他的心灵鸡汤，他把自己当成了厨师，他是靠卖假药起家的，所以他从不自诩为医生或者精神上的领航员，他回避药和医生，那是他心底柔软得见不得阳光的地方。

吉雅将了他一军，说就让晓椿夫妇到你的公司谋个差事。王远京立刻回绝了，说他的公司没有适合我的岗位，吉雅说给你公司门口站岗总可以吧。王远京摇着头说，那是不负责任，也对不起朋友。吉雅就恼火了，他是直性子，耿直起来不管不顾，两人本来是闲聊天，说着话，倒蹦出了火星子。王远京便说困了，回房间睡觉去，我们看着他穿过甬道，走回客房的前厅。

梅子要我去买菜，厨房仅留下了一个厨师白老四，他是瓦莱湖当地人，其余的人皆被梅子辞掉了，我们确实负担不起他们的工资了，梅子的歌声再怎么动听，也不能当饭吃。我去买菜，吉雅就陪着我一起出来，路上，我问吉雅，怎么和王远京一起回来的，咋那么巧呢？吉雅说是他给王远京打的电话，城里实在待不下去了，老阿爸的身体一天天衰弱，他在失去了一截手指后，开始思索未来，这时他意识到，仅凭他靠打工赚钱来寻找古城，也许等到他死，也挣不够。不过，让我意外的是，王远京果然是精明的商人，他此次投资寻找古城的条件是，找到古城后，他有开发古城旅游的优先权。吉雅是答应了，但我想，开发旅游资源，那不是吉雅能决定的事儿，至于王远京这么说，大概是想把话说在前面，避免兄弟之间伤了和气，他是商人，看得可能更远。

但我知道，这是吉雅的春天，也是老阿爸的春天，然而，电视上的天气预报却说，一股来自西伯利亚的寒流即将光顾这片秋末的土地。我们都开始心焦，在太阳起落的焦虑中度过了漫长的白天和黑夜，时光就像可以任意拉长的橡皮筋，而夏教授却平静得像瓦莱湖即将被冰封的湖水。我和吉雅终于失去了耐心，等待的焦虑，就像昆仑山吞噬了伊哈扎的熔岩，等待着一场地震波的来袭，而后，冲破地表，释放能量。

林秋雁还没回来，我说给林秋雁打个电话，夏教授说再等等。

令人生厌的宋朝阳回来了。他胡子拉碴，身上散发着汗液的臭味。他没搭理我们，一头钻进了夏教授的房间再没出来，接着，我们听到了杀猪般的声振屋瓦的嚎叫，但事实上那是恸哭。

宋朝阳的哭声令人烦躁，夏教授说他死了母亲，我担心宋朝阳那怪异的哭声惊动了梅子腹中的胎儿。王远京提议到瓦莱湖边走走，他从口袋里掏出车钥匙，咔哒一声，隔着窗子，按下了遥控器。我挽着梅子走出客栈，王远京抢先一步拉开了车门。

车上，王远京毫不隐晦地谈他对宋朝阳的看法，觉得这个人确实怪异，而且在考古队里的身份也很神秘，夏教授怎么总是袒护着他。他们之间到底是什么关系。可是，谁又都理不清这个头绪，就如一层包裹在瓦莱湖上空的迷雾。

瓦莱湖果真起雾了。那碧波荡漾的湖水隐没了，那树干和枝叶变成了一团黑黢黢的模糊的影子，那瓦莱湖小镇的房子，我们的客栈就像从地球上抹去了一样，我们找不到方向，找不到归路，找不到家，于是我们四个人便在湖边徘徊，又担心掉入湖水中，吉雅说，不远的地方就是小蔡牙医的新坟。梅子害怕了，攥紧我的手，死死地扣着，她的肩膀在颤抖，腿在颤抖，挺起的腹部也在颤抖。我尽管矮小，可也是男子汉。那两个高大健壮的男人充当开路先锋，走着走着，吉雅趔趄了一下，差点摔倒，幸好敏捷的王远京抓住了他的一只胳膊，但吉雅却发出了吓人的惊叫，说他踩到了小蔡牙医的坟堆，新鲜的泥土才会湿滑。我急忙收住了脚步，不敢再向前走了，据说，怀着身孕的女人是不能到坟头上去的。

小蔡牙医睡觉的地方离我们一步之遥。梅子哆嗦着嘴唇说，吓死了，小蔡牙医会不会让我给托梦，这雾可真大。

大雾天是魔鬼出没的绝好机会。

王远京对小蔡牙医的印象不深，启发了半天，才想起那天他掉入小蔡牙医挖铠甲的沙坑的那个夜晚，那死去的额勒森。王远京说就是搂着一个女孩肩膀的那个男青年，有点塌鼻子，还有点扁嘴巴。我说是的，他就是小蔡牙医。王远京嘿嘿地笑，说那样一副德行还能在瓦莱湖称王称霸。我说，他爹是牙医，家里富足。吉雅说，退回来吧，离开这阴魂不散的地方，谁知道前面是啥，万一是个大坑，梅子怀着孕呢。

我们便退了回来，想重新找到返回公路的路径，王远京的轿车还停在公路边。

我们都挺好奇的，小蔡牙医是怎么被杀死的，宋朝阳离开后这段空白，刚才还好好的，怎么突然大雾弥漫，这都是些伤神费脑的问题。假如模仿着夏教授的说话方式，那该是这样的，这个问题吧，既有人为的因素，也有自然的原因，这就是辩证法，辩证法无处不在。科学是外科医生，需要严谨和一丝不苟的态度，艺术是美容师，注重的是主义，超现实和先锋，现代和后现代，古典与传统，至于哪种艺术形式更富有美学观和艺术价值，凭的是欣赏者的趣味，以及所处的文化艺术土壤。这是一个枯燥而乏味的论题，是夏教授日思夜想的，当然，他是为了考古的需要，考古专家不仅是历史学者，也该像作家一样博学多才。

梅子把我的手攥得紧紧的，我知道，那是母性使然，她腹中的胎儿正在调皮地玩耍，也需要母亲的保护。梅子说夏教授给我讲了夸父远征的故事。王远京和吉雅便缠着我，要我把听来的故事复述给他们，他们迫切的样子就像一群孩子围着一个会讲故事的孩子，眼神中流动着期待和恳切，还有对故事大王的崇拜。我一下找到了成就感，便故意挺了一下胸，吉雅便看着我笑，说你再怎么挺也高不到哪儿去。我不生气，因为我与吉雅不会因为一句玩笑而翻脸。他们缠着我，我就卖起了关子，说回客栈，摆开茶海，泡上王远京吹出的京城里最牛的茶叶，而后一边喝着茶，一边听夸父们远征的传奇经历。吉雅说，你讲吧，趁着大雾，倒有穿越感，也让小蔡牙医听听，让他在那边别见钱眼开，好玩意多着呢！

梅子打断吉雅的话说，别说了，听着怪瘆人的。

王远京拍着吉雅的肩膀说，算了，算了，人已经死了。

雾气蒙蒙，潮湿的湖岸边，我们也没个落座的地方，于是便站着，互相看着对方。梅子说，就当是书场里的站票，但要收门票的。吉雅当然知道这是玩笑话，笑了笑，算是回应，王远京其实也明白是玩笑话，但他从口袋里摸出一沓钱（足有一千多块儿），塞到了梅子的衣服口袋，并按住了梅子的手，我透过面具的两个小孔看到了这一幕。王远京仍然是那样的大咧咧地咧着嘴笑。他怎么会对脸蛋因为怀孕而显出丑态的女人、一个身段像橄榄球似的孕妇有非分之想，可那一瞬间，我竟然酸酸的，不是滋味。

微子启、萧扶桑、伯猃和仲犹兄弟是故事的起源，他们是复活于雾气中的第一波神灵，我顺便把作为配角的渔夫、黎塬族长、脖子上缠着青蛇的向导和吹着海螺的食豨也推了出来，这些与雾气一起诡异流淌着的神灵中，还有三位漂亮的女性，她们是婵娟、伊洛达和维拉，她们长相各异，却风情万种，是温婉，而不是娇艳。至于伊哈扎和伊哈多以及那场惊心动魄的昆仑山地震的故事是我们回到客栈后，摆上茶海，呷着“牛茶”讲的。

吉雅仿佛看到了寻找到城堡的希望。夏教授解析的石壁密码，夸父远征的考证，就像刺破天籁的晨光。这时候，大雾散开了，雾气散尽，瓦莱湖对岸的上方竟然出现了彩虹，接着，太阳出来了，驱散了阴冷。吉雅信心大增，寒冷的湖边，冷风习习，他的脸色倒红润了。

到了客栈，夏教授独自在餐厅里坐着，像是饿了。我问宋朝阳到哪了，夏教授说，我告诉白师傅了，晚上吃打卤面。顿了顿，又补充了一句，这算不算喧宾夺主？

我忙说：“客栈就是考古队的。”

开饭的时候，宋朝阳下楼来了，尽管大家对此人心生厌恶，但听夏教授说他死了母亲，也就你一言我一语地安慰了几句。梅子还在桌子上摆了一瓶酒，虽不是名酒，但也是瓦莱湖顺风酒厂酿制的纯粮食酒，在瓦莱湖颇受欢迎。我们都觉得宋朝阳沉浸在丧母的痛苦里，不会动那瓶酒，却喝了个精光，要不是夏教授沉下脸挡着，还得给他再来一瓶。

吉雅踢了一脚地上的空酒瓶，瓶子狂怒地满地打滚，吉雅抓起衣服走了。

宋朝阳半张着嘴，酒精烧红了他的眼睛，可能有些模糊，也有些发痴，他瞟了眼地上打滚的酒瓶子，终于忿忿地骂道：“妈的，喝你家酒啊。”

说这话时，是在吉雅走了之后，或许宋朝阳的酒量真的惊人。

而我决心赶走他也是在他喝过酒之后，他说要出去，我说你上楼睡吧，他还是走了，夏教授也没阻挡。

走了很久，我们就坐在楼下的前厅等他，快到十点多的时候，宋朝阳回来了，还带回来一个女孩，是小蔡牙医的前女友、卖鱼的王山杏的女儿。那女孩浓妆艳抹，像个妓女，梅子说，她现在就是妓女。我说，瓦莱湖的风气也变了，要是老阿爸在场，又举起马刀了。

宋朝阳带着女孩上楼了。

王远京看着梅子说:“你得管管。”

梅子又让酒瓶子满地地打滚，说:“我只管得了晓椿。”

我乖乖地抓住高女人柔嫩白皙的手，被她牵着，摇摇晃晃地上楼了。

第二十九章　雪人侏儒

我没想到，宋朝阳没被赶走，我和梅子却就此分离了。

时间是在林秋雁回来之后。梅子用王远京在雾气弥漫的湖边塞到她口袋里的钱为大家改善了伙食，也是为林秋雁接风。林秋雁和梅子亲如闺蜜，为了帮林秋雁复印带到北京的资料，梅子慷慨地用坏了客栈的打印机。林秋雁一脸歉意，说会给客栈买一台新的，算作赔偿，梅子摆摆手，说本来就是旧的，也该坏了。

但因为吉雅和死去的额勒森，我对林秋雁的忿恨始终没有改变。

林秋雁带回了北京专家组论证的结果，他们认为，鹰嘴湾石洞里的文字确实是一部天文历法书，也是一部文学书，它就是萧扶桑刻写的龟甲书的一部分内容。夏教授又以考古专家孜孜不倦的求知精神，提出了论证萧扶桑那本书除了太阳历法，还写了什么的，也就是说作者萧扶桑在《中国人的梦想》这本书里到底写了什么？破译出来，整理成新的文字，存留于世。

我们摇头，林秋雁却在点头，宋朝阳坐在了林秋雁的左侧，我更忿忿不平，心里便咒骂，那地儿是你这个癞蛤蟆坐的吗？可他就坐了，而且林秋雁对这只癞蛤蟆似乎并不反感。于是我越发地愤懑不平了，也越发地感慨那许多我不甚了了的虚空的境地，就如这飞逝的时光和远古的足音，我迷茫、彷徨，找不到透气的孔口，呼吸不到清新的空气，我是矮小的弱者，曾经被当作取笑和排解忧郁的道具，而那面具又让我自己活在道具里，总走不出自我的藩篱和困境，我想走出来，摘掉面具，实实在在地生活，没有白眼，没有鄙视，没有尔虞我诈和勾心斗角，世界平和起来吧，人与人宽容一些。

但当思绪回到现实中来的时候，或许比我想象的还要糟糕。吉雅坐在林秋雁的对面，如坐针毡，浑身不自在，说话也有些口吃了，我替吉雅捏了一把汗，倒不是为了他和林秋雁的感情，是担心吉雅为情所困。

外面飘起了雪花。

洋洋洒洒的雪花漫天飞舞。

我想起了我的祖先司马迁，他冒雪站在将军府前的时候，又该是怎样的心境。尽管我是个侏儒，不知道会不会辱没那个家族，是不是有攀高枝的嫌疑，而且我也没有能力去考证我和那个家族关系的真伪，但夏教授说我是司马家族的后人，我就信了，就想挺直了脊梁过日子，就能直起了腰杆，哈，我觉得我又长高了，至少高了十公分不止。

我想走进这漫天飞舞的雪世界里去，就像顶着风雪站在高高的土丘上向北眺望的司马迁，我的目光是朝着西方，那是沙漠的所在，也是绿洲的所在，沙漠正吞噬着绿洲，但此时都已被皑皑的白雪覆盖着，以至于在迷茫的风雪中，分不清哪是沙漠哪是绿洲。

我想掬捧雪，堆个雪人，像我这么高就可以，把我的面罩也箍在雪人的脸上，再给它戴一顶戴高乐的帽子，系一条戴安娜的丝巾，这样打扮起来的雪人是怪物，还是小丑？梅子搂着那个雪人哭了，于是雪人就有了炙热的体温，就有了灵魂，而我们却感到浑身冷得直哆嗦。她说，她看见了雪人从面罩上流出的眼泪，林秋雁急忙扶起了她，说当心动了胎气。我便又忿忿，什么是胎气，你生过孩子吗？你懂吗？王远京的肮脏的湿漉漉的大手竟然放在了梅子的肩膀上，我将一个雪团掷向他，那雪团落在他的肩头，像散开的白色的礼花，没错，就是礼花，京城某条街上“梅子酒吧”开业的礼花。

我质问王远京：“你安的什么心，就算走，也不能现在走，她肚子里怀的是我的孩子，她是孕妇。”

王远京弓下腰，对我耳语道："傻瓜，正因为她要生了我才让她走，你们要经营的那家酒吧的旁边就是医院，你还等着蔡牙医给你老婆接生吗？"

我呆住了，但我又提出了一个更严峻的问题："我要和你们寻找古城，梅子走了，谁照顾她？"

王远京盯着我脸上的面具说："我托人给她雇一个很好的保姆，直到孩子平安降生，不过，保姆的费用你出。"

我笑了："你看，我就是那个雪人。"

王远京板着脸说："傻瓜，别高兴得太早了，京城里，保姆的工资也是很贵的。"

我说："只要母子平安，钱不是问题，实在不成，我去卖肾。"

王远京瞪了我一眼说："滚吧。"

此外，他还画了一张大饼让我充饥。他像小学老师给学生讲未来的梦想似的，为我描绘了那家坐落在京城某条小街上的"梅子酒吧"。从"梅子客栈"到"梅子酒吧"，听上去似乎缩水了不少，要知道我们在瓦莱湖的梅子客栈，不仅住宿餐饮一条龙，还附带了一个酒吧，我还是酒吧的经理，并在酒吧上演过和在城市里谋生时一样的节目。他大谈生意经，讲京城里挣钱的优势和城市人生活的品位。其实，梅子并不想离开瓦莱湖，她对这块儿恬静之地有着深深的眷恋感，她对老阿爸有着父女般的依恋和敬重，她对小哑巴像姐姐一样地呵护，他四季换穿的衣服全被梅子包了。我很恼火，为此与梅子叫嚷生气，她终于愤懑地指着我的鼻子骂我小肚鸡肠，不像男子汉，她居高临下地怒视着我，我第一次看到她怒视的眼神，第一次看见她抬起手想扇我耳光，但那手还是垂落下去了，但我看到了手指的哆嗦和颤抖。这就是我的梅子。

梅子走了，和林秋雁结伴走的，黑色的轿车和一台屁股后面吐着黑烟的桑塔纳黑出租，将除夏维溪之外的一行人拉进了光怪陆离的城市，把我的梅子和林秋雁送上了飞机。

其实，梅子离开得有些匆忙，她还没有准备好就匆匆地离开了瓦莱湖。起因是夏教授委派林秋雁再去一次北京，就鹰嘴湾考古和吉雅所描述的古城是否存在向有关专家求证，这次，夏教授是铁了心要在瓦莱湖搞出些名堂来的。除了严谨的论证，激情或许才是支撑这次考古的最大原动力。

梅子一走，客栈便乱套了。厨师白师傅以卷着行李离开，证明了他确实为梅子的歌声而来，王远京开出加一半工资的条件也没能留住固执的厨师，我和吉雅就成了厨师，勉强维持一日三餐。宋朝阳仍然过着衣食无忧又懒得动手的幸福日子。

趁着林秋雁去北京论证考古资料的空当，也是客栈乱了套的生活，我们决定将考古的日期提前，也就是说，等吉雅联系的厢式货车一到，就开始向沙漠进发。厢式货车因为雪后路滑，晚到了两天，车上已装了一些食品、简易炊具和帐篷，并按照夏教授列出的清单，购买了一台国产的汽油发电机，为这台发电机，王远京和吉雅又吵了起来，王远京主张买一台进口的，吉雅一意孤行地买了一台国产机子，王远京说到了沙漠准坏，耽误事儿。吉雅说，能省就省点，你的钱也不是大风刮来的。王远京看看我，意思是吉雅葫芦里到底卖的什么药？我说，吉雅怕你的钱玷污了寻找古城的圣洁。王远京气得浑身哆嗦，手指关节“嘎嘎”地响着，说：“我的钱干净着呢。”

我说：“这和钱干净不干净也没关系，是不想让你花去很多钱。我觉得是这个意思。”

王远京叹了口气说：“搞不懂你们了。”

我说：“有些事儿我也不懂。”

一周后，厢式货车被挡在了去往沙漠的路上，挡路的又是蔡牙医，但横躺在路上的是李豆腐的儿子小李豆腐，手里捏着金黄色的罗盘，周围聚集了瓦莱湖镇上的大部分居民。

夏教授心急如焚，想以渊博学识的教授头衔和在瓦莱湖建立的良好口碑，说服居民们让开通道，但居民们叽叽喳喳，也没顾及教授情面，七嘴八舌地埋怨：为了一个寻找古城，瓦莱湖死了一老一少，那古城就是一个索命的无常，躺在货车前面的小李豆腐甚至挤出了愤怒的眼泪。僵持了三个钟头后，小李豆腐也在冰冷的雪地里躺了仨钟头，我们互相望望，心里便也没了底，开始怀疑我们的考古和寻找古城是不是错了。夏教授决定暂停向沙漠挺进，货车司机吐掉烟蒂，退后几米，掉转车头，载着我们撤回了客栈。

我们没有把这个消息告诉老阿爸。

这天，客栈里死一般地沉寂，全都哑了，到了午夜，夏教授的房间里传出了声音：夫神农以前，吾不知已。至若《诗》《书》所述虞夏以来，耳目欲极声色之好，口欲穷刍豢之味，身安逸乐，而心夸矜势能之荣。

夏教授用苏浙口音诵读出来，像是评弹馆里的吟唱，绵软得宛如溪水潺潺。

这一夜，王远京辗转反侧，一夜无眠。吉雅和我同处一室，心急如焚，却无计可施。隔壁的宋朝阳也无了鼾声，在睡在醒，不得而知。

早上，王远京坐在餐厅，等我把粥和馒头端上桌，他递给我一张纸，让我看了，我问他“众筹”是什么意思，他示意我把纸条传给吉雅。夏教授收了下颌，透过眼镜上方的边框窥视我们，一脸狐疑。

“这个不成，异想天开。”吉雅看过纸条，便把纸条递给了夏教授，“瓦莱湖人会觉得你在骗他们。”

夏教授看过，摇摇头说：“怎么想出这个法子的，不妥。”

王远京笑了笑：“这是昨晚您告诉我的。”

夏教授怔了怔：“《货殖列传》？”

王远京又笑：“天下熙熙，皆为利来；天下攘攘，皆为利往。”

夏教授叹了口气：“天下熙熙，皆为利来；天下攘攘，皆为利往。司马迁说得没错，他很看重经济的。”

我像被马蜂蜇了似的，看着夏维溪，怎么又提起了司马迁，他是我的祖先，我信以为真的祖先。

但王远京似乎没那么幸运，众人对他的意见并不赞同，或者干脆认为就像吉雅所说是异想天开。

三天后，王远京以成功粉碎了我们的狭隘。他成了。

他说服了一个人，便说服了整个瓦莱湖。

吃罢早饭，他向我要了储藏室的钥匙，在那个积满蛛网与尘埃的储藏室翻腾了半天，抱出一箱子白酒，这箱子白酒是上一任客栈老板落在储藏室里的，一整箱子从未开封的“白狼酒”，那是烈酒，喝进肚子里，火辣辣的，像燃烧的火。

他说，这是手榴弹，要炸倒那些阻挡我们进沙漠的人。

掸去那箱子上的尘土，扛在肩上，徒步而行，路线也提前做了侦察，方向是那座飘逸着檀香、紫罗兰和印度香料味道的像庙堂一般的金兰大婶家。

吉雅看了我一眼，忧心忡忡。

天上又飘雪花了。今年的雪多于往年，瓦莱湖人并不高兴，说雪下得多了，也不一定是好兆头。

王远京顶着雪花走出了烟雾缭绕的金兰大婶家，街上人已稀少，偶见几个修自行车、钉鞋掌的缩着脖子聚拢在卖烤红薯的烤炉前取暖聊天，王远京也不看他们，慢慢地向客栈走，但脸上却透着喜悦之色。

众人不知其葫芦里卖的什么药，问起来，便说两天后方知分晓。

但结果不是两天后出来的，而是在十几天后，具体日子我记不大清楚了。只记得，那是林秋雁回来的时间，我和吉雅到机场接回了林秋雁，并知道王远京把梅子安排得很好，梅子让林秋雁给我带回来的话是，别再想那些不着边际的事儿了，安心陪吉雅找到古城。

古城，我现在听到古城这两个字就偏头疼。

王远京却凭借丰富的想象力，重新唤起了瓦莱湖人对寻找古城的渴望，假如瓦莱湖人纯属心血来潮，那么王远京的计划，就看起来完全是缜密的谋划了。他为瓦莱湖人构想了一个梦想，淘金梦对多数人来说，都有着巨大的诱惑力，而金兰大婶充其量就是个宣传员的角色，不过，效果很好，王远京搓揉着手背说，他的眼力胜过彩超机。

“众筹”对我是个新词，对瓦莱湖人更是陌生，但瓦莱湖人接受的速度却令人咋舌。

王远京为瓦莱湖人描绘了一个古城旅游投资公司的未来，他说，古城找到后，瓦莱湖人都将是股东，都可以获得收益，当然收益以投入的资本多少来确定最终分红的比例和配额。王山杏问，谁来寻找古城，万一找不到怎么办？王远京说没有谁比他更合适，瓦莱湖人坐在家里等着分红，那不是更好吗？王远京这一说，瓦莱湖人或许还对李豆腐和小蔡牙医的死心有余悸，就觉得没有比这更合适的办法了，我想其实是金兰大婶在后面推波助澜，否则，瓦莱湖人并不会那么快地对王远京的计划深信不疑。

但这次瓦莱湖人并没有提供资金，王远京的目的只是让他们不再干涉进沙漠考古，所以临行前，还与一半以上的瓦莱湖人签了一份合同，瓦莱湖人在蔡牙医的组织下，专门聘请律师，确认了这份合同的真实有效。于是，瓦莱湖人放心了，酒宴摆了起来，那不过是从前的酒宴，在萧条之后，又恢复了生气。他们甚至堵到客栈的楼下，打听我们什么时候出发，迫切得如同站在洞房门口的新郎官，王远京却矜持得像新娘。他坐在汽车里，等待着瓦莱湖居民热情相助，把考古器材一件又一件地搬到车上，他们不计报酬，只为寻找到古城，只为按照配额分得高额的股份，获得满意或不甚满意的收益，那是热闹的早晨，惊飞了画眉，惊飞了鸽群。

楼上，响彻着哗哗的水声，林秋雁突发奇想，说洗个澡，等进了沙漠连饮水都难以保证，更别说洗澡了。

我们就在楼下静静地等。

瓦莱湖居民心生诧异：怎么单单听到水流声，却听不到魂牵梦绕的歌声。

吉雅自从回来已和林秋雁形同陌路，我不知道他们起初的恋情到底算什么，吉雅始终沉浸在失恋的痛苦里难以自拔，他把那份情感扼杀了，并不止一次地捂着被子偷偷流眼泪。流眼泪有什么用啊，难受就喊出来，反正我是这么理解的。我想说，你向林秋雁去表白，或者向我来倾诉，这两样，哪样都比流眼泪有实际效果啊。可是每个人都有做事的方法和原则，又似乎强求不得，愿意怎么做就怎么做吧。别学小蔡牙医就行，小蔡牙医把命玩丢了，他的故事可以当作一个反面的教材或者案例，警示别人，也或者是我们。吉雅不见了，我以为上楼去了。等我把一大桶纯净水搬下楼，却见吉雅在车厢里坐着，目光呆滞得像坐在树根下晒太阳的百岁老人。我就越发讨厌林秋雁，就感觉那哗哗的水声不是水声，而是呻吟。

水流的哗哗声终于停歇了，我们仰着长颈鹿一般的脖子，王远京奚落我们，别把自个儿抬那么高，什么长颈鹿，就是一群伸长了脖子的大鹅。我说，一群男人为一个长得并不好看的女人互相奚落和自相残杀，有意思吗？其实，我知道这话没什么说服力。但我们由此转移了话题，继续讨论古城可能存在的位置。我说，我的预感是它不会在沙漠里。但是没人信我的话，包括夏教授，他认为吉雅在沙漠里发现的那口古井才是考古的核心区域。

这一天，我们奔着古井去了。

夏教授不再是这支考古队的头儿了，更像是一个兢兢业业的门房值班室里的大爷。尽管王远京想成为我们的精神领袖，或者实际的领导者，但我伏在他的耳边说："你既成不了萧扶桑，也不是微子启，你只是仲犹。"他按了按我的肩膀，我就倒了，他拧着我的耳朵根问："那夏教授呢？他是微子启？"我摇摇头说："他是老巫师，或者彭祖。"王远京说，我倒喜欢彭祖这个人，活得越久，可能明白的东西越多。我说，你这是什么逻辑啊。王远京不屑地看我，生活原本也没逻辑的，逻辑属于高大上的东西，都知道了逻辑，那世界该乱套了。我想从王远京身上嗅到一些味道，并且深信王远京这个靠卖假药起家的商人，不可能脱离了低级趣味。我不怀疑他的智商，但要说，他即使真能找到生活的意义，那意义也只是属于王远京自己的，更不能把那些无聊的意义强加于别人，比如吉雅。

吉雅蹲在夏教授的旁边，手里拿着一个白纸夹子，夏教授说着，吉雅一笔一画地记，边记边搓动手指。我们的嘴边已有了哈气，当然这不是沙漠里最冷的时候，再有半个月，如果还找不到古城，就只能撤回去了，所以大自然给我们的时间仅有半个月。吉雅比谁都焦急，因为连我们也预感到，老阿爸留在这个世界的时间可能不多了，这一冬天没有结果，明年又会是什么情况，谁也不敢去想了，似乎麻木了。

所以，夏教授暂时延迟了对鹰嘴湾石洞壁画内容的考证，先开挖古井，看是否能寻找到有关古城的蛛丝马迹。他们先拂去那眼古井上层的覆土，其实是沙子，细密得如同粉末，经过秋季和初冬风沙的光顾，古井又被这些细密的沙石掩埋了。如不是那株种植于一九六二年的白杨树做标记，古井又在我们的视野里消失了。

迄今为止，没有哪一种考古像现在这样，不是为了考古，而是替一个家族寻找根系的存在，带着如此极强的目的，我不知道考证的结果有什么意义。

那天下午，吉雅扛着一把铁锹，独自刨挖沙土，他仅穿了一件衬衫，后背被汗水打湿，地下放着一件黑色的棉袄，棉袄上面也覆盖了一层细细的沙土。这是冬天啊，我怕他感冒，劝他把棉袄穿上，也不用这么拼命地挖，夏教授说过了考古是个细致活儿。他冲我笑了笑，便说："时不我待。"

我说："别心急，凡事都需慢慢来。"

吉雅便不再说话，专心刨挖沙土，那挖出的沙土堆积得又像一座祭坛。我想爬上那祭坛，但沙石松软，让我一次次像皮球一样从沙土堆上滚下来。我想我的样子一定很傻，很滑稽，爬上爬下，几乎是在添乱。我躺在沙堆的祭坛上，吉雅扬起的沙土像雪片一样落在我的身上，他太专注于此，以至于我快被他扬起的沙土埋掉了。他没看到我爬到祭坛上吗？顾不得想那么多了，我看见了蓝蓝的天空，天空中飘着棉絮，不，我看着更像棉花糖，一大团一大团地向东飘过，有的像女孩的笑脸，悬挂在天宇，有的像狰狞的魔鬼，挣脱了魔瓶的束缚。这天空仿佛越来越热闹，越来越有意思，看得人眼花缭乱，目不暇接。

我要被他埋掉了。

我不知道一个甘愿被埋掉的人算不算自甘堕落，这时，我特别想像微子启送给那些魂断沙漠的夸父们一样，有人在我的胸前安放一个木制的圭表，好让我死得悲壮一点，我可能像埃及的法老们那样成为一具木乃伊，一具侏儒的木乃伊会给后世留下宝贵的资料，他们可以研究我，解剖我，直到支离破碎，体无完肤。

"吉雅，你疯了吗？你怎么把晓椿给埋了？"这是一个熟悉的女人的嗓音，尖细而有刺破天空的穿透力。

她冲上了沙堆，一边埋怨和训斥吉雅，一边拂去我身上的沙土。

接着，她又冲我喊叫，骂我傻瓜，你怎么就不知道躲开啊。她说这话时，嗓子眼是颤抖的，像是哭声。

我没见过她这么失态，嗯，或许她对吉雅仍有感情。我笑了。她捂着脸哭了，说梅子送她上飞机前特意嘱咐，照看我这个矮小的侏儒。假如我死了，她怎么见梅子？

吉雅拄着铁锹，半截身子站立在古井中，见她从沙土里拽起了我，也愣住了，喃喃地说："我怎么没看见你，我以为你又躲进帐篷里去了。"

我笑了，满脸的细沙。

我从沙堆上滚下来，抖了抖身上的尘土，虽然我的个子小到和铁锹的木头把子差不多，可我想帮他。吉雅看了看我，摇着头说："你插不上手，还是做点适合你的事儿吧。"

"我可以钻到古井下面。"我觉得这是一个不错的主意，"我的身体再合适不过了。"

吉雅似乎觉得在理，便拾起一把很小的铁锹，那是老阿爸的，当骑兵的时候从部队带回来的，我没想到吉雅还会带这个。那把小铁锹像是用来挖战壕的，现在被我用来挖古井，铁锹很顺手，我的体型正好能站在古井里面，吉雅从上面吊下一只箩筐的同时，也吊下了我。我看着一筐筐的沙土从我头顶拽上去，井口先是在我头顶，后来我越来越矮小，抬起手臂都够不到井沿。夏教授的眼镜片像两个小太阳，在古井的上方闪动，吉雅不知疲倦地吊起一筐又一筐的沙土，我甚至看到了绳索上的斑斑血渍，至少我们干的时间不短了。夏教授一遍遍地催促我们停下来歇息，他在井口打着响亮的喷嚏，林秋雁给夏教授披了件大衣，但没多久，那件大衣便从他瘦弱的肩膀上滑落下来，像苫布似的遮盖了井口，我眼前昏暗得像穿越了时空，接着光亮又射了进来，而我的脚掌却踩到了坚硬的物件，我弯下腰摸索着找到了那片埋在沙土中的瓦当。夏教授接连又打起了喷嚏，吉雅激动得热泪横流，林秋雁从吉雅手里抓过棉大衣，又给夏教授披在肩上，并把大衣的扣子系进扣眼。宋朝阳举着酒瓶子走了过来，要夏教授喝口酒暖暖身子，夏教授推了宋朝阳的手臂，擦了擦镜片。王远京听到挖出了东西，拉开车门，准备下车，听到挖出的是一片瓦当，又把踩到地上的一只脚收了回去。

发电机噪声很大，吐着呛人的黑烟。天将黑时，王远京过来告诉我们要开饭了，说完了开饭的事儿，便又指着发电机冲吉雅发火，说国产的发电机就是不如进口的。

因为挖掘到了瓦当，夏教授让我暂停了铁锹的挖掘，但也没用其他工具，而是结束了一天的发掘。

夜晚，为了节省油料，关掉了发电机，耳边倒清净了。夏教授举着手电筒用放大镜看那片瓦当，吉雅问瓦当是哪朝的，夏教授说像东汉的，吉雅又有些失落，于是夏教授关闭了手电筒，往吉雅坐的地方靠了靠说："一片瓦当说明不了问题，看明天的发掘结果吧。"

夏教授打了个哈欠，说确实有点困了。我说夜里冷，夏教授睡厢式货车的车厢里，车厢里也支起了一个帐篷，挡不少风，比外面暖和一些。但王远京说，车厢里除了林秋雁，男士一律睡下面的帐篷。

漆黑的夜幕下，借着月光，我隐约地听到了夏教授粗重的呼吸，他大概是生气了，为一个老男人的自尊。

林秋雁也没客套谦让，理所当然地上了厢式货车。

我们纷纷钻进了帐篷，我挨着吉雅躺下，夏教授要求和宋朝阳住一个帐篷，我和王远京、吉雅都没吭声，大家不欢而散。我和吉雅刚铺上羊皮褥子，王远京抱着一床毛毯钻了进来，直接把毛毯塞给吉雅，而后指了指厢式货车，语气坚定地说："送上去，女孩子是需要呵护的。"

我说："林秋雁也不能叫女孩子了。"

王远京说："他妈的，你这话还是兄弟吗？"

我知道，王远京是诚心想帮吉雅，即使寻不着古城，也能收获一份爱情。

起风了，风魔啸叫着，卷起砂砾肆虐着帐篷。沙漠的夜晚本来就寒冷，一起风就更冷了。

毛毯啊，这是雪中的炭火。

吉雅犹豫了一阵，似乎下不了决心。

王远京便说："我只能帮你到这儿了，为了你，我没准儿得罪了夏教授。"

我说："夏教授才不是你想的那样，他脑子里全是学识。这会儿，肯定还打着手电研究那片瓦当呢。”

王远京撩开帐篷，望了望，果然亮着灯光。王远京叹了口气说：“一会儿把发电机打开，给老头那边接个灯。”

他转过脸来，又推搡吉雅，吉雅被我们推出了帐篷。他抱着像一盆炭火似的毛毯，走得小心翼翼，像踩在了瓦莱湖的冰面上。

我们盯着他上了车，之后，便悄无声息了。

王远京伏在我耳边说：“人家谈恋爱，你紧张什么？”

我说：“我紧张了吗？”

王远京说：“你的腿在抖。”

我仰望夜空，今夜的猎户座格外耀眼。我想，那是石洞里的伊哈多，或者是森林里狩猎的伯猃和仲狁，我说等破解了萧扶桑的书，我也写书。王远京说，你别逗了，你要是能写书，我就让公司的全体员工每人买一本，并放置在写字间最显眼的地方。我说你不必这样挖苦我，我要写也是写给即将出世的儿子，让他知道，这个世上，还有一个整天戴着面具生活的侏儒父亲，我还想说，我们这个家族或许是司马迁的后代，可在未经证实之前，还是不要写进书里了，免得祸害了儿子。

王远京白了我一眼，说你怎么就确定是儿子。我说是梅子告诉我的。王远京沉吟了片刻，说：“等寻找古城的事儿结束了，你们夫妻该团聚了。”

“那什么时候能结束？照现在这样子，也好像遥遥无期。”我的忧虑并不是毫无道理。

一晚上，吉雅没回帐篷。

天亮时，王远京瞥了眼我，狡黠的笑意中流淌着自鸣得意的快感，甚至觉得为吉雅精心设计的尽管老套的示爱方式，却出乎意料地完美。随后，又有些失落，觉得这样的结果缺少戏剧性的转折和效果，能稍显曲折一点也许更好。

他目光定定地盯着我，依然沉浸在自认为完美杰作的陶醉状态里。而我认为，这种陶醉多少有些市侩的嫌疑，但很快王远京便觉得这事儿并不像他想象的那么简单。

开早餐的时候，沙地上铺了一块儿毛毡子，毛毡既可以落座，也能当成露天野餐的台布，毛毡是吉雅带来的，原先铺在老阿爸床铺下，临走的那天，老阿爸派小哑巴给送了过来。我觉得那毛毡子更像一块祥云铺陈在考古的路上，我们宛如祥云里的神仙，太白金星和太上老君，当年帮助秦始皇和汉武帝炼制丹药的金刚们悉数端坐在洁白的祥云之上，拂尘和羽扇随风飘逸，丹炉的烟火氤氲缭绕，仿佛从尘世的恍惚的光影里幻化出仙境般的日子，日子杂糅着青铜的锈迹、金银的贪婪和历史的尘埃，尘埃粘附着繁文缛节般的复杂的印记，印记上镂刻着岁月的沧桑与苦难，苦难是一个民族或者一个家族的绝地，绝地才是心灵最后的栖息之地。那里没有战火、瘟疫和灾难，没有尔虞我诈、唯利是图，没有夫妻反目、兄弟相残，这些都刻在了那本龟甲书上，我们试图从那些抽象的符号中寻找具象的真理。所以，我们会看到，每一片古城的瓦当和地砖，都蒙尘着历史的痕迹，那些痕迹流逝于复活节的早晨，也可能消失在成道日的傍晚，我们无法看到那无数双被天鹅翅膀迷住的眼神和夸父留下的足迹，因为那里便是传说中的绝地，便是心灵的依傍之所。于是，绝地的尘埃便在无数双凝视的眼睛中随着夜幕的降临而消散了，留住的是绝望、无奈、怒火和幸福。

林秋雁漫不经心地踩踏着小扶梯下来，扶梯只有一个人的宽度，是可折叠的铁质梯子，从车厢连接着地面，样式像商场里的滚梯。她拧开水箱的小阀门，接了一杯水，弓着腰刷牙，凌乱的头发被风吹得更加散乱。我和王远京面面相觑，随后把目光移向扶梯，期待着另一个人的出现，但我们想，吉雅不大有勇气在众目睽睽下走出来，我和王远京也不希望那样的场景出现，最好含蓄一点。

我和王远京不怀好意地笑了。

我还看到了撅起的浑圆的臀部。

林秋雁刷牙的时间漫长得要命（也许是我们迫不及待的错觉），刷完牙，没再踩着扶梯上去，而是打湿了毛巾，在脸上擦了擦，抹了些防晒霜，径自坐到了王远京的一侧。我看着她的眼神，试图从眼神中找到答案，或者想象中的蛛丝马迹。可是她的眼神平静得如同瓦莱湖的湖面，看不到一丝的涟漪。

沉默了许久，伴随着沉闷尴尬的咀嚼声，王远京问："毛毯？"

“哦，吉雅给我了。”林秋雁轻描淡写地说道，“夜里，还多亏了那条毛毯。谢谢你。”

这一次，我一直以来最自信的预感被彻底地击碎了。

我没有预感到那一夜王远京导演的这场所谓的爱情游戏并没有按照他所设定的戏路去演。

吉雅不见了。

据林秋雁说，吉雅送去毛毯后，局促不安地看着她，她说，你走吧，我要睡了，吉雅就默不作声地走了。

由于是林秋雁的一面之词，谁也不知道是怎么一回事。一只箩筐，两把铁锹，孤独地躺在古井口，似乎预示着什么，它们昨天的主人现在已不知去向，我的心像被什么东西揪了一下，很疼。我并不完全相信林秋雁的话，就连一向和气的夏教授也有些恼火，跺跺脚，搓搓手:“那不是考古。”

我们那个时候并没有听懂夏教授的意思，后来才明白了他的心思。他其实早就知道了林秋雁的用意，而吉雅和我们却都蒙在了迷雾一样的云端，但那不是铺在沙地上的毛毡，更不是一片祥云。

第三十章　远去的足音

我不是健全人，我指的是心理，至于侏儒这样明显的缺陷就不必啰唆了。

从前，我只关注于如何活下去，从来没想过要读一本书，要背诵一首诗，比如:“大漠孤烟直，长河落日圆。”“冬天来了，春天还会远吗?”至少，在读到那本没有封皮的散发着陈年古藏气味的神秘的书本之前，我不知道什么叫浪漫主义和历史虚无主义。在见到王远京之前，我也从未想过生活的意义，我只知道，从租住的像囚室一样的房子里出来，踏上拥挤的公交车，有时也会坐在梅子温热并弹性十足的腿上，到那个城市的一角，贩卖我的滑稽，赚取果腹的金钱。

我还记得，我和梅子趴在窗子上，看一扇扇的窗户，数一盏盏的灯，结果是泪水和失落，因为没有一扇窗、没有一盏灯是属于我们的。

当然，我也常常把老阿爸想象成冯铁炉，他们呼哧呼哧的喘息声是那么的相像，就连睡熟了的鼾声，也奏鸣着温暖的韵味，就像那峰死掉的骆驼。那峰骆驼的名字叫额勒森汪格策。老阿爸坐在秋草枯黄的垂暮里，看从眼前跑过的一只野兔，看随风摇摆的芨芨草由青变黄，看瓦莱湖镇上的人生老病死，而房子却越建越多，早不是一百多年前那一对少男少女搭起的小窝棚，起初是一排排的房子，后来又有了楼房，在老阿爸的记忆里，瓦莱湖最早的楼房恰是如今梅子客栈的这幢二层小楼，那时这幢简易的楼房算得上瓦莱湖的地标建筑，格外突兀。如今，梅子客栈和老阿爸一样衰老，四面墙壁的白釉面墙砖乌黑斑驳，有几处墙砖掉落了，露出灰褐色的水泥底色，据说建这幢二层小楼的主人是瓦莱湖的第一个包工头，后来数易其主，那房子也就失去了往日的辉煌。

但无论房子增建了多少，开拓沙漠、寻找古城的梦想却始终未能如愿，除了老阿爸，从毕利格巴图到毕利格，老阿爸的前面至少有三代人为寻找古城而遗憾地死去，他们找不到的原因就是缺少科学技术的支持，没有遵循考古的科学规律，完全凭借断章取义的臆测，以至于不仅是这个家族的成员和后人，连瓦莱湖人也信心百倍地加入其中，死去的那几个老人中，至少有七个人曾悄悄地进入沙漠，这里挖挖，那里刨刨，沙漠里到处都是坑，希望寻找到遍藏宝藏的古城，但他们都带着失望的遗憾离开尘世。幸好沙暴是绝好的包庇者，帮他们掩盖了痕迹。

老阿爸和吉雅都把最后的希望寄托于夏教授，但这又是很矛盾的一件事，我知道，或许也只有我能理解夏维溪教授的苦心，他全部的理想是破译那些龟甲符号。他说，那是整个民族的根系，包括文字的起源，他思索着为什么我们的文字是方块字，而不是字母，在冰川的时代，在夸父远征的路途上，文字是如何形成的，他们又是如何解开了天体运行的奥秘？这些才是困扰夏教授的难题，也是苦苦思索、夜不能寐的症结之处。他试图打通与四千年前先哲沟通的路径，那个路径崎岖得找不到入口，到处都是血，都是密码。

我盯着夏教授，他很忧伤，也有些失望。原因也与吉雅的不辞而别有关。这个早餐吃得一团糟。酱牛肉、羊肉粥、用烤箱烤得焦黄的肉包子，货车司机兼做了厨师，当然王远京也允诺了不菲的报酬。但那些剩饭，好像给了他一个下马威，让他顿觉无地自容，浓重的挫败感令他窒息。他一声不吭地收拾了剩饭，而后去开启发电机。这时，一只手压在了他的手背上，那是夏教授，夏教授看着他摇摇头，他便缩回手，失魂落魄地靠着轮胎坐下去了，而车厢的另一头的轮胎上靠着心事重重的宋朝阳。

为了拯救这场像瘟疫一样的危机，王远京拽起了货车司机，他们决定进一趟城。走之前，货车司机和王远京因为酬劳的问题吵了一架。我们都认为，王远京要不辞而别了。我心里想着是否爬上货车，免得被王远京无情地抛弃在沙漠之中。但夏教授无动于衷地坐在帐篷里，对外面发生的一切置若罔闻。

我想了想，觉得还是跟着夏教授。至于原因，我也说不清楚。再说，王远京也没有拉我走的意思，我便感叹人心隔肚皮。于是，我又想起了梅子。想起梅子，我吃了一惊，吓出一身冷汗，因为我突然觉得，把梅子送到北京，岂不是羊入狼窝，“羊爱上狼爱的疯狂”，写这个歌词的人或许和王远京一样，一肚子坏水，不怀好意。

王远京走了。

我坐在夏教授的帐篷外面，想让夏教授帮我分析王远京离开的动机，不远的地方，林秋雁捧着一本书装模作样地读着。

夏教授说：“王远京决定不了寻找古城的结果。”

说完，又埋头看我给他的那本没有封面的书。

我百无聊赖地站起来，摇晃着脑袋爬上了沙丘。风吹拂着我的脸，我想看到书上所写的海市蜃楼，想看到那一队远行的夸父。可是，沙漠里除了风，除了一星半点的干枯的荒草，除了满眼的黄沙，一无所有。

走下沙丘时，我的心空荡荡的，沙子钻进了我的眼睛，想弄出眼里的沙子，面罩是个问题。

我不想摘下面罩，便求助夏教授。

夏教授眯起眼睛笑了笑：“我这手脚和眼神，还能弄出你眼里的沙子？”

宋朝阳毛遂自荐，说他可以帮我，我看了他一眼，送给他一个脊背。

夏教授便喊林秋雁，让林秋雁帮我。我又一次嗅到了女性的气味，那气味倒驱散了我对她的厌恶。

傍晚，王远京用厢式货车拉回来七个粗手粗脚的农民工。

我问他见到吉雅了吗。

他瞥了我一眼，没吱声，我看到了像樟脑球一样的眼仁。

接下来，王远京让我变成了无所事事的闲人，他雇来的工人干得热火朝天，铁锹碰撞的金属声伴随着聒噪的说笑。他们情绪高涨，原因是这活儿不累，还没有太大的危险，用不着在脚手架上爬上爬下。但夏教授只得花上更多的时间蹲在古井边，并反复地提醒那些粗笨的工人别那么莽撞，事实上，夏教授的提醒收效甚微，那些工人们只想早点把活干完，好去下一个地方挣钱，因为王远京与他们谈拢的报酬不是按工时算账，而是以土方计算工作量，这种计算酬劳的方式，尽管避免了敷衍和消极怠工，但没有一个工人肯耐着性子，像打磨一件昂贵的工艺那样细致地清理填埋在古井里的沙土。

夏教授终于忍无可忍地叫停了发掘。我从未见过老头像现在这样怒不可遏地呵斥："滚吧，这么挖下去，有多少宝贝也让你们给毁了。"

那些工人们仍然没有住手，谁给他们发钱，他们听谁的，只要王远京不说停，他们就会一直地挖下去。夏教授从站立在井口的一个工人的手中夺过一把铁锹，铲起一铁锹土扬入井底。井底的人扑打着头上和脸上的沙土，粗俗地谩骂，井上的工人也同仇敌忾，一巴掌推倒了夏教授。可敬的夏教授像一只断了翅膀的飞鸟，趔趄着跌落到我和吉雅垒起的祭台上了，他挂在鼻梁上的眼镜不知飞到了哪里，或者没入了沙土，衣服和嘴唇上沾满了黄色的细沙，他趴在地上，摸索着寻找眼镜。工人们并没有觉得这样粗鲁的行为是对一个考古专家的不敬，他们不知道考古专家的分量，只知道王远京才是不怒自威的老板。听老板的准没错，一个工人对因为推倒夏教授而发呆的工友说。

"谁让你们这么干的？"王远京跑过来质问。

一个工头模样的人也从树下的简易工棚跑过来，搀扶起夏教授，并为教授找到了滑落到井底的眼镜，不过一只镜片已被踩碎。

"没了眼镜，我什么都做不了。"夏教授擦着嘴唇上的沙粒，他苦着脸，却又好似无可奈何。

他想摆脱这种混乱和困境，考古并没有按照他预想的方向进行，总是节外生枝。他眯起眼睛，望着头顶的太阳，那斜射的阳光预示着深冬的到来。节令已过小雪，瓦莱湖的湖面开始结冰，沙漠里的这眼古井却见不到潮湿的泥土。他原想放慢发掘的速度，把发掘出来的东西仔细地考证清楚，可现实总是和预想的计划有落差，有时甚至是满拧。我们的夏教授像个无助的幼儿蹲在古井边，他极力克制愤怒，并试图让眼前这些纷乱的欲望归于冷静的认知，让盲目的混乱趋于理性的思考，人们不再为金钱和欲望所累，无论是理想主义者、浪漫主义者和现实主义者，都能在理性的轨道上消除内心的狂热，而狂热的战争和流血所衍生出的所谓的种族主义和英雄主义，与伟大的夸父之旅比起来，简直不值一提，那些为求证科学、天体和理想而开启的追梦的远征，才是真正的浪漫主义和理想主义情怀。

我给夏教授端了一杯水，他舔了舔干裂的嘴唇，接过来，喝掉了多半杯水。我和夏教授已无事可做，工人们清理出一具装在铠甲里的遗骸，他们吓破了胆，纷纷从古井里跳了出来。夏教授闻讯，举着一只眼镜片，试图下到井底。我说我去吧，夏教授看看我说，还是等等，让林秋雁先下去，宋朝阳把一根绳子系在林秋雁的腰部，又给林秋雁戴了一顶安全帽，把林秋雁送到古井下面，又用箩筐将毛刷、小铲子、强光手电等工具输送了下去。井上鸦雀无声，井下很久也没有声响，似乎都在等待，那些工人更觉得不可思议，一个女人竟然比男爷们还有胆量。过了很久，井下有了林秋雁的喊声，林秋雁让宋朝阳把她拽上来，宋朝阳便用力向上拽，但他的力气似乎小了些，王远京便喊两个工人帮忙，三个人七手八脚地把林秋雁拽了上来。

林秋雁向夏教授建议："把冯晓椿放下去，空间太小了，铠甲下面的泥土没法作业。"

夏教授看了看我说："你下去吧，把铠甲下面的泥土剥离开，你记住两个字，细致。"

我下去前，又追问夏教授："这样就算考古了？"

夏教授点点头，我就心花怒放了，心想，我一个侏儒不仅是用来在台上博取别人的欢笑的，我也可以参与到考古这样看上去很神圣的事业中来。林秋雁把她头上的安全帽摘下来扣在我的脑袋上，结果，那戴在林秋雁头上显得有些晃荡的帽子，却只能扣住我的半个脑袋，林秋雁说："没想到你的脑袋挺大的。"

我说："聪明的脑袋一般都是我这号的。"

王远京说："别啰唆了，你把那棵杨树上的叶子全吹掉了。"

我说："我是夸父。"

可是，没人回应我，更没有人为我喝彩。我还想和王远京侃几句，宋朝阳那个混蛋已经把我给吊下去了，要是吉雅在一定不会这样。

在深达两米五的井底，我嗅到了一股腐臭和霉烂的气味，那气味既有泥土的霉味，又有铠甲和尸骨里的腐臭。我打着手电，看到了铠甲里那具狰狞的骷髅，说实话，我的头发好像又长了不少，我用一把铲子，慢慢地剥离掉粘附在铠甲上的泥土，做得小心谨慎。清理铠甲时，我又想到了老家那棵被拆迁队锯掉了的百年椿树，电锯轰鸣的时候，椿树是否老泪纵横的样子？我没听姑姑说这个细节，我想，它会流眼泪的，它活得太久了，见多了世间沧桑。

那副铠甲因埋在沙漠里，所以保存得还算完好，这是一位死去的将士，他怎么投入了古井？在他的身边没有发现武器，比如一把剑，或者长矛、戈或者戟，没有武器，他就有可能是马夫。在人困马乏的行军途中，这支队伍终于发现了一眼井，军士和马匹睁大了饥渴的目光，水井的周边皆是被战火烧毁的废墟。冷兵器时代的废墟大都是人为毁坏的结果，杀人、放火、奸淫女人，这些都是得胜者攻城略地后庆祝狂欢的保留节目。这支队伍慢了一步，早在他们入城前，撤退的守军，毫不客气地烧毁了房舍，没给他们留下点火的道具，当然也没有了可供抢劫的粮食、金银和女人，这眼水井是馈赠给他们的唯一礼物。马夫试图用水桶打上水来，先把马匹饮了，众人便瞪着喷火的目光盯着那只小木桶，木桶撞击着井沿和井壁，发出叮叮当当的声响，那声响像母牛的哞叫，也撞击着军士们干渴的嘴巴。或许，那军官不如曹操聪明，不知道可以望梅止渴，其实，面对水汪汪的一口井，望梅止渴的办法早就于事无补，再傻的军士也不会上当。马夫没有打上水来，他趴在井口看了半天，发现了问题所在，井底的水竟然少得装不进木桶，而吊起来的却是一只湿漉漉滴着诱人水珠的木桶，这只湿漉漉的空桶就像一枚箭头射进了绝望的心脏。守城的敌军毁坏了水井，马夫自告奋勇地踩着井壁的卵石，那卵石也是为淘井留下的。马夫下到井底，掬了一捧水，先畅快地痛饮，冰凉、甘醇，感觉五脏六腑都是那么的惬意，好了，他向上挥了挥手，示意上面的弟兄把木桶放下来，他打算用那只银碗把水舀满木桶，大概舀过几碗后，他突然注意到了银碗的颜色，那银色的碗正在变黑，他求生的目光像井口的阳光一样反射回比木桶略微大一点的蓝色天空，井口那些眼巴巴盼着打上水来的兄弟们是否注意到了那眼神，现在已经无法推测到了，但那身着铠甲的军士没来得及喊出放根绳子拖我上去这句话，就一头栽倒在井底了。殷红的血从耳孔里淌了出来，上面的军士只能看到他的耳朵，他的鼻子和嘴巴没入了水中，军士们擦了把眼泪，便剑拔弩张地要找那些弃城的软卵们复仇。军士们掩埋了这口井，也把马夫埋入了井底。

夏教授要我找一找银碗。我说，这故事本来就是杜撰的，纯属虚构，哪里找得到银碗，而且我也确实找了，除了那副铠甲和铠甲里的骇人的骨骸，也没见到什么银碗。林秋雁替换下了我，要我上来休息，她在吊出一筐沙土后，果然找到了一只银碗，但我仍然坚信，马夫的故事就是夏教授好无厘头的杜撰。考古专家和小说家差不多，也是讲故事的高手，区别是考古专家面向的是过去，小说家更愿意展望未来。

宋朝阳也凑了过来，一言不发却仔仔细细地听夏教授给我讲马夫汲水的传奇故事。他左边的眉毛，有点上挑，这些天，因为对其厌恶的原因，我几乎没注意过他的相貌，他打着打火机点烟的时候，我才注意到了他的眉毛，他的眉毛上方有一道小的伤疤，上次进沙漠可不是这样的，显然是新留下的疤痕。

趁休息的当间，我问了夏教授一个古怪的问题。我说，我一直牵挂着李陵埋在戈壁滩上的那些“宝贝”，那些龟甲书最后流向了哪里？

夏教授说，你很善于联想，一副铠甲又让你联系起了那场悲壮的战争。

我窘迫不堪地望着夏教授，算是默认吧。

夏教授说，我的观点是李陵那次去北海看苏武，其实就是交代龟甲书的事儿。为了麻痹匈奴单于，李陵去北海找了个劝降的借口，单于并不怀疑李陵会背叛匈奴，因为除了客死大漠，他已无家可归，他不知道司马迁的生死，那个为他受了宫刑的人，如果像他一样还活着，他还在编制历法吗？

那些龟甲书是属于司马迁的，当然更属于那个让他爱恨交集的帝国。

他见到了苏武，彼此相见，有点英雄落幕的惆怅。苏武须发全白，目光也有些呆滞，他犹豫了，要不要将龟甲书托付于他，可除了苏武，也没有更好的人选。他打开了一坛子酒，这酒还是匈奴兵从帝国的边塞上抢掠来的，有家乡的味道。苏武宰了一只羊招待李陵，四目相望，空洞得看不到彼此的内心，或者他们各自心里的梦早就醒了，只剩下一声沉重的叹息，一个是无家可归，一个是有家难回，像是天涯同落，又彼此心怀揣度。

北风萧萧，寒冷的冬夜，手脚是冰冷的，毡房是冰冷的，月也是冰冷的。这一夜，他们谈了北海的寒冷，缺衣少穿的日子，吃不惯的半生不熟的煮羊肉，以及孤寂难熬的时光，李陵说他在单于王庭的日子也好不到哪去，一样的严寒，一样的肉食，几乎和苏武一样过着清教徒般的生活。半坛子酒下肚，都有些微醉，舌根子硬了，说话不大连贯，思路也有些混乱。李陵担心酒多失言，就躺下睡了，外面跟随他的匈奴骑兵，也搭起了一座毡包，聚在一起喝酒吃肉。到了第二天，李陵向苏武要了一张羊皮纸和笔墨，也不是石墨，是朱砂。他写了两首诗，让苏武看。苏武颤抖着手，徐徐展开：

子卿足下：

勤宣令德，策名清时，荣问休畅，幸甚幸甚。远托异国，昔人所悲，望风怀想，能不依依？昔者不遗，远辱还答，慰诲勤勤，有逾骨肉，陵虽不敏，能不慨然？

苏武读罢，眼睛潮湿，哽咽着说：“李将军之苦远甚于我，可惜，除了司马迁为你申辩，朝堂之上，无人肯站出来伸张正义，讲句公道话。”

李陵长叹一声：“只是帝不知我心。”

苏武看了眼李陵：“其实，其实帝心知肚明，只是不肯承认错误，放不下帝国的脸面。”

李陵便绝望地又叹了一口气，他随即把龟甲书大概的内容和藏匿的地点告诉了苏武，并把一幅画夹在了剩下的诗作里。他说，你苏武至少还有机会回去，埋藏龟甲书的地方就在那幅画里，画就是一幅藏宝图，回国的时候，把那些龟甲书带回去交给司马迁。

苏武吓了一跳，他只知道李陵投降了，却不知道还隐藏着这样一个天大的秘密，而且这个秘密连接着帝国。他沉默了良久，因为他已做好了客死异国他乡的准备，回家几乎是遥遥无期的奢望。

“不会太久了，听单于说，汉使要来了，”李陵说，“我有预感，汉使或许为你而来。”

也许，这样的消息听得太多了，苏武表情木然，无动于衷，似乎早就木人石心，死水一摊了。李陵似乎还想劝说他恢复往日的激情，把那些龟甲书带回帝国，甚至亲手交给司马迁，那样，他也死而无憾了。他每日的牵挂也可以获得暂时的心安，也算是为他鲁莽的急功近利的失败，找回一丝的安慰。

“那最后的结果呢？”我觉得夏教授真的很啰唆，我想知道结果，那些龟甲书最后到了哪里。

夏教授想对我解释龟甲书最后的结局，我想，那一定是像小说一样的魔幻离奇，但就在这时，宋朝阳突然站起来，说林秋雁喊夏教授，夏教授没有了眼镜，走路便跌跌撞撞，我急忙扶住他，可我的身子又太小，差点连我一起摔倒。林秋雁在井下说铠甲已经与泥土剥离，可以吊出井外，但需要晓椿也下来，我的矮小正好可以为林秋雁搭一把手，帮她把铠甲包裹进帆布袋子。

我又被送到了井下，空间小得几乎难以立足，我紧贴着井壁，林秋雁说用不着那么小心，不然怎么能把铠甲装入帆布袋子，我说，那个袋子更像裹尸袋。她瞪了我一眼，说她尽管不相信迷信，但这样的话总是不大好听。我就赶紧闭上嘴巴。我的手指虽然是第二次触摸到那副冰冷的铠甲，但我战战兢兢，还是紧张，还是害怕，还能听到剧烈的心跳声。

我哆嗦着嘴唇问林秋雁：“你真的不害怕？”

她的眉毛一扬说：“我也害怕。”

我说：“害怕是对的。”

她却说：“我不是害怕这副铠甲，是害怕你的面具，像个无常。”

又是无常。我家镇子上的单四奶奶和福顺爷爷说我是无常，我只当玩笑话，现在连林秋雁也说我，我大概在别人的眼里真的是无常了。

接下来的几天，我们整日沉浸在对铠甲的解析与研究上了，当然“研究”这两个字只能用在夏教授和林秋雁的身上，那具尸骨需要做骨龄和碳十四的鉴定，以确定年代与人种，以解开铠甲里包裹着的密码，我想继续追问龟甲书的下落，夏教授却说等找到了古城就告诉你答案。

我说：“龟甲书和要寻找的古城有关系吗？”

夏教授环视了一圈浩瀚的沙海，说当年李陵确实打这儿经过的，所以这里不会有一座古城，最多也是一个遮虏障之类的地方，或者是要塞。我宁愿相信夏教授的推断是错的，那眼井，怎么可能只是一个供几十个士兵饮水的边塞哨所。突如其来的心理落差，让我怎么都转不过弯来。我打着手电，翻看那本书，希望找到推翻夏教授论断的依据，可是那些文字和密码似乎与我越来越陌生，因为这样的学问，不是由深入浅，而是由浅入深，越读才越觉得深奥。历史也大约如此，了解得越多，才越知道它的厚重。

基于上述推断，夏教授决定放弃对古井周边的考证。王远京听了，急忙跑了过来，他让我回避一下，想单独和夏教授谈一谈。我觉得王远京不厚道，有什么话尽管摆在桌面上说嘛，可王远京还是毫不犹豫地把我推出了帐篷。帐篷外面风很大，那些工人们无事可做，一个个像瘟鸡似的缩着脖子，厚厚的棉袄也没能遮挡住大漠的寒风。这时，我听到了帐篷里面的争吵，先是王远京，我听着是说考古不能停，否则，没法向瓦莱湖人交代，众筹就是要对股民负责。夏教授说，我得对科学负责，对事实负责。王远京说，我并没有让你违背原则，也没有亵渎科学的精神，你只要不吭声，让那些工人继续干下去，坚持到旅游公司成立就算支持我了。

我总算听明白了，对于王远京而言，潜在的商机是比寻找古城、比破译密码更现实的选择，他已经在向夏教授许诺，只要把考古和寻找古城进行下去，那么寻找和破译龟甲书的经费，将由新成立的旅游公司全部承担。嗯，这的确是很诱人的许诺，其实夏教授早就捉襟见肘了，他从学校申请的三千元经费连缴纳客栈的住宿费都不够。我听林秋雁说过，那些带着研究生坐在图书馆查资料做研究的教授，因为与校长关系合得来，便有花不完的经费，风餐露宿的夏教授却像个苦行僧一样四处化缘，他的心里的自尊其实进入客栈就被涤荡干净了。我、梅子、吉雅，还有王远京，对夏教授的心理也是心知肚明，但我们尊敬他，所以我们和夏教授的感情，不是一见如故，而是莫逆之交。

我试图冲进帐篷，阻止王远京的发难，这个词看起来不大准确，但事实上，王远京就是无耻的发难，他想的是利益，他说找到生活的意义了，我不知道他所标榜的生活的意义是不是就是利益和金钱。

工头过来问我王老板在哪儿，还要不要开工了。那些工人们是按土方算工资的，这么耗着，都要跑掉了。

我说，你先等着吧。

他看看我，显然并不相信一个侏儒能有决断的权力。

我说信不信由你，但你现在不能找雇你们的老板，他在和教授商量事呢。他竖起耳朵听了听，狐疑地看看我，没好气地说："你告诉王老板，早点商量明白，我们可没工夫陪你们耗着。"说完，一扬脖子，掉转身回工人们住的工棚去了。

到了开午饭的时候，夏教授和王远京走出了帐篷。我不知道他们争论的结果是什么，到底谁说服了谁，但吃过午饭后，工头便带着工人拆掉了工棚，拆卸下来的活动板房被装载到了货车上，工头从王远京住的帐篷里出来后，手一直抄在口袋里，没伸出来。

我再见到王远京时，他没好气地冲我嚷道："收拾你的行囊，我们回瓦莱湖。"

其实，我也很失落，这一走，寻找古城的计划又要搁浅了。

我背着行李爬上了厢式货车，来的时候，我的身边坐着吉雅，现在是行囊。我说，这次回去，就去找梅子。

王远京却摇着脑袋说：“你别走了，我想把客栈改成博物馆，当然这只是第一步，接下来会挂牌成立旅游公司。你做博物馆解说的导游。”

我说：“我哪做得了导游。”

王远京说：“你就把下大雾那天在瓦莱湖边给我和吉雅讲的夸父远征的故事讲给游客就行了。”

我认为那样做是骗子，但王远京嘲讽我说，一个戴着面具的侏儒不是骗子就是疯子。我委屈得想哭，我的面具怎么就成了骗钱的道具，那不是我想要的，我是为了活和生存，是为博取一笑，从人家口袋里掏出我应得的劳务报酬。

夏教授坐在一个角落里一声不吭，像是冷静的旁观者。他鼻梁上的眼镜没有了，却总是习惯性地用手指在鼻梁上推推，后来，他索性闭上眼睛假寐，脑子里想什么，我们就猜不透了。

我回绝了王远京让我做导游的提议，而后去想象围绕那眼古井四周的房舍，城堡昔日的繁盛与落寞。那眼古井最终也未能成为寻找到城堡的桥梁，倒把我和吉雅抛入了焦虑的深渊。不过，这次也算没白浪费时间，至少我们证实了当年毕利格师长种下小树时的种种疑虑和困惑。

对了，还有一件事我忘记了叙述，临上车前，王远京提议让货车司机帮我们照一张合影，但最终合影里并没有戴面具的侏儒。我记得除了社区管民政的曹爱民给我的绿皮本子上有一张照片，我没再照过一次相片，就连那个绿皮本子也被梅子放在了连我都找不到的地方，一个羞于见人的角落。我还欠梅子一张婚纱照，但没照婚纱照的原因并不是因为面具，而是没钱，那时，几千块钱，对于困顿中的我们，也是昂贵和奢侈的。我答应过梅子，一旦拥有了属于我们自己的房子，一定补照一套婚纱照，挂在卧室的墙上。梅子期期艾艾地点着我的脑袋说，晓椿，你别傻了。哦，梅子也说我是傻子，我很傻吗？记得夏教授和我畅谈时说过，说我用不着活得这么累，不要憋屈自己。我说，我是侏儒，还有人叫我无常，无常是什么，说白了在他们眼里我就是一个丑陋的小丑。夏教授说，你这是自食其力，你的面具是为了生存，而不是为骗人。当然，也许梅子是对的，但我觉得你还是可以摘掉面具，正常地生活，梅子是一个好女人，她是真的爱你。

我有好一阵子不出声地静默。

货车突然剧烈地颠簸，那个装着铠甲和尸骨的帆布袋子像生了翅膀的小精灵，在车厢里漂移。我还看到了宋朝阳惨白的脸和惊惧的眼神，他其实不属于我们这些人里的，尽管夏维溪教授莫名其妙且令人费解地袒护他、纵容他，但他无法与我们融入也是事实，同时他与夏教授微妙的关系也让我们产生了无限的猜测和遐想，但也许是碍于情面，半年多过去，没人去追问，去了解清楚宋朝阳的根底，而且宋朝阳也似乎极力避免与我们交流，故意与我们保持着距离，他就这么神秘地存在于我们之间，像隔着一层帷幕和一道情感沟通的墙。宋朝阳的衣着打扮和那些工人们也别无二样，甚至连气质也如普通的小市民，而且还略有几分猥琐，这大约和他平时不大注重修理边幅有关，所以他给人留下的便是一副邋遢的印象。也许我们也犯了以貌取人的褊狭错误，可他的眼神里却有股让人不易察觉的狡诈，并不像夏教授评判的是个单纯内向的老实人。他借着酒劲儿骚扰林秋雁，被我阻止后，竟然能做到像从未发生过一样，再也不提这事儿，也看不出有愧疚之色。

此时，宋朝阳像我小时候见到坟墓似的，不敢去触碰漂移到他脚边的帆布袋子，直到夏教授说，你抓住那个袋子，他仍然不敢伸手，倒往角落里缩了缩。王远京面无表情地觑视着他，而我只当一个事不关己的旁观者，并且恶毒地希望夏教授训斥他，让他当众出丑。

但不出所料，夏教授没再吭声，林秋雁探出手来，拽过那只包裹着铠甲和尸骸的帆布袋子，并伸出两只纤细白皙的手按住袋子，像呵护着弱小的婴孩，像保护着昂贵的宝贝。

我和王远京下意识地对视了一眼，彼此看到的是疑虑和迷茫，问题只有一个，那就是肉体和精神可否分离？

第三十一章　似水年华

久远的历史总是一如既往地被蒙上神秘的色彩，那色彩无论鲜明，还是黯淡，都是因为我们有太多的未知。关于对未知的探索，考古学家所理解的就是对照实物、利用资料进行可靠的论证和推理，为着这个原因，夏教授答应送我一本书，那本书的名字叫《山海经》。而且，他还说，除了《山海经》，我还可以找一本书来读一读，我以为他会推荐《论语》或者《易经》，据说，现在《易经》很火，各种易经学的研究会，真的赝的，多如牛毛，相关书籍汗牛充栋。

但夏教授推荐的是《世说新语》。他说在我们找到萧扶桑所著的那本叫《中国人的梦想》的奇书之前，可以从他推荐的这两本书中找到萧扶桑思想的影子，或者心灵的居所，也可以更多地了解和推测夸父远征的真实和客观，而不是目前被普遍认同了的传说中的夸父，那个渴死在路上并在脖子上盘着蛇奔跑的巨人。

我们在老阿爸家见到了吉雅，我笑了，说你躲在这里享清闲啊？吉雅抬起右手，展开手掌，似故意让人（其实也只是我，因为没有别人在场）看到他残缺的手指，他忿忿地说："冯晓椿，现在，我和你一样了。"

我猜想，他所说的一样，大概是指残疾。在他的意识里，缺少一根手指的魁梧的男人，和一个身材矮小的侏儒没什么区别了。都属于被同情，或许是要被抛弃的那一类人。

我反驳说："我怎么能和你一样？"

他果然又说："你的意思是我这么大个一男人，还不如你，而且你很得意，是吧？"

我无言以对，他果真误会了我，其实，我是想告诉他，我一个侏儒能做到的，他会比我做得更好。发了一通脾气，吉雅冷静了下来，他打开横卧在一角的红色柜子，那是蒙古包里特有的家具，尽管连老阿爸的蒙古包最后也被拆掉改建成了暖和的完全定居了的砖瓦房子，但那个卧式的红柜子还能看出这个家庭主人的生活方式，甚至民族习俗。吉雅就是从那个柜子里拿出了一封快递，他说，这个快递是梅子寄给他的。我先是诧异，接着便陷入了要吐血的躁狂。似乎一些隐忧的预感被证实，我又找回了一度丢失了的预知未来的灵感。虽然我个子矮小，但足可以袭击到吉雅那个隐秘的部位，他惨叫一声，像一棵被锯断了的大树訇然倒下了。他蜷缩着身子，面孔痉挛，抽搐，手里还捏着那个快递的信封，我尽力装作很从容的样子，以此找回男人的自尊，我的那一击，可能很重，我从他的手里拿过那个信封的时候，他仍在抽搐。我想，我是要打开这个信封的，心有点颤抖，手也颤抖，迫不及待地想打开它，我也不想打开之后的结果，我能否接受，或者如何面对，我打开了，里面是一本装帧不错的杂志，里面的文字像小蝌蚪一样游动。我俯下身子问："这是什么东西，写的什么？古城吗？"

吉雅皱着眉头，两只手还在保护着隐秘的疼痛，他吸着凉气说："你他妈这一拳真狠。"

我盯着他的眼睛问："你还没告诉我这是什么？"

吉雅的回答让我意外。他说，那是林秋雁发表在国外一本考古杂志上的论文，是关于鹰嘴湾石壁上的密码，我是听梅子说的，她让我亲手交给夏教授。

"梅子怎么不寄给我？"我觉得吉雅的回答并不能令我信服。

吉雅白了我一眼："靠，你去问你老婆去。"

我垂下了脑袋，把那个被我撕开了封口的信封交还吉雅。可是，我的心里还在打鼓，那到底是一篇什么样的论文，梅子是怎么得到的，身在北京的梅子整天在干什么？

我无法排解疑窦丛生的困惑。

吉雅走了，他原本约我一起去把信封交给夏教授，我没去。站在了客栈二楼西北角，那个我曾经流连于此的窗户上，远眺被积雪覆盖的沙丘，那是一片隐秘的苍白。我还看到了成群的百灵鸟在雪峰下裸露着的荒草里游荡，它们是一群自由自在的小精灵，自恃傲慢的大雁成排地走了，身姿娇媚的白天鹅也走了，当然与画眉做伴的还有麻雀、乌鸦、小喜鹊、鸽子，唯有这些小精灵们在寒风中尽情地享受洁白。所以，有时它们也并不完全孤独寂寞，并不是独自享受冷清，以及凛冽的风雪。

我花了很长的时间看那些小精灵，那些被大雪压下雪线的百灵鸟。这时，我的视线里闪出一个人影，他骑着一峰骆驼，穿着黑色的皮猎装，戴着一副软皮的手套，那副软皮手套是我之前在他的房间里见过的，所以我料定他手上戴着的仍然是那副手套。他在雪地里下了骆驼，手里拿着一块儿木板，我知道那是套百灵鸟的套板，板子上用马尾鬃做一个套子，而后把木板埋入雪中，雪地上再撒些小米，饥寒交迫的画眉们为啄食到小米，纤细的小爪就有可能被套在马尾鬃里，成为俘虏。

他做得很认真，而且不止一处放了套板。

这时，吉雅来找我了，他气呼呼的样子，说真没想到林秋雁居然是一个贼，我立刻就愣了，我说，你说别的我相信，林秋雁怎么可能是贼呢？吉雅说，你哪里知道呀，她把夏教授的研究成果，署上她自己的名字发表在国外的刊物上，这是剽窃，你知道吗？剽窃，说了你也不懂。

吉雅说我不懂，我说，不是我不懂，是我没明白梅子怎么知道这些的，又怎么得到了这个刊物。

接着我又问："那夏老头是什么态度？"

吉雅叹了口气说："夏教授没说话，低着头。"

我转过脸，又看到了雪地里那个穿着皮猎装的人。

我堵在门口问王远京："你套那些百灵鸟干吗？那是保护动物。"

"我都放掉了。"王远京瞟了我一眼说，"我只是想知道，一只鸟被套住后，它会怎样地挣扎，它的眼神，它的羽毛。"

我想大声地发泄，告诉他们：这座客栈里的人全他妈是疯子，比萧扶桑还疯癫。

夏教授最终没成为萧扶桑那样的疯老头。

三天以后，林秋雁走了。早晨我们还在睡梦中的时候，林秋雁拖着行李箱，搭着王山杏进城拉鱼的货车走了，走得悄无声息。她这一走，或许就不会回来了。她接到了来自大洋彼岸的邀请函，说是参加一个学术的讨论会。其实，理由并不重要了，只是我们一时难以修正对林秋雁的形象认知，觉得她不可能会做出损坏她应该最可敬的导师的事儿来。与对待宋朝阳的态度截然相反，夏教授这次是真伤心了，他像一尊孤独的雕塑坐在餐厅的角落里。我用一只平底锅煎了一条黄花鱼，这是夏教授最爱吃的，那些日子捉襟见肘，我们也不曾买过，为了安慰夏教授，吉雅到王山杏的鱼店买了一条足有二斤多的黄花鱼。但我猜测，吉雅大概也是想了解林秋雁离开时的细节，比如她是怎么搭上那辆进城拉鱼的货车的。夏教授没动筷子，一下苍老了，我们都没有吱声，也没人用筷子去触碰那条煎得外焦里嫩的诱人食物。

“也许，她是对的，给我弄点吃的。”夏教授开口时，已是午夜，他在那个幽暗的角落里坐了整整一天。

夏教授开口了，并且要吃饭，我们急忙起身，互相碰撞着拥进了厨房。王远京抢着要表现一下厨艺，吉雅说，我该走了，老阿爸病得不轻。我们这才又想起了老阿爸，便催促吉雅快些回去，吉雅说，看着夏教授吃完再走，我说，这里有我和王远京呢，老阿爸那儿更需要人。吉雅便走了，我和王远京一起端着那条重又煎过的黄花鱼，放在了夏教授的面前，夏教授说最好再来点酒，我和王远京又愣住了，因为夏教授平时并不饮酒，我们担心他喝多了伤了身体。夏教授说，给我倒一小杯就行，我跳下椅子，打开酒柜门，给夏教授倒了一小杯，夏教授一口干了，把酒杯推给我，我只好又跳下椅子，给他续了一小杯。夏教授吃完饭，便在地上散步，通常，他是很讲规律的人，但在考古发掘现场就不那么守时守规了，不仅没有规律，有时简直如一团乱麻。

他大约是想出去透口气，餐厅里的空气像他的心情一样沉闷，我跑到楼上，把夏教授的棉衣抱下来，陪着他走出了餐厅。瓦莱湖的街道上黑黢黢的，许多的窗子也都熄灭了灯光，这一夜无月，漫天的星辰倒格外耀眼，而那些星光又实在微弱，不足以照亮行走的路。夏教授的眼镜还没有修好，瓦莱湖没有配镜子的店铺，所以得拿到市里去修配眼镜，本来说好，让王远京开车拉教授去一趟城里，可节外生枝，出了林秋雁不辞而别的事儿。夏教授说，他早知道林秋雁会剽窃他的论文的，但没想到她会离开考古队，而且是离开中国。夏教授还告诉我，林秋雁其实是个孤儿，父母在她七岁的时候就出车祸死了。她被送到了福利院，一年后，到了林秋雁该上学的时候，福利院的一个保姆把她接回家，收养了她。七岁的女孩，已经把父母的容颜印刻在心里了，所以尽管那个改叫妈妈的女人对她呵护有加，可她和这个新的家庭总是有那么一点隔膜和距离，夜里常常哭醒。到了十岁那年，睡醒一觉的养母打开小秋雁的房门，床上却是空的，人不知道哪去了。在房子的四周找了一夜，也没找到。天亮的时候，她又悄无声息地回来了，身上湿漉漉的，冻得瑟瑟发抖。养母问她这一夜到哪儿去了，她勾着头像闷嘴葫芦，养母生气地打了她一个耳光，她咬着嘴唇，一声不响地进了自己的房间，关上了房门。养母开始警觉，每夜都起来打开她的房门看一看，人倒是老老实实地在床上躺着，十几天后，养母松懈了，就不再盯着她了，早晨起床后，又看到她湿漉漉地站在门口，冻得浑身哆嗦。养母索性搬到她的房间，母女睡在一张床上，这样一来，她表现出了惊人的狡黠和聪明睿智，她在养母困极了的时候，又悄悄地溜走了，而且物极必反，她由此每夜都溜出去。养母用一根带子把自己的手和她的手绑在一起，早晨起来，带子被剪断了，她睡觉的一侧又是空的。无奈之下，养母搬了把椅子睡在门口，结果，窗子开了，她从窗子爬出去，沿着二楼的阳台用绳子滑落到楼下。养母无计可施，便和养父一起轮流值班，整夜不睡地陪着她，这样她倒踏踏实实地睡在床上，不再溜出去了，但她以顽固的沉默对付家人的盘问。这天，养母请了一天的假，白天睡足，单等夜晚的跟踪，这次养母是花了心思，动了脑筋，她自称值夜班，吃罢晚饭就走了。快到午夜，林秋雁从家出来了，她骑着自行车，沿着昏暗的街道一直走到城外，所到之处，养母惊得目瞪口呆，那是城外的墓地，林秋雁跪在父母的墓前，小手默默地抚摸着墓碑。此时，连养母都觉得冷风瑟瑟，毛骨悚然，她甚至比那个跪在墓前的养女都紧张害怕，她哆嗦着嘴唇，却发不出声来，也不敢发声，因为她心里清楚，她从嗓子眼发出的声音，一定很瘆人，不仅会吓到养女，也会吓到自己。她一直尾随着养女回到家，而没有当面戳穿这个秘密，但她从此却被焦虑折磨着，苦思冥想，却想不出解决的办法。而林秋雁的生物钟完全紊乱了，白天像生病似的神情恹恹，恍恍惚惚，她的世界里仿佛只有夜晚，而没有白天，后来已经发展到了夜夜溜出去，尽管养母已放弃了公开的约束和监视，而改为全家总动员式的暗中保护。但自从那晚之后，养母不敢独自跟着林秋雁，由丈夫和儿子陪伴，像秘密侦探似的跟在身后，这个家庭每天上演着昼伏夜行的恐怖片，终于家人忍无可忍，决定帮助林秋雁结束这样极为反常的生活。养母尝试了各种方法，比如捆绑，比如反锁门窗，甚至偷偷地请来精神疾病的医生上门诊治，但都无济于事，林秋雁的忧郁和错乱更加严重，于是，养母做出了一个惊人的决定，离开这座城市。养父母为了这次迁徙丢掉了稳定的工作，儿子也因为难以适应新的环境，成绩下滑，后来干脆辍学。而林秋雁的病倒好了，不仅恢复了正常的神志，而且学习成绩直线上升。她考大学那年，养母在夏教授家做保姆，照顾体弱多病的夏师母，养母很崇拜夏教授的为人与学问，所以林秋雁在专业选择时，养母自作主张地请夏教授拿意见。夏教授并不赞成女孩子学考古学，养母便把林秋雁昼伏夜出的故事给夏教授讲了，她说，林秋雁的胆子大得很。夏教授到底是出于对林秋雁身世的同情，还是觉得确实是个学考古学的坯子，夏教授说得含糊其辞，我也不敢胡乱猜测了。

夏教授给我讲完林秋雁的身世后，舒了一口气，似乎放下了心中的一些郁闷和不快。他说，林秋雁考上研究生那年，养母和夏师母死于一次煤气中毒，那时他在考古发掘现场，所以他把自责转化为对林秋雁的呵护，那种情感让他很困惑，他待她像女儿，而有时又会产生某种奇妙的情愫，但那种情愫只是瞬间闪过，从未越过内心的壁垒。

我问夏教授："养母的儿子现在哪儿？他和林秋雁还有联系吗？我猜想林秋雁大概得叫他哥哥。"

夏教授拍了下我的肩膀说："我们该回去了。"

客栈正在施工，按照王远京的规划和设想，施工队正把这座客栈改造成"夸父远征博物馆"，展出的第一件展品将是那副铠甲和石壁符号的拓片，服务台背景墙上的钟还没有拆掉，我看了眼墙上的钟，已是凌晨一点，这就是说，我和夏教授已经在外面逗留了两个多钟头。我们在走廊上分手后，回了各自的房间。

我懒得洗漱，懒得开灯，懒得拉上窗帘，摸着黑，窸窸窣窣地脱掉衣服，钻进了孤寂冰冷的被窝。我想梅子了，想那温热的躯体和女人的气息，想梅子帮我解下面具，指尖滑过我的面颊以及母性般的亲吻，想那蛇一样地缠绵和温存。这一夜，我靠自慰的疲乏入眠了。

救护车驶入瓦莱湖镇子的时候，我还在熟睡，而且睡姿极其丑陋，黎明的曙光正透过无遮无拦的窗子玻璃洒向我赤裸且残疾的躯体。救护车刺耳的啸叫响彻在客栈门前时，我醒了，而且还打了个冷战和激灵，我以为在做梦，揉揉眼睛，刺耳的啸叫正在远去，我探起身子，把脸和面具贴向窗子，只看到了闪烁的红蓝光晕，我猜想又是蔡牙医在兴风作浪，制造恐慌。据瓦莱湖的居民说，蔡牙医和市里的一家医院签了个协议，他推荐送去的病人，按照一定的比例收取提成，所以蔡牙医索性也不治病了，成了瓦莱湖的 120 急救中心。

我还想睡一会儿，昨晚若不是自慰，就失眠了。

"小铁炉，快出来，老阿爸不行了。"王远京在外面喊我，并急促地敲响了房门。

老阿爸被抬上救护车时，我也钻了进去，倒把出诊的女医生吓了一跳，惊叫着向后退缩，小哑巴也挤在车上，恢复神志的女医生指责拥到救护车上的家属太多，但她的眼睛是注视着我的，我装聋作哑地低着头，女医生坚持要我下车，她反感我吗？我被王远京拽下救护车，上了他的黑色轿车，并斥责我："放着好车不坐，非去挤救护车。"

我说："我要陪着老阿爸。"

王远京的车上还坐着夏教授，他不放心也来了。他说，老阿爸是瓦莱湖的智者，是个人物。我说，确实挺让人佩服的，他是老骑兵。

尽管医生做了最后的努力，但这个清冷的冬日的下午，我们没留住老阿爸生命的脚步。其实，中午老阿爸就清醒了，醒了之后，便要他挂在墙上的马刀，见多识广的夏教授攥着老阿爸的鸡爪般的手，仰起脸对王远京说："只好辛苦你，回去一趟吧，把马刀取来吧。"

王远京咬着嘴唇快步走出了抢救室，他靠着医院走廊雪白的墙壁，仿佛站在无风的草原上仰望天空，他放纵着眼泪哗哗地流淌，一直流在回瓦莱湖的路上。我强忍着，但我的面罩洇湿了，潮潮的，像细雨蒙蒙的清晨，我搀扶着老阿爸去看额勒森的衣冠冢，去看荒草下野兔跑过的踪迹和芨芨草返青的嫩绿，去看波光粼粼的瓦莱湖和街心那株老榆树。

"你太快了，你擦擦眼泪，看得见路吗？"我喋喋不休，王远京却意外地没冲我发火，也没说我烦。

从墙上摘下那把亮闪闪的马刀，到重新回到医院的抢救室，我和王远京用了一个小时，违章超速的处罚已经必不可少，沿路的摄像探头像不知疲倦的上帝。而我们冲进医院院子里的时候，天空开始飘雪，如果雪下得早些，封了路，取马刀的使命我们无法为老骑兵完成。王远京说，老骑兵看着他的时候，他理解的那眼神，不是心愿和祈求，而是一个老军人向他下达的命令，所以他毫不犹豫地去冲了。

老阿爸搂着他的马刀睡了。眼睛是半睁开着的，他没看到古城，他觉得见到岳父毕利格师长时，他难以启齿，甚至无地自容。吉雅伏在他的身上，环抱着父亲的胸膛，尽管那胸膛早就瘦骨嶙峋，并已慢慢地冰冷。

吉雅抹了把眼泪说："我这辈子一定能找到古城。"

事实上，老阿爸弥留之际，最后留在身边的是我，他让我摘掉面具，我摘下了，我看到了老阿爸眼睛里意外的闪亮，并有晶莹的泪珠滚落，他说："你戴上吧。"我又戴上了。他招了招手，让我伏在他的脸前，我侧着耳朵想尽力听清楚，他气若游丝地说："按照老家的方式给我下葬，埋在额勒森的旁边。"

我说："你不会有事的，我们能找到古城。"

我很后悔说这句话，否则，他的眼睛不会是半睁开着的。

老阿爸的离世在瓦莱湖引起了不小的震动，蔡牙医、小李豆腐、胡二狗、一身鱼腥味的王山杏纷纷走出家门，抄近道蹚过冰封的瓦莱湖，走到进入镇子的环形公路上。尽管许多人已经很久没在瓦莱湖冷清的街道上见到他了，但都不相信他会死，都觉得他会活得宛如磐石，甚至希望他成为瓦莱湖的坐化活佛或者亘古的化石，像彭祖一样活得久一些，以见证那座神秘古城的存在。

我们决定自己动手为老阿爸开凿长眠之地。冰冻的土地像石头一样坚硬，镐头砸下去仅有一个钱币大的小坑，小哑巴捡来很多的干树枝，是的，很多，如果用勒勒车拉运，是可以装满一车的。我们把树枝铺在地上，点着火，慢慢地熏烤，这样可以消融和松动坚硬的冻土。

小哑巴继续执着地寻找干树枝，就近的地方已被他搜刮干净了。

冻土被火烤了一天一夜，果然柔软消融了。吉雅用镐头刨，我和小哑巴用铁锹挖，王远京穿着皮猎装，背着手，像监工的工头，夏教授出人意料地画了一张图纸，说就按他画的样子为老阿爸建房子。小李豆腐举着罗盘仿佛擎着神秘的光环穿过飞雪的小道。他给出的建议是老阿爸躺在绿洲上才对，他的父亲李豆腐也躺在那儿，两个老头正好做伴。我们无意聆听他在我们看来无聊的意见，当然我们也毫不怀疑他的好意。但是，我们没工夫陪他闲扯，很干脆地回绝道："这地方是老阿爸自己选定的。"

小李豆腐说了句什么，我们没太听清，只看到他举着罗盘悻悻地走了。

一只白色的鸽子落在掉光了叶子的白杨树上，咕咕地呼唤，它有些孤独，也许在寻找同伴。我幻想着萧扶桑和伯猃驯化的白鸟，没准儿就是一只鸽子，它穿越时空，栖息到了瓦莱湖畔，它的腿上是否绑着萧扶桑传递回的海上的书信，告诉我们，一群衣衫褴褛的夸父，几十张疲惫不堪的面容，正摇着古老的船桨，探寻未知的大地和天文。

现在，我该说那个意外的收获了。

如果说灵魂真的可以升上天堂，那油灯的光芒将在天堂的路上快乐地摇曳，而我们倒有些微醉，为了让我们取暖，王远京逼着我们喝烈性的白酒，几口酒下肚，驱寒的目的达到了，而我的脑袋却有些晕沉，飘飘忽忽，像天上的风筝。

墓道是在深入两米后，又在旁侧打开一个洞穴，像陕北高原上的土窑，假如垂直下来的像井一样的空间算作客厅，那么旁侧的窑洞就是老阿爸的卧室，当然那空间大得除了睡觉，也足够用来会客。这时，我们便感叹，最理解老阿爸心思的或许是夏教授，这幅图和窑洞就足够证明他们的认识是一致的。

立冬前一天的下午，窑洞右侧壁上的土开始滑落，像是塌方的前兆。于是我们丢下工具逃了出来，静静地等待了两个多钟头，我们没再听到有泥土滑落的声响，便又小心谨慎地下到了墓道，打算加固掉落泥土的部位。我举着手电筒照了照，那导引奇迹的陶片楔在潮湿的泥土中，我的惊叫吓坏了旁边的吉雅，而与夏教授的朝夕相处，我们也了解一些文物保护的常识，所以此时要做的就是什么都别做，赶快给夏教授报信，请他来查勘现场。这时，王远京去镇上的饭店订饭，他专管我们的后勤，小哑巴揣着纸条一溜烟地奔跑着回去报信。没过多久，王远京驾着车把夏教授送过来了，还带来了宋朝阳。我们都很兴奋，做着各种的猜测和判断，等待夏教授的初判结论，并不失时机地把小铲、毛刷、放大镜、强光手电等工具递进洞穴。这样又过了三个多小时，我们搀扶着夏教授回到地面。这时，天已经黑了，夏教授一把拉住吉雅的手，几乎颤抖着声调说:“吉雅，找到了，古城，我们找到古城了。”

一阵骚动后，我们安静了下来，全神贯注地聆听夏教授的讲解。

“古城、边塞、铸币作坊。这是个奇迹，极有研究价值。”夏教授的激动驱散了连日来阴霾笼罩的情绪，我努力地往前凑，生怕漏掉哪句话和一个字。夏教授判断我们发现的这个地方是一个铸钱的作坊，是古城的造币厂，我们最初发现的陶片是铸币的陶范。

吉雅双膝跪地，捧起一抔潮湿的泥土，撒向他的长生天。他看到了云端的外公毕利格师长、他的额吉、他的老阿爸，他们伴着纷飞的雪花骑着枣红马背负着亮闪闪的马刀朝他飘飞而来，他们倾尽一生寻找的古城就在吉雅的脚下，那土地倏然间厚实了，不再虚无缥缈得如梦如幻，而是踏实得像脚下的冻土，这是他们的魂归之地，是那支头上有白色羽毛装饰的部落南下之后的落脚之地。而那一对少男少女，他们搭起窝棚繁衍后代的栖息之地，只属于瓦莱湖，因为在他们到达此地的时候，古城已毁于战火。

然而，与欣喜和激动相悖的一场邪恶的计谋正在酝酿，贪婪的欲望正在膨胀，并像一股涌动的暗流潜伏在寂静无声的夜里。

我孤零零地守在墓穴，说实话，听着洞口啸叫的风声，心就像打鼓一样跳动。夏教授带着王远京和那块陶范以及拍摄的现场照片，去了市文管所，就古城的发现经过，以及下一步的发掘计划向他们做专门的汇报，夏教授嘱咐我说，坚持到明天早上，他和文管所的人就能返回来，到时候也会有警察接替我的值守。

我忧虑地说："那老阿爸的安葬怎么办？"

夏教授叹了口气说："只能另找地方了。"

吉雅要回去为老阿爸守灵，本来夏教授要小哑巴陪我，可小哑巴也跑回去守灵了。我理解小哑巴对老阿爸的情感，也没有责怪他。那么，还有一个人也是安排了陪我守夜的，对，你们大概也猜到了，就是宋朝阳，偏在这时，他捂着肚子满地打滚，说肚子疼得要命，我们也亲眼看到了寒冷的冬日里，他的脸上滚落着汗珠，尽管他也被送到了蔡牙医的诊所，但只给开了些止疼药就把他给打发回客栈了。

后来，宋朝阳到达墓穴的时间是凌晨三点，因为之前我刚看过表，觉得时间过得太慢，一分一秒，备受煎熬，仿佛时间被外面的寒风给冻住了。

"你来得正好，我一个人就像在地狱里活着。"我伸出手迎接宋朝阳的到来。

这时，他却挥拳打向我，我躲闪开了，后退的同时，顺手拾起了铁镐当作防卫的武器，因为我看到了像赌徒一样的凶光。

"你在亵渎古城，会遭报应的。"我言语的威胁和劝告毫无意义。

他看着我，凶光愈加毕现，他掏出一根很细的绳索，并提前挽成了马蹄扣，类似于老阿爸的套马杆，他舞动着绳索，想把绳套穿过我戴着面具的脑袋，并准确地套入我的脖颈，然后一勒，我就和这个世界告别了。

我说：“杀人是要偿命的，你也跑不了。”

他冷笑了下说：“也不在乎你一条命，要偿命，前面还有一个小蔡牙医，他也是这么死的。他本来不该死，是自己把自己给作死了。”

我觉得牙齿像小鸡啄米似的颤动，我脑子正在高速地运转，搜肠刮肚地思索一个并不太激怒他的字眼，以说服他放下屠刀立地成佛。但问题是，他根本不相信法师，也不信仰上帝。他只相信心中那个恶魔一样的贪婪与自私，自私是人之本能，但平常会束缚在某种道德与信仰的瓶子里，而束缚心魔的瓶塞一旦被打开，被释放了的心魔就会肆无忌惮地出来撒野，冷血、自私、贪婪、妒忌，这些基于本能的欲望便会演变成罪恶。

“你到底是什么人？你是谁？”我想了想，这句话或许不会立刻将他激怒，而使他将我置于死地。

他又发出一声寒彻刺骨的冷笑：“靠，你问我是谁，那我告诉你，我是林秋雁的哥哥，这么说，你能明白吧。”

这时，洞口的上方有一个粗声粗气的男人的声音，他冲着下面骂道：“还磨叽个屁，你他妈想冻死我。”

“就好。”宋朝阳应了一声，又转过脸来，“你该知道的都知道了，不该知道的也知道了，这样，你死得清清楚楚，倒也没啥遗憾的了，我说得没错吧。”

“不，我还有一个问题，夏教授为什么纵容你，处处忍让你？”我觉得该澄清这个困惑了。

他看着我：“那个老家伙，他喜欢林秋雁，他睡了我妹妹。”

我涨红了脸：“那不可能，夏教授不是那样的人。”

他烦躁地摆了摆手：“你去问他去，哦，不可能问了，你的死期到了。”

他挥动着绳套甩向我，但没成功，我躲开了，他终于发怒了，冲我扑来。我挥起镐头砸向他，他的肩膀被击中，但力量不够，他像狼一样嚎叫了一声。我却再也没有举起那把镐头，他力气大得像发情暴躁的公牛，我被压倒了，感觉身上扛着一座山，他双手卡住我的脖子。我不想死，想活着，可我似乎难逃一劫，胸腔就像要炸裂，气管在高压下阻隔了气流由鼻腔和嘴巴进入快要炸裂的肺部，我的脸一定涨红了，也许已经青紫，我看不到那青紫，那双罪恶的眼睛也看不到我的青紫，即使不戴着面具，在漆黑的墓道里，我们谁也看不清谁。

我要窒息了。

真他妈有意思，我想到了古人的伟大，那些寓言不是凭空想出来的，农夫和蛇，或许就像夸父的远征，确有其事，那个叫东郭的先生也确有其人，一些寓言，尽管延续了千年，但他们从未消失，就像灵魂，我的灵魂正从我的身体里慢慢地离开这黢黑的墓道，它会奔向天宇，追逐猎户座的星星，我停止了挣扎，静静地躺下了。

他用脚踹了下我，我没动，也没感觉到疼。

于是，他丢下我开始他的行动，残缺和完整的钱币一股脑地装入了事先准备好的布口袋，袋子很沉，他又用铁锹挖那墙壁， 包龟甲书掉落下来。他欣喜若狂，兴奋之中又踹了我一脚，这次我感觉到了疼，并睁开了眼睛，可我没有一丝的力气，只能眼睁睁地看着他把挖掘出来的宝贝装入口袋，上面吊下一根绳子，把布口袋吊了上去。过了一会儿，我听到宋朝阳小声地喊道：“快吊我上去。”

上面的人问：“没有了？”

宋朝阳答道：“没了。”

接着，上面开始往下落土，不是细雨蒙蒙，而是暴风骤雨般地撒落。而且，从落下来的土量看，不是一个人在填埋墓穴，至少三个人才会有如此快的速度。宋朝阳先是本能地试图爬出墓穴，一边像壁虎似的挣扎着向上攀登，一边咒骂，后来他倒下了，捂着受伤的脑袋爬回了原本为老阿爸建造的卧室，他离我近在咫尺，我感觉到了他嘴巴里呼出的绝望的气息。

我的肺部还是炸裂了，宋朝阳死了，我早就停止了呼吸，也没有了心跳，脑细胞似乎顽强一些，还在支撑着我去往梦幻的地方。

第三十二章　尾声

我很矛盾，不知道要不要告诉梅子。

一条黄白颜色的警戒带阻挡了我进入现场的可能，我只能站在十几米远的地方，看警察将一块儿白布单子蒙住了那个矮小的家伙。现场有些凌乱，夏教授和文管所的专家也被拒之于警戒线之外，只是偶尔有一个警察过去问一些关于文物保护的专业问题。夏教授佝偻着腰，不知是冷得发抖，还是自责与懊悔，风吹散了他稀疏的头发，一如现场的凌乱。他掰着指头给警察讲文物保护的专业知识，并一再叮嘱那个警察，要小心，格外地小心才是，警察说，值钱的东西都被弄走了，看样子损失不小。夏教授说，文物是可以找回来的，现场乱了，就会丢失很多宝贵的信息，警察不耐烦地转身走了，后来再没过来。

夏教授大概累了，他靠在一棵树上，花白的头发像远处的芨芨草，像飞舞的干枯的灯笼草，像端坐在海岛上双手沾满鸟屎的萧扶桑。而离夏教授不远，王远京也靠着轿车席地而坐，他的眼神极像晓椿在沙漠里看到时的目光，他抓着手机，似乎在犹豫，我觉得，他此时可能和我考虑的问题一样，也在想着如何向梅子交代，怎么开口告诉晓椿的死讯。

我很后悔，起初，或许不该让那个矮小的家伙和梅子一起来瓦莱湖，他们在城市里可能生活得更好。

我的瓦莱湖邻居们闻讯而来，警察只得再次扩大警戒线的范围，以阻挡好奇的居民迫不及待地试图冲破警戒线的欲望。除了金兰大婶对我说，要我料理好阿爸的后事，她说，老阿爸是瓦莱湖的好人，也是她佩服的为数不多的英雄。我说，老阿爸不是英雄，只是一个退役的老骑兵。金兰大婶便不提老阿爸了，指着蒙着白布单子的晓椿问，梅子是不是该回来看看？我说梅子要临产了，还是先别告诉她了。金兰大婶点点头，掏出一张皱巴巴的纸巾擦拭眼睛。蔡牙医和胡二狗挤过看热闹的人群冲我埋怨，说我们这个家族净出怪事，为一个寻找古城，死了那么多人。我知道，蔡牙医所说的那么多人是包括了小蔡牙医的。我反驳说，贪婪和寻找古城没有关系，一个不知道自己的根在哪里的人就是水上的浮萍。

蔡牙医气恼地抬手一指："那个小矮人也是因为贪婪死的吗？"

他们一定看到我表情僵硬，脸色煞白，蔡牙医不仅会拔牙，会诊治头疼感冒，还是心理医生，他知道如何发泄自己的不快，而让别人心如刀绞。他随后又说，我向来对寻找古城不感兴趣，更不相信古城里有什么宝藏，那纯粹是瞎扯淡。

但我分明知道，那次挑头开启荒诞的寻宝之旅的人便是蔡牙医，我也想起了在沙漠里挖出铠甲后欣喜若狂的也是蔡牙医。

我不想和他纠缠了。按照我以前的脾气，我会像甩麻包似的将他丢到瓦莱湖里，让他像滑板一样在冰面上滑行。我走了，继续为阿爸守灵，告诉他，古城暂时是睡不进去了，只能给他老人家另选一处安静的地方，我并没有把这种具有仪式性的方式，当成一种虔诚的宗教。可是，老阿爸为什么会避开我，而单独和那个死去的小侏儒交代所谓的后事，他心里到底怎么想的？

立冬之后的阳光像慵懒的闲人，歪着身子慢吞吞地在地平线上行走。哑巴兄弟睡着了，他的脸上依然挂着泪痕，我该做些什么呢？我打算依葫芦画瓢地做一个木制的圭表，把它放置于冯晓椿的胸前。因为我想起小侏儒曾经说过，假如有一天他死了，他的愿望就是像死在沙漠里的夸父一样胸前能放有一个圭表。于是，我走回客栈，在晓椿的房间找到了那本没有封皮的书，这本书的确是我送给他的，而且我也没有认真地读过，因为我对历史压根儿就不感兴趣，尤其那上面标注的密密麻麻难以索解的符号。现在我明白了，那并不完全都是符号，更多的是文字。那些文字，算不上是文明的起源，但至少是文明开端的先行，这些构筑文明起源的文字，可与夸父、造父、仓颉、颛顼相媲美，它们跋山涉水、远涉重洋，在前行的路上相遇了耶和华，相遇了伊甸园里的男女，它们毫不悭吝，从未放弃任何了解未知世界的机会，它们由午夜的懵懂、惶惑、迷醉而迎接黎明的世界，全新的未来，而那些密码，又演化成“凤凰台上凤凰游，凤去台空江自流”的美丽诗句。

我喊醒了哑巴兄弟，父亲去世后，我才真正地注意他了。他帮我驱散了父亲和晓椿离去后的孤单，他会生好炉子，加好煤，父亲在世时，这也是哑巴的活儿，他还深得父亲的妙传，会煮一锅香气四溢的奶茶和手抓羊肉，做完这些，他的脸上和从前一样，满脸都是黢黑的手印，他把煮好的羊肉端到我面前，喊我起床，而后长时间地盯着我少了一根手指的左手。他从不触碰我的马头琴，尽管马头琴的琴弦已经断了两根，但他只是像盯着我手指一样地看着马头琴发呆，唯一与父亲在世时不同的是，他与我连哑语的交流都没有，每天默默地做着这些看似单调的活计。两天后，我又去了瓦莱湖古城现场，警察少了一半，不像第一天那么剑拔弩张地戒备森严了，据说警方组建了一个力量强大的专案组，并把小蔡牙医被杀案与这个案子并案侦查。夏教授和市文物管理所的专家还在等待警方的通知。我给夏教授看画好的主表设计图纸，他很意外，问我画这个图做什么。我说，是给冯晓椿做的。他说，最好用晓椿老家院子里那棵被锯掉的百年椿树做材料。

“还是您了解晓椿的心思。”我绝无阿谀之意。

可是，夏教授的意见又很难实现。且不说路途迢迢，而且那锯掉的椿树又在哪里呢?

夏教授把图纸修改了几处，这样或许更接近当时的实物样子，他把图纸还给我的时候说:“可以试试，实在找不到，我们也没有遗憾了。”

我左右为难，家里还有等待安葬的父亲，我怎么能丢给小哑巴。

夏教授提醒我说:“可以找王远京想办法。”

王远京说我们驾车去一趟，来回也就两天的时间，耽误不了多少时间。我备受鼓舞，叮嘱了一番哑巴兄弟，便和王远京一起出发了。

导航是个不错的东西，它引导着我们顺利抵达了黄土高原上的小镇子，冯铁炉虽然死了，但上了些年纪的人都知晓冯铁炉的铁匠铺子，便带着我们直奔老院。那老院子已变成了废墟，我们没惊动冯晓椿的姑姑，怕万一传到梅子那里，就节外生枝了。我们打听那棵椿树的下落，有人说被拆迁的人卖了，我说，他们怎么有权卖那棵椿树。那人是晓椿的邻居，年龄比我们大一些，四十岁左右，他忿忿不平地说：“房子都被拆了，树算什么，没人把树当回事。”

我说：“那是一百多年的树。”

那人拍了拍我的肩膀：“锯也锯掉了，现在说什么也没用了。”

树木是有灵气的，何况那是一棵百年老树，它或许正躲在某个角落里呼唤我们。驱车前往镇子东头一座并不整洁的大院，按照墙上白纸打印的“拆迁队办公室”的指引，我们找到了躲在一幢破旧厂房里的拆迁队，一个很胖说话都费气力的拆迁队负责人抬起胖墩墩的手指一指，我们透过并不干净的玻璃窗户看到了呼唤我们的百年椿树，风吹雨淋，树皮脱落得像斑秃的老人，那个负责人向我们要了一万块钱，答应可以破解木料，我们从劳务市场花了两百块钱找了个木工，用了三个小时，破解了那棵老树，把能用的材料装满了轿车的后备厢，后来，王远京担心爆胎，卸下一部分木料寄存在了镇子上一个新开业的快递公司，委托他们把没带走的木料快递到瓦莱湖。

哑巴自愿做我的助手，并表现出极大的热情。我们花了差不多一个星期的时间，制作出一副圭表，请夏教授检验，夏教授围着那副簇新的用百年椿树做成的圭表，连声称赞：“吉雅，你也在创造奇迹。”

但我并不觉得这是一个奇迹。

我缅怀与晓椿相处的日子。案子破了，尘埃落定，警方通知我们可以处理晓椿的尸体，我们在殡仪馆为晓椿举行了一个简朴的告别仪式。晓椿的面具被法医摘掉了，夏教授说，他终于可以真实地活着。我们掀开白布单子时，僵直了身子，瞪大了眼睛，我们看到，他并不丑陋，甚至称得上英俊，他的所谓的丑陋仅仅在于他是一个侏儒。我们都错了，他的面具不是为了遮挡丑陋，而是为了哗众取宠，制造悬念，为了让一些仅为满足猎奇心态的人掏出口袋里的钞票。

半个月后，北京那边的保姆打来电话，说梅子生了，母子平安，是个男孩。三个月后，梅子回来了，她抱着晓椿的儿子去了墓地，之后，便把自己关在客栈的房间里独自待了一整天。

我敲开了她的房门，想说服她，挽留她，我承认我爱过梅子，我觉得到了表白情感的时候了，我不能再错过爱的机会，而梅子却拒绝了我，她说她要带着哑巴离开瓦莱湖。我说，为什么？她说，感情的事儿有时真的说不清楚。我问她会去哪儿？她说或许会留在京城，也可能会离开。

梅子离开时，瓦莱湖已经是波光粼粼的初春景象了，芦苇软了，泛出青色的光。

事实上，我们做了两副圭表，一副是椿木的，另一副是从鹰嘴湾运回青石请石匠凿刻的，椿木的放在晓椿的胸前化作了青烟和灰烬，青石圭表插在了墓地，当作了墓碑。

图书在版编目（CIP）数据

太阳部落 / 贾文成著. -- 北京 : 作家出版社，2018. 11（2023.2重印）

ISBN 978-7-5212-0295-3

Ⅰ. ①太… Ⅱ. ①贾… Ⅲ. ①长篇小说 - 中国 - 当代 Ⅳ. ①I247.5

中国版本图书馆CIP数据核字（2018）第273254号

太阳部落

作　　者：贾文成
责任编辑：秦　悦
装帧设计：王汉军
出版发行：作家出版社有限公司
社　　址：北京农展馆南里10号　　**邮　　编：**100125
电话传真：86-10-65067186（发行中心及邮购部）
86-10-65004079（总编室）
E-mail:zuojia@zuojia.net.cn
http://www.zuojiachubanshe.com
印　　刷：固安兰星球彩色印刷有限公司
成品尺寸：152×230
字　　数：352千
印　　张：24.75
版　　次：2019年3月第1版
印　　次：2023年2月第2次印刷
ISBN 978-7-5212-0295-3
定　　价：58.00元